완월회맹연 4

정씨 가문의 부흥

현대역

완월회맹연

정씨 가문의 부흥

이윽고 황제의 뜻을 받든 사관이 이르러 서태
부인에게 황제의 말씀을 전하는데, 정잠이 무
사히 귀환한 것은 지극한 효성에 하늘이 특별
히 감응하신 때문이라 하면서 육칠 년 이별을
당해 놀랐을 것을 다시금 위로하고 지금의 경
사를 치하했다.

완월회맹연 번역연구모임

조선시대 최장편 국문소설 《완월회맹연》

완월회맹연(玩月會盟宴, 달구경을 하면서 굳은 약속을 하는 모임 혹은 잔치). 이는 18세기 조선의 장편소설 제목이다. 달밤의 약속이라니, 낭만적이다. 무슨 이야기일까? 《완월회맹연》은 고전문학 연구자들에게는 익숙한 작품일 터인데, 일반 독서 대중들에게는 낯선 소설일 수도 있겠다.

《완월회맹연》의 교주본과 현대역본 출판을 앞두고 쓰는 서문은 각별하다. 궁금한 작품이었고 또 널리 알리고 싶은 작품이었지만 너무나도 방대한 분량에 압도되어 오늘날의 독서물로 번역할 엄두를 내기 어려운 작품이었기 때문이다. 번역을 하기 위해서는 원문 교주본이 필요하다. 제대로 된 번역을 하기 위해서는 원문에 대한 정확한 이해가 확보되어야 하는데, 이 긴 분량을 교감 작업을 하면서 주석하는 일 역시 엄두가 나지 않기는 마찬가지였다. 그런데 지금 그 1차 교주본과 현대역본의 출간을 앞두고 서문을 쓰고 있다. 1976년 창덕궁 낙선재에서 《완월회맹연》이 발견된 이후 첫 번째 교주 및 현대역 작업의 결과물이 이제 첫선을 보이는 것이다.

창덕궁 안에 있는 낙선재에 소장되어 있었던 장서각본 《완월회맹연》의 독자는 비빈과 상궁, 궁녀 등 궁중에 거처하는 여성들이었을 것이다. 조선시대에는 소설을 읽기도 했지만 남이 읽어주는 것을 듣는 방식으로 즐기기도 했다. 그렇기 때문에 '독자'라는 단어를 사용하기가 조심스러운 부분이 있는데, 180권이나 되는 작품을 듣는 방식으로 즐긴다는 것은 엄두가 나지 않을 것으로 보이기에 이 같은 국문장편소설의 경우는 독자라는 단어가 적합할 것으로 보인다.

이 최장편 국문장편소설의 작가는 안겸제의 어머니로 알려진 여성이다. 이를 뒷받침하는 것은 조재삼(1808-1866)이 쓴 《송남잡지(松南雜識)》의 기록이다.

> 또 완월은 안겸제의 어머니가 지은 바로, 궁궐에 흘려 들여보내 이름과 명예를 넓히고자 했다(又玩月 安兼濟母所著 欲流入宮禁 廣聲譽也).

안겸제의 어머니가 《완월》을 지었는데, 궁중에 들여보내 자기 이름이 알려지고 명예가 더해지기를 바라서 이 소설을 지었다는 내용이다. 조선시대 소설은 작가가 밝혀진 경우가 드문데, 이 장편 거질은 작가가 거론되고 창작 이유까지 언급되어 있다. 더구나 작가가 여성이라니 더더욱 눈길이 가지 않을 수 없다. 《완월》은 《완월회맹연》을 가리키는 것으로 보인다. 조재삼의 기록은 신뢰할 만한 근거가 있다. 조재삼 집안과 안겸제의 모친 전주 이씨는 외가이자 사돈지간으로, 조재삼의 외고조부가 안겸제 모친과 재종지간이며 조재삼의 큰며느리도 전주 이씨이다. 이런 경로로 조재삼은 집안끼리의 왕래를 통해 안겸제 모친에 대한 소식을 들었을 수 있다. 안겸제의 모친 전주 이씨는 1694년에 아버지 이언경과 어머니 안동 권씨 사이에서 태어나 20세 무렵 안개(1693-1769)와 혼인했으며, 안겸제는 그녀의 셋째 아들이다. 지금도 파주에 가면 전주 이씨가 남편인 안개와 함께 묻힌 묘소가 있다. 무덤 앞의 비석에 새겨진 비문을 보면 전주 이씨는 부덕을 갖췄으며 여사(女史)의 풍모가 있는 여성이었음을 알 수 있다. 이런 자질은 《완월회맹연》의 작가로서 잘 어울리는 요소이다. 그뿐만 아니라 안겸제 모친 전주 이씨의 친정 가문 여성들에게 소설을 즐기는 문화가 있었다는 연구 결과도 보고되어 있다. 다만 소설 분량이 너무 방대하고 후반부에 약간 결이 다른 서술들이 발견된다는 점을 염두에 두고 볼 때 《완월회맹연》을 지은 작가가 전주 이씨 한 명만이 아닐 가능성은 있다. 중국의 장편소설인 탄사소설 《재생연(再生緣)》도 공동 창작 작품으로, 원래 작가였던 진단생이 마무리를 못 하고 죽자 후에 양덕승이라는 여성이 그 뒤를 채워 결말을 맺었다.

《완월회맹연》은 180권으로 이루어진, 단일 작품으로는 가장 긴 서사 분량을 지닌 한글소설이다. 지금 우리가 보기에 180권이나 되는 소설 작품은 돌출적인 작품인 것처럼 보일 수도 있다. 그러나 17세기 중후반부터 조선에서는 국문장편소설을 창작하고 즐기는 여가 문화가 펼쳐졌을 것으로 보인다. 17세기 작품인 《소현성록》 연작이 그 효시가 되는 작품이며, 소위 삼대록계 국문장편소설로 불리는 다수의 작품이 있고, 이 같은 장편대하소설들은 18, 19세기까지 지속적으로 창작되고 독자들을 확보했다. 세책가라고 불리는 책 대여점에서도 국문장편소설은 중요한 비중을 차지했다. 이런 소설들은 가문소설이라고 불리기도 하는데, 그 까닭은 이런 소설에서는 대개 두세 가문이 등장하여 혼인 관계로 사건이 얽히고 삼대에 걸쳐 가문의 흥망성쇠를 보여주는 서사가 펼쳐지기 때문이다.

'완월회맹연'이라는 제목처럼 이 작품은 아름다운 달밤에 자식들의 혼인 약속을 정하는 것이 서사의 근간을 이룬다. 그 이야기의 세계는 우아하고 유장하고 섬세하고 구체적이며 때로는 격렬하며 역동적이고 선악의 길항이나 인간 내면의 여러 겹 층위를 다양하게 드러내어 보여주고 있다. 《완월회맹연》 서사 세계의 정교함과 풍부함 그리고 문제적 징후를 포착해 내는 시선은 중국의 《홍루몽》에 비견할 만하다. 또 《완월회맹연》의 방대한 서사는 여느 연의소설에 견주어도 못지않은 장강 같은 흐름을 보여준다. 이 작품에는 조선시대의 상층 문화가 상세하게 재현되어 있다. 배경은 중국이지만 이 작품이 다루고 있는 내용은 조선시대 상층 양반들의 이야기이자 그들의 생활 문화이다. 180권에 달하는 서사 분량 속에 당대 문화의 규범과 일상의 디테일들이 풍부히고도 섬세하게 담겨 있는 것이다. 그러나 그렇다고 하여 이 작품이 상층의 인물만을 재현하는 것은 아니다. 《완월회맹연》은 하층 인물들 또한 구체적으로 실감나게 재현하고 있으며 하층 인물의 경우에도 인물마다 이야기를 만들어주고 있다. 이 교주와 번역 작업을 통해 《완월회맹연》의 서사 세계와 그 가치가 드러날 수 있기를 기대한다.

《완월회맹연》 교주 및 현대역 작업 과정

《완월회맹연》 교주 및 번역 작업은 이화여자대학교 고전소설 전공자들이 진행하고 있다. 박사 논문을 쓴 선배부터 석사과정 학생에 이르기까지 이화여대에서 고전소설을 전공하는 이들이 모여 매주 열너덧 명의 인원이 강독 스터디에 참여하고 있으며, 그중 국문장편소설을 번역할 역량을 갖춘 구성원들이 주축이 되어 교주 및 번역 작업을 담당하고 있다.《완월회맹연》강독은 2016년 무렵부터 시작하여 그 이후 매주 토요일에 각자 입력하고 주석한 원문과 번역문을 가지고 와서 안 풀리는 부분을 함께 풀어가고 있다. 이 모임에는 이미 삼대록계 국문장편소설을 번역·출판한 경험을 비롯하여 다수의 한문소설을 번역한 경험을 지닌 연구자들 여럿이 함께하고 있는데,《완월회맹연》번역은 기존에 했던 어떤 국문장편소설보다도 난도가 높은 것으로 보인다. 방학 동안에는 조금 더 집중적으로 작업을 해왔으며 코로나 이후로는 토요일마다 계속 줌(zoom)을 통해 같은 작업을 이어가고 있다. 혼자서는 도저히 안 풀리던 구절이 여럿이 함께 의논하면 신기하게도 풀리곤 하는 경험을 반복하고 있다. 여럿의 입이 난공불락의 글자들을 녹여 뜻을 드러내는 듯하다. 이렇듯 노력을 기울이고 있지만 그 과정에서 툭툭 오류들이 발견되고 수정될 때마다 아차 싶고 교차 검토에서도 오류가 바로잡히는 것을 보게 된다. 첫 번 시도하는《완월회맹연》교주 및 번역 작업에 만전을 기하고자 노력하지만 여전히 발견하지 못한 부분들이 남아 있을 수도 있다. 이어지는 또 다른 작업에서 오류가 시정되기를 바라면서《완월회맹연》의 첫 번 교주본과 현대역본을 세상에 내보낸다.

《완월회맹연》은 180권으로 이루어진, 단일 작품으로는 가장 긴 서사 분량을 지닌 한글소설이다. 이 작품은 현재 두 개의 완질본이 있는데, 하나는 한국학중앙연구원 장서각본(180권 180책)이고 다른 하나는 서울대학교 규장각본(180권 93책)이다. 장서각본은 원래 창덕궁 낙선 재에 소장되어 있었다. 이 두 이본은 책수가 다르고 필사 과정에서 약간의 차이를 보이는 부분들이 있으나 전체적인 내용과 분량은 서로 유사하다. 이 두 이본 중에는 장서각본이 전체적으로 더 보관 상태가 깨끗하며, 상대적으로 구개음화나 단모음화가 일어나지 않은 표기가 빈번하므로 필사 시기도 앞설 가능성이 높을 것으로 논의되고 있다. 그러므로 《완월회맹연》의 교주 작업 역시 장서각본을 대상으로 했으며, 규장각본으로 교감 작업을 병행하여 장서각본의 원문이 불확실한 부분을 보완했다. 이같이 본격적으로 규장각본을 함께 검토하고 교열하면서 교주 및 번역 작업을 해오고 있다.

《완월회맹연》은 한글소설이지만 한자 어휘 및 용사나 전고 등의 한문 교양이 대거 사용되고 있다. 교주본 작업을 하면서 각주를 통해 용사나 전고 등의 선거를 최대한 정확하게 밝히고자 했다. 미진한 경우에는 맥락에 따라 추정을 하고 그 추정 근거를 밝히는 방식으로 작업했다. 각자 교열 및 주석 작업을 한 후에는 수차례에 걸쳐 서로의 교주본 파일을 교차 검토하면서 교주본의 완성도를 높이기 위해 노력했으며 오류가 발견되는 경우 강독 모임을 통해 그 경우의 수들을 공유하면서 각자 수정을 하여 교주 및 번역의 일관성을 유지할 수 있도록 했다.

국문장편소설에는 길이가 긴 문장들이 자주 보이는데 《완월회맹연》도 한 문장의 길이가 매우 긴 경우들이 빈번하게 등장하며 그 안에서 초점화자가 바뀌는 경우들이 있기에 주술 관계나 수식 관계를 파악할 때 각별한 주의를 기울였다. 긴 문장 속에서 자칫하면 서술어의 주체를 놓치기 쉽고, 경우에 따라서는 인물들의 호칭도 헷갈릴 수 있기에 조심스럽다. 남성 인물들은 대개 성씨에 관직명을 더해 부르는데 두세 가문의 인물들이 주로 나오므로 같은 성씨가 반복되는 데다가 여러 인물들이 같은 벼슬을 할 수도 있고 같은 인물이라 해도 승진이나 부서 이동에 따른 호칭 변동이 있을 수 있다. 여성 인물의 경우에도 용례는 다르나 비슷한 어려움에 처할 경우가 생긴다. 친정의 맥락에서는 남편 성씨에 따라 부르기도 하기 때문이다. 예를 들어 서씨 성을 가진 여성이 정씨 집안으로 시집을 가면 시집 맥락에서는 계속 서부인으로 불리다가 친정의 맥락에서는 정부인으로 불리는 식이다. 더군다나 친족 관계 호칭도 상황에 따라 변할 수 있기에 인물들 간의 관계를 잘 따져가면서 확인할 필요도 있다.

《완월회맹연》 번역은 특히 이런저런 신경을 늘 쓰고 있어야 맥락이 풀리는 경우가 많다. 매주 하는 강독 모임에서 발견하는 즐거움이 있다면 그것은 이런 문제 해결에서 온다. 혼자서는 맥락이 잘 안 잡히던 부분이 여럿의 공동 고민을 경유하면 툭 하고 풀리는 시원함을 경험한다. 이러니 힘들지만 우리는 서로에게 책임을 느끼며 모이는 데 열심을 낼 수밖에 없다. 《완월회맹연》 교주와 번역은 이화여대 《완월회맹연》 번역팀의 열너덧 명이 한마음으로 진행하고 있다. 이렇게 작업할 수 있음에 감사하고 또 묵묵하게 힘든 작업을 해내는 구성원들 모두에게 존경을 보낸다. 보다 구체적인 번역 원칙은 교주본의 일러두기에 적어놓았다. 현대역본을 내면서는 별도로 두 가지 일러둘 부분이 있는데, 하나는 가계도에 대한 것이고 다른 하나는 원문 세주에 관한 것이다. 가계도의 경우, 교주본에서는 아들을 먼저 적고 그 뒤에 딸을 적었는데 현대역본에서는 밝힐 수 있는 한 정리를 해서 태어난 순서대로 적는 방식을 택했다. 또 원문 세주의 경우, 교주본에서는 원문 세주 부호를 따로 두어 구별을 했고 현대역본은 가독성을 높이기 위해 현대역 본문에 원문 세주 내용을 풀어 넣거나 세주 부호를 사용해서 번역문 가운데 삽입했다. 《완월회맹연》 작품 자체에 대해서는 《완월회맹연》 작품 자체에 대해서는 이 팀의 공동 저서인 《달밤의 약속, 완월회맹연 읽기》에 미룬다.

우리 팀은 우선 교주와 번역을 시작했는데 막상 이런 장편 거질을, 그것도 원문 입력과 주석까지 더한 학술적 성격의 초역을 출판해 줄 출판사를 만나는 것이 또 하나의 숙제였다. 이처럼 방대한 작업의 출판을 기꺼이 결정해 주신 휴머니스트 출판사에 마음 깊은 곳에서 우러나는 감사를 드린다.

이야기는 인류의 유산이자 자산이다. 지금도 새로운 이야기들이 만들어지고 있다. 《완월회맹연》은 18세기 조선에서 만들어진 유례없는 장편소설이다. 이 작품이 지니는 여러 매력적인 지점들과 의미 있는 부분들로 인해 《완월회맹연》에 대해서는 지속적으로 연구들이 쌓이고 있다. 이런 《완월회맹연》의 첫 교주본과 현대역본을 낼 수 있게 되다니 감개가 무량하다. 《완월회맹연》 교주본과 현대역본 출판은 학문적 연구의 활성화는 물론이며 다양한 문화콘텐츠의 원천으로도 충분히 활용 가능할 것이다.

조혜란 씀

차례

정잠과 정삼 집안

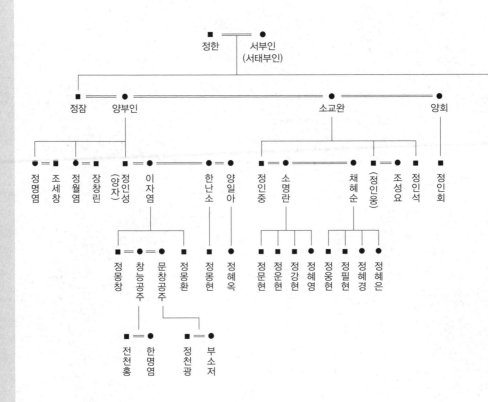

인물 관계도

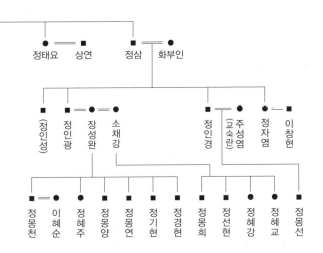

■ 남자
● 여자

정태요 ═ 상연   정삼 ═ 화부인

(정인성)   정인광 ═ 장성완 ═ 소채강   정인경 ═ 주성염 (교숙란)   정자염 ═ 이창현

정몽천 ═ 이혜순   정혜주   정몽양   정몽연   정기현   정경현   정몽희   정선현   정혜강   정혜교   정몽선

* 원문에서 동일한 인명이 다르게 표기되는 경우, 현대역에서는 원칙적으로 처음 나오는 표기를 따르되, 뒤에 나오는 표기가 다수일 경우 그 표기를 따른다.

정흠과 정염 집안

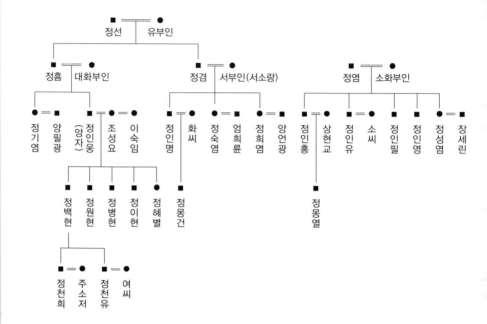

조세창 집안

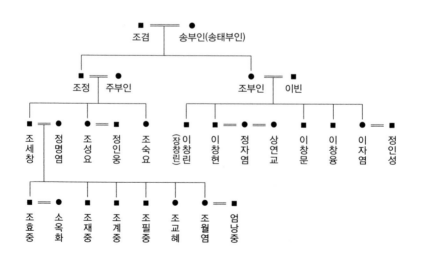

장헌 집안

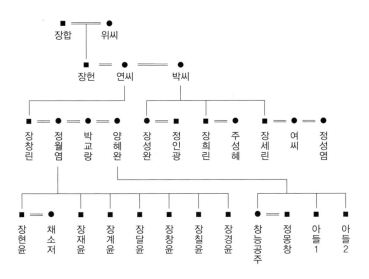

장합 — 위씨

장헌 — 연씨 — 박씨

장창린 · 정월염 — 박교랑 — 양혜완 · 장성완 — 정인광 · 장희린 — 주성혜 · 장세린 — 여씨 — 정성염

장현윤 — 채소저 · 장재윤 · 장계윤 · 장달윤 · 장창윤 · 장칠윤 · 장경윤

창능공주 — 정몽창 · 아들1 · 아들2

소교완 집안

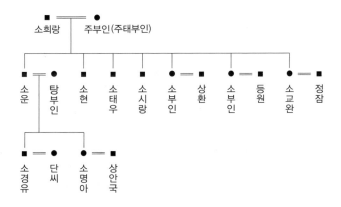

소희랑 — 주부인(주태부인)

소운 — 탕부인 · 소현 · 소태우 · 소시랑 · 소부인 — 상환 · 소부인 — 등원 · 소교완 — 정잠

소경유 — 단씨 · 소명아 — 상안국

상연 – 정태요 집안

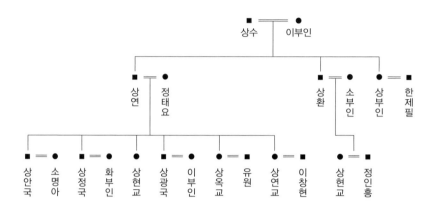

주성염(교숙란) 집안: 정인경 처가

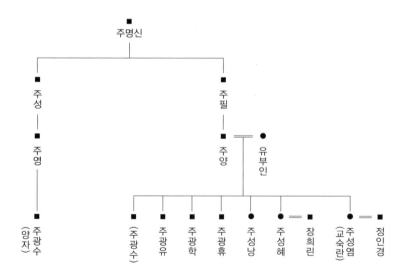

완월회맹연 권 31

습격을 받은 정씨 일가

정잠 부자와 조세창이 금의환향하고
정씨 일가는 습격을 받다

죄인을 자처하는 정월염을 찾아온 정잠 부자

이빈이 좋은 기색 없이 슬퍼하며 탄식했다.

"우리 며느리가 뜬구름 같은 누명 때문에 깊고 거친 곳에서 스스로 죄인이라 하며 지낸 지 오륙 년 동안 하늘과 해를 본 적이 없네. 그 참담한 모습을 대하면 슬프고 안타까운 마음이 뼈마디에 사무칠 따름이지. 며느리가 티 없는 백옥과 같다는 것을 밝게 알고 있고 악을 행한 자가 멀리 있지 않다는 것을 알면서도 적발하지 못하니, 이 또한 내 며느리를 저버리는 일일 것이야. 이제 자네가 며느리를 만나보겠다 하니 내가 무안하기 그지없군. 자네를 데리고 가 보이고 싶지는 않지만 갓 태어난 쌍둥이의 기특함은 볼만하니, 며느리의 액운이 거의 다하고 길성(吉星)을 만날 날을 헤아릴 듯하네. 자네의 넓은 도량으로 이를 모르지 않을 것이니, 한번 들어가 겨우 연명하고 있는 것이라도 보시게."

말을 마치고는 장창린에게 정잠을 모셔 들어가라 했다. 이때 정염과 정인홍 역시 정월염을 보려는 뜻이 있었지만, 정월염이 아버지 정잠도 보지 않겠다 하는 상황에 갑자기 들어가 그 심회를 돋울 수 없어 외당에 있었다. 장창린이 정잠 부자를 인도하여 들어가는데, 실로 기분 좋은 뜻이 없고 심히 부끄러워 두 사람을 대할 면목이 없으나 굳이 말이나 표정에 나타내지는 않았다. 궁벽한 곳의 누추한 방을 찾아가 창밖에서 한 번 기침하니 춘파와 경파 그리고 섬옥이 급히 나왔다. 장창린이 정잠이 이르렀음을 일러 누추한 집을 쓸게 하고 정인성에게 장인을 모셔 들어가라고 하되, 자기는 굳이 방에 들어가지 않고 마루에 달린 작은 방에서 기다리겠다고 했다. 정잠 부자 역시 함께 들어가자고 하지 않고 천천히 방으로 들어갔다.

한 칸짜리 방은 거칠고 누추할 뿐 아니라 8척 장신이 운신하기 어려울 정도였다. 겨우 자리를 잡고 앉아 눈을 들어 정월염을 보니 산후 일주일을 넘지 못한 상태였다. 난초 같은 약질은 고대광실의 옥 같은 침실에서 마음 편히 좋은 음식으로 원기 보충을 각별히 하며 조리를 해도 오히려 비단으로 만든 지게문 때문에 미풍을 걱정하고, 비단 병풍과 비취 휘장이 겹겹이 둘러싸여 있어도 도리어 찬 바람을 쐴까 걱정될 것이었다. 그런데 지금 정월염이 입은 옷 한 벌과 머무는 누추한 방은 사납고 모진 노예라도 견디기 어려울 상황이었다. 푸른 베치마는 앞을 겨우 가리고 성긴 깁옷이 살을 감추었지만 낡고 해져 오래도록 갈아입지 못했음을 묻지 않아도 알 수 있을 정도였다. 또한 한 조각 돗자리가 바닥에 깔렸는데, 훈풍이 동쪽으로부터 일어나는 때임에도 네 벽이 황량하여 오히려 냉랭한 기운을 면치 못할 지경이었다. 씻고 닦는 것도 하지 않았으니 보통 사람 같으면 완연히 쑥대머리 귀신처럼 티끌과 먼지가 묻어 지저분하고 더럽겠지만, 정월염은 도리어 머리채에서 윤기가 나 검은 구름이 맺힌 듯하며 얼굴은 옥같이 맑고 밝아 마치 위나라 혜왕의 구슬이 광채를 머금고 화씨의 구슬이 먼지 속에 던져진 것과도 같았다. 타고난 기품과 선량한 성품이 세상을 벗어난 듯 속되지 않아 고통과 근심, 시름과 걱정 가운데에서도 봄빛이 매우 성하여 가을 달의 쇄락함을 벗어났으며 봄하늘의 조화가 무궁한 듯했다. 밝기도 밝고 맑기도 맑아 운우(雲雨)와 계월(桂月)에 서리와 이슬이 내리고 요지(瑤池)의 연회에 서왕모가 머무는 듯했다. 가을 물같이 맑은 정신과 가을 하늘의 매운 절조가 가문의 정렬과 세대의 덕행을 이었으니 고고함과 순결함으로 뜻밖의 끔찍한 재앙에도 능히 목숨을 보전한 것이었고, 스스로 마음을 넓게 하고 평정심을 가지면서 길한 운수를 기다렸기에 속절없이 원한을 품고 요절하지 않을 수 있었다. 속이 너른 것은 바다와 같고 덕은 빛나 어질고 밝음이 밖으로 정화(精華)를 이루어 기운이 가을볕 같고 격조가 맑은 얼음 같으니, 백 가지 모욕과 천 가지 책망이 그 몸에 묶여 있으나 지극히 원통하고 더러운 소문에 빠진 것임을 분명히 알 수 있었다. 6척의 가녀린 몸이 채 1척이 안 돼 보이며 거의 숨이 그칠 듯 약하고 병든 몸이 애처로웠지만, 오히려 그 모습이 매우 아름답고 빼어날 뿐 아니라 고운 자태를 발하기까지 했다. 단장하지 않은 모습이 병상에서 더욱 빛나고 병든 모습은 또한 성할 때보다 더욱 어여뻤다. 그러나 그 위태로움은 마치 살얼음과도 같으니, 모르는 사람이라도 한번 보면 슬프고 참혹하여 눈물을 흘리지 않을 수 없을 듯했다. 하물며 친부모와 형제의 정은 어떠하겠는가? 정잠의 두터운 자애와 지극한 어짊으로 이런 광경을 대하니, 그지없는 슬픔과 애절함을 이길 수가 없었다. 정잠은 눈썹을 찡그리며 안색이 상한 채 슬프고 처량하게 눈물을 흘리면서 말했다.

"이곳의 누추함은 비참할 지경이니 어찌 슬프고 놀랍지 않겠느냐? 그렇지만 너의 남편 장서방(장창린)이 유식하고 관대하여 사람의 일생을 매몰시키지는 않을 것이니, 더욱 덕을 닦으며 심지를 굳게 하여 병과 근심으로 마음을 어지럽히지 말고 운이 바뀔 길한 때를 기다리거라. 네 아비가 뜻밖에 일이 잘되어 오랑캐 땅의 옥에서 풀려났으니 너인들 어찌 기구하고 험한 액운만 계속되겠느냐?"

말을 마치고는 소매를 들어 눈물을 닦고 갓 태어난 쌍둥이를 내오게 하여 보니, 과연 용의 아들과 봉의 새끼라 할 만했다. 아버지의 장대함과 어머니의 고아함을 모두 물려받아 한 쌍의 옥 같은 아이들이 천지에 빼어난 정기를 띤 모습이었다. 해와 달의 뛰어난 기운을 거두어 상서로운 구름과 안개가 몸을 둘러싸고 있으니, 비록 외손자이지만 그 정이 깊어 어여쁘기가 친손자보다 더했다. 더욱이 손자를 보는 경사가 처음이니 심정이 어떠하겠는가? 그 됨됨이가 비상한 것을 다행히 여기고, 정월염이 더러운 누명 때문에 화를 당했음에도 출산을 무사히 마쳐 이제 기린 같은 아이들이 모두 옥 같고 용 같은 것에 매우 기뻐했다. 조금 전까지 측은해하던 얼굴을 바꿔 화평하고 기쁜 기색을 보이니, 정월염의 참혹하고 모진 운수는 오히려 뜬구름에 던져버린 듯했다.

정월염은 아버지가 무사히 경사(京師)로 돌아오셨다는 것과 정인성이 살아서 고향으로 돌아왔다는 것을 들었으나 즉시 만나지 못해 매우 슬프고 울적하던 차였다. 그런 때에 아버지가 자신을 찾아오셨다는 말을 들으니 반갑지 않은 것은 아니었지만, 지금의 거처와 모습으로는 아버지와 형제를 대할 면목이 없어 그윽이 운수를 한탄하되 속 좁게 애태우거나 슬퍼하지는 않았다. 오직 하늘을 거스르지 않고 뭔가를 도모하여 이 상황을 면하려 하지 않은 채 담담히 시간을 보내는 것은 탕왕이 하대(夏臺) 감옥에 갇혔던 때나 문왕이 유리(羑里) 감옥에 갇혔던 때와 비슷했다. 태부인 주씨와 상국군 부인 조씨가 매번 친히 정월염을 찾아와 어루만지고 위로하며 갈수록 아끼고 불쌍히 여겨 보호했는데, 그 사랑하는 도리가 친딸보다 더했다. 정월염은 감사하고 우러르는 마음이 골수와 폐부를 찌를 정도이나, 자기 신세가 험하여 친정과 시댁에 효를 다하지 못하고 오히려 근심과 걱정을 더하여 불효를 끼치게 된 것을 슬퍼했다. 그러다가 오늘 아버지의 얼굴을 받들고 동생을 만나니, 그 반기는 뜻과 슬픈 정은 저승의 외로운 혼이 돌아온 것과 마찬가지였다. 정월염의 굳고 넓은 도량과 정인성의 진중한 성품으로도 참을 수 없어 서로 붙들고 오열하니, 소리가 막히고 기운이 혼미하여 말을 이루지 못했다. 정잠이 손을 잡고 다시 어루만져 위로했으나, 정월염과 정인성은 단지 지난 일을 생각하며 슬퍼하는 것이 아니었다. 길함과 흉함, 근심과 즐거움이 교차하는 사이에 구천으로 가신 어머니의 목소리와 모습이 점점 멀고 깊어져 영영 알 길이 없음을 각골통한하여 다시금 가슴이 천 갈래 만 갈래 찢어지는 것이었다. 아버지 앞이라 애써 참았지만 온몸에 감긴 고통과 폐부에 얽힌 설움을 억눌러 진정하기는 쉽지 않았다. 그러나 아버지가 쌍둥이를 어루만지며 얼굴에 화평한 기운이 돌고 매우 기뻐하는 모습을 보이니, 마음속의 비통함을 스스로 다스리며 위로하시는 얼굴을 마주하지 않고 고통의 회한만 더하는 것은 불효라는 것을 깨달았다. 이에 손으로 쌍둥이를 다독이며 비로소 말문을 열었다.

"오랑캐 땅의 비루한 감옥을 벗어나 무사히 돌아오신 것과 태산의 할머니께서 평안하고 건강하신 것은 모두 하늘이 도우신 것입니다. 또한 동생이 과거에 나가 천 명의 사람을 제치고 장원이 되었으니 다행스럽고 기쁜 일입니다."

온화한 얼굴빛과 기뻐하는 목소리가 천연하고 편안하여, 자신의 깊은 시름과 슬픔을 말과 얼굴에 드러냄이 없었다. 정잠이 이를 보고 더욱 사랑하고 애련히 여겼고, 정인성은 진심으로 감동하여 쌍둥이를 쓰다듬으며 누이를 향하여 말했다.

"누이가 당하신 억울한 누명과 몸에 잠긴 죄명이 사람이라면 참지 못할 것이지만, 주나라 무왕이 섭정하다가 모함을 당하고 증삼이 이름 때문에 살인했다는 말을 들은 것에 비하면 그 무슨 허물이 되겠습니까? 굽은 것은 펴지는 것이 예로부터 있는 법이니, 누이의 기이한 궁액도 끝내 한결같지는 않을 것입니다. 거짓이 극에 달하면 위태로움이 온다 했으니, 간인이 어찌 오래 평안히 지내며 현인을 해칠 수 있겠습니까? 자연히 운이 바뀔 길한 때를 만나실 뿐 아니라 아기들의 비상한 됨됨이가 한갓 장씨 가문의 주춧돌이 되기는 말할 것도 없고 훗날 국가의 정상이 될 것이니, 누이의 높은 복록을 보지 않아도 거의 알 것 같습니다. 원컨대 누이는 초조해하지 말고 차분히 일이 되어가는 상황을 보시고, 뜬구름 같은 더러운 소문에 거리끼지 마십시오."

정월염이 슬퍼하고 탄식하며 말하였다.

"아우가 그리 말하지 않아도 이 못난 누이는 원래 운수가 지극히 사납고 무지하기는 토목과 같아 험하고 힘든 것이 진실로 사람이 견디지 못할 바이지만, 내 이미 이를 참아내고서 목숨을 보전하고자 애써 왔단다. 하물며 지금은 아버지가 무사히 돌아오신 즐거움이 있고, 아우가 구사일생하여 헤어진 지 10년 만에 모두 만나는 천고에 기이한 경사를 맞았을 뿐 아니라 과거에 급제해 영예로운 자리에까지 올랐으니 이는 사람이 구하여 쉽게 얻지 못할 영화이다. 그러니 마음이 흡족하고 기뻐 온갖 수심과 걱정이 일시에 사라지고 몸 위의 죄 또한 잊게 되었구나. 이러한데 내 어찌 심려를 허비하여 단명할 징조를 만들겠느냐?"

말을 마치자 고운 얼굴에 눈물이 주르륵 흘러내렸다. 정잠이 그 머리를 쓰다듬으며 말했다.

"모든 세상사는 인력으로 되는 것이 아니다. 생사는 이미 정해져 있고 부귀는 하늘에서 내리는 것이지. 하늘에 죄를 지으면 달아날 길이 없는 것이니 어찌 보통 사람의 미미함으로 하늘에 맞서겠느냐? 네 아비가 평생 다른 사람보다 나을 것이 없었으되, 다만 마음을 다잡고서 하늘과 땅의 신령을 속이지 않았으니 부끄러움은 면할 수 있을까 한다. 네가 아비의 우직함과 어미의 자상함과 인자함을 품었을 것이니, 비록 더러운 누명을 쓴 것이 슬프지만 한번 죽으면 혼백이 좋은 곳에 놀기를 사양하지 않을 것이다."

그러고는 슬픈 표정으로 근심하며 월염의 팔을 잡아 옥 같은 살갗에 뼈만 앙상한 것을 안타깝고 불쌍히 여기었다. 월염은 불효함을 마음 아파하며 다시 온화한 기색을 지어, 불초하고 욕을 당한 딸 때문에 지나치게 염려하지 마시기를 청했다. 이윽고 정잠이 인성과 함께 일어나면서 월염의 손을 겨우 놓으며 말했다.

"모레 천태산으로 가게 되어 그사이 너에게 다시 와 보지 못할 것이다. 그러나 이번에 떠나는 것은 전과 달라 수월 내에 돌아올 수 있을 것이니, 얼마 안 있어 한집에 모두 반갑게 모일 수 있을 듯하구나. 모쪼록 산후조리를 잘해서 위태롭다는 말이 들리지 않도록 하고, 집안 식구들이 돌아왔을 때 좋은 얼굴로 보게 되기를 바란다."

정월염이 놀라며 가슴이 답답해지는 것을 참기 힘들었으나, 떠나시는 아버지의 마음을 어지럽힐 수 없어 눈물을 흘리며 거듭 절했다. 인성과 헤어질 때는 하염없이 슬피 울며, 먼 여정에서 무사히 돌아왔으니 조만간 옛집에 모두 모일 수 있도록 하라고 했다. 인성 또한 눈물을 머금고 슬퍼하며, 그동안 몸을 보중하여 옛집에 모두 모일 때 누이도 세 아이를 데리고 와 10년간 떨어져 지내던 회포를 풀자고 하였다.

정인성이 천천히 정잠을 모시고 나오자, 장창린이 마루에 있다가 정잠 부자를 인도하여 서헌으로 나왔다. 정염이 정잠에게 조카가 난초같이 연약한 몸으로 쌍둥이를 낳았으니 분명 기운이 평상시 같지 못할 것이라 하자 정잠이 답했다.

"머무는 곳이나 행색이 이형(이빈)이 말하던 것보다 덜하지 않지만, 그 죄가 가볍지 않으니 어찌 아무 일 없는 사람과 같기를 바라겠는가? 그래도 숨이 아직 끊어지지 않은 것은 시아버지가 살아 있는 것을 아끼는 덕을 지녔기 때문이지. 이미 죽기를 면했으니 언젠가 하늘을 볼 때가 있을 것이므로, 내 구구한 사정은 죽은 자식 시체를 어루만지며 우는 것보다는 많이 낫다고 할 수 있겠지."

정염 부자가 듣고 나서 비참하고도 분한 기색을 띠었고, 정인성도 애통한 마음을 얼굴 가득 드러내었다. 이빈 역시 인정과 도리로 분명 참지 못할 일이라 생각하면서, 장헌의 무지하고 권세만 좇으며 사람답지 못한 성정을 다시금 분하게 여겼다. 그러나 얼굴에 드러내지 않고, 다만 며느리의 타고난 덕과 기질이 복을 받아 반드시 명을 다 누릴 것이라며 정잠 부자와 형제를 위로했다.

황제의 두터운 은혜를 입고 금의환향하는 정잠 부자와 조세창

해가 서쪽 봉우리로 넘어가자 정인성이 먼저 이빈에게 하직 인사를 하고 외가인 양씨 부중으로 향했다. 이빈은 귀중한 보물을 잃은 듯 너무나 서운해했다. 정잠과 정염 부자는 이빈과 조용히 대화를 나눈 후, 돌아가는 길에 정잠의 처남인 양선을 찾아 양필광이 과거에 합격한 경사를 축하하고 서로 술잔을 기울이며 즐거워하다 해가 지자 태운산으로 향했다.

정인성은 외가에 머무르면서 밤을 지낸 후에 다음 날 외조부모의 사당을 찾아 술잔을 받들며 배알했다. 눈이 닿는 곳마다 옛일을 떠올리며 슬퍼하여 눈물이 옥 같은 귀밑을 적시니 양참정 형제 역시 슬픔을 이기지 못했다. 여러 부인들은 정인성이 장원 급제한 것을 친자식의 경사처럼 여기면서도 정월염을 생각하며 하염없이 흐느꼈다. 정인성이 외가 식구들과 인사를 나누고 태운산에 돌아와 정인홍과 함께 멀고 가까운 친척과 아버지의 옛 벗들을 모두 찾아가 뵈었다. 다만 화씨 부중의 여러 공들은 의양에서 미처 올라오지 못했기에 뵙지 못하는 것을 아쉬워했다.

삼일유가(三日遊街)[1]를 마치고 궐에 나아가 사은할 때, 황제가 정인성에게는 중서사인 동궁직학사, 장창린에게는 한림학사, 양필광에게는 금문직사, 정인홍에게는 시강학사의 벼슬을 내리었다. 네 명이 모두 재주가 미미하고 견식이 고루하여 임금을 모시고 직책을 맡을 재략이 없다며 거듭 사양했으나, 황제가 허락하지 않고 정인성·정인홍과 장창린에게 고향의 부모 친지를 찾아뵐 말미를 주면서 몇 달 후 임무에 복귀하라고 했다. 정인성·정인홍과 장창린 등이 이미 벼슬을 사양하지 못했고 부모를 그리워하는 마음도 절박하여 그날로 황제께 하직하고 빨리 길을 떠나고자 했다. 황제는 각별하고 지극한 성은을 베풀어 세 사람에게 친히 향온주를 내리면서 속히 돌아올 것을 당부하였다. 군신의 의에 부자의 사랑까지 더해지자 세 사람은 머리를 조아리고 거듭 절하며 그 은혜에 사례하고, 고향에서 기다리는 가족들을 위로하고 즉시 조정에 돌아와 신하의 도리를 다할 것을 아뢰었다. 황제가 기뻐하면서도 이들을 멀리 보내는 것을 서운히 여겼다.

---

1   삼일유가(三日遊街): 과거에 급제한 사람이 사흘 동안 광대를 앞세우고 풍악을 울리면서 시험관, 선배 급제자, 친척 등을 방문하는 일.

세 사람이 황제께 하직하고 물러날 때 조정과 조세창 부자와 정잠 또한 황제께 하직했다. 황제가 아쉬워하는 얼굴로 천 리 먼 여정에서 무사히 돌아오기를 당부하며 좋은 술과 비단을 내어 부모를 영화롭게 하도록 했다. 또한 돌아온 후 연회를 베풀어 서태부인과 조세창의 조부모 조겸과 송태부인, 그리고 조세창의 부모인 조정과 주부인으로 하여금 아들의 효도를 온전히 받게 하여 팔구 년 떨어져 있던 회포를 위로하겠다고 했다. 정잠과 조세창이 성은에 감격하여 머리 숙여 사은하고, 각각 늙은 어버이를 모시고 돌아와 황제의 두터운 은혜를 만분의 일이라도 갚을 것을 다짐한 후 하직하고 물러났다.

황제는 태산과 여강에 사자(使者)를 보내 서태부인과 조겸 부부에게 정잠과 조세창이 살아 무사히 귀환한 것이 나라와 집안 모두의 큰 행운임을 전하고, 먼 외진 땅에서 무사히 돌아온 것을 일컬으며 은혜로운 대우를 알게 했다. 또한 전 예부상서 정흠이 충신을 다해 임금의 잘못을 바로잡고자 임금의 면전에서 간언한 것이 멀게는 비간의 심장이 도려내진 것을 본받고 가까이는 장구령이 《금감록》을 드리던 것과 흡사했으되, 흉적 왕진에 의해 성정이 상하여 충신의 간언을 용납지 않고 참혹히 형장의 이슬로 사라지게 한 것을 다시금 떠올리며 후회하는 뜻을 전했다. 이에 친히 따른 술 한 잔을 예관을 통해 보내 제사 지내도록 하여 구천의 원혼을 위로하게 하고, 본직인 예부상서에 문연각 태학사 하람백을 추증하여 그 봉읍에서 난 산물을 가족에게 맡게 했다. 또한 시호를 정간공이라 하며 묘 앞에 충의비를 세워 그 곧은 충절을 지금 사람은 물론 후세의 나무꾼이라도 알게 했다. 효녀 정기염은 정려문으로 포상하고 혼인을 하게 되면 '지효장열인

선군부인행의문'으로 높이게 했다. 그리고 태자소사 정겸에게 조서를 내려 공무에 임할 것을 간절히 청했는데, 이는 신하의 도리로 감히 거역하지 못할 것이기 때문만은 아니었다. 정흠의 아들이 있어 훗날 과거에 나갈 것을 게을리하면, 황제가 지극히 뉘우치는 것을 알지 못하고 아버지가 원통하게 처형당한 것만을 애통해하며 나라에 원한을 품을까 해서였다. 정잠이 조용히 탄식하며 사람의 운수란 것이 천지가 정한 바여서 사람의 힘으로는 어쩔 수 없음을 슬퍼했다.

정인성이 정잠을 모시고 태운산에 돌아와 짐을 꾸려 길을 떠날 때, 정염은 공무를 살피느라 시간을 내기 힘들고 관부에 번다한 옥송(獄訟)이 산처럼 쌓여 있어 능히 몸을 빼 태산으로 떠나지 못하게 되었다. 그래서 아들 정인홍에게 명하여 사묘(四廟)를 모시고 어머니와 동생을 데리고 상경하라 하니 정인홍이 명을 받고 하직했다. 정태요는 오라버니와 조카가 떠나는 것이 서운했지만 모두 모일 경사가 몇 달 안에 있으리라 생각하여 지나치게 마음에 두지는 않았다.

정인성이 정인홍과 함께 아버지를 모시고 길을 떠났는데, 조세창 또한 아버지를 모시고 여강으로 향하여 오륙일 지난 후 한곳에 모이게 되었다. 이들의 영화롭고 막강한 위세와 부귀는 모든 사람들이 존경하고 따를 만했다. 가는 곳의 고을 현령들이 급히 나와 맞이하여 그 위세를 더욱 돋우는데, 비록 청렴함과 수양하는 자세를 지키려 한다 해도 자연히 벼슬에 딸려오는 하급 관리와 지위에 따라오는 영광을 전혀 물릴 수는 없었다. 그 거룩하고 장대하며 화려한 모습이 낙양 성중에서 대패했던 소계자가 육국을 총괄하는 재상이 된 후 금의환향하여 위세가 왕에 가까웠던 거동이나, 원수 집안을 체포하여 오랜 원한을 깨끗이 씻어낸 범숙 승상의 영화로움과 다르지 않았다. 길 가에 오가는 이들의 슬픔과 기쁨이 바뀌는 것은 말할 것도 없고, 시골의 어리석은 백성이나 깊은 산속 나무꾼이라도 정잠과 조세창이 먼 오랑캐 땅을 벗어나 살아 돌아온 것은 나라와 집안의 큰 행운이요 모든 사람의 큰 복이라 하여 기뻐해 마지않으니, 군자의 높은 덕을 충분히 알 만했다.

음녀 박교랑의 최후와 장성완·정월염의 복권

앞서 장창린의 재실(再室)인 박교랑은 포달과 같은 간사한 여자요 흉악하고 교활한 음녀였는데, 장창린의 영웅적 풍모와 고결한 풍채가 세상사에 얽매이지 않았던 승려 승난이나 문장가로 이름난 조식이라도 능히 미치지 못할 바임을 마음속 깊이 사모했다. 그래서 오장의 한 조각도 곧은 것이 없고 육부의 한 터럭도 줏대가 없는 숙모 박씨를 온갖 방법으로 보채 결국 장창린과 인연을 이루게 되었다. 그러나 장창린의 사람을 알아보는 눈마저 가릴 수는 없었으니 그 고운 얼굴과 빼어난 눈썹에 살기가 등등하고 두 눈에 고집스러움이 드러나며, 입이 푸르고 혀가 모질기는 가을바람에 우는 여우의 형상이요 궁벽진 골짜기에 있는 굶주린 호랑이의 거동이었다. 장창린은 영원히 함께할 사람이 아님을 밝게 깨달아 마음을 강하게 다져 금슬의 즐거움과 운우의 정을 두지 않았다.

등낙선 또한 비례(非禮)로 들어와 장창린의 청정한 몸을 더럽히고 집안에 분란을 일으키는 것이 날로 더했다. 하지만 장창린이 정월염을 재앙의 그물에서 건져내지 못한 채 갑자기 황제가 계신 오랑캐 땅으로 떠나게 되자 상사의 정이 실성할 정도에 이르러 긴긴 낮과 밤에 간장을 태우고 가슴을 치면서 울고 발을 구르며 서러워했다. 이에 등부마와 설능공주가 큰 근심이 되어 장창린을 몹시 원망하고 딸의 신세를 슬퍼하되 좋은 계책을 얻지 못했다.

박교랑의 아버지 박상규는 딸의 신세를 슬프게 여기거나 장창린을 원망하지도 않고, 그저 박교랑의 무상함을 꾸짖을 뿐이었다. 박교랑은 장창린에 대한 상사의 정을 원망으로 바꾸어 분한 마음과 노한 기운을 억제하지 못한 채, 장창린을 물어뜯어 장씨 집안을 망하게 하고 정월염의 만 리 앞길을 아주 망쳐 털끝만큼도 바랄 것이 없게 만들기 위해 음흉하고 교활하며 요괴로운 꾀를 냈다. 얼굴이 변하는 약을 얻어, 마음속까지 터놓고 흉악한 계획을 세울 수 있는 시녀 일선을 자신의 얼굴로 변하게 하고 자기 옷을 입혀 장씨 부중에 머물게 했다. 그리고 자신은 다른 몸과 얼굴을 빌려 남몰래 궁전에 들어가 경태제의 은총을 입으니, 그사이의 이야기가 번다하되 《의맹성호연》에 올라 있으므로 여기서는 빠진 것이다.

박교랑은 임의로 이름을 바꾸고 얼굴을 고쳐 엄연한 궁녀가 되어 경태제의 지극한 총애를 받았다. 그리하여 비로소 음흉하고 교활한 뜻을 펼쳐 평생 맺힌 한이 없게 되었으나, 장창린에 대한 분하고 원통한 마음은 여전히 풀리지 않았다. 하지만 장창린이 조정 대신이 아니어서 그 거취를 국가가 간섭할 수 없고, 경태제가 설능공주 모녀를 매우 아껴 장창린의 박정함을 한스러워할지언정 큰 벌을 내리지는 않으니 가볍게 해칠 기미를 얻지 못해 근심했다. 뿐만 아니라 정궁(正宮)의 형세가 태산과도 같아 자기 같은 부빈(副嬪)은 감히 우러르지도 못할 바였다. 박교랑은 임금을 죽이고 왕위에 오른 예와 착이나 언변으로 자신의 잘못을 감추었던 상나라 주왕, 하늘을 업신여겼던 무을의 천성을 겸했기에, 장창린을 미워하는 것은 둘째요 정궁을 먼저 해치기로 마음을 먹고 계략을 모색했다. 그러나 일이 미처 이뤄지지 못한 상태에서 경태제가 폐위되어 서해로 옮겨가게 되니, 경태제에 소속된 사람들도 함께 서해로 옮겨가야 했다.

그런 중에 박교랑이 모진 수단과 간교한 계책으로 정궁을 해치려 한 것이 경태제에게 잘못 옮겨가, 경태제의 병은 점점 심해져 갔고 위중한 가운데 기이한 헛소리를 그치지 않았다. 이에 술사가 그 기운을 보고 조짐을 알아내어 요망하고 더러운 물건을 찾아낸 후 궁녀를 추문하자 박교랑의 악행이 발각되었다. 이미 하나가 드러나니 앞서 있었던 악행들이 세세히 나타날 뿐 아니라, 경태제가 괴질로 결국 일어나지 못하게 되자 황태후가 대의를 짚어 경태제를 폐하고 상황(上皇)을 복위시켜 민심을 좇았다. 그러나 천륜의 정과 모자간의 애정은 선악에 있는 것이 아니니, 경태제가 일찍 붕어(崩御)함을 어찌 슬퍼하지 않을 것이며 박교랑이 저주를 빌었던 일을 어찌 더욱 통한해 하지 않겠는가? 이에 박교랑을 대궐 관아에서 엄형으로 추문했다. 박교랑은 비록 매우 간사하고 독한 악녀이지만 일이 이미 죄가 없다고 둘러대지 못할 지경에 이르렀기에 차라리 죽기나 쉽게 하고자 하여 일의 처음부터 끝까지를 순순히 자백했다. 또한 유모 해월이 전후사를 아뢸 즈음에 전 예부상서 집금오 장헌의 딸 장성완을 여차여차 모함하여 해를 입히고, 장창린의 조강지처 정월염을 또 여차여차 모해한 것을 갖추어 진술했다. 황제는 이 두 일이 국가가 간섭할 것이 아님을 모르지 않았다. 그러나 범경화의 간흉함을 한심해하고 정월염과 장성완의 지극히 원통한 죄가 풍교(風敎)에 관계된 것임에 놀라, 범경화와 전후 불의한 일들을 함께 한 자들을 다 잡아 한자리에서 대면 질의하게 했다. 장성완에게 온갖 방법으로 해를 입히던 일과 정월염을 죽이려 했던 일에 다다라서는 사람의 마음으로 원통하고 분함을 이길 수 없었다. 또한 밝지 못하고 무지한 장헌과 용렬하고 무식한 박씨가 자식의 효성과 절개를 알지 못하고 도리어 흉악하고 요사한 죄로 몰아넣은 것은 차마 믿기도 어려웠다. 정월염의 정숙하고 순함과 어질고 효성스러움과 명철함을 꿈에도 깨닫지 못하여 사람이 차마 못 할 행동으로 죽이려 분주하던 바가 간악한 무리의 입으로 낱낱이 드러나는 순간, 장헌과 박씨의 흉측함은 세상에 나란히 할 사람이 없을 정도였다.

장성완은 열 살의 어린 나이에 이미 효성과 절개가 만세에 다하여 비길 사람이 없었다. 오랜만에 돌아온 남편이 자신을 알아보지 못하고 희롱하자 강에 투신자살한 추결부의 고결함과 월왕 구천의 수치를 씻게 도운 범여와 문종의 맹렬한 기운이 더해진 성정을 갖고 있었다. 이러한 성정으로 얼굴 가죽을 벗기고 귀를 잘라 맑은 절개를 엄숙히 하고 분명하게 결단을 내려 흉악한 무리가 바라던 바를 그치게 하였다. 그러나 무지한 장헌이 오히려 깨닫지 못하고 태운산 빈집에 혼자 두어 마침내 범경화의 욕을 벗어나지 못하고 물에 떨어져 죽게 되었으나 지금도 장헌 부부는 알지 못하고 그 시신도 거두지 못했다

하니, 위로는 황제와 아래로는 군신이 애처롭게 여겨 슬퍼하고 탄식하면서 장헌 부부를 꾸짖고 장성완의 높은 절개와 열행(烈行)을 칭찬하지 않는 사람이 없었다.

황제가 여러 신하를 돌아보며 정월염과 장성완, 두 여자의 특출하고 기이한 효는 물론 절개와 덕행을 일컬었다. 또한 장헌 부자가 촉 땅으로 간 것으로 인해 이 옥사(獄事)에 참여하지 못한 것을 안타깝게 여기며, 장성완이 원통함을 품고 일찍 죽은 것을 애석해하여 복선(福善)의 이치가 어그러졌음을 탄식했다. 이빈은 장창린의 말을 들어 장성완이 죽지 않았음을 알았기에, 장씨 집안의 변고와 정월염과 장성완이 참혹하게 죽을 뻔했던 사정을 알리고 소수가 장성완을 구해 촉 땅에 두었음을 아뢰었다. 황제가 장성완이 회복한 것과 생존해 있음을 신기하게 여기고, 정월염의 지극한 효성과 덕행을 칭찬하여 마을 입구 문에 이를 널리 알리는 글을 붙이도록 하니 여러 신하들이 마땅하다고 했다.

박교랑을 조사하여 다스릴 때는 흉악한 계획에 동참하여 경태제를 죽인 간악한 무리를 하나하나 목을 베어 매달아 사람들이 보도록 했다. 범경화는 화경공주의 하나밖에 없는 자식임이 측은하여, 사오일 기한 동안 죄인 생활을 해 과오를 뉘우치고 마음을 닦은 후 용서하겠다고 했다. 그 밖의 일당들은 다 사형을 면하고 유배를 가게 되었다. 등낙선은 처음 박씨의 내당에 들어가 정실을 폐하고 권세가의 자녀라는 것으로 세도를 부려 윤리를 거스르는 일을 무시로 저질렀으나, 장헌과 박씨의 슬하에서 나이 어린 여자가 그릇되는 것은 괴이한 일이 아니며 설능공주의 사정이 안타까웠기에 구태여 죄를 다스리지 않았다. 다만 장창린이 용서하여 부르지 않는 한 방자하게 장씨 부중에 나아가지 못하리라 하고, 다시는 왕실의 자손이라 하여 방종한 일이 없게 하라 했다. 화경공주와 설능공주에게도 엄중한 명을 내려 범경화와 등낙선의 불의한 행사를 도운 것을 꾸짖었다.

박교랑의 아버지 박상규는 불행하여 간사하고 음란한 악귀를 낳았을지언정, 일찍이 그 악행을 도운 적이 없고 딸이 궁 안에 들어간 것도 전혀 알지 못했다. 그렇기에 황제의 뜻이나 신하들의 마음으로도 모두 무죄하다 하므로 명을 기다리라 하고 편안히 직무를 살피도록 했다. 그러나 박상규는 딸의 음란함과 흉악함이 부끄럽고 비참하여 다시 벼슬에 나아가지 않았다.

죄 있는 자들을 일일이 벌하고 공 있는 자들에게 일일이 상을 내리는데, 이 가운데 장헌이 배은망덕한 불의를 행하는 것에 더해 세력을 좇아 격이 낮은 탐욕을 부린 것은 사람들이 침을 뱉고 욕하는 것을 면치 못할 바였다. 하지만 그 아들 장창린의 기특함이 국가의 기둥이 될 만한 인물일 뿐 아니라, 장헌이 일찍 조정에 들어와 국사에 진심을 다하고 황제가 남궁에 있을 때 위호총관이 되어 오랫동안 충성을 다한 공이 있으며 오랑캐 땅에 머물 때 황후께 촉의 비단 삼천 필을 드리는 등 불측한 죄는 없으므로 벼슬을 더 높여주었다. 장헌이 장창린의 충고를 따라 병이 깊다는 핑계로 벼슬을 사양하고 촉 땅으로 갔기에 그 세세한 집안일과 관련해 죄를 논하는 것은 불가하다 하여 다시 거론하지 않았다.

다만 장창린의 처 정월염의 지극한 효성과 덕행은 기리고 칭찬하여 '지덕의성효열인현군부인'을 봉하고 금으로 친필을 내려 널리 알리게 하며, 금은과 비단을 상으로 내려 양반가 여성들의 효와 열행을 장려했다. 장성완의 천고에 다시없을 열절 또한 친필로 널리 알려 '당열절효선의군명' 정려문을 높이 세우고 기이한 보물을 내리었다. 이로써 당대 사람들이나 후세 사람들로 하여금 여자의 효와 절개가 백 가지 행실의 으뜸으로 장성완 같은 이가 또다시 없을 것임을 칭송하게 하니, 모든 처결에 옳지 않은 것이 없었다. 신하들이 모두 마땅하다 일컬었고, 사대부와 서민을 불문하고 나라의 모든 백성과 깊은 산과 궁벽진 골짜기 어디에서라도 정월염과 장성완 두 소저의 효와 열행을 칭찬하지 않는 사람이 없었다.

이 옥사의 상세한 이야기와 그간 장헌의 괴이하고 패려한 행사들, 다섯 살 손자를 데리고 촉 땅에 이르러 연부인에게 사죄하던 사설이며, 장창린이 과거에 급제하고 정잠이 오랑캐 땅에서 돌아왔음을 듣고 놀라 황급히 먼저 상경해 집안일을 처리한 후 며느리 정월염을 환대하여 사랑하고 위로하며 공경하기를 자기 자식보다 더하던 이야기와 박부인의 생각 없는 거동은 《의맹성호연》에 올라 있으므로 이 편에서는 대략만 쓴다.

한편 황태후가 박교랑의 염통을 경태제의 영궤에 넣어 제를 지내고 비통함을 이기지 못하니, 황제 또한 슬퍼하여 친왕과 같은 예로 염을 하고 시호를 '녀(戾)'라 하며 종동대리사에 추증하여 그 아들이 받도록 했다.

천태산에 은거하는 정씨 일가의 유유자적하는 삶

앞서 천태산 정씨 부중에서는 정삼이 정염·정겸과 함께 말세가 기우는 것과 사회가 어지러운 것을 피하여 태산 깊은 골짜기에 자취를 붙였다. 인간사 비바람 속 어지러운 소식이 닿지 않아 제후의 지위도 하찮은 것으로 여기고 영화와 부귀 또한 헌 신같이 여겼다. 백이와 숙제의 청절과 고풍이 무성하니, 서산에 깃들어 사는 것이 주나라의 식량을 먹지 않고 수양산에 숨어 고사리를 캐 먹은 것과 같았다. 그 당당한 의기는 한나라 때의 엄광 같고 신기한 도량은 진나라 때의 도연명 같아 쓸데없이 〈이소(離騷)〉를 지어 원망하지 않았다. 그리하여 근심 없이 한가한 것으로는 이 같은 사람이 없을 듯했다.

정삼은 어머니의 침소 곁에서 항상 받들어 모시면서 노래자와 같은 효성으로 서태부인을 기쁘게 해드리는 겨를에, 도덕과 학문을 논하고 후원의 정자를 거닐며 마음속 회포를 풀었다. 그러고 나면 태산 풍경을 두루 구경하고 마을 입구와 뒷산을 거닐면서 소나무 아래 학을 길들이고, 바위 아래서 거문고를 고르며 산 가운데에서 퉁소를 불고 반석 위에서 바둑을 두었다. 시냇가에 그물을 치고 동강에 낚싯대를 드리우며, 칼로 바위를 쳐 붓을 빼어들고 운을 부르며 시를 썼다. 어떤 때는 말을 조련하는 법을 익히고 활 쏘는 법을 희롱하며, 경전과 주역을 강론해 만고의 득실과 천추의 흥망을 토론하여 충분히 의견을 나누고 산계(算計)를 익혀 육학(六學)에 정통했다. 시와 술로 창화(唱和)하며 혹 들에 나가 목화를 따고 벼와 기장을 베며 거문고를 두드려 시를 읊고 노래에 답하니, 도도한 흥취는 만고를 기울이고 뛰어난 문채는 천지를 기울일 정도였다. 그러나 그런 놀음이 잡스럽지 않아 아주 어린 아이라도 두려워하며 깨우치고 시위나 사령 같은 하급직이라도 무심함을 삼갔다. 내외의 맑고 깨끗함이 가을 물을 맑게 할 정도이니 한 터럭도 혼탁함이나 막힘이 없어, 부인네는 날마다 《여교》를 강론하고 방적을 다스려 공적이 가득했다. 또한 효성을 공경하고 삼가며 조심스럽고 온화한 기운이 성하여 서로 화목하고 사랑할 뿐이니, 이 집안에 어찌 뱃속에 다른 회포를 두고 가슴에 불협한 뜻을 담을 사람이 있겠는가?

다만 소교완 한 사람만은 진심을 다해 가사를 다스리고 시부모를 공경하며 어린 자식을 잘 기르는 것에서는 다시 말할 필요가 없으나, 그 겉과 속이 다르고 교활하여 조조의 간사한 면모와 이임보처럼 안팎이 다른 마음을 지니고 있었다. 드러나지 않는 가운데 간악함이 심하고 선행에는 관여하지 않으며 하늘을 배반하고 사람을 속이는 데 미치는 것을 사광의 총명함과 이루의 밝은 눈인들 알 수 있겠는가?

정삼은 세상 이치를 밝게 헤아려 가족이 곧 만날 날을 기다리면서, 과도하게 걱정하거나 탄식하는 모습을 보이지 않고 한결같이 서태부인을 위로하며 안심시켰다. 여름에 어머니 머리맡에서 부채질하던 황향의 효와 부모의 뜻을 받드는 증자의 효를 실행하니, 그 공경하며 삼가는 와중에 다른 데 마음을 둘 겨를이 없었다. 정염과 정겸도 정삼의 그림자가 되어 서태부인 슬하에 있으면서, 온화한 얼굴빛으로 지난 일을 생각하며 슬퍼하는 기색을 보이지 않고 서태부인을 즐겁게 해드리면서 바둑으로 시간을 보냈다. 화부인 또한 잠시도 시어머니 곁을 떠나지 않았는데, 만물을 소생하게 하는 부드러운 말투와 온화한 안색은 사람으로 하여금 백 가지 근심을 사라지게 하고 만 가지 정기를 인도하는 것 같았다.

서태부인은 효자와 어진 며느리의 지극한 효도를 생각하여 스스로 마음 쓰는 것을 억누르고자 했다. 하지만 그러면서도 때때로 오랑캐 땅에서 외롭게 지내는 아들을 생각하여 근심하고 두려워하며 간절히 염려하느라 잠을 이루지 못하고 식사도 못 하게 되었다. 정삼이 어머니의 상심과 슬픔에 어쩔 줄 몰라 안타까워하는 것이 그 누구와도 비할 데 없어, 온갖 방법으로 서태부인의 근심을 덜어드린 후에야 잠깐이나마 마음을 놓았다. 서태부인 또한 정잠 부자를 잊은 것은 아니나 정삼의 근심과 초조함을 더하면 안 될 듯하여 스스로 마음을 다스리는 데 집중하고 있었다.

황제가 이빈 등 여러 신하들을 거느리고 무사히 귀국하여 천하에 대사면을 내리자, 태산이 비록 깊은 골짜기여서 세상 소식을 듣기에 멀리 떨어진 곳이기는 하지만 이곳 또한 하늘 아래의 땅이자 국가에 속한 땅이라 이미 소문이 눈 날리는 듯했다. 소문에 따르면 대부분이 조정으로 돌아왔으나 정잠과 조세창은 오지 못해 오랑캐 땅의 굴욕을 면할 날이 없다고들 했다. 서태부인이 이 소식을 듣고 너무나 놀라고 애통하여 멀리 북쪽 변방을 바라보며 흐느껴 한탄하니, 두 눈에서 흐르는 눈물이 소매를 적실 지경이었다. 정삼이 민망하고 당황하여 부축하고 위로하면서 그 앞에서 기쁜 경사를 점쳐 길흉을 알아내고자 했다. 미묘한 곳을 자세하고 분명하게 알아내고 풀어내니, 비록 바로 돌아오지는 못하지만 이는 시운(時運)이 꽉 막혀 있어 그런 것으로, 마침내 길함이 있고 흉함이 없어 영화로운 수레와 빛난 위용으로 금의환향할 때가 몇 년 안 걸릴 것이라 했다. 서태부인과 화부인은 평소 온화하고 고요하여 길쌈을 다스리며 부엌일을 주관하는 것도 오히려 능치 못한 듯 겸손히 하고 사리에 밝은 부인의 편벽된 성품을 꺼려 총명하고 현명한 지식이 없는 듯이 했다. 하지만 타고난 총명함과 지극한 밝음으로 만사에 능통하지 못할 것이 없으니 어찌 상수학(象數學)에 밝지 않겠는가? 정삼이 길흉을 점칠 때 서태부인이 고운 손으로 셈을 하여 스스로 해득하고 화부인은 조용히 헤아려 흉이 적고 길함이 많음을 깨치니, 잠시 기쁜 기색이 미간에 돌아 근심을 조금이나마 위로할 수 있었다.

소교완은 경전에 통달했으나 상수학에 밝은 것은 서태부인과 화부인에 미치지 못했다. 정삼과 화부인이 구태여 말하지 않고 서태부인은 점괘를 보고 한번 셈한 후 고개를 끄덕이고는 다시 말을 하지 않으니, 소교완이 한두 곳 풀지 못한 바를 물을 데가 없어 침묵하다가 천천히 처소로 물러 나와 정인웅을 불러 정삼이 점친 바에 대해 물었다. 정인웅이 모자지간 천륜의 정으로 자신이 아는 바를 숨기는 것이 이상할 뿐 아니라 점괘가 매우 길한 것을 다행으로 여겨, 어머니 앞에 나아가 앉아 그 길함을 차례로 세고 아직 평안한 운수는 도달하지 못했다고 아뢰었다. 소교완이 하나하나 고개를 끄덕이며 듣는데, 정잠이 영화롭게 돌아올 것이 기쁘지 않은 것은 아니지만 정인성의 신수가 높이 빛나고 크게 길할 것이 못마땅하고 한스러워 신경이 쓰이고 뼈에 사무침이 더했다. 그러나 행여 말이나 얼굴에 드러내지는 않았다.

천양지차의 쌍둥이 형제, 정인중과 정인웅

정인웅이 매우 총명하고 지혜로워 모든 일에 통달해 있다 해도 그 어미의 흉악하고 간악한 마음속 계교는 다 알지 못했다. 다만 양어머니 대화부인의 타고난 인자함과 숙모인 화부인의 지극한 선함에 비추어 볼 때 친어머니가 겉과 속이 모두 밝지 못한 것은 아닐까 생각은 했다. 하지만 자기가 태어난 이후 어머니의 행사를 보건대 걸음걸이 하나 말씀 하나가 예의와 법규가 아님이 없어 효와 인의 도리를 함께 갖추고 덕행을 온화하게 베푸니 어느 곳에 허물이 있음을 알겠는가? 그저 자신의 지극한 효를 다하여 양어머니의 슬프고 쓸쓸한 마음을 위로하고 친어머니의 적막한 침소를 살펴 지극히 공경하며 삼가는 정성이 자식 된 자의 부모 섬기는 도리에 넘칠 정도였다. 뿐만 아니라 요즘 들어서는 봉양을 더욱 정성되게 하여 비록 엄동설한이라도 한밤중에 일어나 할머니와 두 어머니의 잠자리를 살펴 평안하신지를 확인한 후에야 잠깐 잠을 이루었다. 그런 중에도 아버지와 형이 만 리 떨어진 오랑캐 땅에 억류되어 있어 언제 돌아올지 모르는 것을 슬퍼하며 날마다 생각하고 그리워했다. 북녘 희미한 구름에 감정이 북받치면 근심의 눈물이 한삼 자락을 적시고, 하늘을 멀거니 바라보며 나오는 탄식은 아름다운 눈썹에 깊게 잠겼다. 그러다가도 할머니와 어머니 앞에 가면 밝은 얼굴빛과 기쁜 목소리로 공경하고 순종하여 기쁘게 하니, 이는 숙부인 정삼의 부모와 형제에 대한 도리를 본받은 것이었다.

할머니와 두 어머니가 만금같이 귀하게 여기는 것이 한 몸에 오롯

하되, 정인웅은 더욱 삼가고 조심하여 귀한 가문의 버릇없는 아이의 모습을 조금도 보이지 않았다. 그뿐 아니라 양아버지 정흠이 억울하고 원통하게 죄를 받은 것을 매우 근심하고 가슴 아파하여 오열하니, 그 지극한 원통함과 맺힌 한이 위로는 하늘에 사무치고 아래로는 땅속 깊은 곳까지 통하였다. 또한 정인웅은 조숙하고 뛰어나 오륙 세부터 온갖 행실이 빛나고 도학의 바탕이 잘 갖추어져 스스로 도를 깨우치는 본성을 가지게 되었으니, 어버이를 사랑하고 어른을 공경하며 동기와 우애 있게 지내고 친척과 돈독한 것은 그의 천성이라 할 만했다.

정인웅은 양아버지 정흠이 일찍 세상을 떠나고 원통한 누명을 쓴 것을 가슴 아파하고 뼈에 사무쳐하며, 친아버지 정잠이 오랑캐 땅에 갇혀 있는 것을 원통해하고 애달파하여 근심과 애통함이 겹겹이 쌓여갔다. 열 살 안팎 어린아이가 알지 못할 바를 스스로 깨달아 지극한 고통과 염려가 간장에 맺혀 가슴이 너무 아플 정도로 슬퍼했다. 그럼에도 이를 억제하는 것이 남다르고 참는 것을 지극히 하여 폐부에 얽힌 슬픔과 염려를 어른 앞에서는 말하지 않았기 때문에 두 모친과 할머니가 미처 알지 못했다. 다만 사촌 형인 정인명이 낮이나 밤이나 한시도 곁을 떠나지 않고 서로의 자취를 쫓았기에 정인웅의 뼈저린 한을 알아채고 매번 위로하며, 무익한 것으로 마음을 상하여 정신을 점점 삭게 하는 것은 도리어 불효에 가깝다고 말했다. 이에 정인웅이 길게 탄식할 뿐 슬픔과 근심, 원망을 밖으로 드러내는 적이 없으나 잠자리에서는 슬피 울어 그 눈물이 베개를 적셨다. 또한 사람 없는 곳에 가면 북녘을 바라보며 구슬피 울고 아버지와 형이 빨리 돌아오기를 비니 아버지를 그리워하는 정이 하루하루 깊고 절실해졌다. 정인명이 그 지극한 효에 감탄하여 스스로 미치지 못할 바라 여기며 깊이 사랑하고 중히 여기는 것이 한 몸과 같으니, 정인웅도 여러 사촌 가운데 정인명에게 각별한 뜻이 있었다. 또한 정겸과 서부인이 아들 정인명을 귀중히 여기는 것이 천륜을 뛰어넘을 정도였지만, 모든 일에서 믿고 중요하게 생각하는 것은 오히려 정인웅이 더했다. 숙부와 조카의 정이 아버지와 아들보다 덜함이 없으니, 온 집안에서 기대하는 바로는 여러 공자들 중에 으뜸이었다.

쌍둥이 형인 정인중은 용모와 풍채가 걸출하고 총명함과 재능이 탁월하여, 어머니인 소교완의 재주와 용모, 기질 등을 온전히 물려받았다. 일찍이 수고롭게 배우지 않아도 옛일과 시사에 능통한 학식과 고매하고 세상을 구제할 재량이 장족의 발전을 보여 모두가 사랑하고 아꼈다. 정삼 역시 매우 아끼고 사랑하되 엄하게 훈계하고 가르쳤다. 정삼은 평생 한 조각 부정한 일도 입에 올리지 않을 뿐 아니라 음란하고 방탕한 말이나 음흉하고 험악한 말을 귓가에 머물게 하지 않아, 눈으로는 사악한 것을 보지 않고 귀로는 예가 아닌 것을 듣지 않았다. 그러니 어찌 조카에게라도 모든 행실을 경계할 때 평범하게 하겠는가? 하물며 사람을 알아보는 총명한 눈이 마음속 깊은 곳까지 꿰뚫어 보니, 정인중이 가풍의 높고 큰 뜻과 성실함과 검소함을 능히 품지 못하고 도리어 세속의 듣기 좋게 말 꾸미는 태도가 있음을 깊이 염려했다. 다정하고 친절하게 군자의 덕행은 겉과 속을 다르게 꾸미지 않는다고 일러주면서 매번 순수하고 바르게 하라고 경계했다. 그러면서도 자애로움을 더하여 떠들썩하게 야단치는 일이 없었는데,

정인중은 숙부가 어질고 사촌들이 기특한 것을 모르지는 않지만 끝내 따르지 않았다. 비록 겉으로는 물 흐르듯 공순하여 타이르는 것은 사지(死地)라도 거역하지 않을 듯하면서도 마음속은 이와 달라 도끼를 눈앞에 들이대도 검은 속내를 고칠 길이 없으니, 정삼이 어찌 조카의 사람됨을 알지 못하겠는가? 가풍을 추락시키고 조상을 욕되게 할까 그윽이 염려하면서도 그 나이가 어리기에 책망할 바가 아니라 생각하여, 대부분 조용히 설득하고 달래면서 행여라도 몹쓸 말로 꾸짖지 않았다. 그러하니 정겸과 정염도 정인중의 총명한 기질을 칭찬하고 사랑할 뿐 그 사람됨이 다른 아이들과 다른 것을 알지 못했다.

서태부인은 친손자든 종손자든 차이를 두지 않아 손자들을 보면 기뻐하고 모두 사랑했다. 어린아이들은 작은 잘못이 있어도 보아주고 큰 아이들은 잘 타이르면서 한결같이 사랑으로 훈육하여 조금도 어느 한쪽에 치우치는 일이 없었다. 그렇기에 정인중에 대한 깊은 염려를 정삼 부부에게도 굳이 알리지 않았으니 다른 사람들이야 어찌 알 수 있겠는가? 보는 사람마다 황홀히 사랑하는 것은 여러 공자 가운데 정인중이 으뜸인 듯하고, 종들도 다 인중 공자라 일컬으며 이 공자같이 인자한 분이 없다고 했다. 이 또한 정인중이 소교완의 성품을 이어받아 노비의 무리를 개인적으로 대접하곤 했기 때문이었다. 귀한 과실이나 진귀한 음식과 문방구들을 소매에 넣고 다니며 함께 노는 아이들에게 남녀 구분 없이 주고, 혹 청하는 것이 있으면 들어주고 상을 똑같이 주어 위로하고 도와주며 칭찬하고 격려하여 사람의 마음을 감격시켰던 것이다.

총명하고 눈치 빠른 소교완이 그 자식의 사람됨을 모르겠는가? 소교완은 정인중이 지혜와 꾀가 많고 언변이 좋아 재주와 기질이 덕을 이기며, 품성과 성행이 어질고 의로운 군자와 많이 다른 것이 흡족하지 못하고 기쁘지 않았다. 스스로 간사하고 포악하며 어질지 못한 것은 깊이 감추고 정인중을 훈계할 때는 맹자 어머니의 법도와 왕손가 어머니의 괴로운 희생을 겸했다. 어린아이의 우연한 놀음과 작은 희롱이라도 다 일상생활의 법도와 예절에 맞는 몸가짐을 하도록 하고 부잡스럽고 무식한 것은 용납하지 않았다. 그러니 정인중의 총명함으로 어찌 어른의 눈치와 어머니의 가르침이 법도에 맞음을 알지 못하셨는가? 자신의 본심이 결백하고 정직한 것에 가깝지 않되, 아직 어머니의 교훈을 받들고 행실을 닦아 일가 문중의 칭찬을 얻는 것이 마땅함을 스스로 깨달았다. 그리하여 어머니 앞에서 공경하며 따르는 예를 다하고 효성스러움을 이루어내니 어린아이로는 생각지 못할 행동거지가 많았다. 그럼에도 소교완은 조금도 자랑스러워하지 않고 가차가 없어, 자애가 두터울지언정 매우 사랑하고 아끼는 것을 안색에 드러내지 않았다. 정인중은 어머니의 속마음을 알 수 없기에, 거짓으로 자애로운가 여기고 또 어렵게 여기면서 꺼리는 것이 깊어 가볍게 지나치지 못했다.

정씨 일가를 몰살하려는 소교완의 계교

그러던 어느 날 밤, 정인중은 인웅을 비롯해 여러 사촌들과 더불어 밤이 깊도록 문리(文理)를 공부하며 논하다가, 갑자기 허기가 져 어머니께 가서 요기할 것을 얻을까 하여 소교완 침소로 들어갔다. 혹시라도 어머니가 잠이 드셨으면 감히 어수선하게 해서는 안 될 것이라 생각해, 발소리를 내지 않고 가만히 들어와 창밖에서 귀를 기울여 방 안의 동정을 살피고자 했다.

이때 소교완은 마음속 근심스러운 소리가 점점 커져가니 울울히 청산이 끊어지듯 가슴이 새카맣게 타들어 가, 높고 높은 화산 봉우리가 끊어지는 듯한 분노가 흉악하고 음험한 마음을 미친 듯 사납게 날뛰게 했다. 복숭아꽃 한 가지는 비와 이슬을 맞지 못해 아침 볕에 초췌해지고 봄날의 가는 버들은 광풍에 이리저리 뒤흔들렸다. 살쩍의 검푸른 머리털과 탐스럽게 쪽 찐 머리는 봉황을 수놓은 베개에 파묻혀 있고 옥 같은 뺨에는 화가 일었다. 갑자기 비단 이불을 헤치더니 분하고 답답한 마음에 놋젓가락으로 비단 병풍을 치니, 본성을 잃어 미친 듯하고 억눌렸던 한은 하늘까지 닿을 듯하여 도저히 진정하기 어려웠다. 소교완은 잠시 마음속 회포를 풀고자 시비 녹빙과 계월을 앞에 두고 좌우를 살폈다. 집안의 가법이 정제되고 엄숙하여 남녀 종들도 몰래 돌아다니며 음흉한 뜻을 품는 일이 없음을 알기에, 자신과 시비의 사적인 대화를 들을 사람이 없을 것이라 여기고 그제야 두 시비를 돌아보았다. 길게 탄식한 후 다시 손으로 비단 병풍을 두드리고는 갑자기 흐느끼며 말했다.

"녹빙아, 계월아. 내 무슨 팔자며 이 어떤 세상이기에 괴롭고 슬프며 분하고 애달픔이 사람이 견디고 참지 못할 바가 많으냐?"

녹빙과 계월은 정삼의 점괘가 정인웅에게 길함이 있고 흉함이 없다고 할 뿐 아니라 정인성에게는 매우 길하다고 한 것을 들은 상태라 마찬가지로 너무나 기막히고 분해했다. 소교완의 말을 듣고는 계월이 가까이 나아가 엎드려 조용히 계교를 여쭈되 소리가 작아 창밖에서는 들리지 않았다. 소교완이 다시 탄식하며 말했다.

"처사 부자는 원래 없음만 같지 못하거니와 생각건대 처음 계획했던 일을 이제 와서 없는 것으로 하는 것은 옳지 않겠지만, 인성이가 고요한 가운데 고결하고 거룩하며 지혜롭고 사리에 밝음이 세상에 둘도 없으니 장량과 진평의 지략과 분육의 용맹이라도 겨루지 못할 것이다. 그러니 서툴게 해치려 했다가는 도리어 화를 입게 될 듯하구나. 나와 너의 사사로운 마음이 아니라 황제가 맹추관을 시켜 천태산을 진압한다면 너와 내가 그만두고자 해도 그리 못 할 것이다. 다만 인중·인웅 두 아이와 시어머니께 화가 미치지 않도록 해야 한다."

이에 녹빙이 탄식하며 말했다.

"계량과 맹추관이 도모하여 서태부인과 마님, 두 아드님을 무사하게 하고 그 이외의 사람들은 함부로 죽인다 해도 근심될 것이 없으며, 처사 어르신 부부를 제거하는 것 또한 인성 공자의 편을 덜어내는 것이라 진실로 다행일 것입니다. 인성 공자는 이른바 금에 별을 더한 격이요 가문의 기둥이니, 비록 오랑캐 땅에서 잠시 곤액을 겪고 있지만 후일 돌아오면 황제가 애중하고 정씨 일가가 높이 떠받드는 것이 지난날과는 비길 수 없게 되겠지요. 그러면 우리 두 공자는 자리가 뒤섞이고 있는지 없는지 중요하지도 않아 인성 공자의 귀중함을 우러르지도 못하시게 될 것입니다. 그 지경에 이르면 뼈에 사무칠 만큼 분하고 한스러워 저희들의 가슴에 불이 일어날 터이니 마님의 마음속은 어찌 온전한 날이 있겠습니까? 그러나 마님께서는 이미 스스로 환하게 통하고 이치를 깨달아 한 치도 거리낌이 없으신 듯합니다. 천한 저희의 어리석음으로 제대로 살피지 못하였는데, 오늘 번민하심이 이 정도에 이른 것을 보니 긴 세월 동안 가슴에 담고 참은 것이 심회가 되어 있으시군요. 그런데 인성 공자가 돌아오시는 날은 평소 같지 않아 많은 눈의 의심을 받을까 근심되고, 또 한편으로는 켜켜이 쌓인 이 한을 풀 날이 혹여 없을까 하여 너무나 원통합니다."

소교완이 갑자기 베개를 밀치고 일어나 기쁜 얼굴로 잠시 웃더니 말했다.

"나를 알아주는 것은 너희 두 사람뿐이라 생각했더니, 녹빙은 어찌 도리어 나를 알지 못하느냐? 내 비록 속이 좁고 편협하지만 가볍게 작은 것을 참지 못하여 큰 계획을 어그러뜨리지는 않을 것이다. 후일은 말할 것도 없고 바로 눈앞에서 인성이의 지위가 높아지고 재산이 많아져 여섯 나라를 합병하고 금의환향하던 소진의 영화로움이 있다 해도, 어루만져 사랑을 베풀고 기뻐하며 즐거워함이 평소보다 못하지 않을 것이다. 너희들이 이 문제에 대해서는 근심하지 않아도 된다. 내 다만 맹세코 인성이를 죽이고야 그만둘 것이니, 너희들은 내 좌우 날개가 되어 끝까지 지켜보도록 하여라."

두 시비가 동시에 절을 하고 공손히 말했다.

"마님이 평생에 법도를 잘 지키시어 덕성이 빛나실 뿐 아니라 스스로 환하게 통하고 이치를 깨달으심이 사람에게 바랄 바가 아닙니다. 천한 저희들이 하늘의 무궁함과 은하의 근원을 헤아리지 못하여 오늘 밤 번민하심에 놀라 어찌할 바를 모르고 심회가 중한가 근심하였는데, 이렇듯 말씀하시는 것을 보니 진실로 큰일을 이루는 것이 위태롭지 않을 것입니다. 저희들이 감히 옛사람의 높은 충의를 따르지는 못하오나, 마님의 덕화에 감화되어 하찮은 도움이나마 죽을 때까지 그치지 않겠습니다."

소교완이 또 문득 탄식하며 말했다.

"너희들의 충심이 부족하지 않고 내가 계획한 계교도 어설프지 않았으나, 지금 왕술위와 맹추 등이 중간에 변란을 일으킨 것이 허사가 되어버렸다. 내 계략은 그림자만 남고 실체를 잡지 못하여 아이들 놀음이 되었으니 어찌 허탈하지 않겠느냐? 그러나 내 이전에 마음을 허비한 것을 티끌같이 쓸어버릴 것이니, 초나라 사람의 이른바 '사람이 많으면 하늘의 뜻을 이긴다'는 말을 본받으려 한다. 너희들은 일의 추세를 보아 나를 돕고 모든 일에 입을 다물어, 내가 말을 먼저 하지 않으면 너희들 또한 생각한 바를 꺼내지 말아라."

두 시비가 절을 하고 명을 받들어 말을 그치고 조용히 있으되, 촛불이 밝아 소교완은 잠을 잘 생각이 없었다. 정인중이 창밖에서 어머니와 두 시비의 대화를 들으니 과연 자신의 음흉하고 어질지 못한 마음과 딱 맞되, 어머니의 엄하고 매서운 태도가 두려워 감히 창밖에서 몰래 들었음을 드러낼 수 없었다. 이에 천천히 몸을 돌려 멀리서부터 들어오는 것처럼 한 후 바로 방 안에서 알게 하고 기침을 한 번 했다. 계월이 웃으면서 맞이하러 나가 붙들고 말했다.

"밤이 깊었는데 공자께서는 어찌 지금까지 안 주무시고 계십니까?"

정인중이 답했다.

"내가 서헌에서 형제들과 이야기를 나누다가, 저녁을 부실하게 먹었기에 허기가 져서 어머니께 아뢰고 뭐든 요기 좀 하러 들어왔네.

그런데 어미는 어찌 안 자고 아직도 어머니 곁에서 물러나지 않고 있는가?"

계월이 정인중을 젖 먹여 키워 그 정이 제 자식과 같고, 인중을 믿고 귀히 여기는 것 역시 견줄 데가 없었다. 그 옥 같은 얼굴과 풍모가 날로 맑고 아름다워, 조숙함과 통달한 면모가 나면서부터 남과 다른 것을 매우 기뻐했다. 그러나 귀히 여길수록 정인성이 장자권을 가져 정인중은 쓸모없는 신세가 된 것을 뼛속 깊이 한스러워하여, 장차 정인성을 없애고 정인중이 정씨 가문의 장자가 되도록 하고자 했다. 이날도 야속하고 분한 마음이 깊은 곳에서 우러나고 얼굴에도 그대로 드러나 보였다. 계월이 정인중과 함께 방 안에 들어가 소교완에게 알리고, 맛있는 고기와 과일 등을 내와 정인중에게 요기하라 권한 후 길게 탄식하며 말했다.

"우리 공자의 특출남은 어디라도 미치지 못할 바가 아닌데, 당당한 장자로서 세상에서 가장 아름다운 옥이 되지 못하고 도리어 사촌 형에게 장자권을 사양하게 되셨습니까?"

말이 채 끝나기도 전에 소교완이 정색하며 말했다.

"종이 무식하다 해도 어찌 이런 괴이한 말을 감히 어지럽게 내뱉는 것이냐?"

계월이 두려워하며 망령됨을 사죄했다. 정인중은 소교완의 겉과 속이 다른 것과 마음속 진심을 자신에게 말하지 않는 것을 비로소 깨달았다. 그리고 이를 다행이라 생각하며 훗날 자신이 장자의 중임을 맡게 될까 하여 내심 매우 기뻐했다. 그러나 자신 역시 겉으로 드러내지 않고 평온한 모습으로 목소리를 밝게 하여 소교완에게 주무실 것을 청하고는, 고기와 과실로 요기하고 천천히 방을 나왔다. 이 두 모자가 서로의 마음을 감춰 겉과 속이 다른 것이 이임보의 간사한 마음과 왕망의 거짓 겸손을 아울렀으니, 소교완은 침착하고 심지가 굳으며 빼어난 것이 아들보다 위였고, 정인중은 어머니를 빼닮았지만 높고 빼어난 격은 다소 미치지 못했다.

경태제의 밀지로 맹추의 습격을 받게 된 정씨 일가

앞서 문양의 추관인 맹추가 경태제의 밀지를 받아 정씨 집안을 몰살하고자 했으나, 아내인 계월의 면목 때문에 여러 세월을 허송하며 보냈다. 그런데 경태제가 다시 밀지를 내려 정삼의 거처를 샅샅이 뒤져 빨리 처치하라 하니 더 이상 지체하지 못하게 되었다. 이에 군사를 일으키려 하는데 명분 없이 대군을 움직일 수 없어, 깊은 산에 웅거하는 도적을 치고 또 황제의 명이라 하면서 날래고 용맹스러운 군사를 빼내어 100명 중에 10명을 가리고 10명 중에 1명을 취하여 각기 일당백을 할 만한 군사로 300명을 채웠다. 그 즉시 천태산에 이르러 깊은 곳에 군사를 매복하고, 자신은 옷을 바꿔 입고 정씨 부중의 행랑채에 와 계월을 만났다. 한밤중에 정씨 부중을 에워싸고 집안사람들을 모두 몰살하겠다는 계획을 알리자 계월이 웃으며 말했다.

"낭군이 비록 황제의 명을 받았으나 우리 마님과 두 공자를 해치지는 못할 것이오."

맹추가 말했다.

"나 역시 그대의 면목을 생각하지 않을 수 없으니 소부인 세 모자를 해칠 뜻은 두지 않았네. 다만 한밤중에는 누군지 식별하기 어려우니 미리 피할 도리를 생각해 두시게."

계월이 그러겠다 하고 소교완에게 알렸는데, 정삼 부부를 아끼는 마음이 없는 것을 알고 물러 나와 맹추를 보고 계교를 정하기를 내일 밤으로 맞추었다.

날이 밝자 정삼은 정겸·정염과 함께 자식과 조카들을 거느리고 서태부인 앞에 나아가 며칠간 유람할 것을 아뢰었다. 서태부인은 정삼이 자기 곁을 단 며칠이라도 떠나려 하는 것을 이상하게 여기면서도 무슨 연고가 있는가 하여 즉시 허락했다. 정삼이 인광과 인경, 인흥 형제와 인명까지 뒤를 따르라고 하면서, 다만 인중과 인웅은 집에 머무르며 소교완을 모시라고 했다. 정인중은 맹추의 계획을 대략 들었기에 숙부를 따라갈 마음이 없어 집에 있으라는 말을 기꺼이 받아들였다. 정인웅은 양어머니 대화부인의 쓸쓸한 심사와 적막한 침소를 위로할 사람이 없음을 슬퍼하여, 한때라도 곁을 떠나고 싶지 않아 집에 머물게 되었다.

정삼이 정천과 정섬까지 데리고 나가니 집 안에 장성한 남자는 인중과 인웅 형제뿐이었다. 맹추와 계월이 안팎에서 상응하여 정삼 부부와 정겸·정염의 부자와 정인광 등까지 무자비하게 죽이려고 하다가 계교대로 안 된 것을 애달파했다. 그러나 다시 생각하니 인중과 인웅 두 공자만 집 안에 머물고 정삼의 형제들은 아들 조카들과 놀러 나갔으니, 진실로 구한다고 해도 쉽게 얻을 수 없는 기회였다. 이에 맹추가 손뼉을 치고 웃으며 말했다.

"정처사가 두 동생과 아들 조카들과 더불어 스스로 목숨을 재촉하여 가루가 되고자 하는구나. 이 또한 하늘의 뜻이니 어찌 벗어날 수 있겠는가? 그 형제와 부자가 다 없어진 후에는 미미한 계집들이 하늘에 사무치는 고통을 이기지 못하여 잔약한 목숨을 속절없이 끊을 것이니, 수고롭게 무기를 쓸 필요가 있겠는가? 내가 군사 삼백을 몰아 정처사를 뒤따르고 이 집안은 요란하게 만들지 않으리라."

계월이 또한 그렇게 생각하여 빨리 정삼을 따르라고 했다. 맹추가 고개를 끄덕이고 즉시 정삼의 행로를 따라갔다.

앞서 맹추가 먼저 태운산에 이르러 두루 물으니 정씨 부중을 지키는 노복들은 심산궁곡에 옮겨가서 자세히 모르겠다 하고, 혹 아는 자가 있어 말하기를 천태산으로 옮겼다고 하나 사실인지 모르겠다 했다. 이에 맹추가 즉시 천태산으로 찾아가니 과연 산세가 매우 깊어 은자(隱者)들이 숨을 곳이었다. 모든 졸개들을 산골짜기에 매복시킨 후 사람 없는 때를 타 골짜기로 점점 더 깊이 들어가니, 띠로 지붕을 엮은 초라한 집 한 채가 구름과 안개 속에 잠겨 있었다. 맹추가 너무나 기뻐하며 바로 계월의 처소를 찾았다. 이때 계월이 마침 맹추를 기다리고 있다가 반기면서 오래 떠나 있던 회포를 풀고 전에 월청강에서 성공한 일을 말했다. 맹추가 고마워하면서 이곳에 이르게 된 전후 사정을 전했다. 계월이 기뻐하며 소교완의 자초지종을 전하고는 틈을 얻어 빨리 거사를 이루라 하니 맹추가 그러겠다 하고 떠났다.

이날 정삼은 정겸·정염·정천 등과 함께 고금을 논하고 주역 64괘의 기묘한 이치와 해와 달 운행의 헤아릴 수 없는 조화를 이야기하고 있었다. 해독하지 못한 곳을 풀고 여러 자식과 조카들의 학문이 탄탄해진 것을 말하면서 내심 만족스러워했다. 이때 갑자기 천지가 어두워지더니 한바탕 기이한 바람이 일면서 정삼이 쓴 관을 거두어 공중에 올렸다가 다시 땅에 내려놓은 후 사방으로 사그라들었다. 자리에 있던 모든 사람들이 매우 놀라 얼굴빛이 달라지고, 정삼 또한 놀라며 일어나 그 관을 불태운 후 조용히 앉아 있는데 무슨 생각을 하는 듯했다. 이에 정천이 말했다.

"내가 평생 소활하여 소옹의 방술을 믿지 않았는데, 지금 본 일은 매우 놀랄 만한 일이 아닐 수 없군요. 비록 믿을 만하지는 못하지만 한번 길흉을 점쳐 보고자 하니 어떻겠습니까?"

정삼이 천천히 대답했다.

"매사가 하늘의 뜻이라 사람의 힘이 미칠 바가 아니니, 하늘이 정한 것이라면 더 말할 것이 없을 것입니다. 그러나 사람이 세상에 나 어찌 간인의 독수에 맞아 죽을 수 있겠습니까? 모쪼록 아저씨의 사리에 통달한 면모를 한번 보여주십시오."

정천이 즉시 주역 팔괘를 벌여놓고 금화를 던져 한 괘를 얻으니 다음과 같았다.

'큰 화가 산 아래 이르렀다.'

정천이 기뻐하며 말했다.

"이 또한 운명이다."

이에 종이와 붓을 내와 두어 줄 글을 써 정삼에게 보여주었는데, 첫 줄에는 '일이 이미 벌어졌으니 돌아가기는 어렵도다.'라고 씌어 있었고, 그 아래에는 '집에 있으면 막기 어려우니 놀러 나가면 잘 처리하게 될 것이다.'라고 씌어 있었다.【풀면 다음과 같다. "호랑이가 한번 그 처소를 떠나면 다시 돌아감을 얻지 못할 것이요, 집에 있으면 방비하기 어렵고 나가 놀면 잘 처치할 것이라."】정삼이 보고 묵묵히 말이 없으니 정겸과 정염이 너무나 의심스럽고 괴이하여 정삼의 처분만 기다렸다. 정천이 정삼에게 피할 것을 재삼 권하자 정삼이 마지못해 서태부인께 며칠 유람할 것을 아뢰고 즉시 여러 동생과 아들 조카들을 거느려 거침없이 길을 나섰는데 그 거처는 알 수 없었다.

정삼은 원래 멀리 나갈 것이 아니라 잠깐 천태산 상상봉에 올라 집 안에 어지러운 변을 일으키지 않으려 한 것이었다. 비록 간인의 흉측한 모략이나 부정한 계략을 듣지는 못했으나 자신에게 액이 있음을 깨달았으니, 어찌 맹추 무리의 간악한 해를 입고 속절없이 죽을 정삼이겠는가? 두 동생과 아들 조카들과 함께 죽장을 짚고 망혜를 신고는 산 위로 올라가는데, 맑고 시원한 바람이 소슬하게 불어 옷소매를 뒤적이며 향기가 부드럽게 풍겨 오니 이때는 바로 추구월 보름이었다. 온 세상에 찬 서리가 내리고 물빛이 청량한데, 가을바람이 맑은 이슬을 머금어 눈에 보이는 모든 것이 눈부시게 빛이 났다. 붉게 물든 단풍잎이 서늘하고 은빛 시내는 평온하여 찬 기운이 사람에게 쏘이고, 산 빛이 아직 봄을 보내지 않아 기이한 풀이 향기를 토하며 백 가지 꽃이 맑은 시내에 떨어졌다. 폭포 소리는 매서워 옥 소리가 어리어 있고, 바위에 뚫린 굴과 바위 봉우리에는 신기한 새소리가 들리는 것이 마치 생황 연주에 봉황과 새들이 화답하는 듯했다. 부드러운 바람이 사람을 부르니 맑은 뜻이 더욱 상쾌해졌다.

점점 깊이 들어가자 바위가 하나 있었는데 너비가 수십 간이나 되었다. 정삼이 손을 뻗어 올랐는데 마치 평지에 오르는 듯했으나 여러 공자들은 잘 오르지 못했다. 정인광이 팔을 벌려 따라오는 이들의 손을 붙들고 유리 같은 바위 위에 모두 오를 수 있게 했다. 정천과 정섬 또한 바위 위에 올라 사면을 살펴보니, 바위가 평상을 받쳐놓은 듯하고 푸른 옥 같은 색을 띠고 있었다. 실로 광릉 땅의 보배로운 거울을 새로 갈아 걸어놓은 듯 사람의 모습이 비치니 가느다란 털까지도 셀 수 있을 정도였다. 그 전체가 깊은 연못 같은데 가운데를 따라 구궁 팔괘의 형상을 띠어 옥을 쌓은 듯 수정을 뽑은 듯한 물이 모여 바위의 중간 허리가 잠기었으니, 일천 자나 되는 절벽의 푸른 구름과 기이한 바위가 그 가운데 자리하고 있었다. 더할 수 없이 위태로운데도 오히려 평평한 것은 마치 유리로 된 정자나 백옥으로 만든 평상에 앉은 듯했다. 이미 자리를 죽 벌여 앉아 사방을 즐기며 구경하는데, 수많은 나무들은 성성하여 넓은 잎들을 나부끼고 여러 가지 꽃들은 앞다투어 피어나 봄빛을 가로챘다. 오색의 나비와 벌들은 어지럽게 다니며 그림 그린 듯한 날개에 수놓은 것 같은 몸으로 신묘한 춤을 추듯 날아올라 여러 가지 꽃들을 희롱했다. 우거진 나무들 또한 더할 나위 없이 뛰어난 경치를 자랑하고 있었다.

온 세상이 눈앞에 펼쳐져 있으니 일행은 제각각 흥이 나 붓을 들고 시를 지어 서로 화답하면서 스스로 만족해하며 뽐내기를 마지않았다. 그런데 정삼의 시 속에는 뜻밖의 변고를 조심하는 뜻이 담겨 있었다. 이에 정인광이 놀랍고 의아해 나아와 엎드려 그 까닭을 여쭙자 정삼이 말했다.

"너는 수고롭게 묻지 말고 오늘 밤 여기서 지켜보거라."

정겸이 꺼림직해하면서 말했다.

"그러면 집으로 돌아가겠습니다. 어찌 이런 깊은 산의 높은 봉우리에서 뜻밖의 변고를 당하겠습니까?"

정삼이 웃으며 말했다.

"집에 돌아가면 면하고 여기 있으면 죽겠느냐?"

정염이 많이 취해 신발을 벗어 다리를 드러내고는 바위 사이에서 발을 씻으면서 큰 소리로 말했다.

"내가 본래 산을 뽑을 괴력과 100명을 당해낼 수 있는 용맹을 지녔으니, 뜻밖의 변고가 있어도 근심할 것이 없으리라."

정삼이 웃으며 말했다.

"은백(정염)의 허탄함과 취한 기운으로는 아주 어린 아이도 당해내지 못할까 싶으니, 기운을 자랑하지 말고 바위 위에서 조용히 잠들어 정신을 혼란스럽게 하지 말아라."

정염이 웃으면서 발을 다 씻고는 과연 취기를 이기지 못해 팔을 베고 누웠다. 정인흥이 민망하여 자기 옷을 벗어 부친의 허리를 받치고 머리를 편안하게 만들었으나 바위가 차가워 곁에서 모시면서 기운을 살폈다.

잠시 후 해가 서쪽으로 지고 달이 동쪽 산봉우리에 솟으니, 정천 등이 달을 보고는 흥이 한껏 고조되었다. 잠깐 사이에 달빛이 점점 뚜렷해지고 향기로운 바람이 불어오자 몸에 냉기가 파고들었다. 공자 등이 부친들의 연로한 몸을 걱정해 바람 피하시기를 청했으나, 정염은 술기운에 몽롱하여 잠을 깨지 못했고 정삼과 정겸은 말없이 단정하게 앉아 움직이지 않았다. 정천은 좌우와 앞뒤를 돌아보면서 속으로 무언가를 생각했다. 이때 갑자기 멀리서 징과 북소리가 일제히 울리며 함성이 크게 진동하는 중에 한 무리의 군사가 바로 산 위로 오르기 시작했다. 정삼은 안색이 변하지 않았고 정천 또한 조금도 놀라지 않았으나, 정겸과 여러 공자들은 놀라 허둥지둥하면서 그들을 제압할 방법을 찾지 못했다. 정인광이 당차게 일어나 손에 단도 하나 없이 적들과 맞서고자 했다. 정삼이 정인광을 돌아보면서 말했다.

"이 적들이 우리 부자를 죽이려고 하지만 절대 마음대로 해치지 못할 것이니 망령되게 덤비지 말거라."

정천이 웃으며 말했다.

"공자가 충분히 당해낼 것이니, 상공께서 신이하고 비밀스러운 계책을 내지 않으셔도 소탕하는 데 어려움이 없을 듯합니다."

정삼이 말했다.

"아이의 나이가 어리고 미약하여 간악한 도적의 흉악한 기세를 당해내기 어려울 것이기에 이 조카가 죽을 힘을 다해 막고자 하는 것입니다. 아저씨도 도와주시겠지요?"

정천이 웃으며 말했다.

"나 같은 사람이 어찌 노력을 다해 돕는 것을 아끼겠는가마는, 원래 힘이 부족한 다음에야 계교를 쓰는 것인데 이 도적은 공자가 거의 당해낼 만해 보입니다. 먼저 계교를 쓰는 것은 부질없을 것이니 잘 생각해 보십시오."

말을 채 마치기 전에 산을 따라 오르는 도적이 먼저 활을 쏘아 화살이 비 오듯 했다. 정천이 즉시 앞을 향해 진언을 외자 갑자기 세찬 바람이 불어 모래와 자갈이 날리면서 올라오는 화살들을 가로막으니 바위 가까이에는 닿지도 못했다. 정천이 모든 공자들을 정삼 곁으로 가게 한 후 정인광을 이끌고 바로 도적 무리를 치고자 했다. 정삼은 정천의 신이한 술법과 정인광의 뛰어난 힘을 확신하여 가볍게 행동하지 않았으나 정겸은 매우 초조해했다. 정염은 잠이 깊이 들었다가 함성 때문에 당황하여 허둥지둥 일어나 앉았는데, 아직도 잠이 덜 깨 정신을 차리지 못한 상태였다. 정삼이 웃으며 산 아래를 가리켜 말했다.

"산을 뽑을 만한 힘과 용맹함으로 맹추의 무리를 근심하겠는가?"

정염이 두 눈을 두렷이 뜨며 두 주먹을 불끈 쥐고 몸을 일으켜 산 아래로 내려가고자 하니 정삼이 붙들고 웃으며 말했다.

"잠시 돌아가는 형세를 보아 움직여도 될 것이니 급하게 굴지 말아라."

정염은 아직도 취기에서 깨지 못해 들뜬 기운에 일어나다가 정삼이 말리자 도로 앉아 말없이 있었다. 이에 정겸이 놀라고 경황없는 중에도 웃음을 참지 못하여 크게 웃으며 말했다.

"말이 실상을 넘는다는 것은 은백 형님을 가리키는 것이겠습니다."

정삼이 웃음을 머금고 말했다.

"처음부터 뜻밖의 변고를 근심하여 집으로 가려 하던 사람과 기운을 자랑하고 일당백을 근심하지 않던 사람은 다를 바가 없지 않겠느냐?"

정겸이 크게 웃으며 말했다.

"저는 겁을 냈을지언정 은백 형님처럼 용기 있다고 하지는 않았습니다."

이렇게 말하며 산 아래를 바라보니 도적 떼가 험한 산길에 발을 붙이지 못하여 무기를 들고 엎어지는 사람이 하나 둘이 아니었다. 하지만 죽기로 작정하고 서로 붙들어 주며 빨리 올라오니 몹시 사나워 일당백에 비할 수 없었다. 그러나 정인광과 정천은 조금도 겁내지 않고 바로 도적을 향해 나아가며 돌을 집어 앞에 오는 도적을 막았다. 그 형세는 잠자리가 태산을 집적거려 성내게 하는 모양으로 도저히 당해낼 수 없는 상황이었다. 정인광이 돌을 들어 앞에 오는 도적의 얼굴을 맞히자 큰 소리를 지르며 장검을 놓아버리고 땅에 거꾸러졌는데, 정인광이 그 칼을 빼앗으니 긴 칼날에 무지갯빛이 서렸다. 그 칼로 전후좌우의 도적들을 풀 베듯 하는데 범접할 수 없는 위용이 당당하고 용맹이 매우 뛰어났다. 몹시 화가 나 머리카락은 모두 쭈뼛 일어서 있고 눈자위가 찢어질 정도로 사납게 노려보고 있으니, 이는 마치 항우가 큰 소리를 질러 천인(千人)이 놀라 쓰러지게 한 위풍이요 태산을 끼고 북해를 뛰어넘을 용력이었다. 도적들은 우두머리의 명을 받아 정씨 가문을 도륙하는 공을 세우고자 하여, 머리가 떨어지고 목에 피가 낭자하게 흘러도 죽기를 돌아보지 않았다. 일제히 고함을 지르며 정인광을 먼저 죽여 자기들의 죽은 동료의 원수를 갚고자 창과 검을 이리저리 휘둘러 빗발치듯 했다. 정인광이 이에 더욱 정신을 가다듬고 분발하여 전후좌우로 적들을 들이받으니, 도적들의 머리가 그 칼날의 번쩍거리는 빛을 따라 산 아래에 뒹굴었다. 정천이 정인광을 도와 진언을 외자 상서로운 구름과 안개가 몰려와 정인광의 몸을 둘러 도적들이 감히 범하지 못하게 되었다.

맹추가 뒤에서 군사를 지휘하다가 군사들이 정인광 하나를 당하지 못하는 것을 보고 매우 화가 나고 분하여 긴 창을 휘두르며 달려들었다. 정인광이 이를 맞아 싸우는데, 북해의 성난 용이 태산의 모진 호랑이와 싸우는 듯했다. 맹추가 정인광을 죽이려 하자 정인광이 갑자기 몸을 날려 맹추의 두 발을 잡고 머리를 치니, 칼날의 번쩍이는 빛이 번개 같아 몸과 머리가 각각 땅에 굴렀다. 다시 칼을 들어 맹추의 배를 긋자 정천이 곁으로 달려들어 허리의 요패를 떼어 그 이름을 알고자 했다. 이미 맹추가 죽고 군사 300명의 반 이상이 정인광에게 죽임을 당하자 남은 졸병들은 각자 목숨을 구하고자 사방으로 흩어져 달아났다.

정삼이 정인광의 누구와도 견줄 수 없는 뛰어난 무용으로 위기를 벗어나게 된 것을 다행으로 여기지 않은 것은 아니었다. 그러나 어린아이가 사람을 그렇게 많이 죽인 것을 불행하게 생각해 정천을 불러 말했다.

"이미 적의 괴수를 죽였으니 남은 무리는 살려 보내는 것이 마땅할 것입니다. 그런데 어린아이가 머리끝까지 화가 나 의리를 모르고 사람들을 도륙하는데도 왜 아저씨는 옳은 일이 아니라고 타이르지 않으십니까? 이는 은자의 덕도 아니요 군자의 덕도 아닙니다."

정천이 웃으며 말했다.

"옳은 말이지만 아무리 은자나 군자라도 도적의 독수를 면하려면 살육을 하지 않을 수 없을 것입니다."

말을 마치고는 도적 떼를 향하여 꾸짖으며 말했다.

"우리가 깊은 산속에서 오래 살아오면서 사람들과 검부러기 정도의 원한도 둔 적이 없는데, 너희는 무슨 이유로 벌의 독을 쏘아 감히 귀인을 범하고자 하느냐? 괴수를 이미 죽였는데 너희 패잔병들을 일시에 죽여버리는 것은 인자의 덕이 아니기에, 길게 잘잘못을 따지지 않고 남은 목숨을 붙여 돌려보낼 것이다. 악한 마음을 선하게 돌려 다시는 흉악한 짓을 할 생각도 하지 말아라."

적들이 감히 다시 싸울 의사가 없으니 흉악했던 용맹함은 썩은 풀 같이 되어 각각 목숨을 보전해 살기만을 바라는데, 어찌 정신을 차려 대답할 겨를이 있겠는가? 다만 머리를 조아리면서 죽을 목숨을 살려 준 덕을 칭송하며 돌아가고자 했다. 정인광이 그제야 칼을 던지고 말했다.

"이 좋은 산에 흉한 적들의 시체를 썩게 해 더럽힐 수 없으니, 빨리 거두어 가서 멀리 치운 후에 돌아가라."

적들이 정인광과 정천을 감히 다시 쳐다보지 못했으며, 또 이미 매우 겁먹은 상태였기에 넋이 나가고 사지의 힘이 다 풀어져 버렸다. 동쪽으로 쓰러지고 서쪽으로 엎어지면서 우두머리와 동료들의 시체를 멀리 옮겨 땅에 묻은 후 한꺼번에 돌아갔다.

정인광은 그제야 폭포의 물을 움켜 목욕하고 얼굴을 씻었다. 정삼이 아들의 옷에 붉은 피가 낭자히 뿌려져 있는 것을 더럽게 여겨 정인명 등의 속옷을 벗겨 갈아입도록 하고 벗은 옷은 물에 띄워 없애라고 했다. 인광이 명을 받들어 먼저 옷을 갈아입은 후 기운을 가다듬고 아버지를 모셨다. 정겸과 정염이 얼떨떨한 상태로 앉아 처음부터 끝까지 다 지켜보고도 도리어 이상하다는 생각을 할 겨를도 없이, 다만 정천의 신기함과 정인광의 천하무적다운 용맹함이 대적할 자 없는 것에 매우 놀라 칭찬했다. 오늘 밤 위급한 화를 면한 것은 인광의 용맹 덕분이라며 다행이라 하고 기특하다 칭찬하니, 이에 정삼이 말했다.

"뜻하지 못한 변고를 당하여 앞뒤를 제대로 생각하지 못하고 살기만을 바라 도적을 죽이지 않을 수 없었으나, 원래 전쟁을 잘하는 자는 극형을 받아야 하는 것이다. 인광이 저 아이가 겨우 열네 살밖에 안 된 나이로 여러 사람을 죽인 것은 스스로 하고자 한 것이 아니라도 자연히 악을 쌓은 것이 제 몸의 굴레가 될까 마음이 편치 않구나. 언제 이렇게 용맹을 쌓게 되었는가?"

말을 마치고 괴수의 요패를 내어 보니 '문양 추관 맹추'라고 쓰여 있었다. 정인광이 하인인 운학과 경용에게 들은 말을 아뢰고자 했으나, 숙모인 소교완의 심복 시녀가 개입되어 있는 것이 마음에 걸려 사실을 털어놓지 않았다. 다만 지난번 선산 태주로 가던 길에 흉악한 무리를 모아 아이들을 잃어버리게 한 것이 이자의 소행이라고만 아뢰었다. 정겸과 정염이 짐작하지 못하고 말했다.

"우리 집 모든 사람이 일찍이 맹추 두 글자를 듣지 못했으니, 진실로 은혜나 원수 어느 것도 없을 것인데 누가 이런 일을 시켰을까? 알지 못할 일이구나."

정삼이 한참 동안 침묵하다가 말했다.

"이번 재난은 위로는 받은 명이 있고 아래로는 공교한 자의 내통이 있는 듯하다. 하지만 죽고 사는 것이 정해진 것이니, 어찌 우리 형제와 부자가 하루아침에 변고로 힘없이 목숨을 잃을 사람들이겠는가? 자연히 간악한 무리가 망하는 것을 두고 볼 것이다."

정천이 웃으며 말했다.

"간악한 무리가 망하는 것은 잠깐 동안 통쾌하게 보았으니 다시 더

봐야 무엇 하겠습니까?"

정삼이 다시 말을 하지 않고 시동에게 술과 안주 등을 내오게 했다. 아들 조카들과 함께 먹고 기운을 차리면서 잠깐 쉬자 이미 날이 밝아오고 있었다. 그제야 옷을 떨치고 일어나 산 아래로 내려오는데, 정인광은 지난밤 대적을 맞아 온 힘을 다해 물리쳤으니 분명 피곤할 것이나 오히려 기운이 평소와 같고 정신도 꼿꼿하여 조금도 불평하지 않았다. 이에 정삼은 마음속으로 그 기력을 장하게 여겼고, 두 숙부인 정겸과 정엽, 그리고 모든 사촌 형제들이 혀를 내두르며 기이하게 여기기를 마지않았다.

집으로 돌아와 서태부인을 뵙고 밤사이 문안을 여쭙자, 서태부인은 아무 일 없었다고 하며 수일 기약으로 떠났는데 하룻밤만 보내고 돌아온 것을 기뻐했다. 이에 정엽이 웃으며 아뢰었다.

"원래 멀리 나가려고 한 것이 아니라 급한 재앙을 피해 산 위에 올라간 것이었는데, 어젯밤 과연 대적이 산을 둘러싸고 급히 올라 저희를 죽이려 하였습니다. 인광이와 아저씨가 아니었으면 비록 죽기는 면한다 하더라도 많이 다쳤을 것입니다. 다행히 인광이와 아저씨가 흉한 도적 떼를 멸살하여 통쾌하게 물리치고 부자와 형제가 모두 무사히 돌아올 수 있었으니, 이는 오로지 인광이의 용맹 덕분입니다."

말을 마치자 자리에 모인 모든 사람들이 매우 놀라, 비록 지난 일이지만 도적 떼가 흉악했던 것을 생각하며 간담이 서늘해지지 않을 수 없었다. 서태부인이 적들의 흉악함을 몹시 놀라워하면서도 별다른 말이나 표정 없이 탄식하며 말했다.

"세상일은 예측하기 어렵고 사람의 마음은 헤아리기 어려우니라.

천만의외의 간흉한 자와 요망한 자가 비뚤어진 마음으로 계략을 짜 도적의 변을 일으킨들 어찌 알 수 있겠느냐? 이후로는 세심히 살펴서 흉인의 독수를 대비하도록 하거라."

정인광이 웃으며 대답했다.

"바르지 못하고 요사스러운 것이 바른 것을 건드리지 못하고 요사스러운 악은 올바른 덕을 이길 수 없는 법이니, 흉악 간사하고 요사한 무리가 독사와 같은 해를 입히고 벌의 독침을 쏜다 해도 현인과 군자는 범하지 못할 것입니다. 걱정하지 마십시오."

(책임번역 탁원정)

완월회맹연 권 32

태운산으로 돌아가는 정씨 일가

장헌이 촉 땅에서 장성완을 만나고
정씨 일가는 태운산으로 돌아가다

정씨 일가와 소교완 사이를 이간질하는 정인중

정인광이 웃으며 대답했다.

"바르지 못하고 요사스러운 것이 바른 것을 건드리지 못하고 요사스러운 악은 올바른 덕을 이길 수 없는 법이니, 흉악 간사하고 요사한 무리가 독사와 같은 해를 입히고 벌의 독침을 쏜다 해도 현인과 군자는 범하지 못할 것입니다. 걱정하지 마십시오. 간사한 무리의 고삐가 길면 밟히는 재앙이 머지않아 있을 것입니다."

여러 부인들이 다 듣고는 붉은 입술을 살짝 열어 흰 이를 드러내고 가만히 웃으며 말했다.

"조카는 수만 가지 시름과 걱정을 만나도 바른길을 따르고 하늘의 뜻을 믿을 사람이지. 만약 세상의 운수가 쇠하여 하늘이 사람을 당하지 못하면, 포악하고 요사한 자들이 뜻을 얻고 잔인한 자들이 제멋대로 다니며 바른 도를 용납하지 못해 바른 사람의 복이 없어질 수 있겠지. 하지만 지금은 누구와 원수를 맺은 일이 없는데도 해치려 하니 들을수록 놀라지 않을 수 없고, 또 결국 어찌 될지 너무나 근심되는구나."

정인광이 또 웃으며 말했다.

"밝은 가르침이 지당하시나, 근심하고 염려해서 좋을 것이 없으니 일이 진행되는 상황을 지켜볼 따름입니다."

서태부인과 화부인은 다시 말이 없었으나 여러 부인들은 정인광을 어루만지며 생각이 깊다 하고, 정삼 형제 등은 굳이 거리낄 것이 없어 뒷일을 근심하지 않았다.

이때 소교완은 맹추가 일에 실패하고 죽은 것과 정인광의 의심하는 말에 매우 놀라고 한스러웠다. 그러나 감히 드러내지 못하고 아무 일 없는 듯 이야기를 나누다가 자기 처소로 돌아왔다. 계월은 벌써 맹추가 죽었다는 것을 알고 애통하고 분한 마음이 하늘을 뚫을 정도였다. 하지만 본래 별난 독종으로 소교완의 뜻을 받들어 일을 도모하는 중이라 사사로운 정을 끊어내고 모질게 참으며, 집안사람들의 의심이 일지 않게 하려고 남편이 죽었다는 말을 하지 않았다. 다만 병이 나서 행랑에 누워 있다 하고는 하루 종일 잠도 안 자고 먹지도 않았다. 그 어미 육난 역시 늙은 흉물이라 아무렇지 않은 듯 감정을 억누르고 겉으로 드러내지 않은 채, 소교완의 침소에서 어린 시녀들에게 분부하여 바느질과 베 짜기 등에 힘쓰게 했다. 소교완이 이 거동을 보고 유모 육난의 깊고 넓은 뜻과 계월의 충성심에 감격했다. 다만 계월이 스스로 목숨을 끊지는 않을까 근심스럽고 그 젊은 나이가 애처롭기도 하여, 슬픈 기색으로 미간을 찌푸리며 물었다.

"계월이 갑자기 병이 나서 움직이지도 못한다고 하더니 지금은 증세가 어떠냐? 아무쪼록 미음과 약으로 잘 간호하여 빨리 낫도록 해라."

육난이 감사해하며 말했다.

"그 아이가 천한 몸에 우연히 병이 들었으니 어찌 마님께서 염려하실 일이겠습니까? 증세가 대단하지는 않지만 가벼운 병은 아니라서 쉽게 낫지는 못할 것 같아 걱정입니다."

소교완이 다시 말을 하지 않고, 계월을 위로할 두어 줄 글을 쓰고 미음을 준비해 육난에게 주면서 말했다.

"이것을 가져가 계월을 간호해라."

이에 집안사람들은 모두 계월이 병이 난 것만 알고 있었지 도적 떼의 괴수 맹추의 계집인 줄은 꿈에도 생각지 못했다. 하지만 정인광만은 분명하게 알고 있었다. 음흉한 녹빙과 계월이 남편들의 이름을 집안에 올바로 알리지 않고 다른 이름으로 말했기 때문에, 소교완은 왕술위와 맹추가 변을 일으킨 것을 알 사람이 없을 것이라 생각했다. 그런데 정인광이 소교완의 잠자리를 모신 적이 없음에도 맹추와 왕술위의 변을 알게 되었으니, 놀랍고 두려우며 마음속으로 분하고 원통하여 정인광을 삼켜버리고 싶을 정도로 미웠으나 감히 말과 얼굴에 드러내지는 못했다. 맹추가 죽은 날부터는 마음이 뒤숭숭하고 초조한 것이 날이 갈수록 더했지만, 억지로 평온하고 차분한 모습을 유지하려 했다.

이날 정태요가 친정에 와 서태부인을 모시자 집안 전체가 하나같이 반가워했다. 그러나 정태요는 정인성과 정월염이 살아 있다는 소식을 듣고 다시금 딸 상연교를 생각하며 너무나 슬프고 가슴 아파했다. 서태부인 역시 몹시 애통해하여 자기도 모르게 슬픈 눈물이 흘러 옷깃을 적셨다. 정삼이 민망하여 상연교가 허무하게 도적 손에 죽을 운명을 타고나지 않았다고 하며 계속 위로했다. 그러나 정태요는 태주로 가던 길에 변고를 일으킨 자들이 누구인지 모르는 것과 그들을 잡아 눈앞에서 죽이지 못한 것을 한스러워했다. 이에 정인광이 웃음을 머금고 정태요에게 말했다.

"고모님, 흉한 적들을 일시에 죽이지 못했다고 한스러워하지 마십시오. 맑고 맑은 하늘의 신과 깊고 깊은 땅의 신이 함께 벌을 내려 흉악한 도적들이 죽을 날이 머지않았습니다."

그러고는 정월염과 자신이 그동안 겪은 변고를 대강 알리고, 재난과 고생이 그런 지경이었는데도 오히려 살아났으니 상연교 또한 분명 죽지 않았을 것이라 했다. 가족이 다시 만날 날이 머지않았다고 하자 정태요가 길게 탄식하며 말했다.

"연교의 나이는 너희보다 더욱 어리니 그와 같은 흉적을 만나 살 길이 없었을 것이다."

그러면서 마치 눈앞에 딸의 주검을 놓은 듯 슬퍼했다. 모두가 계속해서 정태요를 위로하다가 밤이 깊어서야 각자의 처소로 돌아가 쉬었다.

정인중이 어머니 소교완의 마음을 잠시 흔들고 간악한 계략을 모의하고자 깊은 밤을 타 소교완 침실에 이르러 창밖에서 기침을 했다. 소교완은 요즘 들어 더욱 잠자리가 편안치 못하여 여전히 옷매무새를 바로 하고 단정하게 앉아 촛불을 뚫어지게 보며 마음이 어지럽고 염려가 번란하여 어찌할 바를 모르고 있었다. 그러다 정인중의 기침 소리가 들리자 물었다.

"너는 어찌 깊은 밤에 이렇듯 분주하게 다니느냐?"

정인중이 나직한 목소리로 대답했다.

"우연히 할머니의 잠자리를 살피러 들어왔다가, 어머니께 아뢸 말씀이 있어 고하려고 합니다."

소교완이 즉시 방문을 열며 들어오라 하여 침상 아래 자리를 주고 무슨 말을 하려는 것인지 물었다. 정인중이 짐짓 얼굴에 놀라는 빛을 띠고 괴로워하는 모습으로 별 같은 두 눈에서 맑은 눈물을 쏟으며 어머니 무릎 아래 엎드려 한참 동안 말을 하지 못했다. 소교완이 놀라 붙들어 일으키며 물었다.

"네가 무슨 일로 이다지 슬퍼하느냐?"

정인중이 그제야 눈물을 거두고 탄식하며 말했다.

"제가 여덟 살이 되도록 어머니가 길러주시고 작은아버님이 가르쳐주신 덕분에 잘 자랐고, 가풍이 엄숙해 친척 어르신들과 사촌 형제들까지 친부모나 형제와 같지 않다 여긴 적 없이 진심으로 우러르고 화목하게 지냈습니다. 그런데 오늘 밤 차마 듣지 못할 흉한 말을 듣고 어머니께 허다한 재앙이 미칠 것을 생각하니, 정신이 나가고 마음이 찢어질 듯해 어떻게 추스리고 아뢰어야 할지 모르겠습니다. 왕술위와 맹추라는 자들은 어떤 도적입니까? 또한 어머니께서는 지난날 어찌하여 전실 자식을 꺼려 친자식보다 전실 자식을 더 사랑했던 목강의 인자함과 큰 덕을 따르지 못하셨습니까? 저는 그 일을 한번 들어보고자 합니다."

소교완이 다 듣고 놀라움을 참지 못해 한참을 침묵하다가, 천천히 얼굴빛을 태연히 하고 말했다.

"네가 어디서 미친 말을 듣고 와 어미의 마음을 흔들어놓으나, 내 어찌 속내를 말하지 않겠느냐? 내가 처음에 네 부친의 둘째 부인으로 정씨 문중에 들어오니, 명염·월염 두 자매와 인성이가 좌우에서 자식의 도리를 다하더구나. 내가 중년의 넓지 못한 마음씨로 자녀를 거느림에 있어 노성(老成)한 부인 같지는 못해도 체면을 잃어 가소로운 모습을 한 적은 없다. 또한 목강의 인자한 덕은 없으나 민자건과 순임금의 계모처럼 자애롭지 못한 바도 없었으니, 누가 나에게 허다한 재앙을 끼치게 하겠느냐? 또 왕술위와 맹추 두 도적이 길에서 변을 일으킨 것은 나 역시 인광이에게 처음 들었을 뿐 아니라 전에 두 도적의 이름을 안 적이 없는데 너는 어찌 내게 묻는 것이냐?"

말을 마치는데 목소리가 조용하고 얼굴빛이 엄숙했다. 정인중은 어머니가 속내를 감추고 간악한 뜻을 제대로 말하지 않는 것을 보자 자신의 마음을 감히 드러낼 수 없었다. 다만 분한 기색으로 길게 탄식하며 말했다.

"어머니의 맑고 큰 덕을 제가 어찌 모르겠습니까마는, 사촌 형님(정인광)이 할머니와 고모님께 조용히 아뢰기를 '길에서 변을 일으킨 왕술위와 맹추 등이 흉적일 뿐 아니라 간악한 흉계를 몰래 꾸미는 자가 멀리 있지 않으니, 그 간사하고 능청스러운 독기와 교활한 마음은 사악한 무리의 괴수라 할 만합니다. 그러니 밖에서 왕술위와 맹추를 겁박하여 간인의 흉계를 적발하는 것이 마땅하나 안면이 있어 거리끼는 것일 뿐이니, 잠시 시간을 지체하여 큰아버지(정잠)께서 돌아오시는 날 그 죄를 올바로 밝히는 것이 옳을 듯합니다.'라고 하자 고모님이 몹시 분해 이를 갈며 '요사한 별종 소씨의 간악하고 사특함이 포사와 달기의 뒷꼬리를 이어 왕망의 거짓 겸손과 이임보의 겉과 속이 다름을 모두 본뜨나, 오라버니(정잠)의 사람 알아보는 밝은 눈은 벗어나지 못할 것이다. 연교가 살아 돌아오면 그나마 참을 수 있겠지만, 그렇지 못하면 지금까지 저지른 죄를 낱낱이 말해 오라버니로 하여금 완전히 쫓아내도록 할 생각이다. 그런 간사한 요물을 어찌 오래 머무르게 하겠느냐?'라고 하셨습니다. 할머니께서 고모님의 말이 지나치다 하시고 사촌 형님에게 주의를 주시면서 '비록 맹추와 왕술위 등이 변을 일으킨 것을 알아 의심이 없지는 않으나, 가볍게 입 밖에 내는 것은 좋을 게 없으니 다시는 말하지 마라.'라고 하셨으나, 사촌 형님이 어머니를 헐뜯고 욕하며 함부로 악담하는 것이 끊이지 않았습니다. 제가 창밖에서 듣고는 분한 마음에 가슴이 터질 듯하여 바로 와서 어머니께 아뢰는 것입니다. 그러니 만약 어머니가 사촌 형님이나 고모님 말씀처럼 실덕한 일이 있다면, 저는 잘못을 바로잡거나 덕을 닦으시는 날을 기다리지 못하고 죽어 어머니의 과실을 모르고자 합니다. 하지만 그렇지 않고 상하 덕행의 찬란하심이 본래 알고 있던 바와 같다면 고모님과 사촌 형님 앞에서 한바탕 다투며, 무슨 혐극(嫌隙)이 있어 동기간과 숙모 조카 사이의 정을 끊고 공연히 구렁텅이에 몰아넣고자 심술을 부리는지 묻고 싶습니다. 고모님이 비록 집안 어른이시고 사촌 형님 역시 형님(정인성)과 마찬가지이지만, 함부로 악담하여 어머니를 곤경에 빠뜨리니 그 지경에 이르러서는 제가 결단코 좋은 얼굴과 두터운 정으로 대하지 못할 것입니다. 어머니는 어떻게 생각하십니까?"

소교완이 화평한 얼굴에 고요한 모습으로 처음부터 끝까지 다 듣고는, 사람의 폐부까지 꿰뚫는 총명함과 빠른 눈치로 상황을 파악했다. 정태요는 비록 딸 상연교를 잃어버린 고통이 자식 잃은 슬픔으로 두 눈이 멀었던 자하보다 더하다 해도 천성이 온화하고 인자하여 함부로 동기를 나무라지는 않을 것이었다. 정인광도 비록 왕술위와 맹추 등이 변을 일으킨 것을 알았으나 효도와 우애를 잘 알기에 자신을 비방하여 함부로 악담하지 않을 것임을 알고 있었다. 그렇기에 다만 넌지시 의심하는 말과 조용히 한탄하던 말들을 잠깐 듣고 정인중이 이처럼 말을 부풀렸다고 생각하면서도 아예 사실무근의 허무맹랑한 말이라는 것은 알지 못한 채 정인중을 꾸짖으며 말했다.

"사람이 멀리서 먼저 눈을 돌리지 않는 것은 남의 허물을 볼까 두려워서이고, 문에 이르러 들어옴을 알리는 것은 사람의 허물을 들을까 삼가는 것이다. 그런데 너는 나이가 채 여덟 살이 못 된 어린아이가 조용히 다가가 할머님의 사사로운 말을 엿듣고는 어미에게 전하여, 동기간과 숙모 조카 사이의 정을 이간질하고 또 네 사촌 형의 화목하고자 하는 뜻을 끊어 갑자기 협극을 두고자 하느냐? 상부인(정태요)과 인광이가 이 어미를 모함하는 것이 진실로 네 말과 같다 해도, 내가 그들을 원망하여 눈 흘길 정도의 작은 원한을 갚고자 한다면 매우 음흉한 짓이 될 것이다. 너는 다시는 이런 말을 하지 말고 화목하게 지내 기품 있는 가풍을 떨어뜨리지 말도록 해라. 인광이가 네 면전에서 나를 욕하고 상부인이 너를 끌어내려 죄를 들추며 사람답지 못한 간악한 여자의 자식이라 하거든 그제야 네가 억울함을 토로할 수 있을 것이다. 그러기 전에는 모쪼록 입을 다물어 원한을 드러내지 말고 온화한 기색을 잃지 말거라."

말을 마치고는 다시 이야기할 뜻이 없이 조용히 앉아 있었다. 정인중은 어머니가 자신을 괄대하여 속내를 드러내지 않는 것에 애가 타고, 흉계를 함께 도모하지 못할까 봐 갈수록 한스러워했다. 그러나 감히 겉으로 드러내지 못하고 다만 자신의 불초함을 사죄했다.

"이후로는 삼가 친족 간의 정을 소홀히 하지 않겠습니다."

그런 다음 서재로 물러가니, 소교완이 나직이 한 번 탄식하고는 비로소 이불을 덮고 조용히 자는 척했으나 쉽게 잠을 이루지 못했다. 분노와 원한이 뼈에 사무치고 단번에 정인광을 삼켜버리지 못한 것이 너무나 애달팠다. 이는 정인중의 허무맹랑한 말을 믿어서가 아니라 정인광이 지난번 자신에게 한 말들이 다 의심하는 말이었기 때문이다. 비록 태연히 말을 나누면서 한 치도 그런 일을 범한 적이 없는 듯이 하였으나 이미 예사롭지 않았으니 어찌 마음이 편하겠는가? 큰 계획을 세운 것이 허망하게 되고 마음을 쓴 것이 도리어 아무 일 없이 혼자 외롭게 있는 것만 못하게 되었으니 너무나 통한했다. 이를 갈고 가만히 혀를 물어 내심 맹세하기를, 먼저 정인성을 죽이고 다음으로 정삼의 자녀를 모두 없애 아무도 눈앞에 어른거리지 못하게 하겠다고 했다. 그 간악한 심술과 흉악한 뜻은 지금도 견줄 데가 없을 뿐 아니라 이전에도 들어보지 못한 것이었다. 물론 소교완의 사나움이 고금에 하나뿐인 것은 아니지만, 외모나 온갖 행실이 남이 볼 때는 지극히 어질고 밝아 조금도 불인함이 없는 것은 예부터 지금까지 찾아보기 힘들었다. 왕망의 거짓 겸손과 이임보의 겉과 속이 다른 모습으로도 비할 수 없는 실로 별난 인물이었다. 만일 그 마음을 자연스럽게 두어 안과 밖이 다르지 않게 한다면 천고에 남을 어진 부인이 될 만하겠지만, 정인성의 액운이 평범하지 않고 정씨 가문의 운수가 불행하여 소교완이 이처럼 불인한 행사를 하니 어찌 한스럽지 않겠는가?

수개월이 지난 후 정태요가 돌아가고 오랜 시간이 지나 사람들의 의심을 사지 않을 즈음에, 비로소 경사로부터 계월의 지아비가 죽었다는 소식이 이르렀다. 계월이 동구 밖에 나와 머리를 풀어 헤치고 통곡하니, 정삼과 정인광은 마음속으로 더욱 흉하게 여겼으나 다른 사람들은 무심하여 계월이 아직 젊은 것을 아까워하는 이가 많았다.

서태부인은 정태요와 아쉬운 이별을 한 후, 정잠이 오랑캐 땅에서 고생하는 것을 생각하며 그 슬픔이 날로 더해갔다. 이에 정삼이 어머니를 위로하는데 그 말이 모두 화평하면서도 슬기로워 미래를 거의 눈앞의 일처럼 헤아릴 듯했다. 이에 서태부인은 정잠 부자가 머지않아 돌아올 것을 내심 기대하면서 슬픔을 애써 참았다.

천태산으로 금의환향하는 정잠 부자

세월이 걷잡을 수 없이 빨리 흘러 다시 수년이 지난 후, 영종이 복위하여 천하에 대사면을 내리고 옛 충신들을 널리 불러들이면서 정염과 정겸도 높은 벼슬로 불렀다. 사자가 천태산에 이르러 황제의 말씀을 전하고, 서태부인을 정한의 부인이자 정잠의 어머니라 하여 각별한 은혜로 안부를 물었다. 또한 정잠의 높은 절개와 충효를 칭찬하면서 오랑캐 땅에서 죽을 사람이 아니라는 말을 전했다. 정씨 가문일가가 성은에 감축하면서도 정잠이 언제 돌아올지 정해진 바가 없어 다시금 걱정스럽고, 정흠이 원통히 죽은 것 역시 슬픔을 더하니모두가 너무나 분하여 자기도 모르게 흐르는 눈물이 얼굴을 가득 적셨다. 정겸은 지극한 근심으로 가득 차 즐거움이 전혀 없으니 벼슬에대한 욕심과 세상에 나갈 마음 또한 없었다. 스스로 불충하고 재주가없어 높은 자리에 감히 나갈 수 없다고 하면서 공무를 행할 뜻이 없다 하였다. 반면 정염은 영종이 복위한 것이 너무나 기쁘고 다행이라 여겨 비록 부르지 않아도 빨리 나아가 영종을 뵐 뜻이 급했다. 그러니 어찌 사양하여 괴롭게 산중에 머물겠는가? 의연히 소매를 떨쳐상경하는데, 떠날 때 서태부인에게 하직하는 말이 아주 시원스러웠다. 모든 가족들이 경사 옛집에 모일 날이 기필코 있을 것이니 지금의 이별은 불과 수개월밖에 안 될 것이라 하면서, 그사이 부디 건강히 잘 지내시길 청했다. 서태부인이 도리어 잠깐 웃고는 말했다.

"조카는 본래 산속을 싫어하던 터라 오늘 등용의 영광을 띠고 상경하는 뜻이 쾌활하여 만사에 거리낌이 없구나. 하지만 이 숙모 생각에는 큰아이(정잠)가 쉽게 돌아오지 못하면 경사에서 함께 모이는 것을기약하지 못할 듯싶다. 모쪼록 조카는 먼 길에 무사히 도착해 공직에임하면서 충의와 덕화를 두루 드러내고, 여가에는 돌아와 깊은 산골초가에서 쇠잔한 목숨을 연명하는 이 숙모를 위로하거라."

정염이 온화하게 웃으며 대답했다.

"제가 비록 무지해서 하늘의 이치와 사람의 일을 알지 못하나 사촌 형님이 귀환할 날이 머지않았음은 밝게 헤아릴 수 있습니다. 분명 일가가 모두 모일 날이 그리 오래 남지 않았습니다. 그 때문에 제가 먼저 상경하는 것이지만, 만일 뜻대로 되지 않는다면 외롭게 경사에 머물면서 벼슬을 탐해 웃음거리가 되지는 않을 것입니다. 벼슬을 내놓고 다시 돌아와 삼촌과 조카, 형제가 서로 떨어져 있는 것을 걱정하지 않도록 하고 슬하에서 모시는 것을 한결같이 하겠습니다."

서태부인이 고개를 끄덕이면서 온 가족이 모두 모일 날이 머지않았음을 예감하고 이별을 슬퍼하지 않기로 했다. 다만 잘 도착해서 무사히 지내기를 당부하니, 정염이 말씀대로 하겠다고 한 후 정삼을 향해 말했다.

"황제께서 복위하시니 나라와 백성의 복이 이보다 더할 것이 없기에, 이를 경축하는 과거를 정해 그날이 얼마 남지 않았다고 합니다. 제가 상경한 후 즉시 여러 조카들과 인흥이를 보내어 과거에 참여하게 하십시오."

정삼이 미소를 지으며 말했다.

"은백이 촌구석에서 가난하고 힘든 생활을 견디지 못하다가 황제의 부르심을 받아 상경하게 되었는데, 거기에 더해 아들과 조카들까지 현달하기를 희망하여 과거를 보라고 하는구나. 하지만 입신이라는 것이 손에 쥔 바가 아닌 데다 아이들의 학문이 채 완성되지 못하였고 세상살이의 사리도 밝지 않아 아직은 과거를 볼 상황이 아니니 나중에 보게 하는 것이 옳지 않겠느냐?"

정염이 웃으며 그렇지 않다고 여러 차례 권했으나, 정삼은 아이들을 보낼 마음이 없었고 서태부인도 굳이 과거에 대해 부담을 주지 않으려 했다. 정염이 하릴없어 다만 아들 정인흥에게만 과거 날에 맞춰 상경하라 하고, 정삼·정겸과 작별한 후 정천을 돌아보면서 이별을 서운해하며 가을 소분(掃墳)할 때 다시 만나자고 약속하니 정겸이 웃으며 말했다.

"한번 올라가면 황제의 은총 없이는 제사 때도 고향을 생각할 뜻이 없어 다시 만날 기약을 추석 소분 때로 잡으니, 진정 벼슬 욕심이 대단하시군요."

정염이 크게 웃고 자잘한 곡절과 소소한 집안일을 거리끼지 않고 길을 떠났다. 정삼과 정겸이 매우 서운했지만, 한집에 모두 모일 날이 머지않았기에 헛되이 구구한 뜻을 드러내지 않았다. 정염이 길을 떠난 지 수일 후에 정인흥도 믿을 만한 동행인을 얻어 상경하게 되니, 숙부들과 모친이 먼 길 여정을 염려하여 마음을 놓지 못했다.

서태부인은 영종의 복위 소식을 들은 후로 마음이 급해져, 정잠이 무사히 귀환하기를 날이 갈수록 더욱 간절히 기도했다. 그러던 중 문득 경사에서 운학이 이르러 정잠 부자가 살아 돌아왔음을 알리고 편지를 전했다. 편지를 받고서 일가가 모두 함께 모여 기쁜 일을 서로 축하하는데, 뭔가에 홀린 듯하고 가슴이 뛰어 무슨 말을 해야 할지 모를 정도였다. 서태부인의 침착함과 정삼의 곧고 바른 품성으로도 정잠 부자의 글을 보면서는 반기는 정과 기쁜 마음이 얼굴에 그대로 드러났다. 그런 중에도 옛일을 생각하며 슬픈 마음에 자신도 모르게 눈물을 흘리고, 얼른 과거 날이 지나가 부자가 집으로 돌아오기를 고대했다. 일가가 환성을 올리며 함께 즐기니 마치 봄바람이 부는 듯하여 그 누구도 기뻐하지 않는 사람이 없었다.

그러나 오직 소교완만은 정인성이 살아 돌아오는 것이 너무나 분하고 원통했다. 경사를 향해 날아가 인성을 물어 삼키지 못하는 한스러움을 감출 길이 없으되, 오히려 평온한 기색을 지어내고 행동거지를 태연히 하여 마음을 숨겼다. 담소를 나누는 낭랑한 음성과 인자한 덕성은 보고 들을수록 세상 사람을 초월하니 누가 이 사람을 가리켜 사납다고 하겠는가? 서태부인과 정삼 부부의 지극한 밝음과 지혜가 아니면 소교완의 심중을 헤아리지 못할 것이었다. 하지만 조용히 함구하여 입 밖에 내는 일 없이 자애로운 은혜와 공경하는 정이 갈수록 두터워지니, 사리에 밝고 찬찬하되 관대하고 포용력 있는 것으로는 서태부인과 정삼 부부보다 나은 사람이 없었다.

기쁜 소식을 들은 지 며칠이 채 안 되어 과거 소식이 전해졌다. 정인성이 장원 급제를 하고 정인흥이 4등에 뽑혔으며, 장창린과 상연의 맏사위 유원이 다 황제의 은혜를 입어 과거에 급제했다는 소식이었다. 정인성의 삼일유가를 마친 후 즉시 부자가 함께 돌아와 슬하에 뵐 것을 전하니, 서태부인은 자신이 살아 있었던 것을 기뻐하면서 너무나 즐거워했다. 정삼은 이미 헤아린 바였지만, 근심을 만나 근심하고 즐거움을 만나 즐거워하는 것 또한 군자의 떳떳한 행사니, 이처럼 기쁜 일에 아무 내색 없이 있을 수는 없었다. 진정 기쁨에 넘쳐 서태부인과 모든 일가친척을 마주하여 흔연히 하례하고 많은 사람들의 축하를 사양하지 않으며 말했다.

"이는 진실로 우리 가문의 큰 경사요 집안의 기쁨입니다. 단지 인성이가 장원 급제했기 때문이 아니라, 이 불초한 자식이 무엇 하나 어머니를 기쁘게 해드리지 못하고 아이들을 잃어버려 도리어 근심만 더해드렸던 터라 그 기쁨이 더 큽니다. 형님이 무사히 귀환하시고 더구나 인성이가 과거에 급제해 당장 슬하를 빛내게 된 것은 분명 천우신조가 아닐 수 없을 것입니다. 아마 이것으로 제 아비의 불효를 거의 가릴 수 있을 것이니, 너무나 기쁘고 다행스러운 마음을 짧은 시간에 말로 다 하기가 어렵습니다."

정삼이 이같이 말하자 온 집안사람들이 더욱 흥겹게 즐기니 다른 거리낄 일은 없는 듯했다. 다만 화부인은 행동거지가 내내 조용하고 차분하여 온화한 기운이 봄바람 같으면서도 기뻐하며 즐기는 기색이 없었다. 소교완이 그윽이 살피면서 그 진중함이 여느 가벼운 부인네들과 같지 않은 것을 알고 더욱 꺼리게 되었다.

기쁜 소식이 연이어 전해진 지 얼마 지나지 않아 정잠이 새로 급제한 정인성과 정인흥을 데리고 태산으로 내려온다는 소식이 먼저 이르렀다. 정삼과 정겸이 자식과 조카들을 거느리고 십 리 밖에 나아가 정잠의 행차를 맞이했다. 고을 자사와 통판도 나와 군악을 베풀어 북을 울리며 공경하여 맞이했다. 음악과 춤이 하늘에서 내려와 청산에 잠기고 흰 구름이 부딪히는 곳에 붉은색 도포 자락이 가지런하니, 푸른 하늘에 붉은 구름이 끼어 있는 듯하고 옥패 소리가 쟁그랑거려 육률(六律)의 여섯 소리에 맞추어졌다. 정삼은 부귀영화가 바라던 것보다 넘쳐 벼슬 없는 선비의 도에 벗어난 것임을 그윽이 두려워하여 기쁜 흥이 많이 사그라들었다.

한낮이 되자 멀리서 풍악 소리가 하늘까지 닿고 거대한 북을 치는 떠들썩한 소리가 산천을 흔들었다. 그 가운데 네 마리의 말이 끄는 수레의 두 바퀴가 아스라이 높고, 붉은 비단으로 만든 양산은 태양을 가리며 청나산이 가볍게 날리었다. 그 사이로 정잠이 수레 안에 단정히 앉아 있고, 뒤에는 정인성과 정인흥이 비단 안장을 얹은 백마를 타고 모습을 드러냈다. 푸른 비단으로 만든 조복을 입었으며 머리에는 오사모(烏紗帽)를 가지런히 쓰고 구름 같은 귀밑 흰 연꽃을 꽂은 듯한 두 귀에는 금화(錦華)를 붙이고 있으니 걸출한 용모에 이마가 반듯했다. 바람 없는 밤에 막 뜬 달이 구름 속에 다니며 눈보라 치는 얼어붙은 하늘의 겨울 해가 멀고 아득한 듯한 이는 곧 황제의 새로운 인재로, 그 훌륭함과 문명(文名)은 오히려 정잠을 능가하는 듯하니 이 어찌 십 년을 만나지 못했던 아이 정인성이 아니겠는가? 속세에서 벗어난 깨끗함은 천지의 기맥을 누르고 오악의 빼어난 기운을 거두었다. 한 사람은 온화하고 뛰어나 단봉이 날개를 펴고 기린이 배다리에 내린 듯 현철하여 홍곡이 아스라이 빛나며 옥룡이 행하는 듯하고, 한 사람은 늠름하고 걸출하여 천 리까지 퍼지는 메아리요 끝없이 넓고 먼 협기(俠氣)를 지녔다.

정삼과 정겸이 한 번 쳐다보고 반가움에 정신이 없으니, 걸음은 빠르고 마음이 급해 바삐 정잠의 수레로 나아갔다. 정인성이 바로 말에서 내려 급한 걸음으로 나아오고, 정인흥 또한 정인성의 뒤를 따라와 잠시간에 부자와 숙질이 한자리에 모였다. 정삼이 미처 정잠에게 인사도 하지 못했는데 정인성이 나아와 거듭 절했다. 늠름한 풍모에 다사한 빛이 하늘의 구름을 걷었으니, 그 뛰어난 성품과 빼어난 격조는 어릴 때 모습 그대로였다. 겉과 속이 모두 밝고 안과 밖이 모두 맑아 한 조각 혼탁함도 묻지 않은 채 고고하고 엄숙했다. 학문과 도덕이 성인의 틀이요 군자의 기질이 온화한 것은 이 말세에서 정인성밖에 다시없을 것이었다. 진실로 변하거나 바뀐 것이 없고, 어질며 빛나는 것은 오히려 정인광보다 위에 있었다. 옛날 이별할 때 8세 어린아이였는데 오늘 상봉하니 몸은 아주 장대하고 귀인의 기상을 지녔으며, 9척 장신의 여름 해 같은 두려운 위엄은 폭군에게 맞섰던 조선자를 약하게 여길 정도였다. 전에는 단혈의 어린 봉황 같았는데 지금은 푸른 바다에 바람과 구름을 지어내는 용 같으니, 씩씩하고 뛰어난 것은 천지간에 단연 가장 뛰어나고 빼어났다.

10년 떨어져 있는 사이에 천륜의 깊은 은혜와 사랑이 끊어진 채 만 리 이국땅에서 길이 막혀 고향을 그리는 꿈은 안타까웠고, 사막의 모래바람에 오는 기러기를 보고 북받쳐 하루종일 울면서 슬퍼했었다. 그러다 일시에 이렇게 가족이 모두 모이게 되니 평생의 지극한 기쁨이 아닐 수 없었다. 뿐만 아니라 정처없이 사방을 떠돌다 죽을 고비를 겨우 벗어난 목숨이 과거에 장원 급제하여 궁중의 향을 쏘이고 붉은 계수나무 가지를 꺾어 만인의 위에 섰으며, 높은 벼슬을 내리는 임금의 은총을 받아 황궁에 벼슬아치와 이름을 나란히 걸어 뛰어난 문장이 일세를 떠들썩하게 했다. 성효와 덕행이 온갖 시련과 고난 가운데서도 더욱 찬란한 것을 생각하면 이런 아들을 낳았다는 것이 황홀활 정도이니, 그 기쁨과 기특함을 어찌 말로 다 할 수 있겠는가? 정삼은 인성이 절을 올리자 너른 소매에서 흰 손을 내어 아들의 손을 잡고 팔을 어루만지며 너무나 기뻐했다. 하지만 서태부인에게 인사를 드리는 것이 급해 한마디를 꺼내지도 못하고 몸을 돌려 정잠의 앞으로 갔다.

정잠은 정삼과 정겸이 나아오고 여러 아이들이 뒤따라오는 것을 잠깐 보자, 심신이 어쩔 줄 모를 만큼 반가우면서도 동시에 슬픔이 일었다. 문득 얼굴빛을 고치며 자기도 모르게 단번에 수레에서 내려 급히 왼손으로 정삼의 손을 잡고 오른손으로 정겸의 팔을 쥐니 죽어도 여한이 없었다. 인생의 지극한 즐거움이 어찌 오늘 같은 날이 있겠는가? 다만 어머니를 생각하면 외로이 아들 돌아오기를 기다리며 근심 걱정하시다가 상봉하는 기쁜 일로 반기실 것이나, 아버지의 기뻐하시는 얼굴과 경계하는 가르침을 받들 길이 없기에 부모를 그리워하는 효자의 회포는 다시금 혼이 떨어져 버리는 듯했다. 한숨을 쉬고 사기도 모르게 눈물을 줄줄 흘리며 말을 하지 못하는데, 한편으로는 정삼과 정겸을 만나 반갑고 다행스러운 마음을 표현할 길이 없으니 진정으로 희비가 교차하는 순간이었다. 손을 잡고 얼굴을 맞대어 앉으니 눈에서 흐르는 쓰라린 눈물이 옷깃을 적셨다. 거듭된 경사로 기쁨이 넘치지만 옛일을 생각하니 즐길 수만은 없어 복잡한 심사로 한참을 묵묵히 있었다.

정잠이 먼저 어머니의 안부를 묻고 이어 가족의 안부를 물었다. 그러고는 정인광 등 아이들을 앞에 나오게 해 그 하나하나가 모두 평범하지 않고 특출난 것을 칭찬하고 다행스러워했다. 그중에서도 정인웅이 더욱 비상한 것을 기뻐하며 손을 잡고 귀밑을 쓰다듬으니, 천륜이 자연히 동하여 부자간의 무궁한 마음과 헤아릴 수 없는 뜻을 억제하기 어려웠다. 정삼이 어머니가 기다리시니 빨리 집으로 돌아가자고 하자 정잠이 길게 탄식하며 말했다.

"사람이 자식을 길러야 부모의 은혜를 안다고 하는데, 이 불초한 형은 자식 사랑을 먼저 하고 효를 다음으로 하였구나. 늙으신 어머니가 문에 기대어 아들이 돌아오기를 기다리신 것을 생각지 못하고 어린 아들이 생각보다 훨씬 잘 자란 것만 기뻐해 어머님 뵙는 일을 지체하였으니, 부모를 향한 뜻이 자식을 사랑하는 것만 못하다는 것을 가히 알겠구나."

말을 마치고 고개를 돌려 자사와 통판이 허리를 숙이고 명을 기다리는 것을 그만두게 한 후 급히 수레에 오르니, 정삼과 정겸 역시 뒤이어 말에 올랐다. 정인성과 정인홍이 여러 형제와 사촌들과 함께 아버지와 숙부를 모시고 산속으로 돌아오는데, 그 위세와 영광은 세상에 비할 데가 없었다.

집에 다다르자 온 집안이 하늘까지 닿을 듯 기뻐하는 가운데 광대들의 노래가 갑자기 들려오니 서태부인이 신도 제대로 못 신은 채 중문에 마중 나왔다. 마침 정잠도 정인성·정인홍과 함께 급한 걸음으로 중문에 이르렀다. 한번 서태부인의 얼굴을 우러르자 마음이 들떠 급히 머리를 숙이고 두 번 절을 하니, 서태부인은 반갑고 기쁜 마음을 억제할 수 없어 도리어 뭔가에 홀린 듯 정신을 차리지 못하고 어찌할 바를 몰랐다. 이에 정잠이 손으로 어머니를 부축하고 온화한 목소리로 말했다.

"이 불초자가 슬하를 떠난 지 벌써 칠팔 년이 되었습니다. 비록 신하 된 도리를 다하여 돌아가신 아버님의 충렬과 대도를 추락시키지 않으려 했으나, 만 리 떨어진 변방에서 소식도 끊기고 혼정신성의 도리를 펼 길이 없어 불효가 막심하니 아버님의 삼년상이 지나는 것에 북받쳐 꿈에서도 걱정하지 않은 적이 없습니다. 그러다 국가의 큰 복으로 황제께서 복위하시고 불초자 등이 살아 돌아왔으니, 공과 사 모두 다행스럽기가 이보다 더할 것이 없습니다. 오늘 집에 돌아와 어머니를 뵈오니 평소와 다름없이 무탈하셔서 매우 기쁘지만, 그동안 근심하고 슬퍼하시느라 머리가 많이 세어 애간장이 끊어집니다. 음식 드시는 것이나 주무시는 것은 어떠셨습니까?"

말을 하고는 안색이 더욱 밝아지고 화기는 봄빛을 자아내니 마치 유약한 어린아이 같았다. 뒤이어 정인성이 봄볕 같은 환한 외모와 상서로운 구름 같은 풍채로 10년 고생을 모두 쓸어버린 채 장원의 옷차림으로 할머니께 인사를 드렸다. 머리를 땋았던 어린아이가 당당히 자라 성탕의 10척 장신에는 미치지 못해도 우임금의 9척 장신 정도는 되니, 진실로 몸은 풍채 있고 위엄은 두려워할 만하며 모든 행동거지가 법도와 격식에 맞았다. 정나라의 대부 공손교와 같은 어깨는 곤산에 빼어나고 순임금의 어진 신하 고요와 같은 목에는 백설이 어리었다. 옥 같은 귀밑에는 계수나무 가지가 얽히고 가는 허리에는 황금띠를 둘러 소년의 꽃다운 외모가 오히려 아버지를 능가했으며, 검푸른 머리 밑의 달 같은 눈썹은 여덟 빛깔을 지닌 고귀한 모습이었다. 뛰어난 기질과 타고난 도덕이 새롭게 더해진 것은 아니었으나 당당하게 장성한 모습 때문에 더욱 위엄 있고 엄숙하여, 모든 신들이 호위하고 만물이 제자리를 잃으며 모든 짐승이 두려워하는 듯했다. 쳐다보는 사람마다 갑자기 숨이 막히는 듯하며 부모와 숙부들이 황홀해하고 흠앙하여 아끼는데, 가족이 모두 모이는 경사와 눈앞의 영광 외에도 그 성품과 덕행에 매우 기뻐했다. 진중한 정삼과 차분한 화부인도 이때는 웃는 얼굴에 기쁜 빛을 띠고 눈매가 씰룩이는 것을 감추지 못했으니, 하물며 다른 사람들은 이루 말할 수 있겠는가? 서태부인이 경황이 없을 정도로 기뻐하며 정잠의 얼굴을 맞대고 정인성의 손을 이끌어 귀밑을 어루만졌다. 기쁨이 넘치면서도 슬픔이 동해 크게 한 번 탄식하고 자기도 모르게 눈물을 보이며 말했다.

"오늘 우리 모자와 조손이 만난 경사가 꿈이냐 생시냐? 나는 아직 얼떨떨하고 홀린 듯해 잘 모르겠구나. 하지만 착한 사람에게 복이 내리는 것은 분명하고, 하늘이 마침내 명나라 황실에 박하지 않으시어 옥절(玉節)을 끝까지 지키고 아름다운 이름을 빛내게 되었다. 이는 전국시대 인상여가 진나라에 사신으로 가 기지를 발휘해 구슬과 함께 무사히 돌아온 것과 같도다. 그뿐 아니라 인성이의 지극한 효성이 천지에 사무쳐 죽어가는 아비의 넋을 다시 잇고, 부자가 오랑캐 땅의 비루한 옥에서 목숨을 보전하다가 이제 빛나는 위의로 돌아왔다. 이 노모의 슬프고 근심되던 마음을 위로하며 문호의 영화를 이루어 가문을 빛내고 부모를 영광되게 하는 것이 이보다 더할 수 없을 듯하구나. 우리 아들과 손자의 충효와 덕행은 옛날에도 드물고 지금 세상에는 듣지 못할 바라, 노모의 개인적인 행복일 뿐 아니라 나라의 행운이자 백성의 복이라 하지 않을 수 없을 것이니 나만의 기쁨인 양 수다스럽게 말하지는 못할 것이다. 다만 옛일을 생각하니 애간장이 끊어지는 듯하다. 박덕하고 쓸모없는 노모는 끈질긴 목숨으로 살아남아 온갖 슬픔과 기쁨을 다 겪고 효자와 어진 손자의 영광과 부귀를 기뻐하게 되었으니 살아서 이를 보는 것이 다행이고 기쁜 일이지만, 하늘에 계신 네 아버지는 이 같은 경사를 알지 못하고 다만 아득한 지하에서 기뻐하실 뿐이다. 양현부 역시 지극히 자애롭고 어진 성품으로도 오래 사는 복을 누리지 못하고 지하의 외로운 혼이 되어 인성이의 장원 급제와 남편의 무사 귀환을 함께 즐기지 못하는구나. 이 세상과 저 세상이 멀리 떨어져 있는 슬픔이 노모의 여생에 큰 고통이 될 것이니, 나라의 변고와 탄식을 괴로이 견디고 무궁한 세월을 누리고자 하는 것은 노모의 사납고 무지한 행사가 아니겠느냐?"

말을 마치자 눈물이 흘러 흰 적삼을 적시니 가족들 모두가 슬픔이 더했다. 정잠 부자가 옛일을 생각하며 아파하면서도 서태부인이 크게 슬퍼하는 것이 민망해 좌우에서 부축하고 마음을 편히 가지시라 한 후, 그제야 당에 올라 모시고 앉아 남녀 좌우 자리를 정했다.

일가 모두가 중당에 모여 매우 기뻐하고 희색이 만면하여 즐기니 얼굴마다 기쁜 빛이 넘쳐나고 환성이 열렬했다. 그런 중에도 정흠의 부인 화씨의 남편 잃은 아픔은 이때에 더욱 새로웠고, 정인웅과 정기염의 비통함 또한 예사롭지 않았지만 서태부인의 회포를 돋울 수 없어 애써 좋은 표정을 지으며 모시고 있었다. 정인성도 숙부가 억울하게 세상을 떠난 것을 지극히 애통해하면서도 할머니가 슬퍼하실 것을 염려해 그간의 참변과 재난들에 대해 어머니와 길게 말하지 못하고, 다만 아버지와 숙부들을 모시고 할머니 슬하에 앉아 있었다. 10년간의 온갖 고난과 변고를 겪고 나니 눈을 드는 족족 반갑지 않은 것이 없고 입을 여는 족족 기쁘지 않은 말이 없었다. 하늘이 낸 큰 효와 타고난 지극한 우애로 부모님이 편안하시고 형제들이 장성한 것을 보고, 온 집안이 모두 별고 없이 다시 만나게 된 것을 너무나 기뻐했다. 그러면서도 할아버지의 세 번째 기일을 함께 모시지 못한 슬픔과 양부인을 그리워하고 추모하는 지극한 아픔은 시간이 갈수록 더욱더 마음을 괴롭혔다. 비록 강인하여 온화한 기운을 잃지 않으나 이야기가 옛일에 미치자 영롱한 눈썹에 수심이 가득 차 봉황 같은 눈에 쓰디쓴 눈물이 일렁이는 것을 면할 수 없었다.

정잠은 문묘에 배알한 후 인성과 함께 사당에 올랐다. 정잠이 한 번 크게 탄식하고 눈물을 흘리며 정한의 신위 앞에 배례하는데, 꿇어 앉더니 오래도록 일어나지 않았다. 정인성 또한 할아버지와 양부인의 위패 앞에 엎드려 실성통곡하니, 줄줄 흘러내리는 슬픔의 눈물이 백옥 같은 얼굴을 적시며 슬픔이 극에 달해 기운을 차릴 수가 없었다. 정잠이 애간장이 마디마디 끊어지는 중에도 아들이 지나치게 애통해하는 것을 안타까워하여 스스로 마음을 다잡고 먼저 일어나 인성의 손을 잡아 일으켰다. 정인성은 겨우 슬픔을 억누르고 눈물을 거두며 천천히 아버지를 모시고 정당으로 나왔다.

서태부인이 정잠의 손을 잡고 정인성의 등을 어루만지며 그간의 고생과 변고를 물었다. 아들 손자와 살아 만나게 된 것이 기약하지 못한 일이기에 스스로 신기해하고 다행스러워하느라, 황실에서 하사한 풍악이나 창부와 광대들의 재담에는 관심이 없었다. 정잠 부자 역시 다른 일에는 아무 생각이 없어 그토록 그리던 회포를 대강 아뢰고 오랑캐 땅에서 고생한 일을 잠깐 이야기했다. 다만 진정 위태롭고 슬프던 일은 굳이 보태지 않았는데, 이는 비록 지난 일이지만 이 자리의 즐거운 분위기를 해칠까 염려해서였다. 그러나 서태부인은 이미 대강을 들어 알고 있었기에 만분 땅의 비루한 옥에서 조세창과 함께 목숨을 보전해 살아 돌아온 것은 천우신조라 하면서, 지난 일을 슬퍼하며 지금 이 경사를 아주 다행으로 여겼다.

월청강에서 도적의 화를 입어 사방으로 흩어졌던 가족이 완전히 다시 모이게 되었으니 그간의 허다한 고생과 변고는 일장춘몽에 비할 만하나, 다만 상연교의 생사와 거처를 알 길이 없어 슬픔을 이길 수가 없었다. 정잠이 상연교의 타고난 운수가 겨우 여섯 살의 어린 나이로 죽는 박복함은 없을 것이라 하면서 위로했다. 또한 정월염의 애잔하던 모습은 전하지 않은 채 새로 태어난 쌍둥이의 타고난 기질이 속되지 않다고 전하며 기쁜 빛을 띠었다. 서태부인 역시 정월염의 성품과 자질이 오래도록 복록을 누릴 것임을 알기에, 도적들의 변고에서 살아남은 후 그 불인한 시부모 때문에 초반 신세가 불안했던 것은 깊이 걱정하지 않았다. 다만 아들 쌍둥이를 낳아 새 손자들의 기이함이 범속하지 않다는 말에 아주 다행스러워하고 기뻐하며, 조세창의 충의와 열절을 감탄하면서 다시금 그 뛰어남을 칭찬해 마지않았다.

이날 밤이 지나고 새벽이 되도록 서태부인이 잠자리에 들지 않았고, 정잠 형제는 아들과 조카들을 거느리고 한껏 담소를 나누었다. 정겸이 지난번 맹추의 변고를 일일이 고하니 정잠이 다 듣고는 미간을 찡그리며 말했다.

"도적들의 변고는 처음부터 끝까지 내통하는 간인이 있어 비롯된 것이다. 그 흉악한 무리의 근본을 알려 들면 그리 어렵지 않으나, 생각건대 내 집의 불행이 이보다 더한 일이 없을 듯하구나. 내가 사리에 어둡고 못나 처음부터 난처한 일을 꺼리면서 단호한 결단을 내리지 못하고 도리어 미혼진(迷魂陣)임을 깨닫지 못했다. 뱀과 전갈 같은 마음으로 몰래 간악하고 사나운 계교를 세우고 흉악한 무리를 불러 사단을 일으켰으니, 나쁜 짓과 괴이한 일들은 하루 아침저녁에 그칠 바가 아닌 듯하다. 우리 집을 뒤엎고 형제를 모두 해친 후 천지가 뒤집히는 화를 보고서야 비로소 뉘우칠 것이다. 간인은 남을 해치려다가 도리어 자신의 앞날에 화가 미칠 것을 알지 못하니 그 또한 어두운 사람이 아니겠느냐?"

말을 마치고 엄한 얼굴을 짓는데 비록 요란스레 분노하거나 노기를 드러내 큰 소리를 내지는 않았으나, 정씨 가문의 맥을 이어 기상이 엄숙했고 위엄이 넘쳤다. 밝게 살피는 눈은 이루의 밝음을 압두하고 신명한 심지는 길흉까지 점쳤던 사광의 총민함을 낮춰 보니, 비록 죄를 짓지 않은 사람이라도 정잠 앞에 서면 두렵고 황송해하면서 혹시라도 불미스런 일을 보일까 하여 십분 조심했다. 하물며 악을 쌓고 불인한 계략을 세웠던 소교완의 마음은 어떻겠는가? 물론 대담하고 간악한 인물이지만 정잠이 이처럼 말하자 혼백이 날아가고 심골이 송연하여 자기도 모르게 고개를 숙이고 식은땀을 흘렸다. 하지만 소교완은 많은 사람들이 보는 자리에서 얼굴빛이 달라지고 놀라는 모습을 보여서는 안 된다고 생각했다. 뿐만 아니라 정잠이 오히려 아직 실증을 잡지 못해 한갓 추측으로 의심하여 언사가 격할 따름이지 실제 엄한 조치는 없으니, 내심 이를 우습게 여겨 다시 철석같이 뜻을 잡고자 했다. 비록 부월(斧鉞)을 눈앞에 당하고 천둥 번개가 내리치는 아래에 있다 해도 한번 먹은 나쁜 마음은 고치지 않기로 맹세하여, 정인성을 물어뜯고자 하는 생각은 시시각각 더해갔다. 소교완은 분하고 원통한 회포와 답답한 마음은 가슴 저편에 묻어두고 정잠 형제의 대화를 차분하게 듣고 있었다. 조용히 몸을 바르게 하고 앉아 태연자약한 것이 한 조각 허물도 없는 듯한 것은 말할 것도 없고, 시어머니 앞에서 공경하고 삼가는 몸가짐과 남편을 받드는 법도가 지극히 바르고 뛰어나니 무엇이 부족하여 흠을 잡겠는가? 만일 마음이 넓은 장부와 여자를 밝히는 호걸을 소교완의 짝으로 삼는다면 서융이 나라를 쓸어버리는 지경에 이르러도 정사를 돌아보지 않았던 주나라 목왕처럼 탐닉하게 될 것이니, 서왕모의 곱고 아름다운 외모도 소교완에게는 한 걸음 양보할 정도였다. 모든 행실이 진실로 견줄 데가 없고 특출나서 평범한 사람은 비하지도 못할 것이었다. 그런데 불행히 정잠 같은 참된 군자를 만나고 또 전실 자식에게 남몰래 간악한 흉계를 행하니, 비록 많은 사람들에게 드러나지는 않았으나 정잠의 사람을 알아보는 밝은 거울은 벗어나지 못해 평생 금슬지락이 없는 부부 관계가 되었다. 이는 소교완 스스로가 만든 재앙일 뿐 아니라 복덕이 완전하지 못한 팔자 때문이기도 하니 어찌 하늘과 귀신이 시킨 것이 아니겠는가?

서태부인은 정잠의 말과 표정이 좋지 않은 것이 마음에 걸려 묵묵히 있었다. 정인성은 친부모와 양부모를 한 당에 모시고 어린아이 같은 재롱을 떨어 즐겁게 해드리고자 하면서, 10년 근심을 한 번에 쏟아버리고 스스로 인생의 지극한 즐거움이 이보다 더할 수 없다며 매우 기뻐하던 차였다. 그런데 정잠의 말이 무심히 내뱉은 것이 아님을 알고 너무나 당황하여 마음속으로 불행해했으나, 변고를 만든 자를 지목해서 말하지는 않았기에 감히 무슨 말을 하지는 못했다.

다음 날 아침, 정잠 형제가 어머니가 밤새도록 주무시지 않은 것이 걱정되어 잠깐 쉴 것을 청했다. 하지만 서태부인은 다행스럽고 기쁜 일이 있으니 자지 않아도 기운이 멀쩡하고 정신도 맑다고 하면서 베

개를 내오지 않았다. 정잠 형제가 기력이 쇠하실까 근심할 때 고을의
자사가 보낸 진귀한 음식이 올랐는데, 빛나고 성대하여 세 자 정도나
벌여 있으니 서태부인이 마음에 들어 하지 않았다. 정잠 역시 기껍
지 않아 즉시 서태부인에게 여쭌 후 상을 도로 물려 십분의 팔구는
치우라 하고, 자사와 통판이 전한 예물도 엄절하게 물리쳐 단자(單
子)를 문 앞에 두지 못하게 했다. 이처럼 집안이 욕심이 없으니, 이는
강수와 한수에 씻고 가을볕에 말린 것처럼 더없이 맑고 깨끗했던 공
자의 도덕을 닮은 듯했다.

이윽고 황제의 뜻을 받든 사관이 이르러 서태부인에게 황제의 말
씀을 전하는데, 정잠이 무사히 귀환한 것은 지극한 효성에 하늘이 특
별히 감응하신 때문이라 하면서 육칠 년 이별을 당해 놀랐을 것을 다
시금 위로하고 지금의 경사를 치하했다. 그러면서 하사한 비단과 음
식은 부인네가 감당하지 못할 영광이었다. 정흠에게 증직치제(贈職
致祭)[2]를 내리는 예관이 함께 다다르니 온 집안이 황제의 은덕을 황
송해하며 옛일을 생각했는데, 가슴이 찢어져 슬프고 원통스러운 것
을 참기 힘들었다. 특히 정흠의 부인 화씨와 정기염·정인웅의 지극
한 원통함은 이날 더욱 새로웠다. 이에 향불을 준비해 정흠의 신위
앞에서 예관이 황제께서 직접 지어 보낸 제문을 높이 받들어 공손히
읽으니, 황제의 지극한 슬픔과 무궁한 후회가 글에서 절절히 드러났

---

2 증직치제(贈職致祭): '증직'은 국가에 공로가 있는 인물이 죽은 뒤에 관직을 높여주는 것.
'치제'는 임금이 제물과 제문을 보내어 죽은 신하를 제사 지내는 것.

다. 열렬한 충의와 당당한 절개는 임금에게 충간하다 죽임을 당한 용방과 비간의 자취를 잇고 뒤를 따른다 해도 전혀 겸연하지 않다고 길이 칭송했으며, 스스로 직언을 받아들이지 않고 어진 신하를 참륙한 것을 부끄러워하는 뜻이 가득했다. 또한 정흠의 일곱 살짜리 딸이 아버지를 위해 석고대죄한 것은 효녀 제영이 아버지의 벌을 대신 받겠다고 했던 것보다 더하며 목란이 아버지 대신 종군한 것보다 덜하지 않다고 칭송했다. 이에 정려문을 내려 맹렬했던 효도를 정흠의 혼이 알게 하고, 정흠의 벼슬을 높여 후회하고 가슴 아파하는 뜻을 베푸노라 했다. 이렇듯 황제의 은혜가 지극하여 구천의 망령이 알 수 있을 정도이니 너무나 감격스럽고 황송했다. 온 집안이 통곡하는 것이 초상을 치를 때보다 덜하지 않으니 정인웅과 대화부인 모녀의 하늘까지 닿을 듯한 통곡 소리는 자주 끊어지고, 서태부인은 너무나 가슴 아프게 슬퍼했다. 정잠 형제가 어머니의 이런 모습이 애가 탈 정도로 걱정스러워 좌우로 부축하고 마음을 너그럽게 하시기를 청했다.

정잠 형제는 제를 끝낸 후 예관을 정성껏 대접하여 보냈다. 그리고 택일하여 태주 선산에 가 제사를 지내기로 하고, 사촌들과 아들 조카를 거느리고 태주로 향했다. 고향의 친척과 사내종들이 멀리 나와 맞이하며 반기고 즐거워하는 것이 마치 이승과 저승으로 나뉜 적이 있었던 것처럼 했다. 정잠은 동생들과 아들 조카와 함께 선산에 나아가 향을 사르고 술을 따라 올렸다. 과거에 급제한 후 누대 선릉에 제사를 지내게 되자 정인흥은 각별한 슬픔이 없었으나, 정잠 형제의 추모하고 그리워하는 회포와 정인성의 슬프고 가슴 아픈 심사는 정한과 양부인의 묘 앞에서 억제가 안 되어 기운이 끊어질 정도로 통곡하니

어찌 즐거움이 있겠는가? 소나무 정자와 수풀 사이에서 육률(六律)
과 오음(五音)을 연주하는데, 북을 한 번 치자 용이 읊조리고 통소를
한 번 불자 봉이 춤추고 난새가 노래하는 듯했다. 비파 소리 드높고
거문고 소리는 도도하여 만물이 떠받치니, 천지가 화기를 띠고 일월
은 빛을 발해 청풍이 천천히 일자 흰 구름이 멀리 사라졌다. 이때는
바야흐로 삼월 초순이라, 버들이 가득하여 누런 비단 휘장을 드리운
듯 복숭아꽃과 살구꽃이 만발하여 붉은 안개가 잦아드는 듯했다. 오
색구름이 봉우리를 둘러 기운이 빼어나니, 상서로운 빛이 자욱하고
영롱한 광채가 가득하여 완연히 한 편의 명화 같았다. 인물과 마소와
제상과 향탁과 제구가 다 풍성하고 위엄이 있어 생기가 도는 듯했다.
사람들이 무리 지어 오고 촌부들이 서로 이끌어 멀리서 이를 구경하
는데, 인간 세상에 저 같은 영화를 누리는 사람이 몇이나 될까 하며
기뻐해 마지않았다. 정잠 부자와 형제는 이런 경사를 맞아 구천에 계
신 선친을 사모하는 마음이 더욱 간절하여 눈물을 흘리며 슬퍼하느
라 오래도록 일어나지 못했다. 정겸과 정인광 등이 붙들고 간곡히 위
로하여 슬픔을 진정하고 천천히 정흠의 묘소로 내려갔다.

　본부 자사와 이웃 고을의 수령과 현관들이 황제의 뜻을 받들어 정
흠 묘소에 향탁과 제구를 정제해 두고, 비석을 높이 세워 '충렬대도'
를 금으로 새겨 천 년이 지나도 사라지지 않도록 했다. 비록 정인웅
의 지극한 아픔은 뼈에 사무쳤으나, 한 번 죽고 사는 것은 하늘의 도
리이며, 충의와 대절이 해와 달을 보는 듯 분명하여 만대까지 이어
질 사람은 정흠 한 사람뿐으로, 이는 속된 무리에게서는 구할 수 없
는 것이니 긴 수명과 넓은 복을 누리지 못한 것을 어찌 슬프다 하겠

는가?

제사를 끝내고는 집으로 돌아와 비로소 마당에 음악을 갖추어 잠깐 즐기려 하는데, 정겸은 흥이 전혀 나지 않았으나 서태부인을 웃게 하기 위해 두 급제자를 데리고 한바탕 장난을 쳤다. 서태부인 역시 소교완과 화부인 등 여러 며느리를 거느리고 즐기며 친척 부인들을 대해, 각각 그동안의 안부와 오랜 정을 펴면서 천금과 비단 등을 내어 어려운 생활을 돕고자 했다. 친척 부인들이 세 고부와 화·서 등 여러 부인들의 덕과 성의를 거듭 칭송하며 은혜에 감복했다.

태운산으로 돌아가는 정씨 일가

화부인의 셋째 오빠 화흡이 천하를 유람해 마음을 넓히고 의기를 풀어내고자 하여, 의양에서부터 친구 두어 명과 함께 푸른 파도에 배를 띄워 동정호를 지나 소상강에 다다랐다. 남으로 너른 바다에서 큰 강을 거슬러 올라 운몽택을 바라보고, 팽택에 줄을 매 악양루에 올라 놀았다. 군산을 바라보며 남악에서 놀고 말을 달려 의기를 풀어내며, 다시 빗겨 돌아 숭산을 보면서 태산에 올라 천하의 지세를 살폈다. 그러고는 이미 큰 바다와 너른 강, 명산과 경승지에서 다 놀았기에 다시 말을 돌려 태주를 지나 천태산으로 향하고자 했다. 그러다 우연히 정씨 선산의 영광이 빛나고 위엄이 찬란한 곳에서 정잠 형제가 아들과 조카들을 거느리고 선릉에 제사 지내는 것을 보게 되었다. 무슨 영문인지 몰라 급히 말에서 내려 나아가니, 뜻밖에도 두 급제자의 아름답고 깨끗한 모습을 만날 수 있었다. 이에 바삐 부르려 했는데 정인성이 멀리서 외숙부임을 알아보고 얼른 앞으로 나와 절을 했다. 정인흥은 고향을 떠난 지 오래되었고 외가에 왕래할 때는 나이가 어렸기 때문에 외숙부들의 얼굴이 희미했다. 그래서 처음에는 셋째 외숙부인지 모르고 그냥 정인성의 뒤를 따라갔다. 화흡이 두 조카의 손을 함께 잡고 등을 어루만지며 맑고 온화한 음성으로 황홀히 반기는 뜻을 말하자, 그제야 셋째 외숙부의 목소리인 것을 알고 급히 절한 후 모시고 자리에 올랐다.

정잠 형제 또한 화흡을 만나자 반기는 얼굴로 인사를 했는데, 손을 잡고는 이내 근심하는 빛을 띠었다. 피차 옛일을 생각하면서도 지금의 경사를 기뻐하여 희비가 교차했던 것이다. 그러고는 집으로 돌아와 다시 오래 만나지 못했던 정을 펼쳤다. 화흡은 정인광 등 여러 조카들을 나오게 해, 모두가 특출하여 어릴 때의 비범한 모습이 변치 않았다며 감탄하고 칭찬했다. 두 누이와 사촌 누이 보기를 청하자 정인흥 등이 즉시 어머니와 두 숙모께 아뢴 후 외숙부를 모시고 들어갔다. 정삼의 부인 화부인이 정흠·정염의 부인 화부인들과 함께 화흡을 맞아 반가움과 슬픔이 교차하여 한바탕 오열하느라 목이 메어 말을 하지 못했다. 정삼의 부인이 더욱 속을 태워 회포를 요동하다가 병이 날 지경이 되자, 정인성과 정인광이 너무나 민망하여 붙들고 무익한 슬픔을 그치시라 했다. 부인이 마음을 굳게 다잡고 눈물을 거두며 슬픔을 진정하고자 했으나, 눈에서 눈물이 하염없이 흘러 옷소매를 적셨다. 애절하게 울면서 부모님의 삼년상을 천 리나 떨어진 곳에서 지내고 세월이 빠르게 흐르는 동안 기제사에 한 번도 참배하지 못한 것을 안타까워했다. 낳고 길러주신 부모님의 은덕은 티끌처럼 날려버리고 보잘것없는 효성이나마 나타내지 못한 것이 평생의 아픔이 되어 생전에 풀 길이 없다고 했다. 또한 남매와 형제가 기러기 떼처럼 함께하지 못하고 생사의 안부도 전하지 못해 슬프고 애간장이 끊어지는 것이 이 세상과 저 세상으로 떨어져 있는 것 같다며 얼굴을 가리고 오열했다. 이에 화흡이 도리어 눈물을 거두고 길게 탄식하며 말했다.

"부모님이 돌아가시는 망극함을 당할 때는 부모 잃은 슬픔에 그 은혜가 한없음을 깨닫지 못했었다. 이제 불효자의 모진 목숨이 실낱같은 잔명을 이어 삼년상을 훌훌히 마치게 되니 사람이 참지 못할 바를 견뎌낸 것이 더욱 슬플 뿐이구나. 하지만 우리 형제도 구천에 따라가지 못했거늘 너희들이 어찌 몸을 죽여 지극한 아픔을 따르지 못한 것을 한스러워하느냐? 이는 돌아가신 아버님과 어머님의 뜻이 아니니 모쪼록 과도히 슬퍼하지 말아라."

그러고는 형제와 조카들의 안부를 전하며 정인성 등이 살아 돌아온 것과 과거에 급제한 것을 축하했다. 세 화부인은 억지로 눈물을 거두고 조용히 그간의 안부를 나누었다. 화흡이 세 누이와 대화하면서 남매의 회포를 풀고 천천히 서헌에 나와 정잠 형제와 함께 밤을 보냈다.

다음 날은 정씨 일가가 경사로 떠나는 날이었다. 고향의 친척이 모두 모여 작별하느라 소란스러울 것을 피해 화흡은 새벽 일찍 세 누이와 작별하고 길을 떠나려 했다. 그런데 뜻밖에 곽란이 심해 정신을 차리지 못하고 기운이 혼미해졌다. 정잠 형제가 너무 놀라 침약으로 반나절을 간호하여 비로소 깨어났으나 여전히 정신을 차리지 못했다. 원래 화흡의 기질이 너무나 깨끗해 강건하지 못하므로 우연히 병이 나면 한두 달이 지나도 회복하기 힘든 형편이었다. 정잠은 경사행이 급하기에 화흡을 위해 더 지체하는 것은 피차 유익하지 못하다며 서태부인께 아뢰고, 정삼과 의논하여 정인광에게 남아서 화흡의 병을 간호하다가 완쾌하면 함께 경사로 올라오라고 했다. 정인광은 아버지와 숙부를 모시고 올라가지 못해 서운했으나, 외숙부의 병세가 가볍지 않은 것을 모른 체하고 갈 수는 없어 두 어른의 명에 따라 남기로 했다. 화부인 자매가 인광에게 오라버니의 병환을 잘 돌봐 하루빨리 쾌차하시게 하라 당부하고는 그날로 서태부인을 모시고 길을 떠났다. 이들을 배웅하러 모인 사람들은 이별의 회포가 깊어 저마다 눈물을 흘렸다. 정잠 형제가 한 사람 한 사람 위로하고 부득이 수레를 몰아 황성으로 향하는데, 행로의 위엄과 빛나는 경사가 휘황하여 물 같고 산 같았다.

정인광이 십 리 밖에 나와 아버지와 숙부를 배웅하고 집으로 다시 돌아와 외숙부의 병을 간호했다. 화흡은 특별히 아픈 곳은 없으나 몸이 노곤하고 사지가 무력해 앉고 눕는 것을 마음대로 못 하고 때때로 먹고 자는 것도 힘겨워했다. 인광이 걱정스러워 자주 맥을 짚고 약을 착실히 드시게 해 지성으로 간호했지만, 화흡이 쉽게 회복되지 않아 오래 머무르게 되었다. 인광은 밤낮으로 자리를 지키며 약을 달이고 원기를 보충할 수 있는 미음을 갖추어 한 달이 다 되도록 잠시도 게으른 빛 없이 정성을 다했다. 그런 노력 끝에 드디어 화흡이 완쾌해 침식과 일상생활을 평소대로 할 수 있게 되었다. 정인광이 너무나 기뼈하고, 화흡 역시 조카의 정성에 힘입어 쾌차하게 되었다며 인광의 한 달여 고생을 더욱 어여쁘게 여겼다. 또한 그사이 부모 곁을 떠나 있게 된 울울한 회포를 안타깝게 여겼다. 이에 처음에 천태산 풍경을 찾아 놀려던 뜻을 그만두고 정인광과 함께 바로 경사로 향했다.

가는 길에 두 사람은 여관에서 머물게 되었다. 숙부와 조카가 함께 시사를 문답하고 고금의 일을 논쟁했는데, 따뜻한 정과 의리가 돈독하고 뜻과 기운이 넘치는 것을 서로 확인하고 기뻐했다. 특히 정인광의 뛰어난 문장과 재주, 풍채와 기질은 보면 볼수록 빼어나고 대하면 대할수록 가슴이 탁 트이는 듯했다. 화흡이 감탄하고 칭찬하면서 등을 어루만지며 말했다.

"조카가 큰 인재로구나! 약관의 나이에 성품과 학문이 이미 사물에 통달하고 광대하여, 도도히 만고를 기울이고 드넓게 일세를 엎누를 기상이다. 분명 나라를 떠받칠 기둥이 되어 백성이 복을 누리게 할 것이니, 이는 단지 정씨 한 가문의 경사가 아니라 명나라의 복이로다. 사가에서 너 같은 아들과 사위를 둔다면 슬하의 영광됨을 다 이르지 못할 것이니, 청계(정잠)와 운계(정삼)의 복과 경사는 다시 이를 것도 없겠구나. 다만 장헌 같은 불인한 자의 복이 두터워 이런 군자로 슬하를 가득 차게 하는 것은 어찌 이상하고 외람된 일이 아니겠느냐?"

정인광이 과분한 말씀이라며 사례하다가 외숙부의 말이 장헌에 미치자 갑자기 기껍지 않은 표정을 지었다. 화흡이 웃으며 물었다.

"옛날 완월대 위에서 장헌·조정·이빈 등이 너희 형제 남매를 두고 약혼을 했는데, 지금 오래전의 약속을 이룬 사람이 몇이나 되느냐?"

정인광이 대답했다.

"사촌 누이 두 사람이 혼인한 것은 외숙께서 알고 계실 것이고, 그 밖에 소자 등은 아직 혼인을 의논할 겨를이 없었음도 짐작하실 것입니다. 형님(정인성)은 종손의 막중함이 있어 이대인(이빈)과 금석 같은 맹약을 했으니, 오래지 않아 육례(六禮)[3]를 갖추어 혼인하게 될 것입니다."

화흡이 웃으며 말했다.

"네 형만 누대에 명망이 높은 귀한 가문의 따님과 혼인하는 즐거움을 누리고 너는 오래전 약속을 이루지 못하여 홀아비의 구구한 신세가 되겠느냐?"

정인광이 한참을 묵묵히 있다가 대답했다.

"장씨 여자가 비록 죽지 않았다 해도 제가 짐승 같은 장헌의 사위로 행세하기 어려울 텐데, 하물며 벌써 죽어 백골이 된 장씨 여자를 위해 수절하겠습니까? 천하에 여자가 하나둘이 아니니 어디 가서 허리 펑퍼짐한 덕요나 얼굴이 거무튀튀한 무염 같은 여자 하나 만나지 못하겠습니까? 제가 오히려 어린아이의 마음을 면치 못해 부모님 곁을 일시도 떠나지 않으려 하니 금슬지락은 꿈에서도 생각하지 않습니다."

화흡이 다 듣고는 장성완이 젊은 나이에 참혹하게 죽었다는 것에

---

3   육례(六禮): 전통 혼례의 여섯 가지 절차인 납채(納采), 문명(問名), 납길(納吉), 납폐(納幣), 청기(請期), 친영(親迎)을 이름.

경악했으나 무슨 연고로 죽었는지는 알지 못했다. 다만 정인광의 가약이 허사로 돌아간 것을 안타까워할 뿐 그사이에 있었던 장씨 가문의 변고는 알 수 없었다. 숙부와 조카는 다시 발길을 재촉하여 오월 초에 경사에 이르렀다.

소수에게 구출된 장성완을 만난 장헌

앞서 장창린이 부모님을 뵐 말미를 얻어 촉 땅으로 급히 행하는데, 수천 리 먼 길에 산이 높고 험해 가는 길의 어려움이 하늘에 오르는 것보다 더하다고 할 만했다. 청총마가 기기하고 높은 봉우리를 넘나들며 하루에 천 리를 달려 사람의 급한 마음을 맞추었고, 집사와 사내종들은 기쁜 마음으로 즐겁고 여유롭게 따랐다. 모두가 길에서의 노고를 힘들다 하지 않으며 게으름을 피우지 않고 한결같이 행했다. 봄이 한창인 때라 온화한 바람이 불어와 향기로운 풀이 땅 위에 얽히고 버드나무는 처음으로 푸른 안개 같은 빛을 띠었다. 곳곳의 기이한 경치가 사람의 기쁜 흥을 돋우고 천 리 강물에 비친 달빛은 바쁜 수레를 늦추었다. 그러나 장창린은 뛰어나고 아름다운 풍취에 무심해서가 아니라 부모님을 뵙는 것이 한시가 급했기 때문에, 지나는 고을에서 머물고 가기를 청할 때는 절박한 사정을 말하며 머물지 않았다. 또한 날마다 동틀 무렵에 길을 떠나 어두워져 여관에 들면서도 오히려 게을리 행한 것은 아닌가 근심했다. 부모를 그리워하고 사모하는 효자의 마음은 도리어 몸에 날개가 없는 것을 한스러워했다. 그러니 어찌 잠시라도 더디게 가겠는가마는, 하늘에 닿을 듯한 층암절벽과 험준한 봉우리를 단번에 날아 넘지 못해 천신만고 끝에 겨우 서천에 이르게 되었다.

이때 장헌은 다섯 살 손자를 데리고 험한 산길을 무사히 지나 서천에 이르러 처가인 연씨 부중을 찾아갔다. 연태우 형제가 나무라며 비웃고 소수가 엄준하게 책망하는 것도 모두 감수하면서, 스스로 담을 키우고 낯가죽을 두텁게 했다. 손자를 좋은 핑계로 삼아 연부인을 온갖 말로 회유하며 자신의 이전 과실들을 거듭 사죄하여, 이후로는 다시 잘못이 없을 것이라고 좌중 앞에서 큰소리치며 맹세했다. 그러고는 연부인의 행차를 재촉했는데, 혹시라도 연부인이 고집을 부릴까 하여 말과 얼굴에 착급함과 초조함이 드러났다. 연부인은 부인의 도를 바르게 하여 어그러짐이 없고자 하는 사람이었다. 그렇기에 장헌의 그릇됨이 여지가 없을 정도로 온통 무상하고 불인함을 한심해하고 놀라워하던 바였다. 그러나 또한 여자가 교활하고 자신만 중히 생각하여 장부의 불길하고 구구한 사정은 아무렇지 않게 냉소하며 가법의 해이함을 깨닫지 못하는 부류를 도리어 괴이하게 여겼다. 그러니 어찌 장부로 하여금 해괴하고 허황된 말을 하게 한 후에 자기를 거느리고 가도록 하겠는가? 하지만 연부인과 장헌이 모르는 사이에 연태우 등이 말을 지어내 한바탕 비웃음을 사게 한 후에야 비로소 장헌에게 부인을 보게 했으니, 이미 우스꽝스러운 일이 많이 있었다.

연부인은 여러 사람의 조롱과 어린아이들의 희롱이 장헌에게만 향하는 것을 보고도 희미한 웃음이나 조금의 방자함도 보이지 않았다. 그저 속 깊고 조용하게 장헌의 말을 좇아 함께 상경할 뜻을 비칠 뿐이었다. 진중히 앉아 엄숙하게 정신을 가다듬으며, 장헌의 그릇됨을 마음속으로 개탄할지언정 괴롭게 긴 말을 하지는 않았다. 그런데 장헌이 허언을 꾸며 장성완이 죽었다고 말하는 데서는 너무나 놀라, 성완이 소씨 부중에 있고 자기가 아침저녁으로 왕래하며 아끼고 보살피는 것을 모른 척하려 했다. 하지만 사람들을 따라 남편을 속이는 것이 옳지 않을 뿐 아니라 장성완의 아버지에 대한 그리움이 병이 될 지경이었으므로 부녀를 하루바삐 만나게 하기 위해 전후 사정을 대강 전했다. 장헌은 자기 허물도 가리고 장성완의 절행도 문제가 없게 하려고 우연한 병으로 연약한 딸이 죽게 되었다며 연부인을 속이다가 도리어 한층 더 못난 짓을 한 셈이 되었다. 성완이 목숨을 보전하여 소씨 부중에 있다는 것을 들으니 천륜의 정으로 어찌 기쁘고 다행스럽지 않겠는가마는, 사람으로서 수치스러움도 없지 않아 얼굴을 가리고 눈물을 흘리며 말을 잇지 못했다. 그러더니 잠시 후 구차하게 두어 마디 말을 꾸며 성완이 봉변당한 일을 다르게 말했다. 연공 등은 소수와 연부인이 들려준 이야기로 이미 밝게 아는 상태라, 장헌이 부질없이 속이는 것에 웃으면서 다만 부녀를 상봉하도록 권할 뿐이었다.

장헌이 즉시 소씨 부중으로 가 장성완을 보니, 진실로 죽은 자가 다시 살아나고 백골에 살이 붙어 구천에서 돌아온 것이 아니라고 생각하기 어려웠다. 서로를 보고 한바탕 통곡하며 정신을 차리지 못하는데, 소수가 나아와 앉으며 부녀의 슬픔을 위로하고 다시 장헌의 과거를 엄준히 책망했다. 장헌이 머리를 거듭 조아려 과오를 후회하고 딸을 살려준 은덕을 사례했다. 소수는 은혜를 칭송하는 것이 더욱 못

마땅해 잡담을 그치라 하고, 천천히 서재로 나와 조용히 장성완의 앞날을 의논했다. 정인광이 장헌의 첩이 되었던 것을 알면서도 굳이 장헌에게 말하지 않고, 장성완을 물에서 건져낼 때 인광이 구한 것도 말하지 않았다. 다만 자신이 성완을 위해 옛날의 약속을 여차여차 이루려 한다는 것만 이야기했다. 장헌은 비록 토목 같은 마음을 가졌으나, 자신이 정씨 가문의 큰 은혜를 온통 저버린 것만은 알고 있었다. 또한 정잠이 아직 생환하지 못했으며 정삼은 비록 높은 선비이나 산림에 자취를 감추었으니 갑자기 번화한 경사에 나올 뜻이 없을 것이라 생각했다. 그러니 만일 정잠이 무사히 돌아오지 못한다면 정씨 일가는 초야에서 곤궁하게 지내리라 짐작하여 정씨 가문을 오히려 별 볼 일 없는 것으로 여겼다. 또 성완을 처음에 아주 죽은 것으로 알 때도 참고 견뎠는데, 이제는 기특히 산 얼굴을 대해 애처롭던 모습이 완전히 회복한 것을 보자 죽어도 한이 없을 듯했다. 그러나 왕·범 두 사람이 다투던 거동과 놀랍던 형상은 생각할수록 걱정스러워, 성완을 데려가 잘못해서 다시 변을 만나게 되면 또 죽일 수는 없으니 난처한 상황이 될 수 있을 것이었다. 그래서 이미 소수가 양녀로 정하고 혼인 문제를 알아서 처리한다 하니 자기에게는 근심될 것이 없어 딸을 소수에게 맡겨 손쉽게 앞날을 도모하려 했다. 이에 자신은 도리어 모르는 체하면서 딸의 혼인을 이루고자 소수가 일러주는 말에 일일이 고개를 끄덕이고 순순히 응했다.

원래 소수는 밝은 식견이 다른 이들보다 뛰어난 사람이었다. 그래서 장헌이 지금은 정씨 가문을 대수롭지 않게 여기지만, 오래지 않아 정씨 가문의 큰 복록을 보게 되면 심혼이 황홀해 염치도 다 잊을 것임을 익히 내다보았다. 도리어 하늘이 정한 인연이자 기이한 만남이라며 떠벌릴 것이 분명했다. 그러면서 성완의 얼굴을 인광이 고쳐 완전히 회복하게 하고 성완이 물에 빠졌을 때도 인광이 건져낸 일들을 일일이 말해, 인광을 더욱더 꺼리게 만들고 하늘의 위엄으로도 그 고집을 돌이키지 못하게 할 것이라 생각했다. 그렇게 되면 옛 언약을 지키지 못하고 장성완은 규방에서 홀로 늙어가는 신세를 면치 못할 것이었다. 정인광이 여자로 변장해 장헌의 첩으로 들어가 모든 일을 다 알고 있다는 것과 성완이 강에 빠져 거의 죽을 지경에 인광이 건져내 살아났음을 말하지 않은 것은 이런 이유였다. 그렇기에 장성완은 여전히 사실을 알지 못하고 다만 소수가 건져낸 것으로만 믿고 있었다. 정인광이 장헌의 허다한 과실과 장헌 집안의 온갖 괴이한 일들을 낱낱이 알고 있을 줄을 성완이 꿈에서나 생각할 수 있겠는가? 진실로 소수의 넓은 헤아림과 무궁한 생각이 아니었다면 남녀 두 사람 모두가 죽기로 작정하고 혼인을 원하지 않을 것이었다. 비록 양가의 부모들이 각각 자녀를 타일러 방법을 찾는다 해도, 하나는 아버지와 숙부를 해치는 원수의 자식을 아내로 맞을 수 없다며 사양하고, 하나는 부모의 과실을 부끄러워하고 자신이 참담한 누명을 썼던 것을 통한해하며 결단코 혼인하지 않겠다 할 것이었다. 소수가 이처럼 난처한 일을 만들지 않기 위해 처음부터 장성완을 연씨라 하고 정인광이 건져낸 것이 하늘이 정한 인연이라 하여 간곡하게 약혼을 하게 만든 것이었다.

장헌이 어린 손자를 데리고 이곳에 온 이야기와 연부인과 장성완을 보자 어쩔 줄 모르고 잡다한 이야기를 물 흐르듯 끊임없이 내뱉었던 가소로운 일들은 《성호연》에 자세하므로 이 책에서는 대강만 기록한다.

정씨 일가의 부흥에 두려워하는 장헌

장헌이 이곳에 머문 지 열흘쯤 되었을 때 촉군 태수가 찾아와 인사하고 맏아들인 장창린의 이름이 방목(榜目)⁴에 올랐음을 알렸다. 경사의 소식을 일일이 전하고 조보(朝報)⁵를 올리면서, 국가에 큰 경사가 있으니 빨리 살펴보라고 했다. 이는 다름이 아니라 정잠과 조세창이 무사히 귀환하여 옥절을 온전히 지키고 아름다운 이름을 빛냈다는 내용이었다. 황제가 기뻐하며 친히 대궐 문 밖에 나가 맞이하고 특별히 예우하여 국가의 큰 경사로 삼았으며, 정염이 사은하자 친히 불러 술을 내렸다고 적혀 있었다. 장헌이 이어서 방목을 살펴보는데 장원은 정인성이요 4등은 정인흥이라 하니, 눈앞이 뿌예지고 정신이 현란하여 스스로도 어찌지 못하는 상태가 되었다. 그러니 듣고 보는 것이야 온전하겠는가? 귀로 태수의 말을 듣고 눈으로 조보를 보며 새로 과거에 급제한 이름들을 다시 살폈는데, 첫머리에 정인성의 이름 세 자가 있는 것에는 너무나 놀라고 그 아래에 장창린의 이름

---

4 방목(榜目): 과거에 급제한 사람의 성명을 적은 명부.
5 조보(朝報): 조정의 소식을 알리는 관보.

이 있는 것을 보고는 기뻐하고 즐거워했다. 각각 아버지 이름이 쓰여 있어 황급히 보는데, 4등 정인홍의 이름을 다시 보는 것에 정신이 팔려 그 아버지 이름을 자세히 보지 못하고 정염의 맏아들 인홍인 줄은 전혀 깨닫지 못한 채 정삼의 아들 인광이 개명해 정인홍이라 한 것으로 생각했다. 때문에 정씨 가문의 복록이 예전과는 완전히 다르게 융성해진 것을 깨닫고, 갑자기 기운이 빠지며 당황하여 간담이 무너지고 찢어지는 듯했다. 안색이 흙처럼 변하고 두 팔이 축 늘어지는데, 애써 진정하면서도 조보와 방목을 마저 보지 못한 채 놓아버렸다. 털이 주뼛거리고 이마에 온갖 시름이 하염없이 모이며 입술을 깨물어 피가 날 지경이었다. 속으로 만 개의 칼이 구곡간장을 마디마디 잘라내고 백 개의 칼날이 가슴에 걸려 있어 천 마리의 원숭이가 어지럽게 뛰노니, 한낱 나무 인형이 되어 입을 봉한 듯이 말을 하지 못하고 있었다.

연공 등과 소수가 함께 앉아 정잠이 무사히 귀환한 것을 기뻐하고 장창린이 과거에 급제한 것을 즐거워하여 장헌을 돌아보며 일제히 축하했다. 연어사가 장헌의 두렵고 조심스러운 마음을 짐작하고 물었다.

"정씨 가문의 부귀와 영록이 전보다 세 배는 더할 뿐 아니라, 정운백(정잠)이 재상에 오르고 그 선조의 자취를 이으니 '빛나고 빛나는 태사 윤씨여, 백성들이 모두 그대를 바라본다.'라고 할 정도의 명망이 있을 것입니다. 천하를 복종시키고 세상을 도맡아 이윤과 부열, 주공과 소공의 정치는 흡족하게 볼 수 있으려니와 다만 재상의 자리에 있기에는 강하고 엄준한 면이 있지요. 본래 언행이 너무 곧고 강해 청렴 강직하기가 수양산에서 굶어 죽은 백이와 같고 장렬한 의기는 관우와 같습니다. 그러니 정직한 군자의 무리는 능히 기용될 수 있겠으나 속세의 평범한 무리는 먼 지방에나 내쳐져 미관말직에도 참여하지 못할 듯하군요. 우리 무리가 한번 기용된다면 영화가 만호후에 비하겠지만, 미관말직에도 나가지 못하고 비통한 심정과 과격한 말을 드러내 옛 습관대로 행하면 조정에 불인한 자들은 일시라도 머물지 못할 것이니 이 또한 근심스러운 일이 아니겠습니까? 하물며 장인과 사위 두 사람이 다 구사일생하여 무사히 귀환했으니, 지극히 공평한 뜻이 있어 눈 흘기는 정도의 작은 원한 갚는 것은 속 좁게 여기지만 밥 한 그릇만큼 작은 것이라도 은혜는 꼭 갚고자 할 것입니다. 그러니 정씨와 조씨 일가가 비통하고 애타던 시절에 그들을 근심하고 염려한 사람들은 지금 찾아가 보면 분명 좋은 일이 있을 듯합니다."

연시중이 웃으며 말했다.

"네 어찌 갑자기 하찮고 비루한 말을 하느냐? 정운백과 조자의(조세창)는 하늘 위의 신선이 아니고 우리들은 땅 아래 귀신이 아니다. 벼슬의 높고 낮음이 다소 있기는 하지만 무엇이 그리 대단하여 사람을 가려 쓰는 데 한번 기용되는 것을 만호후에 견주느냐? 그렇지만 이 자리에 있는 사람들 중 정운백과 조자의의 손에 쓰일 사람은 후백(장헌)이다. 옛날 친형제와도 같던 의는 말할 것도 없고 운백과 새로이 사돈 관계가 되었으며 창린이가 조자의와 종형제의 의가 있으니, 자연히 안면을 보아 후백을 중한 자리에 쓸 것이다."

연태우가 머리를 가로저으며 말했다.

"결코 그렇지 않다. 정운백과 조자의는 안면으로 청탁을 은밀히 하거나 인정으로 하지 않을 것이다. 저 사람들을 어찌 그런 천하고 더러운 말로 욕하는 것이냐? 앞으로 보면 알겠지만 사랑하는 사람이라도 그 허물을 가리지 않을 것이고 미운 사람이라도 선한 곳이 있다면 드러낼 것이니, 너희들이 군자의 지극히 공평하고 사사로움이 없는 뜻을 능히 알 수 없을 것이다."

연씨 일가가 마땅한 말씀이라고 하는 중에도 장헌은 정씨 가문을 한 치도 남김없이 저버린 것을 애달파하는 얼굴이었다. 이날 장헌은 수천수만의 뉘우침과 애달픔이 교차하고 연씨 일가의 대화가 모두 자기의 죄를 논하는 듯하자 너무나 놀라 담소할 마음이 없었다. 겨우 장창린의 과거 급제 소식으로 온갖 시름을 위로하고 사람들의 축하 인사에 조용히 응대했으나, 흙빛이 된 얼굴과 제정신이 아닌 듯한 모습은 큰 화와 참변을 거듭해서 혼자만 당한 듯 마음이 초조하고 급해 어쩔 줄을 몰랐다. 장창린은 일세를 기울이는 뛰어난 재주로 과거에 급제했으니 높은 벼슬에 올라 황제의 은총을 입어 부귀와 작록이 융성하게 될 것이었다. 그런데 자신이 한때 잘못 생각하고 계략 있게 처신했다고 한 것이 도리어 비루하고 불의하며 배은망덕한 것이 되어, 신의 없고 도리에 어긋난 행동으로 천고의 꾸짖음을 면치 못할 바를 생각하자 심담이 서늘해졌다. 또한 당세의 권문세가에게 죄를 지은 것이 무궁하니 한갓 자신의 벼슬길이 막힐 뿐 아니라, 장창린이 아비의 허물 때문에 조정에 나가지 못하고 정씨 가문 당파의 엄절한 탄핵을 만나 창창한 앞날을 헛되이 마치게 될 것이 분명해 보였다. 이러한 생각들로 어지럽자 잠깐 사이에 애간장이 타들어 가 숨도 크게 쉴 수 없었다.

그런 와중에 손자 장현윤이 연씨 공자들과 함께 외당에 나와 장헌 곁에 앉았는데, 그 신기한 행보와 공순한 거동은 더할 나위가 없었다. 어린아이의 미숙함과 평범하고 속된 아이의 몸가짐과는 아주 다른 모습이었다. 짙푸른 눈썹과 옥 같은 얼굴에 붉은 입술이 반쯤 열려 있고 두 마리 봉새 같은 두 눈에는 뛰어난 기상과 재기가 어려 있었다. 머리를 숙이고 손으로 조보와 방목을 내와 두루 살피면서, 아버지 장창린이 과거에 급제하고 외할아버지 정잠이 무사히 귀환한 것을 알아채고는 기쁜 얼굴로 환하게 웃으며 장헌에게 물었다.

"아버님이 과거에 급제하시고 외할아버지께서 귀환하신 것은 집안과 나라 모두의 경사니 너무나 다행하고 기쁜 일입니다. 그런데 할아버지께서는 어찌 갑자기 말문이 막히고 마음을 진정하지 못하십니까? 제가 할아버지의 근심스러운 존안을 올려다보니 기쁜 흥이 숨어 감히 옳고 그름을 여쭙고자 합니다. 원컨대 할아버지께서 밝히 가르쳐주십시오."

목소리가 낭랑하여 봉황이 오동나무 위에서 맑게 울고 학이 난새의 노래에 응하는 듯, 아주 뛰어난 풍채에 귀티 나게 잘생긴 얼굴이었다. 장헌이 밝지 못하고 제정신이 아니어서 처음에 이 손자를 다른 사람의 자식이라 하여 정월염의 서리 같은 절개를 욕되게 하고 영영 의를 끊고는, 아이가 자라면서 일찍부터 뛰어나고 빼어나 평범한 인물이 아닌 것을 알게 되자 더욱 분하고 한스러워했었다. 그런데 오늘 곁에 있는 사람들이 자신의 죄를 하나하나 들춰내지 않았는데도 머리가 숙여지고 간담이 떨어진 상태에서 현윤이 이처럼 묻자 마땅히 일러줄 말이 없었다. 다만 곁으로 오게 해 손을 잡고 귀밑을 어루만지며 웃는 듯 찡그리는 듯 하니, 이는 많이 기쁘지 않아서도 아니고 남다르게 사랑하지 않아서도 아니었다. 태산이 엎누르는 듯한 근심과 백 개의 칼날이 쑤시는 듯한 두려움이 간장을 끊고 애를 사르니 좋은 사색을 지을 수 없어 그런 것이었다. 연공 등이 장헌의 이 같은 모습을 보고 인간사의 재미 중에 저 거동보다 더한 것이 없어, 온몸의 가려운 곳을 다 씻어내는 듯했다.

(책임번역 탁원정)

완월회맹연 권33

정씨 가문의 부흥

장창린이 촉 땅에서 상경하고

장헌은 정씨 일가 앞에서 웃음거리가 되다

정씨 일가에 잘보이려 먼저 상경하는 장헌

이때 연공(연부인의 오빠) 등이 장헌의 이 같은 모습을 보고 인간사의 재미 중에 저 거동보다 더한 것이 없어, 온몸의 가려운 곳을 다 씻어내는 듯했다. 얼굴마다 웃음을 머금고 말로 장헌의 마음을 급하게 하기도 하고 늦추기도 하면서 장현윤을 쓰다듬으며 말했다.

"너는 아직 사람 일을 모르기에 네 외할아버지(정잠)가 살아 돌아온 것을 즐기지만, 원래 네 외할아버지와 할아버지(장헌) 사이에는 적지 않은 혐극이 있어 분명 그 세력이 양립할 수 없을 것이다. 지금 너희 외할아버지의 권세가 산처럼 높아 천하의 살아 있는 모든 것의 생살권을 가졌으니, 네 가문의 숨을 끊게 하는 데는 이름난 자객이었던 섭정과 형가의 솜씨와 날램을 구차하게 빌릴 필요도 없다. 그가 돌아오는 것은 네 집의 큰 불행일 것인데 너는 무엇을 가지고 나라와 집안의 경사라고 하느냐?"

장현윤이 비록 준수하고 빼어나게 총명하나 연공 등의 말이 희롱인 것을 미처 알지 못했다. 이씨 부중에 있을 때 집안사람들 모두가 장헌을 사람답지 못하다 하면서 꾸짖는 말을 들었으므로, 할아버지가 과연 세상에 서지 못할 죄를 지었는가 하여 놀라고 당황하며 안색을 고치고 연공 등을 향해 물었다.

　"할아버지와 외할아버지 사이의 혐극이 사적인 것입니까, 아니면 나랏일입니까?"

　연공 등이 웃으며 말했다.

　"사적인 것이든 나랏일이든 네가 알아봐야 부질없으니, 일이 어떻게 되어가는지 지켜보거라."

　장현윤이 갑자기 정색을 하고 말했다.

　"제가 어려서 일 전체의 옳고 그름을 알지는 못하겠습니다. 하지만 할아버지와 외할아버지의 혐극이 그처럼 무거워 세력이 양립할 수 없을 정도라면, 대인께서 두 분의 관계가 좋아지기를 힘써 도모하시고 할아버지가 근심하는 것을 위로하시는 것이 평범한 사람의 도리이자 한집안 사람의 정일 것입니다. 그런데 무엇 때문에 사람의 살고 죽는 일을 가지고 가볍게 희롱하여 심하게 코웃음치며 옳고 그름은 말씀하지 않으십니까? 할아버지의 허물이 사적인 일에 관계된 것이 아니라도 아버지께서 목숨을 걸고 위태하게 만들지는 않을 것이고, 만일 돌아가시게 될 상황이라면 우리 모자가 죽기로써 외할아버지의 마음을 돌려 재앙의 발단이 없게 할 것이니 굳이 근심할 바가 아닙니다."

　그러고는 말을 마치고 의젓한 모습으로 단정히 앉았다. 기상의 엄준함과 뛰어남은 마치 장창린이 자리에 있는 듯했으며, 도도한 언어가 윤리에 맞고 엄한 정신이 당당히 명백한 것은 정잠이 임한 듯했다. 좌우에서 얼굴빛이 변하여 놀라며 칭찬해 마지않았다.

"어진 아이구나. 태임이 가르침으로써 문왕의 성품을 만드시고 태사 역시 태임을 본받아 태교를 하여 처음부터 어진 성품을 낳으셨으니, 주나라 종실이 계계승승 창성하여 800년 대단한 업적을 이룬 것은 태강부터 시작한 세 어머니의 덕성에서 비롯된 것이다. 원래 여자의 덕이 넓고 크면 능히 나라를 흥하게 하고 집을 창성하게 하는 법이다. 우리 누이(연부인)의 은혜롭고 관대하며 정숙한 행실과 성스러운 마음이 아니면 창린이를 낳지 못했을 것이고, 정질부(정월염)의 빼어나고 바른 효성과 덕성이 아니면 현윤이를 두지 못했을 것이니, 장씨 가문의 큰 경사이자 복록이 이보다 더할 수 없으리라. 장후백(장헌)이 주나라를 재건한 공류의 어짊이 없이 우리 누이의 성스러움을 만나 백승(장창린)을 낳아 기르고, 정질부 같은 어진 며느리를 두어 현윤 같은 뛰어난 손자를 낳았구나. 큰 덕과 어질고 밝은 것이 계속 이어져 주나라 덕의 창성함이 반드시 이루어질 것이니, 후백의 영화와 복은 백 대가 지나도 쇠하지 않을 것이다. 어떤 팔자가 이다지도 흠이 없는가?"

장현윤이 연공 등의 말이 과한 것이 기껍지 않아 불감당한 일이라 사양하고 얼굴빛을 고쳐 조부의 두려움과 근심을 위로했다. 장헌은 바야흐로 마음이 요동치고 초조하여 지난날을 뉘우치는 한이 커지고 아들의 앞날에 대한 염려가 극에 달했다. 만사가 놀랍고 두려워 소리 내어 울고 싶었지만, 주변 사람들이 보고 있기에 너무 괴이한 것은 피하고자 하여 마음껏 통곡하지도 못했다. 그러나 죽을 마음만 있고 살 기운은 없어 좋은 모책을 생각하지 못하던 차에 손자의 말을 들으니 과연 그러하다는 생각이 들었다. 자기 죄악이 나라와 관련 있어도 창린이 아비를 사지에 빠지게 놔두지는 않을 성싶었다. 하물며 털 끝 하나도 나라에 관련된 바가 없고 전후의 일은 모두 사적인 것이었다. 그러니 정잠이 비록 자기를 몹시 이상하다 여길지라도 딸과 사위를 생각하여, 눈 흘길 정도의 조그만 원한을 갚으려 하지는 않을 듯했다.

다만 정월염의 생각이 어떨지 알 수 없었다. 만일 그 아버지를 만나 그간의 온갖 고생을 일일이 알리고 한을 깨끗이 풀고자 한다면, 정잠이 비록 넓은 마음과 큰 도로 공정하고 너그럽게 대한다 해도 사사로움이 앞서는 것은 황제부터 평민에 이르기까지 사람이라면 으레 있는 일이었다. 타고난 자애로써 만금처럼 귀한 딸의 고생과 액운을 다 들으면 자연히 몹시 분해 이를 가는 분노가 자기에게 돌아올 것이었다. 창린을 돌아보아 자기를 구렁텅이에 밀어넣지는 못한다 해도 절절히 분을 참고 매사 증오를 더해 더 이상 예전의 좋은 안면을 유지하기는 어려워 보였다. 영화로운 벼슬길이 끊어져 버림받은 사람이 될까 초조하고 다급한 마음이 간장에서 돌고 돌았다. 차라리 얼굴을 두껍게 하고 담을 크게 하여 며느리를 수만 가지로 달래며, 정잠 면전에서 몽둥이로 맞아 사죄할 뜻을 보여 허물과 죄를 용서받는 것이 어떨까 하는 생각이 들었다. 그리하여 다시 옛날 혈육과 같던 정을 잇고 새로 사돈의 각별한 뜻을 펴는 것이 온갖 계책 중에서 상책이라 생각했다. 빨리 날개를 달아 험준한 산을 쉽게 넘고 밤낮으로 빠르게 달려 경사에 이르면 정씨 가문 사람들을 남보다 먼저 만나 온갖 방도로 사죄할 터인데, 갑자기 큰 기러기나 고니의 날개를 빌릴 수 없는 것이 한스러울 따름이었다. 그러면서도 이미 신기한 비책을 세운 것처럼 의기양양하니, 천 사람이 만류하고 백 사람이 도로 잡아 앉힌들 어찌 듣겠는가? 온갖 근심을 풀어버리고 걱정하는 빛을 말끔히 날려버린 채, 비로소 기쁜 일이 생겼다는 얼굴을 하고 태수에게 사례한 후 돌려보냈다. 이 촉군 태수는 연공 등과 같은 문중 사람으로 장헌의 사람됨을 알아 그 당황하고 초조해하는 모습을 보고 속으로 실소를 했다.

장헌이 태수가 돌아가기를 기다렸다가 즉시 내당으로 들어가 연부인을 보는데, 그 말이 황당하고 행동거지가 온전하지 못해 정신과 혼이 모두 나간 듯 보였다. 아들이 과거에 급제한 경사를 전하고, 자기가 여기 있어 장창린의 영화를 즉시 보지 못해 심히 울울하다며 다음 날 행차해 상경할 것을 의논하니, 연부인이 어찌 공의 마음 깊은 곳을 꿰뚫지 못하겠는가? 갈수록 이 같음에 놀라고 망측하여 안색을 고치지 않고 천천히 말했다.

"자식이 과거에 급제한 경사로 인해 부모를 뵙고자 하는 것이 더 급하니, 반드시 삼일유가를 마치면 여기로 내려올 것입니다. 상공이 가지 않으셔도 수삼 일을 더 기다리면 창린이가 올 것이니 그때 함께 상경하는 것이 옳지 않겠습니까?"

장헌은 연부인이 말하지 않아도 아들이 내려올 것을 이미 알아챘으나, 정씨 가문에 사죄하는 것이 한시가 급해 상경할 뜻이 시위를 떠난 화살 같음에도 연부인을 위해 참고 있었다. 그러니 아들이 도착하기를 기다려 함께 가자고 하는 연부인의 말이 마땅한 것을 모르지 않고, 또 연부인의 말을 거스르는 것도 쉽지 않은 일이었다. 하지만 자기가 정씨 가문에 가 빨리 사죄하는 것이 앞날을 도모하여 구렁텅이에 거꾸러진 바를 높이 붙들어 푸른 하늘에 날아오르게 되는 것과 같다고 생각했기에 온화한 표정을 짓고 웃으며 말했다.

"부인의 말이 저의 헤아림과 다르지 않지만, 제 마음이 너무 급해 창린이가 오는 것을 기다리기가 어렵습니다. 정운백(정잠)이 오랑캐 땅의 노영에서 무사히 귀국한 것은 진실로 죽은 사람이 살아온 신기한 일이고, 은혜 입은 가문의 큰 경사를 듣고 그냥 넘기는 것은 사람 사이에 괴이한 일입니다. 지기(知己)의 정이 관중과 포숙보다 깊고 변치 않는 사귐은 아교와 옻칠보다 두텁습니다. 그와 같은 친한 벗이 살아 돌아와 만나게 되었기에 제 뜻이 바쁘고 급해 정운백을 반길 생각에 만사를 제치게 된 것입니다. 부인은 다시 말씀하지 마시고 창린이가 오기를 기다려 제 뒤를 따라 늦지 않게 상경하십시오."

말을 마치고는 장현윤을 나오게 하여 얼굴을 대고 등을 두드리니, 만금 같은 귀중한 손자에게 비로소 할아버지의 정을 다하게 되었다. 현윤의 외모와 거동은 물론 온몸 구석구석까지 칭찬하고 어지럽게 기리면서, 내 가문을 창대하게 할 사람은 이 아이밖에 없으며 아비의 탁월함과 어미의 특이함을 온전히 받고 태어났으니 비상하고 특출한 것이 천고와 만세를 통틀어 일등 인물이 되리라 하였다. 어깨를 으쓱이며 연부인에게 아첨하는 표정을 짓고 다시 현윤에게 아양을 떨면서, 훗날 정잠이 현윤의 말을 들어도 자신이 손자까지는 지극히 사랑했던 바를 알게 하려 했다.

원래 장헌은 사리에 어두워 정월염의 효성과 덕행이 특출한 것을 알지 못하고, 현윤의 비상함을 보면서도 자기 손자임을 깨닫지 못했다. 간통한 사내의 더러운 씨를 자기 손자라 하는가 하여 추하게 여기는 마음이 없지 않아 결코 흡족하게 사랑을 주지 않았다. 여기 데려온 뜻은 연부인의 노여움을 손자를 통해 풀고 화해를 해볼까 하는 것일 뿐, 천륜이 아직 통하지 못해 진정으로 귀중해하지는 않았다. 그런데 오늘 갑자기 황송해하며 사랑을 베푸는 것은 그 외가의 세력이 당당함을 두려워해서였다. 자기가 인자하고 너그러워 사람답지 못한 행동을 조금도 하지 않았고 손자를 사랑하는 것에서는 타인과 비교도 안 된다는 것을 정씨 가문의 모든 사람들이 익히 듣게 하려 했다. 또한 빨리 경사에 가 정월염을 보고 지난 일들에 대한 후회를 전해 금석이 녹을 듯이 달래고자 했다. 설사 정월염이 측천무후의 흉악함을 가졌더라도 그 아버지가 재상의 지위로 대단한 존경과 우러름을 받는 인물이니 딸을 그리 쉽게 죄인으로 몰지 못할 것이라 생각했다. 또한 만에 하나 현윤이 불행히도 장씨 가문의 혈육이 아니라 해도 정잠의 생전에는 감히 밝히지 못할 것으로 단정했다. 오로지 권위를 두려워하고 벼슬을 도모하려는 뜻만이 돌처럼 뭉쳐 있었다.

　연부인은 장창린이 높은 지위에 오르게 된 것을 매우 다행으로 여기고, 정잠이 무사히 귀국한 것을 남달리 기뻐했다. 그러나 장헌의 생각 없는 인물을 대하니 새삼 마음이 어지럽고 간언해도 받아들이지 않을 것을 알기에 길이 탄식하며 한스러워할 뿐이었다. 좋은 빛은 전혀 없이 스스로 자신의 운수를 슬퍼하면서도 다시 말이 없으니, 장헌의 초조하고 급한 마음은 돌아가신 선친이 만류해도 막지 못할 것이어서 연부인이 더 말리지 않는 것에 뛸 듯이 기뻐했다. 잠깐 소씨 부중에 가 딸을 본 후 다음 날 출발하겠다 하고, 소수를 찾아가 연씨 부중에서 상경할 때 함께 올라올 것을 청하니 소수가 대답했다.

"자네가 말하지 않아도 사위와 손자가 천자의 은혜를 입고 고향에 돌아와 다시 조정의 머릿수를 채우게 되었는데, 서천 험한 길을 자주 왕래하지 못해 부자가 오랜 이별 끝의 만남을 마음대로 못 하는 것이 아쉽고 서운했네. 그래서 부득이 뒤쫓아 가려 하니 그사이가 불과 보름 정도 선후가 될 것이네. 자네는 먼저 행하거니와 딸의 혼사는 내 처분을 기다리고 먼저 입 밖에 내지 말게나."

장헌은 일단 순순히 그러겠다고 했다. 하지만 지금 정씨 가문의 권세가 지난날과 판이하게 달라졌고, 정인흥을 정삼의 둘째 아들 인광이 개명한 것으로 알아 사위 재목이 벌써 과거에 급제해 문명이 빛나고 재주와 풍모가 탁월한 것을 생각하고는 염치를 내버리고 무한한 탐욕을 마음에 품은 상황이었다. 때문에 장성완을 공연히 소수에게 보내 그 같은 사위를 얻는 일에 소수가 조금이라도 관여할까 하여 걱정이 없지 않았다. 정씨 가문의 형세가 쇠락할 때는 이런 뜻이 없어 장성완을 한갓 버린 자식으로 여길 뿐이었기에 소수가 앞길을 이끄는 대로 따르면서 자신은 아는 체도 하지 말자고 했었다. 그런데 지금은 뜻이 변하고 마음이 바뀌어 부디 자기가 정잠 형제를 먼저 보고 옛 약속을 온전히 지키자고 청하여 소수가 혼사를 주관하는 일이 없게 하고 싶었다. 하지만 본래 소수를 어렵게 여기기에 그가 일러주는 말을 거역하지 못했다.

다음 날 아침 일찍 장헌이 장모에게 떠나는 인사를 올리고, 연부인에게 장창린을 기다려 상경할 것을 다시금 당부하고서 현윤을 어루만지며 말했다.

"그동안 잘 지내다가 할머니, 아버지와 함께 올라오거라."

연공 등과 일일이 작별 인사를 하면서 온갖 위엄을 떨친 후 몸가짐이 조심스러운 종 몇 명을 데리고 천리마를 타고 길에 올랐다. 그 달리는 속도가 빨라 그림자도 가볍게 날릴 정도니 어찌 하루에 천 리를 못 갈까 근심하겠는가마는, 혹시라도 길에서 장창린을 만나 먼저 상경하는 것이 옳지 않다는 일로 다투게 될까 걱정되어 한 척 배를 얻어 수로로 행했다.

촉 땅에서 재회한 장창린과 장성완 남매

이때 장창린은 총명한 선견지명으로 그 아버지 같은 위인에게 이런 일이 있을까 미리 염려했다. 그래서 자기가 과거 급제한 일과 정잠이 무사히 돌아온 것을 먼저 알리지 않고 삼일유가 후 바로 촉으로 가 부모를 모시고 함께 돌아오려 했던 것이다. 그런데 촉군 태수가 이미 그 소식을 전해 장헌이 황급히 길을 떠나는 바람에 아들이 과거 급제한 모습으로 슬하에 절하는 것을 차분히 앉아 보지 못하게 되었으니 어찌 우습지 않겠는가? 장창린이 촉으로 행하는 도중에 전혀 다른 뜻 없이 오로지 서천에 이르는 것에만 마음이 바빠, 길을 떠난 지 사오일 만에 성대한 위의로 연씨 부중에 다다랐다. 먼저 부친께 인사를 드리려 했는데 미처 말에서 내리기도 전에 부친이 벌써 상경했다고 하는 말을 들으니, 부모를 그리던 효자의 회포로 놀랍고 서운하기가 그지없었다. 그러나 즉시 따라가 만날 길이 없고 외할머니와 어머니가 기다리시는 것을 생각하면 급급히 떨쳐 돌아가는 것도 자식 된 도리가 아니기에, 외숙 등을 만나 인사를 나눈 후 함께 내당으로 들어갔다.

외할머니와 어머니께 절을 하고 숙모와 제수씨, 매제 등을 보는데, 가을 하늘의 뜨거운 해 같은 기상과 가을 달이 높이 떠오른 듯한 풍채로 옥 같은 살쩍 밑에는 흰 구름이 일어나는 듯했다. 어사화는 짙푸른 귀밑머리에 꽂혀 있고 비단 관대는 새로 황제를 받들게 된 영화를 드러냈다. 이리 같은 날렵한 허리에 황금 띠를 가로로 둘러 귀인의 모습을 다했으니, 20세의 위풍당당한 모습은 용과 기린의 기품이요 태산과 같은 큰 기상이었다. 어찌 한갓 연약한 소년의 못나고 변변찮은 재주나 기질과 비교해서 말할 수 있겠는가? 연씨 자제들도 하나같이 학문과 도덕에서 뛰어나고 속되지 않아 항상 사람들의 칭찬을 듣는 풍모와 자질을 지니고 있었다. 하지만 장창린이 함께하니 진정 태양이 아침에 떠오르자 온 세상이 환해지고 밝은 달이 하늘에 떠오르자 온 별들이 쇠잔해지는 듯했고, 소나 말 사이에 기린이 섞이고 개와 돼지 사이에 교룡이 섞인 듯했다. 연생 등이 고운 용모는 지녔다고 할 수 있겠으나 천지에 비할 이런 덕스러운 자질은 누가 따를 수 있겠는가? 모든 사람이 탄복하며 칭찬하고 기뻐하며 축하했는데, 저마다 더럽다 침 뱉고 업신여기는 장헌의 아들임을 깨닫지 못한 채 높이 우러르는 것이 '북극성이 제자리에 있으면 뭇별들이 그에게로 향한다.'라는 말과 같았다.

연부인은 어머니의 지극한 정으로 수삼 년을 애타게 기다리며 아들을 그리워하는 마음이 꿈에서도 다급하던 차에 장창린이 과거에 급제한 어엿한 모습으로 돌아와 슬하에서 절을 하는데, 그 용모와 풍채가 전보다 훨씬 뛰어나니 기쁘고 흐뭇한 것을 어찌 비할 데가 있겠는가? 요즘 연부인은 장헌의 해괴하고 저속한 모습을 대하면서 비위가 상하고 운수를 다시금 한탄하여, 그가 떠난 지 사오일이 지나도록 숙식을 편히 못 하고 있었다. 행동과 처신이 그처럼 무상하고 권세를 따라 움직이는 천한 모습에 개탄하며 슬퍼하던 차에 아들을 보게 되니, 마음이 바로 상쾌해져 모든 근심과 걱정이 완전히 사라졌다. 고운 눈썹에 영롱한 기쁜 빛을 띠고 붉은 입술로 찬연히 웃으며 바삐 손을 잡고 등을 어루만져 간절하던 모정을 드러냈다. 더구나 아버지의 이름에 기대지 않고도 스스로 높은 산과 같이 굳고 만리장성같이 믿음직하게 컸으니, 그 아들을 남다르게 보는 것은 천륜보다 너할 수밖에 없었다.

　장창린은 태어난 지 반년도 지나지 않아 부모와 헤어지는 슬픔을 겪었다. 비록 큰 산과 바다 같은 양부모의 사랑과 보살핌을 받았으나, 13년을 다른 가문에서 자라 친부모를 알지 못하는 것은 지극한 아픔이었다. 그러다 겨우 친부모를 만나 자신이 태어난 곳과 성씨 등을 알았지만, 친아버지의 과실은 넘치고 친어머니의 신세는 처량할 뿐이었다. 게다가 집안의 변고가 날마다 생겨나 해괴하고 망측한 일이 아닌 것이 없으니, 그 큰 도량에도 근심과 초조함이 마음에 맺혀 병이 될 지경이었다. 자기 방에서 좌우에 아무도 없을 때면 바로 문을 밀치고 이리저리 방황하며 마치 실성한 듯 행동하니, 음식의 맛을 모르고 베개에서 편히 잠을 못 이룬 지 칠팔 년이 되었다. 겉으로 당당하고 호방하며 장대한 성인의 모습을 보이는 것은 그 타고난 바탕이 구차하지 않기 때문이었다. 그러나 그 마음속은 울울하여 폐와 간에 남모르는 병이 생겼으니, 다부진 몸은 축나고 눈 같은 피부는 수척하며 옥 같은 골격은 눈에 띄게 약해질 정도가 되었다. 양어머니와 양할머니가 어루만지며 근심하고 염려해 주시기는 했지만, 친어머니는 머나먼 촉 땅에 떨어져 있으니 아침저녁으로 어머니를 애타게 그리워하여 눈물이 비 오듯 흘렸다. 평생의 소원은 부모님을 한집에서 모시며 천륜의 자애를 받고 자식의 효를 다하는 것뿐이건만, 마음속에 박힌 한과 얽힌 병을 편지에 써 어머니를 걱정하게 만들 수는 없었다. 그러던 차에 이번 과거 급제로 험한 길을 넘어 촉 땅에 와 어머니를 뵙고 어린아이처럼 춤추며 기쁘게 해드릴 수 있게 되고 경사에 있는 옛집에 가족이 모두 모일 날도 얼마 남지 않게 되니, 인생의 지극한 즐거움과 마음속의 흡족함이 이보다 더할 일이 없었다. 칠팔 년의 근심과 한이 단번에 싹 사라져 무릎을 꿇고 머리를 숙인 채 외할머니의 만수무강을 기원했다. 그 빼어난 눈썹과 맑은 눈동자에 기쁜 빛을 띠었으니, 외할머니 또한 그 모습에 감탄하고 애중히 여겨 급히 붙들고 얼굴을 맞대며 매우 기뻐했다. 그러면서도 옛일을 생각하고 연태사가 보지 못하는 것을 슬퍼하니 연씨 가문의 모든 사람들 역시 슬퍼했다. 장창린 또한 슬프고 가슴 아팠으나 외할머니와 어머니를 더 힘들게 할까 봐 위로하며 진정하실 것을 간절히 청했다. 그러고는 이윽고 외할아버지 문묘에 배알을 하고, 발걸음을 돌려 소씨 부중으로 가 소수에게 인사를 한 후 즉시 누이를 보러 갔다.

이때 장성완은 소수 부부가 사랑하고 보살펴 주는 덕에 서천에 머문 지 벌써 칠팔 년이 되었다. 은혜로운 양부모와 의형제의 아끼는 정이 세월이 갈수록 더해 그 진실됨이 친자식이나 친형제가 아님을 깨닫지 못할 정도였으니, 진실로 애지중지하는 것이 천륜보다 덜함이 없었다. 그러나 장성완은 자신에게 얽힌 흉악한 모함을 부끄러워했으며, 규방 여자의 몸으로 머나먼 서천 땅에 와 아버지의 목소리와 모습이 아득하고 어머니 생각이 가슴에 사무쳐 평생 맺힌 원한이 죽어도 풀릴 길이 없었다. 부모를 종종걸음으로 모시지 못하는 불효에 속절없이 흐느낄 뿐이고, 버드나무 숲 속의 다 자란 까마귀가 늙은 어미에게 먹이를 가져다주는 모습을 차마 볼 수가 없었다. 애처로이 부모를 사모하는 마음은 날이 갈수록 더하고 시간이 갈수록 새로웠다. 그러니 어찌 아침저녁 먹는 것의 맛을 알고 침상에서 편히 잠자리에 들겠는가? 세상을 하직해 비참한 누명을 잊고자 하나, 소수 부부의 하늘같이 큰 은혜와 소채강의 지극한 정성을 차마 저버릴 수는 없었다. 또한 연부인이 때때로 어루만져 위로하고 경계하는 말씀이 모두 사리에 맞고 효를 완전히 해야 한다는 것이니, 장성완의 특출한 효로 자기가 죽으면 부모를 헐뜯는 말들이 심해지고 연부인의 지극한 가르침을 저버리는 일이 될 것을 슬퍼하여 죽을 결심을 하지는 못했다. 그러나 스스로 사람이 지켜야 할 도리를 어긴 죄인으로 자처하여 황량하고 후미진 좁은 방에서 한 조각 거친 풀자리로 바닥을 가리고 좌우 문을 굳게 닫은 채 지냈다. 여러 해가 지나도록 머리를 내밀어 사람과 해를 본 적 없이 밤낮을 어두컴컴한 곳에서 벽을 향해 누워 있어 시신과 다를 것이 없었다. 유모 모녀와 춘홍 등이 너무나 비통해하고, 소수 부부가 아침저녁으로 찾아와 사리에 맞지 않다고 깨우쳐 음식을 먹도록 하며 몸을 잘 보호하라 당부하여 친딸처럼 위로했다. 장성완은 그때마다 깊은 은혜에 머리 숙여 절하면서도 간간히 지난날의 일을 떠올려 슬퍼하고 고통스러워했다. 아름다운 얼굴은 참담하고 옥 같은 목소리는 구슬프게 잠겨 있는데, 그런 중에도 큰 덕을 감사하며 회포를 아뢰었다. 효순한 말은 예도에 그대로 부합하고 당당한 절조는 서리를 낮게 여길 정도였으며 온화하면서도 애절하여 모두를 감동시켰다. 소수 부부가 더욱 안쓰럽게 여기고 애지중지하여 만사를 섬세하게 살피면서, 며느리와 딸들 가운데 장성완을 특별하게 대해 수양딸로 보기 어려울 정도였다. 소채강도 밤낮으로 곁에서 지내며 잠깐이라도 떠나는 것을 3년이나 이별하는 것처럼 여기곤 했다.

장성완은 아버지의 사리를 분간하지 못하는 사람됨과 어머니의 해괴망측한 모습을 보고 자랐으나, 이미 도를 스스로 깨닫는 기질이 큰 성인의 어질고 밝음을 가지고 있었다. 그렇기에 항상 그 부모의 허물을 가릴 길이 없음을 슬퍼하고 간언을 들으려 하지 않는 것을 너무나 애달파했다. 그러다가 이곳에 와 소수의 탈속한 사람됨과 이부인의 현숙하고 검소한 모습을 보고서 속으로 감탄하고 흠복하며 소채강의 복을 부러워했다. 인간의 즐거움이 어진 부모와 형제에 있다는 것은 바로 소채강에게 해당되는 말이라 생각했다. 하물며 소채강은 성녀의 태교와 현자의 가르침으로 타고난 기질의 아름다움이 곤산의 옥을 쪼고 황금을 단련한 것 같으니, 장성완 역시 사랑하고 공경하며 누누이 칭찬했다. 하지만 자기의 심사가 평안한 보통 사람과 많이 다르기에, 소채강이 자기를 위해 이런 좁고 누추한 곳에서 지내는 것을 꺼리지 않는 것이 불안해 매번 침소로 돌아갈 것을 청했다. 그러나 소채강은 말과 표정이 평온한 채 진정 떨어져 지내는 것을 원하지 않는다 하면서, 스스로 춘홍과 추연의 소임을 대신하여 장성완의 곁을 떠나지 않았다. 장성완이 이따금 소채강의 손을 잡고 무릎을 맞댄 채 슬피 탄식하며 말했다.

"동생은 은혜로운 부모님이 늦게 낳은 막내딸로, 천금 같은 귀중함이 세상에 이름난 귀한 구슬보다 덜하지 않지. 그런데 무슨 이유로 이처럼 박복한 사람의 누추한 자리를 지켜 귀한 몸을 욕되게 하는가? 부모는 칭찬을 하지 않고 동기는 은혜를 가볍게 말하지 않는다고 어르신께서 항상 말씀하셨지. 동생의 뜻을 따르지 않으려는 것은 아니지만, 동생이 나 같은 사람을 위해 지극한 정을 베푸는 것이 보통 동기간과는 비교할 수 없을 정도이니 내가 그 은혜를 뼛속까지 새기면서도 불안함이 없지 않다네."

소채강이 대답했다.

"사람이 세상에 나서 금수와 다른 것은 인의예지신이 있기 때문입니다. 한번 의를 맺어 오래도록 저버리지 않은 것은 유비·관우·장비이니, 비록 여자의 처신이 남자와 다르다고 하나 어찌 신의가 없겠으며 형제의 의를 맺는 것이 귀함을 알지 못하겠습니까? 하물며 언니의 덕행은 제가 처음 보는 것인데, 저를 더럽다 버리지 않으시고 감히 동기로 칭하게 하며 지기를 허락하시니 제 일생의 즐거움이 이 밖에 다시없을 것입니다. 그런데 언니께서는 어찌 그런 괴이한 말씀으로 형제의 지극한 정을 소원하게 만드십니까? 지내는 곳의 황량함이 이보다 더하다 해도 언니께서 머무는 곳이면 곧 제가 따라 모시는 것을 영화롭게 여길 것입니다. 원컨대 언니는 제 미미한 정성을 보시고 곁에서 그림자가 따르는 것을 언짢아하지 마세요."

장성완이 다 듣고 깊이 감동하면서 다시 긴 말을 하지 않았다. 다만 서로 마음을 비추고 정을 쏟는 것이 친형제보다 더할 뿐이었다.

그런데 이때 갑자기 장헌이 이르러 부녀가 마주하게 되었다. 효녀가 오래 그리던 끝에 아버지를 뵙게 되어 우러러 반기고 황망히 슬퍼하는 것을 어디 견줄 데가 있겠는가? 그러나 장헌은 맑은 서리를 낮게 여기고 백옥에 티가 있다 할 정도인 딸의 매서운 절개를 알지 못한 채 한갓 부녀의 정으로 살아 있는 것에 기뻐했다. 또한 얼굴이 완전히 회복된 것에 놀라 지난 일을 생각하며 한바탕 통곡하더니, 갑자기 딸을 소수에게 맡긴 후 떠나갔다. 장성완은 아버지가 뛸 듯이 기뻐하며 상경하는 행차를 멈추게 하지 못하고 급작스러운 이별을 맞이했다. 비록 가족이 모두 모일 날이 머지않았으나 서운한 마음을 참기 어려워 조카 현윤을 자주 불러 앞에 두고 아이에게 마음을 붙여 시간을 보내고 있었다. 그때 장창린이 왔다는 소리가 들렸다. 현윤은 아버지가 온 것을 전혀 모르고 있다가 황망히 문을 열고 나가서 당을 내려가 절을 했다. 그 태도가 아주 엄숙하여 어린아이의 미숙한 모습이 없을 뿐 아니라 반기는 얼굴이나 목소리, 조심하는 거동이 하나같이 어여쁘고 아름다웠다. 장창린이 무척 사랑스러워하면서 뒤를 따라 방에 들어오라 하고는 급히 들어가 장성완을 만났다. 지내는 곳과 옷차림이 예전과 다르지 않은 것에 비참해하고 가슴 아파하면서 비 오듯 눈물을 흘리고 오래 탄식한 후에 말했다.

"누이야, 정숙한 성녀가 비록 더러운 말에 휩싸여 있다고 해도 죄는 아니다. 너의 열절이 위로 하늘에 닿고 아래로 땅에 이를 정도인데, 네 마음에 무엇이 부끄러우며 허물이 되어 항상 이런 모습으로 스스로 죄인이라 하는 것을 달게 여기느냐? 내가 못나서 지금 너의 억울함을 깨끗이 밝혀주지 못하고 마음속에 담아두지도 않은 채 혼자만 즐기고 있구나. 부모의 과실을 가리지 못하는 부끄러움과 동기의 변고를 구하지 못하는 슬픔을 깨닫지 못하니, 세상에 나만큼 불효하고 무지한 사람이 또 있겠느냐?"

말을 마치고는 손을 들어 장성완의 검은 머리카락을 쓸어올려 얼굴이 보이도록 했다. 너무나 곱고 아름다운 모습이 맑고 환하여 단연 범상치 않은 타고난 기품이 드러났다. 고요한 가운데 가을 달이 맑은 듯하고 봄 하늘 같은 모습이 무궁하니, 꿈속에 신녀가 나타난 듯 요지연에 서왕모가 임한 듯했다. 그처럼 크나큰 원망과 슬픔에 애간장이 녹아내려 골수에 맺힌 병이 죽을 지경에 이르렀는데도, 아직 나이가 젊기에 전보다 훨씬 아름다웠다. 태양이 아침 노을 속에 떠오르고 부용이 푸른 물결 위로 나온 듯, 반듯한 이마는 광채가 나고 짙은 눈썹은 가지런하여 온화하고 깨끗하며 고요했다. 아홉 가지 덕을 모두 갖추고 여덟 가지 복이 완전하여 높은 격조와 귀한 기상이 우환 중에 더욱 밝게 드러났다. 장창린이 다시 탄식하며 말했다.

"용모와 골격이 이처럼 기이하면서 어찌 초년이 무사하길 바라겠는가? 너의 액운이 아름다움을 다소 해쳤으나 영복과 부귀를 타고난 것은 누구와도 비교할 수 없으니 그리 걱정되지 않는구나."

장성완은 장창린의 과거 급제한 옷차림 가운데 뛰어나게 준수한 용모가 속되지 않아 이미 귀인의 격과 성인의 모습을 갖춘 것을 보고, 가문의 경사이자 부모의 복록임을 마음속으로 자랑스럽게 여겼다. 그 부모의 허물을 거의 가리고 망측한 집안을 바르게 하여 자손을 창성케 하며 조상을 빛내 부모의 노년을 드날릴 사람은 장창린 부자밖에 없다고 생각했다. 너무나 다행이라 여겨 자신의 비참한 액운은 도리어 잊을 지경이었다. 장창린이 비통해하는 것을 보고 태연할 수는 없었으나 스스로 마음을 추스르고 먼저 아버지의 상경 행차를 만났는지 여부를 물었다. 그리고 먼 길을 급히 달려온 것을 일컬으며 다시 어머니와 희린 등의 안부를 확인하니 효도와 우애의 지극함과 간절한 정성이 말에 그대로 드러났다. 경사에 올라가 부모와 형제를 만날 기약이 수개월 안에 있음을 매우 다행으로 여기면서도 자신은 한갓 죄를 뒤집어쓰고 버려진 사람으로 일컬으며 부모와 형제조차 대하기 부끄럽게 생각했다. 그 말이 굳이 눈물과 원통함을 더하지는 않지만 안에는 울울함이 있고 밖에는 원망함이 있었다. 외롭게 비루한 방에 잠긴 거동은 기린이 들에서 순행하고 봉황이 기산에서 우는 듯 보는 사람으로 하여금 뼈가 녹고 마음이 아프게 만들었다. 그러니 누이에 대한 더없는 사랑과 진심을 가진 장창린은 어떻겠는가? 슬퍼하고 애도하는 것이 칼을 삼키고 돌을 머금은 듯했는데, 소수가 들어와 장창린에게 슬퍼해 봐야 이로울 게 없다 위로하고 장성완을 어루만지며 길한 운수가 머지않았음을 일컬었다. 그러면서 조급하게 마음을 상하게 하지 말 것을 당부하니, 장창린과 장성완이 감사히 뜻을 받들었다. 안으로 모시고 조용히 말씀을 나누는데, 장창린이 상경할 일을 의논하자 소수가 말했다.

"굳이 경사에 가 오래 있을 생각은 없으나, 아이들이 모두 나라에 몸을 바친 바가 되어 이미 고국에 돌아와 복직하는 은혜를 입었으니 능히 마음대로 물러나지 못하는구나. 그리하여 우리 두 노인네의 슬하를 위로할 사람이 없으니 부득이 상경하기로 결단하고 빨리 길을 떠나고자 한다. 연씨 아우 등과 네가 떠날 때 함께 길에 오르련다."

장창린이 더욱 기뻐하며 마땅하다 하고 떠날 날을 정한 후 천천히 연씨 부중으로 돌아왔다. 어머니와 할머니를 조용히 모시고자 했으나 동네의 친구들과 먼 곳에서 온 손님들이 구름처럼 몰려들었다. 새 급제자를 희롱하며 연·소 등 여러 공들을 송별하고자 모여드니 물리치기 어려워, 날마다 술과 음악을 즐기고 계속해서 자리를 만들어 풍악을 울리며 즐겼다. 그러다 보니 열흘이 채 못 되어 떠날 날이 되었다.

소부·연부와 함께 상경하는 장창린

소수가 소직사와 함께 눈에 띄지 않는 옷차림으로 길을 떠나니, 소어사는 문묘와 어머니를 받들고 여러 누이들을 호위하며 길에 올랐다. 연태우 등도 태부인을 모시고 가솔들을 재촉해 상경했다. 장창린의 급한 뜻은 올 때와 갈 때가 한가지여서 일시에 험한 산을 날아 넘지 못함을 한스러워했다. 그러나 어머니와 누이를 호위하며 가야 하기에 자연히 조심히 길을 가게 되어 일찍 여관에 들고 늦게야 떠나니, 자기 혼자 천리마를 타고 달려오던 때와 달랐다.

가는 길에는 온 고을에서 소부 이부인과 연부 태부인이며 연부인의 행차를 멀리 나와 영송하여 성대한 광채를 더하고 영화로운 위의를 도왔다. 폐물로 바친 보화와 진귀한 음식이 지나는 곳마다 산처럼 쌓였으나, 연·소 등 여러 공들이 매몰차게 물리쳐 조금도 두지 못하게 했다. 그럼에도 가는 길의 온 고을 수령들이 그치지 않으니, 저마다 폐물을 도로 가져가면서 당당하게 인정상 물리칠 일은 아니라고 했다. 그런 중에 연부인 앞으로도 폐물이 왔는데, 장창린이 이를 아뢰자 연부인이 어찌 연고 없는 재물을 두도록 하겠는가? 즉시 도로 내주라고 하여 장창린이 모든 고을에 사례하며 돌려보내는데, 말과 기운이 매몰차지 않아 자연스럽게 인심을 감동시켰다. 그러면서도 위의와 기상은 가을 하늘이 높고 멀며 여름 해가 맹렬한 듯했다. 보는 사람마다 연신 두려워 떨며 감복하여 그 아쉬운 마음을 감히 다시 드러내지 못하고, 이제 서로 예물을 그만두자고 하며 위로하는 마음만으로 영송할 뿐이었다. 소수가 장창린의 사람됨에 감탄하여 자기의 아들과 손자들은 물론 연씨 여러 공들이 미치지 못할 바라고 칭찬했다.

정월염을 이씨 부중에서 친히 데려와 후대하는 장헌

앞서 장헌이 황급히 서둘러 험준한 땅을 무사히 지나 경사에 이르렀다. 하우가 홍수를 다스린 것처럼 힘든 임무도 아니고 보는 눈이 많은 것도 아니며, 온 나라를 분주히 다니면서 집을 지나도 들르지 않을 만큼 큰 소임이 아님에도 장헌은 망설임 없이 집을 지나쳐 바로 이씨 부중으로 갔다. 정월염을 친히 호위하여 데려오기 위해서였다. 이미 정씨 가문의 권세가 당당해졌음을 두려워하는 뜻이 매우 놀랍고 컸으며, 자기의 생살권이 정잠의 수중에 있는 것을 알고 있었다. 그렇기에 정월염에게 십악대죄와 백 가지 흉악함이 있을지라도, 그 아버지의 권세로 인해 좋은 얼굴로 사랑하는 정을 보여주고 싶었다.

　이씨 부중에 이르러 먼저 이상서를 보니, 이빈이 나갔다고 전하고는 박교랑의 초사(招辭)⁶ 한 통을 내보였다. 그리고 그사이 허다한 흉모가 발각되어 박교랑이 형을 받아 죽고 정월염과 장성완 두 소저가 황제로부터 상을 받은 일을 일일이 말해주었다. 장헌이 눈으로 간악한 박교랑의 초사를 보고 귀로 이상서의 수많은 말을 듣고는, 비로소 정월염과 딸 장성완의 지극히 원통한 누명이 흉녀 박교랑의 소행임을 깨닫게 되었다. 마음이 황망하여 위로는 태산이 누르고 아래로는 깊은 골짜기에 떨어진 듯 덜덜 떨려 찬 땀이 옷을 적시니, 어느 겨를에 두 소저의 참담하고 애절하던 거동을 생각이나 하겠는가? 월염의 어질고 아름다움이 보통 사람을 초월함에도 장헌은 눈이 있어도 사람 알아보는 구슬이 부서졌고 속이 있어도 오장에 한 가지가 없었다. 사람의 권위를 좇아 아침저녁으로 마음이 변하고 시시로 뜻을 바꾸는 인물이라, 권세 잃은 사람은 밀치고 권세가 일어나는 사람은 무조건 받들었다. 그 때문에 불인하고 간악한 얼굴과 말로 아첨하여 처음에는 왕진을 섬기다가, 이후 왕진이 멸망하자 다시 우겸을 섬겨 고

─────────────
6　초사(招辭): 죄인이 범죄 사실을 자백하는 것.

위 관직을 희망했던 것이다. 우겸은 왕진처럼 흉악하고 도리를 모르지 않아 나라를 위하는 충성심과 임금을 사랑하는 마음이 옛사람에 부끄럽지 않았다. 그러나 경태제를 위하면서 영종황제를 복위시킬 뜻이 없어, 이·양 등 여러 공들과 붕당이 갈리고 언론이 나뉘어 작은 원한도 없이 은근히 틈이 생긴 관계가 되었다. 그런데 이미 영종황제가 복위하니 대란이 일어날 뿐 아니라 결국은 죄로 인해 형벌을 면치 못하게 된 것이었다. 중도에서 연신 추앙하여 아첨하면서도 여전히 두려워하고 염려하던 왕문범·단앙성 등도 우겸과 함께 주살을 당하게 되었다. 장헌은 당시에 가장 권위 있고 지위가 높은 사람을 우러러 섬기고자 했으나 뜻을 이룰 수 없었다. 우겸·왕문범·단앙성 등이 주살을 당한 후 홀연 기박한 신세가 될 것을 알지 못하다가, 높고 큰 산이 무너져 버리니 천하가 공연히 두려운 듯했다. 또 정씨 가문에 죄를 지은 것이 터럭을 뽑아 세도 다할 수 없을 듯해 스스로 실성한 듯 마음속이 뒤숭숭하여 뭐라 말하지도 못하고 있었다.

장헌이 갑자기 일어나 내당으로 들어가려 하니 이상서가 시비에게 명해 먼저 정월염에게 장헌이 들어간다고 전하게 했다. 그런 후 천천히 장헌을 이끌어 월염의 침소에 이르렀다. 장헌이 체면도 없이 며느리를 향해 머리를 조아리며 사죄하려 하자, 월염이 너무 놀라고 당황해 계단을 내려와 절하며 석고대죄했다. 장헌은 달려들어 붙들고 방방 뛰면서 자기 죄를 들춰내 말마다 후회하고 절절이 자책하며, 다시는 그런 잘못이 없을 것이라고 큰소리쳐 맹세했다. 그러고는 갓 태어난 쌍둥이를 좌우로 어루만지며 넘치는 사랑을 주체하지 못했다. 이상서가 그 사람됨에 어처구니가 없어 웃음을 금할 수 없었다. 양참정 형제도 이날 비로소 이르러 월염을 보다가 장헌의 거동에 박장대소했다. 그러나 정월염은 조금도 우습게 여겨지지 않았다. 시아버지의 사람됨이 이다지도 괴이한 것을 마음속으로 한탄하여 자연히 즐거운 마음이 사라졌다. 그럼에도 공경하는 뜻을 더해 비록 천만인이 업신여기고 손가락질할지라도 자기는 공순한 예에서 조금도 벗어나지 않았다.

정월염은 이미 누명을 벗었으나 시아버지의 명을 듣지 못해 여전히 후미지고 누추한 곳에서 두문불출 지내고 있었다. 그러다가 오늘에야 비로소 시아버지의 사랑에 힘입어 봉관(鳳冠)을 쓰고 월패(月佩)를 찬 명부(命婦)[7]의 예복을 갖춰 입게 된 것이었다. 그리하여 비로소 천택(川澤)의 얼음처럼 희고 깨끗하며 형산의 백옥이 티끌을 씻은 듯 겸손하고 순한 행동거지와 맑은 덕성이 겉으로 드러났다. 장헌이 성녀와 같은 어진 며느리의 행동과 기질이 빼어난 것을 이제야 처음 대한 듯 기뻐하며 감복하고 넋을 잃을 듯 감탄했다. 그런 중에도 짐짓 근심스러운 얼굴을 하고 교묘한 언변으로 자신의 지난 죄를 말하며, 정잠이 태향에서 돌아오는 날에 예전의 좋은 사이와 두터운 정을 다시 온전하게 하는 것은 정월염의 손에 달려 있다고 했다. 그러면서 숨도 내쉬지 못하고 황망히 두려움에 떠는 듯도 하며, 월염의 지극한 효성에 힘입어 무안한 상황을 모면하려는 듯도 했다. 온갖 우스운 거동과 어리석은 모양이 보는 사람으로 하여금 한바탕 웃음을

---

7 명부(命婦): 봉작(封爵)을 받은 관리의 부인들.

짓지 않을 수 없게 했다.

날이 저물자 이빈이 궁궐에서 돌아와 어머니를 뵌 후 정월염의 침소에 이르러 장헌의 거동을 보았다. 이빈은 진중한 성격임에도 놀라 실소하지 않을 수 없어 크게 한번 웃은 후 얼굴빛을 가다듬고 장헌의 지난날 행실을 거듭 질책했다. 후일을 당부하며 장창린이 조정과 세상에 나가 부끄럽지 않을 수 있도록 하라고 말했다. 장헌이 지당한 말이라 하면서 일일이 사죄하고 며느리를 데려갈 것을 청했다. 이빈 역시 굳이 대의를 내세우며 고집을 부리지는 않았다. 장창린을 길렀기에 부자의 의가 지극하지만, 장헌이 당당히 시아버지로서 며느리를 데려가려 하는 것을 무엇 때문에 막아 의리를 저버리겠는가? 이상서 등은 고집부리는 척하면서 장헌을 초조하게 했으나 이빈은 흔쾌히 허락하고 별말을 하지 않았다. 이에 장헌이 기뻐하며 온갖 말로 사례하고 그날 밤 이빈과 함께 잠자리에 들었다.

다음 날, 장헌은 정월염을 화려한 가마에 태워 친히 데리고 바로 태운산 옛집으로 돌아왔다. 그리고 즉시 정씨 부중과 수시로 왕래하던 협문을 다시 열고 가시덩굴로 막았던 것을 없앴다. 월염을 좋은 집에서 편히 쉬게 한 다음, 여러 시녀들을 시켜 융성한 호사를 베풀고 월염이 거동할 때 곁에서 모시도록 명했다. 또한 정씨 부중을 지키던 여종들을 불러 월염에게 와 인사하게 하고 친히 술을 일일이 따라주었다. 어렵고 힘든 시절에 빈 집안을 지켜 모두 목숨을 보전하게 되었으니 천우신조라 하면서, 나이를 불문하고 온 집안의 사내종들까지 평범하게 대접하지 않았다. 사내종들은 본 주인의 높은 풍모와 어진 성품을 우러러보았기에 천한 무리임에도 범속하지 않은 성품을 가지고 있었다. 그러므로 장헌이 갑자기 이처럼 대하는 것을 마음속으로 반기지 않고 남달리 권세를 좇는 그의 인성을 더럽게 여겼다. 그러나 마지못해 머리를 조아리며 사례했다. 월염은 시아버지의 체통 없는 행동이 나날이 더한 것을 더욱 애달프게 여겼지만, 말씀을 드려도 나을 것이 없을 터이므로 입을 다물고 있었다. 다만 박씨를 데려오는 것이 자꾸 늦어지는 것을 민망해하여 장헌의 유모 교씨에게 아뢰라고 했다.

이때 장헌이 며느리의 뜻에 맞지 않을까 걱정되어 감히 박씨를 데려올 생각을 하지 못하다가, 유모가 와서 고하자 월염이 민망해한다는 것을 알고 그 효성에 더욱 감탄했다. 그러고는 즉시 박씨와 장희린 형제를 데려왔는데, 박씨의 막무가내 거동과 형편없는 언사는 장헌과 그야말로 딱 맞는 한 쌍이었다. 월염을 향해 사죄하는 말이 아랫사람이 듣기에는 너무 황공해서 듣기 어려울 뿐 아니라 그 행동거지는 더욱 가소로웠다. 춘파와 경파 두 사람을 대하여서는, 존경하고 후대하여 노랑(老娘)이라 부르기도 하고 경파를 황마마라고 하면서 감히 이름을 부르지 못했다. 잘난 척하고 자신에 차서 들뜬 기운으로 위엄을 자랑하던 망령됨을 스스로 뉘우친 것은 아니었으나, 박교랑의 변고가 있었기에 심란한 마음에 요망한 성품을 다잡은 것이었다. 하지만 도리어 용렬하고 망측하여 소리도 크게 못 낼 듯하되, 눈동자는 여전히 어지럽게 뒤룩거리고 마음속에 정한 바가 굳지 못해 잡스러운 심사와 괴이한 일이 금방이라도 마구 쏟아져 나올 듯했다. 굳이 큰 변고와 악한 일을 만들지 않는다 해도 해괴한 일은 영영 그치지 않을 것 같았다.

월염은 마음속으로 그 사람됨을 적지 않게 개탄했지만 조금도 드러내지 않았다. 오직 효성을 다하여 모든 일에 공순하고 조심스러운 것이 승냥이나 호랑이도 감동하고 무쇠도 녹일 듯했다. 이는 본래 효행과 절의 있는 가문에서 태어나 지니게 된 천성이었다. 지난날에는 기구하고 험한 운수 때문에 요녀 박교랑을 만나 장헌 부부를 감화시키지 못했는데, 지금은 이미 박교랑이 없으니 친정의 권세가 아니라도 어찌 장헌과 박씨를 감동시키지 못하겠는가? 덕스러운 행동과 효성스러운 기질은 장성완보다 위에 있지 않았으나, 장헌과 박씨가 볼 때는 세상에 정월염 한 사람밖에 다른 사람은 생각하지 못할 정도였다. 이에 자애롭고 귀하게 대할 뿐 아니라 공경하여 받드는 것이 유가의 공자와 석가의 여래를 대하는 듯해 월염은 오히려 복이 쇠할까 두려워했다. 그러나 장헌 부부는 그 지리한 사랑을 그치지 못하고 오히려 새록새록 더하니, 그 가소로운 이야기들은 《성호연》에 자세하므로 여기서는 대략만 쓴다.

정씨 일가를 마중 나갔다가 웃음거리가 된 장헌

이때 정씨 가문 일행이 천여 리 먼 여정에서 무사히 돌아와 남문 밖 강어귀에 이르렀음을 알리는 소리가 장헌의 귀에 들렸다. 장헌이 촉 땅에서 경사로 돌아온 지 칠팔일도 채 안 되는 사이에 온 정성을 다해 정월염을 받드느라 다른 일은 미처 신경 쓰지 못했을 뿐 아니라, 정씨 가문 일행을 수일정에서 맞아오고자 하되 내심 조심스러워 감히 내닫지 못하고 정염이나 먼저 보고 사죄하려 했다. 그러나 정염의 기개가 아주 엄준하고 성격이 거만하여 말 붙이기가 어려웠다. 또 정염이 지금 정씨 부중 본가에 있는 것이 아니고 한 달에 열홀 정도는 성안의 외숙 강시중 집에 가 있어 낮이면 관청에서 지내고 밤이면 강시중 집에서 잔다고 하니, 힘들게 찾아갔다가 한바탕 창피를 당하고 온갖 욕설을 들을까 두려워 가보지 못하고 그저 월염을 달래 정염을 청하라고 했다. 월염은 정염의 성질을 알기에 청해도 쉽게 오지 않을 것이고 비록 자기를 보러 온다 해도 장헌은 노예 보듯 할 것이라 생각했다. 그래서 나직이 간언하기를 정염이 강시중 집에서 본가에 돌아온 후 청해 보아도 늦지 않을 것이라고 했다. 그런데 이미 정씨 가문 일행이 강어귀에 이르렀다는 소리를 듣게 되자 장헌은 낙담하여 급히 월염을 보고 말했다.

"사돈께서 태부인을 모시고 일가를 이끌어 지금 강어귀에 이르렀다 하니 내 너를 데리고 나가 맞이하려 한다. 너는 정씨 가문의 일가 모두가 내 죄를 용서하고 인의로 대접하도록 할 수 있겠느냐?"

정월염이 엎드려 다 듣고는 일어나 거듭 절하고 말했다.

"친정아버님이 고국에 돌아오셨을 때 아버님이 서촉에 가서서 만나지 못한 것을 매우 아쉬워하셨습니다. 이제 일가친척이 모두 무사히 돌아와 옛집에 들어가는 것은 날이 저무는 시간만큼도 채 걸리지 않을 것이니, 제 작은 사정이 급하다 해서 아버님의 가마를 강가에 세워두는 것은 황공한 일입니다. 저희 고모님께서 옛집에 오셔서 가족들을 함께 맞이하자고 하셨는데, 만일 허락해 주신다면 친정에 돌아가 아버지와 숙부님을 만나 반가운 정을 나누고자 합니다. 제가 아버지나 숙부님께 말씀드리지 않아도 아버지께서 강에서 만나 환대하실 것은 예전과 다르지 않을 것입니다. 어찌 이런 데 번거롭게 마음을 쓰십니까? 부디 걱정하지 마십시오."

장헌이 머리를 저으며 말했다.

"너의 모든 행실이 사람이 미치지 못할 바이지만, 나이가 어려 오히려 잘 깨닫지 못하는 게 있구나. 내 너의 가문에 허물과 죄를 쌓은 것은 범상한 정도가 아니다. 사돈과 네 숙부가 도량이 커 비록 용서하려 하나, 소인배의 과격한 언론과 여러 사람의 엄한 말들을 들으면 옛 의리의 좋은 정을 온전히 하지 못하고 사돈 간의 두터운 관계를 드러내 보이지 못할 것이다. 내 간절한 뜻은 너를 앞세우고 나아가 너의 말을 빌려 내 죄과를 열에 하나는 면죄받고, 사돈 형제에게 내 죄를 인정하고 사죄하여 지난날의 죄를 용서받으며 이후에는 전혀 그런 일이 없을 것을 맹세코자 하는 것이다. 그런데 네가 강가에 나가길 원치 않는다면 먼저 사돈께 편지를 올려 내 잘못을 어느 정도 용서받을 수 있게 해다오. 그러면 일가친척 모두가 내 체면을 깎는 그런 부끄러움도 면할 수 있겠지."

정월염은 시아버지가 강어귀로 맞으러 나가는 것을 진정 민망히 여겼지만 막을 길이 없었다. 다만 친정아버지와 여러 숙부들 앞에서 죄를 인정할 일은 없을 것이라 나직이 말씀드렸으나 장헌은 곧이듣지 않고 급히 편지를 쓰라고 재촉하며 초조해했다. 월염이 더욱 애가 타고 걱정스러웠지만 마지못해 장헌 앞에서 머리를 숙이고 아버지와 숙부께 편지를 쓰려 했다. 그런데 장헌이 그 내용을 일일이 가르쳐 글자 한 자라도 자기가 말하는 것에 어긋나지 않도록 했다. 편지지를 가득 메운 구구절절한 내용은 남은 목숨을 용서받으려는 듯 번다하게 사정을 밝히고 두루 사죄를 청하는 말들로 너무나 구차하고 비루했다. 결벽증이 있는 사람에게 한번 보게 하면 다 보기도 전에 밀쳐내 던져버릴 정도였다. 그런데 이미 편지를 다 썼는데도 장헌은 월염으로 하여금 시댁의 덕을 일컬으며 지난날 더러운 누명을 썼을 때 시아버지가 지극한 은혜를 내려 아끼던 바를 알리는 내용도 넣고자 했다. 그러나 자기 생각에도 낯부끄러운 일이라 말이 막혀 차마 그렇게 하라고는 말하지 못했다. 다만 무슨 말을 더 할 듯 말 듯 민망하고 무안하여 안색이 변하는 것도 알지 못하니, 월염이 더욱 절박하되 시아버지의 평생 병통을 자기가 고칠 수는 없었다. 다만 기운을 낮추고 온화한 소리로 무슨 말을 더 하고 싶으신지 물었는데, 장헌이 기운이 하나도 없이 붉어진 얼굴로 갑자기 허전하게 웃으며 말했다.

"우리 부부가 지난날 너를 누명에 빠지게 해 온갖 고생을 겪게 한 것은 밝지 못하고 무지하며 사나운 심사가 있었기 때문이다. 지금 뉘우치는 탄식은 사향노루가 사냥꾼에게 잡힌 후 제 배꼽을 물어뜯는 것처럼 후회막심한 것이다. 이미 여러 사람이 모인 자리에서 굳은 맹세를 해 다시는 잘못이 없으리라 밝힌 것은 네가 익히 들은 바일 것이고, 요즘 옛날의 잘못을 버리고 새롭게 어진 마음을 닦는 것은 네가 본 바이다. 그러니 사돈 형제께 이 말들을 대강 전해 이제는 너의 일신이 편안하다는 것을 알려도 괜찮을 듯하구나."

월염이 공순히 절하고, 시아버지의 은택을 일컬어 예전부터 지금까지 뼈와 살을 만들어준 듯한 깊은 은혜라고 하는 내용을 써넣고는 장헌에게 보였다. 장헌이 너무나 기뻐하며 먼저 편지를 보낸 후 곧이어 행차하려 했다. 이때 월염은 구차한 편지로 아버지와 숙부의 눈을 욕되게 할 뿐 아니라 두 당숙부와 사촌들의 웃음거리가 되고 시아버지의 해괴한 성격이 다 드러나게 될 것을 수치스럽게 여겨 속으로 깊이 생각했다.

'효도에서 뜻을 기쁘게 하고 받드는 것은 순종지도에 가장 가까운 것이니 한결같이 어겨서는 안 되고, 그 뜻이 잘못된 것일 때는 세 번 간언하고도 듣지 않으시면 울면서 따라야 한다 했다. 그러니 간절히 말씀드렸는데도 듣지 않으시면 따르는 것이 순종지도이겠지. 다만 이처럼 간언도 안 해본 후에 겉으로는 순종하면서 도리어 따르지 않고 마음대로 바꿔 행동하면, 속이는 것이 될지언정 잘못은 내게 있고 시아버님은 웃음거리가 되지 않을 것이다.'

이렇게 생각하면서 바로 편지를 받들어 춘파와 경파에게 거듭 당부하며, 부질없이 지난 일에 대한 한을 품지 말고 요즘 내 일신이 편안한 것을 모두에게 고하라고 했다. 그러고는 편지를 주면서 바삐 가라고 하니 춘파와 경파가 머리를 조아리며 명을 받아 급히 나갔다. 정월염이 따로 말하지는 않았지만 안부를 묻는 내용의 편지로 고쳐 유모와 경파에게 들려 보냈다.

장헌은 마음이 너무나 뒤숭숭하고 어수선해 편지 내용이 바뀐 것을 알지 못했다. 다만 월염이 친정에 돌아가 사돈어른들을 맞이할 것이라 하면서, 부인 박씨에게 진수성찬을 준비해 정씨 가문 일행이 도착하면 축하하는 상을 올리라 했다. 또 며느리의 편지로 인해 대단한 욕은 면하리라 생각하여 부끄럽고 수치스러운 마음은 눌러두고 급히 수레를 몰아 강어귀로 나아갔다. 멀리 바라보니 벗들과 조정의 높은 벼슬아치들이 정씨 가문의 모든 친척들과 함께 강촌에 일제히 모여 있었다. 구름 같은 장막이 좌우로 둘러 있고 안개 같은 차일은 하늘을 가렸는데, 산 같은 위의가 가득하고 물 같은 영광이 겹겹이었다. 제후와 여러 공들이 황금 띠를 두르고 옥패를 울리며 모여드는데, 붉은 수레가 연이어 이르고 화려한 가마는 나부끼듯 하였다. 사람들이 몰려드니 마치 개미가 쑤시고 벌이 뭉기듯 하여 큰길이 좁아 발 디딜 틈이 없을 정도였다.

정씨 가문 일행이 이윽고 강변에 다다랐다. 행차가 하늘을 막아 태양을 가리는 곳에 말발굽 소리가 끝이 없으니 마치 동정호의 물이 날리는 듯했다. 정잠은 몸통에 수가 놓인 비단 도포를 입고 허리에 백옥으로 된 띠를 둘렀으며 머리에 금관을 썼는데, 늘어뜨린 면류가 붉은 태양 같은 얼굴을 가려 해와 달의 빛이 이마에 쏘였다. 가을 하늘을 쓸어버릴 기개와 봄볕의 온화한 풍모는 태산이 높고 바다가 넓은 것과 같았으니, 그 지위는 재상의 자리에 있고 황제가 내린 봉토는 제후의 반열에 이르렀다. 정잠은 부모와 친척들을 뵙고 선영에 가 제사를 지낸 후 일가를 거느리고 옛집으로 돌아왔는데, 금의환향해 미천한 옛 친구를 찾던 한고조의 위세가 있으며 사마상여나 소진의 일시적인 영광됨으로는 비길 수가 없었다. 지켜보는 사람들은 감히 우러르지 못하고, 그 앞에 나아간 사람들은 몸을 굽히고 꿇어앉아 큰 소리로 공경하고 감탄하며 거듭 칭송했다. 화려한 수레는 아스라이 이어지고 오사모에 적의를 갖춰 입은 수령과 하급 관리들이 육승화교(六乘華轎)를 좌우로 호위하여 시종 백여 명이 천천히 밀어 나왔다.

수레를 나직이 몰아 앞과 뒤에서 호위하며 따르는 곳에는 정겸이 정삼과 함께 있었다. 정겸은 신선 같은 풍모로 재상의 벼슬과 훌륭한 위의를 갖췄는데, 진평의 부귀한 관상과 왕연의 빼어난 기질로 다시금 사람들의 눈을 놀라게 했다. 정삼의 파리한 나귀와 쇠잔한 시종은 비록 쓸쓸하고 초라한 모양이었지만, 높은 관과 너른 도포는 공자의 도와 한가지였다. 뛰어나고 맑은 기운은 그 절개가 새롭고 성하여 기산에 은거한 허유의 지조를 따르고, 신기한 면모는 도연명의 풍모와도 같았다. 또한 공자의 바른 맥을 이어 학문과 도덕이 넓고도 깊은 물결 같았는데, 이 모든 것은 쉽사리 짐작하기 어려운 것이었다.

정인성은 정인흥과 함께 아버지와 숙부를 모시고 여러 형제들을 거느리며 뒤따라 나왔다. 금 안장을 두른 흰말을 타고 붉은 예복에 옥띠를 둘러 금학을 곁에 두고 백학을 앞에 두었는데, 그 기상을 헤아리기 어려우니 어느 것이 곱고 어떤 것이 빛나는지 그 짧은 사이에 다 알 수가 없었다. 그 모습은 너무나 빛나 옥룡이 오색구름을 이끌고 높은 하늘 위로 오르고, 맑고 먼 밤하늘에 밝은 달과 맑은 바람이 끝없이 펼쳐지는 형상이었다. 또한 상서로운 구름과 해가 어리고 꽃이 흐드러진 봄에 만물이 소생하여 화기로운 바람과 단비가 때때로 내리는 듯했다. 천하에 이와 같은 것이 없고 세상에 비할 것이 없었다. 천지의 근원이 되는 정기를 가져 사람들 중에 가장 빼어나며 본바탕과 성덕이 빛나고 맑아 안으로 넓고 밖으로 밝은 것이 정수를 이루었으니, 이른바 '나아가는 것이 해와 같고 바라는 것이 구름과 같은' 요임금의 덕이라 할 만했다. 젊고 장한 모습의 빛나는 영광은 속세에서 벗어난 듯 깨끗하여 오히려 아버지와 숙부를 넘어서니 길가의 사람들이 모두 큰 소리로 감탄했다.

이때 정염과 상연이 앞에 가다가 서태부인의 가마를 보고 즉시 말에서 내려 그 앞으로 나아가 뵈었다. 잠시 사이에 부자와 형제, 숙질과 일가친척이 옛 친구들과 함께 막차(幕次)[8]에 모이게 되었으니, 저마다 기쁜 얼굴과 즐기는 목소리가 유쾌하고 떠들썩하여 다시 근심될 일은 없었다. 정잠 형제가 서태부인을 모셔 안쪽에서 잠깐 쉬시도록 청하고, 점심을 먹은 후 막차로 다시 나와 친구들에게 감사를 표하려 했다. 그런데 상안국 세 형제가 웃음을 머금고 들어와 말했다.

"배은망덕하고 믿지 못할 도적놈 장축(장헌)이 할머니 뵙기를 청하는데, 저희들이 너무나 괴롭지만 중간에서 핑계를 대고 거절할 수 없어 감히 아룁니다."

서태부인이 온화한 얼굴과 목소리로 말했다.

"장헌은 어릴 때부터 아들이나 조카처럼 봐오던 사람이고 저도 나를 숙모처럼 대해왔으니, 팔구 년을 경사와 지방에 떨어져 있어 서로 안부를 통하지 못해 매우 아쉬웠다. 이제 두터운 옛 의리를 생각해 멀리 나와 마중하여 얼마 남지 않은 내 명을 위로하려는 것이 우연한 일이 아닌데, 너희들이 어찌 장유유서를 생각하지 못하고 괴이한 말로 아버지 연배의 어른을 욕하느냐? 마땅히 장공을 모시고 들어와

---

8 막차(幕次): 의식이나 거둥 때에 임시로 장막을 쳐서, 왕이나 고관들이 잠깐 머무르게 하던 곳.

나와 만나게 하거라.”

정잠이 마땅하신 말씀이라 하면서 상안국 등을 돌아보며 어른을 업신여기지 말라 하고, 정삼과 함께 친히 나와 장헌을 만나고자 하였다.

이때 장헌은 마음이 온통 두렵고 기운도 없어 밖으로는 얼떨떨하고 안으로는 초조해 어찌 할 바를 모른 채 넋이 나간 상태였다. 정씨 가문 일행이 막차로 들어가는 것을 보면서도 다가가 인사도 못 하고 죽은 듯이 수레 안에 엎드려 있었다. 그 형상은 벼락 맞은 누에고치 같아 숨도 크게 못 쉬니 장헌을 모시던 하급 관리와 종들이 오히려 민망해했다. 그러던 차에 최언선이 정잠을 모시느라 천리준마를 타고 뒤에 오다가, 장헌을 보고 황망히 말에서 내려 장헌의 수레 앞에 와 거듭 머리를 조아렸다. 장헌이 너무나 반가우면서도 지금의 상황에서 예전 최언선의 지혜로움을 다시 생각하니 자신이 못난 것을 더욱 잘 알 수 있었다. 최언선을 죽이지 않은 것을 다행으로 여기되, 자신은 기어코 정인광을 죽이려 했건만 최언선은 인광을 살리려고 자기 죽는 것은 생각지 않았으니 그 선악이 다른 것은 천지 차이라 할 만했다. 장헌은 여러 가지로 마음이 복잡하여 쉽게 말을 하지 못했는데, 최언선이 기강 땅에서 자신을 살려준 덕을 일컬으며 정씨 가문 일행이 쉬는 곳으로 가자고 했다. 장헌이 한참 만에야 겨우 입을 열고 말했다.

“너의 꿰뚫어 보는 지혜가 모든 일에 밝고 앞을 내다보는 능력이 있으니 진실로 높은 스승이지 낮은 하리(下吏)라 할 수 없다. 이제 너는 정씨 가문의 은인으로 공이 높고 나는 정씨 가문에 죄를 쌓아 악이 깊어, 은인과 원수로 그 입장이 완전히 다르구나. 내 죽기를 작정하고 여기까지 나오기는 했으나 정공 형제를 대할 낯이 없다. 어찌해야 내 잘못을 용서받고 옛정을 온전히 할 수 있을지 가르침을 주거라."

최언선이 과분한 말씀이라며 머리 숙여 사례하고, 정잠 형제의 큰 덕으로는 자잘한 데 원한을 품지 않을 것이니 바삐 가서 만나라고 하였다. 장헌이 줏대 없는 사람처럼 그 말에 따라 수레에서 내려 바로 막차로 가 인사하려 했는데 생각지도 못하게 정잠과 정삼이 함께 나왔다. 처음에는 너무 놀라 자기를 죽이러 오는가 해서 조심스러운 마음에 두 눈이 어수선해지고 두려워 어찌 할 바를 모르는데, 그 거동은 호랑이나 표범을 만난 개와 같고 사냥개를 만난 여우나 토끼와 같았다. 형상이 이런데 무슨 말을 꺼내 한마디 인사나 세대로 하셨는가? 한갓 부끄러움만 더해 안색은 잿빛이 되고 흐르는 땀은 옷을 적실 뿐이었다. 정잠 형제가 이 거동을 보고도 웃음기를 드러내지 않고 다만 흔연히 반기는 얼굴로 손을 잡고 어깨를 맞대며 말했다.

"한번 헤어진 후 남과 북이 너무 멀어 아침저녁으로 그리는 정을 전하지 못한 채 어느덧 팔구 년이 지났군. 그리 오래되지는 않았지만 젊은이가 노쇠해지고 어린아이가 장성하기에 이르렀지. 후백은 우리 딸을 거두어 슬하가 충만하니 옛 약속을 지켰을 뿐 아니라 손주 보는 재미까지 보면서 즐기게 되었지만, 우리는 고국을 떠나 무수한 일들을 겪느라 큰아이도 지금까지 장가를 보내지 못했고 그 때문에 작은아이의 혼례는 더욱 늦어지게 되었네. 한스럽고 답답하기도 하지만 인력으로 되는 바는 아닐 것이네. 이제 경사에서 모두가 모이게 되었는데 눈이 닿는 곳마다 슬픈 심사를 돋우나, 눈을 들면 구면이 아닌 사람이 없으니 그리던 정을 위로할 만하군. 또한 아이들의 혼례를 치르는 것도 손바닥 뒤집는 것처럼 쉬운 일이니 매우 다행이네. 우리가 자네와 관포지교의 우정이 있는 것에 더해 사돈 관계도 맺게 되었으니, 그 정이 각별한 것은 말로 다 할 수 없을 것이네."

장헌이 천만뜻밖에 정잠 형제의 온화한 목소리와 반기는 얼굴을 대하니, 그 기쁜 마음은 천 개의 칼날과 그물을 벗어나 푸른 하늘에 오른 듯했다. 또한 자기 염치로 차마 인광을 사위로 삼자는 말을 꺼내지 못했는데 정잠 형제가 먼저 이처럼 말해주니 더욱 기뻤다. 더구나 인홍을 인광으로 잘못 알아 벌써 과거 급제까지 한 것에 뛸 듯이 기뻐하며, 이름난 사위를 손쉽게 얻었다는 생각에 의기양양했다. 조금 전까지 초조하고 걱정되어 넋이 사라지고 간장이 다 꼬여 차라리 죽어 부끄러움을 당하지나 말자고 하던 뜻이 일시에 호탕한 흥으로 바뀌었다. 즐기는 눈썹은 춤을 추고 기쁜 어깨는 자기도 모르게 으쓱거려 인간 세상의 괴로움과 근심을 완전히 씻어버린 듯했다. 이내 기쁜 얼굴로 정잠 형제를 우러르며 말했다.

"나를 낳아 기르느라 고생하신 하늘 같은 은혜는 부모의 것이고, 나를 다시 살린 바다 같은 덕은 귀댁의 선대인과 두 사람의 것이네. 내 어찌 지기를 대하여 긴말로 본심을 어지럽게 드러내겠는가? 다만 세상이 어수선하고 인심이 한결같지 못하니, 관중이 재물을 탐낸 것을 지기인 포숙은 허물로 삼지 않았을지언정 다른 사람들은 뭐라 말했을지 알겠는가? 내 진실로 두 사람의 넓고 큰 도를 익히 알기에 쇠잔한 가문을 보전하며 일신을 평안히 하고자, 스스로 두계량이 청탁

(淸濁)을 가리지 않아 잃는 것이 없었음을 흠모하며 '군자와 소인이 모두 하늘이 낸 사람인데 어찌 이처럼 심하게 밀쳐내어 원수가 되게 하겠는가?'라고 생각했었네."

정잠 형제는 장헌과 상봉하자마자 자식 혼사를 의논하는 것이 너무 급하다는 것을 모르지 않았고 실제로도 착급하게 여기지 않았다. 그러나 장헌의 사람됨을 알기에 자기 형제가 더디게 말하면 분명 해괴망측한 행동과 구구한 말들로 애걸할 것이므로 그 허물을 드러내지 않기 위해 먼저 말한 것이었다. 그런데 사죄하며 은혜에 감사하는 모습이 더욱 경솔하고 장황하니 이는 정잠 형제의 본뜻이 아니었다. 모인 사람들이 비웃는 것도 민망하여 재빨리 장헌을 붙들고는 말이 많다고 하면서 서태부인 앞으로 데리고 갔다.

정엄과 정겸이 상연과 함께 서태부인을 보시고 말을 나누고 있었는데, 인성 형제가 정잠 형제를 보고 급히 당에서 내려 맞이했다. 정엄과 정겸은 장헌을 보고 통한해하면서도 인사가 박절한 것은 원하지 않기에 마지못해 서로 마주했다. 예를 갖추는 씩씩한 안색과 준엄한 기상은 넋을 잃은 장헌의 심담을 서늘하게 만들었다. 장헌이 서태부인에게 거듭 절하고 정엄 등과 인사를 나눈 후 정잠 형제와 같은 자리에 앉으니 서태부인이 과분하다며 감사해했다. 장헌이 서태부인에게 말을 하려고 했지만, 정엄의 엄숙한 기상과 정겸의 조용하고 위엄 있는 모습을 돌아보니 자신이 지은 죄가 중해 긴장한 채 잔뜩 움츠러들어 한참 동안 말을 꺼내지 못했다. 서태부인이 먼저 두어 가지 안부를 묻는데, 매우 온자하고 지혜로워 자신을 낮추며 부드럽고 관대하여 장헌의 마음을 평안하게 했다. 장헌이 비로소 부끄럽고 두려운 마음을 억누르며 다시 일어나 절하고 두 손을 모은 후, 헤어진 이후의 안부와 근래의 먼 여정에 대해 물었다. 그리고 정잠이 무사히 돌아온 것과 인성 등이 과거에 급제한 것을 축하했다. 진정으로 기뻐하는 모습이 비할 데가 없을 정도였는데, 아첨하는 말투와 표정이 사사로운 욕심과 타락한 풍속에 물들어 완연히 소인의 형상이었다. 서태부인이 속으로 놀라면서도 드러내지 않았고, 정잠 형제는 이미 책망해도 소용없는 위인임을 알기에 그저 기뻐하며 반기는 모습만 보였다. 그러나 정염 등은 너무나 아니꼬와 묵묵히 입을 다물고 있었다. 장헌이 인사를 나누고자 했으나 정염 등의 얼굴을 보고는 모골이 송연해 아무 말도 하지 못하고 다만 서태부인에게 지난 일들을 두루 알렸다. 박교랑의 악행으로 딸과 며느리가 억울한 누명을 썼던 일을 통한하면서도, 자신이 간사한 거짓말을 믿지 않아 며느리가 누명을 벗고 박교랑은 벌을 받게 된 것이라 했다. 요사한 인물이 변고를 만들어 며느리를 이씨 부중으로 가게 하고 딸은 서천으로 보냈으니 이는 온전치 못한 일이었다고 말했다. 또 중간에서 말을 지어내는 사람들이 자신의 근심을 알지 못한 채 며느리와 딸을 죽이려 한다고 잘못된 소문을 널리 퍼뜨린 것이라며 본인의 무고함을 거듭 이야기했다. 이는 모두 신의 없고 도리에 어긋난 자신의 지난 일들을 없던 일로 덮어버리기 위한 말들이었다. 정잠 형제가 노기를 드러내지 않는 것을 믿고 온갖 변명을 꾸며대 총기를 지닌 서태부인과 사리에 통달한 정염 등을 속여보고자 한 것이었다. 입을 열 때마다 나오는 가식적인 말이 지극히 한스럽고 몸을 굽힌 채 조심하고 아첨하는 형상이 사람을 분통스럽게 만들기에 정염이 참지 못하고 냉소하며 말했다.

"장후백과 헤어진 지 팔구 년 만에 오늘 다시 만나게 되었는데, 예전 모습이 완연하고 옛 정도 새로워 피차 틈이 생길 일이 없는 듯합니다. 그런데 어찌하여 사실무근의 맹랑한 말이 어지럽게 퍼져 어떤 사람은 '장후백이 권문세가의 무리에 합류해 정씨 가문을 무찌르려 한다.' 하고 또 어떤 사람은 '정씨 가문을 몹시 나무라며 사돈 되기를 더럽게 여겨, 정씨 아이를 며느리로 생각지 않고 딸을 위해 높은 자리에 구혼하니 옛 맹세는 꿈에도 생각지 않는다.' 말하고 다니는 것입니까? 그처럼 음험하게 와전된 말들이 태산 깊은 골짜기까지 닿을 정도입니다. 그 말을 듣고 처음에는 의아해하다가 우리 가문을 멸한다는 말에 이르러는 참으로 조심스럽고 두려웠습니다. 지난날의 맹세는 우리가 완월대 위에서 친필로 써 둔 것이니 한갓 입으로만 이야기한 것이 아닌데, 아무리 인심이 시세에 따라 바뀐다 해도 장공이 어찌 이 맹세를 저버리겠는가 하여 당혹스러울 뿐이었지요. 두 사촌 형님이 이는 허무맹랑한 말이라 하면서 세월이 아무리 흘러도 후백의 뜻은 변하지 않을 것이라 하기에, 그것이 마땅함을 모르지는 않지만 거짓 소문이 계속하여 나오니 일단 의심이 되었습니다. 그러던 차에 오늘 후백을 대하니 비로소 두렵던 뜻과 의혹되던 염려가 다 풀어지는군요. 세간에서 지기를 귀하다 하는 것이 두 사촌 형님과 후백의 사이를 이를 만합니다."

말을 마치는데 흰 얼굴은 준엄하고 태도는 엄숙했다. 장헌은 정씨 사람들이 보고 들은 바가 없을까 하여 거짓으로 제 허물을 가리고 곡진한 말과 정성스런 태도로 사람들을 달래려 했었다. 그러다가 정엄의 이 같은 말을 들으니 너무나 부끄럽고 놀라 더 말할 길이 없었다. 얼굴을 두껍게 하고 죽기로 작정하여 오늘날 정씨 가문에 사죄를 다한 후 내일부터라도 예전에 친하게 지내던 정을 찾고자 했다. 이에 갑자기 몸을 일으켜 계단을 내려가 관을 벗고 띠를 그르고는 머리를 조아리며 말했다.

"이 장헌의 본심으로는 귀댁 형제들과의 정이 친형제보다 덜하지 않고 돌아가신 사부님과 큰어머니나 다름없는 태부인을 의지하고 따르는 것이 친부모님보다 못하지 않네. 무지하고 무식해서 귀댁 형제들과 거취를 함께하지 못해 나를 미워하는 자들이 말을 지어내고 모함한 것이 그 지경에 미쳤으니, 어찌 구구히 변명하며 요란하게 시비를 가리겠는가? 모두 내 처사가 어리석고 불인해 오명을 스스로 취하고, 집안에 흉악한 요녀를 머물게 해 며느리와 딸아이의 화를 불러온 것이지. 비록 딸아이를 소공(소수)에게 보내고 며느리를 이형(이빈)에게 의탁해 목숨은 겨우 구했으나, 일들의 발단을 말해보면 모든 것이 내가 밝지 못하고 엄하지 못한 탓이네. 내 그 죄를 스스로 인정하니 친구끼리 옳은 일을 하도록 권하는 정도로 하지 말고, 나를 동기로 대해 잘못된 것을 분명히 다스리고 바른 길을 밝게 가르쳐주시게. 내가 타고난 선한 본성을 잃고 세상의 이익을 좇아 악착스럽고 비굴하게 구는 데 빠져 있음을 깨우쳐 주시면 어찌 뼛속 깊이 감사하지 않겠는가? 내 운수가 사납고 험해 조실부모하고 형제도 없으니 세상에 혼자 남겨진 이 목숨이 쓸쓸하고 외롭게 천지간의 궁한 백성으로 자처하는 바였는데, 다행히 사부님과 큰어머니의 바다와 같은 너른 은혜를 입어 실낱같은 목숨을 근근이 이어가게 되었네. 비록 부모님을 모시는 즐거움은 끊어졌으나 사부님과 큰어머님을 의지하고 우러르면서, 정씨 형제들의 두터운 정에 힘입어 긴 베개의 한 모서리와 너른 이불의 한 구석을 의지해 짝 잃은 새의 외로움을 위로하며 감히 형제의 즐거움을 누리려 했었지. 그런데 하늘이 내 불인함을 벌하시어 사부님이 세상을 떠나시고 귀댁은 고향으로 내려가게 되었는데, 내 따라가지 못하고 하루살이 같은 인생이 천지간에 머물며 사방에 위로해 줄 사람 하나 없게 되었다네. 여영공이 '안으로 현명한 부모님과 형이 계시지 않고 밖으로 지엄한 스승과 벗이 안 계시면 능히 뜻을 이룰 수 있는 사람은 드물다'고 한 말에 더욱 공감하여 목메어 울면서, 일시의 친분이나마 마땅히 선한 사람을 가려 사귀고자 했는데 잘못해서 불인한 자를 사귀게 된 것이지. 마음속으로 어찌 불행한 일이라 생각하지 않았겠는가마는 진번과 이응의 명망으로도 나라의 주춧돌이 되지 못하고 속절없이 환관에게 살해당했으니, 차라리 격한 논쟁을 피해 화를 면했던 곽태를 따르고 옳고 그름을 가리지 않아 잃은 것이 없었던 두계량을 흉내 내어 가문과 이 한 몸을 보전하고자 했네. 하지만 칭찬만큼 비난도 가득하니 누구를 탓하겠는가? 옛사람이 말하기를 '형제가 없는 것을 근심하지 말라. 온 세상 안이 모두 다 형제니라.'라고 했으니, 친구는 곧 형제이고 형이 비록 아우를 더럽다고 버려도 아우가 헛되이 물러나지 못할 것이네. 원컨대 여러 형들은 이 장헌의 과실을 책망하고 다시 어진 사람이 되도록 가르쳐 주시게."

말을 다 마치기 전에 정잠 형제가 친히 내려가 붙들고 말했다.

"이 어인 행동인가? 마땅히 신중한 모습을 보여 어린아이의 가벼운 행실을 흉내 내지 마시게."

말을 마치고 함께 오르려 했는데 장헌이 부러 사양하면서, 오늘 사죄를 다한 후 내일부터는 지난날의 일을 덮어버리고 쾌히 다니겠다고 했다. 정잠 형제가 도리어 달래고 청하여 비로소 당에 오르니 정삼이 웃음을 머금고 말했다.

"옛날 관중과 포숙은 지기를 일컬을 뿐 이 같은 행동이 있었다는 것은 듣지 못했습니다. 그런데 지금 후백은 스스로 관중이 재물을 탐했던 것을 사양하지 않고 우리를 포숙만 못하게 여기면서, 어찌 부질없는 장황한 말과 괴이한 과거로 지기의 정의를 소홀히 하고 사돈간의 두터운 정을 상하게 하십니까?"

장헌은 정잠 형제가 이 같은 반응을 보이자 매우 기뻐하며 칭송해 마지않았다. 서태부인이 과하다고 하면서 정염과 점겸을 돌아보며 말했다.

"내 평생 여자의 슬기가 남자보다 뛰어나거나 아들을 다스려 바깥일에 관여하며 조카를 경계하여 모든 일에 건방을 떠는 것을 괴이하게 생각할 뿐 아니라 진실로 아는 것도 없어 의견을 내지 않았다. 그런데 오늘 장상서가 과한 거동으로 체면 잃는 것을 돌아보지 않는데도 너희들이 옳지 않다는 말을 하지 않으니, 오히려 어릴 적 호기로 친구 간에 서로 희롱하고 즐기려 하는 것이겠지만 이는 온당치 않은 일이다. 옛적에 '안평중은 다른 사람과 사귀기를 잘하여 오래되어도 사람들을 함부로 대하지 않고 존경하였다'고 했던 것을 생각하지 못하느냐?"

정염과 정겸이 고개를 숙이고 엎드려 다 들은 후 거듭 절하고 나아와 말했다.

"숙모님의 가르침은 지극히 맞는 말씀입니다. 저희들이 어릴 적 호기로 친구를 기롱하던 버릇이 채 가시지 않았으니, 후백의 과도한 행동과 체면 잃은 모양이 이보다 더 우스운 지경에 이른들 저희 행동이 옳다고 말할 수 있겠습니까? 다만 후백이 일개 변변치 못한 사내로 두 사촌 형님 같은 현인과 친구가 되고 조카 같은 지덕 있는 숙녀를 며느리로 삼았으며 인광이처럼 나라를 뒤덮을 기상을 지닌 현자를 사위로 삼아 가문을 빛내고자 하니, 어찌 한번 굽힘도 없이 편안히 앉아 천하보다 중한 것을 쉽게 얻게 하겠습니까? 머리 숙여 인사하는 것은 말할 것도 없고, 평생 무릎 꿇고 엎드려 절하며 은혜에 감격하는 것이 옳지 않겠습니까?"

서태부인이 다시 말을 꺼내기 전에 상헌은 정염과 정겸이 화평한 안색으로 희롱하는 말을 하는 것에 너무나 기뻐 급히 몸을 굽히고 말했다.

"은백과 수백의 말이 진실로 마땅하네. 내 죽기 전에 귀댁의 큰 은혜를 뼈에 깊이 새길 뿐 아니라 훗날 구천에 가서라도 결초보은하여 그 은혜를 만분지일이라도 갚으리라."

그러고는 좌우를 돌아보며 기뻐 반기는 정을 나누고 오래 그리던 회포를 푸는데, 간절한 언사와 곡진한 정성이 친형제보다 못하지 않은 듯했다. 좌중이 모두 이처럼 아첨하는 것에 마음속으로 놀라면서도 굳이 책망하지 않고 겉으로 드러내지 않았다. 그러나 그중 정인홍은 결벽증이 남달라 권세를 좇는 장헌의 됨됨이를 바로 보기 어려워 한참을 흘기며 이리저리 둘러보았는데, 그 눈빛이 찬란해 찬 기운이 장헌의 몸에 쏘였다. 이를 전혀 눈치채지 못하고 있던 장헌은 우연히 눈을 들다가 인흥이 눈여겨보고 있는 것을 보았다. 자신의 못나고 불인한 행위들은 정씨 형제들의 화평함으로 거리낌 없이 잊어버린 채, 인흥을 인광으로 알았기에 이는 분명 사위의 도리라 생각했다. 비록 혼례를 치르지는 않았으나 사위로 들일 날이 머지않았으니 자신을 장인이라고 특별한 관심을 보이는가 하여 문득 반갑고 귀한 정이 샘솟는 듯했다. 그러니 어찌 이를 억제하고 조용히 앉아 있을 수 있겠는가? 갑자기 일어나 인흥 앞에 가 얼굴을 맞대고 등을 두드리며 말했다.

"참으로 뛰어나구나, 내 사위여. 옛날 완월대 위에서 네 아버님과 함께 자녀들의 혼인을 의논할 때 너는 젖먹이를 겨우 면한 어린아이였음에도, 깨끗하고 초탈한 기질과 뛰어난 사람됨이 평범한 사람과는 비교도 할 수 없을 정도였다. 지금 열일곱이 되어 8척 장신은 위풍당당하고 여름날의 해 같은 위엄은 귀인의 풍모이며, 과거에 급제하여 이름이 온 세상을 들썩이고 벼슬에 올라 그 은총이 조정을 압도하는구나. 이는 단지 사위를 잘 고른 나의 사사로운 행운이 아니라 황제가 인재를 얻으신 것으로, 나라의 큰 경사요 백성의 복이로다. 하늘을 지킬 굳건한 자물쇠요 사직을 보호할 대들보가 아닐 수 없구나. 우리가 눈을 씻고 네가 나라에 큰 공을 세우는 것을 구경할 것이니, 어찌 한갓 슬하에서 중히 여기는 사위로만 논하겠는가?"

말이 끝나자 인흥이 장헌과 마주 댄 뺨을 떼고 등을 어루만지는 손을 물리치고는 몸을 굽혀 말했다.

"저는 인흥입니다. 인광 형님의 사촌 동생이지요. 어르신께서 어떻게 아셨기에 저를 인광 형님으로 여기십니까? 어르신께서 옛날 굳은 맹세로 정혼해 두었던 인광 형님은 가볍고 시끄러운 세상을 피해 스스로 형산의 중이 되기를 달게 여기기에, 경사의 번화함에 들지 않고자 이번 행차에 따르지 않았습니다."

(책임번역 탁원정)

완월회맹연 권 34

정인성의 혼인

상연교가 가족과 상봉하고
정인성이 이자염과 혼인하다

과거 급제한 정인흥을 정인광으로 오해한 장헌

정인흥이 말했다.

"어르신께서 옛날 굳은 맹세로 정혼해 두었던 인광 형님은 가볍고 시끄러운 세상을 피해 스스로 형산의 중이 되기를 달게 여기기에, 경사의 번화함에 들지 않고자 이번 행차에 따르지 않고 홀로 산속에 은거 중입니다. 높여서 부른다면 세상을 피해 사는 현사(賢士)라 할 수 있고 낮춰서 부른다면 괴려하고 빈궁한 사람일 뿐이니, 어르신은 제 말을 헛되이 듣지 마십시오."

이때 정겸이 서태부인의 말씀에 따라 더 이상 장헌을 놀리지 못하다가 인흥이 이처럼 속이는 것을 보고 몹시 즐거워 슬쩍 웃으며 말했다.

"인광이 일시에 생각을 잘못하여 세상을 피하고 윤리와 의리를 끊고자 하나, 제 임의로 할 것이 아니니 아직은 그 간절한 소원을 따라 잠깐 머무는 것일 뿐이다. 은거하는 일이 무슨 확실히 정해진 일이라고 이처럼 빨리 전해 후백(장헌)의 바람을 어그러지게 하느냐?"

정인홍이 웃음을 머금은 채 장헌을 좀 더 자극해 기괴한 거동을 보고자 했지만, 아버지와 숙부 면전에서 빈말을 길게 할 수 없어 입을 다시 열지 못했다.

장헌은 생각지도 못하게, 이름난 사윗감은 고사하고 옛날 정혼해 두었던 정인광이 세상을 피해 은거하며 스스로 형산의 중이 되고자 한다는 얘기를 듣게 되었다. 과연 이 말과 같다면 분명 천하의 괴이한 사람일 것이니, 공명과 부귀를 하늘같이 높이 여기고 곤궁하고 빈천한 것을 악질(惡疾)보다 더럽게 여기는 자신의 뜻과는 전혀 맞지 않을 것을 알았다. 고명한 선비인 서유의 학문과 도덕이 안회나 유도의 그것과 마찬가지로 헛되이 아름다운 이름만 후세에 전했을 뿐, 살아 있을 때는 너무나 청빈하여 지게미와 쌀겨도 쉽게 얻지 못할 지경이었음을 생각하지 않을 수 없었다. 비록 명예롭지 못한 이름을 남길지라도 부귀와 쾌락을 더 대단하게 여기는 사람으로서 인광과 같은 고집은 전혀 원하는 바가 아니었다. 인흥을 볼 낯도 없어 잡았던 팔을 놓고 괴롭게 미간을 모으고는 불쾌한 안색으로 오래 말이 없더니, 갑자기 정삼을 향해 말했다.

"아우가 비록 소부와 허유의 굳고 깨끗한 마음을 따라 명성을 구하지 않는 것이 본성이나, 오히려 스승님과 숙모님을 모셔 잠시도 슬하를 떠나지 않으려 했기에 깊은 산에 은거하여 세상을 피하고 집을 버리는 괴이한 일은 없었네. 또한 일찍이 화씨 가문의 사위가 되어 인륜의 중대사를 끊지 않으니 자손 보는 경사도 부족함이 없어 현보(정인성) 등 3남과 1녀를 두어 슬하의 적막한 근심이 없었지. 그런데 재보(정인광)의 경우는 무슨 연고로 아버지와 형이 위에 있으면서 그처럼 어그러지게 가르쳐, 젊은 아이를 산중에 감추고는 석가의 괴이한 도를 받아들이고 유학의 큰 도를 멀리하게 해 돌아가신 스승님의 밝고 곧은 뜻을 무너뜨리는가? 이는 절대로 있을 수 없는 일이니, 어머님을 집안에 모신 후 빨리 내려가 둘째를 데려오게. 만일 큰 뜻으로 경계하며 사리에 맞게 깨우쳐도 듣지 않으면 내 곁으로 오게 하여, 돌아가신 스승님의 높고 큰 덕을 이르고 고금의 예를 들어 이로움과 해로움을 분별하도록 가르쳐 그 아이의 꽉 막힌 고집을 돌이키게 할 것이네."

그러고는 정삼의 대답을 기다리지 않고, 가르치는 사람이 엄하지 못했다 나무라며 분분히 큰소리를 쳤다. 서만하게 복을 빼고 길게 기침하면서 엄숙한 체 뒤룩이는 눈알은 오히려 마음이 진정되는 것과는 거리가 멀고 너무나 허황되며 우스워 보였다. 정잠의 태산 같은 진중함으로도 잠깐 웃음을 면치 못하니 모든 사람이 일시에 웃는 것은 굳이 말할 필요가 없었다. 다만 정염은 정인홍의 언사가 온당치 않음을 미안하게 여겨 조금도 웃지 않았다. 정삼이 웃음 띤 얼굴로 말했다.

"장형은 부질없는 곳에 심려를 두지 마십시오. 인광이는 제 외숙의 병을 돌보고 다 나으면 상경할 것입니다. 비록 뛰어나고 훌륭한 인물은 못 되지만 세상 물정에 어두운 변변치 못한 사내는 아니어서 석가의 괴이한 도와는 천 리나 멀답니다. 제가 무슨 일로 후백을 속이겠습니까?"

하지만 장헌은 원래 하나의 말을 곧이들으면 다른 말은 맹자의 달변도 귀에 들어오지 않는 까닭에 정삼의 말을 믿지 못했다. 속으로 분하고 불만스러워 인광의 성정을 한스러워하며 애초에 인홍과 정혼하지 못한 것을 애달파하니, 그 뜻이 순식간에 변하는 것이 이처럼 괴이했다.

정잠은 정염 등과 함께 막차에 나와 공경대부들과 문하생, 고관들과 함께 이야기를 오래 나누었다. 시간이 흘러 정삼과 정염은 서태부인을 모시고 여러 부인들을 보호하여 태운산 옛집으로 향했다.

정잠은 정겸과 함께 인성과 인홍을 거느려 대궐로 들어가 사은하였다. 황제가 매우 반기며 즉시 불러들여 먼 길에 무사히 돌아온 것과 서태부인이 평안하고 건강한 것을 기뻐했다. 또한 정겸을 가까이 나오게 하여 정흠의 충렬과 곧은 절개를 다시금 일컬으며 충신을 죽인 것을 깊이 통탄했으니 말씀이 매우 간절하고 슬펐다. 정겸 역시 경사로 돌아와 궁궐에 들어오니 새롭게 슬픔과 원통함이 더하지만, 간절한 성은을 차마 떨치지 못하여 직임을 다시 사양하지 못하고 머리가 땅에 닿도록 몸을 굽힌 채 눈물을 흘리며 슬피 울 뿐이었다. 황제가 친히 옥배를 잡고 정잠과 정겸에게 내리며 정인성의 성인 같은 풍모와 정인홍의 뛰어난 기상이 볼수록 깨끗하고 뛰어난 것을 더욱 사랑했다. 정잠 부자와 형제가 황제의 은혜를 백배사례하고 천천히 물러나 태운산으로 돌아왔다.

정삼과 정염은 일행을 거느리고 벌써 옛집에 이르러 서태부인을 태전에 모셨다. 이때 정태요는 정월염과 함께 지난 슬픈 회포와 지금의 경사를 미처 말하지 못하고, 다만 서로 붙들고 반기기에 경황없어 꿈인지 생시인지 깨닫지 못하고 있었다. 그러다가 정삼이 서태부인과 여러 부인들을 거느리고 중문에 다다르자 정태요가 월염과 함께 황망히 당에 내려와 맞이했다. 서태부인이 미처 가마 밖에 나서지 못한 채로 월염의 손을 잡고 정태요의 팔을 쥐며, 여러 부인들이 일시에 월염을 어루만져 죽은 혼백이 살아 돌아온 것처럼 여겼다. 반가움이 넘치자 슬픔이 일어나고 저마다 감회를 이기지 못했다. 기쁜 일이 거듭되고 경사가 융성한 것도 깨닫지 못한 채, 얼굴마다 슬픈 빛을 띠어 두 눈에서 맑은 눈물이 줄줄 흐르니, 서태부인의 슬픔과 정흠의 부인 화씨의 뼈에 사무치는 아픔을 어찌 형언할 수 있겠는가. 정삼은 원통함을 마음속 깊이 담고서 온화한 얼굴과 기쁜 목소리로 서태부인의 슬픔을 위로하고, 형수들과 조카들을 돌아보며 무익한 슬픔으로 어머니의 심회를 돋우지 말라고 했다. 여러 부인들과 월염은 억지로 참으며 눈물을 거두고 비로소 예를 갖춰 절하고는 자리의 순서를 정하고 앉아 이야기를 나누려 했다. 그러나 오히려 목이 메어 소리를 내지 못했고 정신도 몽롱했다.

오늘 가족이 모두 모인 것이 진짜인지 실감하지 못해 각각 심신이 취한 듯 황홀한 중에, 오래 닫혔던 정당과 쓸쓸했던 섬돌과 마당이 북적이고 사람 소리로 떠들썩했다. 고관대작의 수레가 연이어 이르러 행인을 통제하는 벽제(辟除) 소리가 마을 입구를 들썩이고, 뒤를 따르며 연신 축하하는 사람들의 수를 세기 어려우니 완연히 옛날의 번화와 부귀를 회복했음을 알 수 있었다. 그러나 서태부인과 정잠 형제의 마음은 안락했던 지난날의 한 조각 슬픔이나 원망도 없었던 때와는 비교할 수 없었다. 지금의 경사를 충분히 다행으로 여기면서도 옛날을 생각하며 근심과 즐거움이 교차하는 슬픔이 더하니, 비록 밖으로는 억지로 참고 있으나 속으로는 가슴이 찢어지는 아픔이 풀리지 않았다.

서태부인을 비롯한 모두가 월염의 갖은 고초를 애처로워하며, 아름답고 귀한 모습이 근심에 빠져 지내느라 분명 많이 바뀌었을 것이라 짐작했었다. 그런데 오늘 보니 누명을 깨끗이 씻고 지극한 효와 덕행이 온 나라에 들썩여 옥이 더욱 빛나고 금이 더욱 단단해진 듯했다. 옷차림이 검소해 사치를 멀리하니 몸에 번잡한 패물은 갖추지 않았으나, 정숙한 봉관과 쟁그랑거리는 월패는 명부의 위엄을 뚜렷이 드러냈다. 안색이 엄하여 가을 하늘에 뜬 해가 배회하며 온 세상에 빛을 흘리고, 한겨울 차가운 하늘에 달이 광채를 토해 밤빛이 아득한 듯했다. 내면의 탁월함이 용모의 맑은 정기를 이뤄 온갖 자태를 갖추었고, 영묘한 광채가 맑고 깨끗해 귀한 복을 타고났으니 어찌 일시의 위급한 화를 만나 단명할 기질이겠는가? 10세에 길에서 도적의 화를 만나 규방에 있어야 할 몸이 이곳저곳을 떠도는 신세가 되어 온갖 재난과 변고를 겪었고, 장씨 부중에 들어가서는 참담한 누명을 쓴 채 하늘을 보지 못할 죄인으로 자처해야 했다. 하지만 그러면서도 바른 것을 좇고 사특함을 멀리하며 현숙함을 으뜸으로 하고 간악함을 마음에 두지 않았다. 자연히 덕성과 어진 행실이 천지를 움직여 뜬구름 같던 누명이 사라지고 흉녀는 형을 받아 죽어, 신명한 선악의 보응이 다음 생을 기다리지 않고 이번 생에 무궁한 복을 누리게 했다. 10년 화란을 생각하면 모골이 송연하지만 아직 스물이 되지 않은 젊은 나이로 앞길이 멀고 검푸른 머리가 하얗게 셀 날도 머니, 앞으로 즐길 날이 많이 남았음은 묻지 않아도 알 수 있었다. 정삼이 월염을 나오게 하여 머리를 쓰다듬으며 말했다.

"지난 일이 매우 애처로우나, 누명을 시원하게 벗고 마침내 예를 지켜 형님과 돌아가신 형수님의 가르침을 욕되게 하지 않았으니 아름다운 일이다. 부녀와 숙질이 살아서 만나는 기쁨을 얻었으니 저녁에 죽어도 한이 없겠구나. 게다가 그사이에 용과 봉새 같은 자식을 낳아 그 세 아이가 장씨 가문을 번창하게 할 징조가 되니, 너의 복이 또한 두텁지 않겠느냐?"

그러고는 쌍둥이를 어루만지면서 서태부인에게 그 타고난 기질이 기특하다 말하며 너무나 기뻐했다. 그제야 서태부인도 슬픔을 거두고 월염의 귀밑을 어루만지며 지금까지의 일들에 대해 대강 물으니, 모든 부인과 여러 공자들이 나 반기고 너무나 다행이라고 여겼다. 그런데 유독 인광만 없는 것을 월염이 이상하게 어기고 서운해하며 징염에게 그 연고를 묻자 정염이 말했다.

"나는 인광 조카가 함께 상경하지 않은 이유를 알지 못했는데, 아까 강 근처 거처에서 인흥이가 짐승 같은 장가(장헌)에게 여차여차하는 말을 들은 후 다시 형님의 말씀을 듣고 화공(화흡)의 병 때문에 함께 오지 못한 것을 알게 되었다. 그런데 네 시아버지가 그토록 심히 걱정을 하니 하는 일마다 너무나 가소롭구나."

그러고는 장헌의 언사와 거동을 옮겨 전하다가 갑자기 탄식하며 말했다.

"네가 사촌 형님의 자식으로 돌아가신 형수님의 어진 태교를 받아 모든 행실과 자질이 매우 뛰어난데, 무슨 연고로 형님이 사위만 고르고 사돈은 염두에 두지 않아 너를 장헌 그 비루한 짐승 같은 인간의 며느리가 되게 했는지 모르겠다. 우리가 백승(장창린)을 볼 때는 모든 근심이 사라져 장헌의 무상함을 문제 삼지 않으려 했는데, 백승이 없는 오늘 인간답지 않은 장헌을 보게 되니 다시금 지독한 괴로움과 화를 이기지 못하겠더구나. 그런 중에 네가 아이들을 낳아 그런 인간의 슬하를 충만하게 만들어준 것을 생각하니 더욱 괴이함을 이기지 못하겠다."

서태부인이 조용히 웃으며 말했다.

"은백(정염) 조카는 월염이가 시아버지를 잘못 만난 것을 한탄하다가 병이 되었다 해도, 어찌 그 며느리를 앞에 놓고 시아버지의 허물을 말하는 것이 바른 도라고 하겠느냐? 그만하는 것이 마땅하다. 하늘이 내린 인연을 어찌 인력으로 끊을 수 있겠느냐?"

말을 마치고는 정월염의 고운 팔과 손을 어루만지며 안쓰러워하고 애통해하니, 마음속으로는 그런 인간답지 못한 자의 며느리가 된 것을 안타까워하는 바도 없지 않았다. 이윽고 장씨 부중에서 축하하는 잔치 음식이 이르니 정염이 또 꾸짖으며 말했다.

"이 음식이 예사로운 것이 아니라 앞길을 도모하는 음식이다."

이에 정삼이 정염에게 말을 많이 하지 말라 하고는, 모두가 음식을 다 먹은 후 상을 물리고 조용히 이야기를 나눴다. 정태요는 정월염이 살아 있는 것을 오늘 처음으로 안 것이 아니었다. 그럼에도 상연교가 살았는지 죽었는지 모르는 것이 골수의 한이 되어 상연교를 언급하게 되자 눈물을 비 오듯 흘리고, 정자염이 장성해 아름다워진 것을 보고는 상연교와 같은 나이라는 것에 더욱 서러워했다. 이에 정삼이 상연교의 됨됨이를 말하며, 여섯 살의 어린 나이에 길에서 도적의 변을 만나 요절할 운수가 아니라고 하였다. 가족이 다시 만날 경사가 머지않았다고 하면서 누이 모녀의 상봉 운수가 눈앞에 있는 듯이 말하며 위로했다. 서태부인은 믿는 것으로 보였으나 정태요는 슬픔을 금치 못했다.

뒤이어 등불을 내온 후 정잠과 조세창이 자식 조카들과 함께 돌아와 서태부인의 기운을 묻고 정태요와 정월염을 반겼다. 정잠은 딸이 누명을 깨끗이 벗은 것을 기뻐하면서도 정려문을 세워 기리는 상을 내리신 것은 외람되고 감당하기 어려운 일이라며 오히려 걱정했다. 이에 정염은 정잠이 너무 겸손하게 사양을 한다면서, 박교랑의 초사한 통을 모두에게 보이고 장성완의 성효와 열절이 예로부터 지금까지 보지 못한 바라며 한껏 칭찬했다.

"자고로 절개 있는 열녀가 세상에 하나둘은 아니겠지만, 장씨 여자는 열 살의 어린 나이로 제 낯가죽을 벗기고 귀를 베어 정절을 밝혔습니다. 그럼에도 한 가닥 목숨을 유지하여 그 부모로 하여금 자식 죽인 오명을 면하게 했으니 효를 타고난 것이 사람을 감동시킬 바입니다. 그런데도 짐승 같은 장헌과 박씨는 그 딸을 죽여야만 그칠 듯이 흉녀 박교랑의 간교에 빠지고 범경화의 흉한 계략에 넘어가 장씨 여자가 물에 빠지게 만들었습니다. 이 모두가 짐승 같은 장헌의 죄로 어찌 분통스럽지 않겠습니까? 요행히 효성스럽고 절개 있는 성녀를 신명이 보호하여 소공이 구하고 인광이가 건져 살아났습니다. 하지만 제 생각에 인광이의 고집이 남들과 많이 달라, 짐승 같은 장헌이 아버지와 숙부의 얼굴을 그려 해치고자 했던 흉악한 마음을 지녔다며 장씨 여자에게도 혐의를 둘 것입니다. 이제 장씨 여자가 살아난 것을 알고 혼례를 이루려 할 때 아버지의 명을 따르지 않고 도망하거나, 아니면 분한 것이 병이 되어 자리에 누워버리지 않을까 걱정입니다. 그러니 차라리 소공(소수)의 계교대로 끝까지 연씨 여자라고 하여 혼인하게 하면, 그 후에는 설사 분하게 여겨도 어쩔 수 없는 형세가 되어 말을 하지 않을 것입니다. 화공이 병이 나 인광이 간호하기 위해 남게 된 것도 그 아이의 혼사가 순조로울 징조라 할 수 있겠습니다. 분명 경사 소식과 박교랑의 초사를 아직 모를 것이니, 형님은 소공이 상경한 것을 인광이 모르게 먼저 납빙[9]하고, 인광이가 오는 날이라도 바로 혼례를 치르게 하십시오."

정삼이 미소를 지으며 말했다.

"동생의 염려도 마땅하지만 부자간에 인륜지대사를 어찌 몰래 속여 치르는 것이 옳겠는가? 조용히 일러 알게 하고 만약 따르지 않으면 꾸짖어 벌하여 다스릴지라도, 어린아이를 속이는 잘못이 먼저 아비에게 있으니 이는 나의 뜻이 아니네. 인륜지대사를 아버지와 형이 주관하는데 제가 뭐라고 잘라 막아 사사건건 다른 의견을 내겠는가?"

정엄과 정겸이 함께 말했다.

"형님께서 오히려 인광이의 고집을 모르셔서 권하면 들을 것이라 여기시지만, 바로 장씨 여자라고 하면 그 아비로 인하여 죽어도 따르

---

9 납빙: 혼인할 때에, 사주단자의 교환이 끝난 후 정혼이 이루어진 증거로 신랑 집에서 신부 집으로 예물을 보내는 것 또는 그 예물.

지 않겠다고 할 것입니다. 차라리 혼례나 순조롭게 치르기 위해 모르게 하는 것이 옳지 않겠습니까?"

정잠과 서태부인 또한 정염 등의 말이 마땅하다고 하면서, 정인광이 아직 모르게 하고 혼례를 치르는 것이 옳다고 했다. 정삼은 어머니와 형의 뜻이 이러한 것을 듣고는 더 이상 우기지 못해 다시 말을 하지 않고 조용히 뜻을 받들었다.

알 수 없구나. 이 혼인이 마침내 순조롭게 이루어질 것인가? 다음 회를 보라.

금의환향하여 정명염과 재회한 조세창

앞서 조세창이 아버지를 모시고 천 리 먼 길을 무사히 지나 어강에 이르자 빛나는 위엄과 높은 영광이 집안에 찬란했다. 비록 삼가고 겸손하여 매우 검약하나, 높은 충절과 빛나는 이름으로 지위가 이부천관 홍문관 태학사 겸 총도장관에 이르러 덕망과 기질이 온 천하를 들썩였다. 사람마다 목을 늘이고 그 맑은 광채를 우러렀으며, 조세창이 한번 고개 끄덕이는 것을 대단한 세력을 가진 제후의 영화로움에 견주어 허리를 숙이고 빠른 걸음으로 달려가 명을 받고 섬겼다. 청렴하고 절개가 있기에 의를 재물로 무너뜨리지 못하고 음악으로 영송하지 못하나, 멀리서 영접하여 우러러 섬기는 것은 황제의 행차가 지나더라도 이보다 더하지는 못할 정도였다. 시골이나 깊은 산골의 어리석은 백성들도 노인은 부축하고 어린아이는 이끌고 와, 조세창이 부모님을 뵙고 조상의 산소에 가 제사 지내는 것을 구경하고자 했다. 멀고 가까운 곳 할 것 없이 모여 개미가 쑤시고 벌이 엉긴 듯해 몇 천 몇 백이나 되는지 모를 정도였다.

조세창이 아버지를 모시고 집으로 들어가 당에 오르니 친지들이 가득 모여 앉아 있었다. 머리가 하얗게 센 할머님이 평안하시고 할아버지의 기쁜 얼굴빛은 봄빛을 자아냈다. 조부모님께 극진히 하례를 드리니 인간사의 즐거움이 이보다 더한 것이 없고 절할 때의 경사스러움은 극에 달했다. 무릎을 꿇고 만수무강하시기를 기원하는데, 즐거워하는 찬란한 눈썹은 빼어난 이마에 잠기고 크나큰 기쁨이 맑은 눈동자에 서렸다. 의젓하고 엄중한 몸가짐이 도리어 온화하고 활기차니, 어린아이의 어여쁜 모습으로 팔구 년 온갖 고생을 한 흔적이 없었다. 예전 이별할 때에는 완전한 소년의 얼굴에 고운 빛까지 겸하여 입 위에 수염이 나기 시작했었다. 그런데 오늘 만나니 가을 하늘 같은 엄준함과 여름날의 해 같은 위엄에 더해 검푸르고 아름다운 수염이 가슴까지 내려와 장대한 기상이 몇십 배가 되었고, 이것으로 떠난 지 오래되었음을 알 수 있었다. 조겸과 송태부인이 반기고 기뻐하는 것이 취한 듯 정신없는 듯하여 황망히 조세창의 손을 잡고 얼굴을 맞대며 꿈인지 생시인지 알지 못해 오래 말을 못 했다. 주부인은 홀린 듯이 조세창의 얼굴을 우러르며 반가움에 구슬 같은 눈물을 계속 흘렸다. 조세창이 불효를 사죄하면서 오늘을 다행스러워하고 기쁨에 찬 목소리로 온화한 기색을 보였다. 조정 부부가 비로소 마음을 진정하고, 아들의 생환이 천고에 드문 경사로 곧은 충성과 큰 절개가 할아버지와 아버지를 넘고 사직을 보호하는 뛰어난 이름이 사해에 진동하는 것을 기뻐했다. 다만 높고 무거운 벼슬이 바란 것보다 열 배나 더한 것이 오히려 근심이었다. 조세창도 자신의 영귀함을 즐기지 않으나 할아버지의 염려가 걱정스러워, 다만 화와 복이 교차하는 것을 인력으로 어쩔 수 없음을 아뢰고 염려하지 마시라고 했다.

조세창이 고개를 돌려 여동생을 보는데, 조성요는 이미 태어날 때부터 빼어난 인물인 것을 알았지만 둘째 여동생 조숙요의 난초 같은 자질이 맑고 깨끗해 조성요보다 못하지 않은 것은 생각지 못한 일이었다. 자신의 형제 운이 박하여 형과 아우가 없는 것은 말할 것도 없고 남녀간 동기의 정도 펼 곳이 없음을 언제나 한탄했는데, 모친이 소망한 끝에 새로 어여쁜 동생들을 연년생으로 낳은 것이었다. 슬하의 적막함을 위로하고 자기에게는 동생이 생기게 된 것을 세상의 드문 영화라 생각했다. 바삐 두 동생을 나오게 하여 머리를 쓰다듬고 귀밑을 어루만지니 깊은 사랑과 정이 솟아났다. 어머니의 얼굴을 우러러 축하드리며 말했다.

"어머니께서 늦은 나이에 출산을 하셨는데도 건강하시고 둘째 여동생의 아름다움이 성요보다 못하지 않으니, 어찌 이처럼 기쁘고 다행스러운 마음을 누를 수 있겠습니까?"

주부인이 심신을 가다듬은 후 조세창의 손을 잡고 길게 숨을 내쉬며 말했다.

"옛날 이별할 때에는 오늘과 같은 경사를 꿈에도 생각하지 못하고 그저 마음과 간장이 찢어질 뿐이었다. 그런데 이제 국가의 큰 경사와 집안의 사사로운 행운으로 황제께서 복위하시고 네가 노영의 오랑캐 땅을 벗어나 우리 모자가 살아서 만나 반기게 되었으니 진실로 죽어도 여한이 없구나. 지난 일을 생각해 봐야 좋을 것이 없고 이별 후의 절절히 슬프던 회포 또한 다시 말해 부질없을 듯하다. 다만 네가 잊지 말아야 할 것은 어질고 현명한 우리 며느리이다. 이 어미의 끝없는 아픔과 시부모님의 근심을 위로하여 안색을 평안하게 해 주고, 받드는 음식의 온도를 맞추며 혹여나 시간을 어기거나 덜 익지 않을까 근심하고 한결같이 있는 힘을 다하는 것이 진효부보다 더한 사람이 바로 네 처란다. 이 어미의 몸이 상하지 않은 것도 효성스러운 며느리의 지성 덕분이다. 그러니 상관없는 딸아이들이 이어 태어난 것을 다행이라 여기지 말고, 어진 처의 큰 효와 덕을 사례하고 끝까지 저버리지 말거라."

조세창이 고개를 숙이며 엎드려 말씀을 듣고 미처 대답하기도 전에, 조겸 부부 또한 정명염의 지극한 효성과 덕행을 칭찬하며 기뻐했다. 조정 역시 명염을 칭찬하며 말했다.

"어진 며느리가 군자 숙녀의 자식으로 덕이 있는 가문에서 자랐으니, 그 온화한 덕과 고상한 행실이 밖으로 드러나고 행동으로 나타나는 법이다. 우리 가문에 들어온 첫날 아버님께서 말씀하시길 '우리 가문의 경사요 그야말로 어진 며느리다. 밝지만 넘치지 않고 온유하되 빛나며 약하면서도 강하다.'라고 하셨으니 지극히 밝은 가르침이셨다. 그러니 부디 너는 평범한 아내로 알아 저버리는 일이 없도록 해라."

조세창이 거듭 절하고 말했다.

"못난 제가 조부모님과 부모님을 봉양하지 못하고 오히려 심려를 더할 뿐입니다. 그 사람이 제 아내로 있으면서 봉양하는 예에서 벗어

나지 않아 조부모님과 부모님이 아끼시는 큰 은혜를 입고 며느리의
도를 폐하지 않은 것은 사람의 당연한 도리이오니, 제게는 개인적으
로 아주 다행이라 어찌 까닭 없이 저버리는 일이 있겠습니까?"

　말을 마치고는 무릎을 꿇고 단정히 앉아 공경하고 삼가는 예를 갖
추어 오랫동안 그리던 회포를 아뢰었다. 그러나 정명염에게는 조금
도 눈길을 보내지 않아 마치 남의 부인이 자리에 있는 것 같았고, 정
명염의 덤덤한 마음은 희로애락의 감정이 없는 듯 보였다. 송태부인
은 조세창이 박정한 것이 아닌가 생각했고, 조겸 또한 걱정이 앞섰
다. 조세창이 독자의 몸으로 부부가 만 리나 먼 타국에 떨어져 있어
잉태의 경사가 아득한 것을 근심하던 차에, 오늘 거동이 아내에게 완
전히 무심하여 부부의 정이 없어 보이는 것을 의아해하고 염려했다.
그러나 아는 척하는 것이 바람직하지 않아 다만 할아버지와 손자, 아
버지와 아들이 살아 만나게 됨을 기뻐할 뿐이었다.

　반가운 만남에 이어 작은 잔치를 열어 마을의 오랜 친구들과 친척
들과 함께 즐기는데, 여러 고을의 수령들도 천 리를 마다 않고 찾아
왔다. 조세창은 낮에는 연회로 떠들썩하게 어울리고, 밤에는 할아버
지와 아버지를 모시고 자면서 팔구 년 떠나 있던 회포를 풀었다. 그
러다 보니 돌아온 지 보름이 되도록 자기 침소에 이를 틈이 없으며,
다 같이 모여 있을 때도 부인을 마주하여 곁눈질하는 것을 천하게 여
겨 두 눈을 나직이 하고 기운을 엄하게 했다. 송태부인이 그 올곧음
을 칭찬하면서도 아내와 너무 소원한 것을 염려해, 조정에게 조세창
을 자기 침소로 돌려보내라고 했다. 조정이 조세창에게 내당에 가서
쉬라 하고 조겸과 조정 역시 각기 내당으로 가게 되었다. 조세창이

아버지의 태산 같은 진중함으로 이와 같이 세심하게 마음 써주시는 것이 자기 부부를 아껴서 그런 것임을 알고, 또한 나이가 들면서 아버지가 약해지시는 것도 느껴져 명하시는 것을 어기지 않았다. 아버지와 할아버지가 부부를 위해 이처럼 해주시는 것에 황공해 절을 하고 명을 받으니, 이날 밤 조부모님과 부모님의 잠자리가 편안하신지 살핀 후에 비로소 정명염의 침소로 향했다.

정명염은 항상 시할머니와 시어머니의 잠자리를 모시느라 침소를 비워 두었는데, 조세창이 돌아온 후로 시어머니가 자기 침소에서 쉬고자 하여 잠자리 모시는 것을 그만하게 하니 마지못해 침소로 물러나왔다. 그러나 음식을 봉양하는 데 온 정성을 쏟느라 한시도 방심할 수가 없어, 아침에 먹을 반찬을 준비해 새벽 일찍 내가려던 차였다. 그런데 이때 조세창이 침소로 들어오니, 반찬들을 치우고 일어나 맞이한 후 멀리 떨어져 앉았다. 조세창이 비로소 눈을 들어 보는데, 팔구 년 동안 덤덤히 지내는 중에도 마음과 간장을 사르고 자신이 겪은 고초에 아파하여 온갖 걱정을 했을 것은 묻지 않아도 알 일이었다. 그럼에도 타고난 아름다운 외모는 오히려 여위거나 상하지 않았으니 이 역시 기질이 남다르기 때문이었다. 마음속으로 다행히 여기며 넓은 이마에 온화한 기운을 드리웠다. 정명염은 남편을 만난 지 십수 년이 되었으나 조세창의 기상이 엄숙한 터라 부녀자의 구차함을 좀처럼 드러내지 않았고 사리에 밝은 여자가 아는 척하는 것을 꺼려 그저 차분한 모습을 보일 뿐이었다. 그런 중에 부부의 화락함이 생소하여, 부부가 회합한 수가 거의 셀 정도로 드물었다. 그렇기에 오늘 밤 만나 그 살아 돌아온 것을 매우 기뻐하면서도 공경하는 예를 지켜 정숙한 태도로 일관하니, 오히려 기쁜 빛이 뚜렷하게 드러나지 않았다.

정명염의 아름다운 이마는 나직하여 담박하니 세상일을 모르는 듯, 좋은 기질과 냉담한 태도는 곤륜산의 옥처럼 깨끗하고 눈 속에 핀 매화가 조용히 향기를 내뿜는 듯했다. 부끄러움을 머금은 모습은 수놓은 문에 광채를 토하고 흰 달이 옥으로 장식한 휘장에 한가히 내비치는 듯 향기가 가득했다. 흰 얼굴이 아름다워 천지간에 아주 뛰어나니 만고에 다시 없을 기이함이었다. 조세창은 태산 같은 진중함과 하해 같은 도량으로 그 지극한 효성에 감동하고 기질에 다시금 감복했다. 팔구 년 동안 자기 집안이 평안하고 태산 정씨 부중이 무사한 것에 대해 얘기하며, 장인 정잠이 고국으로 돌아온 것이 자신과 같음을 다행스러워하고 기뻐할 뿐 구구하게 생각하던 회포를 말하지는 않았다. 정명염이 이에 더욱 겸손한 모습으로 단정히 앉아 얼굴을 숙이고 들며 무사히 돌아온 것을 축하하고, 두 집안의 어른들과 친지들이 모두 평안한 것을 다행으로 여겼다. 이는 조세창과 마찬가지였으나 차분하고 조심스러우며 남편을 공경하는 것이 귀한 손님을 대하는 것 같아 세세한 정이 부족한 듯했다.

밤이 깊어 조세창이 침상에 누워 쉬는데 정명염은 오히려 그대로 앉아 있었다. 조세창은 본디 타고난 효성으로 부모만 따르고자 하여 가정을 이루는 것에는 큰 뜻이 없었다. 하지만 지금 이렇게 배필을 맞이하는 아름다움이 있었으니, 그 뜻이 어디에 있겠으며 아내를 기쁘게 하여 화락하는 즐거움이 없겠는가? 흔연히 몸을 움직여 빼어나게 맑은 눈동자에 기쁜 빛과 웃음기를 띠고는 정명염을 붙들며 말했다.

"팔구 년 오랑캐 나라에서 갖은 고생을 겪어 금슬의 즐거움을 미처 생각할 겨를이 없었으나, 나 또한 부처가 아니니 어찌 부부 사이의 즐거움을 그만두겠소?"

말을 마치고 이불을 함께 덮고 누워 웃으며 말했다.

"내 나이 부인보다 네 해 많기도 하지만 늙고 살이 쪄 소년의 젊은 빛을 잃었는데 부인의 아름다움은 변치 않았구려. 그런데 집에 편히 있는 것이 이국땅에서 고생을 겪는 것과 분명 다르건만, 몸이 상하고 여윈 것은 팔구 년을 굶주린 나보다 더하니 폐와 간에 병이 생겨 몸이 축나는 것이 바로 이런 것일 듯하오."

정명염이 부끄러워 말을 하지 않았고, 조세창은 옛정을 이어 부부의 의와 금슬의 즐거움을 극진히 했다. 이른바 군자는 즐거우면서도 넘치지 않는다고 하니, 가히 〈관저(關雎)〉 시를 지을 만했다.

조세창 일가와 상경하다 위기에 처한 상연교를 만난 이창현

조세창이 황제의 은혜를 뼈에 사무치게 감사하여 나랏일에 진심을 다하고자 하니, 고향에 오래 머물 뜻이 없어 날을 잡아 온 집안이 상경하기로 했다. 이창현은 어머니가 외조부모를 그리워하는 뜻을 대신해 이곳에 와 조겸 부부를 모시다가 함께 외조부모를 모시고 길을 떠나게 되었다. 마을의 오랜 친구와 친척들이 조세창 3대를 떠나보내는 것이 서운하여 눈물을 비 오듯 흘렸다. 조정과 조세창이 절기마다 제사로 다시 만날 일이 잦을 것이라 위로하고, 부인들은 나무상자에 재물과 비단을 담아 이별의 정을 표했다. 하지만 여러 사람들의 연연한 정은 말로 다하기 어려웠다.

길을 떠난 지 여러 날 만에 소운산 아래에 이르러 숙소를 정하고 부인들을 안전히 쉬게 했다. 조세창은 풍경을 사랑하여 조겸·조정 부자와 이창현과 함께 대나무 지팡이를 짚고 짚신을 신은 채 작은 바위에 올라 유람했다. 풍경이 뛰어나고 산수가 아름다워 그림으로 베끼기 어렵고 입으로 다 말하지 못할 정도였다. 이때 이 마을의 태수 송청은 송부인(조겸의 부인)의 먼 친척으로, 조세창이 조부모와 부모를 모시고 상경한다는 소식을 듣고 찾아와 반기려 했다. 조겸이 유람하는 것을 따라 소운산 천필봉에 이르러 서로 반긴 후 술과 안주를 내와 조겸에게 잔을 바쳤다. 조겸이 기뻐하며 안주를 먹으니 유흥이 한창 일어나, 시를 읊으며 산의 경치를 기리고 조정과 손자들에게 운에 화답하라고 했다. 지은 시의 문장이 탁 트인 푸른 바다와 광대한 천지를 거두어 푸른 용이 변화하자 바람과 구름이 변색하는 듯하니, 조겸이 그 아름다움에 기쁨을 이기지 못했다. 송청 또한 칭찬하며 조정 부자와 이창현 등과 문답했는데, 송청도 문채가 비범하여 조세창과 이창현의 뛰어나고 큰 재능 앞에서 오래 문답을 해도 제법 주고받는 재미가 있었다. 조겸이 멀고 가까운 산천을 오래 바라보면서 날이 저물도록 돌아갈 생각을 하지 않으니, 조정이 민망하여 돌아갈 것을 청하자 조겸이 말했다.

"풍경이 무한하여 떠날 마음이 없구나. 오늘 밤은 이곳에서 지내고 내일 아침에 돌아가겠으니 너희들은 말리지 마라."

조정이 바람과 이슬에 병이 날 수 있으니 산 위에서 밤을 보내는 것은 안 된다고 했으나, 조겸은 돌아갈 사람이 있으면 가고 자신의 흥취는 막지 말라고 했다. 조정 부자가 근심스러우면서도 어쩔 수 없어 이날 밤을 산 위에서 지내게 되었다.

이때 이창현이 오동나무 아래에 앉았다가 우연히 소매를 들자 나무 위에서 백옥으로 된 거울 반쪽이 떨어져 넓은 소매 안으로 들어갔다. 또 마침 한 쌍의 신령한 새가 맑게 울면서 징조를 알리는 듯하니 좌중이 모두 괴이하게 여겼는데, 이창현은 무심히 반쪽 거울을 꺼내 던지려고 했다. 그러자 조겸이 가져와 보라고 하여 친히 보니 그 모양이 반달 같고 광채가 밝게 비쳐 빛나는 것이 천지를 밝힐 듯했다. 15개의 성과 바꿀 만한 화씨벽이 아니면 12대의 수레를 비출 수 있는 구슬과도 같았다. 다만 한가운데가 갈라져 완전하지 못한 것이 안타까웠는데, 뒤에 '상을 만나면 완전한 거울이 될 것이다.'라는 글자가 가늘게 씌어 있었다. 그 아래에는 봉황이 그려져 있는데 이 역시 반이 없으니 날개를 벌린 것이 만족스럽지 못했다. 조겸이 기이하다 하고 조정과 조세창이 말했다.

"거울 모양이 완전하지 못한 것이 흠이지만, 광채가 찬란하여 화씨벽이나 마찬가지이다. 밤에 독서할 때 촛불을 밝히는 번거로움을 덜 수 있고 야광주도 충분히 비길 만하니, 이미 얻은 것을 부질없이 버리지 마라."

이창현이 자신은 관계가 없다고 하면서 거두지 않으려 하자, 조겸이 직접 이창현의 소매에 넣으며 말했다.

"오동나무 위에서 떨어진 귀한 거울이 너의 소매에 들어가게 되었으니, 비록 미물이지만 하늘이 뜻이 있어 너에게 주신 것이다. 또 상을 만나면 거울이 완전해지리라 했으니, 내 생각에 이는 분명 신이

한 거울이 틀림없다. 그러니 혹시 후일에 쓸 곳이 있을 줄 어찌 알겠느냐?"

이창현이 본래 바른 것을 좇고 밝은 예를 중히 여기며 허무맹랑한 것을 꺼리는지라, 외할아버지가 신이하다고 하는 것을 기꺼워하지 않으며 대답했다.

"군자는 어질고 검소하여 보화를 신변에 지니는 것이 아니기에, 15개의 성과 바꾼 화씨벽과 수레 여러 대를 비출 구슬도 모두 재앙이 되었습니다. 그러니 이 거울이 진짜 보배라 할지라도 제게 재앙이 되지 않을 줄 어찌 알겠습니까? 오동나무 위에서 떨어진 것이 미덥지 않고, 집에서 대대로 전해 내려오는 물건이 아니니 거두기 어렵습니다."

조정이 웃으며 말했다.

"조카가 본디 모든 행실에 있어 광명정대함을 중시하는 것은 알고 있다. 하지만 어르신의 밝은 가르침이 네 신상에 해롭지 않을 것이니 순순히 따르거라."

이창현이 미처 대답하지 못했는데 조세창이 거듭 권유했다.

"할아버님의 명이 이와 같고, 이 거울 얻은 것을 송형과 내가 다 같이 봤으니 잘못된 것이라 말할 게 아니다. 그러니 일단 가지고 있으면서 촛불을 대신해라. 훗날 임자가 있어 너에게 도적이라 하면 우리가 잘못이 없음을 밝혀주겠다."

이창현이 웃음을 머금고 말없이 있는데, 갑자기 처량한 곡성이 너무나 슬프고 애처롭게 들려왔다. 조겸과 여러 사람들이 다 놀라고 송청 역시 놀라며 말했다.

"이것은 도깨비들의 소리가 아닌가? 이 한밤의 깊은 산속에 어찌 사람이 있어 울겠는가?"

조세창이 말했다.

"형님이 나이 서른에 박학하고 모든 일에 통달하시면서 사람과 귀신을 분별하지 못하십니까?"

이창현이 참혹해하며 말했다.

"이는 깊은 산골짜기에서 강도질하는 도적 떼가 여염집 여자를 겁탈하는 것이 아니면, 산 근처 마을 규방의 여자를 도깨비가 후리는 것인 듯합니다. 눈썹에 불이 붙은 것처럼 급하니 모두 가서 구하는 것이 옳겠습니다."

조세창이 내 생각과 같다 하고는 하인에게 조겸과 조정을 모시고 있으라 명하고, 송청과 이창현을 데리고 곡성이 나는 곳을 찾아 급히 나아갔다. 천필봉 아래에 도착하니 윗녘 골짜기 속 수목이 울창한 가운데 민가의 하인 하나가 쇠밧줄에 묶여 높은 나무 위에 걸려 있었다. 한 조각 생기도 없어 보였으나 아직 목숨은 끊어지지 않아 하늘을 향해 원망하며 소리 지르기를 "하늘이여, 우리 주인을 살려주소서."라고 하는데, 그 목소리가 건장한 남자의 목소리가 아니었다. 조세창 등이 물었다.

"네 거동이 민가의 하인인데 어찌 나무에 달려 있으며, 네 주인은 또 무슨 화를 만나 어디 있느냐?"

그 사람이 통곡을 하며 대답했다.

"우리 공자님이 이 맑고 태평한 세상에서 홀로 기이한 참변을 만나, 도적에 쫓기는 화를 입고 저 황량한 숲속에서 스스로 목을 찌르셨습니다. 제가 이렇게 매달려 있기에 구할 방법이 없고 또 도적의 말을 들으니 고을 태수님께서 유람 차 산 위에 이르신다 하옵기로, 감히 멀리까지 울음소리를 들리게 하여 구해주시는 태산 같은 은혜를 입을까 했습니다. 그런데 이렇게 세 분 어르신께서 오셨으니 너무나 다행입니다."

조세창이 먼저 달려가 팔을 뻗어 그를 풀어 내려주면서 송청과 이창현에게 빨리 가 공자를 구하라고 재촉했다. 두 사람이 나는 듯 급히 걸어 남쪽 초목이 무성한 곳을 찾아 나아갔다. 송청은 자꾸 엎어지고 자빠졌으나 이창현은 용이나 호랑이 같은 기세로 앞서가 두루 살펴보았다. 과연 한 서생이 있는데 품 넓은 옷에 가죽띠를 두른 남자의 옷차림이되, 목 위에 단검을 비껴 찔러 유혈이 낭자하니 보기에 너무나 놀랍고 참담했다. 달빛이 낮처럼 환하여 그 모습이 뚜렷이 보였는데, 서생의 용모와 골격이 맑고도 빛나 낙수의 여신 같은 아름다운 기질은 만고에 비할 사람이 없는 듯했다. 이창현이 한번 올려다보고는 놀라서 두어 걸음을 물러서 있는데 송청이 이르러 급하게 말했다.

"수재의 목숨이 왔다 갔다 하는데 어찌 바삐 구하지 않고 물러서 있느냐? 빨리 구해라."

이창현이 대답했다.

"말씀이 마땅하지만 이 수재가 빼어나게 아름다운 것이 남자 같지 않으니 혹시 여자가 변복한 것이 아닌가 합니다. 송형과는 나이 차이가 나니 구하셔서 근본이 귀하면 양녀를 삼고 천하면 서녀로 삼으십시오."

조세창이 뒤이어 이르러 다 듣고는 발을 구르며 말했다.

"송형은 다리 힘이 빠져 빨리 오지 못하고 나 또한 이르지 못한 상태에서 네가 먼저 도착해 놓고, 어찌 잘못된 의심을 품어 사람을 더디게 구하느냐? 형수가 물에 빠지면 시숙이라도 손을 잡아 건지는 것이 마땅하니 빨리 구하거라."

이창현이 마지못해 다가가며, 만일 여자면 남매의 의를 맺을 것이라 생각했다. 곁에 가 칼을 뽑은 뒤, 마침 주머니에 있던 환약 두어 개를 꺼내 상처를 싸맸다. 유혈이 낭자해 보기에 참혹했으나 요행히 비껴 찔러 목숨은 부지한 것을 다행으로 여겼다. 송청과 조세창도 나아와 그 생사를 살피는데, 천만뜻밖에 그 서생의 소매 안에서 백옥으로 된 반쪽 거울이 밖으로 나왔다. 그리고 이창현 소매에서도 반쪽 거울이 밖으로 나오더니, 쟁그렁 소리에 두 조각 거울이 합쳐져 분명하게 꽉 찬 보름달 모양을 이루었다. 그 빛이 환하고 빛깔이 휘황하여 송청과 조세창이 이를 보고 놀라며 너무나 이상하다고 여겼다. 이창현은 그 망령되고 허탄한 것이 꺼려져 붙들었던 서생을 조용히 놓으며 몸을 돌려 송청과 조세창 곁으로 왔다. 송청이 서생의 생사를 묻는데, 조세창은 다가가 구하려 하다가 마음속에 생각난 것이 있어 잠시 그대로 있었다. 이때 나무에 매달려 있던 하인이 놀라고 다급하여 하늘을 향해 부르짖으며 다가왔다. 조세창이 두 눈으로 유심히 그를 보다가 물었다.

"아까 너를 나무에서 풀어 내려줄 때 얼굴이 매우 낯익었는데, 네 주인의 생사가 급해 구하느라 묻지 못했다. 너 혹시 태운산 정부인(정태요)을 모시던 하녀가 변복하고 떠도는 것이 아니냐?"

그 사람이 머리를 조아리며 울면서 말했다.

"이 천한 대월은 정씨 부중 상부인의 하녀가 맞습니다. 10년 참화에 마음고생이 심해 어르신을 전에 뵈었던 것을 깨닫지 못했습니다."

조세창이 답했다.

"나는 조후암으로 너를 정씨 부중에서 익히 본 바이다. 너의 주인 상공(상연)께서 따님을 잃어버린 후로 너무나 애통해하고 슬퍼하여 눈앞에 시신을 두는 것만 못하다고 하셨다. 모르겠구나, 너의 소저는 목숨을 보전하셨느냐?"

대월이 울면서 말했다.

"주인 어르신의 특별한 사랑으로 어찌 그렇지 않으시겠습니까? 지금 자결하신 공자가 바로 소저입니다."

그리고는 10년 동안의 온갖 고난을 대강 이야기하는데, 그 애처롭고 비참한 바는 사람 마음을 슬프고 아프게 할 만했다. 송청과 조세창은 안색을 바꾸고 이창현은 두 사람에게 남매의 의를 맺을 것이라 했다. 조세창이 답을 하지 않고 대월에게 물었다.

"너희 소저가 이런 환란 중에도 백옥으로 된 반쪽 거울을 신변에 지니고 다닌 것은 어떤 연고이냐?"

대월이 대답했다.

"백옥 거울이 비록 완전하지 않으나, 처음 소저가 한학사 댁의 수양딸로 계실 때 한공 어르신께서 반쪽 거울을 주시며 '이 거울은 어떤 비범한 사람이 나에게 주면서 네게 전하라 하였다.' 하셨습니다. 또 '떨어진 것을 만나면 완전해질 것이라고 쓴 글자가 있으니, 훗날 완전한 거울이 되어도 신변에 지녀 잃어버리지 마라.'라고 하셨지요. 그래서 소저께서는 말씀을 엄히 따라 상공 어르신의 옥선초(玉扇貂)[10]와 함께 소중히 여기셨습니다."

조세창이 다 듣고 대월에게 상연교를 간호하라고 하면서, 반쪽 거울이 이미 완전히 합해져 상연교 곁에 있으니 이를 잘 간수하게 하라고 했다. 그런 후 송청과 이창현을 급히 산 위로 보내 조겸과 조정에게 곡절을 아뢰게 했다. 또한 시종에게 소나무 가지를 휘어 가마를 만들게 하고 대월에게 상연교를 가마에 올려 모시라 하고는, 마을에 있는 숙소로 내려가 정명염에게 상연교를 돌보도록 했다. 친척 간의 정이 자매간의 정보다 덜하지 않아 잃어버린 아픔으로 슬픔에 잠겼다가 오늘 갑자기 상봉하게 되니, 반갑고 다행스러운 것은 말할 것도 없었다. 상연교는 10년의 위기와 고난 중에도 그 곧은 절개와 바른 행실이 백옥에 티끌이 없는 듯하고 푸른 서리를 업신여길 만하여 맑은 절개와 밝은 결단은 보통 사람이 흉내 내기 어려울 정도였다. 이에 정명염이 더욱 다행스러워하며 칭찬하고, 보고 듣는 이들도 기이하다 여기지 않는 사람이 없었다. 다만 이창현만 혼자 거울이 합쳐진 기이한 일을 기뻐하지 않았다. 또한 남매의 의를 맺겠다는 것을 외할아버지와 조정 부자가 단칼에 자르자, 자기 뜻을 더 주장하지 못하고 원치 않는 혼사를 의논하게 된 것에 병에 걸린 듯 괴로워했다.

앞서 태주로 가는 길에 홍적을 만난 상연교가 6세의 어린 나이로 부모의 자애를 벗어나 도적 소굴에 떨어지게 된 이야기며, 1년을 마

---

10 옥선초(玉扇貂): 부채의 고리나 자루에 다는 옥으로 된 장신구.

음고생하다가 다시 한학사 집에 팔리는 욕을 당했으나 한학사가 사람 보는 눈이 있어 수양딸이 되고 한명염과도 자매의 의를 맺게 되었던 일, 그러다 한학사가 귀양을 가게 되자 교활한 여자의 악행을 피하지 못해 한명염과 함께 참변을 무릅쓰고 이리저리 떠돌며 한시도 편안하지 못하고 위태로웠던 것, 소운산에서 다시 도적의 화를 만나 자결하려 했던 일, 거울이 합쳐진 신이한 일과 이창현과의 혼인을 거절하던 이야기는 《성호연》에 자세히 기록해 두었으니 이 책에서는 대략만 쓴다.

가족과 상봉하게 된 상연교

이때 정명염이 상연교를 지성으로 돌볼 뿐 아니라 조정 부자가 침과 약재를 준비해 상처를 빨리 아물게 하고 송태부인과 주부인이 기운을 차릴 죽과 반찬을 보내 병이 낫도록 도왔다. 이렇듯 상연교를 돌보는 것을 조성요 등을 대하듯 하니 대월이 너무나 감사해했다. 상연교가 부모 앞에 가 절하며 10년 끊어졌던 천륜을 잇는 것이 급하기에 바삐 상경하기를 원하여 조세창 부자가 이들을 데리고 함께 길을 떠났다. 상연교는 정명염의 수레에 타고 조정이 친히 데려가다가 여관에 쉬게 되었는데, 명염의 처소는 다른 곳으로 정해 연교의 운신을 편안하게 했다. 또한 영릉에 머무는 사이에 영리한 시종을 급히 뽑아 보내 상씨 집안에 기쁜 소식을 전하게 했다. 그런데 시종이 중도에 병에 걸려 여관에 머물게 되는 바람에 병을 다스리게 하느라 오히려 늦어지자 일행이 먼저 빨리 수레를 달려 경사로 향했다.

경사에 다다르니 많은 벗들이 교외에 나와 일행을 맞이했다. 벗들은 모두 네 필의 말이 끄는 높고 성대한 수레를 타고 있었고, 위의가 빛나는 곳에 벌여진 차일이 휘황찬란하여 왕후나 재상의 부귀를 드러냈다. 조세창 3대가 부귀와 영화를 좋아하지 않으나 모인 사람들이 다 구면인 친척과 벗들이니 어찌 반갑지 않겠는가? 이빈이 일품 작위의 정식 예복을 갖춰 입고 조겸 슬하에 절하며 사위의 도리와 어른에 대한 예로 공경하는 것이 지극했다. 원래 조겸이 사위를 국가의 동량으로 대해 가문의 지극한 경사로 알았는데, 오래 보지 못하다 만나게 되니 반가움과 기쁨이 넘쳐 흰 수염을 쓰다듬으며 축하하는 말을 하고 그 충의대도를 칭찬했다. 이빈이 과찬이라 하면서 조세창이 무사히 귀국한 것과 곧은 충절이 옛날부터 보기 드문 일임을 하례했다. 정잠 형제 또한 조세창을 맞아 반기는데, 조겸의 나이가 정한과 같음에도 기력이 강건함을 보고 조정의 복됨을 부러워하였다. 조겸은 정잠의 충렬과 정인성 등이 과거에 급제한 경사를 이야기하고, 태향에서 돌아온 지 며칠이나 되었는지 물었다. 불과 수일이 안 되었다고 하자, 먼 여정에 미처 쉬지 못했는데도 멀리 나와 마중해 준 것을 사례하니 정잠 또한 사례했다. 조정이 상연을 향해 웃으며 말했다.

"내가 이번 길에 무숙(상연)의 잃어버린 따님을 찾아 지극한 아픔을 풀었으나, 불민한 허물이 없지 않으니 공으로써 죄를 면제받을까 하네."

상연이 너무나 놀라고 기뻐하며 급히 그 사연을 물었다. 조정이 소운산에서 여차여차 상연교를 구해 데리고 온 것을 전하고 웃으며 말했다.

"이러하여 무숙에게 먼저 알리려 했는데, 노복들이 중도에 병이 나 오히려 우리 행차가 앞서게 돼 부모와 자식 만남을 더디게 했으니 내 허물이 아니겠는가?"

상연이 다 듣고 심신이 홀린 듯 취한 듯하여 조정을 붙들고 말했다.

"성방아, 이것이 정말인가? 나를 희롱하는 것은 아닌가? 내 아이가 만일 살아 있었다면 어찌 10년 동안 전혀 생사를 알리지 못했겠는가?"

조세창이 이에 상연교의 전후 재앙과 고난을 대월에게 들은 대로 다 전하고 대월을 불러 뵙게 했다. 상연은 비로소 딸이 살아 돌아온 사실이 믿을 만한 것임을 알았다. 대월이 머리를 땅에 조아리고 조심 스레 인사하는 것을 보자 기쁨에 들떠 무겁던 몸이 잔 티끌 같아져, 급히 조정에게 전하며 딸을 보게 해달라고 청했다. 조정이 웃으며 말했다.

"내가 자네와의 교분이 동기보다 덜하지 않아 자네 딸을 내 며느리와 같이 보살펴 데려왔지만, 그 얼굴을 직접 보지 않은 것은 병세가 안 좋아질까 두려워서였다네. 이제 우리 며느리의 막차에 자네 딸이 있으니, 정형 등과 함께 들어가 10년의 지극한 회포와 만남의 기쁨을 잇는 것이 마땅할 것이네."

상연이 즉시 몸을 일으켜 정잠 형제와 모인 사람들과 함께 막차로 들어가자 상연교와 정명염이 황망히 당에서 내려와 맞이했다. 여러 공들이 바빠 눈을 들어 10년 동안 멀리 떨어져 있던 딸과 잃어버려 생사를 모르던 조카를 대하니 어찌 황홀하지 않겠는가? 상연은 상연교를 보자 10년의 험난한 고생 속에서도 몸을 온전히 하여 부녀가 만나게 되었음이 기쁘면서도 너무나 애달팠다. 절을 마치기도 전에 딸의 몸을 안아 얼굴을 맞대고 목을 감싸며 소리가 나오지 않을 정도로 애타게 울면서 말했다.

"내 아이야, 연교야. 네가 태어나 일곱 살이 되도록 파리도 해친 적이 없으니 무슨 죄가 있겠느냐. 네 아비의 쌓인 죄가 중하여 10년을 부모와 헤어져 허다한 참변과 기이한 화를 겪었구나. 그럼에도 목숨을 보전하여 살아남아 어버이를 만나게 되니 효가 매우 지극하다. 네가 어릴 때 집을 떠나 동서로 떠돌며 기구하고 험한 액운이 그 지경에 미쳤으나, 오히려 그토록 위태로운 중에도 목숨을 보전하여 그 열절과 품행이 푸른 소나무를 압두하니 아름답고 빛이 나는구나. 이 아비가 너를 아끼고 사랑하는 것이 네 지극한 효성에 반도 못 미쳐, 집 안에서 편히 지내면서 결연히 찾을 생각을 못 하였단다. 혹 생각이 미치는 때에는 요행히 살았더라도 길가에 떨어지고 천길 낭떠러지에 던져져 제후와 사대부 가문의 자식으로 욕됨이 있으면 차라리 죽는 것만 못하다고 헛되이 걱정만 하고 있었구나. 이제 조형 부자가 구해 주지 않았다면 오늘 만나는 경사가 어찌 있겠느냐?"

말을 마치고는 눈물을 줄줄 흘려 소매를 적셨다. 상연교는 지금껏 겪은 고생으로 오장이 다 삭아 더 이상 마음이 썩을 곳도 없으나, 오늘 아버지와 만나 부모님이 모두 살아 계신 즐거움을 얻게 되니 평생의 지극한 기쁨이 되었다. 그런데 아버지가 슬퍼하시며 그동안 쌓인 비회를 한꺼번에 드러내자 한마디 말도 할 수가 없었다. 다만 아버지의 얼굴을 대하고 두 손을 받들어 한번 슬프게 부르짖으며 피를 토하고 혼절하니, 상연이 너무 놀라고 당황하여 어쩔 줄 몰라 했다. 정잠이 딸을 반기는 말을 미처 하지 못하고 조카를 구호하며 상연의 과도함을 말리자 상연이 탄식하며 말했다.

"운백(정잠) 형제가 벌써 여러 자녀를 잃었다가 찾아 간장이 굳었거니와, 아이들을 잃어버렸을 때 나이들이 연교보다 위였고 다시 만나기까지도 그리 오랜 시간이 지나지 않았지요. 그러니 지금 눈앞의 일처럼 슬프거나 애처롭지 않고 내 아이가 겪은 것처럼 참혹하지는 않았기에 나를 과도하다 하지만, 인성이 형제와 조카딸(정월염)이 연교 같았으면 운백 형제가 나처럼 울지 않을 줄 어찌 알겠습니까?"

정잠과 정삼이 미소 지으며 말했다.

"인성 등이 겪은 것 역시 어찌 범상하겠습니까마는, 지난 일을 말해 쓸데없고 그 애들이 험한 액운이 있어 그런 것을 어쩌겠습니까? 천우신조로 다 각각 목숨을 보진하고 오늘은 무숙의 부녀가 만났으니 더 이상 거리낄 한이 없는데, 무슨 일로 그리 울어대고 비탄해하여 부인네의 나약함을 따르려 하십니까?"

이렇게 말하며 모두가 상연교를 간호하여 이윽고 정신을 차리게 하니 상연 또한 안도의 숨을 내쉬었다. 정잠 형제는 상연교를 어루만지며 다행스럽게도 다시 만나게 된 것과 환난 중에도 백옥을 탁마하고 황금을 단련한 듯 열절을 지킨 것을 칭찬했다. 상연교가 상연 앞에 엎드려 왼손으로 아버지의 손을 받들고 오른손으로는 두 외삼촌의 옷깃을 잡고는 반가우면서도 북받치는 마음으로 눈물을 흘렸다. 애잔한 병든 몸의 슬퍼하는 거동이 남다르니, 상연이 구구하게 슬퍼하는 것 또한 과도한 것만은 아니었다. 상연은 상연교를 데려가 부모님께 이 경사를 알리는 것이 급하여 하리에게 명해 가마 한 채를 가져다 상연교를 태웠다. 그러고는 정명염을 향해 몇 마디 인사를 나누고, 조세창에게 높고 큰 은혜를 무수히 사례했다. 조정 부자가 과도히 은혜를 일컫는 것은 오히려 지극한 정을 소원하게 만드는 것이라 하자 상연이 말했다.

"자네와 자의(조세창)의 높고 큰 은덕을 살아서는 다 갚을 길이 없으니, 진실로 죽어서라도 갚을 것임을 기약하겠네."

조정이 웃으며 말했다.

"무숙이 마음이 많이 다쳐 언사가 과한 듯하군. 그만하고 빨리 집으로 돌아가 자네 어머님께 기쁜 일을 알리게."

상연이 웃으며 인사를 하고 상연교를 데리고 집으로 향했다. 정잠 부자는 정명염을 데려가고자 했는데 명염이 시부모님이 고택에 평안히 들어가시는 것을 보고 돌아가겠다고 하자, 부인의 도를 다하는 것에 기뻐하며 그렇게 하라고 했다. 정명염은 아버지와 동생, 숙부와 친지의 기뻐하는 정이 끝이 없는 것에 가슴이 벅찼고, 동생 인성이 당당한 어른으로 자란 것 역시 아주 다행스럽고 기쁘게 여겼다. 하지만 그러면서도 돌아가신 어머니가 보지 못하는 것을 매우 가슴 아파하여 계속 눈물을 흘렸다.

날이 저물자 조씨 가문 일행이 수레를 돌려 태운산 고택에 이르렀다. 조부인(이빈의 부인)이 자녀를 거느리고 이곳에 와 집을 청소하고 술과 음식을 준비해 일행을 영접하는데, 오랫동안 그리워하던 차에 얼굴을 뵙게 되니 효녀의 기쁨은 묻지 않아도 알 수 있었다. 머리가 센 부모님이 흐뭇하게 반기고 다시금 깊이 사랑하시는 것은 붓 하나로 이루 다 기록할 수 없었다. 온 집안의 융성한 즐김과 넘치는 화기로 지난날 슬픔과 고통을 꿈속에 부쳐 두고 새로운 경사와 영화를 즐기고 기뻐했다. 조부인이 정월염을 데려와 조겸과 조정 부부에게 예를 갖추어 인사하게 하며 조겸에게 말했다.

"제가 이미 창린이를 수양아들로 키워 친자식이나 다름이 없으니, 이 아이도 곧 제 며느리입니다. 그러니 부모님 슬하의 사랑을 세창이의 부인과 다르게 하지는 마십시오."

조겸이 고개를 끄덕이고 정월염의 덕성과 아름다운 자태가 만물의 빛을 빼앗을 정도임을 연신 칭찬했다. 조세창 역시 정월염을 처음 보는 까닭에 그 타고난 기질과 빛나는 모습이 자기 부인보다 위에 있음을 깨닫고는 역시 장인어른의 자식이라며 속으로 탄복했다. 정명염은 정월염과 만나 무한한 반가움과 가득한 회포를 비길 데가 없었으니, 시부모님 앞에서 사사로운 정을 드러내지 못해 그저 눈으로만 뜻을 보냈다. 그러다 밤이 깊어 혼정의 예를 마치고 나서야 월염을 데리고 침소로 돌아와 그간의 회포를 나누었다. 옛일을 떠올리니 가슴이 아파 자기도 모르게 눈물이 계속 흘렀는데, 그 정과 쌓인 회포는 이루 형언할 수 없었다.

이윽고 봄밤이 고단해 새벽닭이 울자 옷차림을 가다듬고 시부모님께 신성의 예를 드렸다. 조씨 3대 또한 오경 북소리에 맞춰 궁궐로 나서면서, 조정이 정명염에게 말했다.

"네가 어제 바로 친정으로 돌아가 서태부인과 온 집안이 기다리시는 뜻을 받드는 것이 옳았는데, 어머니께서 강촌에서 바로 보내는 것을 서운해하셔서 여기 함께 왔다. 하지만 거리가 지척이니 아침저녁으로 왕래하는 것이 어렵지 않을 게다. 오늘 아침에 돌아가 인사드리고 사오일 머무르면서 오래 떨어져 있던 회포를 푼 후에 돌아와 어른들을 모시도록 해라."

정명염이 감사해하며 인사를 드린 후 유모를 통해 조세창의 허락을 구하자 조세창 역시 승낙했다. 이에 정명염이 정월염과 함께 친정에 돌아오니, 일가가 중당에 모두 모여 매우 반겼고 정잠이 기뻐하며 당에 오르기를 재촉했다. 명염과 월염은 10년 동안 고난과 근심 속에 부모 친지들과 떨어져 타향에 살면서 서로 생사의 안부를 전하지 못했고, 아침저녁이면 고향에 계신 부모님을 그리워하며 어머니의 자애가 심골에 박힌 한이 되었다. 이제 머리가 센 부모님께 절하며 얼굴을 뵐 수 있게 되어 부모님을 기쁘게 하고 할머니 슬하에서 봄빛같이 웃는 얼굴로 인사드리니, 일가친척이 모두 기뻐하며 반기는 소리가 가득했다. 그러나 영일전을 돌아보니 돌아가신 어머니(양부인)의 목소리와 모습이 아득하여 자신이 돌아온 것을 알지 못하심을 가슴 아파했다. 정인성의 슬픔과 근심 또한 두 누이와 마찬가지였으나 할머니의 슬픔을 더할까 하여 한결같이 기쁜 표정만 짓고 있었다.

이때 상연이 상연교를 데리고 먼저 상씨 부중으로 가 어머니를 뵙고 아침에 태운산으로 와 모녀를 서로 보게 했는데, 그 빛나는 이야기는 《성호연》에 있다. 상연은 대월이 아뢴 것으로 반쪽 거울의 신이 한 일과 이창현이 상연교를 구한 것을 알고는 하늘이 내린 인연임을 깨달았다. 그러나 이창현은 이미 정삼의 집안과 정혼한 신랑이며 또 이빈 가문에서 두 아내를 두지 않는다는 것도 알기에, 매우 불행한 일이라 여기되 아직 생각을 드러내지는 않았다. 정태요가 상연교를 만나 딸을 안고 슬퍼하는 모습은 마치 죽은 사람을 대하는 것과도 같왔다. 모인 사람들은 모녀의 만남에 감동하며 상연교의 모습이 옛날보다 더 빼어난 것을 칭찬했다. 또한 정명염을 반기고 조세창의 충렬을 치하하니, 지난날의 슬픔과 지금의 경사 모두 이루 다 말할 수 없을 정도였다.

정씨 가문의 후대를 받는 사위 조세창

조세창 3대가 궁궐에 이르러 황제께 엄숙히 절하고 인사했다. 이들은 황제가 반기는 것을 우러러 충신의 감동과 황송함으로 몸이 가루가 되도록 황제의 은혜에 보답하겠다고 다짐하며 내려주시는 은혜와 영광에 대해 수백 배 사은했다.

조세창이 공무를 살펴야 한다고 해 날이 늦어서야 조겸이 조정 부자와 함께 물러났다. 그리고 바로 정씨 부중에 이르러 어제 멀리서 마중해 준 것을 다시 감사해했다. 정잠 형제가 연장자께서 먼저 찾아와 주신 것에 절하고 감사드리며, 돌아가신 아버지의 친구가 조겸과 소희량만 남았기에 더욱 각별하여 믿고 따르기를 숙부 모시듯 했다. 조정이 조세창을 돌아보면서 내헌에 인사드릴 것을 명하자, 조세창이 즉시 정염과 정인성과 함께 내당으로 들어가 인사를 드렸다. 서태부인을 비롯해 자리에 앉은 이들이 일어나 답례를 했다. 조세창이 손을 모으고 말했다.

"오래전 존안을 뵌 후 태향으로 내려가시니, 그 거리가 멀고도 멀어 그립고 마음 아픈 비회를 진정하기 어려웠습니다. 제가 세상일에 분주하다 재앙에 빠져 다시 만나 뵈올 것은 생각도 못 하고, 오랑캐 땅 노영에서 장인어른과 현보(정인성)와 함께 그리움과 상심으로 고향을 생각만 할 뿐이었습니다. 그런데 나라의 큰 경사로 인해 황제께서 복위하시고 장인께서 무사히 귀국하실 때 저 또한 함께 고국 땅을 밟아 옛 즐거움을 잇고 이렇게 인사드리게 되어 천만다행한 일입니다. 오늘 만나 뵈오니 세월이 많이 지났는데도 존귀하신 몸이 변함없이 평안하시어 봄빛이 가득하십니다. 또한 현보 등이 과거에 급제하여 이름을 세상에 떨쳤으니 재상이 될 큰 그릇으로 이보다 나은 사람은 없을 것입니다. 이렇듯 가문의 큰 경사가 거듭된 것을 축하드립니다. 다만 문계(정흠) 대인이 원통함을 품고 돌아가셨기에 슬픔과 애통함을 참지 못하겠습니다. 황제께서 친히 제사를 지내주시면서 충렬을 칭찬하고 장려하시며 또 크게 후회하시니, 영광이 지하에 미치고 영화로운 이름이 후세에 전할 것입니다. 이 또한 평범한 사람이 얻을 수 없는 바인데 양자로 정한 아드님(정인웅)의 기특함이 문호를 분명 창대하게 할 것이니, 덕을 쌓은 가문의 후손에게 경사가 미치는 것과 충렬의 공덕으로 자손이 복을 받는 이치를 깨닫겠습니다.”

서태부인이 반가움과 슬픔이 동시에 몰려와 지난 일에 북받쳐하고 지금 일을 다행으로 여겼다. 자연히 흰 얼굴에 슬픔이 서려 눈물을 머금고 답하기를 “곧은 충절이 위로는 하늘에 닿고 아래로는 땅에 도달해, 오랑캐 땅에서 8년간 온갖 고생을 겪었음에도 귀중한 목숨을 보전하여 무사하게 돌아온 것이 소무가 19년 억류된 중에도 한나라의 부절(符節)을 지닌 것과 같다”고 칭하고 “미망인의 여생이 60에 이르러 슬픔과 기쁨이 짝하니, 지난 바가 너무 험하고 이제는 경사를 당해도 기쁨을 알지 못하고 보는 족족 상심하고 감회만 더한다"
고 하면서 "상씨 가문의 손녀를 구해 딸의 너무나 비통한 마음을 풀
게 한 것"을 사례했다. 그 말씀이 간결하고 겸손하여 철부(哲婦)의 지
식을 드러내지는 않으나, 의리가 명철해 공자로부터 예를 안다는 평
가를 받은 경강의 모습과도 같았다. 또한 화부인·소교완·정태요가
각기 말하는데 모두에게서 온화한 기운과 엄숙한 몸가짐을 볼 수 있
었다. 조세창이 순순히 말씀을 듣고는 소교완과 화부인에게 경사를
하례하고, 정태요에게 따님을 만난 기쁜 일을 축하했다. 그러고는 천
천히 하직하고 일어나니 정염이 웃으며 말했다.

"조카(정명염)가 오늘 아침 돌아오자 자의(조세창)가 이어서 인사를
왔는데, 숙모와 형수님은 어찌 침방을 열어 자고 가게 하지 않으십니
까?"

서태부인이 미소 지으며 말했다.

"노모의 구구한 정으로 조군의 지위 높은 것을 깨닫지 못해 이런
누추한 곳에서 자고 가기를 바란들 조군이 괴로워할까 봐 감히 청하
지 못한 것이다."

정염이 웃고는 대답했다.

"숙모님이 자의의 마음은 살피지 않고 감히 머물기를 청하지 못한
다며 한 가지 생각만 하시는군요. 저 재상의 아내 사랑하는 마음이
라면 한시도 헤어지고 싶지 않았을 것인데, 오래 떠나 있다 만났는
데도 함께하지 못함을 절박해하는 것은 이 정은백 말고 누가 알겠습
니까?"

조세창이 웃음을 머금고 대답했다.

"공께서는 아직도 어릴 때의 장난기를 버리지 않고 계시는군요. 하지만 저는 오랑캐 땅에서 온갖 풍상을 겪어 마음이 재가 된 지 오래라 흥이 전혀 없기에, 어르신의 희롱하고자 하는 뜻을 받들지 못하겠습니다."

말을 마치고 당을 내려가는데 발걸음이 조심스러우니, 엄숙한 동작이 엄연히 의를 행하는 군자임을 알 수 있었다. 당당한 장신에 뛰어난 기상이 풍모를 겸하여 뚜렷이 가을 하늘의 서릿발 같았다. 서태부인이 다시금 칭찬하고 아끼며 아름다움을 이야기했다.

조세창이 서헌에 나와 할아버지와 아버지를 모시고 돌아가려던 차에, 이빈이 이르러 정잠 형제와 함께 자녀의 혼인날을 의논하여 택일하는 것을 보게 되었다. 정인성의 혼례일은 4월 보름이니 가장 촉박하고 이창현은 7월 보름이니 서너 달의 거리가 있었다. 조세창이 웃으며 정삼에게 말했다.

"재보(정인광) 또한 현보와 나이가 같고 소저(정자염)보다 위이니 분명 조혼이 아닌데, 그러면 그사이에 혼인을 시키려 하십니까?"

정삼이 답했다.

"일이 그래 인광이를 5월 안에 혼인시키려 했지. 조카와 아이들이 다 나이가 찼는데도 혼인한 아이가 하나도 없는 상황이었는데 창명공(양선)이 조카(정기염)의 혼례를 재촉하여 택일하니 공교롭게 맏이(정인성)의 혼일날과 같은 날이고, 은백이 상씨 가문과 정혼한 인홍이의 혼례일을 오늘 아침 알려왔는데 이 또한 5월 초이군. 여러 아이를 네다섯 달 안에 혼인시키지 못할까 근심이 된다네."

조세창이 웃고는 대답했다.

"비록 청빈하시다 해도 재상가에서 설마 혼구(婚具)를 근심하십니까?"

정삼이 미처 대답하지 못했는데 정염이 웃으며 말했다.

"우리는 양홍의 검소함을 흠모하여 자녀의 혼인 잔치를 호사스럽게 치르지 않을 것이니, 자네의 혼구를 빌리지는 않겠네."

조세창이 웃고는 대답했다.

"그렇게 말씀하지 않으셔도 저희 집의 기운 가세와 청빈한 형세에 무슨 도울 바가 있겠습니까? 다만 어르신께서 양홍의 빈한함을 흠모한다 하시나 지금의 부귀와 공명은 양홍과는 판이하게 다르니, 양홍 아내인 맹광의 어질고 검소한 모습을 본받지 못하시고 공손홍의 겉과 속이 다른 것에 가까워질까 두렵습니다."

정염이 묵묵히 있다가 웃으며 말했다.

"자네가 무고히 나를 탄박하거니와 공손홍의 소인 행태가 어찌 나와 같겠는가? 아무튼 자네가 마음대로 나를 음해하나 내 또 제대로 도모하여 그대를 회양태수에서 그치게 할 것이네."

조세창이 몸을 굽혀 경의를 표하며 말했다.

"제가 우연히 소견을 숨기지 못했습니다만 숙부님을 어찌 공손홍에게 빗대겠습니까? 일시의 농담이지만, 저는 직간을 잘하던 급암이 회양태수에서 그친 것을 낮게 여기고 공손홍이 높은 지위에 오른 것을 귀하게 여기지 않습니다."

정염이 계속 꾸짖으니 좌중이 모두 웃다가 날이 저물자 흩어졌다. 정잠 형제가 들어와 서태부인을 모시면서 정인성과 정자염의 혼인날을 정했다고 알렸다. 서태부인이 기뻐하면서도 장성완이 서천에서 상경했다는 소식이 없고 정인광이 태주에 있어 함께 있지 못하니 혹시 혼인날을 지나치게 될까 근심했다. 정잠이 그렇지 않을 것이라고 아뢰며 소수가 장성완을 데리고 경사에 이르는 날 택일해 납폐(納幣)[11]를 하고 정인광이 오면 즉시 혼사를 치러, 정인광이 장성완이 살아 있다는 것을 모르게 하겠다고 말했다.

서태부인은 정태요 모녀와 정명염 자매와 한없이 회포를 풀고 작은 술자리를 열어 함께 즐겼다. 그러다가 조씨 부중에서 며느리가 돌아오기를 재촉하여 명염이 마지못해 돌아갔다. 월염은 장씨 부중이 바로 담 하나를 사이에 두고 있어 협문으로 왕래하니 한집이나 다름없기에 서태부인이 더욱 다행으로 여겼다.

사신으로 온 백안을 후대하는 황제

이때 북호왕(北胡王)이 백안 첨목아를 통해 표문과 조공을 받들어 보냈다. 황제가 마선의 죄를 건간왕에게 연좌하지 않고 왕위를 누리게 하며, 백안이 조회할 때 각별히 우대했다. 이는 제후국의 신하가 얻지 못할 영광이었다. 백안이 그 은혜에 감복했고, 또한 대국의 의관문물을 구경하며 흠복하지 않을 수 없었다. 이·양·조·정·화·소 등 여러 공들이 그 깊은 의리를 아름답게 여기고 공이 높은 것을 일

---

11 납폐(納幣): 혼인 때 신랑 집에서 신부 집으로 보내는 예물. 혹은 예물을 보내는 절차.

컬으며 우대하기를 오랑캐 땅에 있을 때와 같게 하니 백안이 지극히 감동했다. 그러나 본국을 비우고 대국에 오래 있을 수 없어 황제가 내린 연회와 하사품을 받고는 삼가 사례한 후 북으로 향했다. 맹탁·육재·운학·경용과 최언선 등이 함께 멀리까지 나와 백안을 송별했다.

한편 이때 곽창석이 보가장군으로 오위도총관을 겸하고 진가숙은 무과 출신으로 금포장군 오위부총관이 되어 정씨 부중에 자주 왕래했는데, 정인광이 상경하지 않은 것을 무척 서운해했다.

정기염과 정인성의 혼례

바야흐로 정인성과 양필광의 혼례일이 다다랐다. 정·이·양 세 집안에서 혼례 준비를 하여 신랑이 신부를 맞이해 우귀(于歸)[12]하는 설차를 다했다. 서태부인 이하 모두가 정인성의 혼인을 기뻐하면서도 정한이 보지 못하는 것과 양부인이 알지 못하는 것을 슬퍼했다. 명염과 월염, 그리고 인성의 심회는 더욱 찢어지는 듯했다. 정흠의 부인 화씨가 기염의 혼인으로 온갖 비회가 다시금 몰려와 구곡간장을 찢을 듯 슬퍼하니, 정인웅이 밤낮으로 모시며 정성껏 위로하고 온 집안이 함께 마음을 살폈다.

이윽고 혼례식을 시작하는데, 내외 빈객이 운집하여 그 큰 집이 오

---

12 우귀(于歸): 신부 집에서 혼례를 마치고 3일 후 신부가 시집에 들어가는 것.

히려 좁을 지경이었다. 양필광이 육례(六禮)를 모두 갖추어 정기염을 성대히 맞아 가니, 그 모습은 범상한 신랑신부가 아니었다. 군자의 뛰어난 자질과 숙녀의 지극한 효와 열절은 《양씨본기》에 충분히 갖추어져 있으므로 여기에서는 대략만 올린다.

정인성 또한 위풍당당하게 이씨 부중에 이르러 홍안을 전하고 당일 친영(親迎)[13]하여 정씨 부중으로 돌아왔다. 하늘은 맑고 청량해 훈훈한 바람이 여유롭게 불었다. 흰 분에 검푸른 머리, 푸른색과 황색 치마를 입은 시비들이 쌍쌍이 금옥 장식의 수레를 호위하며 온 조정의 공경대부들이 둘러싸니, 그 나아오고 물러나는 것이 하늘을 가릴 정도이고 행차를 알리는 소리는 골짜기를 흔들었다. 신랑의 태양을 기울일 풍모와 태산처럼 드높은 기상이 만인 중 단연 뛰어나 길가의 사람들이 모두 큰 소리로 칭찬했다. 정씨 부중에 다다라 합환교배(合歡交拜)를 하니 공손하게 손으로 받드는 모습이 아주 엄숙했다. 예를 마치고 공작 모양 부채를 기울이는데, 신랑의 풍모와 신부의 외모가 보기 좋게 어울렸다. 천지의 빼어남과 바른 정기는 화씨벽에 상서로운 구름이 어리고 혜초 구슬에 비범한 아지랑이가 자욱한 것과 같으니 부부의 기질이 과연 타고난 한 쌍이었다. 붉은 꽃이 환히 빛나고 아름다운 가운데 신방에 나아가 신랑신부가 서로를 마주했다. 빛나는 풍모가 서로 눈부셔 비단 창에 비친 달은 광채를 잃고 금 촛대의 촛불 빛도 금세 사그라들었다.

---

13 친영(親迎): 육례의 한 절차로 신랑이 친히 신부 집에 가서 신부를 직접 맞이하는 것.

다음 날 큰 잔치를 열어 신부가 시부모님을 처음 뵙는 예를 마치고 사당에 알현했다. 친척과 마을 사람들이 매우 기뻐하며 높은 가문의 숙녀 얻은 것을 구경했다. 덕과 예의를 갖춰 제를 드리는 것이 삼가 예법에 맞았으니, 그 엄숙함이 가을 하늘 서리 같고 기질이 매우 뛰어난 것은 봄 하늘에 어린 상서로운 구름 같았다. 군자가 낳고 숙녀가 길러 예법 속에서 자란 것을 알 수 있었다. 예식이 끝나자 서태부인이 신부를 나오게 하여 어루만지면서, 아끼고 귀히 여기던 지난 일의 기억에 젖어 슬픔의 눈물을 흘리며 말했다.

"자혜롭지 못하고 덕도 부족한 노모는 오늘 신부의 빼어난 모습을 보니 저녁에 죽어도 여한이 없을 것 같다. 돌아가신 할아버지께서 손주며느리의 이러한 비범함을 보지 못하시고 양현부와 함께 기뻐하지 못하니, 서른에 요절한 안회의 단명함이 대(代)마다 있는 듯하구나."

정잠과 정삼 부부는 신부의 기질이 정인성과 하늘이 정한 흰 씽이라 할 만하다 생각했다. 비록 남녀의 기품이 다르나 풍모와 덕스러운 바탕이 비상한 것이 한 나무에서 난 꽃 같음을 아주 기뻐했다. 다만 정한과 양부인이 알지 못하는 것이 슬프고 마음 아파 비회가 몰려들었다. 하지만 서태부인의 말씀 이후 안색을 고치고, 온 집안의 경사임을 일컬어 위로하며 모자와 형제가 서로 축하했다. 모인 손님들도 일제히 가문의 커다란 경사임을 앞다투어 하례했다.

정인성 부부를 해치려는 마음에 병이 난 소교완

이렇듯 서태부인과 정잠 형제의 기쁨이 무르녹을 때, 소교완 역시 아름다운 얼굴에 은은하게 기쁜 빛을 띠었다. 지는 달 같은 이마에 아름다운 기색이 가득한 얼굴로 도톰한 붉은 입술에 흰 이를 드러내며 기뻐했다. 그 아름다움은 어머니의 도리와 인정을 다해 오히려 정인성의 친모인 화부인보다 더한 듯 보였다. 그러니 그 누가 소교완의 겉과 속이 다름을 알겠는가? 저마다 소교완의 인자함과 정숙한 덕을 진심으로 칭송했다.

해가 반쯤 기울어 저녁 안개가 푸른 산을 물들이자 내외당의 손님들이 각자 집으로 돌아가고 신부를 숙소 제운각에 가 쉬게 했다. 정잠 형제는 서태부인을 모시고 촛불을 이어 이야기를 나누다가 서태부인이 주무시려 하자 아들과 조카들을 물러나게 했다. 정태요는 명염·월염과 함께 서태부인을 모시고 잠자리에 들었다.

이후 이자염은 시댁에 머무르며 효성으로 시부모님을 받들었다. 옥그릇을 잡은 듯 조심스럽고 절벽에 있는 듯 두려워하는 마음으로 매사에 조심했다. 남편을 기쁘게 하고 공경하는 모습은 맹광이 밥상을 이마까지 올려 남편에게 바친 것과 진회가 겸손하게 따른 것을 그대로 보여주었다. 서태부인과 정잠 형제와 화부인이 볼수록 사랑스러워 귀히 여기며 칭찬을 그치지 않았다. 그러나 소교완은 오히려 신부의 마음이 탁월하고 이치에 밝아 말하지 않아도 아는 타고난 인물임을 알지 못하고, 그저 아름다운 자태와 예법에 맞는 몸가짐에 놀라 이를 근심했다. 그리고 계속하여 자염의 온갖 처신을 유심히 살피며 엿보았는데, 그럼에도 그 드넓은 도량은 도무지 짐작할 수 없었다. 다만 겉과 속이 같고 단정하며 온화한 성품이 《여교》와 《내훈》에서 벗어남이 없고 《삼강행실도》와 《열녀전》에 먼저 올라갈 만하다고는 생각했다. 그러니 정인성의 높은 학문과 큰 도가 아니면 어찌 그 배필이 될까 생각할 뿐이었다.

온 집안이 모두 진심으로 이자염을 칭찬하여 가문의 예와 종사를 의탁하기에 온전하다고 생각하는 가운데, 소교완은 사람이 없을 때면 분한 얼굴로 두 눈에 노기를 품고 화를 드러내곤 했다. 마음속 깊이 근심을 품어 때로는 분하고 한스러워 정신을 잃고 미칠 듯 괴로워하기도 했다. 무릇 사람의 작심이 3일이라 하는데 소교완은 왕망처럼 자신을 낮추고 남을 공경하는 것이 벌써 10년이 지났고, 처음에 큰 계획을 세워 모략을 냈던 것은 허사가 된 터였다. 더욱이 지금은 정잠의 의심이 심장에 시무쳐 부부 사이의 적막함만 더할 뿐이었다. 비록 겉으로는 아내로 대하지만 사사롭고 은밀한 정은 봉래산과 약수의 먼 거리처럼 끊겨 있으니, 뜬구름 같은 목숨에 믿는 것은 오직 두 아들뿐이었다.

이렇듯 여러 가지 남다른 회포가 가슴에 얽혀, 소교완은 큰 산이나 성보다 굳은 형세의 정인성 부부를 반드시 없애고자 뜻을 정했다. 다만 아직 득실을 생각해 분통을 머금고 참고는 있으나 교묘한 간계를 한시도 잊지 않고 있었다. 그러다 보니 마음이 어수선하여 울화가 치밀고 조갈이 나 입이 타며 붉은 소변을 보는 등 화병의 증세가 가볍지 않았다. 그러나 이를 아는 사람은 육난 모녀뿐이고 동기나 모녀 사이에도 자기 속내를 전혀 드러내지 않아 친정어머니 주부인에게도 이를 철저히 숨겼다. 소희량과 주부인은 막내딸의 다재다능함을 경계하여, 항상 숙녀다운 모습을 당부하고 전실 자식인 정인성을 친자식같이 사랑하라고 타이르곤 했다. 그러나 그 간악하고 교활한 마음이 승냥이와 호랑이나 뱀과 전갈보다 사납고 모질어서, 순임금 같은 아들과 아황 같은 며느리를 함께 물어뜯어 골수도 남기지 않고자 하는 뜻을 품었음은 꿈에도 짐작하지 못했다. 소교완의 병세가 가볍지 않아 음식을 제대로 삼키지 못하고 기력이 쇠하며 불안증이 있으니, 소희량이 이를 근심해 자주 들러 증세를 확인했다. 주부인도 편지로 차도가 있는지 묻곤 했는데, 소교완은 이러한 부모님의 걱정이 민망하면서도 울화를 일시에 풀어버리지 못했다.

정인성 부부의 걱정 없이 화락하는 모습은 소교완의 근심을 더해 몸이 점점 괴로워져만 갔다. 그러나 그런 와중에도 사람들의 입에 오르내릴까 싶어 겉으로는 인성 부부를 진심으로 귀하게 여기고 사랑하는 듯이 했다. 하지만 신부의 자리가 미처 덥혀지기도 전에 병으로 몸져누우니, 정인성의 근심과 초조함은 말할 것도 없고 이자염도 자기 침소에서 편히 쉴 수가 없었다. 서태부인과 화부인 처소에 가 혼정신성을 마친 후 총총히 소교완 처소에 돌아와 밤낮으로 약을 달이며 한시도 물러가지 않고 낮으로 밤을 이었다. 잠깐도 편히 있지 못했으며, 소교완이 짐짓 혼미해 인사를 차리지 못하는 체하면서 가끔 밥을 주지 않아 남모르는 굶주림을 겪기도 했다. 이자염은 부유한 집에서 자라 세상살이의 여러 고난과 배고픔을 몰랐지만, 타고난 품성이 남달라 세속의 평범한 부류와 같지 않아 아침저녁 밥을 자주 먹지 못함에도 병이 들지 않고 몸을 고단하게 하면서도 피곤함에 누우려

하지 않았다. 옥그릇을 든 것과 같은 조심스러움과 공경하며 어른의 명에 따르는 정성을 보면 철이나 돌로 만든 심장이라도 어여뻐 여기고 감동할 수밖에 없었다. 하지만 소교완은 이를 더욱 증오하여 볼수록 미움과 통한함을 이기지 못하니, 어찌 인성과 자염의 남다른 험한 액운이 아니겠는가?

소교완은 자기가 오래 병석에 있어 며느리가 근심하며 침소에 가 편히 쉬지 못하는 것을 정잠이 좋아하지 않고 서태부인과 정삼 부부도 불쾌해할까 봐 걱정했다. 그래서 이따금 일어나 서태부인을 뵙고 혼정신성하는 예를 그치지 않았다. 또한 집안일을 다스리고 며느리를 챙기며 시종들을 은혜와 위엄으로 거느려 모든 일을 남보다 뛰어나게 처리했다. 효로 시부모를 봉양하고 조상의 제사를 받들며 친척과 화목하게 지내고 손님을 잘 접대하는 것은 타고난 바였다. 정씨 부중에 들어온 첫날부터 지금까지 성품과 행동이 정숙하여 조금의 잘못도 없고 매우 뛰어난 것을 모든 사람들이 보고 알고 있었다. 그러니 언제 무슨 일로 허물을 잡아 사람답지 못한 교활함을 알아채겠는가? 소교완의 간험하고 극악함이 인성 부부를 일시에 삼키지 못해 울화가 몸의 병이 되고, 자염이 들어온 지 보름도 안 돼 음식을 주지 않으며 밤낮으로 못 견디게 옥죄는 것 등은 서태부인의 혜안으로도 상상하지 못할 일이었다. 또한 화부인은 평생 온화하고 조용해 다른 이의 잘못을 입에 올리지 않는 터라 드러나지 않는 악행을 들출 수가 없는 사람이었다. 정태요는 딸을 만난 것이 기뻐 마음에 얽힌 한이 풀렸으나 그 앞길이 뜻처럼 되지 못할까 걱정하느라 다른 일은 생각할 겨를이 없었다. 또 본래 사람의 행동을 엿보아 결점을 말하는 사람을 옳지 못하다 여기기에, 소교완을 현숙한 여자로 알지는 않지만 그처럼 온갖 흉악한 마음을 가지고 있는 줄은 알지 못했다.

인성 부부의 괴로움과 위험한 상황을 집안사람들이 전혀 모르게 하기 위해 소교완은 사람 없는 한밤중 사방이 적막한 때에 꼭 병세가 위중한 척했다. 사지를 뒤틀고 몸을 부딪쳐 온갖 괴이한 거동과 간험한 행동을 하는 것이 날이 갈수록 심해졌다. 그러면서도 한편으로는 매우 인자하고 온유한 모습으로 한 조각 사람답지 못한 행동거지가 없는 듯 이자염을 의지하고 믿는 것이 자신이 낳은 두 아들보다 더한 듯이 했다. 그리하여 자신의 간교하고 요악함을 인성 부부가 알지 못하도록 자기 병세가 점점 위중해지는 것처럼 하니 두 사람의 근심과 초조함이 더해만 갔다. 하지만 소교완이 정인웅은 지극히 아끼는 터라 인성에게 자기 통증이 밤이면 더하다는 것을 인웅이 모르게 하라 하고, 인웅이 안부를 물으러 오면 괴롭게 앓는 기색을 전혀 보이지 않았다. 소교완에게 비록 남모르는 걱정과 울화가 있으나 아직 한창인 나이에 타고난 기질이 건강하기에 잠깐의 작은 병으로 그리 쉽게 몸이 상하지는 않으니 인웅은 어머니의 병세를 잘 알지 못했다.

(책임번역 탁원정)

완월회맹연 권 35

정인광과 장성완의 혼인

정인광은 소수의 딸이 되고
정인광은 장헌의 사위가 되다

태운산으로 귀환한 연부인

정인웅은 자신의 어머니 소교완이 어질지 못하며 교활하다는 것은 알지 못한 채 양어머니 대화부인의 슬프고 괴로운 마음을 밤낮으로 살피고 위로했다. 그러면서 학문을 수련하니 혈맥이 관통하고 문리가 트이며 밝게 도리를 깨달아, 나이가 어린데도 학문의 경지가 높은 수준에 이르게 되었다. 할머니 서태부인과 생부 정잠이 아끼고 사랑하는 것이 정인성보다 못하지 않았으며, 문중에서 귀중히 대하고 추앙하는 것도 인성과 나란할 정도였다.

정인성은 어렸을 때부터 말이 없고 기운이 엄숙하여 바라보면 태산 같고 우러러보면 가을 하늘 같았다. 바르게 앉아서 책을 읽고 있노라면 자연스러운 위엄이 생겨나고 사람들을 친근히 대하지 않았으니, 주변 사람들이 감히 쳐다보지 못했으며 엄중하고 과묵하여 종들이 그가 말하는 것을 좀처럼 듣지 못했다. 세상에 대처하는 방식이 해와 달이 찬란하게 빛나는 듯했고 개나 말마저도 꾸짖지 않았기에 종들이 그를 진심으로 공경하고 복종했다. 그 엄숙하고도 밝은 덕은 마치 따뜻한 봄날과도 같았다.

정인웅은 모든 행실이 독실해서 정인성보다 못하지 않았다. 그는 담박한 성품으로 세상의 때에 물들지 않았으나 조금은 약하고 슬퍼하는 마음이 있었다. 이는 그 양부 정흠이 억울하게 죄를 뒤집어쓰고 죽은 것을 평생의 괴로움으로 삼았기 때문이었다. 또 그는 어머니 소교완이 나쁜 짓을 일삼는다는 것은 전혀 몰랐기 때문에 이로 인해 인성 부부가 고초를 겪었다는 것 또한 알지 못했다.

장창린은 소씨와 연씨 두 가문에서 어른들을 모시고 촉 땅에서 삼천 리 먼 길을 무사히 돌아와 경사의 고택으로 향했다. 소수는 동화문 밖 금천교에서 일행을 편히 쉬게 했으며 연씨 가문 일행은 태부인을 모시고 성안에 있는 고택에 머물렀다. 장창린은 어머니 연부인을 모시고 태운산으로 향했는데, 연부인은 태수 연공이 경사에서 갓 내려와 계림부에 부임했을 때 찾아보았기 때문에 박교랑의 악행이 발각되었다는 것을 이미 알고 있었다. 연부인은 하늘의 도가 공평함을 기뻐하면서도 장헌과 박씨의 성정이 헤아릴 수 없을 정도로 악하다는 것을 알았기에 장성완을 바로 데려가지 못하고 소수에게 맡겨 금천교로 보냈다. 그 후 아들과 함께 태운산에 다다르니 집안의 노비들이 뛸 듯이 기뻐하며 머리를 조아리며 마중했다. 장헌은 장희린과 장세린 두 아들과 함께 맨발로 연부인의 행차를 맞았는데, 연부인 측에서 언제 온다는 기별을 주지 않아 강 다리까지 마중 나가지 못한 것을 한스러워했다. 장희린과 장세린의 행동거지는 자식 된 도리에 당연히 해야 하는 것이었지만 장헌이 헐레벌떡 맞이하는 꼴은 꽤 가소로 웠다. 연부인이 이를 다시금 불행하게 여겼으나 굳이 내색하지 않고 장현윤과 장창린을 앞세워 중문으로 들어갔다.

이때 정월염이 담박하게 단장하고 나와 수레 앞에 이르렀다. 연부인이 비록 눈이 태산같이 높으나 월염의 명성을 익히 들었고 또 정씨 집안에서 그녀가 어렸을 때 본 적이 있어 면모를 기억했으므로 보자마자 그 비범하고 기이한 성정을 헤아렸다. 시어머니와 며느리의 큰 인륜을 맺은 지 칠팔 년 만에 처음 만나는 것이기에 행복과 기쁨이 매우 컸다. 뿐만 아니라 월염의 덕과 기질이 평소에 바라던 것보다 열 배는 낫고 어렸을 때보다도 두 배는 뛰어난 것을 보니, 분에 넘칠 듯이 행복하여 반평생의 근심과 한을 오늘날 말끔히 씻어버릴 듯했다. 이에 서둘러 며느리의 여린 손을 잡고 반기며 기쁨을 진정치 못했다. 장현윤이 바삐 어머니 정월염에게 절하고 비단 치마를 붙들어 반기는 거동은 더욱 볼만했으니, 그 모자의 풍채와 용모는 과연 고금을 통틀어 대적할 사람이 없었다. 연부인이 더욱 아름답게 여기며 기쁘게 당에 오르자 부부와 모자와 고부와 숙질 등 여러 친척들이 자리에 앉았다. 연부인이 다시 두 손자를 나오게 해 그 성품과 기질이 장현윤보다 못하지 않음을 기뻐하니 몇 겹의 기쁨이 안색에 넘쳤다. 그러다 문득 박씨의 모습이 보이지 않는 것을 의아하게 생각하여 그 이유를 물었다. 박씨가 며칠 전에 친정으로 갔다고 하자 장창린에게 즉시 박씨에게 가 인사드리고 박씨를 모시고 돌아오라고 했다. 장창린이 명을 받드는데, 장헌이 말했다.

"박씨가 딸이 살아 있다는 소식을 들은 후 밤낮으로 딸이 돌아오기를 기다렸는데 어찌 이리 데려오지 않았는가?"

연부인이 대답했다.

"모녀 상봉이 어찌 바쁘지 않겠습니까마는 소형(소수)이 이미 부녀의 의를 맺어 혼사를 담당했으니 여기로 데려오면 불편함이 있을 것입니다. 소형은 우리 딸을 연씨 집 딸인 듯이 해서 신랑이 아직 그 정체를 모르게 하고자 합니다. 이는 당연한 일이 아닙니다만, 혼담이 쉽게 오가도록 딸아이를 소부로 보낸 것이니 박씨 동생이 저곳에 가서 성완이를 보는 것은 무방합니다. 상공은 정씨 집 아들이 듣는 앞에서 이 혼인에 대해 아는 척을 하지 마시어 우리 딸인 줄을 모르게 하십시오."

장헌은 정인홍의 말을 곧이들어 정인광을 이상한 괴물이라 생각하고 있었다. 또 요즘 정씨 부중에 빈번히 드나들며 정씨 집안 사람들을 자주 만났는데, 정잠 형제가 웃는 낯으로 자신을 대하는 것이 옛날과 전혀 다르지 않으니 근심하고 두려워하는 마음이 사라져 도리어 방자하기까지 했다. 장헌이 눈썹을 찌푸리며 탄식했다.

"세상 어느 사람이 딸을 두지 않겠는가마는 우리 딸은 사람됨이 특이하고 비범해 열 살도 되기 전에 흉악한 도적의 참담한 해코지를 당했소. 굳은 절개로 얼굴을 짓이기고 귀를 잘라 어렸을 때의 맹세를 지켰으니, 고금을 통하고 앞으로의 만세를 살핀다 해도 우리 딸 같은 사람은 다시는 없을 것이오. 하지만 내가 어리석어 자식을 잘못되게 만들고, 사람을 잘못 봐 정인광을 천추에 다시없을 영웅호걸로 알아 어렸을 때 혼인을 맹세했다오. 그런데 이제 와 보니 그는 한낱 괴물 같은 박복한 인물로, 어버이들과 조카들이 상경하는 행차를 따르지 않고 깊은 산의 골짜기로 갔다는구려. 수양산의 고사리 뜯어 먹기를 달게 여기고 산새와 짐승들과 벗하며 사람의 도리를 끊고 세상 밖 머리 난 승려가 되고자 한다니, 우리 딸이 저자를 위해서 절개를 세운들 무엇이 유익하겠소? 여백(정삼)은 그 자식의 괴이한 행동을 부끄러워하며 화내사(화흡)의 병 구호를 핑계로 대며 여차여차 말하지만, 그 말이 진짜인지는 또 어떻게 믿을 수 있겠소? 정인홍이 그 입으로 정인광이 어그러진 것을 낱낱이 실토했으니, 내가 이를 들은 후로는 원망스러워 분통이 터질 듯했고 박씨 또한 슬픔과 분함에 마음의 병이 생겼다오. 그래서 정씨 가문의 서태부인과 다른 부인들이 상경하면 가보지 않을 수 없겠지만, 정인성의 혼례 자리에 오라고 간청해도 병이 들었다면서 가지 않겠다고 하니 여자의 마음이란 참 좁고 치우쳐 있소이다. 하지만 박씨는 말할 깃도 아니고, 나 또한 정인성을 잡지 못하고 정인홍 같은 호걸도 다 놓아버리고서 정인광과 약혼한 것을 후회하오. 저 괴물이 언제 올 줄도 모르는데 딸을 소부로 보내는 것이 부질없소이다."

장헌의 말이 끝나기도 전에 연부인과 장창린은 그가 정인홍의 속임수에 빠져 정삼의 신실한 말을 곧이듣지 않고 헛되이 분노하는 마음을 품어 사람들에게 비웃음거리가 된 것을 알았다. 이에 그가 알고 있는 내용은 정인홍이 소년다운 호기로움으로 한순간 속이는 것이며 정삼의 이야기가 진실하다는 것을 말했다. 장창린이 장헌에게 되물었다.

"아버지께서는 정인홍에게 어떻게 물으셨기에 정인광을 세상을 등지고 윤리를 버린 괴물이라고 대답했습니까?"

장헌이 대답했다.

"내가 촉 땅에 있을 때 과거 급제자 명부를 보니 너의 이름이 차석으로 높아 기쁨을 이기지 못했지만, 그보다 더 기쁜 것은 운백(정잠)이 무사히 경사로 돌아온 것이었다. 그래서 그때는 네가 과거에 급제한 차림으로 내 슬하에 떠들썩하게 찾아오는 것을 미처 기다리지 못하겠더구나. 빨리 상경하여 정씨 집안의 행차를 손꼽아 기다리며 며느리를 데려오고 청계(정잠) 형제를 맞을 생각뿐이었다. 또한 사위의 재목이 조정에 올라 글을 잘 쓴다는 명성이 당대에 드리우는 것을 기뻐하며 밤낮으로 기다렸지. 이미 강을 건넜다는 기별을 듣고는 바로 나아가 맞이해 서로 반겼으니 그 기쁨은 말할 나위도 없었다. 그런데 내가 과거 급제자 명부를 잘못 살핀 탓으로 정인홍을 정인광으로 알아 이리저리 사위를 칭찬했다고 하니 저렇게 답을 해주더구나. 만일 정인광이 그런 괴물이 아니었다면 행차에서 벗어날 리가 없으며, 정인홍이 또 공연히 나를 속일 사람은 아니니 이것이 어찌 헛된 말이겠느냐? 딸의 앞날에 빛이 없을 것을 생각하니 사위를 잘못 고르고 신혼의 즐거움을 알지 못하게 한 분노와 원한이 마음속에 얽힌 병이 되었다. 그래서 네가 과거에 합격한 경사도 깨닫지 못했구나. 우리 부자는 멀리 떨어져 있다가 오늘날 단란히 모였고, 백면서생이 궁궐의 이름난 선비가 됐으니 자식의 영예가 다른 사람들이 절대 얻을 수 없는 정도가 되었다. 하지만 하나 있는 딸의 평생이 불행할 것을 생각하면 그 기쁨을 온전히 누릴 수도 없을 듯하다. 그러니 정인광 그것이 원수 같지 않겠느냐?"

장창린은 아버지가 사사건건 사람들의 질타와 비웃음을 받는 것을 민망하고 답답하게 여겼으나 엎어진 물 같은 일이라 어쩔 수 없었다.

정인홍의 호방한 성격에 장유유서를 생각하지 않아 어른을 속일 수도 있음을 세세히 고했지만, 장헌은 한결같이 미혹되어 쉽게 깨닫지 못했다. 연부인과 장창린이 몇 번이나 그렇지 않다고 하자 장헌은 비로소 이를 믿어 근심을 잠깐 덜고 기뻐하는 안색을 띠었다. 그러고는 아들의 도포를 어루만지며 귀중히 아끼고 사랑했다.

연부인은 며느리 정월염의 고운 손을 잡고 그녀가 고초와 재앙을 당한 것을 안타깝게 생각했다. 지금은 며느리가 누명을 벗었고 효성과 덕행이 알려져 임금께서 정려문을 내려주시니, 그 기쁨이 온갖 근심을 쓸어버리고 만 가지 영화를 이끄는 듯했다. 정월염은 지극한 효성으로 시어머니의 아낌과 은혜에 감사드렸다. 장씨 가문에 들어온 지 칠팔 년 만에 시어머니를 처음으로 모시니 그 행복이 이보다 좋을 수 없었다. 아랫사람이 손윗사람의 사람됨을 평가할 것은 아니지만, 성스러운 덕성을 가진 연부인이 자신의 시어머니가 된다고 하니 흡족하여 그 인품에 탄복하며 더욱 기뻐했다.

장창린은 박씨 부중으로 가서 박씨 부인을 뵙고, 연부인께서 빨리 반기고 싶어 하는 것을 전하며 집으로 돌아오라고 청했다. 원래 박씨는 연부인이 법도에 맞고 일관된 성품인 것을 꺼려, 자기가 나중에 들어왔음에도 먼저 들어온 사람을 누르고 이기려는 외람된 뜻을 가지고 있었다. 하지만 충분히 요사스럽고 교묘하지 못해 아직 간사한 계책으로 해코지를 하지 못하고 있는 터였다. 박씨는 사람들의 말에 '적국이 없는 것이 낫다'고 하는 것을 옳게 여겨 연부인과 한집에 머무르지 않기를 원했다. 그런데 지금 돌아가는 형편을 보니 그럴 수 없다는 것을 한없이 못난 속으로도 깨달을 수 있었다. 사악한 무리들이 이미 죽임을 당해 자신을 도와 패악질을 부릴 사람이 없어졌으며, 부모와 여러 형제가 장창린 부부의 효성과 덕행을 칭찬하면서 연부인이 돌아오는 날이라도 화해하여 다시는 망령된 허물을 얻지 말라고 당부했으니 더 이상 마음을 붙일 데가 없었다. 그러던 중 이렇게 장창린이 자신을 데리러 오자 그 효성에 마음이 움직여, 즉시 예법에 맞는 차림새를 하고 장씨 부중으로 돌아와 연부인을 만났다.

박씨는 망령되고 어지러운 성격을 죽기 전에는 고칠 수 없을 것이었지만, 박교랑이 변고를 당한 후에는 날카로운 기운이 꺾여 도리어 애잔해진 상태였다. 연부인이 반기는 것을 보고는 제멋대로 잡된 이야기를 하지 못하고 바보가 된 듯이 앉아 있었다. 박씨의 낯빛에 집안의 권력이 첫째 부인에게 돌아가는 것을 불평하는 기색이 나타났지만, 연부인은 이를 아는 척하지 않고 다만 그간의 회포를 조용히 나누었다. 장희린과 장세린이 무탈히 자란 것과 두 손자가 비상한 것에 대해 이야기하는데, 공평히 비추는 자애가 직접 낳은 아이와 다른 아이 사이에 차이가 없었다. 그러니 박씨가 차마 아니꼬운 심사를 내비치지 못했다. 장성완에 대한 이야기가 나오자 박씨는 딸을 불쌍해하고 과오를 뉘우치는 마음이 일어나며, 딸을 사랑하는 어미의 본성이 자신도 모르는 사이에 흘러나와 눈물이 비처럼 쏟아지고 슬픔을 이길 수 없었다. 또한 정인광의 성격이 어그러진 것을 더욱 골똘히 생각해, 이빈이 정인성 같은 대단한 사위를 맞아 가문의 광채가 비상한 것을 부러워하며 정씨 집 잔치에는 가지 않겠다고 누누이 말했다. 연부인과 장창린은 정인광이 그럴 리가 없다며 쓸데없는 걱정을 하지 말고 빨리 소씨 부중으로 가 모녀끼리 만날 것을 당부했다.

박씨는 원래 바깥 출입을 즐기기 때문에 별로 어려워하지 않고 가보려고 했다.

정씨 가문에 방문한 장창린

장창린은 양부모와 조겸 부부를 뵌 후 비로소 정씨 부중으로 가 정잠과 정삼을 만나 뵙고 옛집에서 다시 모인 것을 인사했다. 내헌으로 들어가니 서태부인이 며느리와 딸들을 거느려 자리를 단정히 하고 장창린을 맞았다. 그는 진실로 용이나 호랑이, 기린이나 봉황의 기운을 갖고 있어 밝고 넓은 풍채가 진평의 부귀로운 관상과 송홍의 덕스러운 기상을 겸한 듯했나. 속세를 벗어나고 비범한 것을 논하자면 정인성의 믿음직스러운 본바탕보다는 조금 못하지만, 깊은 겨조는 좀 더 낫고 정인홍에 비하면 한참 나았다. 서태부인은 장창린이 이처럼 보통 사람이 아닌 것을 보고 매우 기뻐하며 조용한 목소리로 "부족한 우리 손녀가 군자의 아내가 되는 것이 감당하기 어려운 일이거늘, 자네 가문에 보낸 지 칠팔 년 동안 사고가 많아 사위의 고고한 풍격과 좋은 바탕을 이제야 대한다"고 탄식했다. 그러면서 장창린이 과거에 높이 급제한 것과 땅끝 험지에서 어머니를 모시고 무사히 돌아온 것을 기뻐했다. 옛날에도 지극한 친분이 있었는데 거기에 사돈의 인연을 더하여, 군자의 위의가 미미한 우리 가문의 영광이 되었다며 깊이 사랑하고 기뻐하는 것이 친자손과 다르지 않고, 말 마지막의 공경하는 뜻은 조세창을 대할 때와 다르지 않았다. 이에 장창린이 깊은 감사를 표하고, 정씨 가문의 높은 복을 축하했다. 그리고 성의 있고 친절하게 소부인·상부인·화부인의 말에 대답하니, 언변과 모습이 볼수록 기이하고 뛰어나 사람들이 장헌의 아들이라는 것을 알지 못할 정도였다. 이것을 보면 고수가 순임금을 낳았다는 이야기가 사실이라는 것을 믿을 수 있었다. 장창린은 장헌이 비루하게 세상의 이익을 좇는 것은 털끝만큼도 닮지 않고, 그 기상이 고고하고 맑으며 넓고도 먼 것이 이씨 가문의 사람들과 비슷했다. 이는 어렸을 때부터 이씨 가문에서 군자의 성스러운 덕성과 학문을 익혔기 때문일 것이었다. 이윽고 그가 하직하겠다고 하자 정잠이 웃으며 말했다.

"시속의 잡스러운 버릇을 따르지 말고, 자주 와서 어머니가 사랑하시는 정을 위로해 드리거라."

장창린이 공손히 대답했다.

"말씀하지 않으셔도 시간이 있다면 가끔 뵈러 와서 제 누이도 만나 보겠습니다."

정염이 웃으며 말했다.

"백승(장창린)이 나이 스물에 세 아들을 두고 몸은 벼슬을 한 이름난 선비가 되었으니 단지 어린 신랑이라고 할 수 없구나. 하지만 처가에 와 장조모님(서태부인)과 장모님(소교완)을 뵙는 것은 오늘이 처음이다. 숙모님(서태부인)께서는 간절한 정으로 신방을 열어 사위를 대접하려 하실 것이니, 이따금 조카딸(정월염)과 함께 여기 와서 노니는 걸 보시게 해드리거라."

장창린이 웃으며 대답했다.

"옛사람들은 남자 나이 스물에 장가를 가야 한다고 했는데 제 나이가 마침 그와 같고, 아내를 둔 지 칠팔 년이 되었으니 이미 자식을 둔 것은 당연한 일입니다. 그런데도 묵은 사위를 새 사위처럼 대해주시 니 어르신들의 말씀을 따르는 것이 뭐가 어렵겠습니까? 하지만 저는 원래 재기가 없으며 조카따님 또한 자잘한 것에 신경 쓰는 사람이 아 니기에 옛날부터 알고 지낸 사이에 간곡하고 아담한 정을 펴지 못할 것 같습니다. 또 저 사람도 부녀자의 염치가 있어 남편인 저를 데리고 본가에 머물기를 즐기지 않을 것입니다. 저는 여관에도 머물 수 있으 니 이 집 누각에서 두어 밤 지내는 것에는 조금도 거리낌이 없습니다."

정겸이 박수를 치고 웃으며 말했다.

"백승이 여기에 오는 것이 본디 신방 사위의 소임을 하기 위해서렷 다. 내 마땅히 조카딸을 데려오고 백승 자네를 머물게 할 것이네."

정염이 웃으면서 말했다.

"수백(정겸)은 백승의 말을 알아듣지 못한 것이오? 진실로 신방에 서 자고 싶다고 말하는 것처럼 보이지만, 마지막 말에서는 괜스레 우 리 조카딸을 욕해 우리의 말을 막은 것이오. 저 흉악하게 속이는 것 이 분통 터지는구려. 저가 가고 오는 것이 무슨 큰일이라고 조카에게 까지 묻겠소? 초나라 귤이 강을 건너면 제나라 감이 된다고는 하지 만, 우리 가문의 법도는 사내대장부의 거취를 여자가 결정하지 않는 것이오. 백승 집에서는 남자가 출입하면 반드시 부인에게 명을 받아 야 하는가 보구려. 그렇다면 조카는 우리 가문의 법도를 버리고 시가 의 풍속을 따른 것인가 보오."

정잠이 웃음을 머금고 말했다.

"은백(정염)은 항상 웃긴 말을 하려고 하는구나. 우리는 다만 딸아이가 혼례를 올렸을 때 어머니께서 보지 못했고, 또 내가 군사를 이끌고 북쪽 변방에 있어 딸아이가 군자를 맞는 것을 보지 못했으며, 일가 친척들이 다 알지 못한 것이 서글펐을 뿐이다. 딸 둔 자의 구구한 심정으로 집안의 영광과 자식들의 화목함을 좀 더 오래 보고 싶은 것일 뿐이니, 사위에게는 물을 것도 없고 빨리 사돈의 허락을 얻어 사위를 데려올 것이다. 은백은 웃지 말고 백승 자네는 사양하지 말게."

이에 장창린은 웃는 얼굴로, 세 아들을 거느리고 신랑 노릇을 하기가 민망하다고 말했다. 그가 돌아가자 정잠 형제는 장씨 집안으로 가서 장헌과 함께 소씨 부중으로 향해 소수를 만났다. 소수가 이들을 기쁘게 맞으며 정잠의 충의와 절개를 칭찬하고 집안의 크나큰 경사를 축하하자, 정잠은 칭찬이 과하여 받을 수 없다고 사양했다. 정삼이 조용히 혼기를 의논하니 소수가 말했다.

"자네 아들이 태향에서 아직 못 왔다고 하나, 이전에 결단한 바를 바꾸지는 말아야 할 것이네."

소수가 친히 좋은 달 좋은 날을 택하니, 예물을 보낼 날은 내일이고 예식을 할 날은 단옷날이어서 며칠 간격이 있었다. 신랑감인 정인광이 미처 오지 않은 것을 민망히 여기며 조금 미루려고 했으나, 다른 길일이 가까이에 없어 내일을 놓치면 연말까지 기다려야만 했다. 정삼은 어머니 서태부인이 혼인을 바쁘게 여기므로 더 미룰 뜻이 없었기에 소수와 장헌과 상의해 내일 먼저 예물을 보내기로 했다. 만일 아들이 길일 전에 미처 오지 못하면 다시 택일해 혼례를 이룰 생각이었으니, 혹시 아들이 가까운 날에 온다면 모든 일이 촉박해 서로 힘든 일이 있더라도 빨리 혼례를 치르자고 청했다. 소수는 고개를 끄덕이며 승낙했으나 장헌은 혼구들을 미처 다 준비하지 못할까 근심했다. 정잠 형제는 소수와 일을 정하고 돌아와 서태부인에게 고했다.

다음 날 온 가족이 중당에 모두 모여 혼서를 썼다. 소수가 비록 장성완과 부녀의 연을 맺어 정이 깊지만 친아버지인 장헌이 있는데 소씨 가문에서 문명(問名)[14]을 해서는 안 되기에 예물을 장헌에게 보냈다. 정염 역시 단옷날에 정인흥을 장가보내면서 빙물을 상씨 집안으로 보내 온 집안이 기뻐했으나, 한편으로는 정인광이 혼례식 전까지 오지 못할 것이 걱정되었다. 그런데 다행히 이날 저녁에 정인광이 화흡과 함께 들어왔으니 일가친척들이 반기며 기뻐함이 10년은 헤어져 있다 다시 모인 듯했다. 정삼과 정잠을 비롯한 모든 집안 사람들은 저마다 소수가 연태우의 딸을 수양딸로 삼아 지금 금천교에 있다는 것과 길일이 얼마 남지 않았다는 것을 말할 뿐이었다. 장성완에 대해서는 입에 올리지도 않았고 장헌도 가족을 데리고 소씨 부중으로 갔기에 기척이 없었다. 정인광은 원래부터 의심이 많은 편이 아닌데다 박교랑이 죄를 시인한 것과 조정에서 들려오는 소식을 전혀 알지 못했다. 그러니 장성완의 효행과 열행을 임금이 정려문으로 기린 것 역시 알 수가 없었다. 다만 효자로서 몇 개월 동안 부모를 떠난 회포로 반가운 마음을 펼치고 형수의 조용한 아름다움이 형의 좋은 배필임을 기뻐할 뿐이었다. 나라의 큰 경사와 장창린의 방문을 반기며

---

14 문명(問名): 혼인을 정한 여자의 장래 운수를 점칠 때에 그 어머니의 성씨를 물음. 또는 그런 절차.

털끝만큼도 괴로운 염려가 없이 며칠을 훌훌 보냈다. 그렇게 때는 이미 길일이 되어 정삼과 정염이 이웃과 친척들을 모아 신랑을 보내고 신부를 맞이하며 즐거워했다.

가족들과 재회한 장성완

소수는 장성완의 길일을 정하면서, 비록 날짜가 촉박하지만 모든 일이 정삼의 헤아림을 벗어나지 않을 것을 알기에 정인광이 며칠 안에 돌아올 것을 믿었다. 이에 장헌을 집에 머무르게 하고 장창린에게 연부인, 박부인, 정월염을 빨리 금천교로 모이게 하라고 하니, 태운산의 장씨 가문에 있는 모든 수레가 다 소씨 부중으로 향했다.

이때 장성완은 계림부에서 자신에게 씌워진 끔찍한 누명의 진상이 밝혀지는 것을 들었지만, 황제가 정려문을 내리는 것을 매우 불안하고 두렵게 생각했다. 규방 여자의 이름이 온 성에 전해지는 것이 새삼 부끄러웠으며, 박교랑이 범죄를 진술하는 중에 자신의 부모가 사리에 밝지 못하고 어그러진 것이 드러나 이를 가리지 못한 것을 더욱 슬프고 애달프게 생각했다. 근심이 천만 갈래로 일어 금옥 같은 간장을 태웠으니, 소수 부부와 연부인이 장성완을 달래며 쓸데없이 마음을 상하게 하지 말라 타이르고 지극히 보호했다. 장성완은 소수 부부와 연부인의 자애로운 사랑을 저버릴 수 없고 부모에게 더 이상 불효를 끼칠 수도 없기에 당장 잘못된 마음을 먹지는 않았지만 인간 세상에 더 이상 미련을 갖지는 않았다. 그런데 이제 뜻밖에 길일이 정해져 부모와 형제들이 소씨 가문에 모이게 된 것이었다. 부모와 자녀 사이의 정으로 칠팔 년 동안 먼 땅에서 밤낮으로 어버이를 그렸는데, 오늘 가족이 모이는 경사를 맞으니 어찌 인간이 누릴 수 있는 지극한 행복이 아니겠는가? 장성완이 오열하며 눈물을 흘리니 그 기운이 끊어질 듯했으며, 박씨는 그동안 쌓인 슬픔과 뉘우침이 교차해 맺힌 한을 참지 못하여 목소리가 안 나올 정도로 울며 정신을 차릴 수 없었다. 장희린과 장세린 또한 누이를 붙들고 슬피 우니 그 모습이 참담했다. 장창린은 과거 일이 생각나 집안의 환란을 진정시킨 기쁨을 미처 느낄 새도 없었다. 그는 아버지 장헌의 잘못이 부끄러웠으나 어머니 박씨와 동생들의 슬픔을 더하지 않으려고 평온히 위로하며 얼굴색을 매우 기쁜 듯이 꾸몄다. 박씨와 장희린, 장세린은 장창린의 말을 듣고 슬픔을 진정했지만, 장성완은 근심으로 마음이 상하여 연신 구슬 같은 눈물을 떨구었다. 연부인과 이부인(소수의 부인)이 장성완을 타이르자 박씨는 장성완을 위로하고 소수와 이부인이 성완을 살려 준 은혜를 칭송했다. 그리고 딸에게 자신의 슬픈 정과 뉘우치는 마음을 이야기하면서, 부디 재앙을 겪고 난 뒤 남은 심장을 다시 태우지 말라고 당부했다. 장성완이 이를 듣고 슬픈 눈물을 거두며 어머니의 얼굴을 대하여 모녀가 다시 만난 회포를 펴려고 했으나 슬픔이 마음을 억눌러 말을 이을 수 없었다. 유모 모녀와 춘홍은 겨우 목소리를 내어 장성완이 병색이 심하던 얼굴에서 조금 회복된 것과 흉악한 도적을 만나 주인과 종 네 사람이 한꺼번에 물에 빠진 일을 이야기했다. 박씨의 눈앞에 그 참담한 광경이 펼쳐지니 아프게 울기를 더욱 멈출 수가 없었으며, 연부인과 이부인도 다시금 애간장이 끊어졌다. 장성완은 한번 일어나 부모를 반긴 후에는 아무것도 보려 하지 않고 그저 드러누워 있었다. 소수는 그 뜻을 알기에 크게 염려하지 않았지만 장헌 내외는 매우 초조하게 생각하여 애를 태웠고 연부인은 이를 보며 장헌과 박씨를 나무랐다.

장성완은 신랑 정인광이 상경했다는 것을 듣고 더는 혼사를 미루지 못할 것 같아 더욱 근심했다. 소수는 이러한 장성완을 내버려둘 수 없어 사리에 맞는 말로 깨우치고 정해진 날에 혼례를 올리라고 당부했는데, 그 간절한 말과 아끼는 정이 돌과 나무라도 감동시킬 듯했다. 소수는 남강에서 정인광이 장성완을 구해준 것과 그가 지금 연씨의 딸과 성혼하는 것으로 알고 있다는 것을 조금도 말하지 않았으며, 정인광이 장헌의 첩이 되었다는 것도 이야기하지 않았다. 그러니 아무리 총명한 장성완이라도 정인광이 자기네 집의 해괴망측한 거동을 하나하나 살펴보고 뱀이나 전갈을 보듯 배척한다는 것을 어떻게 알겠는가? 장성완은 다만 부모의 허물과 자기의 이름이 널리 퍼지는 것을 꺼려하여 혼인과 관련된 세세한 일에는 참견하지 않으려고 하여 아무 말도 하지 않았다.

장성완이 죽고자 하는 마음이 더욱 간절해져 눈을 감고 드러누워 있으니, 부모들도 역시 애태우며 음식을 끊고, 소수의 가르침을 다시금 되새기게 하면서 목숨이 붙어 있는 한 좋은 시절을 헛되이 보내서는 안 된다며 누누이 타일렀다. 장성완은 지난 세월 동안 당하는 일마다 슬프고 부끄러웠으나, 그럼에도 불구하고 목숨을 이은 것은 부모에게 욕을 끼치지 않기 위해서였다. 그런데 이제 다시금 분을 못 참아 죽는다면 불효와 불통이 지극하고 일의 형세가 민망했다.

장성완은 자신의 곁에 있는 정월염의 덕스러운 기질에 탄복했다. 하지만 정월염이 자신이 혼인을 사양하고자 거짓으로 병든 척한다는 것을 알 것이라 생각하니 자신이 겪은 일들이 남들과 다른 것이 더욱 부끄럽게 생각되었다. 장성완이 부끄러워 얼굴에 열이 오른 채 구름 같은 귀밑머리를 수그리니 그 기이한 아름다움이 더욱 세상을 뛰어넘은 듯했다. 소수와 장헌은 장성완을 더욱 아꼈으며 이부인은 그녀를 친히 붙들어 죽을 권했다. 연부인은 장성완의 마음이 좁다고 책망하며 만 가지로 설득했다. 주위에 앉은 사람들이 할머니와 어머니가 아니면 자매로, 친소를 구분하지도 않고 모두 모여 장성완의 고집이 마땅하지 않다는 것을 설득했다. 장성완이 갈수록 죽을 마음만 심해져 한마디도 대답하지 못하자, 소수가 다시금 타이르며 달래고 음식을 먹을 것을 권했다. 장헌과 박씨는 어진 딸이 이렇게 마음을 놓지 않는 것이 본인들의 허물이라고 생각하여 뼈에 사무칠 듯 아파했으나 후회해도 때는 이미 늦은 듯싶었다. 장성완은 감히 사양할 말을 입에 내지 못하고 걱정하며 그날 밤을 지냈다.

수상한 혼례식과 싸늘한 첫날밤

다음 날 아침, 이부인과 연부인, 박씨가 장성완을 일으켜 대강 깨끗이 단장만 해주었는데 그 타고난 아름다움이 빛나고 수려해 아리땁고 고운 태도가 햇빛을 가릴 정도였다. 이를 본 소수가 얼굴 가득 기쁜 빛을 띠었으니 마치 봄바람이 불어오는 듯했다. 문득 문밖이 떠들썩하더니 신랑이 도착하여 소수와 장헌이 손님을 접대했다. 소문유가 오사모에 자줏빛 도포를 입고 팔을 들어 혼례에 쓰일 기러기를 인도하자, 정인광이 상 위에 기러기를 놓고 절을 한 후 자리로 갔다. 장창린은 정인광의 가까이에 앉았는데 기뻐하고 공경하는 태도가 얼굴빛에서도 나타났다. 소수는 새신랑의 손을 잡으며 황홀할 정도로 반가워했다.

한편 정인광은 오늘 혼인할 사람이 연씨 집안 딸이고 소수의 양녀라고 알 따름이었지, 평생 이를 갈며 증오했던 장헌의 딸인 줄은 꿈에도 생각하지 않았다. 장헌이 소수와 나란히 있는 것을 발견하고는 기분이 나빴으나, 장헌이 자신의 장인이 될 것이라고는 짐작도 하지 못했다. 그는 장창린이 지금 기뻐하는 것은 그저 자신과 교분을 맺기 위해서라고 생각하여, 그 믿음직스러운 마음씨에 탄복하며 사촌 누이 정월염이 평생토록 잘살 것을 기뻐했다. 이런 식으로 생각해 보니 정월염이 장헌의 며느리가 된 분노와 원한이 조금은 풀어졌다. 또 장성완의 큰 효성과 열절을 생각하니, 이미 죽어서 자신과 혼인하지 않게 된 것이 잘된 일이었다. 그러나 장성완의 효성과 열절을 황제에게 고하여 영원히 사라지지 않게 기려야겠다고 마음먹었다.

정인광은 원래 소수를 은인 중에 최고라 여기며 공경했으므로, 오늘 장인과 사위의 의로 이렇듯 깊이 사랑해 주는 뜻을 저버릴 마음이 없었다. 최언선은 자신을 모시던 사람이고 손최인은 주인인 소수의 양녀가 혼인한다고 당 밑에서 명을 기다리고 있으니 자신의 은인이나 다름없었다. 주빈 자리에는 소수가 있고 당 밑에는 최언선과 손최인 등이 있는데, 도척 같은 장헌 놈은 태연스럽게 한구석에 서서 자신을 보고 웃는 듯 찡그리는 듯 말을 걸 듯 생각하는 듯 말없이 곁눈질을 하고 있었다. 그 심사가 어지러워 즐거운 듯도 하고 근심하는 듯도 하니, 그 어찌할 바 모르는 행동거지가 딱 아버지와 숙부의 초상화를 그려 경태제에게 바치고자 할 때와 칼을 빼서 자신에게 달려들 때의 예전 모습과 같았다. 정인광은 큰 도량과 넓은 기품이 있어 그의 인면수심을 따질 생각은 없었으나, 일단 한번 정한 마음을 바꾸지 않는 것이 고질병이었다. 그래서 비록 저 사람 같지도 않은 자에게 조그만 원한을 갚을 뜻은 없더라도 아버지와 숙부를 해하려고 했던 원한은 평생토록 잊지 않으려고 했다. 하지만 지금은 장헌의 딸과 인연이 끊어진 상태이고, 지극한 효자인 정인성도 자기 아버지를 해치려 했던 장헌을 어른으로 대접하여 그가 묻는 말이 있으면 몸을 굽혀 대답하며 업신여기지 않고 있었다. 정인광은 형의 큰 도와 넓은 도량에는 미치지 못했으나 굳이 저자의 옛날 잘못을 들추는 것이 쓸데없는 것 같아서 눈을 깔고 그 추한 얼굴을 보지 않았다. 또 최언선과 손최인을 장헌에게 비교하면 성인과 도척처럼 차이가 나는 것을 보니, 인품의 선악이 귀천에 좌우되지 않는다는 것을 다시금 깨달을 수 있었다.

이때 이부인과 연부인, 박부인은 며느리들을 데리고 높은 누에 올라 신랑 정인광을 바라보았다. 자리를 가득 채운 손님들이 모두 이름난 선비들이고 내로라하는 재상이어서 한 명도 녹록한 사람이 없었으나, 정인광의 빛나는 모습과 성실한 기질은 특히 두드러져 만 리 창공의 학 같으며 푸른 하늘의 용 같았다. 기상이 시원스러워 너른 하늘을 삼키고 푸른 바다를 뛰어넘을 듯하여 당대에 대적할 사람이 없으니 장성완이 아니면 그 배우자가 마땅히 없을 듯했다. 연부인은 정인광의 어렸을 때 얼굴을 기억하기에 그다지 놀라지 않았는데, 이부인은 매우 놀라며 탄복했고 박씨는 체면을 잃을 만큼 눈에 띄게 기뻐했다.

신부 장성완이 가마에 오르자 연부인과 이부인이 여자의 행실과 며느리의 덕을 가르쳤다. 소수 또한 들어와 손을 잡고 아끼며, 옥구슬을 다루듯 조심스럽게 시부모를 섬기고 남편에게 순종해야 함을 가르쳤다. 장헌과 박씨는 기쁘고 황홀해서 어찌할 바를 모르면서도 자신들의 잘못을 부끄러워하고 지난 일을 후회했다. 소수는 새로 시녀를 정해서 보내면서 장성완의 유모와 시비 등에게는 나중에 장성완을 모시도록 했는데, 이는 정인광의 눈초리를 두려워하여 자기 집 안의 시녀만 보낸 것이었다.

신랑이 신부가 탄 가마 문을 잠그고 위엄 있는 몸가짐을 돌이켜 태운산으로 돌아오니, 생황과 퉁소를 부는 소리와 북소리가 하늘을 떠들썩하게 했다. 신랑신부가 정씨 부중에 이른 후 합환주를 나눠 마시는 예를 끝내고 신방으로 들어갔다. 남자의 풍채와 여자의 외모가 비상하고 특이하여 해와 달이 다투어 빛을 내는 듯하고 난새와 봉새가 함께 있는 듯했다. 비단 병풍을 펼치고 화려한 방석에 앉아 국화주를 나누고, 남자는 왼쪽에 여자는 오른쪽에 나뉘어 서로 마주 보았다. 그러나 정인광은 무심하게도 신부를 살피지 않았으며 기뻐하는 기색도 없었다.

한편 정인흥도 혼인의 예를 모두 행하고 상소저를 친히 맞이하여 정씨 부중으로 데려왔다. 이는 만복의 근원이며 두 성씨의 합을 이룬 것이었다. 신랑은 천상의 신선 같고 신부는 《시경》〈관저〉의 풍격을 가진 보옥 같았으니, 백 대에 한 번 있을 기이한 만남이며 하늘이 정해 준 아름다운 인연이었다. 두 사람은 합환주를 나누고 첫날밤을 지냈다. 정인홍은 아내의 아름다움이 평생 바라던 바와 같음을 기뻐했으며, 온 집안 사람들도 장씨와 상씨 두 신부가 아름다운 것을 다행스럽게 여겨 즐거움이 가득했다.

소씨 부중으로부터 장성완을 따라 친정으로 온 정월염이 시누이가 비단 용모와 기질만 비상한 것이 아니라고 말하고 있는데, 정인광과 정인홍이 와서 집안 어른들에게 절을 했다. 정인홍은 기뻐하는 기색이 역력했으나, 정인광은 오직 어버이를 대하느라 웃고 있을 뿐이었고 별달리 기뻐하지도 않으며 행동거지도 담담했다. 월염은 환란 후에 정인광을 다시 보는 것이 처음이었기에 다행스럽게 생각하고 반기며 말했다.

"세상에 누가 사촌이 없겠느냐마는 제보(정인광)와 나는 고생을 함께 겪어 친남매보다 더한 정으로 오늘날 즐겁게 재회하니, 우리가 정말 명이 길며 복이 두텁다는 것을 알겠구나. 재보는 이제 선녀 같은 숙녀를 맞았으니 집안이 번창하리라는 것을 보지 않아도 알겠다. 어떻게 우리 집안의 경사가 아니겠느냐?"

정인광은 정월염과 친누이보다 더한 정이 있었고 같은 재앙을 겪었기에 더욱 각별하게 생각했다. 상경한 후에 바로 만나지 못해 슬퍼하다가 오늘 보게 되니 반가움과 기쁨이 얼굴에 넘쳤다. 그런데 누이가 이런 큰 덕과 재주를 가지고 사람 같지도 않은 장가 놈의 며느리가 되었으니 한스럽게 생각되어 문득 안색을 고치며 대답했다.

"작년에 위급한 재앙을 만났을 때 외로운 남매가 목숨을 부지한 것은 부모님들이 쌓은 덕행이 이어진 것이고 누님께서 어질고 정숙한 행동을 하셨기 때문입니다. 그때를 생각하니 다시금 마음이 오싹해지고 애가 끊어지는 것 같습니다. 결국 오늘 모이는 경사를 무사히 맞고 결혼까지 하게 된 것이 희한할 정도로 기쁜 일이라고 할 수 있겠습니다. 하지만 누님께서 제가 평생 증오하는 곳에 시집을 가셨으니 정말로 사람 인연은 알기 어렵습니다. 제가 늘 누님의 앞길을 아까워하고 한스러워했는데, 자리에 백승(장창린) 형님이 앉아 있는 것을 보니 우리 누이의 평생을 욕되게 하지는 않을 것 같아 안심이 됩니다. 하지만 저 무도한 늙은 짐승은 차마 어떻게 하겠습니까?"

정월염이 어이가 없어 즉시 말을 그쳤다. 정염이 기분 좋게 웃으며 말했다.

"인광 조카는 정말로 편벽된 고집을 풀지 않는구나. 장씨 가문의 어린 딸이 한순간의 불행으로 아름다운 나이에 목숨을 버려 너와의 옛 맹세를 이루지 못했지만, 만일 살아 있었다면 네가 설마 그 아버지의 작은 잘못을 영영 물리쳐 장인을 모르는 패륜아가 되었을지언정 설마 부부가 되는 것까지 마다했겠느냐? 연씨 딸과 혼인했다고 해서 말을 멋대로 하고 사촌 누이의 시아버지(장헌)를 배척하는 것이 도가 지나치구나."

정겸이 이어서 웃으며 말했다.

"장씨 가문의 며느리가 되는 것은 괴롭다고 할 수 있겠지만 사위가 되는 것이 뭐가 욕되다고, 장씨 집 딸이 살았어도 장가 들지 않겠다고 하느냐? 우리들이 멀리 있어 후백(장헌)을 자주 보지 않을 때에는 그 배은망덕함을 꾸짖었지만 이제 눈앞에서 그 말을 들으니 마음이 너무 아프구나. 군자의 어진 마음으로 측은함을 느껴도 모자랄 판에 어찌 그리 책망을 하는 것이냐? 하지만 너도 장후백이 사죄하는 말을 들으면 자연스럽게 마음이 풀어져 불쌍히 여기게 될 것이다."

정잠은 인광에게 장성완이 죽은 것이 조금도 슬프지 않냐고 물었다. 정인광은 원래 말을 분명히 하고 마음을 숨기지 않는 성격이었기에 정잠의 물음에 이렇게 대답했다.

"장씨(장성완)가 살아 있다 해도 제가 그 사람과 혼인할 수는 없었을 것입니다. 장씨가 죽은 이유는 그 아버지가 사리에 어둡고 자애롭지 않았기 때문입니다. 절개를 소중히 지켜 목숨까지 버렸으니, 젊은 나이에 요절한 것이 마음을 아프게 하며 세상 사람들이 그 절개를 모르는 것이 한입니다. 짐승 같은 장가가 아무렇게나 행동해 자신의 잘못을 감추려고 죽은 딸의 절개를 드러내지 않습니다만, 저는 그 묘 앞에 정려문을 세워 열녀가 신념을 지킨 것을 기리고자 합니다."

정잠이 또 웃으면서 말했다.

"죽은 영혼을 위해 정려문을 세우고자 하는 마음이 있는데 살아 있다면 혼인하지 못하겠다고 하는 것은 또 무엇인가?"

정인광이 머리를 조아리며 대답했다.

"짐승 같은 장가는 그 음모가 이뤄졌든 이뤄지지 않았든 아버지와 작은아버지의 초상을 그려 경태제께 드리고 온 세상의 종적을 뒤지려고 했습니다. 원수의 딸을 취하지 않는 것은 그저 사람의 도리에 따른 것이지, 딱히 장씨 여자를 나무라는 것이 아닙니다."

정잠이 또 말했다.

"그러면 네가 백승(장창린)과도 동서의 정이 없겠느냐?"

정인광이 대답했다.

"그렇지 않습니다. 순임금이 곤을 죽이고 우임금에게 물을 다스리게 한 것은 인척(姻戚)을 벗으로 삼는 의 때문이었습니다. 비록 아버지에게 잘못이 있다 해도 백승 같은 사람이라면 세상이 버리지 않을 것이니 제가 홀로 그와 사귀는 기쁨을 마다하겠습니까?"

정잠이 말했다.

"너의 말대로라면 부부 또한 친구와 같다. 백승과는 흔쾌히 사귀면서 그 아버지의 잘못을 거리끼지 않는데, 유독 장공의 딸에게만 살았어도 혼인하지 않을 거라고 하니 어찌 편벽된 것이 아니겠는가? 그 아비의 잘못을 아들에게 씌우지 않으면서 딸에게만 연좌해 죄를 삼는 일이 있다고는 듣지 못했다."

정인광이 일어나 다시 절하고 말했다.

"지당한 말씀이지만, 부부는 평생을 함께하니 친구와 다릅니다. 또한 친구라도 취할 것은 취하고 버릴 것은 버려야 하니 제가 백승과 함께 정이 무르익어도 짐승 같은 장가가 있는 한 그 집에 왕래하지는 않을 것입니다. 저의 뜻이 이와 같은데 어찌 그 사람 같지도 않은 자의 딸과 혼인을 논하겠습니까?"

정잠과 정염이 함께 말했다.

"네 뜻이 그러한들 장씨가 만일 살았으면 네 할머니와 부모가 네 말을 듣지 않고 장가를 보냈을 것이다. 네가 장씨의 절개를 알면서도 부모가 명하는 바를 어기겠느냐?"

정인광이 대답했다.

"이미 장씨가 죽었으니 의논할 일도 아닙니다만, 부모님께서 저를 밧줄로 묶어 실어 보내기 전에는 죽어도 기러기를 장씨 집에 전하지 않을 것입니다. 장씨 딸이 죄 없이 요절한 것은 측은하지만 제가 그녀와 혼인하는 것 또한 원하는 바가 아닙니다. 소대인(소수)이 잠깐 생각을 잘못하셔서 의남매 맺는 것을 허락하지 않고 장가를 가라고 하셨으나 전혀 기껍지 않았습니다."

말을 맺는데 안색이 시름겹고 무심한 듯해서 조금도 꾸며낸 것 같지 않았다. 집안의 사람들이 모두 그 고집을 보고는 장성완을 연씨로 속인 것이 결국에는 어떻게 될지를 걱정했다. 정삼은 묵묵히 있다가 정인광이 말마다 장헌을 사람 같지도 않은 짐승이라고 매도하니 엄숙히 눈썹을 찌푸리며 말했다.

"네가 사람의 도리를 행한다는 핑계로 '친구라도 취할 것이 있고 버릴 것이 있다'면서 아비의 친우의 시비를 세세히 따지고 입을 열 때마다 욕하는구나. 나 역시 지극히 못나서 사람의 선악을 모르거늘 어째서 장후백을 사람만도 못한 짐승이라 하느냐? 장씨 아이는 선군이 살아 계셨을 때 후백을 직접 대하시고 허락하셨다. 나 또한 그와 금석 같은 언약을 맺었는데, 어찌 수레 백 대의 예를 갖추어 오게 하지는 못할망정 너를 강제로 묶어서 실어 보내겠느냐? 어둡고 미혹되며 좁고 얕은 놈이 아버지가 있는 것을 알지 못하고 말마다 장후백을 배척하며 어리석은 고집을 세워서 장씨 아이를 거절하니 너무 한심하구나."

정삼이 말을 끝내고 엄숙히 침묵했다. 정인광은 그저 큰아버지가 물으셔서 자신의 뜻을 말한 것뿐인데 뜻밖에 아버지의 엄한 말씀을 듣게 되니 무섭고 떨려 부디 벌을 달라는 말밖에는 한마디 말도 꺼내지 못했다.

이윽고 해가 서녘으로 떨어지니 노을빛이 창창했다. 촛불을 마저 켜서 이야기하다가 서태부인이 잠자리에 들었고, 정잠 형제는 아들과 조카들을 거느리고 물러나며 정인홍과 정인광에게 각각 신방으로 가라고 했다. 정인홍은 벽운당으로 향하고 정인광은 경운당으로 들어갔다.

정인광이 들어가자 장성완은 시비의 부축을 받고 일어나 그를 맞이했다. 신랑과 신부가 동서로 나뉘어 앉으니 화려한 촛불은 붉게 빛나고 이름난 향은 자욱히 퍼져 밀실을 가득 채웠다. 신부의 차림새는 정결하여 차분함을 보탰다. 장성완은 기질이 깨끗하여 세속을 떠난 것 같고, 높고 빼어난 격조와 덕은 도리에 밝고 맑아서 행동거지가 점잖았다. 정인광이 전혀 눈을 들어 보지 않다가 비로소 그 모습을 잠깐 살폈는데, 진실로 기이하고 범상치 않아 자신의 아내 복이 장창린보다 못하지 않다고 생각했다. 그러다 이내 깜짝 놀랐으니 이는 신부의 모습과 골격이 비록 그 크기가 다르나 장성완의 어렸을 때 모습과 같았기 때문이었다. 처음에는 혹시라도 비슷한 사람이 있는가 해 다시금 살피고 고쳐 생각해 보았다. 그러자 이내 여러 기억들이 머리를 스쳤다. 부모님과 할머니가 장성완의 죽음에 대해 전혀 말하지 않고 온 집안 사람들이 연씨를 소수의 양녀라고 하는데 할머니나 부모님은 장씨인지 연씨인지 아무 말씀도 없었던 것, 아버지가 자신을 어둡고 미혹되며 좁고 얕다고 한 것과 '어찌 수레 백 대의 예를 갖추어 오게 하지는 못할망정 너를 강제로 묶어서 실어 보내겠느냐?'라고 한 것들이 새삼 떠올랐다. 그런 말씀은 다 자신을 알아듣게 하려는 것이었는데 자신이 무심하여 세세한 것들에 신경 쓰지 않아, 장헌의 사위가 되지 않겠다고 철석같이 정했던 마음이 물거품으로 돌아간 것이었다. 장헌이 자신을 속여서 사위로 삼고 가려운 데를 긁은 듯 시원해할 것을 생각하니 분노가 더욱 뼈에 스몄다. 정인광은 원래부터 부드럽고 유약한 소년이 아니며, 뜨거운 해와 같은 엄격한 성질이 형제 중에도 과도하여 정인성의 너그럽고 넓은 도량에 미치지 못했다. 장성완이 얼굴을 찢었는데도 살아나 기특하게 목숨을 보전한 것과 빼어난 효성과 열절에 경탄하기는 했지만, 장헌을 증오하는 마음이 격하고 자신이 마음을 정한 바가 헛되이 돌아갔다는 것이 원통스러워 곧장 문을 박차고 달려가려 했다. 하지만 순간의 감정으로 발끈하여 서둘러서는 안 될 것 같기에 분노를 마음속에 묻어놓고 생각했다.

'이곳이 짐승 같은 장가의 집이 아니고 나의 집이니, 어느 곳에서 하룻밤을 자지 못하겠는가?'

그러고는 잠자리로 가 괴로이 닭 우는 소리를 기다리며 다시 눈을 뜨지 않았다. 여름밤이 매우 짧아 눈 깜박할 사이에 닭이 새벽을 부르짖자 정인광이 즉시 몸을 일으켜 방에서 나왔다. 정인광은 장성완이 있는 것을 없는 것만도 못하게 여겼기에 장성완의 행동은 전혀 살피지 않았다. 인광이 곧장 죽서루로 나와 세수를 하니 정인명이 웃으며 말했다.

"경운당에서 세수를 하셔야 할 텐데, 어째서 오늘도 저희와 함께 같은 그릇의 물을 가지고 얼굴을 씻으십니까?"

그가 답하기도 전에 정염의 둘째 아들 정인유가 웃으며 말했다.

"형수님이 연태우의 친딸이자 소위공의 양녀시니 부귀영화가 부족하지 않을 것입니다. 그런데 혹 길일이 촉박하여 혼구를 다 갖추지 못해 이곳에 와 씻는 것입니까? 형님께서 세수도 못 할 정도이니 이리 더운데 여기까지 오신 것이지, 그렇지 않다면 어째서 이리 급히 나오셨겠습니까?"

정염의 셋째 아들 정인필이 웃으며 말했다.

"혼구가 부족하다 해도 작은 대야와 수건 한 조각이 없을 리 있겠습니까? 형수님을 보고 세수하는 것이 부끄러워 만만한 우리에게 오신 것이겠지요."

공자들이 옳다고 하자 정인유가 또 웃으면서 말했다.

"형님은 장인 복이 많아 아내는 한 명인데 장인어른은 두세 명입니다. 차례로 뵈려면 꽤 일이 많겠습니다. 성 안에 있는 연공을 먼저 뵙는 것이 옳겠지요?"

말이 끝나자 모두가 크게 웃었다. 정인광의 얼굴에 성난 빛이 가득했으나 분노를 참고 웃으며 말했다.

"내가 세수를 어디서 한들 너희들이 따질 바가 아니고, 연씨 집이든 소씨 집이든 어디를 가더라도 내가 갈 것이니 너희가 나에게 이래라저래라 할 게 아니다."

말이 끝나고 공자들이 서로 어울려 새벽 문안 인사를 하러 가는데, 정인흥이 벽운당에서 나왔다. 정인흥은 아름다운 요조숙녀를 짝으로 만났으며 그 장인인 상환은 장헌 같은 허물도 없으니 어찌 흡족하지 않겠는가? 부부가 화목하여 백년을 해로하고자 하기에 정인광이 장성완을 대하는 것과 달리 온화하고 기뻐하는 기운이 가득했다. 이에 공자들이 서로 눈짓을 하며 웃었다. 공자들은 할머니와 부모에게 새벽 문안 인사를 올렸다.

장성완을 환대하는 정씨 가문 사람들

서태부인은 두 공자의 배우자가 아름다운 것을 기뻐했다. 다만 정인광의 성격이 세차고 고집이 심해 신부가 다름 아닌 장헌의 딸이라는 것을 알고 난 후에는 박대하며 싫어할까 염려가 되었다. 정씨 가문에서는 친척과 마을 사람들을 모아 연회를 베풀고 두 신부가 시부모를 뵙는 예를 행했다. 상서로운 햇빛은 스스로 빛나고 따뜻한 바람이 불어와 수놓은 장막을 움직이며 보배 같은 초가 타올라 향기가 자욱했다. 두 신부가 폐백을 가져오고 여덟 번 절하는 큰 예를 이루는데, 그 탁월한 아름다움과 뛰어난 정기와 찬란한 광채는 어진 부인 장강이 위나라의 누대에 오른 것과 같았다. 자연스러우면서도 여유로운 위엄과 깔끔하면서도 간소한 덕이 잘 드러났다.

서태부인이 두 신부에게 빨리 곁으로 나와 이자염과 함께 슬하에 앉으라고 권하니, 그 중한 사랑을 말로 다 표현할 수 없을 정도였다. 이자염이 신부와 나란히 앉는데, 뛰어난 기질이 이전보다 더 크게 느껴져 위용이 돋보이고 어진 덕이 절로 빛났다. 손님들이 눈이 부시고 마음이 황홀해 칭찬할 말도 잊을 정도였다. 찬찬히 뜯어보자면 이들은 각기 다른 품격을 갖고 있었는데, 이자염은 온순하고 부드러워 요 천자의 어짊과 순 황제의 덕을 겸하고 있었다. 신부 장성완은 강개한 태도가 격렬해 열사나 열녀의 기상을 가졌으니, 공자의 도덕이 제때를 만나지 못하고 맹자의 성선설이 시대를 잘못 타고났음을 탄식하는 것과 같았다. 장성완은 사리에 어둡고 지혜가 없는 부모에게 낳고 길러져 많은 고난과 참혹한 누명 속에 열 살 남짓한 아이가 얼굴을 찢고 귀를 떼어낼 정도로 엄하게 절개를 지켰다. 그럼에도 다시 화를 만나 강에 몸을 던졌으나 천지신명이 보호하여 남편이 될 군자(정인광)가 구해주고 의로운 현자 소수가 길러주었다. 그리고 오늘날 옛 약속을 모두 지키고자 정씨 가문으로 왔으니, 그 고결한 절개와 밝은 행동은 백옥보다 흠 없고 푸른 서리보다 매서웠다. 신중한 정삼 처사와 정숙한 화부인도 장성완을 보고 얼굴에 기쁨이 맴돌았다. 또한 눈을 돌려 이자염을 보니 그 아름다움이 장성완과 더불어 밝고 고운 한 쌍임을 느껴 사랑하고 기뻐하는 데에 차등이 없었다. 정잠과 정태요 또한 함께 기뻐하며 서태부인께 축하의 절을 올리면서 말했다.

"신부는 광아(정인광)와 어렸을 때 약혼한 사이입니다. 특출나고 기이한 것은 이미 어렸을 때부터 알았고, 어렸을 때 당한 곤란 때문에 효성과 절개와 밝은 행동이 천하에 통할 것을 알았습니다. 오늘 보니 빛나고 기이함이 어렸을 때보다 백 배는 더 낫군요. 이는 돌아가신 아버지께서 복덕을 쌓으셨고 어머니께서 어진 일을 해오셨기 때문입니다. 신명께서 동생 부부의 효도하는 덕과 성스러운 행동을 묵묵히 도우셔서 두 아이가 특별히 현명한 배필과 짝하였으니, 두 신부의 아름다움에 우리 집안의 가세가 번성할 것이라 기쁨을 이기지 못하겠습니다."

그러고는 정삼과 화부인을 돌아보며 축하하니 서태부인이 옛일을 생각하다가 기쁘고 만족스러워 자리를 꽉 채운 사람들에게 신부를 자랑했다. 정삼 부부는 겸손히 절하고서, 부모가 쌓아온 덕과 형과 누이의 사려에 힘입어 바라던 것보다 나은 신부를 맞았다며 사례했다. 자리에 모인 모든 사람들도 한목소리로 크게 축하했다.

정염 부부 또한 신부의 예를 받았는데, 신부의 미색과 자질 역시 평범한 것이 아니었다. 말하자면 푸른 하늘에 뜬 밝은 해 같고 빙옥 같은 태도는 푸른 바다의 진주 같았다. 피부는 옥 같고 머리칼은 구름 같았으며 신령스러운 풍채와 상서로운 광채가 몸을 두른 듯했다. 덕스럽고 법도 있는 가문에서 자랐으니 나아가고 물러나는 모든 행동거지가 엄숙한 태도와 예절을 좇으며 법도에 맞았다. 그야말로 시어머니 소화부인의 조용하고 어질고 검소한 덕성을 이을 요조숙녀였으며, 정인홍의 영웅호걸 같은 모습으로도 미치지 못할 위인이었다. 소화부인이 매우 기뻐하며 기대를 드러내고 손님들이 어지러이 칭찬했다. 정염 부부가 기쁜 얼굴로 좌우의 사람들에게 온화하게 답례하자 정태요가 웃으며 말했다.

"의계(정염) 오라버니의 며느리(상현교)는 나의 시조카요 올케(소교완)의 친조카입니다. 그 모습과 기질은 모두가 알고 있으니 다시 말할 나위도 없거니와 성스러운 행동과 덕은 진실로 천상의 요조숙녀이지요. 인홍이가 아무리 무리 중에 탁월하다고 해도 신부보다 못한 부분이 많습니다. 그러한데 오라버니는 어째서 저와 올케의 공을 한 잔 술로 치하하지 않으십니까?"

정염이 웃으면서 대답했다.

"누이는 오늘 두 신부가 예로써 뵙는 잔치에 술과 안주가 부족해 그러십니까? 신부가 뛰어난 것은 사돈(상환) 부부의 덕이지 누이의 공이 아닙니다. 하물며 누이는 눈앞에 이러한 숙녀가 있는데도 일찍이 중매를 하지 않으셨군요. 제가 어진 며느리를 얻은 것은 사돈이 스스로 구했기 때문이니 누이에게 무슨 감사주를 드리겠습니까? 형수님(소교완)께는 각별히 축하주를 받들어 서로의 기쁨을 표하는 것이 마땅하지만, 형수님께서 술은 한 잔도 마시지 않으니 기쁜 날에 싫어하시는 일을 청하지 못하는 것입니다."

정태요가 환히 웃으며 말했다.

"내가 평소에 즐기지 않는 술을 달라고 하다가 낭패를 보았지만 오라버니는 정말로 사람의 공을 모릅니다. 시숙(상환)이 원보(정인흥)를 사랑해서서 갑자기 혼인 약속을 잡아버렸으나, 내가 그 사이에서 은백 오라버니가 신통치 않다고 말하거나 화씨 올케의 잘못을 지어냈다면 이 혼인을 이렇게 이루지 못했을 것입니다. 차마 가족의 무궁한 흠은 말할 수 없어서 좋게좋게 어진 며느리를 보게 한 것인데, 오늘 한잔 술을 아까워하는 것을 보니 그 인색함이 뼈아픕니다."

정염이 그 말에 이어 웃으며 말했다.

"누이가 우리 부부의 흠을 말한다 해도 듣는 자는 장창이 맹자를 헐뜯는 것처럼 생각해 누이를 오히려 소인배라 여길 것입니다. 어찌 어진 며느리를 얻는 데 문제가 되겠습니까? 누이가 원래 술을 마시지 않으면서 오늘은 술 구하기를 간절히 하시니, 이는 상 형님(상연)이 외헌에서 배를 채우지 못할까 염려했기 때문이군요. 상 형님께서 아름다운 조카딸이 어리석은 제 자식의 배우자 되는 것을 훼방 놓지 않은 덕이 있으니 모셔서 한잔 술을 드립시다."

그러고는 상연과 조세창, 장창린을 다 내루로 오라고 했다. 정염이 조세창에게 잔을 주었고, 정잠 형제는 축하주를 나누며 신부가 현명하고 아름다운 것을 기뻐했다. 장창린은 양누이인 이자염과 친누이 장성완의 기이함이 시가의 보물이 되었음을 기뻐했으며, 조세창은 사촌 이자염의 명예로운 이름이 시가에 진동하는 것을 기뻐했다. 상연은 조카딸이 아름다워 정염이 즐거워하며 많은 기대를 거는 것을 크게 칭찬하고 일어나 서헌으로 나왔다. 정태요는 정염이 인색하여 자기에게는 한잔 술도 아까워한다고 말하며 사람들을 웃게 했다. 이윽고 지는 해가 서쪽으로 잠기자 손님들이 각각 집으로 돌아가고, 남은 사람들은 중당에 촛불을 밝히고 흥을 이었다.

정인광을 타이르는 정삼

밤이 깊어지고 서태부인이 잠자리에 들자 정잠 형제가 아들과 조카들을 거느리고 나왔다. 정삼이 정인광을 돌아보며 말했다.

"밤이 깊고 어머니께서 편히 잠드셨으니 너도 물러가 쉬거라."

정인광이 절하여 명을 받들고 아버지를 방까지 모신 후 물러나 죽서루로 갔다. 이날 정인성이 다른 공자들과 함께 문윤각에서 정잠과 정겸을 모시고 잤는데, 정인흥은 신방에 갔으므로 여기 없었다. 정인광이 큰아버지를 모시고 자려 했으나 신방으로 가라고 할까 봐 서동 두세 명을 데리고 서당으로 나와 밤을 지냈다. 그리고 다음 날 새벽 아버지 앞에 고했다.

"외숙부(화흡)의 몸이 미처 다 낫지 않았는데 힘들게 먼 길을 오시느라 더 불편해지셨다고 하니 잠깐 가서 안부 인사를 드리려고 합니다."

정삼은 아들이 장헌을 피해 화씨 부중으로 가려 하는 것임을 알고 잠잠히 있다가 말했다.

"네 외숙부가 비록 병이 있다고 하나 전에 태항에 왔을 때와 다르다. 여러 형제들과 사촌들이 수풀처럼 많아 네가 오늘 가지 않아도 정이 없다 하지 않을 것이니 천천히 가도 괜찮다."

정인광이 다시 우기지 못해 고분고분하게 아버지를 모시고 앉아 있었다. 정염이 웃으며 말했다.

"너는 오늘 연태우를 찾아보지 않으려고 하느냐?"

정인광이 대답했다.

"명을 내려주신다면 구태여 마다하겠습니까?"

정겸이 웃으면서 말했다.

"연태우도 뵈어야겠지만 이웃에 있는 네 장인도 뵙는 것이 옳다."

정인광이 대답하기도 전에 서태부인이 이자염과 장성완에게 안으로 들어오라고 했다. 정인성 등은 편안히 일어나 맞았으나, 정인광은 장성완이 들어오는 것을 노여워해 바로 몸을 일으켜 밖으로 나갔다. 두 당숙 및 숙모들은 정인광이 이미 장성완과 결혼한 것을 알았음을 깨달아 부부의 정이 화목하지 못할까 염려했다. 정인광은 죽서루로 나왔는데 분노가 가슴에 얽혀 풀 길이 없었다. 다만 장헌을 상대하지 않고 장성완과 얼굴을 보지 않아 부부의 인연을 끊고 싶은 생각이었다. 하지만 장성완의 효성과 열절에 깊이 탄복했었기에, 이미 장가를 간 후 그 부모의 죄 때문에 박대하는 것은 어진 사람의 덕과 의가 아닌 줄을 알고는 있었다. 그러나 아직 평안히 존중하는 것은 꿈에서도 생각하지 못했으며, 스스로 사람 같지 않은 자의 사위가 된 것을 탄식하고 분노하여 화병을 참을 수 없었다. 그러다가 서태부인이 들어오라고 부르시니 옷과 허리띠를 가다듬고 들어갔다. 부모와 삼촌 등은 자리에 그대로 있고 신부들은 물러갔는데, 서태부인이 정인광을 불러 가까이 오라고 하여 물었다.

"아까는 무슨 일로 자리를 비우고 먼저 나간 것이냐?"

정인광이 답했다.

"제가 욱하는 성질이 있어 이것이 고질병임을 모르지 않지만, 윤리를 어지르고 성씨를 바꾸는 사람 같지도 않은 자는 차마 대하지 못하겠습니다."

서태부인이 어두운 얼굴로 엄정하게 말했다.

"내가 어리석고 네 아비 역시 사리에 밝지는 못하나, 윤리를 어지럽히고 성씨를 바꾼 자는 집안에 용납하지 않을 것이다. 너는 대체 누구를 말하는 것이냐?"

정인광이 자리를 비켜 앉아 엎드려 말했다.

"저는 그저 답답한 마음을 참지 못해 물어보시는 것에 대답한 것입니다. 온당치 않은 말씀은 거두어주십시오. 황공하게도 제가 죽을 죄를 지었습니다. 하지만 말씀드리고 싶은 것은, 부모와 자식의 관계는 천성이라 오륜의 으뜸이라는 것입니다. 못난 제가 장가간 사람이 누구에게서 태어났는지를 분별치 못하여, 누구는 연씨 딸을 소공(소수)이 양녀로 삼았다 하며 누구는 장씨(장헌)의 딸을 소공이 거뒀다 하니 그 근본 성씨를 알 길이 없습니다. 혼인은 인륜지대사입니다. 가문을 맺는 큰일을 하는데 아내가 어디서 태어났는지를 속이는 것이 어떻게 작은 변고에 불과하겠습니까? 이는 윤리를 어지럽히고 성씨를 바꾸는 것입니다. 만일 저 사람이 연공의 친딸이고 소공의 수양딸이라면 장씨라고 하는 것이 도리어 괴이합니다. 저는 그사이 무슨 일이 있었는지를 정말 모르겠습니다."

서태부인이 눈썹을 찡그리고 정삼을 돌아보며 말했다.

"아이의 생각이 치우쳐 있어 내가 저 마음을 열 수 없으니, 네가 한번 설득해서 의심을 풀게 하거라."

정삼이 머리를 조아려 응하고서 말했다.

"인광의 거동이 망령되고 공경할 줄을 몰라 어머님 앞에서 노하는 얼굴빛을 보였으니, 이는 세 살 어린아이도 하지 않을 일입니다. 제가 자식을 잘 가르치고 단속하지 못해서입니다."

서태부인이 슬프게 탄식하며 말했다.

"선군은 모든 일을 예에 맞게 하셨지만 특히 자식을 아끼는 데에는 의문이 없었으며 사랑을 두터이 하여 부자 사이에 조용한 것을 귀하게 여기셨다. 이에 너희 또한 요란히 책망하고 벌주는 일이 없었음에도 그 행동거지가 어그러지지 않았지. 내가 감히 태임의 태교를 흉내 낼 수는 없겠지만 그렇다고 불효자를 낳은 부끄러움이 있지는 않다. 집안의 법도는 선조들을 본받고 나라의 법은 전례를 따르는 것이니, 자식에게 구태여 위엄을 앞세워 친밀한 정을 없애고 화난 목소리로 꾸짖고 벌주는 것이 합당하겠느냐? 모름지기 지혜와 의로움으로 교훈을 전하고 자애로 지도하는 것이 옳은 일이거늘, 이러한 가르침을 자식 된 자가 듣지 않으면 이는 윤리를 어그러트리는 아이일 것이다. 노래자가 부모를 기쁘게 하는 효도를 생각한 것에 부끄럽지 않겠느냐? 너와 너의 아들은 모름지기 선군이 주셨던 사랑과 가문의 행실을 이어받아 서로를 아끼고, 요란스레 은혜를 저버리는 불행이 있게 하지 말거라."

정삼이 머리를 조아리며 가르침을 듣고는 슬픈 얼굴로 절을 하며 명을 받들었다. 정인광을 돌아보니 그는 온 마음이 두려워 감히 머리를 들지 못하고 있었다. 정삼이 인광을 가까운 자리에 앉도록 하고 웃는 얼굴로 말했다.

"지극하신 어머니의 가르침을 우리 부자가 함께 들었으니, 네 아비가 못나고 버릇없으며 네가 아무리 망령되고 무식한들 어떻게 마음속 깊이 깨닫고 새기지 않을 수 있겠느냐? 모르겠구나. 누가 너에게 신부를 연태우의 딸이라고 말했기에 윤리를 어지럽히고 성을 바꿨다고 욕하느냐?"

정삼은 온화한 얼굴로 말하고 있었지만 정인광은 그가 큰 소리로 꾸짖을 때보다 더한 두려움을 느꼈다. 그저 고개를 숙이고 엎드린 채 말했다.

"제가 버릇이 없어 밝고 거룩하신 아버지의 가르침을 저버리고 할머님 앞에서 공경하고 삼가는 예를 잃어 무식한 말을 하는 죄를 범했습니다. 할머니의 교훈과 아버지의 큰 덕이 이와 같으시니 황송하고 감격스러울 뿐입니다. 소대인(소수)의 양녀가 연씨 집안 딸이라는 것은 두 숙부를 비롯한 온 집안 사람들에게 들었습니다. 제가 이를 듣고 다시 생각해 보니 장씨 딸이 아니라고 하는 것은 분명히 성을 바꿨기 때문입니다. 그러니 이를 알게 되기 전처럼은 대할 수 없을 듯합니다."

정삼이 슬프게 말했다.

"옛날에 완월대 위에서 우리 친척 형제들이 모여 조씨·이씨·장씨 세 사람과 함께 서로 자녀를 가지고 주나라와 진나라의 아름다운 혼인을 정할 것을 굳게 약속한 것은 네가 비록 어릴 때였지만 기억하고 있을 것이다. 내가 그때부터 이미 인성이는 이씨 집안 사위고 너는 후백의 사위라고 정해놓아, 그 뜻을 땅이 늙고 하늘이 황폐해지더라도 바꾸지 않으려 했다. 장씨 며느리가 열 살의 어린 나이에 세상에 없는 험난한 지경을 당해 그 맑디맑은 열절로 얼굴을 찢고 귀를 떼기까지 했다는 것은 네가 더 잘 알고 있을 것이다. 왕과부가 팔을 자른 것과 열녀 고행이 외모를 버리려 스스로 코를 벤 것은 다 어릴 적에 한 것이 아니고 절의를 지키려 어쩔 수 없이 한 것인데도 역사에 끊임없이 전해지고 있다. 하물며 이제 이 재앙이 우리 며느리의 것이 되었는데, 너는 마음속으로 며느리를 도마뱀이나 본 듯이 배척해 장가 들지 않겠다고 굳게 다짐하는구나. 하늘의 인연이 무거워 네가 깨닫기도 전에 남강에서 네 손으로 우리 며느리를 건져 소선생께 맡겼으니, 이 어찌 하늘께서 유의해 주신 것이 아니겠느냐? 네가 전에 '장공에게는 잘못이 있지만 백승은 어질어 순임금과 요임금의 풍격이 있으니 친구로 사귀기에 충분하다'고 했다. 그런데 우리 며느리의 큰 덕과 성품은 백승보다 세 배는 낫다. 장공이 중간에 본성을 잃어 너를 박하게 대접한 적은 있지만, 너는 이미 죽을 위기를 면했고 형님과 나도 그 해를 받지 않았다. 그런데도 그를 원수로 지목하고 말을 할 때마다 혐오스러운 집안이라고 말하는 것이 이상하구나. 개과천선은 성인께서 허락하신 것으로 장공은 유모의 충고를 따라 바로 그림을 태운 후 잘못되었다는 것을 환하게 깨달았으며, 그 본심도 우리 가문을 모두 죽이려고 한 것이 아니어서 간곡한 정과 슬픈 뜻이 그 와중에도 없지 않았다. 그러니 배은망덕해서가 아니라 자신의 가문이 쇠락하는 것을 근심하고 그 선조의 피붙이가 자기 한 사람뿐이라는 것을 슬퍼하여 권세가의 미움을 받지 않으려 한 것이다. 의견이 격렬한 자와 책망을 심하게 하는 자들은 간혹 그가 시대를 따라 뜻을 바꾸는 소인이라 하기도 하고, 또는 비루하게 세력을 좇는 무식한 자라 욕하기도 한다. 하지만 네 아버지는 관중이 포숙아를 알아주는 것을 본받으려고 하니, 장공이 나라를 말아먹은 환관 왕진 같은 사람이라도 백승의 어짊과 우리 며느리의 뛰어남이 이 같다면 나는 장공을 뉘우치게 해서 왕실에 보탬이 되게 하고 싶다. 하늘이 만백성을 낳았을 때 왕의 신하가 아닌 자가 없다고 한다. 그 덕을 쓰려고 한다면 반역자 집안의 자손이라고 한들 무슨 피할 일이 있겠느냐? 이는 돌아가신 아버지께서도 마땅하게 여기시던 바다. 하물며 장공은 나라에 터럭만큼도 죄를 지은 것이 없고, 조정에 출입한 지 수십 년이 되도록 나랏일에 온 마음을 바쳐 공정하고 근면하며 충성심이 남들보다 나아 온갖 행동이 절개에 맞고 조금도 죄나 허물이 없었다. 그러니 한순간 말을 잘못하고 행동을 잘못했다고 하여 책망해서는 안 된다. 나 또한 장공이 기강에서 너를 박대한 것은 분하게 생각하나, 그의 본심에 너를 죽일 뜻이 있었으면 최언선이 자기 뜻을 어기면서까지 너를 구하는 것에 분노했을 것이며 그를 죽이는 데도 거리낌이 없었을 것이다. 다만 위세에 이끌리고 온갖 흉악한 벼슬아치들에게 공격

당할 것을 두려워해 너를 가짜로 해치려 했던 것이라 생각한다. 최언선이 너를 구하니 장공 역시 기뻐하며 가만히 그를 용서했다. 이 일이 비록 광명정대하지 못하고 그 사람됨이 굳세거나 엄정하지는 않지만, 사람의 성질은 다 제각각이고 뜻을 두는 것도 역시 모두 다른 법이다. 그러니 하찮고 사사로운 증오심을 가지고 이를 갈며 복수하려 하고 원망을 품고 욕하는 것이 어찌 사나운 일이 아니겠느냐? 돌아가신 아버지께서 이미 후백의 성품이 견고하지 못한 것과 또 자손 중에 너 같은 자가 있어 조그만 원한이라도 기필코 갚으려 할 것을 깊이 염려하셔서 위급한 일이 닥치면 어찌해야 하는지 가르침을 주셨다. 못난 나는 네 할아버지의 넓고 큰 덕을 감히 잇지는 못하지만, 밝고 성스러우며 사물을 꿰뚫어 보는 교훈은 저버리지 않으려 한다. 네가 지금 할아버지의 유언과 나의 뜻을 섬기지 않고 과격한 고집과 화를 참지 못하며 장공을 욕하고 며느리를 박대해 부부의 도를 없애려 한다면, 내가 다시는 너를 자식이라고 생각해 가르치지 않을 것이며 네 할아버지의 뜻을 거역하는 놈을 결코 좋게 대할 수 없을 것이다. 네가 장공을 예사롭게 보지 않고 장씨 아이를 끝내 마다할 거라면 하루라도 빨리 결단하거라. 그렇지 않고 만일 미혹에서 벗어났다면 오늘의 가르침을 깨달아 아버지와 아들 사이에 숨기는 일이 없도록 해라. 사람이 모르는 이와 말을 한다 해도 그 바탕에는 믿음이 있을 것인데, 하물며 자식이 아비에게 거짓말을 해서 말과 실상을 달리하겠느냐? 은백과 조카들이 장씨 며느리를 연씨라 속인 것은 한순간 희롱한 것이니 깊이 믿을 바가 아니고, 혼서와 문명 예식에서도 이미 장씨 집 사람임을 밝혔다. 네가 연씨 집 사람인 줄 알았다며 욕해서는 안 되니, 다시 이상한 말을 하지 않도록 하거라."

정삼이 말을 맺는데 그 기운이 화평하고 태도는 위엄이 넘쳤다. 옛일을 말할 때는 슬프고 근심하는 기색이 있으니 조금도 꾸며낸 바가 아니고 모두 진심에서 나온 것이었다. 정인광은 정삼이 원래 헛되이 말하는 법이 없고 자신이 고집을 돌이키는 결단을 내리지 않으면 다시는 자식 취급을 받지 못할 것을 알았기에 적잖이 두려웠다. 만약 일이 그렇게 된다면 아버지에게 죽임을 당해도 어쩔 수 없었다. 자신이 철석같이 정한 뜻이 저 바람에 휙 날아갔으니 어떻게 대답을 더디게 하고 또 어떻게 마음을 숨길 수 있겠는가? 허겁지겁 머리를 조아리고 두려움에 눈물을 흘리며 정삼에게 말했다.

"가르침이 이와 같으시니 못난 제가 감히 무슨 말씀을 드리겠습니까? 장공이 저를 죽이려 했던 것은 제가 비록 성격이 사나우나 원한으로 삼지 않고 있습니다. 하지만 두 대인의 그림을 그려 경태세에 드리려고 했던 것에는 분통이 터지고 마음이 아파 뜻을 결단하여 장씨와 혼인하지 않으려 했습니다. 이번에 상경해 사촌들의 말씀을 들으니 지극히 선하고 효성 깊은 형님께서도 장공에게 장유유서의 뜻을 지켜 옛날처럼 대한다고 하시더군요. 그래서 저도 형님의 처사를 따르려고 했을 뿐입니다. 다만 저는 장공의 사위가 되리라고는 전혀 생각지도 못했는데 막상 장가를 가 보니 신부가 장씨의 옛날 모습과 똑같았기에, 비로소 그 인간의 계책을 깨달아 분노가 더 심해진 것입니다. 그 딸이 죄가 없다는 것은 저도 모르지 않습니다. 하지만 제가 눈이 없는 것처럼 여겨 속여서 시집보내고 혼자 기뻐하는 꼴이 더욱 가증스러우니, 어떻게 장인과 사위의 도리와 인륜의 대사를 생각할 수 있겠습니까? 장씨 역시 그 아비의 죄를 모르고서 태연스레 정씨 집안에 시집을 왔으니 제가 너무 놀라고 화가 치솟습니다. 하지만 아버지께서 옛날에 굳게 정한 맹세를 말씀하시면서 일의 중대함과 저의 뜻을 몰라주시니, 제가 감히 화내는 모습을 보여드리고 천한 고집을 피워 부모님께서 바라시는 바를 거스를 수는 없을 것입니다. 차라리 제 몸에 욕을 뒤집어쓸지언정 아버지의 명령은 거역하지 않겠습니다. 다만 염치 없는 장씨 부녀가 아버님의 덕이 지극하다는 것과 제가 어쩔 수 없이 화목하게 대한다는 것을 모르고, 저를 그 집의 아들이라도 된 듯 오라 가라 하며 부모 자식 사이의 도를 차리려 할 것이 걱정입니다. 그렇게 되면 저의 조급한 성정으로는 더욱 참기 어려울 것입니다."

정삼이 살짝 웃으며 한참을 지켜보다가 말했다.

"너는 정말로 심하게 편벽된 사람이구나. 장씨 부중에 드나들지 않는다고 한들 누가 너를 장공의 사위가 아니라고 하겠느냐? 내가 비록 어리석지만 너에게 출세에 눈이 멀었다는 오명을 씌우지는 않을 것이다. 또한 혹여 장씨 아이와 화락하는 것을 다른 사람이 꾸짖으면 내가 맞설 것이며, 며느리가 만일 네가 잘 대해준다고 방자해진다면 사람을 알아보지 못한 과오를 너에게 반드시 사과할 것이다."

이러한 정삼의 말을 듣고 정인광은 순순히 절을 했다. 하지만 마음속에 가득 찬 분노가 어찌 쉽게 풀리겠는가? 다만 지금의 형세로는 아버지가 장헌 부녀를 배척하지 않을 것 같기에 깊이 분노하면서도 감히 내색할 수가 없었다. 정잠 또한 흉악하고 교활한 박교랑이 자신의 죄를 자백했다는 것을 전하면서, 숙녀의 밝은 행실과 고결한 절개를 공경하지 않는 것은 군자의 덕이 아니며 대장부의 넓은 마음씨가 아니라고 설득했다. 정염과 정겸도 한목소리로 장성완과 잘 지내라고 권했다. 정인광은 장성완이 누명을 벗었다는 것은 처음 들었는데, 장성완이 죽지 않고 자신에게 시집을 왔는데도 정려문에 기려지는 행태가 요란해 그 이름이 성에 가득 울리는 것을 탐탁지 않게 생각하며 말했다.

"여자의 이름이 요란히 먼 곳까지 닿는 것은 불행한 일입니다. 큰아버지와 백승께서 황제께 아뢰어, 정려문을 내린 것을 도로 거두어들이시라 하는 것이 옳습니다."

정잠이 말했다.

"임금님의 뜻이 견고하며 여러 대신이 마땅하다고 아뢰었으니 다시 번복할 수 없게 되었다. 월염이와 기염이 모두 정려문으로 기려진 것이 정말 불안하고 황공하구나."

그때 마침 시중드는 사람이 장헌이 왔다는 것을 알렸다. 정염이 웃으며 말했다.

"후백이 인광이를 흔쾌히 사위로 삼았으나 인광이가 만나러 오지 않는 것이 답답해 먼저 찾아온 것이구나. 인광이는 장인을 대하여 예를 그르쳐서는 안 될 것이다. 모름지기 이전의 습성을 버리고 장인과 사위 사이의 의를 극진히 해서 장공의 사랑을 잃지 말거라."

정겸과 여러 공자들이 웃음기를 머금었다. 정잠과 정삼이 함께 문윤각으로 나와 장헌을 맞았는데 이곳은 내당과 매우 가까운 곳이었다. 장헌이 당에 오르고 예를 갖추니 정인광이 어쩔 수 없이 앞으로 나아가 절을 했다. 장헌이 기쁨을 이기지 못하며 정인광의 옥같이 아름다운 얼굴을 뚫어지게 쳐다보았다. 그러고는 웃는 입을 주체하지 못한 채 정신없이 앉았다가 정삼에게 딸을 불러 함께 앉히고 싶다고 부탁했다. 정삼이 웃으면서 마지못해 시중드는 아이에게 장성완을 불러오라고 했다. 이윽고 장성완이 명을 따라 다시 아버지 앞에 뵈러 왔는데, 그 아리땁고 빛나는 모습이 볼수록 기이해 정말 장헌의 딸인지를 깨닫지 못할 정도였다. 장헌이 딸의 손을 잡고 머리를 쓰다듬으며 형용할 수 없을 만큼 사랑했는데, 정인광을 대해서는 지극히 사랑할지언정 한마디도 내색하지 않았다. 이는 기강 땅에서 정인광을 만나 죽이려 했던 일과 그가 자신의 첩이 되었다는 것을 시간이 지나 최언선에게 들었기 때문이다. 또 정인광이 자기를 싫어해 침을 뱉는가 생각해 부끄러움이 앞서니 한마디도 말할 수가 없었다. 장헌이 문득 슬프게 탄식했다.

"내가 사리에 어둡고 아는 것이 없어 하나뿐인 딸에게 참혹한 변고와 억울한 누명을 한 몸에 떠안게 하고 지독한 어려움을 겪게 했지. 천지신명이 보우하사 소공께서 거두어주셔서 지금에 이르러 옛 맹세를 완전히 이루었으나, 지금까지 사고가 많은 것은 모두가 나의 허물이네. 뒤늦게 뉘우치고 후회하지만 어찌 돌이킬 수 있겠는가?"

정삼은 예전부터 지금에 이르기까지의 모든 일들을 용서해 주었는데, 정인광이 장헌의 첩이 되었다는 것은 알면서도 모르는 척했다. 장헌의 아첨하는 모양과 비루한 말을 듣고 있노라면 정인광이 그를 증오하는 것도 이상하지 않을 정도였다. 정삼은 민망함을 이기지 못해 시중드는 아이에게 술상을 내오라 하고 장헌에게 체통 없는 언사를 그만하도록 권했다. 장헌이 비로소 잡스러운 말을 그치고는, 말술을 마시며 사위를 돌아보고 매우 기뻐했다. 이때 장성완의 참혹한 마음과 뛰노는 혼백을 어디에 비하겠는가? 자기는 꿈에서도 알지 못했던 일이 아버지의 입에서 나오는데, 시아버지가 순순히 대하는 것과 사람들이 함께 웃는 모양을 보니 모두들 안 지가 벌써 오래된 것 같았다. 게다가 자신의 남편이 그 자리에 함께 앉아 있으니 정말로 죽지 못하는 것이 큰 불행이었다. 어찌 터럭만큼이라도 살 뜻이 있으며 또 감히 낯을 들어 시아버지와 시가 식구들을 대하고 싶겠는가? 그저 초조하고 위축되어 죽고 싶은 마음만 한가득이었으니, 부끄럽고 놀라우며 슬프고 애달파하는 거동은 보고 있는 이들을 안타깝게 했다. 정삼은 처음부터 이런 일을 염려했기에 마음속으로 탄식하며 신부를 안쓰럽게 생각했다. 그가 장헌에게 말했다.

"우리 며느리가 그저께 대례를 마친 이후 계속 몸을 쉬지 못했습니다. 이제 그만 들여보내 방에서 쉬게 하는 것이 어떻겠습니까? 형님께서 보고 싶으시다면 날마다 며느리의 처소로 가 보셔도 되고, 슬하에 두고자 하신다면 조용히 데려가 정을 펴고 돌려보내셔도 좋습니다."

장헌은 눈치가 전혀 없어서 다만 기쁘게 웃으며 말했다.

"내가 딸을 결혼시켰으니 동방에서 신랑과 노니는 재미를 보게 하고 싶은 마음이 큰 가뭄에 비구름을 기다리는 마음과 같네. 그러니 딸을 돌려보낼 때 사위도 함께 보내주게."

정삼이 말했다.

"이는 어렵지 않습니다만 제 못난 아들이 심히 철이 없습니다. 석보(이빈)도 사위(정인성)와 한집에서 지내는 것을 급하게 생각하지 않아 일찍이 큰아이 부부가 함께하기를 청한 적이 없습니다. 앞길이 구만리인데 무엇이 바쁘겠습니까? 천천히 형님의 청을 좇겠습니다."

장헌이 못마땅해하며 말했다.

"재보 형제가 지금 열여섯이 넘었는데, 어리다고 해서 부부가 따로 지내게 하는 것은 절대 있을 수 없는 일이네."

정잠이 웃으며 말했다.

"우리 동생의 말이 그러하지만 구태여 따로 지내라고 하지는 않았으니 후백은 염려하지 말게."

말을 끝내고 장성완을 처소로 돌려보냈다. 사람들이 모두 밖으로 나갔는데 정인광은 당 밑으로 내려가 인사하고는 끝까지 모시지 않았으니 이는 장헌을 대하고 싶지 않아서였다. 장헌이 외헌으로 나와 정인광이 없는 것을 보고 호탕하게 웃으며 말했다.

"재보가 신혼의 정이 아쉬워 부부가 함께 들어가 버리고 나를 배웅하지 않는 것이로구나. 내가 저를 매우 사랑한들 제 뜻이야 어질고 아름다운 아내와 잠시도 떨어지고 싶지 않은 것이겠지. 그러니 나를 따라 나올쏘냐?"

장헌의 말에 정염 등이 실소했다. 정인홍이 참지 못해 먼저 일어나 내루로 들어오니 정인광이 보였다. 그가 크게 웃으며 장헌이 사위를 곁에 앉혀 미친 듯이 굴던 거동과 아까 했던 말을 흉내 내자 서태부인과 여러 숙모들도 웃음을 참지 못했다. 정인광은 더욱 화가 나 눈썹을 찌푸리며 말했다.

"그 꼴을 한 번 보는 것도 머리를 두들겨 맞는 듯한데, 너는 무슨 기특한 말이라고 그 모양을 흉내 내 나의 비위를 상하게 하느냐?"

정인홍이 비웃으며 말했다.

"제가 진정 형님이 장인을 공경한다는 것을 알겠습니다. 앞에서는 두통이 나도록 조심하시고는 흉내 조금 내는 것이 뭐가 문제라고 그리 말리십니까? 제가 여자라도 형처럼 눈을 감고 혼례를 치른다면 차마 답답해서 못 견딜 것 같습니다. 형님이 옛날에 장공의 애첩이 되어 삼가고 공경하던 버릇이 아직 없어지지 않았군요."

정인광이 도리어 미소 지으며 말했다.

"군자는 예가 아닌 것은 보지도 말고 들어서도 안 된다. 내가 왜 굳이 눈을 들어 그 어그러진 꼴을 보겠느냐? 옛날처럼 굴고 싶은 것을 아버지의 가르침이 두려워 참으려고 하니 가슴이 터질 것 같구나. 내 그 거동을 오랫동안 대하면 기필코 성격을 버리고 수명이 줄어들 것이다."

서태부인과 화부인이 정인광의 고집불통이 지나치다고 나무랐다. 숙모들은 장성완의 효성과 절개를 칭찬하며 그 아버지의 작은 잘못 때문에 신부를 경멸해서는 안 된다고 했다. 뒤이어 정잠 형제가 장헌을 배웅하고 들어와 서태부인을 모시고 앉아 조용히 이야기를 나누었다. 정염과 정겸은 장헌이 하던 말을 전했는데, 정인광을 첩으로 거둘 때 이미 그것을 알고 있었지만 사태가 위급해 아는 척을 못 하다가 농으로 한 행동이 진짜가 될 것 같아 말했다고 했다. 이에 서태부인이 미소를 지으며 말했다.

"인홍이에게 먼저 들었다. 조카는 옛날에 하지 않던 버릇을 늘그막에 시작해 남의 잘못을 말하는 것으로 소일거리를 삼는구나. 월염이도 시아버지의 허물 듣는 것이 편치 않을 것이고 신부가 들으면 더욱 참담하고 부끄러울 것이니 그치도록 해라."

정염이 웃으며 말했다.

"말씀이 지당하시니 앞으로는 그러지 않겠습니다. 다만 그 언사와 거동이 우습기가 날로 심해져서 참기가 어렵습니다."

정삼이 웃으며 말했다.

"그렇게 쉬운 것도 못 참을 것이라면 세상의 고통과 시름에 마음이 흔들려서 어떻게 견디는가? 못된 광대요 심술 많은 위인이로다."

정염이 크게 웃으며 따지듯 말했다.

"제가 장후백에게 무얼 어찌했다고 이런 말씀을 하십니까? 혼례를 다시 치르려는 마음 때문에 도리어 온 집안을 화목하게 하시던 뜻이 변하였으니 장씨가 형님까지도 그릇되게 만들겠습니다."

정삼이 웃으며 말했다.

"나를 그릇되었다고 하는 자가 잘못된 것이지 내가 달라진 바가 무엇이 있겠는가? 오늘 후백이 취해서 추태를 드러낸 것은 은백의 심술 때문이니 다시 변명하지 마라."

이에 정염이 크게 웃고 다시 말하지 않았다. 뒤이어 저녁 문안 인사를 끝내고 정삼이 정인광에게 신방으로 가라고 했다. 정인광은 감히 그 말씀을 어기지 못해 어쩔 수 없이 밤이 깊어진 후 경운당으로 들어갔다. 그러고는 주변을 살피지도 않고 옷을 입은 채 이부자리에 쓰러졌다가 닭 소리가 날 때 일어나 서재로 갔다. 이렇듯 신부가 있는지 없는지도 신경 쓰지 않을 정도이니, 장성완이 평소에 편히 지내는지는 전혀 생각할 바가 아니었다.

날이 음력 오월 복날이 되자 찜통더위가 기승을 부렸다. 장성완은 대례를 치른 후 삼사일이 지나도 띠를 끄르지 않았고, 앉아서 밤을 새운 지가 보름이 되었는데도 오히려 병들지 않고 행동과 차림새가 편안했다. 화부인은 아들이 대하기 어려운 성품이라는 것과 며느리의 마음이 한결같이 굳다는 것을 애처롭게 여기며, 아들이 경운당에서 머무는 것이 며느리에게 해만 있고 득이 없음을 염려했다. 그래서 정인성에게 동생 인광과 함께 서재에서 머물라고 권했다. 이에 인성이 웃음을 머금고 대답했다.

"아버지께서 인광이에게 경운당에 있으라고 가르치셔서 인광이가 감히 나오지 못하는 것입니다. 구태여 세세한 사정을 아는 체해 봐야 무엇 하겠습니까?"

화부인이 말했다.

"그 심지가 예사롭지 않고 고집이 심해서 품은 분노를 며느리에게다 푼 다음에야 그칠 것이니, 연약한 장아가 견딜 수 없을 것이야. 차라리 각자 다른 곳에 있다면 며느리가 마음대로 행동할 수 있을 것 같구나. 다만 이는 크지 않은 일이라서 네 아버지에게 고하지 못하고 너에게 말하는 것이다. 네가 그 아이의 형이라 해서 제수의 난처함을 살피지 않고 동생의 사나운 뜻대로 내버려두려 하니 의로 맺은 동기가 피로 맺은 형제와 다르다는 것을 알겠다."

정인성이 관옥 같은 얼굴에 온화한 웃음을 가득 띠며 부드러운 목소리로 대답했다.

"비록 재보가 험하고 고집이 세지만 제수에게는 그보다 나은 사람이 없으니, 어머니께서 구구히 신경 쓰시는 것이 인광이가 무심하게 박대하는 것만 못할 것입니다. 인광이는 제수의 효성과 절개와 덕행이 천고에 다시없을 줄을 알고 있기에, 분노를 품은 중에도 싫어하고 박대하지 않을 것이라 생각합니다. 그 고집이 언제까지 가겠습니까? 화락하기까지 오래 걸리지 않을 것입니다."

화부인이 미소를 머금고 말했다.

"이각로(이빈)에게는 장공 같은 허물이 없는데 너는 왜 우리 며느리를 다른 집 부녀자같이 생각하여, 혼례를 이룬 지 며칠이 지났는데도 다시 한 방에서 함께하지 않는 것이냐? 숙부와 아버지가 명하지 않으면 제운각에 오지 않으며 밤마다 취일전에서 정신없이 돌아다니는 것은 어째서이냐?"

정인성이 머리를 조아리며 대답했다.

"어머니께서 이미 알고 계시니 저에게 물으실 바가 아닙니다. 이씨(이자염)가 우리 집에 들어온 지 몇 달이 지났지만 저는 아직 이씨가 현명한지 못났는지를 알지 못하겠습니다. 제가 아직 그 허물을 보지는 못하였기에 부부의 윤리상 무고히 박대하지는 않을 것이니 어머니께서는 이런 곳에 심려를 허비하지 마십시오. 간혹 밤에 취일전에 다니는 것은 어머니(소교완)의 병세가 간간이 위중해졌기 때문에 자연히 허둥댄 것일 뿐, 밤마다 돌아다닌다고 책하시는 것은 과하게 아시는 것입니다."

화부인이 생각에 잠겨 말을 하지 않았지만, 아들과 며느리 사이에 바람 잘 날이 없다는 것을 짐작할 수 있었다. 눈앞의 근심은 오히려 가벼웠으나 훗날에 염려가 있을 것을 그윽이 슬퍼했다. 하지만 이런 감정을 얼굴빛과 말투에 나타내지는 않았다.

한편 황제는 정잠과 조세창의 곧고 큰 절개를 표창하여 친히 금으로 쓴 편액을 내렸다. 충의와 열절을 높이며 의를 행함을 찬미하는 글을 지어 먼 훗날에도 사라지지 않게 하려 한 것이었다. 조세창에게 는 충렬문을 내리고 정잠에게는 충정문을 내리니 각각 충성과 의리를 빛내는 뜻이 있었다. 조세창은 오랑캐 땅으로 가서 황제의 옥체를 붙들어 위급한 바를 막은 공이 정잠보다 더했다. 정잠과 조세창이 황공하고 불안한 마음을 이기지 못하여 죽기로써 사양했으나 황제의 뜻이 한결같아 이를 허락하지 않았다. 두 사람은 차마 다른 말을 하지 못하고, 자신의 부모를 위해 연회를 베푸는 은혜를 더욱 황공하게 여겼다. 또 황태후가 궁에서 연회를 열어 영원히 복을 누리고 건강하게 살 것을 축수하며 모든 공신들에게 차례대로 잔치를 열어줄 것을 결단했기에 감히 사양하지 못했다. 황태후는 경태제가 붕어한 것을 슬프게 여겨 그 장례를 치르기 전에는 음악을 베풀지 말고 늦가을에 잔치를 열라고 했으니, 조정과 민간 모두에서 태후의 성스러운 덕을 입 모아 칭송했다. 또한 이때 장창린의 부인 정월염과 양필광의 부인 정기염, 그리고 정인광의 부인 장성완에게도 정려문이 내려왔다. 각각의 집안을 빛내는 높은 절의와 효성, 밝은 업적이 황제가 친히 내린 금색 어필로 기려졌으나 세 사람이 모두 한가지로 불안하고 황공해했다.

세월은 빠르게 흘러 여름 석 달이 다 지나고 초가을이 되었다. 정삼의 딸 정자염의 길일이 다다르자 부모와 숙부, 온 친척이 기뻐하고 축하하며 즐거워했다.

(책임번역 남혜경)

완월회맹연

권 36

혼인과 급제

정자염과 이창헌이 혼인을 하고
이창헌과 정인광이 급제를 하다

정자염과 이창현의 혼례

세월은 빠르게 흘러 여름 석 달이 다 지나고 초가을이 되었다. 정삼의 딸 정자염의 길일이 다다르자 부모와 숙부, 온 친척이 기뻐하고 축하하며 즐거워했다. 어진 사람이나 못난 사람이나 부모로서의 사랑과 친지 간의 정에는 차이가 없었다. 또한 정자염의 훌륭한 덕과 기질, 풍채와 외모는 사람들 중에 빼어났다. 정자염은 이자염이 지닌 정숙함과 단정함, 장성완이 지닌 차분함과 깨끗함을 아울렀고, 온갖 행실과 덕목에서 털끝만큼도 이자염과 장성완에 미치지 못하는 것이 없었다. 그렇기에 정삼 부부가 귀중히 여기고 할머니인 서태부인의 사랑이 천륜의 정을 넘어서며 숙부들의 친애가 친딸에 못지않았다. 이처럼 온 집안이 정자염을 떠받들 듯이 하는데도, 자염은 자질과 성품이 총명하고 남다르며 부드럽고 겸손하여 겨우 3세 때 글을 깨쳐 터득했고 지금은 이미 성대한 학식과 재주가 만고의 역사를 기울일 정도였지만 아는 것을 드러내지 않았다. 법도와 행실을 자연스럽고 민첩하게 하면서 부인의 덕을 닦아 태어날 때부터 발이 섬돌을 디딘 적이 없었고 예절에 어긋나는 것은 행하지 않았다. 고요히 예를 지키며 지극히 효를 닦아 밤에 잠을 자면 첫닭이 울 때 맞춰 일어나고, 부모께 아침 인사를 드린 후에는 어른을 따라 할머니와 부모의 이불을 개고 자리를 거두었다. 식사를 드시라 아뢴 뒤에는 물러 나와 바느질과 베짜기를 하고 때에 맞춰 문안하며, 날이 저물어 침소로 돌아와서는 《내훈》과 《여계》를 보고 《열녀전》을 익히면서 촌음의 시간을 아꼈다. 비록 혼자 있을 때라 해도 태만히 하거나 교만히 있지 않았고, 감정의 기복이 없어 집안사람과 부모라도 화를 내는 얼굴을 보거나 내지르는 소리를 듣지 못했다. 언제나 봄빛처럼 온화하고 향기로우며 가을 물가 같은 모습은 차분하고, 붉은 입술은 다물어져 있으며 고운 뺨이 고요하니 정잠이 매양 이렇게 일컬었다.

"이 아이는 명염이가 지닌 온화하고 은은하며 맑고 지혜로운 자질과 월염이가 지닌 강직하면서도 조화로우며 신이한 성품과 밝은 덕을 겸비하고 있으니, 나의 두 딸을 합해야 겨우 이 아이를 당할 것이다."

서태부인도 정자염을 볼 때마다 어루만지며 여자 가운데 성인이라고 했다.

바야흐로 길일이 되어 이빈의 아들 이창현이 육례를 갖추고 신부를 맞아 오니, 부모와 할머니가 비할 데 없이 아름답게 여겼다. 이창현은 문장과 도량이 뛰어나고 풍모가 시원하며 아름다워, 정자염과 함께 있으면 한 쌍의 명주 구슬 같아 보는 사람이 더욱 기쁘고 즐거웠다. 이씨 집안에 관한 일들은 《성호연》에 적혀 있기에, 정자염과 결혼하게 된 특별한 사연과 백년해로하며 화평하게 지낸 이야기는 여기에서 빼겠다.

한편 이자염의 할머니인 주씨는 손녀의 맑은 행실과 덕스러운 자질을 특별히 아꼈기에, 이자염이 정인성 같은 군자를 짝으로 삼아 부부가 되자 화려한 옥구슬에 수놓은 비단을 더한 것처럼 기뻐했다. 그러나 부부가 화락하며 지내는 재미를 보지 못하게 되니 마음이 울적했다. 이에 이빈이 정잠과 정삼에게 이창현의 혼인 잔치 자리에 정인성과 이자염을 함께 보내달라고 부탁했다. 이에 정잠 형제가 정자염의 혼인날에 며느리 이자염을 친정으로 보내는데, 정인성은 소교완이 자주 불평하는 것을 걱정해 며칠이라도 남의 집에 가서 자는 것을 원하지 않았으나 두 어른이 권하니 감히 거역하지 못하고 함께 이씨 부중으로 향했다.

장헌은 이 잔치 자리에 참석했다가 이빈이 딸과 사위를 모두 데려가는 것을 보고는 매우 부러워했다. 또 장창린 부부가 이씨 부중에 가 여러 날 머물러 있어 집안이 쓸쓸했기에 사위 정인광을 데려가고 싶은 마음이 생겼다. 자리의 손님들이 흩어질 때를 보아 정삼에게 장성완과 정인광을 데려가겠다는 뜻을 비쳤다. 정삼이 아들의 성품을 모르는 것이 아니지만, 장헌의 체면을 보아 그 청을 박절하게 물리치지 못하고 정인광을 불러오도록 했다. 정인광은 형 정인성 부부가 이빈의 집으로 가는 것을 보고, 염치없는 장헌이 자신도 이처럼 하고 싶어 부친에게 청할 것을 이미 알고 있었다. 시동에게 장헌이 있다는 말을 듣고는 더욱 화가 나 동생 정인경을 돌아보고 말했다.

"내가 요즘 더위를 먹어 그 증상이 가볍지 않고 가슴과 배에 탈이나 팔다리를 움직이기 싫구나. 부르시는 명령에 대해서는 이러저러하게 아뢰어라."

그러고는 책상에 기대어 누웠다. 정인경은 마지못해 서헌에 나와 둘째 형이 더위를 먹어 그 증상이 위급하기에 자기를 보냈다고 아뢰었다. 정삼은 아무 말을 하지 않았고, 정잠이 장헌을 돌아보며 말했다.

"둘째가 아프지 않은 상황이라도 큰아이 부부가 이씨 부중으로 가고 딸아이가 남편을 맞아 돌아간 까닭에 홀로 계신 어머니가 우울해하시니, 인광의 부부까지 떠나는 것을 허락하지 않으실 듯하네. 게다가 둘째의 더위 먹은 증상이 위중하니 데려간다 해도 동방에 깃드는 재미는 보지 못하고 도리어 걱정과 근심을 더하게 될 것이네. 큰아이가 돌아온 후에 그 통증이 낫기를 기다려 조용히 데려가는 것이 좋을 듯하군."

장헌이 매우 서운했지만 어쩔 수 없어 그저 정인경을 돌아보고 말했다.

"그 증세가 어떠한지 내가 잠깐 보고 싶구나. 누워 있는 곳이 어디인가?"

인경은 형이 장헌을 보기 싫어하는 것을 아는 까닭에 이렇게 대답했다.

"내헌 뒤 청사에 누워 있어 들어가지 못하실 것입니다."

장헌은 다시 청하지 못하고 몹시 애달파했다.

이날 저녁 문안을 하러 정인광이 들어왔다. 정삼이 일마다 꾸짖지 못하겠기에 더위 먹은 증상의 경중을 묻지 않고 그가 핑계 댄 것을 아는 체하지 않으니 인광이 속으로 안심했다. 이후 닷새 만에 이자염이 돌아왔고, 정인성은 직무를 하는 여가에 할머니와 부모의 앞을 떠나지 않고 지켰다. 장헌은 다시 정인광을 청하고 싶었지만 연부인이 말리는 바람에 마음대로 할 수 없었다.

이창현과 정인광의 급제

이러저러하게 시간이 흘러 중추절이 다가왔다. 황제가 문묘에 배알하고 과거를 열어 인재를 뽑으려 했다. 정씨 집안에서는 인광과 인명, 그리고 인유가 과거 시험장에 나가 큰 재주를 떨쳐 보이니 어찌 한갓 문채만 빛났겠는가? 문장의 뜻은 《춘추》만큼 높았고 운몽같이 넓었다. 특히 정인광의 문장과 필법은 여러 무리 중에 뛰어나 너른 바다의 물결처럼 거침없고 맑은 달이 강한 바람에 씻긴 듯 격렬했다. 군자의 모습과 품격이 종이 위에 머물렀고 흘러넘치는 덕이 글 가운데 쌓였다. 이에 정인명 등이 매우 놀라며 공경하고 탄복했다.

제각기 글을 적어 내고 두루 한가히 돌아다니는데, 어느새 장원을 호명할 때가 되었다. 첫째는 이창현이니 부친은 각로 이빈이요, 둘째는 정인광이니 나이 17세에 부친은 처사 정삼이요, 셋째는 엄경륜이니 나이 17세요, 넷째는 엄희륜이니 나이 16세요, 다섯째는 정인명이니 나이 15세에 부친은 태자소부 정겸이요, 여섯째는 정인유이니 나이 14세에 부친은 경조윤 정염이었다. 그 밖의 사람들 이름은 여기에 기록하지 않는다.

새로 급제한 사람들을 차례로 호명하니 어전에서 남색 저고리와 화려한 띠를 주고 인재 얻은 것을 참으로 기뻐했다. 황제가 장원 이하를 가까이 오게 하여 보는데, 장원 이창현은 풍모가 깨끗하고 빼어나며 빛나는 도학은 말할 것도 없었다. 정인광은 해를 기울일 만한 기풍이 있고 넓은 바다와 같아 흔들어도 흐려지지 않으며 가까이 가서 보면 태양과 같았다. 맑은 골격과 흰 피부는 깨끗하고 훤칠하여 아름답고, 푸른 산에 아침 태양이 떠올라 봄 동산에 온갖 꽃의 정령들이 활짝 피어나는 듯했다. 기품과 도량은 정숙하고 태도는 당당하여 8척 장부의 늠름한 위풍이었다. 봉새의 눈 같은 두 눈은 지극히 맑아 광채가 궁궐의 위아래에 비치고 덕스러운 기운이 완연했다. 이제까지 보지 못하던 기남자이고 일세의 영웅호걸이었다. 예의가 뛰어나고 온화하며 어진 행동과 조심히 받드는 발걸음에는 군자의 모습과 유생의 도학이 넉넉히 넘쳐났다. 정인명은 풍성하고 맑으며 우아한 기질을 지닌 천고의 군자이고 미남자였다. 옥으로 장식된 관을 썼는데 진평처럼 부귀한 관상이 선명하고 안연과 자기처럼 어질며 민자건과 중유의 착한 덕이 가득하여 하나같이 모두가 특이했다. 또한 그중에서도 정인유는 영웅 같은 풍모와 호걸 같은 기질에, 새로 급제한 이들 중 나이가 가장 어리므로 더욱 예쁘고 고운 모습을 더한 데다가 일찍부터 특출한 재기를 드러낸 것이 지극했다. 황제가 칭찬해 마지않으며 말하였다.

"정씨 가문의 가풍을 따라 돌아가신 태부 정한의 남은 은택과 운계 정삼의 가르침을 받았으니 어찌 이렇지 않겠는가? 정인성 하나가 있는 것도 국가의 큰 경사이고 만민의 복이거늘 거기에 다시 정인광 등이 있음을 생각지 못했구나!"

그러면서 정염과 정겸에게 술을 내려 특출한 자식 둔 것을 칭찬했다. 두 공이 여러 차례 머리를 조아리며 감히 받지 못할 은혜라고 감사하면서 진실로 어쩔 줄 몰라했다. 온 궁궐에서 정인광 등을 보는 사람들이 다 눈을 기울여 큰 소리로 감탄하고 칭찬하느라 자기 자리를 벗어나고 홀을 거꾸로 쥐고 있는 것도 깨닫지 못했다. 어전에서는 새로 급제한 사람들을 여러 가지로 즐기게 했다.

　날이 늦어지자 장원인 이창현이 다른 급제자를 거느리고서 하직 인사를 올리고 물러나 대궐 문을 나섰다. 이때 이빈 형제들은 매우 겸손한 태도를 보였는데, 이는 지나치게 성한 것을 꺼리고 자식과 조카가 이른 나이에 높은 지위에 오르게 된 것을 근심해서였다. 그러나 이창현의 풍채와 문장이 수많은 급제자 중 가장 뛰어나 당당히 장원이 되었으니, 명망과 재주가 일시에 밝게 드러난 것을 반기고 황제의 뜻을 실망시키지 않은 것을 매우 기뻐했다. 이빈 세 형제기 이창현을 앞세우고 수레를 재촉하여 본가로 향했다.

　정잠 또한 정염과 정겸과 함께 새로 급제한 여러 자식과 조카들을 거느리고 태운산으로 나오는데 빛나는 영광이 길에 가득했다. 풍악 소리와 광대들의 환호성이 떠들썩하여 10리에 끊어지지 않았다. 세 급제자의 훤하고 빼어난 모습이 길가에 휘황찬란하니 도로에서 구경하는 사람들이 손을 치고 발을 구르며 뛰어남을 칭찬했다.

　이때 태운산의 정씨 집안에서는 아들과 조카, 그리고 사위가 일시에 문과에 급제하여 하늘 같은 황제의 은혜를 받고, 달나라의 월계수를 꺾어 소년의 아름다운 명망이 세상을 들썩이게 한 것을 들었다. 온 집안의 기쁨과 영광됨을 비교할 곳이 없을 정도이지만, 정삼은 매사에 겸손하고 청렴하며 고결함을 좇기에 가문의 번성과 자손들의 명망이 눈에 띄게 이루어진 것을 도리어 두려워하고 근심했다.

해가 서쪽으로 지고 달이 동쪽 언덕에서 떠오르며 어둠이 짙어지고 저녁 새가 수풀로 돌아가는 때가 되자 손님들이 제각기 흩어졌다. 정삼은 고요히 앉아 '달이 차면 기우는 것'을 근심했다. 화부인은 이런 경사를 당하니 마음이 기쁘고 다행스러워 문에 기대 정인광 등이 돌아오는 것을 한참 기다리고 있었다. 멀리 마을 입구에서 풍악이 울리고 광대들이 음악을 연주하며 즐기는 소리가 문 앞에 다다랐다. 정잠이 정염 등과 함께 화기 가득한 모습으로 세 명의 급제자를 앞세워 집 안으로 곧장 들어왔다. 마루에 올라 서태부인께 절하고 온화한 모습과 부드러운 목소리로 안부를 여쭌 후 두 손을 모으고 옆에 앉았다.

서태부인이 급히 눈을 들어 보니 인광 등이 어깨를 나란히 하고서 슬하에 절하고 섰는데, 하루 사이에 옷차림이 변하여 이제 막 청운에 오른 영광이 빛나고 새로웠다. 빼어난 얼굴은 평소보다 더 훌륭하고 용과 호랑이 같은 자질이 뛰어나 산과 바다에서 빛나는 것과 같았다. 이른바 용같이 용맹한 장수요 범같이 대범한 장군의 모습이었다. 흰 연꽃처럼 뽀얀 이마에는 어사화 한 가지가 휘어 늘어져 꽃 그림자가 겹겹이니 구름 같은 그림자가 어리고, 자산같이 건장한 어깨에는 푸른 비단으로 만든 관복을 떨쳐입었으며, 이리 같은 날렵한 허리에는 황금색으로 한 쌍의 난새가 수놓인 허리띠가 반짝였다. 옥 같은 용모에 여덟 가지 빛이 영롱하며 백설 같은 귀밑에 살쩍이 풍성하니 천지의 기맥과 오악의 빼어난 기상을 오롯이 거둔 모습이었다. 아직 젊고 장성하지 않은 모습에도 빛나고 화려한 의용이 넓고 크며 맑고 깨끗하여 각각 부친과 형보다 나은 것이 있었다. 태산같이 무겁고 철옥같이 견고한 사람이라도 이러한 거동과 영화를 기뻐하고 즐거워하지 않을 사람이 없을 것이었다. 서태부인의 기쁨이 얼굴에 나타나고 말씀에 드러났다. 세 손자의 손을 이끌어 귀밑을 어루만지며 찬연하게 웃는 빛으로 돌아보고 정겸에게 일렀다.

"인광과 인유는 형제가 있어 적막함을 면했지만 인명은 외아들이라 조카의 슬하가 쓸쓸한 것을 온 집안이 안타깝게 여겼는데, 이제 과거에 급제해 사람들을 놀라게 하는 영광이 있으니 타인의 용렬하고 평범한 아들 열 명보다 나을 것이다. 노모의 기쁜 마음이 인광이가 과거에 합격한 것보다 더 크구나."

정겸이 자리를 고쳐 앉고 절한 뒤 사례하며 말했다.

"이것은 조상의 음덕과 큰아버지와 큰어머니의 선행 덕분입니다. 어리석은 아이가 보잘것없는 이름으로 과거에 합격하여 제 슬하를 쓸쓸하지 않게 하니 개인적인 마음으로는 천만다행입니다. 또한 1년이 채 못 되어 아들 조카 다섯 아이가 과거에 급제해 벼슬에 오르는 영광을 이어가게 되니 가히 복이 가득 찼다고 하지 않을 수 없을 것입니다. 하지만 가득 차면 기우는 염려가 있기에 마음을 아주 놓지는 못하겠습니다."

정염이 웃으며 말했다.

"성현이 '군자는 거침이 없고 부인은 걱정이 많다'고 했는데, 수백(정겸)은 모름지기 현재의 영화를 기뻐하고 닥치지도 않은 근심으로 장부의 기상을 꺾지 마시게."

정삼이 웃음을 띠고 정염을 빤히 보며 말했다.

"탐욕에 싫증 내지 않고 그칠 줄 모르는 자는 참으로 은백(정염)일세. 봄가을 과거에 두 아들이 청운에 올라 문채와 이름이 세상에 진동하는 것을 진심으로 기뻐하니, 집안에 복이 가득 차는 것을 어찌 두려워할 사람이겠는가? 저런 마음으로 세속과 단절된 깊은 산속 골짜기에서 칠팔 년을 곤궁히 지내면서도 울화가 나지 않았던 것이 괴이하네."

정염이 웃으며 답했다.

"곤궁한 때를 당해도 울적해하지 않고 구차하다 생각지 않으며, 부귀한 때를 당해서는 교만하지 않아 자연히 복을 기르고 덕을 넓히는 것을 어찌하여 탐욕이 사납다고 하십니까?"

말을 마치자 그 자리에 있던 사람들이 어처구니없어 웃으며 말했다.

"스스로 나아가고 물러남의 조건을 알고 있으니 잘난 사람이라고 할 만하네."

정염이 흔연히 웃고 밤새도록 우스갯말을 그치지 않았다.

이윽고 밤이 깊어 정잠 형제가 서태부인께 취침하실 것을 청하니 화부인과 정태요가 서태부인을 모시고 잠자리에 들었다. 정잠 형제는 자식과 조카들을 거느리고 서루에 나와 밤을 보냈다. 그리고 다음날 아침 사당에 배알한 후 자리를 열어 하객을 접대하고 술잔을 돌리며 무한히 즐겼다.

장원 이창현이 또한 이르러 서태부인과 장인 장모를 알현하고, 밖에 나와 인광 등과 인사하고 즐기며 사관이 전한 명에 따라 급제를 축하하는 잔치에 참여했다. 당 위에서는 이름난 고위 관료들이 자리에 가득히 모여 즐기고 농담을 이어갔다. 이 가운데 풍악이 요란하여 용관(龍管)[15]은 소리를 맞추어 〈어양삼과(漁陽參撾)〉라는 곡조를 연주하며 하늘을 울리고, 진나라 악공은 〈삼종(三鐘)〉을 연주하고 초나라 생황은 봉소(鳳簫)[16]에 화답했다. 월나라 여인의 하얀 얼굴은 흰눈 같은 배꽃처럼 향기롭고, 초나라 여인의 가는 허리는 봄바람에 날리는 버들가지처럼 흔들렸으며, 오나라 여인의 푸른 눈썹은 초승달에 저물어 가는 아지랑이가 낀 듯했다. 아름다운 눈이 선명하고 공교한 웃음이 아름다운데 화려한 옷자락을 하늘하늘 떨치며 〈예상우의(霓裳羽衣)〉를 춤추고, 봄날에 백설이 휘날리는 듯 꾀꼬리처럼 교태로운 노래 소리가 연리지에서 곱게 우니, 고니가 날개를 떨친 듯 향기로운 바람이 요요하고 고운 빛이 눈에 가득했다.

　분위기가 무르익자 여러 사람들이 장원 이창현과 정인광 삼 형제에게 마주 보고 춤을 추라고 권했다. 십여 명의 여광대가 가는 허리고운 얼굴의 초나라와 월나라 미녀처럼 아름다운 모습으로 나란히 나오며 화려한 차림을 뽐내고 경이로운 모습을 만들면서 차례로 늘어섰다. 앵두 같은 입술을 살짝 열고 하얀 이를 드러내 예쁜 뺨에 교태를 머금고 미소를 띠며 〈백설곡〉을 연주하고 〈옥매춘〉을 부르니 흘러가던 구름이 멈추고 버들가지가 날렸다. 황후 조비연이 춘 〈서신무〉와 자궁부인(紫宮夫人)[17]이 부른 〈절세가〉라도 이보다 더하지 못

---

15 용관(龍管): 피리.

16 봉소(鳳簫): 퉁소.

17 자궁부인(紫宮夫人): 한무제 때의 이부인을 말함. 이연년의 동생.

할 정도였다. 가히 대장부의 뜻을 농락하고 공자들의 도도한 흥을 돋울 뿐 아니라, 석가의 참선하는 마음을 움직이고 여동빈의 청허한 뜻을 기울이게 할 만했다. 이렇듯 다정한 눈과 공교한 웃음이 급제자들을 향했지만, 네 사람의 위엄 있는 기풍은 여름 해와도 같아 음탕한 사람들이 이를 바로 보기 어려워했다. 그러니 한 번 웃어 나라가 기울어지게 하고 두 번 웃어 온 성이 기울어지게 하려는 뜻을 감히 둘 수 있겠는가?

네 사람의 기품은 이백과 소동파의 놀라운 문장과 두목지와 사승상의 풍채를 아우른 모습이었다. 이들은 호기롭고 호탕하게 노는 것을 배우지 않고 성인 문하에 들어가 학문을 닦았기에, 예부터 스승의 그림자를 밟지 않는 예의와 겨울잠에서 깬 동물을 살생하지 않는 태도를 지니고 있었다. 또한 위험하고 어지러운 때를 만나도 놀라거나 흔들리지 않으며 평소에 삼가고 조심하여 그 신체를 욕되게 하지 않고 훼손하지 않도록 노력했다. 그러니 어찌 바르지 않은 풍악을 좋아하여 방탕하게 행동하고 소년의 무리가 술잔을 기뻐하여 행실을 망가뜨리는 행태를 따르겠는가? 비록 어른의 명을 공경히 따르느라 색동옷 입고 춤추는 놀이를 하고 부모님의 만수무강을 축원하는 노래를 부르지만, 노래하는 여광대에게는 눈길을 주지 않고 여색을 보아도 동요하지 않았다. 기녀들이 염치를 버리고 나아갔다가도 이창현과 정인광이 두 눈을 가지런히 한 채 들지 않고 눈썹을 숙연히 하여 가을 서리가 어린 듯한 것을 보고는, 정신을 잃은 듯 낙담하고 놀라 겁을 물리며 참연히 눈물을 떨구었다. 다만 정인유는 나이가 가장 어려 냉담하고 엄숙한 위풍이 이창현과 정인광에는 미치지 못했기에 음란한 여광대가 죽기를 작정한 채 앞으로 나아오고 뒤로 감싸며 교활한 뜻을 감추지 않았다. 정인유가 비루함을 견디지 못하는 성정이지만 형님들처럼 준절하고 씩씩한 모습으로 사람들이 감히 쳐다보지 못하게 하는 위의를 갖춘 정도는 아니었기에, 여광대들은 그에게 가까이 다가오는 데 거리낌이 없었다. 이에 정인성이 앞으로 나와 무릎을 꿇고 아뢰었다.

"여악(女樂)은 가무와 여색의 공연입니다. 제나라의 어지러운 풍류이고 정나라의 음란한 음악이니 군자의 예악이 아닙니다. 원컨대 이들을 물리치시고 교방의 어린 기녀에게 현악기와 관악기를 연주하게 하십시오."

정잠이 말했다.

"이는 임금이 내려주신 것이다. 너무 박절하게 할 수 없으니 잠시 물리었다가 내일 대령하게 하거라."

정인성이 명을 받고 물러나 낭랑한 목소리로 여광대들에게 물러가라 하자 기녀들이 놀라고 낙담하여 감히 쳐다보지 못했다. 여악을 물린 후 현악기와 관악기 소리가 고요하니, 여러 손님들이 오직 이창현과 정인광 등에게만 즐기게 하며 노래를 부르고 춤을 추게 했다. 정인광과 이창현 등 네 사람이 함께 그 말을 따라 흥겹게 넓은 소매를 떨쳐 푸른 적삼을 펄럭이자, 푸른 구름이 하늘 가득 일어나 〈운소(雲韶)〉[18]의 음악에 화답하여 온화한 바람을 일으켰다. 궁(宮)과 상(商)

---

18 운소(雲韶): 황제의 음악인 〈운문(雲門)〉과 우순(虞舜)의 음악인 〈대소(大韶)〉를 합칭한 말.

의 음률은 곡조를 맞추며 치(徵)와 각(角)의 음률은 풍류를 따라 움직이니, 육례에 익숙한 기풍이고 《예기》의 〈악기〉 편에서 배운 춤이었다. 굽혔다 펼 때면 비가 지난 후의 버드나무 가지 같은 풍채가 더욱 깨끗하여 맑은 얼음을 깔보는 것이 두보와 겨룰 만하고, 물러났다 나올 때면 〈채제(采齊)〉[19]의 악곡이 엄숙하고 고운 소리가 낭랑했다. 네 사람이 섞여 돌며 마주해 춤을 추니 푸른 난새가 높은 하늘에 날고 붉은 봉새가 만 리에 비껴 날며, 우러를 듯 준수한 태도는 천 리에 달리는 메아리이고 두드러진 거동은 바닷가에 떨어진 흰 학 같았다. 드넓은 하늘을 삼킬 듯한 몸가짐은 늠름하여 바람과 구름을 부리는 용 같았고, 긴 무지개를 토하는 듯한 기상은 아름답고 성한 것이 북해를 뒤집는 고래 같았다. 푸른 구름 흰 구름이 넘실대는 귀밑에는 계화의 그림자가 어른거리고 봄날의 얼음같이 맑은 두 뺨에는 봄꽃이 빛나는 듯했다. 꽃 같고 달 같은 눈썹은 천창(天窓)에 떨쳐 있고 머리 위의 어사화는 곤산의 옥을 다듬은 듯한 이마에 나란했다. 붉은 꽃가지는 흰 구름 지나는 하늘에 흔들리며 피어서 빛나는 광채를 도왔다. 정제한 비단 관복은 성대하고 아름다운 관대는 풍채 좋은 허리를 둘렀으니 귀인의 골상이 은은했다. 또한 샛별 같은 두 눈은 태양의 정채로운 빛이 강산에 빼어난 듯하고, 구슬을 머금은 듯한 붉은 입술은 박속 같은 하얀 이를 언뜻언뜻 비추었다. 이를 보는 어른들 얼굴에는 화기가 넘쳐흐르니, 온갖 꽃이 봄 성에 무르녹은 듯하고 봄바람처럼

---

19 채제(采齊): 종묘제례 등 행사에서 연주되는 음악의 하나.

즐거운 소리가 봄볕에 요동하는 듯했다. 그야말로 만고의 빼어난 아름다움이고 천추에 길이 남을 기이함이었다. 일대에 대적할 바 없는 기남자이고 고금의 세상을 덮을 만한 군자의 모습이라, 위엄 있는 정염과 공검한 정겸도 기쁜 빛을 숨기지 않았다. 이빈 또한 흔연히 수염을 어루만지며 웃음을 머금었다. 조겸은 체통도 생각하지 않고 이창현을 당에 올라오게 하여 사람들에게 자랑했다.

　이때 장헌은 이창현이 처가의 여러 정씨들과 함께 즐기는 것을 보고 부러운 마음이 가득했다. 자기 사위의 풍모와 기질이 이창현에 뒤지지 않으나 다만 자기에게 매몰차게 하는 것이 뼈에 사무치듯 애달팠기에 기쁜 듯 노한 듯 쉽사리 마음을 잡지 못했다. 소수가 민망하여 직접 장헌과 담소하며 그 추한 모습을 가리고자 했다. 그리고 인광을 당에 올라오게 해 손을 잡으며 아끼는 마음을 전하는데, 마치 처음 보는 듯 무척 아름답게 여기고 조금도 불평이 없는 듯이 대했다. 정인광 또한 소수를 배알하여 공경하는 예를 다하고, 기쁘고 온화한 기색으로 마음속에 조금도 거리낌이 없는 듯이 했다. 그러다가 소수의 말이 장헌에게 미치자 미간에 힘을 주고 눈을 크게 뜨며 말했다.

　"대인께서 나이 어린 아이를 속여 불행한 혼사를 이루게 하시니, 소생의 어리석음도 부끄러우나 또한 대인의 처사에 마음속으로 불복하고 있습니다."

　소수가 흔연히 웃으며 정인광의 고집이 과도함을 이를 뿐이었다. 소수는 딸 소채강을 인광에게 시집보내기로 약속한 지 오래되었는데 아직 양녀 장성완과 금슬이 좋지 못함을 아는 까닭에 바삐 청하지 못하고 있었다. 그러다가 오늘 정인광이 과거 급제한 경사를 보고서 특별히 기쁘고 즐거워 늘그막에 처음으로 친자손의 영광을 본 것과 같이 했다. 정인광은 소수의 의로움과 덕을 죽을 때까지 잊지 않고자 했기에, 부모의 친우로서 공경하는 것을 넘어서는 지극한 정을 지니고 있었다.

종일 잔치를 하며 주인과 객이 즐기기를 다하는데, 시간이 흘러 밤빛이 아득해지자 모든 손님들이 각각 흩어졌다. 정잠 형제는 자식과 조카들을 거느려 안채에 들어가 여흥을 이어갔다. 서태부인이 장원을 한 이창현의 빼어남을 칭찬하는데 그 기뻐하는 모습이 친자손을 대하는 것과 다름이 없었다. 정삼 또한 사위 이야기가 나오자 미간을 온화하게 펴며 어머니께 아뢰었다.

"인광 등의 외모와 풍채가 어찌 사위보다 부족하겠습니까마는, 사위는 군자의 덕이 빛나며 학자의 행실이 찬연하여 한갓 문장 재주 있는 선비가 남들을 놀라게 하는 모습을 따르는 것과는 다릅니다. 그러니 자염의 요조함과 평생의 한 쌍이 될 것이 분명합니다. 오늘 여러 소년배 가운데 으뜸이 되고 인광의 무리가 스승으로 섬길 만한 것을 보니 자염의 복이 두터움을 알겠습니다."

정태요가 웃으며 말했다.

"아우는 평생 언어를 두 가지로 하지 않더니 오늘 사위를 창찬하는 말에 이르러서는 조금 과함이 있구나. 외모와 풍채부터 행동거지와 일 처리를 유의해서 보아도 인성보다 나은 아이는 있지 않을 것이니, 이씨네 아이가 비록 기특하나 어찌 으뜸이 되며 인광이는 또 무엇이 부족하여 그 아이를 스승으로 섬긴단 말이냐? 내가 보건대 창현이는 인성이와 같은 무리이고 인광이도 많이 부족하지는 않을까 싶다."

정삼이 웃으며 대답했다.

"이르시는 바가 마땅하지만 오히려 밝게 살피지 못하고 계십니다. 인성이의 학행과 기질은 사위에게 미치지 못할 바가 없지만, 백달(이창현)은 봄볕 같은 온화함이 있고 인성이는 가을 하늘 같은 넓음이 있으니 온갖 복이 완전하며 수명이 긴 것은 인성이가 백달에게 미치지 못할 것입니다. 또 인광이는 수명과 복을 논함에는 백달보다 못할 것이 없지만 위인이 편협하고 불통하며 허물이 많습니다. 그래서 백달처럼 행실이 찬연하고 덕이 풍성하기를 바라지 못할 것입니다. 세 아이만이 아니라 여러 조카들과 조씨 사위(조세창)나 장백승(장창린)을 다 함께 비교해 논하여도 백달에 미치는 아이가 없을 것입니다."

정태요가 웃으며 다시 말을 하지 않았다. 다만 한편으로는 연교의 앞날이 마음과 같이 될 방도가 없기에 큰 근심이 되었다.

장헌을 꺼리는 정인광

다음 날 정잠과 정삼은 미칠 듯한 장헌의 심회를 헤아려 친히 장씨 부중으로 향하며 정인광을 불렀다. 정인광이 미처 사양하지 못하고 부친과 숙부를 따라 협문으로 장씨 부중에 가게 되니, 하늘로 오르거나 땅으로 기어 들어가고 싶은 마음이었다. 그러나 정인성과 정인흥, 정인명과 정인유가 어깨를 나란히 하여 부친과 숙부를 받들어 가는데 자기만 홀로 떨어질 수도 없었다. 법도에 따라 사람 같지도 않은 장헌의 사위로서 어사화와 푸른 조복으로 그 앞에서 절할 일이 더욱 분통이 터지고 속상했다. 비록 불효를 두려워해 명령을 감히 거역하지 못하지만, 결국 장씨 부중에 들어가게 되자 분노가 북받쳐 올라 온화한 척 기색을 꾸미지 못했다. 정삼이 눈길을 돌려 그 거동을 매우 못마땅해하니 정인광은 더욱 두려워하며 마음속으로 생각했다.

'아버님의 자식 사랑이 남달라 비록 그른 것이 있어도 요란하게 꾸짖지 않고 불안해하지도 않으시더니, 괴이하고 사람 같지 않은 장씨 때문에 나를 꾸짖고 또 좀처럼 기뻐하지 않으시는구나. 이러니 사사건건 장씨가 나의 원수가 아니겠는가?'

이렇듯 장헌을 미워하는 마음이 더욱 커졌으나 어쩔 수 없어 이내 서헌에 다다랐다. 장헌은 정삼 형제가 온 것은 영화롭게 생각지 않았지만 사위의 발걸음이 이곳에 이른 것을 매우 영광스럽고 행복하게 여겼다. 크게 기뻐하여 급히 일어나 맞으며, 장창린을 돌아보고 내당에 소식을 전해 술과 음식을 내오도록 했다. 그러고는 정삼을 향해 다시 일어나 절하며 눈물을 머금고 말했다.

"집의 담이 이어져 있고 사이에 협문을 두어 아침저녁으로 왕래하며 서로 다른 집이라는 것을 알지 못했는데, 사위가 딸아이와 혼인을 정한 4월부터 일찍이 우리 집에 온 적이 없으니 집사람 박씨는 사위의 신선 같은 풍모를 마주하지 못해 병이 되었네. 나 또한 허물을 뉘우치며 지난 일을 한탄하지만 능히 닿을 길이 없어 마음속에 한이 박히고 가슴에 탄식이 맺혀 죽기 전에는 풀리지 못할 터였지. 그런데 오늘 큰 행운으로 그대의 어질고 큰 덕을 힘입어 재보가 이곳에 오게 되니 진실로 만금으로 구해도 얻지 못할 경사이네. 이것은 그대가 베푼 것이니 내가 어찌 절하여 감사하지 않겠는가?"

정삼이 급히 붙들고 또한 답절을 한 후 말했다.

"이것이 무슨 행동입니까? 못난 아들이 부족하고 정성스럽지 못해 형님 집안에 인사드리는 것을 지금까지 미루었으나, 이는 집이 너무 가깝고 형께서 아침저녁으로 왕래해 자주 볼 수 있었기 때문이지 별다른 생각이 있어서가 아닙니다. 다만 오늘 온 것은 급제자의 예를 다하기 위한 것으로, 과거에 급제한 영광을 어른들께 보여드리고 인사가 늦은 것을 사죄하려 하는 것일 뿐입니다. 그런데 형께서 과한 말과 괴이한 행동으로 저를 더 부끄럽게 하니 도리어 평소에 믿던 바가 아닌 듯합니다."

장헌은 너무 기뻐 숨이 막힐 듯하고 황홀하여, 아무 말도 못 한 채 곧장 달려들어 정인광의 손이나 만져보려고 했다. 그러나 연부인과 장창린이 장헌에게 정인광의 마음속 화를 돋우지 말라 권했었고, 장헌의 줏대 없는 소견으로도 그 말이 옳음을 깨달았다. 사위가 가을서리 같고 여름 태양 같은 기상으로 자기를 볼 때마다 위엄과 준엄함이 더해지는 것을 요사이에 비로소 알아챘기에, 두려운 생각에 사랑하는 마음도 나타내지 못하고 원망하는 마음만 커져 마음의 울화가 되었다. 오늘 이렇게 사위가 빛나게 이른 것이 기쁘고 좋지만 그 뜻을 있는 그대로 드러내지 못하는 것이 아쉬울 뿐이었다. 또한 저 같은 사위를 동방에 두어 종요롭게 한 쌍의 봉황이 노는 재미를 지켜보지 못하니 더욱 우울하고 한스러워 여러 가지로 심신이 편안하지 못했다.

잠시 후 술과 음식이 올라왔다. 장헌은 정잠 형제와 더불어 잔을 주고받고 여러 소년에게 권하며 사위가 음식 들기를 간절히 바랐다.

정잠 형제가 그 거동을 안쓰럽게 여겨 정인성을 돌아보고 말했다.

"장형이 지성으로 너희를 먹이려고 하니 어른의 후의를 받들어 각각 한 잔 술을 마시거라."

정인성이 명을 받고서 즉시 장창린과 더불어 한 잔을 마시고 다시 한 잔을 부어 인광에게 주었다. 정인광은 장헌의 음식을 꺼려 몸이 그의 첩으로 있을 때에도 먹지 않았지만, 부친과 숙부가 명하시며 형 인성이 친히 건네는 데다 장창린이 자리에 있으니 차마 박절하고 무례하게 하지 못했다. 부득이 받아 마시자 장헌은 비할 데 없이 기뻤다. 정삼이 장창린을 돌아보고 말했다.

"술과 음식을 다 먹으면 인광이를 데리고 두 분 사부인께 인사드리게."

장창린이 감히 청하지 못하고 있었지만 참으로 바라던 바였기에 기쁘게 절을 올리고 감사를 드렸다. 그리고 음식을 물리고서 정인광에게 말했다.

"어른께서 말씀하시고 또 여기에서 그냥 가는 것은 인정에 맞지 않으니 나와 더불어 안채에 다녀오세."

정인광이 마지못해 일어나 내당에 가서 두 부인을 배알했다. 연부인과 박부인이 한가지로 맞이하여 과거에 급제한 것을 축하하며 자기 집에 온 것에 사례했다. 이때 연부인의 단정하고 맑은 모습과 그윽한 도덕은 본래 정인광이 우러르고 복종하는 바였지만, 박씨의 망령된 거동과 예측할 수 없는 언사는 참으로 '여자 장헌'이었다. 사위가 구름 속 용과 범 같은 기상으로 관복에 어사화를 꽂고 소년 영광이 지극한 것을 보고, 박씨는 기쁘고 즐거워 사위를 쳐다보는 눈이 뚫어질 듯했다. 인광이 눈을 들어 살피지는 않았지만 이를 모를 수 없어 불쾌한 심화가 가득했다. 하지만 누나 정월염의 면목과 매형 장창린의 무안함을 생각하지 않을 수 없어 애써 노기를 감춘 채 월염과 두어 마디 말을 하고 하직을 고한 후 밖으로 나왔다.

연부인은 장성완의 대례 후 정씨 부중 서태부인께 두어 번 인사를 드린 적이 있는데 그때는 정인광을 만나지 못했다. 서태부인과 화부인, 그리고 정태요 등 여러 부인이 연부인과 함께 그사이의 근심과 고난을 말하다가 어느덧 날이 어두워지고 회포가 허다하므로 사위 보는 것을 청할 수 없었기 때문이다. 그러다 오늘 사위의 얼굴을 처음 마주하고는 그 영웅다운 풍채와 기질에 감탄해 마지않았다.

정인광이 외루에 나오자 정잠 형제가 아들과 조카를 거느리고 집으로 돌아왔다. 장헌은 사위가 금세 돌아가는 것이 서운해 굳이 따라왔다. 정인광은 그가 쫓아온 것이 더욱 못마땅해 인유와 인명과 함께 유가(遊街)를 하겠다 말하고, 비단 안장을 놓은 백마에 화려한 차림으로 문을 나섰다. 장헌은 그가 멀리 갈 때까지 어린 듯이 바라보며 기쁜 마음과 정을 한없이 드러냈다. 정삼은 장헌이 홀로 이처럼 하는데도 인광의 분노가 쉽게 풀리지 않는 것을 애석해했다.

삼일유가를 마친 후 급제자들이 대궐에 가 사은 인사를 했다. 황제가 특별히 정인광에게 한림학사를 제수하고 정인유를 금문직사에 임명하며 정인명에게 한림 서길사를 내렸다. 세 사람은 나이 어리고 부족하여 황제를 보필할 재주가 없다 말하고, 다시 서책을 읽어 소견을 넓힌 후 조정에 참여하겠다며 고사했다. 그러나 황제가 끝내 윤허하지 않으니 고개를 조아려 백 번 절하고 은혜에 사례한 후, 선산에 가서 제사를 올리겠다 아뢰어 한 달의 말미를 얻었다. 그러고는 급히 집으로 돌아가 짐을 꾸리고 길을 나섰다. 추석 제사가 10일 정도밖에 남지 않았으므로 정염이 또한 말미를 청하여 아들과 조카와 함께 태향으로 내려가고자 했다. 정삼도 모친께 인사를 드리고 정염과 급제한 세 명과 함께 떠났다. 날짜가 촉박하여 육로로는 추석 제사에 미칠 길이 없기에, 강가로 가 작은 배 한 척에 돛을 높이 날려 길을 재촉했다. 이빈이 또한 이창현과 더불어 수로로 동행했다.

정숙염과 엄희륜의 혼인

정겸의 장녀 숙염은 나이가 16세였다. 명문가 성인 집안에서 나고 배웠으며, 모습은 봄꽃이 아부하는 것을 나무라고 달의 무색함을 우습게 여기며 물고기도 숨고 기러기도 떨어질 정도였다. 자질은 온유하고 공경스러우며 문장이 뛰어나고 특이하여 《예기》를 외우며 《시경》을 배웠다. 뜻과 기운이 맑고 빼어나니 부친의 온량하고 공검한 성품과 모친의 품위 있고 우아한 자질을 갖추어 이어받은 것 외에도 만사에 총명하고 민첩했다. 어려서부터 사람을 알아보는 신기함이 있어 한눈에 능히 어진 사람과 어리석은 사람을 구분했다. 소교완이 정씨 가문에 들어왔을 때 정숙염의 나이는 6세였는데 소교완이 어른들께 공손하지 못하다는 것을 한눈에 알아챘다. 서태부인 앞에서 장점과 단점을 아뢸 때 "돌아가신 숙모(양부인)의 성품과 덕성이 새로 들어오신 숙모보다 낫고, 새 숙모의 재능이 돌아가신 숙모보다 백 배 뛰어나십니다."라고 하니 그 자리에 있던 사람들이 모두 놀라며 신기하게 여겼다. 그러나 정겸은 민망하여 딸아이가 망령되다고 경계했다.

정숙염은 팔구 세가 되면서부터 총명과 지식이 신명하나 스스로 감추어 말을 민첩하게 하려 하지 않고 일 처리에 영리함을 나타내지 않았는데, 그 자연스럽고 편안한 모습이 정기염 등보다 못하지 않았다. 정겸은 숙염이 비록 딸이지만 처음 얻은 자식이기에 그 기질과 성격이 남보다 빼어나고 탁월함을 특별히 애중했다. 그럼에도 지금까지 혼인을 약속한 곳이 없는 것은 총명하고 명석한 딸이 불행히 방탕하고 경박한 자를 배우자로 만날까 걱정이 돼서였다. 비록 인륜을 함부로 하여 스스로 덕을 상하게 하지는 않을 것이지만, 굴원이 멱라수에 빠진 것을 본받으며 장자방이 병을 핑계로 벼슬에서 물러나 신선이 된 일을 배울 듯했기 때문이었다. 그래서 사위 고르는 근심이 천 리에 미쳤는데, 이번에 급제한 엄경륜의 종형제를 보니 정겸의 뜻에 만족스러웠다. 여러 대에 걸쳐 학문을 업으로 삼은 것을 조금도 거리끼지 않았고 엄경륜과 엄희륜이 정인광과 오래전부터 벗이 되어 사귄 정이 동기와 같기에 우선 그 아내의 유무를 물었다. 학사 엄경륜은 이미 혼인을 했고 한림 엄희륜은 금년 16세로 아직 아내가 없다고 했다. 정겸이 매우 기뻐하며 처사 엄신이 경사에 왔기에 친히 가서 만나 청혼을 했다. 엄처사가 구태여 사양하지 않고 기쁘게 인사하며 즐겁게 허락했고, 정겸이 더욱 기뻐 즉시 길일을 택하니 9월 초였다. 엄처사는 사촌 매형인 진가숙의 집에 머무르며 희륜의 혼사를 지내고 돌아가기로 했다.

이때 정삼과 정염은 이빈과 더불어 뱃길을 동행하여 가는데 순풍 덕분에 배는 화살이 날아가듯 했다. 육로로는 한 달 정도 갈 것을 수로로 열흘 만에 도착하여 겨우 추석 제사에 맞춰 선산에 제사를 지냈다. 세 명의 급제자가 여러 대 조상의 무덤에 배알하는 영광과 본주 자사의 환영하는 위의는 공경대부의 묘와 재상의 가문이 새롭게 융성한 것을 보여주었다. 정삼은 마을의 관리와 벗들과 함께 그사이의 안부를 나누고 정염과 급제자들에게 여러 읍의 수령을 정성으로 대접하도록 했다. 그런 다음 이빈이 경사로 돌아가자고 청하기에, 떠나기 전에 나귀를 채찍질하여 태산에 들어가 정천을 만났다. 서로 반기는 정과 기뻐하는 뜻이 넘쳤지만 길이 바쁘므로 하룻밤만 머물고, 다음 해 봄에 다시 만날 것을 기약하고 부득이 작별했다. 떠나는 사람과 남은 사람의 회포가 모두 울적하여 허전한 마음이 가득했다.

천태산을 떠나 다시 물길을 따라 9월 초에 집으로 돌아왔다. 온 집안이 반기고 자녀들이 서둘러 맞이하는데 10년 동안 이별했다가 다시 만난 것 같았다. 뿐만 아니라 정숙염의 길일이 겨우 며칠 남은 때여서 혼인날에 미쳐 집에 돌아온 것을 정겸이 더욱 기쁘고 다행으로 여겼다. 정염이 웃으며 말했다.

"수백(정겸)의 빛나는 부귀와 숙염의 깨끗한 사람됨으로도 옥인군자를 만나지 못하여 조주 8천 리 밖 한미한 가문의 가난한 선비와 결혼하면서, 무엇이 볼만하다고 우리가 모인 것을 이처럼 기뻐하는가? 나는 깊숙이 들어가 누워 네 딸의 혼인날을 보지 않을 것이다."

정겸이 웃으며 말했다.

"형님이 처음부터 엄씨네 아들을 탐내어 제가 사위 삼고자 하는 것을 배 아파하며 방해하려 하셨지요? 그러시더니 이미 약혼하고 빙물을 주고받으며 혼례날이 며칠 남지 않자, 더 이상 물리칠 계교가 없으므로 깊숙이 들어가 내 사위를 안 보겠다 하시는군요. 형님이 잔치 자리에 참석하지 않는다고 혼인에 광채가 없을 것이라 여기시는 것입니까? 형님은 어린 딸을 두고도 남의 자란 딸이 성혼하는 것과 사위의 재목이 특이함을 시기하시니 본성이 남다르십니다."

정염이 이 말을 듣고 웃으며 꾸짖었다.

"내가 오늘 수백에게 큰 치욕을 당하니 원통함이 지극하지만 달리 분을 풀 방법이 없구나. 참고 있다가 신선같이 잘난 사위를 재상 가문에서 구하여 딸아이의 일생을 통쾌히 하며 수백의 애를 태워 부러워하는 것을 꼭 볼 것이다."

정겸이 웃으며 대답했다.

"마음대로 하십시오. 저의 딸은 용렬하여 재상 가문의 신선같이 잘난 사람과 한 쌍이 될 위인이 못 되기 때문에 조주 8천 리 밖의 시골 사족 선비를 만나는 것입니다. 형님이 사위 고르는 것이야 어렵하시겠습니까? 이 동생은 눈을 씻어 구경하고 형님처럼 남의 딸 혼삿날에 배 아파하며 드러눕지 않을 것입니다. 그렇지만 세상일은 예측하기 어렵고 앞날은 미리 알기 어려우니, 형님의 사위가 저의 사위를 우러러보지도 못할 정도로 보잘것없는 사람이 될 줄 어찌 알겠습니까?"

정염이 박장대소하면서 훗날 엄씨네 아들의 스승이 될 옥 같은 군자를 골라 사위 자리를 빛내겠다며 끊임없이 우스갯말을 했다.

원래 정염은 언어와 기상이 풍성하고 화려하지만 천성은 맑고 담박하여 겸손하고 부지런한 가풍을 이었다. 영웅과 군자는 가난하고 미천한 가운데 있다고 늘 말하며, 시골의 한미한 선비와 깊은 산속 나무꾼이라도 박대하지 않고 봄바람 같은 온화한 기운으로 대접했다. 《자기》에 이른바 '부귀해도 친구로 삼지 않고 가난해도 구차함이 없다.'라고 한 것이 천성이 되었던 것이다. 처음에 정염은 엄경륜 등을 보고 황홀하고 기이하여 사위로 삼을 뜻을 두었으나, 딸 성염이 방년 11세이고 그 위에 인유와 인필이 있으니 혼사의 순서를 바꿀 수 없었다. 또 엄씨 집 아들은 이미 장성하여 혼인을 지체할 형편이 안 되었기에, 엄희륜을 정겸에게 보내 사위로 삼게 하고 장난으로 시골의 한미한 선비라 하면서 짐짓 배척하는 듯이 말한 것이었다. 그러면서 자신도 엄씨네 아들 같은 사위를 고르고 부귀가 번성한 사람을 취하지 않으려 했다. 이러한 정염의 마음에 따라 귀하고 귀한 딸이 그 어떤 멋진 신랑을 짝으로 만날 것인가? 다음 회를 보아라.

어느새 정숙염의 길일이 다다랐다. 정겸이 큰 잔치를 베풀어 손님을 모으고 신랑을 맞았다. 엄희륜이 성대한 차림으로 정씨 집안에 이르러 기러기를 전하는데, 그 돌아갈 집이 경사에 있지 않기 때문에 정씨 부중에서 혼인 의식을 올렸다. 서부인은 딸의 차림을 다스리며 만복의 근원을 기원했다. 두 가문이 하나가 되니 신랑의 풍채와 신부의 모습이 뛰어나고 특이하여, 금과 옥이 다투어 빛나며 해와 달이 함께 밝아 천상 백옥경의 선녀가 태을선군을 마주한 것과 같았다. 군자의 높은 기상과 빛나는 풍모는 오색구름이 일어나고 태산이 우뚝한 듯하며, 여름 해 같은 조순의 기상과 사해에 군림할 당태종의 기풍을 닮아 있었다. 또한 숙녀는 단정하고 화려하며 고상하고 어진 성품으로 내면의 재주가 탁월한 것이 겉모습에 드러나 팔

색의 광채와 오색의 상스러운 기운을 띠니 부부의 기질이 천정배필
이었다. 여러 손님이 어지럽게 축하하며 집안의 모든 사람이 기뻐해
마지않았다. 정잠 형제와 정염이 모두 친딸의 혼사와 마찬가지로 여
겼다.

　이날 밤 엄희륜이 신방에 이르렀는데, 깔아놓은 자리와 물건이 가
지런하여 예에 알맞으면서도 빛나는 보화와 휘황한 비단은 보이지
않았다. 정숙염이 나오는데 옷 한 벌이 예를 좇아 법식에 어긋나지
않을 뿐 어지럽게 비단으로 꾸미거나 화장을 칠하지 않았다. 또한 맑
은 태도는 깨끗한 구슬 꽃 같고 타고난 용모와 자질은 찬란한 빛을
띠었으며 아름다운 여덟 빛이 눈썹에 어려 있었다. 하늘의 못처럼 밝
고 형산의 백옥이 티끌을 씻은 듯했다. 밝고 환한 덕성과 겸손하고
차분한 말과 태도가 행동에 나타나니, 명문대가에서 나고 배운 재상
집안의 후손으로서 평범한 숙녀와 다르다는 것을 알 수 있었다. 엄희
륜은 마음에 흡족하여 스스로 아내 복이 두터우며 처가를 잘못 만나
지 않았음을 깨닫고, 어진 부친과 오라비를 둔 신부라 생각하고는 더
욱 공경하는 마음을 가졌다. 금슬의 기쁨이 지극한 가운데 부박한 몸
가짐과 경우에 어긋난 언사를 찾아볼 수 없는 만남이었다.

　다음 날 아침 엄희륜이 내당에 인사를 드리고 물러 나와 외헌으로
갔다. 정잠 형제가 정염과 함께 기뻐하고 사랑하는 것이 친사위를 대
하듯 했다. 정인광은 오래된 친구로서 새롭게 한집안 사람이 되니 그
각별한 마음은 말할 것도 없었다. 정인성 등도 마찬가지로 친애하며
귀히 대하여 사귐이 깊으니 갓 만난 사이 같지 않았다. 정겸은 더욱
흔쾌하고 다행으로 여겨 웃는 입을 다물지 못했다. 이윽고 엄희륜이

엄처사가 있는 진씨 부중으로 향했고 엄처사가 이르러 신부의 인사를 받았다. 신부의 타고난 아름다움과 우아한 기질은 특이하고 어여 뻐《논어》에서 말한 '깨끗한 두 눈과 아름다운 미소'이고 〈낙신부〉에서 노래한 '날아가는 기러기와 노는 용의 모습'이었다. 외모로 드러난 아름다움에 자질도 뛰어나며 성품과 덕성이 엄숙한 것이 법통 있는 가문의 가풍과 덕 있는 집안의 태도임을 알 만했다. 엄처사가 무척 기뻐하고 귀중해하면서 곧 떠나야 함을 아쉬워했다.

엄경륜도 사촌 아우의 혼례를 보고 즉시 고향에 돌아가게 되었다. 이때 정인성이 엄공(엄정)에게 글을 써 만분의 오랑캐 땅에 있을 때 배고픔을 구해준 은혜에 진심으로 감사를 전했다. 정잠과 조세창도 감사의 편지를 쓰고 정인광은 엄공과 두생(두보현)에게 글을 전했는데, 그리워하는 정과 은혜에 감사하는 말이 종이에 가득 넘치니 엄경륜이 오히려 민망해했다. 그러나 정씨 집 사람들에게 깊이 감격하며 이별을 서운해했고, 서로 글을 써 마음을 드러내고 잔을 주고받으며 정을 표했다.

정인광과 소채강의 혼인

정삼은 소수가 늦게 얻은 귀한 딸을 인광의 첩으로 들이는 것을 기꺼이 받아들이고 공경대부의 귀한 아들을 다 물리친 채 정인광이 장성완과 금슬이 화합하기만을 괴로이 기다리며 미리 청혼하지도 않는 것을 보고는 그 뜻이 인광에게 과도히 기운 것이 괴이하다 생각했다.

소수는 당당한 명문가의 후손으로 부귀가 빛나고 문호가 번창한데도 스스로 겸손히 물러나 높은 벼슬을 뜬구름에 던진 채 깊은 산에 자취를 감추어 살고 있었다. 어지러운 말세와 어그러진 풍속에 참여하지 않으려 하며 고고하고 맑은 마음이 백이와 숙제의 옛 풍채를 이었다. 그런 중에도 정인광을 과도히 우대하는 마음은 돌이키지 못해 막내딸이 첩의 자리에 굽혀 들어가는 것도 거리끼지 않는 것을 정삼은 더욱 감사히 여겼다. 이미 사양할 수 없고 물리쳐 파혼할 형세가 아닌 바에는 오랜 세월 동안 미뤄서는 안 될 것이기에, 정삼은 서태부인께 고한 후 소수를 직접 찾아가 인사하고 길일을 재촉했다. 소수는 바라던 바였으나 양녀 장성완을 며느리로 보낸 지 반년이 못 되어 친딸마저 정인광과 혼인을 하면, 인광이 성완을 미워하고 박대하는 마음이 더해질까 두려워 한참을 생각했다. 소수가 즉시 답하지 못하자 정삼이 웃으며 말했다.

"못난 제 아들이 무식하고 고집스러워 장후백에 대한 원망을 지금까지 풀지 못하고 있습니다. 하지만 그 가운데에도 며느리(장성완)의 효성과 절행에는 깊이 감탄하고 탄복하기에 마침내 저버리지는 않을 것입니다. 제가 어둡고 모자라지만 그래도 인광의 사람됨은 알고 있으니, 선생은 부질없는 일로 걱정하지 마시고 어서 혼사를 이루게 하십시오."

소수가 또한 웃고 말했다.

"여백(정삼)의 말을 모르지는 않습니다. 하지만 아드님의 사람됨이 엄격하고 격한 고집이 과해 뜻으로 정한 바를 쉽게 돌이키지 않으며, 후백에 대한 원망을 그 딸에게 옮겨 금슬지락을 두지 못하고 있습니다. 그런 차에 또 새로 아내를 두면 장성한 남자의 마음으로 조강지처와의 옛 맹서를 가볍게 여기게 될까 두렵습니다."

정삼은 공손히 그렇지 않다고 하면서 길일을 재촉했다. 소수는 사람 보는 눈이 뛰어나기에 정삼이 그 아들에 대해 밝히 안다는 것을 모르지 않았다. 그리하여 바로 그 자리에서 좋은 날을 택하니, 그달 13일이 크게 길한 날이고 다른 날은 금년 중에는 없었다. 13일은 바로 모레였다. 소수가 웃으며 말했다.

"길일이 촉박하군요. 두 집안이 다 법도에 얽매이지는 않겠지만 혼인의 예물도 정하지 못했으니 어떻게 하는 것이 좋겠습니까?"

정삼이 주저하며 대답했다.

"여영이 순임금을 좇으셨으나 이 또한 예를 갖추지 않고 혼인한 것이 아닙니다. 당당한 문벌과 명문가의 자손으로 예에 어긋나게 할 수는 없을 것이니, 돌아가 납폐와 문명의 절차를 행하겠습니다."

소수가 기뻐하며 말했다.

"제가 아드님을 귀하게 여겨 평범한 사람의 정실이 되는 것보다 그 첩이 되는 것이 낫다고 생각하였으니 납채와 신물을 구태여 바라겠습니까? 다만 가문의 명성에 폐를 끼치는 것이 아닐까 염려가 되었는데, 먼저 빙례를 행하겠다 말씀해 주시니 비록 구차하나 제 딸이 아드님의 소실이 되는 바에 이것은 또한 성인이 말씀하신 예가 아닙니다. 어찌 소실의 낮음이 없다고 하겠습니까?"

정삼이 말했다.

"그러한 까닭에 불안하고 황공하여 애초에 감당하지 못할 바를 나타낸 것입니다."

소수가 웃으며 말했다.

"제가 스스로 정하고 스스로 구한 것이니 여백이 불안해할 바가 아닙니다. 모름지기 정한 날에 혼례를 이루게 하십시오."

정삼이 절하고 인사하며 한참을 서로 이야기하다가 천천히 하직하고 돌아왔다. 집으로 와 정당에서 형제가 의논하여 혼서를 쓰는데, 대략 '영공의 딸을 저의 둘째 아들 한림학사 인광의 아내로 삼습니다.'라는 내용이었다. 다 쓰고 나서 정잠이 웃으며 빙물이 무엇인지 물었다. 정삼이 장성완을 돌아보고 말했다.

"지난번 우리의 혼인 예물이 곤륜옥룡차(崑崙玉龍叉)[20]와 자금무화천(紫金舞花釧)[21]이었는데, 너에게 있을 것이니 용차는 네가 가지고 있고 금천을 가지고 오너라."

장성완이 공경스러운 태도로 명을 받아 물러났다가 아직 새기지 않은 한 쌍의 무화천을 옥갑에 넣어 시아버지께 공손히 받들어 드렸다. 정삼이 받아 형 정잠에게 보인 후 문명(問名)과 함께 봉하여 소씨 부중으로 보냈다.

길일에 일가가 함께 신랑을 보내려 할 때 마을의 친지와 이웃이 다 모였다. 장헌은 마침 황제의 명으로 효릉에 간 지 이삼일이 되었기 때문에 이 혼사를 모르고, 박씨도 아버지가 병이 있어 친정에 가 있었다. 연부인은 박씨의 사람됨을 알기에 구태여 말하지 않고 장성완

---

20 곤륜옥룡차(崑崙玉龍叉): 곤륜산에서 나는 옥으로 만든 용 문양의 비녀.
21 자금무화천(紫金舞花釧): 자주빛 금으로 만든 꽃 문양의 머리 장신구.

과 함께 가서 소씨 집 혼례에 참석했다. 장창린 또한 박씨가 알아 유익하지 않고 해로움이 있을까 하여 희린 등에게 당부해 모친께 아직 고하지 말라 하며, 자기는 정인광과 함께 소씨 부중으로 가려고 했다. 태양 빛이 정오쯤이 되어 정잠 형제가 아들과 조카들을 데리고 서태부인 처소에 들어와 모친을 뵌 후 정인광을 소씨 부중으로 보내려 했다. 이때 정염이 짐짓 웃으며 장성완을 향해 말했다.

"조카며느리가 얌전하고 어질고 지혜로워 투기심과는 먼 것을 온 집안이 모두 칭송하는 정도이니, 남편의 혼례복은 이 숙부가 말하지 않아도 분명 준비해 놓았겠지. 이제 꺼내어 입혀 보내시게."

장성완이 그 말을 듣고는 미처 대답하지 못하고 있는데, 화부인이 웃음을 머금고 나지막하게 말했다.

"혼사일이 촉박해 옷을 만들 수 없었을 뿐 아니라 며느리를 맞을 때 입었던 길복이 아직 새것으로 있으니, 부질없이 새로 만드는 것은 수고롭겠기에 제가 시키지 않았습니다."

말을 마친 후 정인광의 유모에게 장성완의 침실에 있는 혼례복을 내어오라고 했다. 정염과 정겸이 장성완의 거동을 엿보고자 했기에 함께 말했다.

"아내를 둔 자식의 의복을 형수가 다 살피시는 것은 도리어 옳지 않습니다. 장씨 질부는 모든 행실이 남보다 뛰어난데 지아비의 혼례복을 준비하지 않았으니 이 또한 흠이 되는 일입니다. 백옥에도 티가 있다고 하겠습니다."

화부인이 나지막하게 그렇지 않다고 대답하니 정잠이 부드럽게 웃으며 말했다.

"며느리의 기특함은 새롭게 말할 바가 아니거니와 제수씨가 며느리를 위하여 변명하시는 것을 보니 진실로 며느리를 귀하게 여기는 것을 알겠습니다."

화부인이 겸손히 사례하자 정잠이 답례하며 정염 등을 돌아보고 말했다.

"젊지도 않은 것들이 어찌 어린 조카며느리 보채기를 심하게 하느냐? 며느리가 비록 황공하여 말을 못 하나 속으로 어찌 은백(정염) 등을 미쳤다고 여기지 않겠느냐?"

정염 등이 크게 웃고 말했다.

"남편의 혼례복을 때에 맞춰 짓지 못하여 부인의 도리를 잃은 것이 부끄럽지, 저희들이 바른 말을 했다고 미쳤다 여기겠습니까? 다만 이번에는 형수가 가로막으실 뿐 아니라 한여름과 늦가을 사이가 반년이 채 되지 않는 까닭에 길복이 새것처럼 빛날 것이라 문제는 없겠습니다. 이제 인광이 과거에 급제한 지 수개월 만에 새 혼인을 시작하니, 그 풍채와 태도로 보아 일곱 부인과 열두 미인을 갖추고서야 그칠 듯합니다. 그러니 다음번에는 길복을 잘 받들어 여러 사람의 시비를 부르지 않게 하는 것이 옳겠습니다."

정태요가 낭랑히 웃으며 말했다.

"질부가 안 그래도 심사가 온전하지 못한데 어찌 괴이한 참언을 또 못되게 하느냐?"

정염이 웃으며 말했다.

"말대로 되겠습니까마는, 그러면 숫자를 줄여 재보로 하여금 세 부인을 맞고 일곱 미인을 두라고 하십시다."

정겸이 웃음을 머금고 말했다.

"그러하나 오늘 혼례복을 준비하지 못한 것을 속죄하여, 장씨 질부가 재보의 길복과 띠를 만들어 여러 사람이 보는 데서 질투하는 마음이 없음을 보여주는 것이 옳을 것입니다."

정삼이 천천히 웃으며 말했다.

"두 동생과 누이가 남의 며느리를 못 견디게 괴롭히니 참으로 난처합니다. 청컨대 희담을 그만하는 것이 좋을 듯합니다."

정태요와 정염 등이 크게 웃으며 말했다.

"시아버지와 시어머니가 한가지로 편을 들고 큰아버지는 옳은 말 하는 자를 미쳤다 하며 질부를 감싸는군요. 장씨 질부가 비록 온유하고 공손하나 태산과 장성같이 굳은 형세를 믿어 점점 방자해진다면, 재보가 무턱대고 새 사람을 모은다 해도 통한하여 분노하는 일이 없을 것입니다."

서태부인이 흔연히 웃으며 말했다.

"쓸데없는 말로 시간을 허비하지 말고, 그만 인광이를 소씨 부중으로 가게 하거라."

모두 절하고 명을 받들었다. 이때 정잠이 서태부인에게 정태요와 정염 등이 인광의 옷을 장성완이 입혀 보내는 것이 옳다 한 것을 전했다. 이는 장성완의 사람됨을 새롭게 알고자 해서가 아니라 정인광의 기색을 보려는 것이었다. 서태부인이 웃으며 말했다.

"노모는 저 부부가 서로 가까이 대하는 것을 진실로 보고 싶구나. 두 조카와 딸아이의 뜻에 따라 장씨 손부로 하여금 인광의 관대를 섬기게 하거라."

정삼이 절하여 명을 받들고 말했다.

"옛사람은 칠십에 색동옷을 입어 부모의 마음을 기쁘게 했는데, 소자는 불초하여 한 가지도 어머님을 즐겁게 해드리지 못했습니다. 마땅히 인광으로 하여금 명령을 받들게 해 한번 웃으시도록 하겠습니다."

그런 후 인광을 돌아보고 말했다.

"할머님 앞에서 네 아내로 하여금 옷을 입히게 하는 것이 황공하며, 아비 또한 너희가 정실 부부이기에 가볍게 옷과 띠를 받드는 것이 공경하는 도가 아님을 안다. 하지만 할머님이 한번 보고자 하시니 이보다 더한 행동도 사양하지 못할 것이다. 모름지기 공손히 응하여 할머님이 웃으실 수 있도록 하여라."

정인광은 절대 원하는 바가 아니지만 사양한다고 피할 수 있는 것이 아니고 할머니가 보고 싶어 하는 것이기에 부친의 명령을 감히 거역하지 못했다. 절하고 명을 받드는데 유모가 혼례복을 가져왔다. 이를 보고 자기가 항상 입는 관복을 찾으니 정겸이 웃으며 말했다.

"길복이 새로 지은 것이 아니라서 버리고 상시 입는 관복으로 혼례복을 대신하고자 하느냐?"

정염이 웃으며 말했다.

"비록 새로 지은 것은 아니나 장씨 손부를 맞을 때 한 번 입은 것이니 네다섯 달 사이에 색이 바래지는 않았을 것이다. 물리치지 말고 입거라."

정인광이 무릎을 꿇고 대답했다.

"제가 관리의 신분이니 관복으로 가는 것이 마땅하고 신랑의 길복으로 가는 것이 불가합니다."

정염 등이 의아해하는 체하며 말했다.

"그러면 네가 오늘 소씨 집의 신랑이 되지 않고 한림원에 입직하는 것이냐?"

정인광이 웃으며 답했다.

"어제 출번했던 것을 아시면서 또 무슨 입번이 있다고 하십니까?"

말을 마치고는 늘 입던 관복을 내오게 해 입으려 했다. 이때 서태부인이 장성완을 돌아보고 옷을 입혀 보내라 명하고 여러 숙부들도 함께 재촉했다. 장성완은 정인광에게 나아가라 하자 몸 둘 곳을 모르고 고민스러워했다. 참으로 어찌할 수 없어 일어나는데 여러 사람들이 모두 그 모습을 바라보았다. 고운 발이 가지런하면서도 천천히 움직여 마치 어린 용이 구름 속을 배회하며 밝은 달이 푸른 산에 걸려 있는 듯했고, 고운 소매는 아름답고 화관이 바르고 가지런한데 옥고리 소리가 쟁쟁하며 월패 소리가 낭랑하여 〈채제(采齊)〉의 소리를 맞추었다. 가는 허리와 기품 있는 봉새의 날개 같은 적삼이 표표히 일어나 나부끼더니, 정인광의 관복을 내오고 띠를 둘러주었다. 정인광과 키에 차이가 있어 아스라히 쳐다볼 만도 한데 한 번도 두 눈을 돌려 보지 않았다. 정인광도 부모를 기쁘게 하기 위해 애써 온화한 기색을 띠며 옷을 입고 띠를 둘렀다. 이러한 부부의 모습과 기질은 사람으로 하여금 정신이 아득해지고 숨이 차서 가만히 혀를 내두르며 감탄하는 소리를 머금게 할 뿐이었다. 장성완은 인광의 옷을 다 섬긴 후 물러나 자리에 들었다.

이때 정인광의 거동은 단봉이 기산으로 향하고 큰 기러기와 고니

가 높고 먼 하늘에 아득히 날개를 부친 듯하여 호방한 광채를 드러
낸 가운데, 영웅호걸다운 기상과 고요하고 정대한 모습을 아울렀다.
장성완의 태도는 홀연히 속세를 벗어난 듯, 날개를 달고서 흰 구름
을 뚫고 올라 옥황상제의 나라를 향할 듯했다. 서왕모가 자개봉의 구
름을 타는 것과 같고 직녀가 용이 끄는 수레를 타고서 오작교를 건너
는 듯하며, 신녀가 무산에 내려오고 복비가 낙천에서 진주를 캐는 것
보다 더 빛났다. 평소 엄격하고 말이 없는 정삼도 이런 모습을 아끼
고 사랑하며 귀중히 여겨 칭찬하고 탄복했다. 정삼은 장성완의 거동
을 한참 동안 바라보다 흰 도포의 넓은 소매에서 손을 꺼내 왼손으로
인광의 손을 잡고 오른손으로 성완의 손을 잡았다. 곱고 빛나며 하얀
빛이 오색의 소매 자락에 비치는데, 정삼이 훤히 꿰뚫는 듯 보다가
어깨 위에 앵혈이 찬연하여 도화 한 가지가 떨어진 듯한 것을 발견했
다. 속으로 아들의 고집을 안타깝게 여겼지만 드러내지 않고, 인색을
부드럽게 하여 정인광에게 말했다.

"며느리의 행실과 덕행이 남보다 뛰어난 것은 너도 잘 알고 있을
것이다. 외모는 중요하지 않은 것이어서 구태여 말할 바는 아니지만,
다만 네가 아직 아내를 자세히 보지 못했을 것이니 한번 보아 서로의
얼굴을 아는 것이 좋을 듯하구나."

정인광이 지금까지 부친의 두터운 사랑을 받아 왔으나, 이 같은 아
낌은 처음이라 황공하고 감사해 어떻게 해야 할지 알지 못했다. 장성
완은 정인광의 관복을 섬길 때 너무도 부끄럽고 남모르는 실수가 그
대로 드러난 느낌이었다. 그런데 이제 또 시아버지의 은혜 아래 정인
광과 몇 척도 안 되는 가까운 거리에 있으려니 당황스럽고 어쩔 줄을

몰랐다. 장성완의 이렇듯 두려워하고 부끄러워하는 모양은 보는 이로 하여금 더욱 애련한 정을 일어나게 했다. 정삼은 장성완이 불안하고 황공해하지 않도록 천천히 손을 놓았다. 장성완이 비로소 절을 하고 자리에서 물러나자 여러 손님들이 홀린 듯한 얼굴로 바라보았다. 숙부들도 다시금 기이함을 칭찬하며 감탄했고, 서태부인도 더욱 기뻐하고 사랑하며 귀중하게 여기는 마음이 얼굴에 넘쳐났다.

정인광이 할머니께 하직하고 몸을 돌이켜 소씨 부중으로 향했다. 이름난 관료들이 뒤를 따르며 낮은 품계의 관리들이 뒤쫓아 앞뒤로 호위하여, 웅장하고 화려한 행렬이 10리를 채웠다. 나아가고 물러남이 하늘을 가리고 학식과 기예가 여유로운데, 정인광의 빼어난 모습과 뛰어난 기질이 햇빛을 가려 풍류 있는 풍채가 길 위에 비치니 보는 사람들이 큰 소리로 칭찬하며 말했다.

"예부터 지금까지 이와 같은 사람이 또 있는가? 사람이 아들을 둠에 마땅히 정인광과 같다면 백골이 어찌 썩겠는가? 이름이 만대에 오를 뿐이 아닐 것이다."

이윽고 일행이 소씨 부중에 이르렀다. 소문유의 5형제가 부친을 자리에 받들어 화평하게 즐기며 기쁜 모습을 띠고 있다가 모두 함께 급히 내려와 일행을 맞았다. 소수가 여러 손님을 접대하고 소문유가 전안(奠雁)을 인도했다. 정인광이 나아가 옥으로 된 상에 기러기를 전하고 천지께 절하는 예를 마쳤다. 흰 얼굴 푸른 머리의 수많은 시녀가 검은 치마와 누런 저고리 차림으로 향촉을 어지럽게 인도하며 화려한 난간을 따라 혼례 자리로 나아갔다. 신부 소채강은 공작선을 앞에 두고 정인광에게 네 번 절하고, 정인광은 보불을 수놓은 관복을 숙이고 난새를 수놓은 옷깃을 떨치며 한 번 절하고 두 번 읍하니 예의와 법도에 어긋남이 없었다. 그런 후 공작선을 기울이고 붉은 소매를 낮추어 옥석으로 옮겨간 후 자하주가 넘치는 술잔을 나누었다. 이때 기이하고 탁월한 두 사람의 모습은 화씨의 벽옥과 혜초 구슬이 빛을 잃을 만하고, 화려한 광채가 봄날의 해를 향한 듯하며, 깨끗한 모습은 동정호에 뜬 흰 달 같았다. 향기로운 바람이 일어나고 마음은 붉은 꽃처럼 흩날리는데, 신방에서 신랑과 신부가 마주하니 밝고 빛나는 모습으로 방이 환하게 밝았다. 과연 남교의 배항과 운영 같은 아름다운 배필이고 옥황상제가 명하신 좋은 인연인 것을 알 만했다. 뒤이어 천천히 소채강을 데리고 안채로 향하니 정인광 또한 소문유 등과 더불어 바깥 누각에 나와 자리에 들었다. 소수가 흔연히 기뻐하며 손을 잡고 말했다.

"반년 사이에 두 번 기러기를 안아 우리 집의 광채를 빛내고 양딸과 친딸을 거두어 평생을 행복하게 했구나. 겉으로는 새로 만난 것이어도 어려서 정혼한 것은 옛 약속이고 너를 사위로 안 지 오래지만, 지난여름과 오늘에야 예를 이루었으니 내 마음이 기쁜 것을 어찌 다 말하겠는가? 모자란 내 딸과 양녀가 다 아황과 여영의 고사를 흠모하나, 군자를 받드는 데 허물이 없을 것이라 생각지는 않는다. 네가 너그러운 마음으로 이 노부의 구구한 뜻을 저버리지 말고 내 딸의 작은 허물을 용서하여 백년동락하고 행복하게 지내기를 바란다."

정인광이 공손히 사례하고는 명문가의 존귀한 신분을 첩의 자리로 맞아 욕되게 하는 것이 피차 불행하고 마음속으로 불안하다고 아뢰었다. 소수가 기쁘게 웃으며 말했다.

"내가 너를 처음 만나 사위로 정하였는데, 장씨 아이(장성완)를 구하여 부녀로 정하면서 너와 더불어 정혼했다는 말을 들었단다. 하지만 나는 내 딸의 지위를 굽혀 너의 첩 되는 자리로 보내는 것을 전혀 꺼리지 않았다. 그러니 부질없는 인사는 그만두거라. 다만 천자라도 온 세상을 총괄하는 천하의 지존이 있고 멀리 오랑캐 나라의 신하가 되는 사람이 있듯, 같은 사족 가문이라 해도 선후나 위아래에 차이가 있지 않겠느냐? 내 딸은 남보다 나은 것이 없지만 거의 번월(樊越)[22]의 어짊을 따를 만하고 장씨 아이는 내 딸보다 뛰어난 점이 많으니 너의 아내 복 있음을 축하해 마지않노라."

정인광이 소수의 지극한 대우와 사리에 관통한 밝음을 보고 크게 탄복하여 인연을 저버리는 일이 없고자 했다. 여러 손님들이 소수가 즐거워하는 모습을 보며 축하하고, 양녀와 친녀를 모두 정인광에게 허락해 반년 사이에 두 번 기러기를 안는 영광을 입고 훌륭한 사위를 얻었음을 일컬었다. 소수가 기뻐하며 답례했다.

"나를 어리석게 여길 사람도 있고 혹 처사(정삼)를 잘못했다고 걱정하는 사람도 있을 것입니다. 그러나 집안과 풍채와 기질과 재주와 덕행이 모두 빼어나고 또 오래 살 수명과 크나큰 영화를 누릴 사람은 내 사위 한 사람일까 합니다. 어린 딸이 기이한 군자를 맞아 첩으로 가게 된 것이 소망하는 바에 부족하지 않으니 여러 손님의 축하하는 말을 사양하지 않겠습니다."

---

22 번월(樊越): 춘추시대 초나라의 번희와 월희.

이렇듯 즐거워하는 가운데 붉은 해가 서쪽으로 지고 흰 달이 다시 밝아 왔다. 소수가 여러 아들과 손자와 정인광과 함께 촛불을 켜고 이야기하다가 밤이 깊어지자, 소문유 등으로 하여금 정인광을 신방으로 인도하라 하고 편안히 쉴 것을 당부했다. 이에 정인광이 소문유 등을 따라 일어났다. 소문유가 웃으며 말했다.

　"재보가 우리의 아들 연배이지만 매부 대접을 소홀히 할 수 없어, 신방 출입을 우리가 호위하여 촛불 잡고 향 꽂는 일을 마다하지 못했구나. 가히 어린 누이를 둔 자가 구구한 것을 알겠도다."

　정인광이 미소 짓고 대답했다.

　"소생을 인도하는 것은 한낱 어린아이가 해도 충분하고, 다섯 분의 명공께서 수고롭게 하실 바가 아닙니다. 그러나 노대인의 말씀으로 안채에 들어오신 것이니 구구함을 스스로 탓하실 필요가 없고, 그만두시는 것도 어렵지 않은데 무엇이 부끄러워 탄식하십니까?"

　소시중이 웃으며 말했다.

　"그대 말이 옳네. 우리가 탄식하는 것은 잘못한 것이지만, 또 한 가지 일을 묻고자 하네. 아버님이 장씨 누이를 거두어 부녀로 정하시고 깊은 정이 친딸보다 못하지 않으셨지. 그런데 재보가 장씨 누이를 맞이하던 날부터 장인과 사위의 의로써 서로를 부르는 것이 옳은데도 한결같이 어르신으로 일컬을 뿐이더니, 또 오늘 여동생을 부인으로 맞아 사위가 되었는데 지금도 장인어른이라 부르지 않는 것은 어떠한 뜻인가?"

　정인광이 이 말을 듣고 몸가짐을 바르게 하며 다시 꿇어앉아 공경히 대답했다.

"명공께서 의혹을 품고 물으시니 소생이 소견을 말씀드리겠습니다. 대인께서 장씨를 거두어 부녀의 의를 맺으셨고, 소생은 뜻을 내세우지 못하고 앞뒤를 모르는 가운데 장씨를 취하였습니다. 그러니 대인을 장인어른이라고 부르지 않는 것은 의를 끊는 행동일 것입니다. 다만 장씨에게 낳아준 부모가 있는데 소생이 아직 장인과 사위로 칭한 적이 없습니다. 낳아준 부모에게는 이리 하면서 대인께만 장인과 사위의 의를 밝히는 것은 온당하지 않은 일입니다. 또한 대인이 늦게 얻은 귀한 딸을 소생의 아내로 주시니 외람됨을 이길 수 없으나, 저를 인정해 주시는 뜻에 감사하여 다시 존문에 기러기 두기를 기약했습니다. 그리고 빙례로 맞이하여 귀 가문을 공경하고자 했으나, 이것이 예에 맞지 않고 귀한 따님이 불행히 소생의 정실이 되지 못하여 그 지위마저 낮아지게 되었습니다. 또한 대인이 돌아가신 조부님과 같은 연배이시고 사귐이 깊으셨으므로 아버님과 숙부님도 당숙같이 앙모하시는 바인데, 소생이 홀로 대인을 낮추어 장인이라 부르는 것은 대인께 욕됨이 가볍지 않고 소생의 도리가 아닙니다. 사람들은 장씨의 양부라는 이유로 장인으로 부른다는 것을 알지 못하고, 명공의 여동생으로 인하여 그렇게 부른다고 여길 것입니다. 그렇기에 비록 마음은 그렇지 않으나 상황이 부득이하니 차라리 처음부터 어르신이라고 일컫는 것이 나을 듯하여 장인이나 사위라고 부르지 않은 것입니다."

소문유 등이 미처 대답하지 못하고 있는데 소수가 칭찬했다.

"너의 행하는 바가 군자의 큰 도에 어김이 없으니 진실로 흠복해할 만하다. 내 아들들이 쓸데없이 나이만 먹어 재보보다 20년이나 위인

경우도 있고 덜한 경우도 있지만, 하나도 너의 헤아림만 같지 못하니 내가 대신 부끄럽구나."

정인광이 감당하기 어려운 칭찬이라며 사양하고, 소문유 등이 웃으며 말했다.

"이미 속내를 다 들었으니 그만하고 재보를 인도하여 들어가자."

그러고는 다시 이끌어 신방에 이르렀다. 촛불이 밝게 비추며 향 연기가 자욱한데 병풍과 침구가 다 예에 맞을 따름이고, 각별히 공교하고 사치한 것은 찾을 수 없었다. 자연스럽게 검소한 것이 자기 집안과 다름이 없으니 정인광은 마음속으로 소수의 맑은 덕에 감복했다. 소문유 등을 대하여 담화하는 사이에 술상이 올라왔다. 손님과 주인이 한껏 마시는데 이 또한 정결하고 맑으며 간략하고 향기로울 뿐이고, 화려한 그릇을 어지럽게 벌여 놓지 않았다. 제기와 같은 그릇에 두어 가지 안주와 과일이 있고 유리 술잔에 각각 두어 번 따라 마실 정도의 술이 있었다. 정인광이 뜻에 흡족하고 마음이 즐거워 향기로운 술로 입을 적시고 안주가 입에 맞아 음식을 다 먹었다. 천천히 상을 물리고 소문유 등이 일어나 가니 정인광이 일어나 전송했다.

잠시 후 월패 소리 쟁쟁하며 향풍이 산들산들하고 옥소리가 낭랑하더니 두어 쌍 시녀가 신부를 옹위하여 나왔다. 정인광이 이미 소문유 등을 보내기 위해 일어났기에 일어선 자리에서 신부를 맞이하며 예를 다했다. 고운 신부의 차림으로 발걸음을 옮겨 공손히 나오는 소채강의 모습은 찬란하고 기이하여 깨끗하고 밝은 기운이 촛불의 빛을 빼앗을 정도였다. 아름다운 자태는 신녀가 무산에 내려온 듯 표표하며 그림자가 가득하고 훌륭하여 항아가 달 가운데 떨어진 듯했다.

비유하자면 아침 해가 운대를 비치고 달빛이 동정호에 나타난 듯하며, 구름 같은 귀밑은 무산에 저문 빛이 무성한 듯하고 안개 같은 머리는 초대에 봄빛이 무르녹은 듯했다. 용뇌향과 사향은 모영의 공교함을 물리칠 정도이고, 촛불 그림자에 비친 옥 같은 피부는 괵국부인이 화장을 싫어했던 그대로였다. 가을 물이 어린 듯한 골격과 맑은 얼음처럼 깨끗한 기질이 시원하며 밝고 빼어났다. 가는 허리와 우아한 소매에 어린 부드러운 향기가 세속을 벗어난 듯하니, 그 아름다움을 가볍게 움직이지 않으면서도 덕스러운 빛이 면모에 드러나는 것을 알 수 있었다. 정인광은 신부의 맑은 행실이 저절로 법도에 맞아 자기보다 부족하지 않음을 다행으로 여기며 자리로 나갔다. 시녀 등이 구름 병풍을 정리하고 채색 휘장을 거두어 물러날 때까지 소채강이 자리에 앉지 못하니 정인광이 천천히 자리를 청하고 말했다.

"손님이 이미 자리를 정했는데 주인이 고집스럽게 서 있는 것은 주객의 법도에 맞지 않습니다. 자리를 정하십시오."

소채강이 부끄러워하면서도 긴 밤 내내 서 있을 수 없을 것이기에 멀리서 고개를 숙이고 단정히 앉았다. 정인광 또한 말없이 앉아 있다가 한참 후에 다시 무릎을 끌어 자세를 고치며 몸가짐을 정돈하고 말했다.

"제가 귀댁 어르신께 과한 대우를 받아 오늘 기러기를 안게 되었으니 진실로 과분하고 외람되어 감당하기가 어렵습니다. 하나의 하늘에 두 개의 땅이 있을 수 없고, 하나의 양이 있으면 하나의 음이 있는 것이 천지의 법도입니다. 또한 건곤이 합하여 천지가 순환하는 것이 자연의 이치입니다. 하나의 하늘을 두 달이 섬기는 법은 없기에, 대대로 훌륭한 가문의 후손이자 재상가의 귀한 따님을 정실로 맞지 않는 것은 불가하다 여겨 수차례 다투었습니다. 그럼에도 그 뜻을 돌리지 못하여 혼례를 이루게 되었으니, 마음이 불안하고 스스로 외람됨을 깨달을 뿐 아니라 그대의 평생에 빛이 없고 지위가 낮아짐을 생각하여 안타까웠습니다. 성인의 가르침과 예절을 감히 어기지 못하여 마침내 명문가를 비굴하게 하니, 이는 나의 본심이 외람되어 생긴 일이 아님을 밝히고 싶습니다. 또한 그대로 하여금 분수에 맞는 도리를 차리게 하고자 합니다. 그대가 나의 고지식함을 비웃지 말고 번월의 어짊과 진희의 겸손한 덕을 잇는다면 스스로 복이 될 것입니다."

소채강은 고개를 숙이며 머리를 낮추어 명을 받을 뿐 아무런 대답을 하지 못했다. 옥 같은 얼굴이 담담하여 흰 피부에 부끄러운 기색이 가득하고, 연꽃이 바람에 흔들리며 붉은 해가 서쪽 달에 잠겨 구름을 이루는 듯 아득한 태도와 아름다운 거동이 비길 데가 없었다. 정인광이 비록 기개가 크고 넓으며 성품이 준엄하여 가볍게 기울어지거나 소소한 일에 움직이지 않지만, 나이가 한창 왕성할 때이고 만사에 성숙한 것이 타인과 다르게 특별했다. 그런데 혼례 시기를 늦추어 금년에 비로소 장성완을 맞이하긴 했으나, 크게 고집을 부려 금슬의 즐거움과 곡조의 조화를 얻지 못하니 문득 홀아비의 근심스런 회포가 생기던 차였다. 그러다 천고에 보기 드문 미인에 짝 없는 숙녀를 한방 안에서 마주하니 어찌 세속의 정이 일어나는 것을 피할 수 있겠는가? 그렇지만 장성완을 먼저 알고 그 외의 것을 다음으로 아는 데다, 조강의 정실을 죄 없이 박대하며 부실을 먼저 애중하는 것은 도리에 어긋난 일이라 생각했다. 그리하여 다만 밤이 깊었다 말하고 침상에서 편히 쉬라 권하고는 스스로 옷을 벗고 이불에 나아갔으나 다시 소채강을 돌아보지 않았다. 소채강은 고요히 앉은 것을 고치지 않았다가 새벽닭 소리가 난 후 천천히 일어나 정당으로 갔다. 정인광이 구태여 잡지 않고, 부끄러운 기색으로 고개를 숙이고 옷매무새를 바로 했다.

소문유 등이 들어와 아침 식사를 함께 마치고 신부의 어머니께 인사를 드리자고 했다. 정인광이 미소 지으며 말했다.

"내당에 가 뵌 것이 여러 번이고 오늘 돌아가는 것이 바쁘니 후일 뵈어도 무방하겠습니다."

소문유가 말했다.

"그대의 말이 야박하네. 전일에 뵌 것은 장씨 누이로 말미암은 것이고 오늘 뵙는 것은 장모와 사위의 도의를 더한 것이니, 어찌 그처럼 박절하게 돌아간다고 말하는가? 잠깐 날이 밝기를 기다렸다 가게나."

정인광이 매몰차게 떨치지 못하여 소문유 등과 함께 내당에 들어가 이부인께 알현했다. 부인의 맑고 고운 태도와 온화한 성격에 정인광은 다시금 감복해 마지않았다. 이부인은 정인광의 빼어남과 속되지 않음을 진심으로 칭찬할 뿐 아니라, 얼굴에 거리끼는 기색 하나 없이 기쁘고 즐거워하며 양딸과 친딸의 평생을 부탁했다. 정인광이 공경히 사례하고 하직을 고했다. 소수가 웃으며 말했다.

"분명 괴로이 여기겠지만, 오늘 밤에 돌아와 밤을 지내거라."

정인광이 대답했다.

"부모님께 고하고 허락하시면 명을 받들겠습니다."

그러고는 즉시 일어나 본가로 돌아오니, 이미 아침 식사를 마치고 일가가 태전에 모여 있었다. 할머니와 부모와 숙부에게 인사를 올리며 밤사이 안부를 물었다. 모두 평안했다 대답하는데, 정태요가 웃음을 띠고 말했다.

"신부의 어질고 아름다움을 우리도 이미 들었지만 한 번 보는 것이 열 번 듣는 것보다 낫다고 하니 네가 본 바로는 어떠하더냐?"

정인광이 대답했다.

"어제 소부의 잔치에 큰형수(이자염)와 큰누이(정명염)도 참석하여 저보다 자세히 보았으니 데려다 물으십시오."

원래 소수의 부인이 이빈의 고모인 까닭에 이씨 집 사람들과 이자염이 다 잔치에 참석한 것이었다. 정태요가 웃으며 말했다.

"질부와 월염이 어련히 보고 왔겠는가만, 백 사람이 칭찬하며 만 사람이 자세히 보아도 너의 특별한 안목으로 보는 것만 같지 못할 것이기에 너에게 묻는 것이다."

정인광이 대답했다.

"제가 마음을 비추는 거울 같은 안목이 아닌데 얼핏 본 것을 어찌 알겠습니까? 다만 평범하다는 것만은 알겠습니다."

서태부인이 웃으며 말했다.

"곧 보면 알겠지만 월염이와 자염이가 이르기를 당금의 보기 드문 모습이라 하고 손부(이자염) 역시 노모가 묻자 진실로 아름답다 하거늘 어찌 평범할 리가 있겠느냐? 이는 너의 말이 틀린 것이다."

정염과 정겸이 웃으며 아뢰었다.

"저놈이 소씨 질부의 기이함이 비할 곳이 없는데도 도리어 평범하다고 대답하니, 그 말이 어찌 마음에 있는 바와 같겠습니까?"

정명염이 웃음을 머금고 말했다.

"지금의 이씨 동생(이자염)과 장씨 동생(장성완) 같은 이가 없는데, 신부가 아무리 기특하다 해도 비할 곳이야 없겠습니까?"

돌아보고 정인광에게 물었다.

"장씨 동생과 비교하면 어떠하냐?"

정인광이 대답했다.

"제가 평소에 사람을 알아보는 눈이 없으니 처음 보는 사람을 어찌 알겠습니까? 분수에 맞지 않는 부실을 맞아 명문가의 후손에게 굴욕을 주어 불안할 따름인데, 어느 겨를에 이 같은지 저 같은지를 살피겠습니까? 다만 저 같은 이의 부실이 오죽하겠습니까? 그만 알려고 하십시오."

정태요와 정명염, 그리고 정염 등이 웃으며 말했다.

"네가 무슨 병자나 된다고 아내로 맞이한 사람이 오죽하겠냐고 하느냐?"

정인광은 부친이 자리에 계시므로 말을 채 못 하고 다만 이렇게 대답했다.

"제가 지극히 어리석고 아름답지 않으니 병자와 다르겠습니까?"

말을 마치자 정삼이 문득 정태요를 향하여 희미하게 웃으며 말했다.

"아이가 어리석고 속이 좁아 제가 병자임을 모를까 했더니 오히려 아는 것이 괴이합니다."

정태요와 그 자리에 앉은 사람들이 다 웃으며 말했다.

"아무리 보아도 재보에게 병이 있는 줄 알지 못하겠건만, 오늘 제 스스로 병자라 하고 그 부친도 아들을 병자로 치부하니 어떤 연고일까?"

정삼은 말없이 웃기만 하고 정인광은 아버지의 말씀을 알아듣고는 자기가 고집을 세우지 못할 바를 애달파하되 감히 낯빛에 드러내지 못했다. 자기가 병자와 같다고 한 것은 장헌의 사위 된 것을 말한 것인데, 부친이 자기 말을 알아들으시고도 또한 남다르게 대하니 황공하고 절박한 가운데 그윽히 웃음을 지었다.

그날 저녁 정인광은 소씨 부중에 가 밤을 지냈지만 소채강과 부부의 즐거움을 두지 않은 것은 첫날밤과 마찬가지였다. 다음 날 아침 정인광이 먼저 돌아온 후 한낮이 되려 할 즈음에 소채강의 시부모를 배알하는 차림이 문에 이르렀다. 이날 정삼은 온 집안 여러 친척과 사돈을 다 청하고 작은 술자리를 베풀었다. 손님이 구름처럼 모여 연회가 성대한 것이 이자염과 장성완을 맞이하던 날보다 못하지 않았다. 신부가 가마에서 내려 장막 안에서 쉴 때 장성완이 기뻐 반기며 행복해했다. 하지만 둘 사이에 존귀가 분명하기에 비록 자매의 정이 깊지만 예를 갖추어 인사를 받아야 했다. 그래서 사사롭게 먼저 볼 수는 없어 감히 장막으로 나아가 만나 보지 못했다. 하지만 기쁜 정을 이기지 못해 정월염에게 신부의 단장을 돕고 싶은 뜻을 비쳤다. 정월염이 웃으며 작은아버지(정삼)에게 여쭈었다.

"재보가 이미 급제하여 조정의 명사가 되었으니 그 아내는 명부의 복색을 갖추어야 할 것입니다. 시누이(장성완)는 봉관과 화리(華履)의 예복을 다 갖추었는데, 신부는 복색이 어떠해야 옳겠습니까?"

정삼이 한참 동안 말이 없다가 대답했다.

"이미 빙례를 올렸으니 자주 치마와 옥비녀를 내오고, 명부의 이름이 있으니 관이 있으면 될 것이다. 안사람(화부인)이 며느리와 더불어 신부의 복색을 준비한 것이 있는지 물어보거라."

정인광이 이어 부친에게 고했다.

"이미 위아래가 있고 명분이 정해졌으니 복색은 마땅히 소실의 것이어야 하므로 푸른 저고리에 금비녀로 법을 삼아야 합니다. 빙례를 밝혀 명문가를 욕되게 하지 않아야 하지만 명령하신 것처럼 자주색 치마와 옥비녀를 주고 명부로 칭하여 관을 내오게는 한다 해도 직첩이 없으니 봉관은 하지 못할 것입니다."

정삼이 고개를 끄덕이며 말했다.

"너의 말이 옳지만 어찌 가볍게 소실이라고 말하느냐?"

정월염이 웃으며 말했다.

"겉으로는 법을 지키는 체하여 그렇게 말하지만, 속으로 중하게 여기는 마음이야 적의봉관(翟衣鳳冠)[23]이라 한들 만족하겠습니까?"

정삼이 미소 지으며 말했다.

"사랑한다고 주지 못하며 밉다고 빼앗지 못할 것이니, 사랑해도 그 악함을 알 수 있으면 미워도 그 선함을 알 수 있어 집안 법도에 어지러움이 없게 될 것이다."

(책임번역 김수연)

---

23 적의봉관(翟衣鳳冠): 붉은 바탕에 꿩을 수놓은 옷과 봉새 무늬로 꾸민 관. 중요한 의식에 입는 예복.

완월회맹연

권 37

혼인과 잔치

소채강은 정인광의 부실이 되고
황제는 정씨 집에 잔치를 내리다

부실로 들어오는 소채강

정삼이 미소 지으며 말했다.

"사랑한다고 주지 못하며 밉다고 빼앗지 못할 것이니, 사랑해두 그 악함을 알 수 있으면 미워도 그 선함을 알 수 있어 집안 법도에 어지러움이 없게 될 것이다."

정월염이 낭랑히 웃고 고개를 돌려 화부인에게 물었다.

"신부의 복색을 장만한 것이 있습니까?"

화부인이 답했다.

"장씨 며늘아기의 처소에 있단다. 며느리가 잘할 것이기에 관과 비녀만 장인에게 시키고 그 외에는 며느리에게 맡겼으니 이제 가져오라 하여 볼 것이다."

말을 마치고 추연 등에게 명하여 가져오게 하는데, 이미 관과 비녀를 장인에게서 찾아 함께 두었기에 모두 가져오게 해서 보았다. 관은 부용꽃을 새긴 도봉부용관인데 구태여 귀한 보석을 더하지 않았고, 비녀도 백옥에 원앙을 새긴 백옥원앙차로서 진주를 보태지 않았다. 옷은 초록 비단과 자주 비단으로 만든 녹라자라군에 달 모양의 옥패를 두 줄로 늘였는데, 관에 봉을 그리지 않았고 귀밑의 면류 장식도 진주가 화려하지 않았다. 빛나고 화려한 복색이라고 이르지는 못할 정도였다. 다만 바느질 솜씨가 기이하여 회문시(回文詩)를 지은 소약란의 공교한 솜씨도 낮추어 볼 정도였다. 정삼과 정잠은 화부인과 장성완 고부가 장만한 관과 비녀와 복색이 지극히 마땅한 것을 보고 마음속으로 감탄했다. 정염과 정겸과 정태요는 장성완이 질투하여 소채강에게 빛난 것을 내주기를 아까워해 관과 비녀와 면류와 패옥을 귀한 보배로 하지 않았다며 한바탕 놀리고 웃었다. 정삼이 웃으며 말했다.

"우리 며느리의 헤아림과 일 처리는 비록 통달한 군자라도 미치지 못할 것입니다. 말하지 않아도 알고 가르치지 않아도 이루어내니 타고난 성품에 따를 사람이 누가 있겠습니까? 우활하고 어리석은 여자라면 시댁의 법규와 남편의 뜻을 모른 채 길복을 준비하여 투기하지 않는 것을 자랑하며, 신부의 복식도 아름답게 만들어 수놓은 비단으로 하고 보화를 더할 뿐 아니라 화려한 관에 봉을 그려 오늘 쓰지 못할 것을 만들었을 것입니다. 누님과 두 동생은 남의 어진 며느리를 무슨 까닭으로 부족하다 하십니까?"

정태요가 웃으며 말했다.

"아름답지 않은 것을 두루 사랑하며 인색하고 투기하는 것을 덕행이라고 일컫는구나. 이 누나는 영리하지 못해서 그 어진 곳을 알지 못하겠다."

　정월염이 웃고 신부의 옷을 도로 함에 넣어 시녀에게 들려 장막으로 향하며 말했다.

　"오늘 선의군이 제후에 봉해져서 예복을 입는데 내가 사신의 역할을 하게 되었으니, 변방 나라의 제후가 대국 사신을 어찌 대접하는지 보겠습니다."

　말을 마치고 장막으로 나가 소채강에게 옷을 바꿔 입고 관과 옥패를 바르게 하며 머리를 다시 빗어 다듬게 했다. 그런 후 소채강은 시부모께 인사하는 예를 올렸다. 이때의 모습은 맑은 바람이 한 번 일고 가을 햇살이 신비로우며 큰 구름이 뭉게뭉게 일어나고 차가운 안개가 부드럽게 이는 듯했다. 달 모양 옥패가 쟁쟁 울리는데, 나가고 물러나며 절하는 예절이 법규에 맞고 규범에 정확하여 참으로 아름다운 숙녀이며 어진 부인의 모습이었다. 깨끗한 골격과 맑은 정신은 학과 난새가 끄는 신선의 수레를 타고 허공에 올라 바람을 부리는 농옥공주가 취미궁 옥난간에 임한 듯하고, 남악의 위부인이 옥경에 돌아온 듯 아득하게 보였다. 아름다운 봉황이 높은 하늘에 날개를 나부끼는 듯하고 큰 기러기가 높이 뜬 듯 의젓하며, 연꽃이 가을 물에서 웃고 보배로운 구슬이 바다에서 솟은 듯했다. 팔자 모양의 눈썹은 봄 산의 흔적을 옮긴 듯하고 별 같은 두 눈은 가을 물에 정신을 씻은 듯했다. 눈처럼 흰 피부와 옥 같은 얼굴은 환하고 맑으며, 볼우물 팬 볼과 반짝반짝 앵두 같은 입술은 흡사 위나라 왕후 장강이 색과 덕을 겸비한 것과 같았다. 음란한 귀비 양태진과 아첨하는 태도의 조비연에 빗대는 것은 오히려 이를 욕되게 하는 일이었다.

서태부인과 시부모와 숙부들이 이 모습을 보고는 아름답게 여기며 기뻐하였다. 집안의 자매들과도 서로 만나는 예를 마치고 다시 정실부인에게 인사하니, 장성완이 자리에 높이 앉아 소채강의 절을 받았다. 참으로 불안하고 불편한 상황이었지만 유가의 법규와 시아버지의 명령을 거스를 수는 없었다. 소채강이 절을 마치자 장성완이 길게 답례의 읍을 하며 잠깐 눈길을 주어 보았다. 소채강의 고운 얼굴이 더욱 빛나고 밝은 기질이 돋보이니, 그 아름다움과 특이함은 정실부인의 무궁한 광휘와 어진 태도에 조금도 부족하지 않았다. 서태부인이 소채강을 사랑스럽게 쓰다듬으며 재상 가문의 높은 지위로 첩자리의 굴욕을 느끼게 하여 안타깝다고 말했다. 또한 어진 태교와 덕있는 가르침으로 인해 아름다움이 황금 같고 보옥 같음을 이야기했다. 그러면서 장성완과 더불어 순임금의 두 부인이었던 아황과 여영의 고사를 잇고 어진 진희를 본받아 손자의 집안을 창성케 할 것을 기대했다. 소채강이 고개를 숙이고 엎드려 가르침을 듣고 절하여 사례했다. 그 모습은 옥룡이 하늘가에 배회하는 듯하고 큰 기러기가 구름 속에 떠도는 듯하니, 보기에 뛰어날 뿐 아니라 유순한 덕과 화평한 풍도가 말에서도 드러났다. 정삼이 애처롭고 사랑스러운 마음을 견딜 수 없어 모친의 말씀을 이어 말했다.

"신부는 명나라 왕조를 대대로 모신 높은 가문 사람으로 어진 선생의 교훈을 받아 요조한 덕이 빼어나다는 것을 익히 들었는데, 오늘날 슬하에 이르니 그 지혜로운 이름과 아름다운 명성이 진실로 헛되지 않음을 볼 수 있구나. 기쁜 마음을 어찌 다 이르겠는가마는 불행하여 못난 자식의 정실부인이 되지 못해 명문가 훌륭한 집안을 욕되게 했으니, 비록 대인이 결단하신 바이지만 이로 인해 우리 부자가 함께 불안하고 부끄러울 뿐이다. 다만 정실인 장씨 며느리가 신부와 더불어 자매처럼 정이 지극하고 영화와 걱정을 한 몸처럼 하여 의리가 친형제보다 더한 자별함이 있으니, 일생에 만족하지 못한 탄식을 위로할 만할 것이다."

소채강은 공손히 절하여 사례할 따름이었다. 그 자리에 있는 사람들이 연신 축하하고 주인을 따라 함께 즐거워했다. 해가 지고 잔치가 끝나 손님들이 흩어지자, 신부 소채강의 숙소를 경운당 오른쪽 희운당으로 정해 돌려보냈다. 정인광은 할머니와 부모님께 저녁 인사를 마치고 이날 밤을 희운당에서 지냈다. 그러나 내내 신부에게 가까이 가지는 않으니, 소채강의 유모와 시비가 근심하며 마음을 놓지 못했다.

잔치를 내리는 황제

황제가 친히 잔치를 열고, 신하들과 더불어 나라의 만복과 무강함을 기뻐하고 축하했다. 특히 노영에서 함께했던 여러 신하를 가까이 불러 친히 술을 권하고 여덟 가지 진귀한 음식을 더하여 집안사람이나 부자 사이같이 각별한 은혜를 보였다. 태황과 태후는 이빈과 정잠, 조세창, 소씨와 화씨 등에게 술을 내렸다. 그러면서 황제를 보호하여 돌아와 나라의 지극한 경사를 이루고 종사의 큰 복을 더했으니 충렬과 공덕이 해를 꿰뚫는 듯 강렬하고 하늘과 같이 높다고 칭찬했다. 이것은 진실로 신하로서 듣기 어려운 말이었다. 여러 사람이 황공하고 두려운 마음으로 각골난망의 은혜라 여겼다. 특히 조세창에 이르자 태후와 황제가 일등 공신으로 상을 내리는데 그 은혜가 더욱 융성했다. 다른 신하들보다 더한 은혜에 조세창이 크게 불안하여 등에 땀이 나 옷을 적시는 것도 깨닫지 못할 정도였다.

황제는 잔치를 마친 후 공이 있는 충신에게 차례로 잔치를 내렸다. 이때 총재 조세창의 부모를 위한 생일잔치를 먼저 열게 하여 특별히 어주(御酒)를 내리고 잔치를 열도록 명하였다. 다음으로 조세창의 부인 정명염을 위국부인에 봉하며 부모가 영화롭게 되고 아내가 귀하게 되는 당연한 도리를 밝혔다. 이어 정잠과 이빈, 소씨와 화씨, 양씨 등에게 똑같이 잔치를 하사하였다. 이때가 천순 원년(1457년) 9월 20일이었다.

정인광을 훈계하는 정삼

앞서 정인광은 희운당에 가서 하룻밤을 지낸 후 죽서루로 나왔다. 그리고 그 뒤로 한 달이 거의 다 되었는데도 발걸음이 다시는 내당에 이르지 않았다. 정삼이 비록 세세히 알려고는 하지 않지만 어찌 전혀 모르겠는가? 어느 날 밤 세 아들과 정인유 등이 위아래로 서 있는 것을 보고 인웅을 돌아보며 말했다.

"인흥이는 어디 갔느냐?"

정인웅이 대답했다.

"형님은 존명을 받들어 내각에서 숙직을 합니다."

정삼이 고개를 끄덕이고 정인광을 돌아보며 말했다.

"너에게 쓸데없이 했던 말을 또 하는 것은 수고로운 일일 것이다. 그렇지만 네가 아비가 이르는 말을 완전히 헛된 곳으로 던져버리고자 하지 않는다면 한 번 더 말하겠다. 겉으로는 순응하면서 속으로는 고집하여 막힌 것을 풀지 못하는 것은 천한 부류의 사람이 할 바이지 군자가 할 일은 아니다. 세상에서 군자답다고 하는 것이 무엇 때문이겠느냐? 부부는 인륜의 핵심이고 만복의 근원이니, 서로 화합한 이후에 상생하며 상생한 이후에 서로 친해지는 것이다. 만일 화합하지 못하여 상생하지 않으면 어찌 친해질 수 있겠느냐? 건곤이 친하지 않으면 만물이 생겨나 생존하는 것을 이루지 못하고 강약이 다스려지지 않으며, 풍속의 폐단이 쌓인 후 온갖 일이 훼손되고 무너져 집안에 시비를 만들고 마을에 불미한 소문이 퍼지게 된다. 그러면 이미 수신과 제가가 그르게 될 것이다. 자기 몸을 바르게 한 연후에 나라와 천하가 다스려지는 법인데, 무슨 도로 임금을 보좌하며 무슨 덕으로 백성이 본받아 우러르게 하겠느냐? 네가 다섯 살부터 시를 배우고 예를 익혀 큰 허물은 면하게 되었나 했는데, 근간에 고집스럽고 말이 통하지 않는 것을 보니 성인의 학문에 미진한 것을 알겠구나. 모름지기 화열하고 관통하게 마음을 다스려 속에 맺힌 것을 두지 말아라. 그리고 아내 둔 사람이 이유 없이 내당에 걸음을 하지 않아 남들이 괴이하게 여기는 일을 만들지 말거라."

정인광은 고개 숙여 가르침을 들은 후 머리를 조아려 자신의 못남을 일컫고, 부친의 말씀을 받들어 다시는 어리석은 일을 하지 않겠다고 했다. 정삼은 구태여 온화한 기색이나 강렬한 목소리를 드러내지 않으며 조용히 경계의 뜻을 전하고, 이미 밤이 깊었으니 내당에 들어가 밤을 보내라고 했다. 정인광은 부친의 곡진하고 간절한 말씀을 듣자 감사하고 황공했다. 장헌을 이를 갈 정도로 미워한 것 때문에 장성완과 부부의 즐거움을 쉽게 두지 않고자 한 뜻이 자연 풀리다가도, 초상화의 일을 생각하면 분한 마음이 생전에는 잊지 못할 듯하여 마음이 차가워지고 생각이 답답해졌다. 하지만 또 감히 거역하지 못하고 긴 말로 고집을 아뢰지 못하여 공손히 절하고 명을 받았다.

장성완을 찾아가는 정인광

정인광은 부친이 취침하시기를 기다려 물러나 경운당으로 향했다. 마음이 기쁘지 않고 발이 가볍지 않았지만, 생각해 보면 장성완과 이미 혼인했고 부부의 인륜을 베어버릴 길이 없는 데다, 자신이 장씨 집안의 사위라는 명분이 있고 부모님과 할머니가 장씨를 과도히 사랑하시는 것이 친자식보다 더한 상황이었다. 그러한데 자기 홀로 장씨를 박대하는 것은 숙녀의 고고한 절개와 밝은 행실을 저버리는 것이 되며 장헌에 대한 분함을 통쾌히 푸는 것도 아니었다. 공연히 초상화의 일로 금슬의 즐거움을 두지 않는 것은 효도도 완전히 하지 못하고 인의에도 마땅하지 않은 한갓 고집불통의 일일 뿐이었다. 비록 절대 원하지 않는 일이었고 입장을 바꾸는 것이 한스럽지만, 부친의 명령을 따르고 지극하신 가르침과 재촉을 저버리지 않는 것이 자식의 도리라고 여겼다. 이렇게 생각하며 부득이 경운당으로 가서 문을 열고 방에 들어갔다.

촛불이 밝게 비쳐 사방 벽이 환하고 달빛이 하얗게 깊은 방 안을 두르고 있었다. 장성완은 책상을 앞에 두고 단정히 앉아 골몰히 《예기》를 읽는 중이었다. 그러다 지게문이 열리는 소리를 듣고 옥같이 하얀 얼굴의 푸른 눈썹을 잠깐 돌이키는데, 빼어난 눈썹에 고운 눈이 선명하고 어여뻤다. 아름다운 거동으로 일어나 맞으니 날개 같은 비단 옷에 신선 같은 소매가 표표하며, 초나라 미녀같이 가는 허리에 기린 무늬 허리띠가 잘 갖추어져 있었다. 옥패 소리가 다투듯 일어나니 향기가 생동했다. 정인광이 예전에는 방 안에 들어와 눈을 돌리지 않고 바로 앉을 위치를 보고 자리에 앉았었다. 장성완을 살펴 그가 앉았는지 누웠는지를 알려 하지 않았고, 그가 있는지 없는지에도 관심을 두지 않았다. 그러다 오늘 밤에는 부친의 말씀을 명심하여 지극히 무거운 뜻을 돌이키고 마음을 움직여 은근하게 장성완을 응시했다. 장성완은 정인광을 대할수록 몸 둘 바를 알 수 없었으며 놀랍고 부끄러워 죽고 싶은 마음만 생길 뿐이었다. 이에 눈이 흐려지고 눈 같은 피부가 붉게 물들며 푸른 눈썹에 어린 근심을 감추지 못했다. 그러는 중에도 타고난 몸가짐과 신기한 형상이 실로 비범하니 볼수록 경탄할 수밖에 없었다. 정인광이 가만히 생각했다.

'백승(장창린)은 연부인의 소생이니 기질이 어질고 기특한 것이 모친을 닮아 그렇다 할 수 있을 것이다. 하지만 이 사람은 요란하고 망측한 박씨와 무지하고 불인한 장공의 소생이라 가르침이 온전하지 않을 것인데, 어떠한 성품과 기질이길래 볼수록 보통의 사람을 초월하는 것인가? 큰형수가 지닌 덕과 어진 성품에 두 누이가 지닌 요조하고 밝은 기품까지 이 사람이 홀로 모두 갖추어, 드넓은 규모와 한 없는 도량이 천하도 바로잡고 세상도 복종하게 할 듯하구나. 이것은 과연 요임금의 어짊과 순임금의 덕과 우임금의 성스러움과 탕임금의 겸손함이다. 이로 보건대 고수가 순을 낳고 곤이 우를 낳은 것은 천지의 조화에 순응한 것이고, 낳아 준 부모를 닮지 않는 것이 괴이하지 않다는 것을 알겠다. 내가 한방에서 빈번히 마주 대하면서도 좀처럼 눈을 들지 않았던 것은 분함이 풀리고 심신이 기뻐하게 될까 두려워서였다. 그런데 오늘 다시 보고는 이처럼 되는 것을 면하지 못하니, 짐승 같은 장가 놈이 진실로 자식들은 비상하게 낳았도다. 이미 혼인을 하였으니 부부의 의를 내가 임의로 끊지 못할 바에야, 비록 부족하지만 온화하게 인도하여 화목해야 할 것이다. 게다가 아버님의 말씀이 구절구절 간절하시니, 자식이 되어 죽을 곳에 가라는 명령도 감히 어길 수 없는데 인륜처럼 막중한 일로써 끝끝내 박대한다면 어찌 나의 허물이 아니겠는가? 처음에 얼굴을 훼손하고 귀를 잘랐다는 말을 듣고 심골이 놀람을 견디지 못했고, 또다시 죽은 것이 분명하다면 그 자리에서 그의 매운 절개를 표창할 의사도 있었다. 인연이 불행하고 기구한 가운데 뱀처럼 배척해도 굳이 만나지고, 무심히 한 일이지만 내가 그를 구한 것이니 곳곳마다 하늘의 뜻이 있는 듯했다. 천명을 받아들이지 않으면 오히려 재앙을 받는다고 하니, 불인하고 무식한 장가의 죄를 이 사람에게 물어 부부의 의를 폐하는 것은 군자의 덕이 아닐 것이다.'

정인광은 비로소 안색을 고쳐 과묵함과 준엄함을 덜어내고 화평한 기색으로 말했다.

"제가 부인과 더불어 화촉의 예를 이룬 지 반년입니다. 비록 시간이 오래되지는 않았지만 신혼 첫날밤과는 다를 듯한데, 부인은 어찌 과도하게 몸가짐을 단속하여 사람들이 의아하게 느끼게 하고 부모님께 우려를 끼치십니까?"

장성완은 오직 공경하여 들을 뿐 붉은 입술을 꽉 다물고 한 마디도 대답하지 않았다. 정인광은 너무 잠잠한 것이 무미건조하여 슬쩍 말을 꺼내 보았지만, 장성완이 대답하지 않는 것이 괴이한 일은 아니므로 굳이 답을 재촉하지 않았다. 탁자의 고서를 뒤적이며 한참을 있다가 시비에게 명하여 이부자리를 깔고 병풍을 두르게 했다. 웃옷과 띠를 풀며 장성완을 돌아보니 붉은 소매를 반듯하게 하고 앉은 자세가 단정하고 공손한 것이 잠자리에 들 뜻이 없어 보였다. 정인광은 짐짓 부채를 던지며 말했다.

"내가 근일에 눈병이 있어 촛불이 심히 괴로우니 부채로 촛불을 꺼 주시오."

장성완은 고개를 숙이고 듣다가 천천히 일어나 촛불을 협실로 옮기고, 또한 바느질을 하려고 바늘과 실을 협실에 들여놓았다. 정인광은 그 행동이 규중의 도에 부합하는 것을 보고 또다시 감복하며, 고집했던 마음이 한순간에 없어져 갑자기 마음이 온화하고 흐뭇해졌다. 본래 덕을 흠모하며 색을 좋아하여 여자에게 무심한 자가 아닌데 어찌 장성완을 협실에서 밤을 지내게 하겠는가? 천천히 몸을 돌이켜 촛불을 끄고 아내를 이끌었다. 깊은 방 안의 즐거움과 금슬의 어울림은 천추의 아름다운 미담이 될 정도였다. 이는 군자가 내내 그리워하던 바이고 숙녀가 기이한 인연을 만난 것이니, 하늘이 정해 준 아름다운 인연이고 백 년에 한 번 나올까 말까 하는 좋은 짝이었다. 그러나 장성완은 여전히 스스로 세상에 머무는 것을 슬퍼했고, 정인광은 장성완의 대효와 열절을 탄복하는 가운데에도 장헌을 통한해하는 마음을 풀지 못했다. 부부의 뜻이 이러한 까닭에 서로 화열하지 못하는 것이 흠이었다.

이후 정인광은 희운당에 머물며 소채강과의 운우지락을 폐하지 않으니 금슬지락이 또한 산 같고 바다 같았다. 하지만 끝내 장성완을 공경하고 중히 대우하여, 소채강의 백행이 뛰어나고 덕성이 인자한 것을 좋게 여기면서도 말씀과 대접에서 경중이 판이하게 달랐다. 장성완이 비록 인간 세사에 참여하여 사람의 성품을 따지는 일은 없었지만 정인광이 소채강을 대하는 것이 덕을 저버리는 경우가 있음을 탄식하였고, 그의 엄한 성질과 거만한 성품이 형제 중에서도 심한 것을 깨달았다.

중시를 치르는 정씨 집안 자제들

이때 황제가 새로 급제한 관리의 시와 문장을 고르고자 하여, 문화전에 일곱 각로와 여섯 재상을 불러 모으고 소년 명사의 시재와 필법을 보았다. 정씨 집안에서도 정인성 등이 조정의 명을 받아 중시(重試)를 치르게 되었다. 정인명이 마침 병이 있어 참여하지 못하고 나머지는 다 입궐했다. 황제가 친히 시제를 내고 제한 시간을 빠듯하게 정하여 일곱 걸음 안에 짓는 신속함이 아니면 붓을 떨치지 못할 정도였다. 정인성·이창현·양필광의 글이 먼저 오르고 그다음으로 정인광과 정인흥·장창린·엄희륜·정인유의 글이 올라왔다. 다른 사람들 중에는 미처 붓을 잡지 못한 자도 있었다.

황제가 친히 인재를 가리는데, 정인성의 문장은 뛰어남이 산천의 빼어난 기운을 빼앗은 듯하며 그 뜻도 호연하여 조화의 정기를 앗은 듯하고, 조어와 격식이 맑고 고결하여 가을 하늘의 밝은 해와 같았다. 마음에 걸리는 바가 없는 것은 너른 들판에서 공자를 위해 기린이 내려오는 듯했고, 나는 듯한 것은 기산에서 봉황이 문왕을 위해 상서로움을 드리운 듯했다. 정인광의 문채는 정인성보다 못하지 않지만 사납고 세찬 면이 있어 은은함에는 조금 미치지 못했다. 이창현은 지략이 관대하며 격조가 함축적이어서 군자의 뜻과 격이 종이 위에 머물러 왕성한 은택이 글 가운데 쌓였으니, 비유하자면 봄날의 햇살이 비추자 만물이 생겨나 조화를 이루고 오악이 아름답게 솟으며 일월의 정기를 띠고 있는 것 같았다. 장창린의 문법은 거침없이 트이고 명랑한 것은 구름 걷힌 달이 거센 바람에 쓰러진 듯하고, 의견이 높고 확실한 것은 고고한 태산 같으며, 풍운이 사방에 가득한 것은 늙은 호랑이가 기운을 주린 듯하고, 신기함이 발동한 것은 교룡이 비구름을 부리는 듯하여 그 변화를 예측할 수 없었다. 정인흥 · 양필광 · 엄희륜 · 정인유 등의 문체 또한 두드러지게 뛰어나 편마다 수놓은 비단 같고 글자마다 주옥같으니 각기 모두 빼어난 문장이며 큰 재주였다.

황제가 매우 기쁘고 즐거워 즉시 어필로 차례를 쓰시는데, 정인성이 장원이 되고 이창현이 둘째가 되며 장창린이 셋째이고 정인광이

넷째이며 양필광이 다섯째이고 엄희륜이 여섯째이며 정인흥이 일곱째이고 정인유는 열째였다. 그 나머지의 성명은 이루 다 기록하지 못하겠다. 황제가 각별히 술을 내리고 다시금 상을 주시는데, 그 총애가 온 나라를 통틀어 비할 곳이 없었다. 장원으로부터 셋째까지 벼슬을 높이고 말했다.

"경등은 한갓 문장뿐 아니라 빼어난 기상이 타인과 다르고 훌륭한 도덕과 엄숙한 성행이 외모와 풍채보다 뛰어나니 나라의 동량이고 세대의 명현이다. 어찌 벼슬을 올리지 않을 수 있겠는가?"

이에 정인성에게 천관아역을 제수하고 장창린에게 어사중승을 제수하며 이창현에게 중서사인을 제수하니, 세 사람이 감히 받을 수 없다고 사양하며 나이 어리고 재주가 부족함을 일컬어 벼슬을 거두어 달라 청했다. 하지만 끝내 윤허하지 않기에 할 수 없이 고개 숙여 사은했다.

날이 늦어 조회를 마치고 각각 집으로 돌아와 부모님께 절하는데, 일 년 사이 두 번 과거에 뽑혀 비단 관복과 어사화로 슬하를 즐겁게 하니 어찌 아름다움과 기쁨이 평범하겠는가? 그러나 이름과 재주가 너무 드러나고 부귀와 영록이 일시에 과중해지는 것을 걱정하여, 부모와 숙부들은 근신하고 겸손하며 조심하고 공손하라고 경계했다. 장씨 집안에서는 장헌이 아들의 중시 급제를 띌 듯이 기뻐하여 달려나가 맞이하면서 등을 두드리고 뺨을 대며 황홀하게 즐거워하느라 인사를 잃을 정도였다. 장창린은 민망해하고 연부인은 탄식하며 오히려 즐거움을 알지 못했다.

정인중의 글을 품평하는 정잠

한편 소교완은 정인성과 이자염 부부를 함께 없애고 전 부인 소생을 한 사람도 남기지 않고 싶었다. 그런데 조세창 부인인 정명염의 부귀와 영광이 같은 세대 중에 비할 데가 없고, 장창린의 부인인 정월염은 이제 편안하고 쾌락하여 지난날 겪은 재난을 일장춘몽으로 말하게 되었으니 이들의 형세는 자기의 계략과 간계로 움직이지 못할 것이었다. 비록 분하고 미운 마음이 지극하지만 오히려 그 있고 없음의 중요함은 정인성 부부와는 비교할 바가 못 된다는 생각이 들었다. 혀를 찰 정도의 분함과 뼈에 사무칠 정도의 미움이 정인성 부부보다 더한 사람이 없었던 것이다. 그러나 인성 부부를 가볍게 해칠 방도가 없는 까닭에 그저 밤마다 병이 더하다는 것을 핑계로 일을 만들고 날마다 이자염을 쉬지 못하게 보챌 뿐이었다. 그러는 중에도 아직은 인자한 척하며 간험한 모습을 보이지 않고 한결같이 화평한 듯 얼굴을 꾸몄다. 그러니 녹빙과 계월 등 외에는 아무도 그 마음을 알지 못했다. 그런데 이러한 중에 정인성 형제가 또 중시에서 급제하여 비단 관복에 어사화를 꽂고 돌아온 것이었다. 정잠이 무한하게 귀중해하는 것을 말로 표현할 수 없으니 정인중 같은 어린아이가 어디에서 이름을 내세울 수 있겠는가?

이날 정잠이 조카들과 정인중 형제의 글을 보며 우열을 가렸다. 정인웅의 글을 보면서는 저절로 미간이 온화해지고 입술이 환하게 열리며 아름답게 여기고 기뻐했지만, 정인중의 글에 이르러서는 문득 안색을 바꾸고 동생 정삼을 돌아보며 말했다.

"원래 시문은 마음속에서 나오는 것이고 필체에는 화복이 달려 있는 것이지. 이 아이의 시문을 보자면 우리 정씨 집 서얼의 글만도 못한 듯하니 어찌 문호의 불행이 아니겠는가?"

정삼이 화평하게 대답했다.

"재주가 빼어나고 시재와 총명함이 남들보다 낫지만 아직 완전하지 못하여, 웅건하며 함축한 것이 없고 핵심을 뽑아내어 넓히는 점은 부족합니다. 하지만 언젠가 공부가 이루어지면 여러 아이들보다 나은 점이 있을 것인데 어찌 불길한 말씀을 하십니까?"

정잠이 씁쓸히 웃으며 말했다.

"아우는 어찌 말의 표리에 교묘함을 두어 평소 정직하고 정대한 것과 달리 이야기하는가? 나는 인중이의 재주를 나무라는 것이 아니고 문필을 부족하게 여기는 것도 아니라네. 시는 마음에서 나오는 것이라서 성현 군자가 지으면 빼어나고 어질며, 간악한 소인이 지으면 음험하고 부정하며, 귀하고 복된 사람이 지으면 길하며 조화롭고, 복이 짧고 천한 사람이 지으면 천박하고 비루하며, 원한을 품은 사람이 지으면 강개함이 격렬한 법일세. 나라가 망하려 할 때는 이상한 조짐이 있어, 그것이 시초점과 거북점에 나타나고 사체의 움직임에서 드러난다고 하지. 인중이의 글을 보면 그 재주가 충분하며 총민함이 과한 것이 더욱 놀라울 뿐이라네. 이전부터 이 아이가 우리 집안의 문호를 추락시킬 것을 염려했거늘 오늘 시재를 보니 답답함이 더해지는군. 이러한데 아우는 도리어 당치 않은 말을 끌어다가 늘어놓으니, 이 형의 어리석음이 검은 밤보다 더한 줄 아는 것인가? 어찌 표리에 교묘함을 두어 나를 어둡게 여기는가?"

정삼이 서둘러 사죄했다.

"이 아우가 불초하고 무식하지만 어찌 표리에 교묘함을 두어 형님을 어둡게 여기는 마음이 있겠습니까? 다만 인중이의 문체를 낮게 여기시니 차후에 더 나아지면 그렇지 않을 것이라 말씀드린 것입니다. 그러나 아이가 총민하고 영리하여 천지 두 글자를 배우지 않아도 사림의 구성원이 되는 것을 근심하지 않을 정도인데, 하물며 배움이 있게 되면 말할 것이 있겠습니까? 문호를 가볍게 일컬어 불행하다 하신 것은 정녕 잘못 말씀하신 것입니다."

정잠이 미간을 찡그리고 다시 말을 하려 할 때, 정인성이 다시금 장원이 되어 모습을 드러냈다. 이부시랑의 벼슬을 더해 영광된 위의로 비단 관복을 걸치고 문에 이르니, 정잠의 근심 쌓인 미간이 자연히 온화하고 즐거운 표정으로 바뀌었다. 아이들의 글을 물리고는 정인성과 정인광의 손을 잡고 등을 어루만지며 사랑하고 귀중해하는 것이 비길 곳이 없었다.

이때 정인중이 한구석에 서서 지켜보는데, 시기하는 마음이 솟아나 형을 순식간에 물어 삼키고 싶었다. 하지만 겉으로는 또 능히 꾸며 좋은 듯이 앉았다가 어머니가 있는 취일전에 들어갔다. 이자염이 마침 서태부인의 부름을 받아 나가고 다른 사람은 아무도 없었다. 정인중은 문득 서글픈 안색으로 탄식하며 아까 부친이 한 말을 옮기고 숙부가 하던 말을 전했다. 이때 거짓말을 보태어 아버지가 모친을 욕하면서 간악하고 요사한 부인이 낳은 자식이니 어찌 이러하지 않겠냐 했으며, 숙부들도 한 말씀씩 거들어 자식은 어미의 열 달 태교에서 비롯한다 하여 부친의 화를 돋우었다고 했다. 그러고는 울면서 말했다.

"아버지를 서너 살에 떠나 열 살이 된 후에 만났지만 한 번도 사랑하고 기뻐하시는 모습이 없고 형만 자식으로 아시더이다."

이처럼 정인중이 슬퍼해 마지않았으나 총민한 소교완이 어찌 아들의 말에 보탬이 많은 것을 모르겠는가? 그러나 원래부터 인중을 사랑하지 않는 남편을 원망했고 인성 부부를 없애지 못해 속에 화가 가득하던 차였기에 손으로 병풍을 치며 화를 내고 소리 높여 말했다.

"더 이상 말할 필요도 없다. 사람이 많으면 하늘도 이긴다고 하는데, 아무려면 간부와 요녀를 가만히 두겠느냐? 내일 잔치가 끝난 후 간부와 요녀에게도 조용히 베풀 일이 있을 것이다."

정인중은 모친이 이전에는 지극하게 감추던 마음을 오늘은 분하고 서운해하며 드러내는 것을 보고 마음속으로 몰래 기뻐하면서 모자가 한마음으로 힘을 합하여 형을 없앤 후 자신이 당당히 정씨 가문의 종통을 이어 제사를 받들게 되기를 바랐다.

황제가 하사한 정씨 가문의 잔치

이날 밤을 지내고 다음 날 아침에 큰 잔치가 열렸다. 황제의 은혜가 두터워 특별히 어주를 내리고 잔치 음악을 갖추어 베풀게 하며, 태자와 제후들을 불러 황제를 대신해 정잠에게 술을 따르게 했다. 서태부인을 칭하하며 청계공 정잠의 충성과 절개에 상을 내리고, 부인 소교완에게는 정참정의 좋은 아내라 하여 조국부인에 봉하며 죽은 부인 양씨는 한국부인에 추증하여 은혜와 영광이 저승에까지 미치게 했다. 정잠이 감격스러운 천은에 두려운 마음을 이기지 못했고 온 친족과 가문이 황공해하며 거듭 사양했지만 허락을 얻지 못해, 위의를 바르게 하여 빈객을 접대하며 황제의 은혜를 공경히 받들었다.

이때 십 리 주변에 구름 장막이 산을 두르고 높은 누대와 넓은 누각에는 안개 차일이 하늘을 덮었으니 산 같은 위의가 풍성하고 물 같은 영광이 겹겹이었다. 권세 있는 왕족과 조정의 재상들이 황금을 가로로 끼고 백옥을 울리며 모여들었다. 붉은 바퀴는 서로 이어지고 화려한 가마 행렬이 계속되어 별 같은 수레가 구르고 안개 같은 손님이 구름처럼 모였다. 정씨 집안의 협소한 누대와 좁은 집 안이 무너지고 터질 듯해 마치 개미가 쑤시고 벌이 엉킨 것처럼 발을 디딜 틈이 없었다. 머리에 쓴 관은 부딪히고 비녀는 부러지며 패옥은 서로 닿아 저절로 소리가 났다. 정신이 없고 머리가 아프며 눈이 어지러워 도리어 기운이 불편했다. 이에 내외 당을 트고 크고작은 누각의 안을 통하게 하니, 예전 선태부 정한의 생일 자리에 인성을 정잠의 아들로 정하던 날과 같았다. 수많은 빈객이 모이고 잔치 자리의 법도가 지난날과 다름이 없었으며 영광은 오히려 배나 더했다. 서태부인과 정잠 등은 감상에 젖은 회포가 과거에 허물없이 즐길 때와 달라서 보는 것마다 슬픔이 일어나는 것을 참기 어려웠다.

태양이 처음 묘시에 솟아날 때부터 내외의 빈객이 모이고 화려한 수레가 가득했다. 진시가 끝날 때쯤에는 사람들이 거의 다 모이고 제후들이 자리를 잡으니 금옥이 휘황하며 화려한 장신구가 영롱했다. 빛나는 것은 울긋불긋 눈부셔 보는 눈이 어지럽고, 웅장한 것은 아름답고 성하여 대청에서 대문까지 요란했다. 정잠은 동생 정삼과 정겸, 정염과 함께 주인의 자리에 앉아 여러 손님을 대접했다. 형제 네 명의 아름답고 온화한 기운이 자리에 있는 사람들 가운데 더욱 빼어나, 봄날 태양 같은 풍모와 가을 하늘 같은 모습이 우러를 듯 환했다. 이는 《중용》에서 말한 바 "작록도 사양할 수 있고 날 선 칼날도 밟을 수 있다"는 것과 같았다. 또한 "천하의 큰 도를 실천하고 천하라는 넓은 집에 선다."라 할 만한 모습이고, 비룡이 하늘을 가로지르며 건곤이 만물을 일으키는 기상이었다. 주공 같은 성인이 임하고 큰 산의 빛이 어리니 고대의 어진 재상인 고요와 후직(后稷)과 설(契)이 돌아온 것을 알 수 있었다. 소부와 허유의 절개와 백이의 청절이 당당한 가운데, 처사 정삼이 갈포 옷을 입고 칡베 두건을 두른 모습은 성인이 지은 갈옷을 입고 어진 군자의 높은 관을 쓴 것과 같았다.

이부시랑 중서사인 동궁직학사 정인성은 몸에 연홍색 촉금포를 입고 어깨에 일월을 부쳤으며 등에 한 쌍의 난새를 수놓았고 허리에 취화쌍금대를 둘렀다. 또 양지보옥궁을 찼으며 자금색 면류관을 썼으니 그 의례가 격식에 맞고 〈채제〉가 낭랑했다. 사대조의 넓은 덕행과 사해의 진귀한 명예는 파도가 온 하천을 삼킬 듯한 기상이고 너른 바다가 모든 강을 기울일 도량이며, 우주를 떠받칠 높은 산이고 천문을 굳게 닫아 지킬 자물쇠와 같았다. 옥 같은 귀밑머리 아래에는 상서로운 구름이 일어난 듯했다. 문장이 두 번 뽑혀 어사화가 효도를 하례하는 화려한 꽃들과 섞였으니 소년의 깨끗하고 아름다운 용모가 더욱 도드라졌다. 한림 정인광은 직사 정인유 등과 함께 어깨를 나란히 했는데, 정홍을 새긴 비단 관대는 새로 급제하게 된 영화를 나타내고 소뿔로 만든 월패는 자팔의 문명을 드러내 보여주었다. 머리 위에 쓴 검은 비단 두건에는 황제의 향을 두 번 쏘인 계수나무 가지에 어버이에게 하례하는 영화를 담아 꽂았다. 구름 같은 귀밑에 푸른 머리가 무성하고 관옥 같은 얼굴에는 소년의 광채가 넘쳐났다. 산천의 빼어난 정기를 뿜어내니 푸른 오동나무에는 봉새가 춤추며, 일월(日月)의 뛰어난 기상을 타고났으니 용과 기린의 모습이 완연하고, 눈썹에는 문명이 절로 빛나니 사해를 품을 만하고 법도에도 어김이 없었다.

이를 보는 사람들은 이들 부자와 숙질의 빼어난 기질과 세상에 드문 모습을 우러르며 아득해질 정도였다. 정잠이 자리에 나아가 여러 제후와 고관들을 대하여 황제의 은혜가 망극하다고 인사하며 눈물을 흘리고 그 은혜를 어찌 갚아야 할지 고심했다. 말 한마디 행동 하나가 충효와 덕행에서 비롯되지 않은 것이 없었다. 듣는 사람들이 감동하고 겸복하여 황제가 상을 내려 갚는 것이 다만 그 백의 하나라고 일컬었다. 이윽고 집안에 풍류가 은은히 흐르고 하늘에 곡조가 울려 퍼졌다.

황제의 칙서를 받는 정씨 가문 사람들

그때 황제가 특명을 내려 황제의 사자가 마을 입구에 이르렀다는 전갈이 왔다. 이에 정잠이 아들과 조카들과 함께 바삐 영접하여 향안을 차려두고 대궐을 바라보며 만세를 불렀다. 사자가 칙서를 전하고 앞으로 나가 소리 높여 황제의 명이 담긴 조서를 읽었다. 세 편의 글과 열 줄의 윤음(綸音)에서 일일히 공덕을 일컬으며 상을 내리시니, 가히 정잠의 충렬과 큰 도가 기(夔)와 설(契)의 뒤를 잇고 있다고 할 만했다. 선태부 정한이 생전에 가르치고 서태부인이 태임과 태사의 뒤를 따라 태교하여, 국가와 왕실을 떠받들고 왕을 위해 애쓰는 것이 주공과 소공이나 이윤과 부열의 공덕과 같은 충의이고 인재라고 칭찬하였다. 황제의 마음이 간절하며 상을 주어 전하는 은혜가 넘치니, 밝고 밝은 충의와 높고 높은 공덕이 하늘에 닿을 듯하고 천하에 이를 듯하였다. 만대에 이를 만큼 귀하며 천추에 걸쳐 본받을 정도이니, 죽백에 싣고 금석에 새겨 빛나게 될 것을 가히 알 만했다. 이러한 말을 받드는 신하로서는 황공하고 감격하여 충성의 눈물이 흐르는 것을 피할 수 없었다. 정잠이 엎드려 들으니 충성된 마음에 감격스러워 눈물이 종횡으로 흐르며 황공한 땀이 옷을 적셨다. 사자가 읽기를 마친 후 향안을 거두고 조서를 높이 봉안했다. 정잠이 자리로 나아가 사자를 극진히 대접하며 황제의 은혜에 거듭 사례했다. 이 은혜는 진실로 감당하지 못할 바이고 만고에 듣지 못하던 바라 결코 다 갚을 수 없을 것임을 슬퍼했다. 이렇듯 감격스러운 충의는 해와 달의 빛을 빼앗을 정도였다.

사자가 물러 나와 다시 내당에 가서 조서를 올리자, 정잠이 모든 자제와 조카와 일가 친척을 거느리고 내당에 들어왔다. 이때 서태부인은 며느리와 손자며느리와 함께 가문의 친척들을 앉게 하고 왕희(王姬)와 후비(后妃)와 온 조정의 명부들을 대접하고 있었다. 그 모습은 조용하고 예도가 엄숙하여 진실로 군자의 아내이며, 덕으로 집안을 다스리고 규방의 법도를 지키는 숙녀이고, 뛰어난 자식을 태교하여 황제가 내린 상의 은혜를 입은 부인임을 알 수 있었다. 청고한 격조는 가을 서리가 맑은 하늘에 이른 듯하고, 높은 품격은 수국이 이슬을 떨친 듯하며, 온화한 빛은 봄버들이 봄바람을 맞은 듯했다. 귀밑은 흰 눈같이 되었으니 무성한 봄을 하직했고, 담박한 화장에 소복 입은 모습은 이미 남편을 잃은 아픔을 드러냈다. 미망인으로서 두문불출한 채 몸단장도 폐한 지 여러 세월이 흘렀지만, 두 뺨에 복숭아빛이 은은하니 봄날이 아직 머무는 듯 맑은 얼음처럼 깨끗하고 가을물이 어린 듯 별 같은 큰 눈은 운남 땅의 거울보다 밝으며 새벽달 같은 두 눈썹은 볼수록 빼어났다. 수려한 빛이 강산의 기운을 받은 듯한 형상이었다. 또한 스스로 뛰어난 부인의 지식을 자랑하지 않아 은은하며 공손한 모습이 지극했다. 그러나 맹자 어머니의 법도와 공보 문백의 어머니인 경강의 예절에 부합하니 성리학을 배우는 군자보다 나은 점이 있었다.

소교완은 집안의 모든 자매와 사촌들의 우두머리가 되어 서태부인을 받들고 빈객을 접대했다. 말을 할 때의 뚜렷한 의견과 고고하고 예절에 맞는 몸가짐은 대군자의 짝이 되어 조국부인의 품명을 받는 것에 조금도 부족함이 없었다. 진실로 귀한 외모와 뛰어난 기질을 지닌 모습이었다. 정태요와 화부인 등은 어깨를 나란히 하여 좌석을 나누어 앉았는데, 지혜로운 성품과 단정하고 엄숙한 모습이 돋보였다. 말과 행실이 겸손하여 편안하고 자상한 도덕과 자연스러운 법도가 스스로 드러내지 않아도 자연히 풍겨 나왔다. 아래쪽에는 조총재 후암공의 아내인 위국부인 정명염과 장어사의 아내인 현덕의정 효열부인 정월염과 정시랑의 아내인 이자염과 정한림의 아내인 장렬결

효 성의부인 장성완과 엄한림의 아내인 숙염소저와 정학사의 아내인 상씨와 양직사의 아내인 지효장렬 인선 행의부인 정기염과 정길사의 아내인 화씨【길사 정인명이 화시중의 딸을 아내로 맞았다.】와 이 사인의 아내인 정자염과 정한림의 빈희(嬪姬) 소채강 등 10인이 곱고 귀한 옷차림을 하고서 존당을 모시고 있었다. 이들의 뛰어나고 우아한 기질과 엄숙한 행실은 지초와 난초보다도 곱고 가을 서리도 가리지 못할 정도였다. 붉은 입술에 꽃 같은 뺨, 밝은 눈과 하얀 치아에는 덕성이 가득하며 달 같은 눈썹과 별 같은 눈동자는 수려하고 상쾌했다. 하나하나 아름다움이 특이하고 비상하니 상서로움을 드러내는 해가 빛나고 오색구름이 뭉게뭉게 일어났다. 이를 보는 사람들의 눈이 어두워지며 정신이 어지러워 고하를 분별하지 못할 정도였다. 가는 허리를 움직이자 예의가 반듯하여 저절로 법도에 맞으니, 오늘 잔치 자리에 온 이 중 그 누구인들 이들과 비교할 사람이 있겠는가? 황실의 귀한 자제들부터 온 조정의 관리 부인들과 사대부가의 부녀들까지, 함께 거론할 만한 자가 없었다. 비단에 수놓은 옷차림이 햇살에 환히 빛나는데, 상서로운 구름과 안개가 다투어 일어나며 아름다운 보석이 눈에 어릿하니 구슬과 옥이 모래 같고 붉은 분이 먼지같이 날리었다. 그중에는 경국지색으로 불린 한무제 때 이부인 정도의 미인도 있고, 운우지정을 나누었던 무산 신녀 같은 이도 있고, 당나라 때 양귀비도 있으며, 한나라의 조비연 같은 사람도 있고, 상고시대의 여신 여와도 있고, 위나라 장공의 아내 장강도 있고, 월나라와 초나라의 미녀, 서왕모와 항아, 천손이 된 진 목공의 딸 농옥 같은 사람이 가득했다. 혹은 하주의 숙녀 태사를 따르고 이람을 본받아《시경》

의 노래를 전하는 사람도 있으며, 후한 말의 장수 마등의 현검도 있고, 요조숙녀의 어진 행실과 학덕 높은 여인의 지식도 엿보였다. 아름다운 진나부의 절개도 있으며, 염씨의 고움도 있고, 황후와 외명부 부인들에게 정숙한 여인상을 가르쳤던 반소나 투기가 없었던 송나라 여종 같은 사람도 있었다. 또한 경강이나 수절한 태자비 공강 같은 사람, 맹자의 모친이나 증자의 모친 같은 사람도 여기에 있었다. 사군자와 열장부가 나란히 모인 가운데 서태부인과 화부인과 이자염, 장성완 등을 진심으로 우러르는데, 함께 모인 친척들도 저마다 높은 격조와 태도가 흡사하며 골격과 혈맥이 이어져 있기에 모두가 빼어난 기상을 드러내고 있었다.

안개 같은 옷차림과 구름 같은 풍채에 예절에 맞는 몸가짐이 엄숙하니 법도가 정제하며 위의가 삼엄한 가운데 서태부인이 말문을 열었다. 하늘과도 같은 은혜가 너무도 중함을 일컫고 늙은 미망인이 목숨이 질겨 죽지 못한 채 온갖 슬픔과 기쁨, 영광과 고통을 겪으며 감회가 더해짐을 이야기하면서, 여러 귀빈이 누추한 곳에 찾아온 것에 감사를 전했다. 전하는 모든 말이 무척이나 겸손하고 간결했으며 충의가 두드러진 이야기들이었다. 특히 지난 일을 일컫는 대목에 이르러서는 얼굴에 근심이 서리고 슬픈 기운이 눈썹에 어리며 눈에서 눈물이 떨어짐을 깨닫지 못했다. 대대로 이어온 교분의 두터운 정을 베풀어 기쁨을 이야기하는데, 온화하기가 봄바람과도 같으니 누가 감히 망령된 언어와 무례한 거동으로 이 삼대 고부들을 범하겠는가? 왕희(王姬)와 후비(后妃)부터 명부(命婦)와 사녀(士女)가 저마다 옷깃을 여미고 말소리를 온화하게 하여 융성한 경사를 하례했다. 또한 참정공 정잠의 곧은 충심과 큰 도를 일컫고, 황제의 보답이 그것의 만분지일이라고 이야기하며 치하했다.

소채강의 혼례를 알게 된 박씨

이때 장헌의 둘째 부인인 박씨가 이곳에 와 서태부인께 알현하고 여러 부인들과 서로 반기며 인사하다가 어린 부인 중에 소채강이 있는 것을 보았다. 처음에는 아직 혼인하지 않은 규수인가 여기다가, 다시 보니 복색을 갖추어 주인집 부인들 사이에 섞여 있는 것이 의아해 두 눈동자를 어지럽게 움직이며 말했다.

"그대는 어찌하여 여기에 왔는가? 거동을 보아하니 빈객이 아니로다. 어느 상공의 부인이 되는가?"

소채강이 그저 아래만 바라볼 뿐 쉽게 대답하지 못했다. 박씨가 소수의 부인 이씨에게 물으려 하다가 이부인의 자리가 멀어 며느리인 정월염에게 물었다. 정월염은 시어머니의 성격을 알기에 똑바로 고하면 여러 사람이 있는 자리에서 한바탕 엉뚱한 행동을 할까 두려워 가만히 대답했다.

"사촌인 한림의 집사람입니다."

사실 박씨는 누가 누구인지 모른 채 정인명이 한림 서길사이고 정인유 등도 다 과거에 급제했기에 그중에 한림이 있다고만 생각하고, 자기 사위의 부실인 것은 깨닫지 못하여 다시 묻지 않았다. 이후 옷매무새를 고치려고 장성완의 침소인 경운당에 들어가 설난에게 말했다.

"소씨(소채강)가 정씨 집안에 후처로 들어온 것을 알지 못했는데 오늘에야 비로소 알게 되니 마음이 자별하구나. 딸아이가 저 아이와 더불어 친자매 같은 정이 있는데 한집안에 모이게 되었으니 진실로 기특한 연분인가 싶다."

설난은 박부인이 소씨가 정인광의 부인이 된 것을 알고도 이렇듯 화평하게 기뻐하는가 하여 다행이라 여겼다. 그러고는 까마득히 모르게 속이던 일을 도리어 우습게 여기며 대답했다.

"소소저가 우리 소저를 진정으로 사랑하여 친자매보다 더 각별한 마음을 가졌었지요. 그러더니 이제 상공의 부빈이 되어 정씨 가문에 들어오시고, 진문공의 딸인 진희의 겸손함과 초나라 번희와 월희의 어진 덕을 이어 소저를 받들며 적첩의 도리를 다하고 계십니다. 우리 소저는 소소저가 높은 가문에 뛰어난 자질까지 갖추고서도 몸을 낮춰 첩이 지위에 이르게 된 것을 탄식하셨지만, 피할 길이 없었기에 이제는 그저 화목하고 우애 있게 지내실 뿐입니다."

박씨가 이 말을 듣고 깜짝 놀라며 통분하지 않을 수 없었다. 구곡간장에 일천 마리 원숭이가 뛰노는 것처럼 가슴이 벌렁이고 맑은 대낮에 벽력이 쳐서 온몸을 갈아 없앨 듯했다. 분한 안색과 맹렬한 목소리로 물었다.

"소씨 계집이 어느 달에 한림의 빈희가 되었느냐?"

설난이 이를 보고 놀라며 후회해 마지않았지만 어쩔 수 없어 그저 이렇게 대답했다.

"모월 모일에 소소저가 성례하였습니다. 그러나 상공이 조강지처를 중하게 대하시는 것은 새로 부인을 맞이한 이후 더해졌고, 온 집안이 소소저도 아끼시지만 우리 소저를 가장 사랑하고 중히 여기며 등한하게 여기지 않으십니다. 우리 소저의 편안함과 존귀함은 소소저가 들어온 이후로 한층 더해졌습니다."

하지만 박씨는 벌써 분노가 하늘 같고 형상 없는 화증이 열화같이 일어났다. 그러니 어찌 설난의 말을 제대로 듣기나 하겠는가? 발연히 떨치고 일어나 바로 정당으로 향했다.

이때 장성완은 자기 모친이 소채강을 보고 의아해하며 여기에 있는 곡절을 묻는 것을 보고서, 소채강이 정인광의 빈희가 된 일이 곧 드러날 것을 걱정했다. 만일 박씨가 이를 알게 된다면 아황과 여영 자매 같은 정의를 알지 못하고 한바탕 해괴한 거동으로 시비를 일으킬 것이 분명했다. 그리하여 여러 사람의 비웃음을 살 뿐 아니라 자신도 난처한 일을 당하여 한이 더해질 듯해 놀랄 수밖에 없었다. 그러니 어찌 여러 귀빈을 대하여 화평하게 담소할 뜻이 있겠는가? 서태부인을 모시고 여러 부인들과 함께 있다가 까닭 없이 자리를 비우는 것이 불가하다는 것을 모르지 않지만 마음이 급하여 정월염에게 잠깐 눈길을 주었다. 정월염이 또한 이러한 기미를 알고 스스로 일어나며 말했다.

"어머님(박씨)께서 잠깐 쉬고자 경운당에 가 계시니 동생과 제가 함께 가서 어머님을 모셔 오겠습니다."

이렇게 말하고 장성완을 일으켰다. 장성완은 속으로 반기며 발걸음을 옮겨 경운당으로 향했다. 그때 박씨가 마침 노기가 가득한 얼굴로 걸음도 요란하게 밖으로 나오고 있었는데, 그 형상은 참으로 볼품이 없었다. 장성완은 모친의 이와 같은 해괴한 거동을 여러 사람이 보게 될까 더욱 착급하고 부끄러웠다. 정월염 역시 민망하여 얼른 나아가 붙들고 말했다.

"잠시 아뢸 말씀이 있으니 도로 방에 들어가시기를 바랍니다."

박씨는 정월염을 보고 분노가 더욱 심해져서 눈썹을 치켜뜨고 소리가 높은 줄 깨닫지 못하고는 발연히 꾸짖었다.

"내가 장씨 집안의 소실이고 내 딸이 서녀라 해도, 이처럼 업신여기며 속이는 것은 있을 수 없는 일이다. 내가 오늘 서태부인과 화부인을 만나 내 딸을 요물 가운데 둘 수 없으니 데려가겠다 말할 것이다. 너는 창린이를 쫓아오지 말고 여기에 있거라. 내가 소씨 집 요물을 정인광과 함께 다정히 살게 하면 우리 부친의 딸이 아니다."

말을 마치고는 손길을 뿌리치며 바로 정당으로 나가려 했다. 장성완은 여러 사람이 바라보며 괴이하게 여기는 것을 마주할 수 없어서 나는 듯이 모친의 허리를 안아 방 안으로 들어갔다. 정월염 또한 시어머니를 붙들고 말했다.

"소첩의 불초하고 불민한 죄는 돌아가 다스리셔도 늦지 않습니다. 지금은 빈객이 많이 모였고, 주인집이 즐기는 날에 어머니 또한 손님으로 오셨으니 화목한 기운을 망가뜨리는 것이 옳지 않습니다. 진실로 참지 못하시겠으면 소첩과 함께 먼저 돌아가서 첩의 죄를 다스리시는 것이 옳을 것입니다."

박씨는 딸 장성완이 끌어안자 능히 떨쳐 몸을 빼내지 못하고 어린아이처럼 괴이한 소리로 악을 쓰며 이끌려 들어갔다. 여러 사람이 매우 놀라고 연부인은 참으로 불행하게 여겼다. 장성완이 방에 들어가 비로소 모친을 내려놓았지만, 여전히 그 손과 몸을 붙들고 두 눈에 눈물이 맺힌 채 탄식하며 말했다.

"소녀가 진작 백골도 없어졌어야 할 것을 불행히 살아 어머니께 걱정을 끼치고 불효를 저지릅니다. 이제 오늘 여러 사람의 눈에 추한 모습을 감추지 못했으니 이는 모두가 저에게서 비롯한 것입니다. 소녀의 불초한 죄가 그 어디에 미쳤으며 어머니의 실덕하고 실체하심이 또 어느 지경에 이르렀습니까? 다른 일은 의논치 말고, 소대인(소수)과 양어머님(이부인)이 소녀를 거두어 애지중지하신 것과 가련히 여겨 귀한 친자식처럼 하신 것만 생각해도 저를 소씨 동생보다 세 배는 더 위해 주셨습니다. 의리의 중한 것이 친생보다 덜하지 않으며 은혜로 이른다면 산보다 높고 바다보다 넓은데, 어머니는 그 은덕을 생각지 않으시고 도리어 소씨 아우를 차마 못 할 말로 욕하는 것이 옳단 말입니까? 소녀가 이 자리에서 죽어 어머님이 이같이 하심을 모르고자 하나, 낳아주신 부모의 은혜를 조금도 갚지 못하고 목전에서 참혹한 일을 만들어 죄를 더하는 것은 차마 할 수가 없습니다. 원컨대 어머니께서는 도리가 무엇인지를 생각해 주십시오."

정월염도 이어서 아뢰었다.

"소첩이 어머님의 노여움을 더해 드리는 것이 황공할 뿐 아니라 송구한 가르침이 이에 이르시니, 어리석은 제 의견을 말씀드려 다시 죄를 더하는 것은 용납하기 어려운 바일 터입니다. 하지만 소고(小姑)(장성완)의 사정과 앞길을 염려하지 않을 수 없어 감히 아룁니다."

그러고는 소수가 정인광을 역려에서 만나 위급한 병을 치료해 주고 자기 딸로 혼인을 정약하였다가 장성완이 정인광과 옛 언약이 있음을 듣고 선뜻 귀한 딸을 빈실로 낮추었으며, 철석 같은 약속을 정하고 이미 물리치지 못할 바가 되었기에 부득이 혼인하여 돌아왔음을 이야기했다. 또한 소채강이 인자하고 겸손하여 장성완을 정실로 섬겨 적첩의 도리를 밝히고 자매의 지극한 정을 아울러 집안일을 도우니 규중의 예가 맑고 깨끗하며 온화한 중에, 정인광이 중히 여기고 부모가 사랑하는 것이 장성완보다 더한 사람이 없음을 갖추어 고했다. 그리하여 오늘날 화기를 잃고 불평의 말을 꺼내면 비록 다른 사람은 허물하지 않을 것이지만 정인광은 좋아하지 않아 장성완에게 괴로움이 없지 않을 것이라고 아뢰었다. 그러니 마음을 넓게 하여 괴이한 거조를 하지 마시라고 애걸했다.

박씨는 박교랑이 죄를 받아 죽은 후로 기가 꺾이고 낙담하여 숨도 크게 못 쉬며 살았고, 연부인이 돌아와 가사를 총찰함에 규구와 법도의 어긋남이 없으니 감히 망령되고 포악한 성정을 드러내지 못했다. 그러더니 장창린 부부가 효성으로 받드는 것이 친모와 계모의 구분 없이 정성을 다하자 괜한 심통과 요망한 생각이 홀연 일어나며 방자한 뜻이 생겨났다. 그리하여 장창린과 정월염을 자기 친생보다 더하게 여기고 뜻대로 되지 않으면 호령하여 위엄을 나타내고자 했다. 그러나 아들 부부가 갈수록 효를 극진히 하고 조금도 자기 뜻을 어기는 것이 없으니 쉽게 욕하지 못하며 다만 귀중해할 따름이었다. 그러다 오늘 소채강을 보자 너무나 놀랍고 화가 나 요란하게 호령하고자 한 것이었다. 그런데 정월염이 하는 말이 진실로 그른 곳이 없고 딸아이가 죽을 각오까지 하는 것을 보자 마음이 아프고 뼈마디가 저려 절절히 지난 바를 뉘우쳤다. 다만 딸아이가 정씨 가문에 간 지 반년이 못되어 사위가 새로 첩을 얻었으니, 이것이 자기 부부를 업신여기는 일인가 하여 더욱 애달프고 한이 되었다. 처음에 서태부인 이하를 욕하고 딸아이를 데려가고자 하던 뜻은 접었으나, 잔치 자리에 흔연히 참여하여 소채강을 좋은 안색으로 대할 마음은 없었다. 이에 성완을 붙들고 실성한 듯 길게 통곡하며 말했다.

"누구를 원망하고 누구를 한하겠느냐? 모두 네 부친의 죄이고 탓이다. 천하에 다시없고 세대에 비할 데 없는 귀하고 예쁜 내 딸을 두고, 어디 사윗감이 없어 완악하고 불측하며 흉험하고 포악한 정인광의 풍채에 심하게 미혹되었단 말이냐? 어릴 때 정한 약속을 두고 중도에 뜻을 바꾸어 딸을 귀하게 만들려 하다가 도리어 참변과 재난을 빚어 너를 사지에 떨어져 죽을 뻔하게 한 것이 너의 아버지다. 또한 만 번 죽었다 한 번 살아난 사람이 구차하게 옛 약속을 이루었으나, 네 아버지가 사람 같지도 않은 이의 속임수를 모르고 염치 없이 호색한 까닭에 남녀를 가리지 않아 정인광을 첩으로 삼아 데려왔다. 그 탓에 숱한 과실을 드러내어 기강 땅에서 정인광을 죽이려 했다가 죽이지도 못하고 원한만 첩첩이 맺게 하였다. 그런 고로 정인광이 이제 소씨 요녀를 총애하여 내 딸을 박대하며 옛 한을 풀게 되었으니 슬프고 애달프구나. 내 딸아, 네가 당당한 재상가의 만금같이 귀한 외동으로 부귀는 대궐의 공주를 부러워할 바가 아닌데, 어쩌다 정인광 같은 놈을 만나 일생이 볼 것 없이 되었느냐? 용모와 풍채도 아깝지만 성효와 열절을 상으로 기리신 영광도 없어져 버렸구나. 소씨 집 요물은 무슨 복과 덕으로 내 딸 자리를 차지하여 흉악한 정인광과 금슬의 즐거움이 교칠보다 더해 하늘에서는 비익조가 되고 땅에서는 연리지가 되기를 기약한단 말이냐? 정인광과 소씨는 들어라. 네가 내 딸의 높은 절개와 밝은 행실, 지극하고 성스럽기까지한 어진 덕을 저버리고 숙녀에게 박명함을 끼쳤으니 맑고 밝은 하늘과 어두컴컴한 땅이 한가지로 벌을 주어 즐기기를 다 못 하고 병으로 죽는 화가 있을 것이다."

이렇듯 울며 욕하는데 박씨는 그 목소리가 큰 줄도 깨닫지 못했다. 장성완은 어머니의 거조가 놀랍고 부끄럽다며 간곡히 말하고, 정월염도 절박하고 민망함을 견디지 못하여 붙들고 말렸다.

이때 정잠 형제는 아들과 사위, 여러 조카들과 일가친척과 함께 사자를 인도하여 안뜰로 들어오고, 서태부인은 며느리와 손주며느리들과 함께 대궐을 향해 사은하는 예를 차려 사자를 맞이하고 있었다. 정월염이 직접 박씨를 붙들고 장성완을 돌아보며 말했다.

"나는 나가지 못해도 동생은 참석하지 않을 수 없으니 할머님이 나를 찾으시면 이리이리 말하세요."

장성완은 참으로 죽어버리고 나가지 않았으면 했으나 서태부인의 부름이 급하므로 마지못해 나가서 어른들을 모셨다. 서태부인은 사자를 맞이해 황제가 내리는 말씀을 받들며 옥궐을 바라보고 여덟 번 절하여 은혜에 감사하는 예를 표했다. 그리고 사자를【원래 이 사자는 영주각 태학사이며, 좌각로 창계공 이빈의 동생이다.】대하여 황제의 은혜가 과중하시어 늙은 미망인의 요행한 복이 줄어들 것과 교지를 받들어 귀한 걸음으로 누추한 곳까지 욕되게 온 것을 사례했다. 언어가 곡진하고 정성이 넘쳐 눈물을 흘리니, 사자가 비록 눈을 낮추어 엿보지는 않았으나 서태부인이 담담한 소복에 고고한 풍의를 지녔음을 알 수 있었다. 또한 은은한 화기와 엄숙한 예도로 미루어 보건대, 경강과 같은 지식과 더불어 맹자의 모친과 같은 큰 도를 가졌음도 짐작할 수 있었다. 이에 더욱 공경하여 공손히 절하고 몸가짐을 바로 하고 앉아 두어 마디 축하의 말을 했다. 말을 마친 후 황제의 조서를 받들어 마루에 올라 서태부인께 절하고 또한 축하의 말을 올리며 조카로서의 예를 다했다. 천천히 하직을 고하고 외당으로 나가는데, 정잠 형제가 인도하고 젊은 자식과 조카들과 상·조·이·장 등 모든 사위가 함께했다. 이날 여러 당을 이어 한 방으로 삼으니 이전에는 외루에서부터 안뜰로 들어오던 길이 매우 좁아 발 디딜 틈이 없었으므로 달리 길을 내어 제운당과 경운당 앞으로 왕래했다.

이때 박씨가 격렬하게 발악하며 정인광과 소채강을 무한히 욕하는 소리가 세세히 들려왔다. 여러 공들과 자제들이 그가 누구인 줄은 미처 알지 못하나 이미 들어오면서 욕하는 목소리를 들었고 나갈 때에는 경운당 안에서 나는 것을 확인했다. 정인광과 소채강을 꾸짖는 소리였기에 구태여 다른 사람은 거들지 않았으나, 인광은 처음부터 이를 알아차렸다. 다만 요행히 인광을 '적자(賊子)'라 일컫는 말은 못 들었고 그 밖의 잡설만 들었는데 이는 다름 아닌 소채강과 자기에 대한 욕이었다. 그러나 박씨의 사람됨을 망측하게 여길 뿐 구태여 본색을 드러내지는 않았다. 나갈 때에 정인홍이 해괴망측한 상황을 참지 못해 미미하게 웃음을 띠며 눈으로 정인광을 쳐다보았다. 정인광도 놀랍고 가소로워 가을 달 같은 두 눈썹에 빙그레 웃는 빛을 띠었다.

뒤이어 서루로 나와 다시 자리를 정하고 교방(敎坊)의 음악을 연주하게 하며 귀한 음식을 내오게 했다. 풍류가 가득 넘쳐 천지를 요동할 듯하고 생황과 대금 소리는 높고 높아 구천에 사무칠 정도였다.

무희의 옷자락은 날 듯하여 향기로운 바람에 나부끼니 쌍을 이룬 봉새가 노래하고 채봉이 춤추는 듯했다. 팔도의 진미는 신선 세계의 음식과 같은 맛이었다. 연회의 성대함과 내외 귀빈의 즐거움이 융성하여 한결같이 기쁘고 화열한데, 홀로 박씨만은 망측한 심사와 분노하는 거동이 크게 실성한 사람과 다름이 없었다. 연부인이 경운당에 이르러 이를 보고 한심함을 이기지 못하여, 해괴한 거동을 그만두라 하고 여기에서 분함을 참지 못할 것 같으면 먼저 돌아가라고 했다. 그러자 박씨가 괴이한 소리를 그치고는 가마를 들이라 하여 경운당에서 바로 협문으로 돌아갔다. 정월염이 모시고 가겠다고 청했지만 박씨는 분노가 가득 차서 한참을 대답이 없다가 말했다.

"돌연 급하게 돌아가야 하는 나의 상황과 같지 않으니 너는 잠깐 머물러 축수의 잔을 드리고 일찍 돌아오거라."

정월염이 또한 우기지 못하여 다만 두 공자에게 말을 전해 부인을 모시고 근심을 풀어드리라고 했다. 연부인은 박씨가 돌아가는 것을 보고 다시 연회 자리에 나갔다. 서태부인이 박씨가 다시 나오지 않는 이유를 묻기에, 연부인이 말했다.

"박씨가 우연히 체기가 있어서 나오지 못하게 되었습니다. 어른께 하직을 고하지 못한 것이 죄송하지만, 다음번에 다시 와 사례를 할 생각으로 먼저 돌아갔습니다."

서태부인이 이 말을 듣고 분명 연고가 있을 것이라 짐작했다. 화부인도 소채강 때문인 것을 알아차렸지만 얼굴에 드러내지 않고 다만 병이 나 먼저 돌아간 것을 아쉽게 여긴다고 말했다.

서태부인에게 헌수하는 정씨 집 자손들

정잠은 황제의 사자를 잘 대접하여 돌려보낸 후 다시 잔치를 즐기며, 자리에서 일어나 여러 제후와 공경대부들을 향해 말했다.

"제가 보잘것없는 재주를 지녔고 행실에 귀한 구석이라곤 없는데 다행히 선친이 남긴 뜻을 이어 황제를 도왔습니다. 그러나 벼슬자리만 허비할 따름이고 황제를 제대로 보필한 공이 없는데도 망령되게 너무나 큰 은혜를 입었습니다. 사람이 한미한데 몸의 지위가 높은 것은 좋은 일이 아니고, 실질 없이 위엄만 무거운 것은 좋은 징조가 아닙니다. 복이 지나치면 화가 생긴다고 하는데, 좋은 것이 한결같지 못할까 슬프고 근심이 되는 바입니다. 게다가 임금의 은혜를 터럭만큼도 갚지 못하고 도리어 임금의 알아주심을 저버리게 될까 하는 생각에 미쳐서는 한밤중에도 저도 모르게 눈물이 흘러 베개를 적십니다. 그러하니 여러 제후와 공경대부들은 행여 제가 쾌활하게 행동하지 못해도 의아해하지 마십시오."

고관들이 소리를 내어 장수와 큰 복을 빌며 말했다.

"명공이 선태부의 일월을 뚫을 듯한 충심과 왕을 보좌할 재상의 재주를 이어 성리의 도로써 임금을 도우시니, 이는 곧 황실의 경사이고 국가를 평안케 하는 일입니다. 또한 나라의 큰 복으로 인해 임금이 다시 황위에 오르시고 명공이 오랑캐 땅에서 무사히 귀환해 군신이 요순 시대의 태평을 노래하니 이는 우리 모두의 행복입니다. 임금께서 갚으신 것은 그 만분의 일인데 명공이 어찌 황공해하고 두려워하며 마음을 편하게 하지 못하십니까? 화평하고 기쁜 마음으로 유쾌히 즐기시고 두려운 마음을 떨쳐내십시오."

정잠이 몸을 굽혀 사례하며 옥배를 들어 조겸과 소수 앞으로 나아 갔다. 거듭 절하고 술잔을 올리고는, 일월 같은 눈빛에 가득 고인 눈 물을 흘리며 말했다.

"두 분 대인은 선친과 관포지교의 사이셨고 종자기와 유백아와 같 은 지음이셨습니다. 저희가 우러러 의지하는 것이 어찌 집안의 숙부 님들보다 못하겠습니까? 세월이 흐르고 세상이 변하여 옛일이 아득 한 가운데, 선친과 뜻이 맞으셨던 여러 친우분들께서는 다 관직을 버 리셨고 오직 두 분만이 무강한 수를 누리고 계십니다. 제가 성방(조 정)과 중달【금오 소문유의 자호이다.】 등의 양친이 계신 즐거움을 부 러워하여 능히 미칠 길이 없고 상심을 견디기가 어렵습니다. 이제 한 잔 술을 받들어 작은 정성을 표하오니 두 분께서는 저희를 집안의 조 카들같이 여기시어 맘에 안 드는 부분은 타일러 주시고 어리석음을 꾸짖어 가르쳐 주십시오. 그리하여 아비 없는 자식의 그릇된 행실을 면하게 하시면 저희가 그 은혜를 더욱 깊이 뼈에 새길까 합니다."

조겸과 소수 두 사람이 잔을 받아 마신 후 다시 술을 부어 정잠에 게 권하며 말했다.

"청계는 선태부의 충직과 대도를 이어 왕실을 보좌하기를 직(稷)과 설(契)이 황제의 잘못을 바로잡았던 것처럼 하고 고요의 충정을 본받 아 행하였지. 또한 오랑캐 땅에서 육칠 년 지냈던 절의와 의기는 소 무가 북해에서 19년 보낸 것과 인상여가 벽옥을 품고 조나라로 돌아 온 일보다 더한 것일세. 그러니 선태부가 죽어도 죽지 않은 것과 같 네. 이 늙은이가 쓸모없이 세간에 머물러 높은 벗을 다 여의고 큰 도를 다시 보지 못하게 됨을 애석해했는데, 이제 문청(정한)의 자손이 현달하여 후사가 더욱 빛남을 보니 '덕을 쌓은 집안에 남는 경사가 있다'는 것과 선행과 복의 응보가 밝다는 것을 깨달을 수 있겠군. 운백(정잠)이 지난 일에 마음 아파하는 것이야 어찌 괴이하다 하겠는가? 그러나 당에 태부인을 모셨고 문청이 비록 장수한 것은 아니지만 그 충렬과 대도가 천하에 덮일 정도이며 복록이 무한하니 지극한 슬픔을 위로할 만은 할 것이야. 모름지기 마음을 상하게 하지 말고 임금의 은혜 받는 영광을 공경하는 마음으로 누려 즐거움을 다하시게. 노부 등이 운백의 잔을 받으며 이같이 대접을 받으니 감당키 어렵고 민망하기도 하지만 앞으로 평생의 기쁨과 경사로 삼겠네. 운백은 임금도 공경하시는 사람인데 우리가 어찌 쓸모도 없는 나이를 믿고 운백을 함부로 대하겠는가? 그럼에도 운백이 지극히 섬기며 다행히 선태부의 친구로 허락해 주니, 그대를 어릴 때부터 사랑하는 정이 넘쳐 우리가 잠시 예를 잃은 듯하군. 잔치 자리에 한잔 술을 빌려 그대의 충효와 덕행을 치하하니 운백은 이 잔을 사양하지 마시게."

정잠이 무릎을 꿇어 잔을 받고, 감당하기 어려운 말씀이라며 다시 절하여 사례했다. 그러고는 천천히 잔을 들어 마시는데 지난 일이 떠올라 상심과 슬픔을 멈출 수 없었다.

뒤이어 정잠은 아우들과 아들과 사위와 조카들과 함께 내루로 들어가 서태부인께 술잔을 올렸다. 서태부인은 슬픔이 도는 표정을 감추고 며느리와 손자들의 술잔을 받지 않으려 했다. 정잠과 정삼이 어머니의 뜻을 거역하기는 어렵지만, 안색을 온화하게 하고 목소리를 부드럽게 하여 아뢰었다.

"소자 등이 비록 불초하고 못났지만 오늘을 당하여 어찌 감회가 없겠습니까? 그러나 천은을 소홀히 할 수 없고 어머님께도 기쁨을 드리고자 하는 것인데, 도리어 마음 아파하시고 저희의 작은 정성을 펴지 못하게 하시니 저희 마음도 견디기 어렵습니다. 원컨대 저희의 사정을 살피시고 잔치 자리의 화목한 분위기를 생각하시어 황제의 은혜로운 교지를 받으시고 이 잔을 받아 주십시오. 요순처럼 오래 사시라고 어머님의 장수를 축원해 드리고 싶습니다."

상연과 정염 등이 이어서 간청하였다.

"자식과 조카와 손자들의 정성을 막지 마십시오."

서태부인은 근심스런 표정으로 눈물을 떨구며 말했다.

"노모가 목숨이 질기고 무지하여 스스로 오래 사는 것을 기뻐하며 임금의 축하를 받고 그대들의 효도를 받으니, 근심과 고통 등 지나간 일의 감회를 깨닫지 못하는 것이 남에게 부끄러운 바이네. 그런데 그대들이 한 잔 술을 주지 못하는 것을 크게 아쉬워하고 사위와 조카가 애써 권하니 안 받는 것만 못하구나. 어찌 중요하지도 않은 일을 고집하겠느냐? 다만 나는 잘 모르겠구나. 그 무슨 하늘의 도가 박덕한 노모만 장수하게 만드신단 말인가?"

정잠과 정삼은 어머니가 이렇게 슬퍼하시는 것에 거듭 위로의 말씀을 드렸다. 정잠이 옥배를 받들어 축하를 올리고 물러나 절하고는 북해와 같은 장수를 빌며 남산처럼 오래 사시라는 노래를 불렀다. 봉새 같은 목소리가 느릿하면서도 웅장해 높은 하늘에 사무칠 정도였다. 음운이 호방하고 운율이 조화로워 신이하고 호탕하게 울려 퍼지더니 격렬히 피어났다. 만물이 웃으며 온갖 짐승이 춤을 추는 듯하고 신과 인간이 즐겁게 어울리는 듯하며 만 가지 불평이 순식간에 사라지는 것 같았다. 여음도 아름답고 의미가 넘쳐흘렀다. 정삼이 뒤를 이어 엎드려 절하고 잔을 올리며 〈남산유수〉를 부르고 만수무강을 축원했다. 노래를 부르는 음성이 부드럽고 낭랑하게 울리며 동리에 잠기는 듯하더니, 북쪽 하늘을 날던 기러기가 떨어지고 서쪽 높은 산을 지나던 구름이 멈추는 듯 보였다. 세속의 더러운 소리로는 견줄 수 없는 노래였다. 기쁘고 즐거우며 환희가 넘치니 넓고 넓은 세상과 은은한 천지가 잘 다스려진 것을 알 수 있었다. 이어서 상연과 정염·정겸 등이 함께 술잔을 올렸다. 이들의 관옥 같은 용모는 진평이 다시 태어난 듯하고 양류 같은 풍채는 두목지를 낮추어 볼 정도였다. 모두 공경대부와 재상 지위에 넉넉한 재목이고 봉각에 들 만한 아름다운 학사였다. 소교완과 화부인, 정태요, 세 사람도 차례로 술잔을 드리고, 경조 정염의 부인과 태자소부 정겸의 부인이 이어 잔을 올렸다. 다만 이때 대화부인이 홀로 나오지 않자 서태부인이 더욱 슬피 여겼다. 정잠이 대화부인에게 청하여 말했다.

"행하시는 바가 예에 지극히 맞으나, 이로 인해 어머님이 더욱 애통해하시고 저희들의 비회가 새롭게 일어납니다. 바라건대 이 자리를 잠시 허락해 어머님을 모시고 헌수하는 것에 참여하시며 죽은 아우(정흠)의 차례를 대신해 주십시오."

대화부인이 딸인 정기염을 통해 사양하는 말을 전했다.

"죄 많은 첩은 목숨이 질기고 무지하지만 사람들이 모인 자리에 나가기는 어려우니, 손님들이 다 돌아간 후에 백모님을 받들어 작은 정성을 다하겠습니다."

정기염이 말씀을 전하며 목이 막히고 비통해했다. 정인웅도 눈물을 흘리며 슬퍼하니 서태부인이 슬픔에 겨워 몇 마디를 하는데, 깨닫지 못하는 사이에 눈물이 흐르고 목이 메었다. 자리의 즐거움이 순식간에 사라지자, 정잠 형제가 부드러운 목소리와 온화한 기운으로 극진히 위로했다. 정겸의 심사 또한 비할 곳이 있겠는가마는 서태부인의 비회를 도울 수는 없기에 애써 화열한 안색을 지었다. 서태부인이 슬픈 기색을 거두고 정기염 남매도 이내 얼굴빛을 고쳤다.

이번에는 젊은이들이 서로 이어 할머니와 부모 및 숙부들에게 잔을 올렸다. 정인성이 앞장을 서고 여러 아우들과 함께 잔을 받드는데, 그 모습은 옥소리가 쟁쟁 울리듯 법도에 맞으며 위의가 가지런했다. 건곤을 기울일 정도의 풍류와 빼어난 기질로, 어른들이 요순같이 장수하시기를 빌었다. 늠름하고 의기투합한 소리에 황새 무리가 내려오고 봉새가 찾아오며 황룡이 상서로운 조짐을 더하는 듯했다. 그 다음으로 상생 세 사람이 술잔을 받들었다. 당당한 풍의에 깨끗한 기상이 하나같이 공손하고 탁월하니 그 체격 또한 엄연한 어른의 모습이었다. 조세창과 장창린, 이창현이 또한 이어서 헌수했다. 조세창은 태산처럼 높은 위엄이 있고, 장창린은 거센 바람이 구름을 내몰고 말간 달을 드러낸 모습이며, 이창현은 상서롭고 온화한 천고의 기남자일 뿐 아니라 군자의 대도와 열장부의 위의가 넘쳤다. 정인성의 종형제들이 아니면 대적할 만한 사람이 없을 정도의 풍모였으니, 서태부인의 흐뭇해하는 정은 인성 등을 대할 때와 마찬가지였다. 이자염과 장성완, 정명염과 정월염, 이부인 자염, 상부인의 장녀 유부인 옥교, 엄한림의 부인 숙염, 정한림의 빈희 소씨 등도 곱고 화려한 옷을 입고서 노자작과 앵무배를 받들었다. 이들을 보는 사람들은 두 눈이 황홀하여 어지러울 정도였다. 자리에 있는 사람들이 모두 함께 이를 치하했다.

"이 세상에 태어나 오늘에야 기이한 광경을 보는구나. 오늘 밤이 어떤 밤인가? 참정공이 절개와 충성을 이루며 대효를 빛내어 황제가 잔치를 내려주시니 온 조정이 함께 경사를 누리게 되었다. 선태부의 충직 대도와 서태부인의 적선(積善)과 여음(餘音)으로 인해 시랑(정인성) 형제와 남매가 있는 것도 신기한데, 어찌 이부인과 동서들, 그리고 조세창·장창린·이창현 삼공까지 그 배필이 되었는가? 말 없는 하늘의 조화를 진실로 측량하지 못하겠다."

이처럼 감탄이 이어지니 자리를 가득 채운 흥이 더욱 달아올랐다. 이윽고 붉은 해가 서쪽으로 지고 흰 달이 밝게 떴다. 여러 손님들이 취한 몸을 이끌고 각기 집으로 돌아가고, 종자기와 유백아의 지음을 자부하는 사람과 관중과 포숙아의 지기를 잇는 몇몇 사람만이 남았다. 서태부인은 자부와 질부와 손녀 등 여러 부인을 거느리고 촛불 아래에서 담화를 하고, 정잠 형제는 벗들과 함께 밤새 이야기를 나누었다.

시간이 흘러 오경에 다다를 즈음, 정잠은 관패를 갖추고 대궐에 가 조회를 했다. 정잠이 옥계에 머리를 두드려 망극한 천은에 숙배하고 사은하는데, 그 충언이 절절하여 눈물이 얼굴을 적셨다. 황제가 앞으로 나오게 하여 다시금 위로하며, 높은 업적과 큰 덕의 만분의 일을 갚은 것이라고 했다.

부모의 성화로 집에 돌아가는 장성완

앞서 장헌의 부인 박씨는 먼저 집으로 돌아가, 가슴을 두드리고 온 몸을 부딪히며 괴로워했다. 딸아이의 앞길이 볼 것 없이 되었고 소채강의 말과 얼굴이 남달라 장부를 현혹시킬 것이라 하며 무한히 욕을 하는데, 모두 정인광과 소채강의 집에 대한 것이었다. 장창린은 부인 정월염과 함께 돌아와 이 모습을 보고는 놀랍고 민망하여 박씨 부인을 말렸다. 또 정인광이 소씨를 취할수록 누이동생을 공경하고 중하게 대하여, 새로 맞은 부인 때문에 옛정을 저버리지는 않을 것이라고 곡진히 아뢰었다. 박씨는 그 말을 곧이듣지 않고 소리를 지르며 쉼 없이 꾸짖고 욕했다. 잠시 뒤 장헌이 돌아와 이 말을 듣고 비로소 정인광이 소채강을 맞이한 것을 알고는 역시나 불쾌해하며 말했다.

"소형(소수)이 딸아이를 거두어 데려다가 친딸같이 사랑하고 ㄱ 일로 인해 딸아이의 대사를 맡아 주관하였기에 내가 깊이 감사하여였다. 그런데 어찌 도리어 자기 딸을 재보(정인광)에게 혼인시켜 내 딸로 하여금 해를 보게 하는가? 기른 정이 친생 부모의 사랑과 다름을 알겠구나."

장창린이 그렇지 않다고 간곡히 말했다. 연부인이 또한 돌아와 박씨의 괴이한 거동을 사리로 타이르며, 장헌에게도 불쾌하게 생각하는 것은 옳지 않은 일이라고 했다. 딸아이로 하여금 남편에게 박대받고 멸시받게 하지 말라며 간절히 청했다. 장헌은 비록 불쾌하고 울분이 차올랐으나 부인과 아들의 말을 따라 요란한 거동을 하지는 않았다. 그러나 박씨는 의혹된 마음을 풀지 못하여 분하게 여기고 악을 쓰며 욕설을 퍼붓는데 그 모습이 해괴망측했다. 또한 딸아이를 어찌 요물과 동거하게 하겠느냐며 원수 같은 정씨네 집에 두지 말고 데려오라고 보채기를 그치지 않았다. 장창린이 딱한 마음을 이기지 못하여 친히 정삼을 뵙고 여동생을 집에 올 수 있게 청했다. 정삼이 흔연히 허락하자 장창린은 죽서루에 가 정인광을 보고 말했다.

"어머님의 건강이 안 좋으신데 여동생을 간절히 보고 싶어 하시네. 오늘 자네 아버님의 허락을 받아 데려가려 하는데 자네가 막지는 않겠지?"

정인광이 웃으며 대답했다.

"인간에게 가장 중한 것이 낳아준 부모님이시고 끊지 못하는 것은 모녀의 정입니다. 어찌 빨리 데려가지 않고 구태여 간절하게 보고 싶어 하시게 된 후에야 이를 청하십니까? 이미 아버님이 허락하셨고 저도 다른 의견이 없습니다. 오히려 한번 간 뒤로 아주 소식이 없기를 바랍니다."

장창린이 정색하고 말했다.

"재보는 어찌 하는 말이 그리 정대하지 못한가? 누이동생이 이번에 가는 것은 불과 열흘 정도이고 다시 돌아오지 않을 일이 없건만, 그것이 무슨 소리란 말인가?"

정인광이 웃음을 띠고 말했다.

"형님이 나를 정대하지 못하다고 하셨습니까? 진실로 정대하지 못하다면 그사이 괴이한 일이 없지 않았을 것입니다. 나를 부족하게 여기는 자는 그 마음이 무한히 탐욕스러운 것이니 적이라 할 수 있겠지요."

장창린이 도리어 웃으며 말했다.

"재보가 무고히 나를 욕하려고 마음을 먹었으니 내 어찌 자네 말을 족히 과하게 여기겠는가?"

말을 끝내고 서로 웃고는 장창린이 경운당에 들어가자고 청했다. 정인광은 장헌에 대한 분한 마음이 풀릴 날은 없지만, 장창린의 사람됨을 존경하기에 그 웃는 얼굴을 박대할 수 없어 부득이 경운당으로 갔다.

이때 장성완은 이미 서태부인과 시부모에게 하직하고 물러 나와 가마에 타려고 했다. 그러나 정인광의 의중을 몰라 주저하고 있던 차에, 정인광이 장창린과 함께 들어오자 천연히 일어나 맞고 자리에 앉았다. 장창린이 웃으며 말했다.

"이미 어른들께 하직을 고했으니 여기서 지체할 것이 없다. 그만 가마에 오르는 것이 옳지 않겠느냐?"

장성완이 천천히 몸을 일으키자 장창린이 다시 웃으며 말했다.

"누이는 재보에게는 절하고 하직하지 않느냐?"

장성완은 옥 같은 얼굴을 붉히며 아무런 말을 하지 않았다. 다만 예를 폐할 수는 없어 소매를 움직이며 고운 몸을 굽혀 멀리서 예를 표했다. 정인광도 답례를 하고 전송을 하는데, 비록 유심히 살피지 않았으나 장성완의 온갖 태도와 모습이 빼어나고 특이하여 바라보면 신선 같고 꽃과 같았다. 오늘은 어제보다 더 빛나며 어제는 그제보다 더 아름다운 듯, 밝고 상서로운 골격과 푸른 하늘에 닿을 듯한 정신이 완연히 세속을 벗어난 모습이었다.

'세상에 우리 형수 같은 사람이 있는 것도 괴이하고 큰누님과 누이

동생이 있는 것도 희한한 일인데, 어찌 형수와 두 누이와 함께 나란히 일컬어질 기질과 미모가 또 있단 말인가? 절조 높은 성품과 행동이 이와 같은데 용모라도 평범하면 내가 저를 중대하는 것이 덕이 되고, 나보고 미색을 취하여 사람 같지 않은 장헌의 딸에게 침혹한다고 하지 않을 것이다. 그런데 어이하여 괴롭게도 용모와 자색마저 뛰어나 남들이 나의 뜻을 모르게 한단 말인가?'

정인광은 도리어 기쁜 마음이 없어졌지만 안색을 고치지는 않았다. 장성완이 가마에 오르고 장창린이 돌아가겠다고 말하자 즐겁게 응답하며 두 사람을 보냈다. 그러고는 천천히 죽루에 나오는데, 소채강 또한 금천교로 돌아간 지 수일이 된 터라 희운당이 비었으며 경운당 주인까지 돌아가니 마음이 허전해 게으르게 서책을 뒤적거렸다. 정인성이 내헌으로부터 나와 앉은 후 정인광이 보는 책을 돌아보며 미미하게 웃음을 띠고 인광을 빤히 보았다. 정인광이 웃으며 물었다.

"제 얼굴이 어디가 잘못되었기에 형님이 웃으며 보십니까?"

정인성이 웃음을 머금고 말했다.

"얼굴이 무슨 일로 잘못되었겠느냐? 다만 이 형은 네 마음을 보고 웃은 것이다."

정인광이 웃으며 말했다.

"제가 비록 심중이 굳지 못하나 그래도 제법 묵직하며, 마음이 깊지 못하나 갑자기 마음이 바뀌고 이성을 잃는 일이 없습니다. 우습게 보시는 곡절을 말해주십시오."

정인성이 미소 지으며 말했다.

"군자는 속이는 일을 하지 않는데, 아우는 난데없는 거짓이 많고 뜻밖의 억측이 있어 생각이 순수하고 담박하지 않더구나. 네가 다른 사람은 속일 수 있으나 이 형은 속이지 못할 것이다. 나이가 아직 18세에 이르지 않았고 봄빛이 쇠할 날이 멀었으니 부부가 동거하고 한 방에서 즐길 날이 만 리 같거늘, 잠시 떨어져 있는 것이 뭐 그리 아쉬워 마음을 잡지 못하는 것이냐? 그러면서도 겉으로는 아닌 듯 꾸며 단연코 박절한 모습을 보여 남들로 하여금 의아한 생각을 품게 하니, 어찌 겉과 속이 다른 것이 아니겠느냐?"

정인광이 이 말을 듣고 정인성의 얼굴을 보며 기기하게 웃고는 말했다.

"제가 오늘 운수가 사나운가 봅니다. 백승(장창린)에게 정대하지 않다는 말을 들었는데 형님이 또 이렇게 오셔서 꿈에서도 있을 수 없는 말씀을 하십니다. 외람되지만 '다른 사람의 마음을 내가 헤아린다'고 하였습니다. 잠시 이별하는 것이 서운하면서도 단연코 박절한 모습을 보여 다른 사람으로 하여금 의아한 마음을 품게 한다 하신 것이 저를 가리키는 말인지 모르겠습니다."

정인성이 소리 내 크게 웃으며 말했다.

"다른 사람의 마음을 내가 헤아린다고 하는데, 나는 본래 능활하지 못해서 표리를 다르게 할 줄 모른다. 또한 불도와 도교 공부를 배우지 않았으니 범사에 수양하는 것과도 거리가 멀다. 그럼에도 만나고 헤어지는 일로써 마음에 거리끼지 않았는데, 이제 너의 거동은 겉으로는 심히 박한 모습을 보이고 속으로는 과중함을 더하고 있구나. 아마도 3년만 떨어져 있으면 반드시 울적한 병이 생길 것이다."

정인광도 웃으며 말했다.

"총명한 형님께서 아우의 뜻을 모르시고 이런 말씀을 하시니 제가 그렇지 않다고 다투어도 부질없을 것입니다. 저는 그 사람(장성완)이 있는 것을 우환으로 생각해 차라리 없는 것만 못하게 여기는데, 하물며 잠시 친정에 간 것을 섭섭하다 하겠습니까?"

정인성이 웃으면 대답했다.

"백승이 너를 모르고 정대하지 않다고 말했겠느냐? 우환을 삼을 일도 없으며 다시 불평을 품을 일도 아니다. 장공(장헌)의 허다한 과실은 이미 아버님과 숙부님이 쾌히 없던 일로 생각하시고 거리끼는 마음을 두지 않기로 하셨다. 뿐만 아니라 할아버지가 계셨을 때 가르치신 것이 있으니 우리가 여러 가지로 그 사람을 가볍게 하지 못할 것이다. 그리고 제수씨의 훌륭한 행실과 절개를 보자면 너에게 넘치는 부인이다. 아내가 된 것을 기뻐해야 할 터인데 또 어찌 공경히 대하는 예를 두지 않은 듯이 하겠느냐?"

정인광이 껄껄 크게 웃었다.

"형님이 저를 한없이 어린 아이로 알고 계십니다. 이 동생이 설마 장씨의 지아비 소임을 못 하여 장씨를 외람한 배우자로 여김이 있겠습니까? 저 사람 같지도 않은 장가에 대해서는 다시 이르지 마십시오. 돌아가신 할아버님의 유훈을 받들고 아버님의 간절한 가르침을 어기지 못하여 그를 좋은 듯이 대하지만, 그렇다 해도 그 무지함과 흉악함을 생각하면 어찌 분하지 않겠습니까? 제 운명이 기구하여 저 사람 같지 않은 자의 사위가 되니 죽기 전에는 통한한 마음이 풀리지 않을 것입니다."

정인성은 인광의 말이 과도하다 이르고, 이런저런 담소를 나누면서 정인광이 이렇듯 장헌을 통한해하는 마음을 풀어주려 했다.

이때 장창린은 누이동생 장성완을 데리고 본가로 돌아왔다. 장성
완이 집을 떠나며 슬하를 하직한 지 칠팔 년 만에 비로소 옛집을 디
디게 된 것이었다. 오랜만에 돌아온 집에서는 연부인이 집안을 두루
돌보았고, 정월염은 시부모를 효성으로 봉양하고 남편 장창린의 뜻
을 따르면서 형제자매들과 우애롭게 지내고 있었다. 지극한 법도에
따라 매사 규율에 맞게 집안 대소사가 이루어지니, 어지럽고 망령되
던 이전의 모습이 없어지고 완연히 다른 집처럼 변해 있었다. 유모와
시종에 이르기까지 옛날의 얼굴은 변하지 않았으나 모두가 새로운
마음을 가지고 있음을 알 수 있었다. 장성완이 마음속으로 기쁘고 다
행이라 생각했으며, 비로소 가법이 서고 예도가 이루어졌음을 느끼
게 되었다. 덕분에 그간의 무궁하던 근심은 놓을 수 있었으나, 다만
모친 박씨의 거동을 보니 절박함이 이보다 더한 것이 없었다. 장성완
을 붙들고 천 줄기 슬픈 눈물을 떨어뜨리며 분한 소리와 악한 말로
소수 부부와 부녀, 그리고 정인광을 무한히 욕하고 정삼과 화부인을
들먹여 입에 담지 못할 말을 늘어놓았다. 이에 장성완 역시 장창린을
돌아보며 눈물을 흘렸다.

(책임번역 김수연)

완월회맹연 권 38

간언과 누명

장성완은 단식으로 부모에게 간언하고
정인중은 독을 쓰고 정인성을 모함하다

식음을 폐하고 부모에게 간언하는 장성완

장성완 역시 장창린을 돌아보고 눈물을 흘리며 말했다.

"저는 본래 운명이 박하여 재앙과 고난이 겹겹이 많은 몸입니다. 어머니가 이러시는 것은 저를 지나치게 사랑하시어 저의 평생을 온전하게 하고자 하신 것이지만, 실제로는 저의 죄를 더하고 난처한 상황을 돋우는 것이지요. 제가 참담한 변고를 겪고 만 번 죽을 곳에서 겨우 살아나 양가 부모님께 효도는 하지 못하고 도리어 어머니의 걱정을 더하였습니다. 하지만 이처럼 당치도 않은 일에 심려를 허비하시는 것이 이 지경에 이르니, 결국은 시부모님께 참담한 욕이 미치고 양부모님(소수 부부)께 비난의 화살이 돌아가게 되었습니다. 산처럼 높은 은혜와 바다처럼 넓은 덕을 터럭만큼도 갚지 못하고 차마 말하기 어려운 욕설만 더하니 이 또한 제가 죽지 못한 이유입니다. 천만 번을 생각해도 도저히 살 수가 없으며 죽어야 비로소 걱정이 없을 것입니다. 그러니 저는 오늘부터 음식을 끊고 스스로 굶어 죽기를 기다리겠습니다. 오라버니는 저의 마음을 생각하여 음식을 권하지 마십시오."

장창린은 지극한 우애를 타고났기에 이런 상황이 너무나 슬프고 안타까웠다. 장성완의 심사가 편안하지 못하고 박부인의 이상하고 망측한 행동이 다시 누이의 몸에 화를 끼치며 그칠 바를 알지 못하는 상황을 헤아리고는 얼굴을 찡그리고 탄식했다.

"이 못난 오라비가 불초하지만 일찍이 모친을 빈말로 속인 적이 없었다. 어머니께서 결국 화를 거두지 못하시고 너를 데려와 다시 보내지 않기로 정하시나 속이는 것이 어찌 가능한 일이겠느냐? 네가 지난날의 화액 가운데서도 목숨을 보전하였거늘 이제 와 죽기를 말하는 것은 '처음은 좋으나 끝이 안 좋다'라는 뜻이 없는 것이다. 오로지 지성으로 간청하여 모친이 돌이키시기를 기다릴 뿐이다."

장성완은 어머니 박씨의 측량할 수 없는 성정을 알기 때문에 아무리 말을 하여도 곧이듣지 않을 것을 알고 있었다. 그래서 비록 온당하지 않지만 자기가 죽겠다는 말로 간청함으로써 잠깐 놀라게 하여 시부모와 소공 부부에게 욕설이 미치지 않도록 하려던 것이었다. 그래서 종일 오열하며 눈물을 그치지 않았고, 저녁밥을 들여도 한 술도 들지 않고 물리치며 말했다.

"하찮은 인생이 구태여 세상에 머물러 부모께 불효를 끼쳐 우환을 이루고 시부모와 양부모를 욕되게 하였구나. 채강 동생이 나를 사랑하던 은혜 또한 갚기는커녕 첩의 자리에 있게 한 것도 너무나 안타까운 일이다. 그런데 거기에 더해 세상에 다시 없는 욕설을 이루어 차마 듣기 어려운 바가 많으니, 어머니가 깨우쳐 돌이키지 않으신다면 내가 죽어 불효를 갚고 양부모와 채강 동생의 은혜를 저버린 일을 사죄할 것이다."

이렇게 하며 스스로 굶어 죽기를 기약하였다. 박씨는 정씨 부중에서 돌아온 지 10여 일 동안 하루 종일 정인광과 소수의 부녀 욕하는 일을 한순간도 그치지 않았다. 간간이 정씨 집 사람들을 모두 들먹이고, 정인광이 소채강과 혼인하는 것을 금하지 않았다며 어지럽게 욕설을 퍼부었다. 그러다가 오늘 딸아이가 밥을 물리치고 굶어 죽기로 결심하며 슬퍼하고 통곡하는 것을 본 것이다. 본래 장성완은 얼굴을 훼손하고 귀를 자를 정도로 강렬한 성격이고, 천 길 깊은 물에 뛰어들어 죽는 것을 돌아가는 것처럼 여기는 것을 속으로 어렵게 여기던 터였다. 그래서 혹여 영원히 식음을 폐하여 큰 병을 이루지는 않을까 근심이 되어 잠시 욕하는 것을 그쳤다. 연부인두 박씨를 달래어 그 의심을 풀어줄 길이 없으므로 장성완이 하는 대로 내버려두었다. 장헌은 진실로 박씨의 남편인지라, 딸아이의 뛰어난 자질이 기이한 것을 보고는 정인광이 소채강과 혼인한 것을 더욱 한스럽게 여기며 말했다.

"빛나는 태도와 덕을 갖춘 성품에 한 조각 흠이 나 있는 것을 미진하게 여겨 새사람을 취하였으면 우리가 군이 한스럽게 여기지 않을 것이다. 저를 위하여 얼굴을 훼손하고 귀를 잘랐던 것을 생각하고도 감동하는 마음이 없던 것인가? 진실로 쇠나 돌로 된 심장은 재보(정인광)이고 사람의 진선진미함을 사랑하지 않는 사람은 운계(정삼)로구나."

이 말에 장성완은 묵묵히 아무 말도 하지 않았다. 장세린이 앞으로 나와 대답했다.

"우리 집의 허다한 지난 일은 이르지 말고, 지금 우리 형님(장창린) 또한 새로 혼인하게 되었으니 정참정(정잠)께서 아버님 마음 같다면 형수를 대하여 이렇듯 하실 것입니다."

장헌이 말했다.

"창린이 새로 아내를 들이는 것과 재보가 소씨를 취하는 것은 길이 다르고, 저 양씨(양혜완)는 며느리의 표형제이고 운백(정잠)의 처조카 이다. 양참정과 한 옛 약속에 운백과 석보(이빈)가 힘써 창린이를 새 로 장가들게 한 것이니 어찌 우리 부자를 한할 것이 조금이라도 있겠 느냐?"

장세린이 또 대답했다.

"소씨 누이(소채강)는 누님의 친척이 아니고 소대인(소수)은 누님께 백숙(伯叔)이시니 양참정만 못하겠습니까? 매형(정인광)이 소씨 누이 가 아니라 백 명의 미인을 모으고 누님을 한 구석에 몰아두었다고 해 도 우리 집은 감히 그것을 원망하지 못할 것입니다. 또 누님이 시댁 에 가서 아무리 괴롭힘을 당했다 해도 큰형수(박교랑)의 흉한 계략과 등씨(등낙선)의 해를 만난 일만 같지 못할 것이고, 정선생(정삼)과 화 부인이 며느리를 사랑하지 않는다 해도 아버님과 어머님보다 실덕하 실 일은 없을 것입니다."

말을 다 마치기도 전에 장성완이 장세린을 보고 말했다.

"옳고 곧은 말이라도 임금과 부모 앞에서는 하지 않는다고 했다. 아우가 철모르는 나이도 아니고 오라비의 지극한 효성을 보면서 그

중 하나라도 본받은 것이 있을 터인데, 어찌 부모의 자별하신 사랑을 믿고 말을 조금도 삼가지 않으며 예모에 공경함을 두지 않는 것이냐? 많이 나아졌다고 여겼더니 아직도 옛날 버릇을 버리지 않았구나."

장세린은 부모의 언사가 듣고 보기에 너무나 절박하여 형 장창린이 손님을 대접하러 나간 사이에 옛일을 들춰 부친으로 하여금 정씨네를 원망하지 못하게 하려던 것이었다. 그런데 장성완의 나직한 음성과 위의가 매를 때린 것도 아니고 노한 기색을 보인 것도 아니건만, 가을 하늘에 찬 서리가 내리는 것과도 같이 엄숙하여 움츠러들 수밖에 없었다. 잘못한 것을 바로 깨달아 자신이 불초했다 하고는 다시 말을 하지 못했다. 장헌은 장세린의 기가 꺾이자 더욱 기운을 가다듬어 자기의 지난 일은 춘몽처럼 치부하며, 정삼과 소수를 그르다 하고 정인광이 소채강을 취한 것이 딸아이에게 박절한 것이라며 꾸짖기를 마지않았다. 장성완은 더욱 미망함을 견디지 못하여 슬프게 울며 괴롭게 간언을 했다. 먼저 소수 부부의 막대한 은혜와 소채강의 사랑과 우애는 의로써 부모와 자매 관계를 맺은 것이지만 친가족보다 못하지 않다는 것을 알리고, 시부모의 두터운 은혜가 온몸 구석구석에 가득함을 아뢰었다. 그런데도 그 은혜와 덕을 저버리고 도리어 욕설을 끼치며 원망을 더하는 것은 사람으로서 차마 못 할 바임을 일컬었다. 간절한 말이 의리에 밝게 통달하고 정대한 논리가 지혜롭고 총명하여 강개함이 넘쳤다. 슬퍼하는 가운데에도 은은한 화기와 숙연한 기질을 보이며 지혜롭고 어질게 말하니 경솔하고 잡된 것과는 거리가 먼 언사였다. 장헌의 망령됨과 박씨의 어리석음으로도 딸아이를 마주하고 이렇듯 간언을 들으니 한 조각 처연함이 있어 또한 눈물을 흘리며 한숨을 쉬고 탄식하며 말했다.

"네가 어찌 남자가 되지 못하고 여자가 되어 도리어 정씨 자식에게 몸을 굽혀 멸시를 감내하는 것이냐? 우리가 소위공과 정처사를 원망하는 것은 불가하다 하겠지만 지금 정씨 자식을 원망하는 것은 당연한 일이다. 너는 아직 세상 물정을 알지 못하여 지아비의 정의가 두텁고 박한 것과 적인(敵人)의 해로움을 거리끼지 않지만, 부모의 지극한 마음으로는 어진 자식의 신세가 편안하지 못하다면 뼈에 사무치도록 애통하지 않겠느냐?"

장성완은 부모의 무익한 말과 경솔하고 망령된 언사를 더욱 민망하게 여기면서도 다시금 그 마음을 위로했다. 그리고 소채강의 존재가 자기에게 결코 해가 되지 않음을 여러 가지로 갖추어 이야기했다. 장헌은 다시 말을 하지 않았고 박씨는 겉으로 욕하는 것을 그쳤으나 속으로는 소채강을 죽이고 싶은 마음이 없지 않았다. 장성완이 슬퍼하고 한탄하며 모친이 자기를 사랑하여 과도하게 신세를 염려하는 것이 오히려 화를 가져오게 될까 두려워했다. 이때 장창린이 옛 약속을 이루어 양혜완과 혼인하고 친영하여 돌아왔다. 신부의 아름답고 빛나는 모습, 정성된 마음과 맑은 행실이 정월염에게 견주어 크게 부족하지 않았다. 시부모가 사랑하고 귀중하게 여겼으며, 장창린 또한 부부간의 정을 흡족히 하였다. 이러한 가운데 정월염도 양혜완을 친애하고 우애하여 아황과 여영 자매를 따르니 규중의 평화로움이 봄바람 같았다. 이 이야기는《성호연》에 있기에 대강만 기록한다.

시댁으로 돌아가는 장성완

장성완이 집에 온 지 보름 가까운 시간이 지났다. 처음 사오일 동안 장성완은 음식을 먹지 않고 누워 굶어 죽기만을 바랐다. 이에 박씨는 자신 역시 음식을 끊고자 했으나, 본래 집념이 없고 좋은 음식에 술과 다과를 좋아하는 입버릇인지라 딸을 위해 하루도 채 굶지를 못하였다. 또한 박씨는 소수 부부와 정씨 집안 사람들을 더 이상 욕하지 않겠다며 끊임없이 딸을 달랬는데, 그럼에도 장성완은 모친이 반성하지 않고 있음을 모르지 않았다.

장성완이 식사를 끊은 지 여러 날이 되자 연부인이 먹기를 권하고 장창린 또한 침식이 편치 않아 근심을 놓지 못했다. 이렇듯 두루 상황이 좋지 않은 데다, 모친이 겉으로나마 크게 체면을 잃지 않고 예사롭게 행동하는 것이 처음의 참혹하던 거동에 비하면 많이 나아진 터라 장성완은 부득이 식사를 들게 되었다.

보름이 되었을 무렵 시댁에서 장성완에게 돌아오라고 재촉을 하였다. 장성완은 어머니에게 부드러운 음성과 온화한 기운으로 웃으며 고했다.

"시어른께서 제게 돌아오라 명하신다 하니 어머니께 여쭙습니다. 제가 어머니를 모시고서 잠시도 슬하를 떠나지 않은 채 낳고 길러주신 막대한 은혜만 갚고, 아녀자의 행실과 도리는 폐하여 남의 며느리와 아내 된 소임을 영영 하지 않는 것이 옳겠습니까? 아니면 삼강(三綱)의 큰 법과 오상(五常)의 대의를 따라 천리에 순응하며 사람의 도리를 어기지 않는 것이 좋겠습니까? 저는 어둡고 어리석어 알지 못하니 어머니께서 밝게 가르쳐 주십시오."

박씨는 본래 속이 아득하기가 한밤중보다 더하며 망령되고 요란한 사람이어서, 숙녀의 아름다움이 어떠한지 알지 못하고 딸의 사람됨도 알 수 없었다. 시댁에 처음 들어가 앉은 자리가 채 데워지기도 전에 첩이 들어왔건만, 딸이 그 애달픔을 알지 못하고 돌아가려 하는가 하여 오히려 안타까워하며 길게 탄식했다.

"애초에 내가 너를 데려올 때의 마음은 검은 머리가 백발이 될 때까지 내 앞에 두고 마음이나 편안하게 있다가 수명을 다하게 하려는 것이었다. 그런데 창린이가 절대 불가한 일이라 하고, 너 또한 못된 정가 놈을 대단한 사람으로 알아 그 멸시를 감내하겠다며 낳고 기른 은혜를 둘째로 여기니 내가 어찌 고집을 부려 머물게 하겠느냐? 가려거든 쉬이 가려니와, 다만 정가 놈과 소씨가 방종하게 화락하는 것은 막아야 할 것이다. 정가 놈에게 제 아내가 있다는 것을 알게 하고, 소씨에게 정실이 자기 위에 있다는 것을 잊지 못하게 하여 함부로 업신여김을 당하지 말거라. 소씨가 근간에 자기 집에 갔다고 하는데, 소씨가 돌아온 후 또 흉악한 말이 내 귀에 들린다면 어찌 또다시 참고 삼가겠느냐? 너는 정가 놈을 두려워하지만 나는 두렵지 않다. 그러니 혹 정가 놈이 네 방을 지나 소씨를 찾거나 너를 경멸하고 소씨를 중대한다면, 내가 친히 가서 정가 도둑놈과 소씨 요녀를 처치할 것이다."

장성완이 이를 듣고는 도리어 어이가 없어 오랫동안 말을 하지 않다가 천천히 대답했다.

"제가 본래 옛일과 지금 일에 대해 아는 것이 없지만, 딸의 투기를 도와 그 어버이 되는 자가 사위를 욕하며 다닌다는 말은 듣지 못했습니다. 그러하오나 만약 소씨가 방자하고 교만하다는 소문이 있거든 어머니께서 마음대로 처치하십시오."

박씨가 분해하면서 말했다.

"어이하여 소씨만 욕하겠느냐? 나는 하늘이라도 두려워하지 않으니 사람 같지도 않은 정가 놈을 무엇으로만 여긴단 말이냐? 모름지기 삼가고 조심하라고 이르거라."

장성완이 웃으며 말했다.

"어머니께서는 어찌 이렇듯 괴이하고 놀라운 말씀을 하십니까?"

박씨가 도리어 웃으며 말했다.

"하늘이 나를 욕한다 해도 무섭지 않거늘 정가 놈과 소씨 같은 것이야 두려워할 리가 있겠느냐?"

장성완은 더 이상 말하는 것이 무익하다 생각하고, 의복을 바로 하고는 하직을 아뢰었다. 연부인이 장성완을 어루만지며 말했다.

"네 어미의 하는 일이 너의 심사를 흐트리고 결국 크게 어긋남이 있을 듯해 염려가 되지만, 설마 뭘 어찌하겠느냐? 너는 다만 여자로서 할 일과 덕을 지극히 하여 부모의 덕 없는 행실을 가리고 허물 되는 곳에 나아가지 않도록 애쓰거라. 그렇게 하는 편이 모친을 밤낮으로 받들며 효도를 하는 것보다 나을 것이다."

장성완이 슬픈 표정으로 대답했다.

"소녀의 효성이 얕고 부족하여 말씀을 드려도 소용이 없으니, 결국 모친이 마음을 돌이켜 깨달으시도록 하지 못하였습니다. 그런 채로 지금 돌아가게 되니 마음이 더욱 어지러울 뿐입니다. 오직 믿는 것은 어머님(연부인)의 성덕과 오라비의 대효로 모친의 해괴한 행동과 패려한 말이 다른 사람에게 미치지 않기를 바랄 뿐입니다."

연부인이 한숨을 쉬며 탄식했다.

"나와 너의 오라비야 네 모친의 실덕을 가리고자 할 것이지만, 늘 생각지 못할 해괴한 행동을 하여 스스로 실덕을 드러내니 절박한 마음을 견디지 못하겠구나."

장성완은 길게 탄식하고 부친과 두 모친께 절하여 인사를 드렸다. 장창린의 부부와 희린과 세린 두 동생과도 작별하며 다시 만날 것을 기약했다. 시댁으로 돌아오니 서태부인과 시부모와 숙부들이 기쁘게 반기는 빛과 깊은 사랑이 마치 멀리 이별했다가 다시 모인 것 같았다.

방서를 태우고 정인중을 꾸짖는 소교완

이때 소교완은 정인성 부부를 없애지 못하여 마음의 울화가 뼈에 사무치는 분노가 되었으나, 장성을 허물지 못하고 태산을 움직이지 못하는 상황이라 그저 마음속에 답답함과 원통함만 더할 뿐이었다.

하루는 정인중이 들어와 주변을 살피며 나직하게 고했다.

"소자가 홍화방에 가서 외할머님을 알현하고 돌아오는데, 길에 한 승려가 지팡이를 들고 서 있었습니다. 모습이 기괴하고 풍모가 비상한 것이 세속의 태를 벗었으며 미간에 사악한 기운을 띠고 있었습니다. 소자는 아버님과 형이 승려를 배척하는 것을 알지만 마음속으로 기이함을 참지 못하여 말에서 내려 그 앞으로 갔습니다. 그러자 그중이 갑자기 절하고 말하기를 '성품이 갖추어져 있으며 기질이 탁월하여 가히 무슨 일을 다하지 못하겠는가. 다만 잠깐 가린 것이 있으니 대도 군자에 나아가지는 못하나 가다듬으면 왕형공【송나라 때 왕안석이다.】이고 불령하면 당나라 재상 임보가 될 것이다.'라고 하며 한 권 책을 주고 순식간에 간데없이 자취를 감추었습니다. 그 책의 내용이 기기하고 묘하여 전쟁 중에도 쓸 만하고 평상시에도 볼 만하니 어머님이 한번 보시겠습니까?"

소교완이 한참을 가만히 있다가 책을 가지고 오라 하여 보니, 이는 방술을 적은 한 권의 방서(方書)였다. 그 안에는 방술도 약간 들어 있긴 했지만 대부분은 요악한 잡담으로 군자와 숙녀가 눈을 들어 볼 것이 아니었다. 소교완은 전출 자식을 꺼려 죽이지 못하는 것이 하나의 병이 되었을지언정 행실은 매우 좋고 뜻과 이상이 높은 사람이었다. 지식을 교훈하는 것에 이르러서는 충효와 선한 뜻을 두고 유학의 큰 도를 으뜸으로 하며 사악함에 빠지고 어질지 않은 것을 크게 배척했다. 그렇기에 이 글이 군자가 볼 것이 아님을 한눈에 깨닫고 주위 사람에게 불을 가져오라고 하여 그 책을 불태워 버렸다. 그러고는 씩씩한 안색과 추상 같은 사기로 말했다.

"알지 못하겠구나. 네가 이 글을 보아 무엇에 쓰며 무엇이 요긴하다고 하는 것이냐? 하물며 너의 부형이 석가의 괴이한 도를 원수같이 배척하여 산승(山僧)을 대하지 않는 것을 밝게 알고 있으면서, 중을 보고 말에서 내려 그 요괴스런 잡서를 얻어온 것은 어떠한 뜻이냐?"

정인중은 이미 그 책을 한 벌 새로이 베껴 감추고 모친이 책에 대해 무엇이라 하는지 살피고자 했던 것인데, 이렇듯 불쾌해하는 모습을 보고는 거짓으로 깨닫는 빛을 보이며 사죄하고 다시는 그러지 않겠다 했다. 소교완은 아들이 책을 베껴 감춘 것을 알지 못하고, 오히려 자기가 하는 일을 아들에게 속이지 못할 것이라는 생각에 문득 한숨을 쉬며 탄식하고 말했다.

"슬프구나, 하늘이여. 내가 참으로 자식을 잘못 낳았으니 세간의 착한 사람이 비단 인성뿐이겠는가? 근자에 이창현과 엄희륜 등을 보니 기특한 자식을 낳은 사람이 하나둘이 아닌 것을, 나는 어이하여 이런 자식을 낳아 심력만 허비할 따름이구나."

말을 마치고 책상에 몸을 기대는데 얼굴 가득 상심한 빛이 역력했다. 정인중이 앞으로 나아가 잘못했다며 재차 용서를 빌고 모친의 마음을 풀어 드리고자 했다. 겉으로 보기에는 제법 어질고 효성스러운 모습이었다. 소교완은 아들의 사람됨이 정인성 등과 같지 않은 것이 애달팠지만, 또한 부모 된 자의 자애로 이 아들이 자기를 닮았기에 그 사랑이 무척 특별했다. 정인성이 아니라면 정인중이 당당한 종손으로 귀중히 여겨지고 온 집안의 추앙과 정잠의 자애를 한 몸에 받았을 것이라 생각했다. 그런데 정인성이 있기에 정인중은 쓸모없는 사람이 되고 아비로서 정잠의 자애도 크지 않다는 생각에 더욱 절절히 괴로울 뿐이었다. 그리하여 원망하는 말이 마음속에서 나오고 얼굴에 드러나니 참을 길이 없었다. 소교완이 정인중의 손을 쥐고 길게 탄식하며 말했다.

"너의 사람됨이 인성의 백분의 일에 미치지 못함은 틀림없는 사실일 것이다. 부모라도 자식이 뛰어난 것을 보아 더 사랑하는 것이 괴이한 일은 아니다. 하지만 너의 부친은 그것이 지나쳐 너를 도척같이 여기고 인성은 유하혜 같다 말하며, 너를 말단의 천한 신분처럼 대하고 인성은 적장자로 여겨 한없이 귀중해하는 것을 보면 내 마음이 더욱 끓는 듯하다. 그러다 보니 너를 아끼고 안타까워하는 뜻을 참지 못해, 사랑하는 마음만 앞서고 교훈을 제대로 하지 못하여 너의 행실이 더욱 그릇되어 버렸구나. 모름지기 부형의 광명 정직함과 충효를 본받아야 할 것인데, 멀리 성현의 자취까지는 따르지는 못하더라도 가까이 부형과 숙부들을 따라 열에 하나만 배운다면 지극히 사나운 지경까지는 가지 않을 것이다."

정인중이 거듭 절하며 사죄하고 눈물을 흘리면서 말했다.

"저의 운명이 기구해 부친의 자애를 알지 못하였고, 그간의 가르침 또한 칼로 베는 듯 아프고 부끄러운 것이었습니다. 옛사람 중 어질지 않은 이와 오늘날의 소인을 모두 저에게 빗대어 엄한 가르침을 주신 것은 저의 불민함을 알리고 깨닫게 하려 하신 뜻임을 모르지는 않습니다. 다만 일가 사람들이 다 부친이 소자를 꾸짖는 것을 보고 속으로 비웃으며 저를 몹쓸 것으로 여기는 듯하고, 소자의 행적마저 의심을 사는 지경에 이르렀습니다. 사정이 이러한데 만일 어머니마저 소자를 엄하게 꾸짖고 노하여 질책하시면, 제가 누구를 우러러 의지하여 견디겠습니까?"

말을 마치고 슬퍼해 마지않으니 소교완이 더욱 심사가 좋지 않아, 아들을 위로하며 슬픔을 그치라고 했다. 그리고 조용히 이를 갈며 혀를 물어 당장이라도 정인성을 씹어먹을 듯이 했다. 이런 마음을 품은 다음에야 어찌 온유하고 화열하게 어진 어머니의 정을 다하겠는가?

점차 사람이 없는 곳에서 정인성과 이자염을 대할 때면 화난 기색을 드러내고 순식간에 삼킬 듯 매섭게 대하곤 했다. 하지만 두 사람에게 한 조각 그른 바를 말할 것이 없는 까닭에 요란하게 욕하고 꾸짖는 일은 없었다. 정인성과 이자염은 소교완의 성난 기색을 대할 때마다 놀라고 당황하여, 큰 죄를 범한 듯 한순간도 마음을 놓지 못했다.

이자염을 모함하려 독약을 쓰는 정인중

하루는 정인웅이 찬 바람을 맞아 감기에 걸려 오한이 들었다. 정인성이 놀라 근심하며 털이불 등을 가지고 와 덮어주고 따뜻한 차를 가져오라고 했다. 정인중도 바삐 들어와 어머니께 고하고 따뜻한 죽을 찾았다. 소교완은 날씨가 매우 춥기에 일어나기 괴로워 거짓으로 아프다고 하며 이자염에게 죽을 쑤어 오게 했는데, 정인웅이 오한으로 떤다는 말을 듣고 놀라서는 바삐 이자염을 불러 따뜻한 죽을 가져다주라고 했다. 이자염이 명을 받들어 즉시 죽 한 그릇을 만들어 시녀 초아에게 내어가게 했다. 초아가 받아 중문까지 나오는데 정인중이 웃으며 말했다.

"네가 그릇 가득한 죽을 들고 가느라 걸음이 느리니 보기에 갑갑할 뿐 아니라, 그렇게 걸어서는 오늘 내로 외헌에 당도하지 못하겠구나. 인웅이 오한에 떨고 있어 한시가 급한데 이것을 언제 먹여 진정시키겠느냐? 내가 가져가야겠다."

그러고는 그릇을 빼앗아 나는 듯이 서루로 향하니 초아가 구태여 따라가지 않고 도로 들어갔다. 정인중이 죽을 가지고 나오며 생각했다.

'아우가 본래 무척 건강하니, 여기다 독약을 조금 넣는다 해도 잠깐 놀랄 뿐 그것으로 죽지는 않을 것이고 죄는 형수에게 돌아갈 것이다. 그러면 형님과 형수의 금슬이 어그러지고 차차 계교를 행할 수 있을 듯하다.'

정인중이 원래 독약을 주머니에 감추고 있었기 때문에 가루 한 숟가락을 죽에 섞어 들고 바삐 서루로 갔다. 정인성은 한참 기다리고 있던 터였고, 비록 총명하다 하여도 평소 생각이 맑고 평담하여 사악하고 교활한 것과는 거리가 멀기에 정인중이 들고 온 죽에 대해 조금도 의심하지 않았다. 죽의 온도를 적당히 맞추고자 그릇을 달라고 하니 정인중이 대답했다.

"처음에는 무척 뜨거웠는데 제가 들고 오며 저어서 식혔으니 바로 마시기에 좋습니다. 형님이 아우를 일으켜 앉히시면 제가 떠 넣겠습니다."

정인성이 그 말에 따라 친히 정인웅을 일으키자 인웅이 스스로 그릇을 들어 한 모금을 마시는데 진한 독기가 코를 찔렀다. 죽은 이미 목구멍으로 넘어갔는데 지독한 약이지만 다행히 바로 장기에까지 가진 못하고 도로 올라와 정인웅이 크게 토하며 뱉어냈다. 정인웅이 맥없이 독약에 죽을 바는 아니나 구토하는 거동이 심상치 않았다. 얼굴색이 찬 옥처럼 되고 독한 물과 붉은 피를 자리에 넘치게 토해 냈다. 정인성이 너무나 놀라고 당황했지만 급히 해독할 알약을 얻어 정인웅을 구했다. 정인중 또한 매우 놀라 허둥지둥하며 어찌할 줄을 모르는 듯 서서 돌다가 죽 그릇을 엎어버리니 푸른 불꽃이 일어났다. 정인성은 인웅을 구하느라 죽이 엎어진 것과 토한 것을 미처 거두어 없애지 못했다. 정인중은 천연하지 못하게 서서 울며 요망하게 굴 뿐이었다. 이날은 정인광과 정인흥, 정인유가 입번했고, 정인명은 화씨 부중에서 청하여 사위가 딸과 함께 지내는 것을 보고자 했으므로 여기에 있지 않았다. 정인경은 외사촌인 화공자 등이 한곳에 모여 독서를 하자고 청했기에 또한 화씨 부중에 간 지 열흘이 된 터였다. 그러니 이 요괴로운 아이가 저지른 악행을 본 이가 주변에는 없었다. 정인웅이 피를 많이 토하고 기운이 아득해지니 정인성은 더욱 애가 타고 다급했다.

이때 정잠이 마침 후원 명광헌에서부터 죽서루를 지나다가 정인중이 우는 소리를 듣고 괴이하게 여겨 방으로 왔다. 방 안에 들어오니 먼저 끔찍하게 모진 냄새가 코를 거슬렀고, 자리에는 토한 피와 엎어진 죽이 펼쳐져 있었다. 정인웅은 거의 주검이 되어 정인성에게 안겨 있었다. 이들은 정잠이 들어오는 것을 보고 놀라 일시에 일어나 맞이하였는데, 정인웅의 형색은 심히 위태하며 정인성의 당황한 안색은 좀처럼 진정되지 않았다. 정잠 또한 매우 놀라고 의아하여 하루 사이에 이와 같이 된 곡절을 물었다. 정인성이 아우를 붙들어 자리에 누이고 전후의 일을 세세히 고하며 비로소 엎어진 죽과 토한 피를 서둘러 없애려 했다. 정잠이 다시 물었다.

"죽을 내당에서부터 내왔다면 누가 준 것이며 어느 시녀가 가져왔고 여기에 엎지른 것은 어찌 된 일이냐? 바로 이르거라."

정인중이 무릎을 꿇고 대답했다.

"죽은 형수가 직접 만든 것으로 한 그릇을 시녀 초아가 내어왔는데, 초아의 걸음이 더딘 것을 보고 제가 빼앗아 가져왔습니다. 아우를 먹이려다 독이 있는 것을 알고 급하게 해독약을 얻어 아우를 구했고, 그러면서 죽을 건드려 엎어진 듯합니다."

정잠이 다 듣고서 달 같은 눈썹과 봉새 같은 눈으로 정인중을 보다가 정색하고 다시 물었다.

"네 형수가 종이 아닌데 이런 엄동설한에 죽을 쑤는 것도 이상한 일이거니와, 시종이 왜 들고 오던 그릇을 너에게 주었다는 말이냐? 본 바를 자세히 이르거라."

정인중은 부친의 엄숙하고 위엄 있는 모습과 말을 대하자 심담이 떨어지는 듯하고 땀이 옷을 적셨다. 그러니 어찌 다시 이자염을 해칠 말을 꺼내겠는가? 황망히 절하며 무릎을 꿇고 대답했다.

"아우가 오한이 들어 형님이 급히 죽을 얻어오라 하시기에 소자가 어머니께 아뢰니, 어머니도 오랜 병에다 감기를 더하여 일어나기 어려운 지경이라 하셨습니다. 그래서 형수에게 명해 죽을 쑤어 보내라 하셨고 형수가 친히 받들어 초아에게 죽을 주었습니다. 그런데 제가 민첩하지 못해 말씀을 아뢰면서 자세한 것을 깨치지 못하고, 정신없는 와중에 형수가 직접 만들었다고 아뢰었습니다. 그 죽을 형수가 처음부터 끝까지 직접 만든 것인지 아닌지를 소자가 어찌 자세히 보았겠습니까? 이것밖에는 더 아뢸 말씀이 없습니다."

정잠은 정인중이 어질지 못한 것은 알지만 10세의 어린아이가 독약을 주머니에 넣어두고 간흉한 꾀로 형과 형수를 해하기 위해 아우를 위태롭게 하며 죄를 형수에게 미루려 하는 요괴로움이 있을 줄은 생각할 수 없었다. 다만 인성이 가족과 생이별하게 되었던 그 재앙이 다른 사람의 꾀가 아니라 소교완의 계교 때문이라고 생각하니 모든 일이 적잖이 의심이 되었다. 소교완이 인웅을 지나치게 사랑하는 것을 알기에 진짜로 죽이려 한 것이 아니고 죄명을 이자염에게 씌우려 하는 것이라는 데까지 생각이 미치자 분노를 참기 어려웠다. 정인성이 문득 자리를 고쳐 앉고서 이자염의 좌우를 다스려 죽에 독을 넣은 곡절을 밝혀 옳고 그름을 조사해 밝히기를 청했다. 정잠이 다 듣기도 전에 분노 어린 얼굴로 말했다.

"네가 제대로 옳고 그름을 조사해 밝히려고 하지 않는 듯한데, 그런다 해도 요악함을 묻어둘 수는 없을 것이다. 무슨 까닭으로 죄 없는 사람을 의심하겠느냐? 내가 조용히 취일전 주위의 시녀 등을 엄한 형벌로 다스릴 것이다. 비록 어둡고 어리석으나 내가 있는 한은 네 마음대로 아내의 아랫사람이라 하여 근거 없이 죄를 씌우지 못할 것이니 괴이한 말을 다시 일컫지 말거라."

말을 마치고 뒤돌아 정인중에게 일렀다.

"너는 들어가 네 어미에게 전하거라. 집이 고요하여야 위아래가 화열하고 노인과 어린아이가 다 같이 평안한 것인데, 무엇이 괴롭기에 스스로 복을 덜며 재앙을 취하는 것이란 말이냐? 대체 무슨 생각인지 묻고 싶구나."

이때 정인중은 앞일을 헤아리고는 오히려 두려워 대답을 하지 못했다. 정인성은 머리의 관을 벗고 옷의 띠를 풀며 엎드려 울면서 말했다.

"소자가 오늘 모친을 해로운 곳에 빠뜨리는 불초 죄인이 되었습니다. 스스로 죽을 죄를 받을지언정 이와 같은 말씀을 거두실 것을 바라옵니다. 이씨 주위의 시종들은 죄가 있든 없든 간에 제 주인이 내어준 죽에 독이 있는 것에 대해 추궁해 옳고 그름을 조사하는 것이 마땅합니다. 하지만 인웅이가 독을 잘못 만나게 된 것에 대해 모친의 주변을 추문하시는 것이 어찌 마땅하겠습니까? 못난 제가 이씨 주위의 시종을 추궁하기를 아뢰었는데, 부친께서 도리어 모친을 모시는 사람을 다스리고자 하시어 불초한 저의 죄를 더하시고 성덕의 빛을 줄어들게 하시니 이 어찌 모친의 덕을 아시는 것이라 하겠습니까? 불초한 저는 죽어서 이처럼 망극한 말씀을 듣지 않기를 원합니다.”

말을 마치고는 머리를 두드려 피가 날 정도였으나, 그 아픔을 느낄 겨를도 없이 그저 당황스럽고 망극한 마음이었다. 정인웅이 또한 몸을 끌어 당 아래로 내려가 울면서 자기로 인한 일에 모친과 형수의 시녀를 추문하겠다는 것은 절대 불가하다 아뢰며 그렇게 하지 마시기를 애원했다. 정잠은 이 일이 그냥 넘어갈 수 있는 것은 아니라 생각하고 분한 마음으로 취일전 시녀를 잡아 심문을 하려 했었다. 그런데 두 아들의 이러한 모습을 대하고 인성의 몸이 상하는 것을 보니 뼈마디가 저리고 쓰린 것 같았다. 인성의 머리에 피가 흐르는 것에 놀라 인중으로 하여금 인성과 인웅을 붙들어 올리라 했다. 그러나 두 아들은 머리를 조아려 죄를 청하며 모친의 시녀를 추문하는 일이 있을까 걱정할 뿐이었다. 정잠은 두 아들의 거동을 절박하게 여기어, 차분히 생각하여 선처하고 취일전과 제운각 시녀에게 구태여 죄를 묻지 않겠다 말했다. 정인성은 이자염의 시녀들까지 추문하지 못하게 된 것이 내키지 않았지만 부친의 명을 거역할 수 없어 절하여 사

례하며 당에 올랐다. 정인웅은 매우 다행히 여기고 기뻐했으나 통증
이 가볍지 않아 안색과 거동이 위태했다. 정잠이 친히 붙들어 따뜻한
곳에 누이며 잘 조리하라 당부한 후 자리에서 일어났다.

정인성은 다시 대화부인께 죽을 얻어다 인웅에게 먹이며 지극히
간호하였다. 그런데 정인중은 부친의 책망을 한스럽게 여기고, 형과
형수를 해치려다 일이 잘못되자 다시 음험하고 간사한 계책을 세워
이번에는 형에게 누명을 씌우고자 했다. 그리하여 가만히 정인성의
상자 안에서 옥선초와 금문패[24]를 훔쳐 유모 계월과 함께 몰래 계략
을 시행하니 이 일이 어떻게 될까?

소교완 모자를 위해 꾀를 내는 녹빙과 계월

이때 소교완은 정인웅이 오한이 심하다는 것을 듣고 걱정하여 죽
을 보낸 후에 녹빙에게 죽루의 서동을 불러 그사이의 증세를 알아오
라고 했다. 녹빙이 즉시 나와 서동을 찾아 정인웅의 병세를 물으니
서동이 대답했다.

"그사이 나은 기미는 없고 죽도 드시지 못했습니다."

녹빙이 역시 놀랍고 걱정되어 죽을 먹지 못한 연고를 묻자 서동이
머뭇거리며 대답하기를 어려워했다. 녹빙이 다시 물었다.

---

24 금문패(金紋佩): 황금에 문양을 새긴 노리개. 금선패(金線佩).

"내가 사사롭게 묻는 것이 아니라 부인께서 자세히 알아 오라 하신 것이다. 무슨 일이 있었는지 어찌 아뢰기를 더디게 하겠느냐?"

서동이 마지못하여 넌지시 말했다.

"죽에 무슨 독이 있었던 듯싶은데 자세히 알지는 못합니다. 확실치 않은 것을 아뢰는 것이 불가하므로 즉시 대답하지 못했습니다."

녹빙이 매우 놀라 독의 기운이 어떠하더냐 물으니 서동이 답했다.

"그저 엎어질 때 푸른 불빛만 보았습니다."

녹빙이 이 말을 듣고 발걸음을 급히 하여 취일전에 들어가 세세히 고했다. 소교완은 말을 다 듣기도 전에 크게 경악하여 자기도 모르게 얼굴빛이 변했다. 그러나 소교완은 본래 총명하고 민첩해 사람을 알아보는 눈이 세속의 평범한 사람들과는 달랐다. 그렇기에 이자염이 고요하고 나직하며 넓고 큰 덕성을 지녔고 효성과 우애가 뛰어나다는 것을 밝게 알고 있었다. 또한 이같이 흉악한 독을 죽에 섞는 일은 이자염을 모시는 가장 말단의 시종이라 해도 하지 않을 일임이 너무나 분명했다. 설사 간흉한 요인(妖人)과 의논한다 해도 하나를 알고 둘을 헤아리는 자라면 목전에서 발각될 흉사를 만들어 화를 부르지 않을 것임을 명쾌히 알고 있었다. 그러므로 이는 필연 인중의 짧고 얕고 간교한 수단임이 분명했기에 그 심술에 놀랄 뿐 아니라, 이로 인해 정잠의 쌓인 분노를 일으켜 이전의 불미한 일까지 들추어내고자 할 것 또한 보는 듯이 알 수 있었다. 이에 불안하고 당황스러운 마음이 비할 데가 없었다. 말없이 주저하며 좋은 계교를 모색했으나 능히 좋은 방책을 얻지 못하자 속으로 탄식했다.

"총명하고 지식이 뛰어난 사람이 집안에 하나만 있어도 가히 속이기 어렵고, 옅은 술수로는 더욱이 속이지 못할 바이다. 그런데 이 집 사람들은 남녀노소를 막론하고 하나도 어리석고 어두운 사람이 없으며 노복들까지 비상하여 운학 등은 주인의 통달한 식견을 이었으니 좀꾀와 작은 계교로써 속이거나 달랠 수가 없다. 인중이는 헤아림이 짧고 생각이 멀리까지 미치지 못하여 괴이한 변을 만들어 형수를 해치며 형을 해하고자 하였다. 그 화가 도리어 어미에게 돌아올 것을 깨닫지 못하니 이는 진실로 불 붙는 집 위에 깃드는 제비의 신세로구나. 내 어찌 제 꾀만 못하여 인성이 부부를 가만히 두었겠는가? 보는 눈이 많고 군자의 의심이 더욱 커지는 상황에서 불미한 일과 어설픈 계교를 펼칠 수 없어 가만히 때를 기다리느라 마음속에 울분만 더할 뿐이었다. 그런데 이제 아이가 평지에 풍파를 일으켰으니 나의 몸이 무사하려면 무죄한 시녀 하나를 죽여야 할 것이다. 하지만 인정은 일체라서 귀천에 다름이 없으니 각각 제 몸에 이익 되는 것을 추구하며 동기와 자녀를 귀중하게 여기니 황개가 고육지책을 폈던 것과 기신이 유방을 대신했던 일을 누가 기꺼이 여기겠느냐?"

그러면서 아름다운 눈썹을 오래도록 찡그리고 별 같은 두 눈동자에 아연히 멍한 듯 답답함을 담아내니, 다른 사람은 알지 못해도 마음을 서로 비추듯 속속들이 아는 녹빙이 어찌 모르겠는가? 한참을 걱정하고 어찌할 바를 알 수 없었지만, 소교완이 말하지 않으니 감히 먼저 의견을 내지 못했다.

이윽고 저녁밥을 올리며 이자염이 옆에 섰을 때, 녹빙이 잠깐 물러나 계월을 이끌고 그윽한 곳에 가서 이 일을 이르며 소교완의 근심하는 기색을 전했다. 계월은 이미 정인중이 한 말을 따라 반나절 사이에 계교를 시행할 것을 치밀하게 준비하고 있었다. 그러나 자기가 행할 일을 일러주지는 않고 다만 웃으며 말했다.

"선매와 초아를 죽이면 이 일이 무탈할 것이니, 우리 자식을 아껴 부인의 걱정을 더하겠느냐?"

녹빙이 낯빛이 변하며 말했다.

"일이 비록 그러하나 어미의 정리로 무죄한 어린 자식을 차마 죽이지 못할 것이다. 차라리 그대와 내가 죽는 것이 어떠하냐?"

계월이 탄식하고 말했다.

"내가 본래 부인을 위해 죽기를 결심했지만, 지금 우리가 없다면 부인은 좌우의 팔다리를 잃는 것과 같을 것이다. 맹군(孟君)이 비명(非命)에 죽은 원억(怨抑)을 품고 사는 이유는 부인의 대사를 이루어 우리 공자가 종장(宗長)의 중한 자리에 오르는 날에 백만 가지 근심을 다 쓸어버리고 죽으려 정했기 때문이다. 그러니 이제 어찌 헛되이 죽겠는가?"

녹빙이 이 말을 듣고 무릎을 치며 감탄했다.

"그대의 지극한 충의는 내게 비길 바가 아니도다. 그대가 이미 선매를 아끼지 않는데 내가 어찌 홀로 초아를 아끼겠는가? 다만 저것들이 10세와 11세의 어린아이라서 엄히 문책하는 상황에 말을 잘할지 알지 못하겠다."

계월이 말했다.

"구태여 말을 잘하고 못할 것이 없으니 그대는 다만 초아를 가르쳐 알지 못하는 것을 바른 대로 고하고 계속 물으시면 선매에게 미루어 이러저러하게 고하라고 이르시게."

녹빙이 말했다.

"그렇다면 초아는 살게 되겠지만 선매는 죽게 될 것이네."

계월이 말했다.

"내가 어찌 아비 없는 자식 죽이는 것을 달게 여기겠는가만 형세가 이러하니 어쩌겠는가? 선매는 미룰 곳이 있으니 쉽게 죽지는 않을 것이네."

녹빙이 고개를 끄덕이고 다시 들어가 소씨 부중에서 왔다고 거짓으로 아뢰며 편지를 드렸다. 소교완이 받아 잠시 살피니 친정에서 온 서간이 아니라 녹빙이 '선매와 초아를 추문하십시오.'라고 쓴 것이었다. 소교완이 두 시비의 충의를 기특하게 여기지만 어린 시녀를 추문하는 일이 불가하여 말없이 있었다. 그러다가 먼저 여러 사람의 눈앞에서 공평함을 보이고 정잠의 의심을 덜어야겠다는 생각에, 청사에 나와 두 시녀 아이를 불러 가만히 일렀다.

"내가 너희를 저버려 사지에 넣으려고 하니 너희는 죽기에 이르도록 대답을 한결같이 하여라. 구태여 죽게 되지는 않을 도리가 있느니라."

소교완을 의심하는 정잠

소교완이 다시 걸음을 돌이켜 태전에 들어가니 정잠 형제가 다 여기에서 모친을 모시고 있었다. 서태부인은 소교완이 병이 있어 일어나지 못하는 것을 염려하던 차였기에 찬 바람이 극심한데 병을 무릅쓰고 출입하지 말라고 말했다. 소교완은 감사의 말을 하고는 절을 올리고 아뢰었다.

"첩이 어둡고 어리석어 집안일을 총괄하여 살림을 주관함에 있어 게을리하지는 않았으나 늘 부족하였습니다. 그래서 밤낮으로 걱정하고 두려워하며 식사를 올릴 때 그 온도를 맞추지 못할까, 선조의 제사를 올릴 때 정결하지 못할까 전전긍긍했습니다. 그래도 어머님의 넓고도 높은 은택 덕분에 여러 큰 죄를 면하게 되었습니다. 그런데 이제 첩의 불인함과 박덕함으로 인해 아랫사람을 잘못 다스려 원망이 맺히게 하니, 음식 가운데 독약을 넣어 첩을 죽이려 한 것이 어린 아들에게 미쳐 인웅이의 목숨이 하마터면 독약의 해를 입을 뻔했다고 합니다. 이 말을 들으니 모골이 송연했습니다. 다행히 큰 해를 끼치지는 않고 죽는 것을 면했으나, 죽을 만들던 시녀를 그냥 두어서는 안 될 것입니다. 주인을 죽이려는 아한 마음을 기르지 못하게 엄벌로 다스려야 하겠습니다. 그런데 죽을 만든 것은 11세의 초아와 선매입니다. 어린 것을 추문하는 것이 불가하니 각각 그 어미를 엄한 형벌로 추문하여 간악한 마음을 낱낱이 조사하는 것이 옳을 것입니다. 첩이 감히 마음대로 결정하지 못하여 아룁니다."

서태부인이 이 말을 듣고 크게 놀라 전후 상황을 다시 물었다. 소교완은 죽을 이자염이 직접 만든 일은 드러내지 않고, 다만 초아와 선매를 시킨 일과 인중이 들어와 죽을 달라 하여 그 말에 따라 한 그릇을 떠내어 보낸 일을 고하고는 나직하게 말했다.

"며늘아기가 제 앞에서 죽을 떠서 주었으나 그 성정이 사람을 과도하게 두려워하며 남달리 조심하니 혹시 이 말을 들으면 크게 걱정할까 하여 말하지 않았습니다."

서태부인이 말했다.

"그 아이가 시모 앞에서 죽을 떠준 것이 무슨 불안한 일이겠는가 만, 저의 성정이 그 같으니 말하지 않은 것은 잘한 일이다. 원래 녹빙과 계월은 현부(소교완)에게 충성을 다하니 주인을 죽이려는 흉악한 뜻을 두지는 않았을 것이고, 선매와 초아는 더욱 어린 아이이니 그런 악독한 일을 할 리가 있겠느냐?"

소교완이 대답했다.

"그렇기는 하지만 사람의 마음을 헤아리기는 어려우니 녹빙과 계월을 추문하여 진실을 밝히고자 합니다. 만약 그렇게 하고도 진실을 알기 어렵다면 첩의 앞에서 시중 드는 시녀 모두에게 물은 후 그만두어야 할 것이지, 그냥 넘어갈 수는 없을 듯합니다."

서태부인이 정잠에게 물었다.

"과연 괴이하고 흉악한 변고구나. 어찌 처치하면 좋겠느냐?"

정잠이 무릎을 꿇고 답했다.

"소자가 어리석어 이 일을 어떻게 해야 할지 잘 모르겠습니다. 다만 집안에 교활하고 간특한 자가 있어 이런 변이 있으니 나중에는 어느 지경까지 미칠 줄 알겠습니까? 이제 간악한 시비들을 추문한다 해도 그 내막은 듣지 않아도 알 것 같습니다. 물어서 무엇 하겠습니까? 이것은 모두 소자가 어리석고 용렬하기 때문입니다. 자기 몸을 바르게 한 연후에 비로소 나라를 다스릴 수 있는 법이거늘, 소자는 이미 수신과 제가가 글렀으니 무슨 도로써 임금을 모시고 태평을 이루겠습니까? 집이 망하고 자식이 그물에 걸린 새가 될 것을 알면서도, 또한 거리끼는 것이 있어 결단을 내리지 못했습니다. 한무제가 후궁인 구익부인이 권력을 휘두를까 두려워 살려두지 않은 것이 마땅한 일이었음을 이제 알겠습니다."

서태부인이 좋지 않은 기색으로 말했다.

"죽에 독이 있는 일 때문에 며느리가 실정을 조사하라 청하니, 너는 그 남편으로서 일의 가부를 헤아려 못된 짓을 한 간사한 시비를 다스리는 것이 옳을 것이다. 그런데 어찌 괴이한 말로 노모가 이르는 것을 무시하고 집안의 도에 맞지 않는 일을 하여 윤리와 기강을 저버리려 하느냐? 진실로 노모가 평소에 바라던 바가 아니다. 사람이 어쩌다 성정이 그릇되는 자가 없지 않다지만, 너희 형제는 어려서부터 지금에 이르도록 어긋난 행실과 무식한 말을 하지 않았다. 그래서 부족한 내가 너희를 두어 시부모의 성덕을 갚으며 선군의 대도를 길이 행하고 좇으면서 지내올 수 있었다. 그런데 이제 너의 성정이 상하여 언사가 괴이한 것을 보니 참으로 견디지 못하겠구나. 넓은 은혜와 관대함으로 집을 편안하게 하며 맑은 덕과 큰 도로써 상하가 따를 수 있도록 해야 할 터인데, 이제 그러하기를 바라지 못하게 되었으니 이 불행이 장차 어느 지경에까지 미치겠느냐?"

말을 마치고는 무척이나 슬퍼했다. 정잠은 소교완을 원통하게 여기는 마음이 큰 나머지 그것이 입 밖으로 새어나와 버렸던 것인데, 모친이 불행해하고 슬퍼하시자 바로 뉘우치며 황송하고 민망하게 여겼다. 급히 자리에서 내려와 절을 하고 사죄했다.

"못난 자식이 부족하여 한 가지 일도 모친 뜻을 기쁘게 위로하지 못하고 집안의 도를 어지럽혀 음식의 독이 어린 아들을 범하게 되었습니다. 풀을 쳐서 뱀을 놀라게 하는 간계에 현혹하여 그 요악함을 쾌히 적발하지 못하니 마음이 불안하여 말씀을 올린 것인데, 어머니께서 이같이 노여워하실 줄은 생각지 못했습니다. 못난 저에게 벌을 내려 주십시오. 그렇지만 제가 정녕 윤리와 기강의 중함을 돌아보지 않았으면 오늘날까지 집에 머무를 수 없었을 것입니다. 어머님은 못난 저의 어리석음을 다스리시고 또 저를 꾸짖어 더 이상 괴이한 일이 없게 해주시기를 바랍니다. 설령 이 변고가 저 시비가 만든 것일 뿐 주인이 간섭한 바가 아니라 해도, 윗물이 흐리면 아랫물도 더러워 마침내 불행이 지극할 것입니다. 소자는 이곳에서 나고 자라면서, 규중의 덕은 은은하고 조심스러우며 목소리가 창밖으로 전해지지 않고 호령이 중문 밖으로 나가지 않으며 모든 일에 가장과의 약속을 어기지 않는 것을 으뜸으로 한다고 알고 있습니다. 총명하고 재주가 많아 의견이 남자보다 낫다고 하면서 암탉이 먼저 우는 것이 외람된 일인 줄 깨닫지 못하는 여자는 실로 괴이할 따름입니다."

서태부인이 다시 대답하기 전에 소교완이 자리에서 내려와 비녀를 빼고 죄를 청했다.

"첩이 누추한 가문에서 태어나 변변치 않은 기질과 미천한 품성에 본래 배운 것이 없사옵니다. 그리하여 성인 가문을 우러러 의탁한 지 십여 년 동안 밤낮으로 걱정하고 두려워하며 모든 일에 마땅한지 아닌지를 알기 어려웠는데, 다행히도 북두성의 명망에 기대어 봄날을 길이 누리게 되었습니다. 오늘날 화려한 집에서 부귀가 지극하게 되니, 이렇듯 사람은 보잘것없는데 이름만 무거운 것은 또한 상서로운 일이 아닐 것입니다. 더구나 군자의 의심이 이에 미치니 첩이 바다의 물결을 들이켜도 다 씻지 못할 듯합니다. 무슨 면목으로 군자의 아내 자리에서 살림을 맡겠습니까? 이제는 이 가문에 쓸모없는 처지이오니 물러가 어버이의 노년을 위로하고 싶습니다. 그전에 첩의 좌우 시녀를 일일이 추문하여 진실로 첩이 범한 죄가 있다면 엄한 형벌로 죽게 되더라도 원망하지 않을 것입니다."

말을 마치고 꿇어 명을 기다리는데, 무성한 귀밑머리 앞에 옥 같은 뺨이 빛나고 별 같은 눈에 빼어난 영채가 총민하여 놀라거나 걱정하는 기색을 띠지 않았다. 태연히 낯빛을 지키며 본뜻을 감추어 겉으로 온순하고 어질며 온화한 듯 보이지만, 그 마음이 강철 같고 승냥이나 이리 같아서 부월이나 끓는 솥과 같은 형벌의 도구를 두려워하지 않았다. 다른 사람은 저 소교완의 간악하고 교활함을 알지 못하고 이같이 순수하고 고요함을 칭찬하며 정잠의 말을 괴이히 여기겠지만, 사광처럼 귀 밝고 이루처럼 눈 밝은 서태부인과 정잠 형제를 어떻게 속이겠는가? 서태부인은 그윽이 근심하며 매우 불행하게 여겼지만, 집안의 계속되는 변고는 소교완을 내보내도 나아지지 않을 것이고 인성 부부와 인웅 등의 망극함만 더할 뿐이라는 생각이 들었다. 또한 효성이 지극한 자식들이 그 어미를 오래도록 나가 있게 두지도 않을 것이었다. 그렇기에 다시 돌아오는 날이면 그 간흉함이 한층 더 극악해져 오히려 일말의 거리낌도 없이 되리라 생각했다. 그러니 일단은 차분히 화평한 듯 지내는 것이 옳을 일이었다. 이에 정잠과 소교완을 대하며 말했다.

"옛날의 어진 부인은 그 자식을 가르치는 것이 엄한 아버지보다 더했다고 하지만, 노모는 선군과 혼인한 후부터 군자의 위엄을 범하지 않으려 하였다. 어미가 약하므로 아들을 가르칠 수 없으며 여자의 슬기로는 남자를 일깨우지 못함을 알았기 때문이다. 이제 늙고 쇠잔하여 미망인으로 살아갈 여생 동안 너희 부부를 큰 성과 높은 산처럼 의탁하려 한 것은 잠이 네가 알 것이다. 네가 이미 늙어 아이의 아비와 할아비가 되었으니 행실에 대해 새로 이를 것이 없으며, 며느리도 노모의 슬하에 온 지 세월이 오래되었고 비록 친생이 아니나 사위를 보며 손자를 두었으니 새사람이라고 이를 것이 아니다. 이름도 높고 무거워 지극한 내조로 국부인에까지 봉해졌으니, 잠깐의 불평으로 가볍게 죄를 이르며 돌아가겠다 이를 일이 아니다. 큰아이는 모쪼록 더욱 넓고 관대하게 마음을 먹어 남편으로서 눈 어둡고 귀 먹은 듯 해야 할 것이고, 며느라기는 더욱더 현숙하고 정숙하게 처신하여 정씨 집 법도를 어지럽게 하는 일이 없기를 바란다. 모름지기 당치 않은 죄를 청하는 일을 그치고 노모의 마음을 더 이상 불편하게 하지 말거라."

정잠은 명을 받아 불초함을 일컫고 천천히 자리에 들었지만, 소교완은 여전히 고개를 숙이고 죄를 청했다. 정인성은 정인중과 함께 들어와 상황이 좋지 않은 것을 보고 감히 자리에 들지 못한 채 어찌할 바를 몰라 했다. 서태부인이 다시금 소교완에게 일어나라 이르고 정잠이 또 모친의 말씀을 거스르지 말라 하니, 소교완이 마지못하여 아까의 자리로 나아갔다. 정삼이 형 정잠에게 아뢰었다.

"죽을 만든 것이 어린 시녀의 일이라 하니 그에 대해 물어 나올 형상 없는 말을 믿기는 어렵겠습니다. 하지만 형수가 이후의 일을 근심하여 묻고자 하시니, 형님은 이런 일이 또 일어날 것을 생각하시고 추문하는 것을 그만두지 마십시오."

정잠이 미간을 찡그리며 말했다.

"그것이 무슨 어려운 일이겠느냐만 군자는 소탈하고 소인은 지극
히 교묘하며 정밀하니, 내가 저 간사한 시비와 요녀의 입 가운데 무
슨 말이 들어 있을 줄을 알지 못하겠구나."

정삼이 미소 지으며 말했다.

"저 입에 어떤 말이 있든 간에 형님이 그 참과 거짓을 분변하지 못
하시겠습니까?"

정잠이 말없이 한참을 있다가 인성을 돌아보고 인웅의 아픈 곳을
물었다. 정인성은 그사이 나아진 것이 없다고 대답하며 숙모가 친히
나와 안으로 데리고 들어갔다고 고했다. 정잠이 고개를 끄덕이고는
다시 아무 말도 하지 않았다.

생환한 홍윤과 정인중의 음독

그때 홀연 밖에서 옛날의 서기 홍윤이 살아 돌아왔다고 알렸다. 이
는 바로 지난날 태향으로 내려갈 때 도적의 변을 만나 생사를 모르
게 되었던 홍윤이다. 당시 월청강에 빠졌던 무리가 죽음을 면했기에
홍윤도 행여 살아 있을까 했지만, 10년 동안 생존 소식을 듣지 못하
여 그윽이 슬퍼하며 때때로 탄식하던 차였다. 오늘 그가 살아 돌아왔
다는 말을 들으니 기쁨과 반가움을 참을 수 없어 즉시 나와 만나 보
았다. 홍윤이 머리를 조아려 절을 하고 즐거워하며, 문하를 떠난 지

10년에 경사와 위업과 복록이 융성하고 광대하게 된 소식을 들었다고 고했다. 정잠 형제가 당시 도적의 변고에서 살아난 곡절을 물었다. 홍윤이 눈물을 흘리며, 그때 월청강 물속에 떨어졌으나 바로 가라앉지 않고 부서진 배의 널조각에 올라 한없이 밀려 가다가 장삿배를 만나 그 상인들이 구해준 덕에 교지 땅에 이르렀다고 하였다. 그런데 기구한 일로 살인 누명을 덮어쓰고 9년의 세월을 옥중에서 지내다가 금년에야 비로소 억울함이 드러나 풀려나게 되어 고향에 돌아온 것이라고 아뢰었다. 그러면서 둘째 공자 정인광이 기특하게 생환하여 과거에 급제한 것을 더욱 경사스럽고 다행한 일로 여겼다. 정인성 또한 그가 살아온 것을 축하하고 기쁘게 반겼으나, 동생 정인웅의 병이 중했기에 발길을 돌려 내헌으로 향했다. 이때 홍윤은 정인성에게 고할 말이 있었는데 보는 눈이 많아 말을 꺼내지 못했다. 다만 정잠과 정삼을 모시고 앉아 떠나 있던 일을 슬퍼하고 지금의 만남과 경사를 기뻐하였다. 그때 문득 서동이 급히 알렸다.

"둘째 공자가 홀연 혼절하여 계십니다."

정잠은 인중이 군자의 풍모가 아닌 것을 마땅치 않게 여겨 귀중히 아끼는 뜻이 인성·인웅 두 아들만은 같지 못했다. 하지만 이 또한 자기의 아들이라 천륜의 정이 있으니 어찌 놀라지 않겠는가? 정삼과 함께 급히 죽서루로 향했다. 인중이 그사이에 혼절했다가 깨어났으나 놀랄 만큼 피를 토하여 붉은 피가 베개에 넘치고 자리에 고여 있었다. 정삼이 먼저 물었다.

"어찌 잠깐 사이에 이처럼 괴이한 병을 얻었느냐?"

정인중이 대답했다.

"병이 난 것은 아니고, 목이 말라 차를 달라 하여 마셨는데 금세 정신이 아득해지더니 어찌 된 줄을 모른 채 여기에 나와 겨우 누웠고 뒤이어 혼절했던 것 같습니다."

정겸이 말했다.

"네가 차를 어디서 먹었으며 누가 주었느냐?"

정인중이 대답했다.

"취일전 청사에서 선매가 주었는데 다 마시지 못한 채 정신이 아득해지고 소리를 내지 못하며 혼절하였다가, 이제 피를 토하고서는 더욱 어지러운 듯싶다가 잠깐 나아졌습니다."

정겸이 정잠을 향하여 말했다.

"이 또한 작은 변이 아닙니다. 형님이 간사한 시비의 입에서 무슨 말이 나올 줄을 알겠느냐 하시지만, 이 일을 한번 묻지 않을 수는 없겠습니다."

정잠이 어두운 얼굴로 말없이 있다가 정인성을 불러 인중을 돌보라 했다. 그러고는 형제가 내루에 들어가 서태부인에게 편히 쉬시라고 청했다.

녹방과 계월을 심문하는 정잠

정잠은 서태부인이 취침하시는 것을 보고 물러나 서헌으로 와서, 시중 드는 종에게 명해 형벌 기구를 들이라고 했다. 그리고 대청 아래 횃불을 밝게 켜놓고 명령을 내려 녹빙과 계월, 선매와 초아 등을 일시에 잡아 오라 명했다. 정잠은 본래 기개와 도량이 엄정하고 숙연하여 가을 하늘같이 높고 여름 해 같은 위엄이 있었다. 그래서 좌우 사람이 감히 우러러보지 못하고 옆에서 모시는 사람도 몸과 마음을 다 바쳐 복종하였다. 또한 평소에 노복 중 혹여 죄를 범한 자가 있어도 높은 소리와 엄한 호령으로 각박하게 다스리지 않았으니, 오히려 자연히 법도가 서고 명령이 잘 행하여져 남녀 노복이 은혜를 뼈에 새기고 덕을 칭송했다. 혹여나 법을 범하고 명령을 어길까 저마다 삼가고 조심하는 것이 가득 찬 물그릇을 받들거나 얇은 얼음을 딛는 듯이 하였다. 그러니 지금껏 구태여 형벌을 받은 자가 없었는데, 갑자기 형구를 늘어놓고 녹빙과 계월의 모녀를 잡아내니 온 집안이 혼이 나간 것 같았다. 저마다 어찌할 바를 모르고 허둥댈 뿐이었다. 그런 가운데 녹빙과 계월은 소교완을 위해 목숨을 버리겠다 약속했으나 독약을 넣은 바가 없으므로, 더욱 철석같이 정신을 차리고 잡말과 거짓 자백을 하지 않으려 했다. 정잠이 본래 이 시비들을 간교히 여겼으나 뚜렷한 죄목이 없어 무고히 묻지 못했는데, 오늘을 맞아 비로소 엄히 죄를 물었다.

"너희가 천한 시비로서 요악하고 간흉하여 주인을 돕는 도리에 있어 한 가지도 순응하거나 정직한 바가 없음을 내가 이미 알고 있었다. 다만 그 죄를 이제야 묻는 것이니 이전의 간교한 악행을 바로 고하라. 또한 오늘 너희가 죽에 독이 있었음을 모르지 않을 것이다. 먼저 셋째 공자를 먹여 온 집안을 놀라게 하고 다시 둘째 공자에게 먹여 두 번 놀라게 한 것은 무슨 계교이냐? 어지럽고 요사스러운 말이라도 다 알아들을 터이니 바른 대로 아뢰거라."

말을 마치는데 위엄 있는 기풍이 씩씩하여 푸른 서리가 날리고 호령이 매서웠다. 녹빙과 계월이 하늘을 우러러 천만뜻밖의 일이며 꿈에서도 결코 알지 못하는 바라고 대답했다. 입에 발린 교묘한 말이 진실로 소교완의 시비다우니, 그 군사를 보면 장수의 지략을 알 수 있는 법이었다. 정잠이 분한 마음을 품은 지 오래였기에 이들을 엄하게 치라 하고, 오늘 죽에 독을 섞은 일은 둘째이고 이전에 저지른 간흉한 악행을 아뢰라고 하며 진노했다. 두 간사한 시비는 죽기를 각오하고서 이전에 죄를 범한 적이 없고 오늘 독을 섞은 일도 알지 못한다고 했다. 살갗이 문드러지고 비린 피가 낭자한데도 죄를 털어놓지 않으니, 초아가 문득 선매를 붙들고 말했다.

"셋째 공자가 드신 죽과 둘째 공자가 드신 차에 처음에 네가 무슨 종이에 싼 것을 넣는 듯했고 그 후 아무도 맛본 사람 없이 죽과 차를 내어드렸다. 이 일은 우리 모녀와 네 모친도 알지 못하고 다만 너 혼자만 알고 있을 듯하구나. 네가 손을 놀린 까닭에 내 어미와 네 어미가 이런 중형을 당하여 생사가 급하니, 네가 어찌 나의 원수가 아니며 네 어미에게 몹쓸 자식이 아니겠느냐?"

선매가 눈물을 비같이 흘리며 말했다.

"죽과 차를 내가 너와 함께 달였는데 너는 어찌 이런 괴이한 말을 하느냐? 다만 그 죽과 차가 아직 남은 것이 있으니 그것을 내어다가 독이 있는지 한번 살펴봐야겠다. 만약 독이 있다면 나도 의심되는 일이 한 가지 있다."

정인중을 구호하는 정인성

이때 정인성이 부친의 명을 받아 죽루에 와 인중을 보았다. 놀라운 거동이 아까 인웅보다 덜하지 않았는데, 좌우 손의 맥을 잡으니 심사가 어지러워 맥도가 편안하지는 않으나 기운은 강성하여 터럭만 한 독기도 목으로 넘긴 사람 같지 않았다. 그럼에도 못 견뎌 하며 어지럽게 날뛰고 현란하게 죽어가는 모양이 보기에 위태했다. 하지만 그 누가 10세 어린 동생이 꾸민 공교한 일을 조금이라도 의심하겠는가? 가득히 토하고 놀랄 정도로 흐르는 붉은 피가 당연히 입으로 토하는 것인 줄 알았으나 이는 정인중이 꾸며낸 것이었다. 소매 가운데에 가죽 주머니를 만들어 양의 피를 넣었다가 입에 바르고 자리에 부었으며, 죽과 차에도 자신이 직접 독을 넣어 일을 꾸몄다. 하지만 정인성은 이를 전혀 알지 못한 채 당황해하며 주머니에서 해독할 약을 찾을 뿐이었다. 정인중이 인성의 주머니를 벌리고 약을 달라고 재촉하니 정인성이 말했다.

"아까 인웅이에게 먹이고 남은 것을 여기에 넣었는데 부족하구나. 부친께 고하고 얻어 써야겠다."

정인중이 형의 손이 주머니에 들어가지 못하게 스스로 꺼내는 척하면서 괴로울 정도로 허둥대며 앓는 듯 위태한 모습으로 요상하게 굴었다. 그러다가 서동이 와서 녹빙과 계월 등이 매를 맞고 있다 아뢰자 정인중이 문득 일어나 눈물을 흘리며 말했다.

"내가 유모와 보모의 길러준 은혜를 갚지 못하고 도리어 억울한 형벌을 받게 하니 참혹한 아픔이 비할 데가 없구나. 형수가 직접 만든 죽에 독이 들었는데 내 유모가 무슨 죄를 지었다고 당치도 않은 참형을 더하시는가? 부친의 처사가 참으로 치우치셨도다. 제운각의 시녀에게는 왜 감히 묻지도 못하시는가?"

말을 마치는데 원망과 분노의 기색이 가득했다. 정인성이 이 말을 듣고 크게 근심하여 인중의 손을 잡고 말했다.

"자식으로서 모든 행동의 핵심은 효라고 할 수 있으니, 부모를 기쁘게 해드리고 그 뜻을 받들어 순종하는 것이 최고의 효도일 것이다. 그러니 부모의 과실에 대하여는 세 번 간언을 해도 듣지 않으시면 뒤를 따르며 울 뿐이다. 설사 부친이 형벌이 과도함을 생각지 못하실지라도 깊이 간하여 그 뜻을 돌이키시도록 기다릴 것이지, 어찌 듣지 않으시는 곳에서 원망의 말과 분한 기색을 드러내는 것이냐? 내가 이제 아버님께 나아가 말씀드릴 것이니, 너도 원한다면 나와 함께 가서 너의 유모가 무죄함을 밝히는 것이 옳겠다. 모름지기 삼가고 효순하게 행하여 다시는 그릇된 행동을 하지 말거라."

정인중이 형의 성인다움과 큰 효성을 더욱 못마땅해하여 손을 써서 당장이라도 삼켜버리고 싶어 하니, 그 미움이 원수보다 덜하지 않았다. 하지만 이미 유모의 간계로 형을 어지럽고 음탕한 곳에 몰아넣고 있었기에, 당장은 공교한 기색을 지어 잘못했다며 사죄를 했다. 그러고는 인성과 더불어 부친 앞에 나아가 몸을 숙여 절을 하고 옆에 섰다.

한난소를 모함하는 선매

계월 등이 한차례 중형을 받아 거의 죽게 된 터에 선매와 초아가 서로 다투고 있었다. 정인성은 벌써 괴이한 간계가 있음을 모르는 바가 아니지만, 이를 핑계로 요란한 형벌을 잠시 그칠 수 있을 것 같아 부친 앞에 나가 아뢰었다.

"두 아이의 말이 이 같으니 남은 차와 죽을 내어다가 보고 선매에게 물어 녹빙과 계월의 형벌을 그치는 것이 좋겠습니다."

정잠이 정색하고 말했다.

"녹빙 등에게 금일 차에 약 넣은 일뿐 아니라 다른 일도 물으려 하는데, 어찌 그만둘 수 있겠느냐?"

정삼과 정염이 말했다.

"불가한 말씀입니다. 다른 일을 물으시는 것은 무슨 죄목 때문입니까? 비록 하찮고 천한 시비이지만 분명하지 못한 일로 다스리지는 못할 것입니다. 아직은 천천히 두시고 차를 내어오라 하여 알아보십시오."

정잠이 불쾌했지만 일단 계월 등을 벌주는 것은 그치고 차를 내어다가 가까이 놓고 살피는데 독기가 가득했다. 즉시 땅에 엎지르니 푸른 불이 일어나고 독한 냄새가 코에 거슬렸다. 이에 선매를 마당 아래 꿇어앉히고 일을 시킨 자를 물었다. 선매가 떨며 소매 안에서 봉한 꾸러미 하나를 꺼내는데 작은 약봉지만 했다.

"이것을 미황당 서부인(정겸의 부인)이 얻어 기른 난소가 저에게 주었습니다. 제게 말하기를 '이것은 진실로 신선의 집에서 난 영지와 신초를 빻아 만든 것이니, 사람이 한번 먹으면 온갖 병이 낫고 팔다리가 가벼워져 음식을 오랫동안 먹지 않아도 배고픔을 모르게 된다. 소부인이 늘 병으로 고생하신다 하니 네가 이것을 가지고 차나 온갖 곳에 타되 많이 넣지는 마라. 또 남들이 이를 넣는 것을 알면 먹어도 효험이 없다. 부디 비밀로 하여 이목이 알지 못하게 섞어라.'라고 하였습니다. 그리고 또 이어서 말하기를 '이부인의 성효가 하늘에 닿아 소부인이 드시는 것을 직접 만든다 하니, 약과 음식부터 죽에 이르기까지 이부인이 만들 때를 기다려 이것을 아무 데나 섞어라.'라고 했습니다. 저는 진실로 기특한 선약(仙藥)인가 하고 혹시 이것을 드시면 마님의 질환이 쾌차하실까 하여 기쁘고 다행으로 여겨, 난소의 당부에 따라 이부인이 직접 만드실 때를 기다려 섞으려 했습니다. 그런데 요즘 찬바람이 극심해 이부인이 소부인께서 드실 음식을 살피지 않으시기에 넣을 수 없었는데, 오늘 난소가 다시 불러 빨리 음식에 타라고 재촉했습니다. 마지못해 죽에 넣고 부인이 드시기를 희망하여, 이로 인해 환후가 회복되실 약이 될까 생각하였습니다. 둘째 공자는 저의 어미 젖을 나눈 사이로서, 제 어미에게 유모라고 하여 시녀의 부류에서도 각별히 은혜를 베푸셨습니다. 저도 둘째 공자 우러르는 것을 다른 공자와 달리 했습니다. 이 약이 병든 몸도 성하게 하는 것이니 또한 몸에도 좋을 것이라고 생각해, 공자가 차를 달라 하실 때 가만히 타서 내왔습니다. 이를 살펴보시면 진짜인지 아닌지를 분변하실 것입니다. 저는 다만 난소가 말한 것을 좇아 행하고 어린 충심으로 둘째 공자의 기운을 북돋아 건강하게 해드리려고 한 것뿐입니다. 다른 뜻은 없습니다."

정잠 형제는 본래 난소가 있다는 것을 몰랐던 터라 이 말을 듣고 매우 괴이하게 여겼다. 그 봉한 것을 올리라 해서 보니 한 줌 흰 가루인데 괴이하고 모진 냄새가 났다. 다른 차에 또 잠깐 타니 푸른 불이 일어났다. 차에 섞은 것을 없애고 좌우를 돌아보며 말했다.

"원래 서씨 누이에게 난소라는 시녀가 있다는 것을 누가 아는 사람이 있느냐?"

한난소와 정인성을 모함하는 정인중

정인중이 문득 대답했다.

"난소는 숙모의 시녀가 아니라 얻어 길러 딸같이 하는 것을 보았습니다. 또한 형님이 난소에게 마음이 있으신 까닭에 난소의 선악을 아실 것입니다."

정잠과 정삼이 이 말을 듣고 괴이하여 인중과 인성을 한참 바라보았다. 정인성은 인중의 말을 듣고 어이가 없었다. 하지만 부친의 성정을 알기에 자기가 방탕하고 음란한 사람이 될지언정 인중을 형을 모함하며 맹랑한 말을 하는 간인으로 만들 수는 없었다. 그래서 실제로 그런 바가 있는 듯 관을 숙이고 낯을 가리며 오래도록 말을 하지 못했다. 정삼이 이윽고 말했다.

"누이가 난소라는 아이를 얻어 기른 것도 처음 듣지만, 인성이의 마음이 난소에게 있다는 것 역시 능히 깨닫지 못했다. 너희 형제가 한번 밝게 일러 여기 있는 사람들의 괴이함을 덜거라."

정인성이 미처 대답을 하기 전에 또 정인중이 엎드려 말했다.

"소자가 형님이 난소에게 마음이 있는 것을 달리 알게 된 것이 아닙니다. 옥선초와 금선패를 바꾸어 주머니에 넣은 것을 보고 천한 곳에 귀중한 신물(信物)이 있기에 웃었던 일로 인해 알게 된 것이니 난소가 어진지 어떠한지는 알지 못합니다."

정인중을 위해 용서 비는 정인성

말이 끝나기도 전에 정잠이 두 눈을 부릅뜨며 성난 소리로 크게 꾸짖었다.

"못난 녀석이 처음 태어났을 때 순임금의 동생 상의 후신이 아니면 위삭의 넋인 줄 알았지만, 아우가 되어 어찌 치미 제 형을 잎에 두고 근거 없는 맹랑한 말로 모함할 것을 생각하였겠느냐? 내가 어리석고 어두워 차에 든 독이 누구의 수단인 줄 깨닫지 못했는데, 이 못난 놈의 거동을 보고 말을 들으니 반드시 저놈이 한 일이도다. 나이가 미처 10세도 넘지 못한 것이 공교한 꾀로 아비를 속이고 독사의 마음으로 형을 삼키려 하니, 내가 살아서 불초하고 욕된 자식을 없애지 못한다면 이 모자가 내 집을 없애고 종사를 멸하고 말 것이다."

말을 마치고 좌우를 호령하여 정인중을 잡아내라고 했다. 위엄이 바람을 일으킬 듯하고 호령이 헌걸차니, 질풍과 뇌우가 겹겹이 진동하는 것 같았다. 정잠이 지금껏 이와 같이 진노한 적이 없었기에, 심부름하는 동자와 노비들이 어찌할 바를 모르고 두려워하며 서둘러 정인중을 붙들어 내렸다. 이에 정잠이 재촉하여 곤장 열 대를 바삐 치라고 했다. 정인성은 오늘날의 큰 사달을 황공하고 망극하게 생각해 관을 벗고 허리띠를 푼 후 계단에 엎드려 울며 죄를 청했다.

"못난 제가 볼 것 없이 방탕한 것을 아우가 한번 아뢰었는데, 꾸짖음이 도리어 아우의 몸에 미치게 되니 저의 죄과는 더욱 다스릴 곳이 없습니다. 어린아이가 혹 살피지 못하고 함부로 잘못 아뢰는 것이 있어도 그 어린 나이를 돌아보시어 과하게 꾸짖지 않는 것이 부모 자식 간의 친의인데, 하물며 아뢴 것이 망령되지도 않은 바입니다. 바라건대 아버님께서는 소자의 행실 없고 음란함을 다스리시고, 인중의 무죄함을 굽어살피십시오."

그러고는 피를 흘리며 간언하는 것을 그치지 않았다. 하지만 정잠은 분노를 이기지 못해 차라리 매질로 정인중을 죽여 스스로 골육을 해친 죄와 어질지 못하다는 오명을 뒤집어쓸지언정, 간사한 아들을 살려두어 문호에 불행을 더할 수는 없다고 생각했다. 그러니 어찌 인성의 말이 귀에 들어오겠는가? 다만 인성이 피를 흘리는 것을 보고는 정겸과 정염을 돌아보며 말했다.

"인성이가 아까 머리를 부딪혀 이미 상처를 입었는데 이제 또다시 피를 흘리니, 아우 등은 나를 위해 인성이의 머리와 손을 붙들어 더 이상 상하는 것을 막게 하거라."

정염과 정겸은 정인중이 허무한 말을 하여 형을 모함하는 것을 통한하게 여겼다. 그리고 비로소 정잠이 늘 인중을 나쁘게 여기던 이유를 깨달았다. 문중에 저렇듯 간교하고 흉악한 아이가 있는 것을 불행하게 여기면서, 구태여 말을 하지 않고 즉시 내려가 인성의 손과 머리를 붙들고 말했다.

"너의 지극한 효성과 화순함으로 비록 간언할 일이 있다고 한들 어찌 머리를 찧고 피를 흘려 부친을 놀라게 하느냐? 당장 그만두거라."

정인성은 정인중을 결박해 계단 아래 꿇린 것을 보고 그 어린 나이를 참혹하게 여겨 마음이 놀라 뛰고 구곡간장이 휘감기는 듯했다. 차라리 자신이 화를 당하여 아우가 위태해지는 것을 면할 수 있다면 다행이고 기쁠 것이었다. 하물며 남아가 호방한 소년의 몸으로 희첩 한 명을 두려 하는 것이 무슨 허물이 되겠는가? 물론 난소라는 사람의 귀천과 근본을 알지 못하고 사람의 선악은 알 수 없는 것이긴 했다. 그럼에도 어린 시비에게 약봉지를 주며 일을 만든 것이 다 인중이가 한 일이기에 한심하고 애석하지만, 그 몸이 매 앞에서 위태한 것을 보니 다른 생각을 할 수 없어 부친의 명령을 받들지 못하는 것이었다. 그러니 두 숙부를 공경하는 것 역시 평소와 같이 할 수기 없었다. 봉새 같은 두 눈에서 천 줄 맑은 눈물이 흘러 흰 연꽃처럼 고운 얼굴을 적시며 정인성이 대답했다.

"제가 비록 불초하고 무상하지만 지은 죄가 무거운데 저는 도리어 편안하고 죄값은 아우에게 돌아가니 어찌 견디겠습니까? 그 나이를 생각하시고 저 매를 돌아보십시오. 가히 참을 수 있겠습니까? 저 아이가 진실로 죄를 범한 것이 있다고 해도 아이는 어리고 저는 장성했으니, 종제가 쑥을 놓아 아픔을 나누던 우애를 따르지는 못하지만 매 맞는 벌을 함께 나누어 받고자 합니다."

말을 마치고 몸을 빼어 나는 듯이 정인중이 매 맞는 곳으로 가 함께 엎드렸다. 그러고는 모든 것이 자기 죄인데 인중이가 벌을 받는 것이 원통하며, 진실로 아우에게 잘못이 있다 해도 자기가 왕성한 근력으로 어린 몸을 대신해 매를 맞겠다고 피눈물로 고했다. 그 온순한 얼굴빛과 효성스럽고 공손한 거동에 망극한 심사를 이기지 못하니, 슬프고 어여쁜 것이 보는 사람으로 하여금 칼에 닿은 듯 마음을 아프게 했다. 노비들이 다시 정인중에게 매를 더하지 못했고, 두 숙부는 정인성을 위하여 저도 모르게 눈물을 떨구었다. 정삼은 인중의 사람됨을 근심한 것이 이미 오래되었는데, 오늘날 이와 같은 인성의 거동을 보니 마음이 좋지 않았다. 이에 정잠을 우러러 무릎을 꿇고 말했다.

"인중이는 타고난 자질이 영민하고 사람됨이 총명하기 때문에 애매한 일을 가지고 아뢰지 않았을 것입니다. 인성이 난소에게 마음을 두었든 아니든 인중이가 말한 신물을 찾아 난소에게 옥선초와 금문패가 있고 인성에게 옥가락지와 귀걸이가 있다면 인중이의 말이 옳음을 즉각 알 수 있을 것입니다. 인성이도 자신이 범한 바가 있다며 죄를 청하며 감히 죄가 없다는 말을 꺼내지 못하니, 이로 보아 인중의 말이 거짓이 아니고 인성이가 죄를 지은 것을 짐작하겠습니다. 원컨대 형님은 노여움을 돌이키시어 일의 옳고 그름을 생각해 처치하십시오."

정잠은 인성의 과도한 거동을 보고 슬픔과 안타까움을 견디지 못했는데, 이는 다만 인성의 괴로운 운명을 생각해서였고 인중의 생사에 대해서는 꿈에도 거리끼는 것이 없었다. 그런데 정삼의 이와 같은 말을 들으니 너무나 원통하여 분개하며 말했다.

"아들을 아는 것은 아비만 한 사람이 없다고 했네. 아우처럼 밝은 사람이 아니라도 맹인이 아니라면 인성이를 모르지 않을 것인데, 아우는 어찌 인중이 같은 놈의 말을 그리 쉽게 믿으려 하는가? 불초하고 못된 놈이 제 형을 삼킬 흉심으로 이미 모함하는 말이 그 지경에 미쳤는데, 또 어찌 더 큰 간모와 요사한 술수를 만들지 않았겠는가? 인성이가 설사 소년의 호탕함과 방탕함으로 술을 즐기며 여색을 탐한다 해도, 금문패는 영락황제께 상으로 받은 것임을 제가 알고 있고 옥선초 또한 여러 대 동안 전해 내려오는 것임을 모르지 않을 것이네. 그런데 구태여 그것을 가지고 여색에 빠져 신물을 삼는단 말인가? 설령 미인을 사랑하여도 그 화장대의 물건을 주머니에 감추고 다닐 어리석은 인사가 아닐 것일세. 다만 슬픈 것은 아이의 운명이 기구하며 그 아내의 액운이 커서 범의 입에 들어간 듯 위태로운 형편이니 앞날을 보전하기가 어려운 것이네. 이대로라면 부부와 부자가 다른 사람과 같기를 바라지 못할 것이니, 오늘 인중이를 반드시 죽여 문호의 불행함을 덜고 간악한 시비들을 갈기갈기 찢어 죽여 극악한 죄를 다스리고자 하네. 그러니 아우는 부질없는 말을 말고, 네기 이르는 것을 믿지 못하겠거든 인성이의 주머니를 올리라고 하게. 그 속을 보면 반드시 옥환과 탄월이 있을 것이네."

말을 마치자 분노가 한층 더 크게 발하여, 노비를 꾸짖어 인성을 결박하고 인중을 단단히 살펴 치라고 재촉했다. 노비들이 차마 정인성을 묶지 못하고 있다가 정잠의 명에 따라 결박하려 했다. 정인성이 죽기를 다짐하며 정인중의 몸을 가리고 형제가 한가지로 묶여 죄를 받겠다고 애걸했다. 겉은 온화하지만 속이 강건하며 기질은 약하나 완력이 남보다 뛰어나므로 노련한 노비가 좌우에서 붙들어 일으키고자 해도 움직일 수 없었다. 이에 정잠은 정인성이 명을 거역한 일을 벌하고 정인중을 무겁게 다스리려 했다.

정잠을 타이르는 서태부인

그때 홀연 내당의 시녀가 중문을 열고 서동에게 서태부인이 정잠을 부른다고 전하니, 서동이 즉시 와 고했다. 정잠은 분노가 컸으나 서태부인의 명을 듣고는 이내 기운을 가라앉히고 의대를 어루만졌다. 정삼과 더불어 가면서 노비에게 분부하여 계월 등과 인중을 결박한 채 두라 하고, 걸음을 신속히 해 태일전에 도착했다. 먼저 시녀를 불러 누가 서태부인의 방에서 잠자리를 모시는지 묻자 시녀가 대답했다.

"상부인(정태요)과 장소저(장성완)가 계시는데, 아직 침구를 펴지 않았고 태부인이 도로 일어나셨습니다."

정잠 형제는 모친이 잠들지 못하는 것을 걱정하며 즉시 당에 올라 부름에 응했다. 이날 정태요는 대월 등이 고하는 말을 듣고 계월 등을 추문한다는 것을 알았다. 그러나 소교완이 스스로 청하여 이렇게 되었기에 구태여 놀라거나 동요하지 않았는데, 이번에는 대월이 다시 둘째 공자 정인중이 매를 맞는다고 고한 것이었다.

"누대에서 엿보니 시랑(정인성) 나리가 애태우며 걱정하는 것이 매를 맞는 인중 공자보다 더했습니다."

정태요가 놀라고 의아하여 서태부인께 오라비를 불러 어떻게 된 일인지를 물으라고 청했다. 서태부인이 역시 놀라 정잠 형제를 불러 정인중을 심하게 때리는 연고를 물었다. 정잠이 엎드려 대답했다.

"소자가 불초하고 간악한 자식놈의 죄상을 먼저 아뢰고 다스려야 하는데, 이미 밤이 깊었고 아름답지 않은 일을 어지럽게 드러내지 못하여 먼저 다스리고 내일 아침에 아뢰려 했습니다. 그런데 어머니께서 벌써 아시고 물으시니 앞뒤 사연을 말씀드리겠습니다."

그러고는 정인중이 형을 모함하려 근거 없는 맹랑한 말을 한 것이 듣기에 놀라울 뿐 아니라, 바르지 못한 계교로 형을 해하려 하는 간흉함과 교활함이 10세 어린아이가 헤아리지 못할 바였다고 아뢰었다. 그렇기에 진실로 살려두는 것이 불행이고 죽여 없애는 것이 훗날의 근심을 끊는 일이라고 고했다. 서태부인이 눈빛을 가다듬고 고요하게 처음부터 끝까지 들으니 아까 정인웅이 중독된 것도 정인중이 한 일임을 알 수 있었다. 이 손자의 사람됨을 강보 때에 알아본 바가 있었기에 이미 자라 이렇게 하는 것이 예사로 느껴져 구태여 놀라거나 동요하지 않았다. 그저 깊이 불행한 마음만 더할 뿐이었다. 서태부인이 정잠에게 물었다.

"알지 못하겠구나. 인중이가 원래 10세 어린 나이에 요절할 박복한 아이냐?"

정잠은 모친이 놀라지 않는 것을 보고 벌써 인중을 아시는 것이 자기보다 더한 것을 깨달아 다시 대답했다.

"인중이가 팽조의 장수하는 운명을 타고났다 하여도, 그를 살려두는 것이 절대 좋지 않으니 차라리 이때 죽여 없애는 것이 나을까 합니다."

서태부인이 두 눈썹을 찡그리며 말했다.

"노모가 지식이 없으니 집안일의 가부를 의논한 바가 없고, 아들을 가르치거나 손자를 다스려 살피는 일이 없었다. 그런데 이제는 너의 부친이 계실 때와 다르고 너의 처사가 온당함을 잃으니 노모가 안타까워 말을 거들게 되는구나. 하지만 부인의 헤아림은 짧고 얕으며 남자의 식견은 넓고 크니, 내 비록 너를 낳았으나 너의 사려 깊고 통달한 지식이 반드시 노모보다 나을 것이다. 다만 천륜의 정을 결연히 끊어 아주 없애고자 하는 것이 훗날 집안의 화란을 막는 것이거니와, 한편으로는 깨닫지 못하는 것이 있을 듯하구나. 주문왕 같은 성인도 관숙과 채숙 같은 아들을 두었으니 문왕이 어찌 그 불령(不佞)함을 알지 못하겠는가만, 미리 죽여 어릴 때 없애지 않은 것은 그 죽음에 때가 있고 골육을 해치는 일을 차마 못 하셨기 때문이다. 인중이가 설사 불행하여 문호를 더럽히며 집안의 화를 불러올 것이라 해도, 정한 운수가 있으니 인력으로 막기 어려우며 부자의 정을 베고 골육을 해치는 것은 지금껏 듣지 못한 큰 변고이다. 스스로 재앙을 취하며 화를 일으키는 것이니 깊이 헤아리고 다시 생각하여 모든 일에 과격함이 없게 하거라."

(책임번역 김수연)

완월회맹연 권 39

본색의 발현

정잠은 한난소의 정체를 의심하고
소교완은 정인성에게 본색을 드러내다

정잠의 노기를 다스리는 서태부인

서태부인이 말했다.

"골육을 해치는 것은 지금껏 듣지 못한 큰 변고이다 스스로 재앙을 취하며 화를 일으키는 것이니 깊이 헤아리고 다시 생각하여 모든 일에 과격함이 없게 하거라. 녹빙 등을 추문하면서 오늘의 변고는 둘째로 하고 이전에 지은 죄를 고하라 하여 왜곡된 의심을 두는 것은 군자답지 못한 일이다. 저 시비의 무리가 무거운 매를 견디지 못하여 거짓 자백이라도 한다면 무엇이 해결되겠느냐? 노모의 뜻으로는 계월 등을 그만 용서하고 선매와 초아는 약간의 태형으로 벌을 내려 후일에 다시 간사한 거짓말을 꾸미지 못하게 하는 것이 맞을 듯하다. 인중이는 수십 대 매를 더해 부친의 위엄을 알게 하고, 행동이 바른 서동 무리에게 맡겨 깊은 곳에 두어 모임에 다니지 말고 고요히 학문을 닦으며 마음을 고치게 하여라. 그리하여 그 사귀고 듣는 것에 불인하고 불의한 것을 끊도록 하는 것이 낫겠다. 아이의 성정이 벌써 그릇되어 현인의 성정을 잃었으니 본성을 회복하려면 시간이 오래 걸릴 것이다. 노모는 네 집안의 풍파에 대한 근심과 인중이의 사람됨에 대한 염려로 인해 숙식을 편하게 하지 못하고 있다. 옛말에 '아내가 비록 합당하지 않아도 부모가 네 처가 나를 잘 섬긴다고 말하면 그 아들은 죽을 때까지 그 처를 공경한다'고 했다. 지금의 며느리가 이전 며느리의 자취를 이어 집안에 들어오자 명성이 크게 나타나고 돌아가신 네 부친의 3년 제사와 노모의 아침저녁 음식 봉양에 효성이 뛰어나니 한갓 자식을 둔 것 때문에 내쫓지 않는 것은 아니다. 너는 인중이를 없애고 며느리를 함께 쫓아내려 하겠지만, 그렇게 한다면 세 아들을 일시에 죽이는 일이고 노모를 더욱 편치 않게 하는 것이다. 모름지기 온화하게 처신하여 위로는 어미의 뜻을 편하게 하고 아래로는 자식의 정을 살피며 부녀자의 원망을 만들지 않는 것이 옳지 않겠느냐?"

서태부인이 말을 마치고 길이 탄식했다. 정잠은 몸을 숙여 가르침을 듣고는 모친이 이렇듯 언짢아하는 것에 깊이 민망하고 당황했다. 뿐만 아니라 처와 자식이 불초한 것으로 인해 우려하시는 것에 자기가 큰 죄를 지어 근심을 더하게 되니, 평생 효성에 힘써 마음을 기쁘게 해드리려 하던 바가 허사가 된 듯했다. 스스로 걱정을 끼치는 것을 절박하게 여기고 불효를 슬퍼하여 죽을 일이라도 모친의 말을 거역할 뜻이 없는데 어찌 자기의 고집을 세우겠는가? 안색을 가다듬고 소리를 온화히 하여 조금 전의 드높았던 노기를 감추고서 고개 숙여 절하며 말했다.

"어머님의 말씀이 이러하시니 소자의 불효를 쌓을 곳이 없습니다. 인중의 모자가 집을 어지럽히며 변고를 만들 염려가 깊으나 다만 믿는 것은 인성입니다. 이 아이가 완악하고 어리석은 부모를 극진히 섬겨 마침내 대효를 따를 것이니, 저 모자가 효성에 감동하고 마음을 착하게 하여 잘못을 고칠 것입니다. 바라건대 모친은 이런 일로 인해 생각을 번거롭게 하지 마십시오. 원래 서씨 누이에게 난소라는 아이가 있다는 것을 오늘 처음 들었는데, 인중이가 교활하고 간특한 꾀로 어린 시녀를 심복으로 삼아 제 형을 문란한 곳에 몰아넣으려 한 것이 생각할수록 화가 나고 해괴했습니다. 또한 비록 하찮다 해도 난소는 여자인데 공연히 음란하고 비루한 말을 무릅쓰게 되니 측은한 마음이 없지 않습니다. 선매를 다스려 그 허무맹랑함을 드러내어 인성의 괴로움을 없애고 난소의 누명도 풀어주는 것이 옳을 듯합니다."

서태부인이 말했다.

"선매를 다스려 밝게 드러내는 것이 옳겠지만, 자백을 듣지 않아도 인성이 그렇지 않음을 노복들이라도 다 알 것이다. 겸의 처가 비록 서파라는 이름을 가졌으나 지혜롭고 사리에 밝아 선비의 기풍과 군자의 지식이 있으니, 그가 얻어 기른 바를 내가 보지는 못했지만 남자와 사사로이 친하며 신물을 줄 리가 있겠느냐? 다만 자식을 위하여 또 다른 자식을 죽이지 못할 것이다. 선매를 벌할 때 그 일을 다시 묻지 말고, 독약을 난소가 준 것이 아닌데 허언으로 고했다고 죄를 다스리며 구태여 환하게 드러내려 하지 말고 다스리거라. 인중을 가두어 집안에 다시 그런 말이 없게 한다면 누가 난소를 음란하다고 하겠느냐?"

정잠이 모친께서 인중을 위해 선매의 무리를 추문하지 말고자 하는 것을 보고, 다시 우기지 못한 채 다만 편히 주무시라고 아뢰었다.

"소자가 불초하여 집안의 도를 평안히 안정시키지 못해 모친께 걱정을 끼치고 이제 잠들기도 힘들어하시니 저의 죄를 헤아리기 어렵습니다. 그러나 인성이는 큰 성인이고 효자입니다. 소씨와 인중 모자를 충분히 감화할 것이니 어머님은 걱정 마시고 침상에 올라 편히 주무십시오. 소씨를 어질게 여기지 않으나 어머니의 말씀이 이와 같으니 금슬의 화평함을 잃지 않겠습니다."

서태부인이 크게 기뻐하며 다시 불평함을 만들지 말라고 한 후 비로소 이부자리로 갔다. 정태요가 정잠을 향해 말했다.

"어머니 말씀이 이미 인중이에게 스무 대 매를 더하라 하시니, 오라버니는 어린 나이를 가련히 여겨 그 이상을 넘기지 마십시오."

정잠이 화평하게 답했다.

"못난 오라비가 부족하긴 하지만 어머니의 간곡한 말씀을 듣고는 물러가 달리 할 리가 있겠느냐? 누이는 모름지기 염려하지 말거라."

그러고는 다시 모친께 편히 쉬시라 청하고 잠드신 것을 보고서 비로소 서헌에 나왔다.

정인중을 가두는 정잠

정인성은 여전히 무릎을 꿇고 엎드려 죄를 기다리고 있었다. 정잠이 인중을 다시 보자 노기가 도로 가득 차올랐지만, 인성이가 걱정하고 초조해하는 모습을 보니 또 애잔한 마음이 들었다. 이에 모친의 말씀을 받들어 정인중의 간흉하고 교활한 죄를 만분의 일도 다스리지 않고서 수십 대 매를 더하라 이르고는 정인성에게 말했다.

"내가 또 심화가 바야흐로 가득하니, 너는 너무 우기지 말고 이제 당에 올라 네 주머니를 뒤져보아라. 불미한 것이 들었거든 즉시 꺼내 간악한 시비에게 주고 옥선초와 금문패를 찾아 올리게 하여라."

정삼이 이어서 정색하며 말했다.

"비록 동기를 아껴서라지만 어찌 형님의 노여움을 건드려 자식의 도리인 공경과 순종을 잊는 것이냐? 가히 한심할 따름이다."

정인성이 어른들의 말씀이 이와 같고 두 숙부가 붙들어 일으키니 감히 다시 거역하지 못하여 계단에 올랐다. 이때 정겸이 정잠의 짐작이 맞는지 보려고 정인성의 주머니를 끌러 살펴보는데, 과연 주머니 안에 옥가락지와 귀걸이가 한 짝씩 들어 있었다. 비단보에 싸여 있으며 푸른 머리털로 동심결을 묶어둔 것이었다. 정인성은 자기가 전혀 모르는 물건이 들어 있는 것을 보고는 아우의 사람됨에 놀라 근심이 가득해졌다. 담담하게 입술을 닫고 참담한 얼굴빛을 지으니 은연히 죄를 범한 것 같았다. 이를 본 정잠의 분노가 극에 달하여 하나하나 살펴보고 수십 대 매를 심하게 쳤다. 인중이 비록 간사한 심장에 대담한 마음을 가졌다고 하나, 10세의 어린 나이이며 기질은 여리고 깨끗하였다. 게다가 부귀한 몸으로 태어나 자랐기에 호화로움을 알고 괴로움을 모르던 바였다. 처음 매를 맞자 살갗이 떨어지며 유혈이 낭자하니 아프고 놀라워 살기를 바라지 못할 정도였다. 그러나 부친의 위엄이 두려워 감히 한마디를 못 하는 가운데에도 형을 없애지 못한 분함과 미움이 가득하였다. 뉘우치는 마음은 전혀 없이 원한만 무궁한 가운데 인중이 그만 혼절하고 말았다. 아까 거짓으로 혼절했다고 한 말이 예언처럼 되어 반나절 사이에 해로움을 스스로 만든 것이니, 요괴로운 아이가 도리어 제 몸을 상하게 한 것이라 할 만했다.

정잠은 정인중을 끌어내 후원 명광헌 뒷집 벽서정에 가두어 부름이 없으면 일절 나다니지 못하게 하라 명하고, 서동 한 명과 경용에게 맡겨 보내 구호하게 했다. 또한 정인성이 간청하여 혼절한 동생을 잠깐 구호해 깨어나는 것을 보고 돌아오겠다고 하니 정잠이 부득이 허락했다. 정인성이 비로소 관과 띠를 거두어 물러나고자 하다가 계월 무리에 대한 처분을 보려고 잠깐 머뭇거렸다. 정잠은 모친의 말을 받드는 데 조금의 한스러움도 없어 계월의 무리를 모두 용서했다. 그러면서 후일을 엄히 경계하며, 다시 정인중의 그릇됨을 돕고 간사한 꾀로 악한 일을 행하면 두 번은 용서하지 않을 것이라고 하였다. 그러고는 다시 선매를 서른 대의 형벌로 매우 치게 하고 구태여 다른 일에 대해서는 묻지 않았다. 형벌을 마치고 옥반지와 귀걸이를 내려 선매와 계월에게 주고 엄히 분부했다.

"금선패와 옥선초는 선조로부터 내려오는 바이니 너희 천비 등의 간사한 꾀와 요사한 술수 가운데 버려두지 못할 것이다. 내일 이른 아침에 도로 찾아 정당에 올리되, 만일 지체하면 여러 죄를 함께 물을 것이니 죽기를 면하지 못하리라."

계월의 모녀가 간흉하고 극악함이 대적할 자가 없지만, 어찌 태양이 바로 쏘이는 곳에 귀신의 술법과 요사한 자취를 드러내겠는가? 정잠이 구태여 달리 묻는 바 없이 귀걸이와 옥가락지를 주어 옥선초와 금문패를 찾아 가져오라고 하는 것을 보면 정인중과 함께 모의한 바를 들은 듯하니, 무슨 수로 말을 지어내 모르는 바라고 대답할 수 있겠는가? 하물며 중한 형벌을 받아 목 위에 한 가닥 목숨이 있을 뿐이고 모습은 다 주검이 되어 있었다. 한마디를 못 하고 귀걸이와 옥가락지를 거두어 노비들에게 끌려 행각으로 향했다. 초아는 선매의 간교한 계략에 동참했다고 하여 십여 대 매를 때린 후 녹빙과 함께 내쳐졌다. 요사한 시비 모녀가 반쯤 죽은 몸이 되어 정신을 차리지 못했다.

정인중을 보살피는 정인성

정인성은 비로소 두렵고 다급한 마음을 잠깐 다스리고 벽서정에 이르러 약을 써서 정인중을 구호했다. 그러면서 한편으로 그 매 맞은 상처를 어루만지며 안타깝고 참혹한 심정을 이기지 못해 슬프게 눈물을 흘렸다. 이윽고 정인중이 깨어났는데, 만일 사람의 마음을 가졌다면 제가 한 일이 부끄럽고 인성의 이러한 모습에 감동했을 것이다. 하지만 정인중은 칼 같은 심지와 뱀 같은 원한으로 형의 큰 효성과 두터운 우애에 더욱 이를 갈 뿐이었다. 문득 인성의 잡은 손을 뿌리치며 분한 마음이 하늘에 닿을 듯한 소리로 부친을 원망하고 형을 물어뜯고자 했다. 이를 본 정인성은 슬픔과 근심을 참기 어려워, 다시 나아가 앉아 그 편협하고 괴이함을 꾸짖고 경계하여 달래보았다. 조용히 누워 상처를 조리하고 마음을 닦아, 올바르고 당당하며 순일하게 행하여 부친의 밝은 가르침을 헛되이 저버리지 말라고 했다. 그 간절한 말과 지극한 정이 쇠와 돌도 녹일 정도였다. 그러나 정인중은 한 조각도 감동을 받거나 기뻐하지 않았다. 만일 타인의 이목을 두려워하지 않고 형의 위엄을 어렵게 여기지 않았다면 즉각 칼을 들어 손을 쓸 의사가 불처럼 일어났다. 그러니 어디에서 동기의 정과 골육의 귀함을 생각하겠는가? 그 성인과 같은 학문과 큰 도의 말씀이 듣기에는 원수 같으며, 성자의 기풍을 지닌 기상이 눈엣가시처럼 보일 뿐이었다.

'제(정인성) 없다면 내가 부친의 자애를 받고 일가의 귀한 대우와 존중을 한 몸에 받을 것인데, 제 있어 가정의 사랑을 잃고 내 몸이 쓸데없는 것이 되었으니 어찌 나의 원수가 아니겠는가?'

이렇게 생각하며 미움과 분노를 이기지 못하니, 인성의 경계하는 바를 귓등으로도 듣지 않았다. 정인성이 또 어찌 그 심사를 모르겠는가만, 이는 자기의 성효가 부족하여 어린 아우를 감화하지 못한 것이라 생각하며 스스로의 허물로 삼고 죄를 헤아렸다. 10년간 해외에서 풍상을 겪는 동안 조금 멀어졌던 간격이 집에 돌아온 지 1년이 못 되어 더욱 각박해지니 이것이 어찌 목숨이 줄어들 징조가 아니겠는가? 정인성은 밤새도록 인중을 구호하여 긴 밤에 한 잠을 이루지 못한 채 닭 우는 소리를 듣고 일어났다. 서동과 경용에게 당부하여 구호를 허투루 하지 말라 하고 정인중을 어루만져 다시금 위로했다.

"부친의 가르침을 받들어 장벌을 입은 것은 너 혼자뿐이 아니다. 모름지기 아픔을 통해 마음을 고치고 행실을 닦아 부친의 가르침을 저버리지 마라."

정인중이 대답하지 않자 정인성은 다시 안타까워하다가 마지못해 서헌으로 나왔다. 그리고 정잠과 정삼을 모시고 태전에 들어가 안부 인사를 드렸다.

소교완을 경계하는 정잠

서태부인의 처소에는 많은 사람들이 모여 있었다. 서태부인이 다시 지난밤 일을 묻지 않았기에 세 명의 화부인과 서부인은 이를 알지 못했다. 그러나 계월이 이미 드러난 일을 속일 수 없고 머리 없는 귀신이 되는 것이 소교완과 정인중에게 유익하지 않다고 헤아려 옥선초와 금문패를 가지고 와 정당에 올렸다. 정잠이 받아 서안 위에 얹은 후 소교완을 향해 물었다.

"그대는 인중이가 행한 교활하고 간특한 일을 들으셨습니까?"

소교완은 이미 어제의 일을 자세히 알고 있었다. 인중이 얕은 꾀로 부친을 속이며 형을 해치려 하다가 일이 그릇된 것을 듣고 절절한 애달픔과 분노를 이기지 못하고 있던 터였다. 그러나 본래 조조의 간사함과 이임보의 심장을 가진 사람이기에 정인중의 일을 아예 모르는 체하고 신성에 참여한 것이었다. 소교완이 정잠의 말을 듣고는 몸가짐을 바로 하고 대답했다.

"인중이가 지난밤에 오지 않았기에 말씀하신 바를 알지 못합니다."

정잠이 한참을 가만히 있다가 말했다.

"어제 인웅이가 먹은 독약도 다른 사람의 짓이 아닌 것을 알고 있는데, 실로 생각지 못한 교묘한 꾀와 간계로 계월 등과 함께 인성이를 음란하고 패악한 곳으로 밀어 넣으려 하였습니다. 이 계교가 점점 길어지고 뜻이 차차 자라니 대체 어디에까지 미칠지 알 수가 없습니다. 그래서 비록 부자의 정으로 마음이 아프지만 이때에 죽여 없애는 것이 문호의 화를 더는 것이라 생각했는데, 모친의 말씀이 그와 다른 까닭에 거역하지 못해 벽서정에 두었으나 쉽게 마음을 고쳐먹을 아이가 아닙니다. 그대가 아이의 모친으로서 길이 아끼는 마음이 있다 해도 아직은 단연히 용납하지 마십시오. 그 바라는 것을 끊으며 믿는 바를 없애 조걸위학(助桀爲虐)[25]이 없게 하는 것이 옳지 않겠습니까?"

정잠의 안색과 목소리가 한결같이 부드럽고 온화하여 맹렬한 노기가 드러나지 않았지만, 가을 하늘 같은 기상과 여름 태양 같은 위엄은 사람으로 하여금 감히 우러러보지 못하게 했다. 소교완이 머리를 숙이고 이 말을 듣는데 붉은 기운이 화려한 머리장식에서부터 흰 얼굴로 번졌다. 아름다운 눈썹에 그림자가 지고 가을 하늘에 안개가 모인 듯 어두운 빛이 가득한 듯했다. 그러면서도 전혀 알지 못하다가 처음 듣고 놀란 듯 다급히 자리를 고치고 대답했다.

"인중이의 간흉하고 교악한 죄를 들으니 이는 모두 태교가 부족한 까닭입니다. 저 아이를 먼저 죽여 문호의 죄를 덜고 그다음으로 첩을 다스리심이 마땅할 터입니다. 그런데 어머님께서 슬하에 아끼는 은혜를 두텁게 하시어 죄인에게 죽음을 주지 않고 가벼운 벌을 내리시

---

25 조걸위학(助桀爲虐): 폭군 걸왕을 도와 잔악한 일을 한다는 뜻.

니, 저 패륜한 자식이 어찌 황송함과 감사함을 깨우쳐 잘못을 뉘우칠 수 있겠습니까? 갈수록 불초하고 포악해져 부모를 원망할 것이 분명합니다. 인중을 죽이지 않으시려면 첩을 내치어 저 아이가 믿는 바를 없게 하시며 또 조걸위학할 염려를 더시는 것이 마땅합니다."

말을 마치고는 불행하고 수치스러운 듯 얼굴을 꾸몄다. 정잠이 미처 말을 하기 전에, 서태부인은 소교완이 이만한 일에 참담하고 당황해할 위인이 아니기에 이처럼 꾸미는 것을 보고 더욱 불쾌했으나 집안의 화평을 위해 탄식하며 말했다.

"인중이 뛰어난 기질로 마음이 그릇된 것이 과연 한심하여 일단 깊은 곳에 두라고 하였다. 이 아이가 가문의 기풍과 다른 바가 많으니, 제 스스로 가다듬으면 사람의 위에 설 수 있겠지만 그렇지 않다면 자질이 덕을 이기게 되어 군자의 뜻과 기개를 엿보지 못할 것이다. 자식이 그릇되면 그 아비 된 자와 어미 된 자의 마음이 다 한가지로 유쾌하지 못하고 근심이 생기는데, 어찌 구태여 아비가 낳은 것은 생각하지 않고 어미가 태교를 잘못한 것만 가지고 과격한 말을 하느냐? 다만 계월과 선매 등이 요악하고 간사하여 아이의 잘못을 돕고 간악한 꾀에 합심하여 주모(主母)와 장자를 해치려 한 것이 참을 수 없이 애통하니 형벌로도 그 죄를 다 갚지 못하였느니라. 차후 각별히 살펴서 다시는 교특함을 나타내지 못하게 하거라."

소교완이 말씀을 다 듣고는 거듭 절하며 사죄했다.

"첩이 어둡고 어리석어 인중과 계월 등의 간흉하고 교악함을 깨닫지 못했습니다. 그리하여 일이 어지러운 지경에 이르렀으니 스스로 죄를 견디어 쌓을 곳이 없습니다."

말을 마치는데 공경하는 안색과 온순한 언사가 듣는 사람을 감동케 했다. 서태부인이 다시금 어루만져 위로하고, 여러 부인은 비로소 들어 알고 매우 놀랐으나 기색을 드러내지 않았다. 소교완 홀로 부끄러운 빛을 띠어 거짓으로 몸 둘 바를 모르는 듯이 했다.

난소의 사연을 말하는 서소랑

이때 정겸의 아내인 서소랑이 할아버지 집에 가 돌아가신 모친의 기일에 참여하고 돌아와 서태부인을 뵈었다. 집안의 남녀가 난소의 유무를 묻지 않으니 서소랑 또한 그사이 난소에게 참혹한 누명이 미친 것을 알지 못하고 물러났다가, 오래지 않아 도로 태전에 들어와 사람들이 모인 곳에 꿇어앉아 고했다.

"천첩이 자식이 여럿이 아니며 인명이가 제 아비를 좇아 태향에 반 넘게 가 있으니 혈연에 의탁이 없는 듯하여, 얻어 기른 아이를 딸같이 사랑했습니다. 그런데 천첩이 며칠 떠난 사이에 시비 소옥이 계월과 선매의 꾐에 빠져 변고를 만들었다 하오나 집안에 가장이 없는 때에 사내종을 안채로 불러 간사한 시비의 죄를 다스리는 것이 불가하다 생각합니다. 일이 비록 허무맹랑하지만 시랑 나리와도 관계가 있다고 하니 참정 어른께서 소옥을 다스려 주심이 어떠하십니까?"

정잠은 그가 벌써 알고 있는 것을 보고 천천히 물었다.

"원래 소랑이 얻어 기른 아이는 누구의 자식인가? 근본을 말하면 소옥은 내가 엄히 다스려주겠네."

서소랑이 대답했다.

"강보에 있는 것을 천첩이 은자 몇 냥을 주고 산 것입니다. 인명이에게 젖을 먹이지 않았으므로 다른 아이를 족히 기를 만하여 그리했습니다. 이로 인해 근본에 천함이 있다고 하겠으나, 네다섯 살부터 잘 길러 저 아이를 천하게 부린 적도 없습니다. 아이의 사람됨이 낮고 천하다면 어찌 이목이 많은 집안에서 아무도 보지 않게 몸을 숨길 수 있었겠습니까? 성품과 기질이 사족 집안의 규수를 압두할 정도이니 제가 지극히 사랑하며 귀하게 여길 수밖에 없었습니다. 그런데 요 괴로운 종년이 첩이 난소를 사랑하는 것을 시기하여 열두 살 어린아이에게 흉한 누명을 씌우고자 하니 어찌 통분하지 않겠습니까?"

자리에 있는 사람들이 미처 말을 하기 전에 정염의 막내 아들 인영이 낭랑히 웃으며 말했다.

"인성 형님이 단정하고 위엄이 있어 온갖 여인에게 마음을 기울이지 않으시니 난소가 아니라 월궁의 항아라도 마음을 두지 않으실 것입니다. 그리고 첩을 두는 것이 빈한한 선비라도 외람된 일이 아니니 인성 형님이 난소를 마음에 두었다고 하는 것은 오히려 난소에게 지극한 영화인데 그것을 무슨 누얼이 된다고 하여 소옥을 대단하게 죄로 다스리려 하십니까? 제가 난소를 보지 않았지만 숙모께서 내 말을 옮겨 이르십시오. 형님이 한번 돌아보신다고 이름 나는 것은 만금으로써도 바꾸지 못할 희귀함이니 저라면 축수하고 앉아 기다릴 것입니다."

좌우 사람들이 어이없어 또한 크게 웃었고 서소랑은 그 등을 어루만지며 웃고 말했다.

"어린 나이에 무엇을 안다고 이런 말을 하느냐? 난소가 들으면 반드시 죽고 싶을 것이다."

정인성이 아우의 사특함이 두루 나타나는 것을 진실로 절박하게 여기고 짐짓 서소랑의 분함을 덜고자 붉은 입술과 흰 치아에 온화한 웃음을 머금고 맑고 하얀 모습에 기쁜 듯한 행동을 더해 말했다.

"아름답지 않은 것을 순순히 듣추게 되었으니 저는 남자라 부끄러움이 덜하지만 숙모가 높이 기르려 하신 아이가 점점 부끄럽게 될 것입니다. 그만하고 죄를 다스리지 않는 것이 좋겠습니다."

서소랑은 정인성의 기풍과 기골을 처음 보는 것이 아닌데도 새롭게 우러러 흠모하고 경탄하여 웃으며 대답했다.

"상공은 부끄럽지 않은 것을 좋아하시겠지만 저 아이가 비분하는 모습이 참담하고 잔잉하지 않겠습니까?"

정겸이 미소 짓고 말했다.

"그렇다면 인영의 말이 옳으니 궁한 선비라도 첩을 두는 것이 외람되지 않은데 인성이 어이 한 첩을 못 두겠는가? 차라리 난소에게 말해 의건(衣巾)을 받들게 하는 것이 좋겠다."

정잠이 천천히 말했다.

"비록 미천하나 난소가 제 마음을 지키고 있고, 인성이 또한 여러 여인 들이는 것을 진인의 월척같이 아니 어찌 희첩을 더하겠는가?"

서소랑이 겉으로 웃으나 마음속에 우환이 생겨 대답했다.

"난소의 경대 사이에 머리털로 동심결(同心結)을 하고 첫째 상공과 난소가 결발(結髮)이라고 쓴 것이 있으니 이 일로 인해 더욱 원통하고 억울하며 분하고 놀라 죽기로 각오한 처음 뜻으로 괴이한 일을 만나 죽게 되었으니 이는 과연 불선(不善)을 쌓는 것입니다. 참연함을 이기지 못하겠습니다."

우물에 빠진 난소를 구하는 정잠 형제

말을 하는 사이에 서소랑의 여종인 해영이 급히 알려왔다.

"난소 낭자가 향박을 가지고 자결하려 하다가 저희가 일시에 빼앗으니 나는 듯이 뒷문으로 내달아 우물에 떨어졌습니다."

서소랑은 다 듣기도 전에 몸을 일으켜 내닫고, 정잠도 매우 놀라 정삼을 돌아보고 말했다.

"소랑은 그저 당황하고 초조해할 뿐 능히 건지지 못할 것이니 우리가 가 보는 것이 어떠하냐?"

정삼이 또한 놀라서 즉시 몸을 움직여 뒤뜰의 연못에 이르러 보고는 비할 데 없이 끔찍해했다. 홀연 연못 안에서 자주색 연무가 차오르며 상서로운 빛이 휘황한 가운데, 거꾸로 박혔던 사람을 아래에서 무엇이 떠받치는 듯 몸이 솟아 떠올랐다. 정삼은 그것이 처음에 솟아 뜰 때 건지지 못한 것을 안타까워하여, 두 번째 솟아 떠오를 때 긴 팔을 늘여 붙들고 정잠이 도와 함께 건지게 되었다. 힘겹게 건져 물 밖에 놓으니 빠질 때 거꾸로 박혀 머리와 얼굴이 깨어져 붉은 피가 낭자하고 벌써 명맥이 끊어져 한낱 주검이 되어 있었다. 서소랑은 정잠과 정삼이 친히 건져낸 것이 황공하고 감사했지만, 난소가 벌써 주검이 되었기에 구할 방법이 없는 것을 애절하게 여기며 친딸의 시신을 대한 듯 슬퍼했다. 정삼이 만류하며 말했다.

"무익한 슬픔을 거두고 일단은 따뜻한 방에 들어가 구호하시게."

서소랑이 울며 대답했다.

"아이의 기질이 본래 맑은 얼음이나 티 없는 옥과 같으며 섬약하기가 난초와도 같습니다. 우물 물에 빠지지 않았더라도, 난 곳을 알지 못하는 아픔에 먹고 자는 것을 남들처럼 하지 못하므로 이미 몸이 많이 상해 보기에 위태하던 바였습니다. 그러다 다시 괴이한 변을 만나 억울하고 원통한 누명을 쓰게 되어 비분해하며, 또한 앞으로 닥칠 화란을 두려워하여 죽기를 마음먹은 듯합니다. 이미 물에 빠진 지 오래되었으니 아무리 구호한들 끊어진 명맥이 어찌 다시 이어지기를 바라겠습니까?"

정잠이 말했다.

"비록 그러하나 칼로 베거나 끈으로 졸라 아주 절명한 것과는 다르니, 혹시 요행을 바라고 들어가 구호하여 보시게."

서소랑은 난소를 안고서 방 안으로 들어와 젖은 옷을 벗기고 더운 곳에 눕혔다. 깨진 머리를 동여매고 얼굴의 피를 씻으며, 감히 정잠과 정삼에게 진맥을 청하지 못한 채 그저 애통해하고 통곡할 뿐이었다. 정잠 형제가 서소랑을 물러나 앉도록 하고 친히 들어가 맥을 보는데, 이미 맥이 끊어지려 했으며 그 모습은 여지없는 주검이었다. 그러나 타고난 기질은 빼어나고 비범하여 요절로 박명할 위인이 아니었다. 구름 같은 머리와 옥 같은 얼굴에는 상서로운 안개가 짙게 어려 있고, 오색이 빛나며 맑고 빼어난 눈썹과 얼음처럼 깨끗한 자질은 짙고 그윽한 향기를 띠어 성덕이 드러났다. 맑은 골격에는 세상의 더러움이 없고 세속의 기운과 전혀 달라, 당대에 보기 힘든 아름다움 일 뿐 아니라 고결하고 담박하여 어질고 정숙한 숙녀로서 미진함이 없었다. 한갓 천한 신분의 미천한 집 자손이 아닌 것은 말할 것도 없고, 명문가 높은 문벌의 현숙한 딸이 아니면 결단코 이와 같지 못할 터였다. 맥을 볼 즈음에 잠깐 살피니 팔에 두 줄의 붉은 글씨가 적혀 있었다. 그 내용은 다음과 같았다.

'어린 딸 난소가 태어난 후 삼칠일에 내가 먼 길을 떠나게 되니, 이별의 괴로움으로 행도의 호화로움을 알지 못하여 슬픈 회포를 짓는다. 갓 태어난 어린 딸은 아직 아비의 정을 모를 것이므로 팔뚝에 문자를 남겨 오늘날 이별에 연연해하던 바를 후일에 알게 하노라.'

정잠과 정삼이 서로 돌아보고 크게 놀라며 의아해 마지않았다. 그글씨는 다시 볼수록 눈에 익은 필체였다. 난소의 모습과 이목구비가 영릉도위 한제선과 한 판에 바은 듯하니, 비록 남녀의 체격과 나이이젊고 늙음이 같지 않으나 성품과 기질은 치마를 입은 부마 한제선이고 얼굴을 가린 학사 한제필이었다. 한제필은 한제선의 첫째 동생인데 한제선과 한가지로 선태부 문청선생 정한에게 수학한 바였다. 그증조부 충문공 한경은 국초에 태조 고황제(주원장)를 도왔는데 미처 천하가 통일하지 못했을 때 한나라 기신 장군이 한고조 유방을 도왔던 고사를 이어 황제를 대신해 물에 떨어졌다. 태조가 창업하신 후에 그 자손에게 동평후를 승습(承襲)하게 하고 단서철권(丹書鐵券)을 주고 충문공의 화상을 그려 기린각의 제일 첫째 자리에 앉혀 공신의 머리가 되게 하셨다. 영릉공주는 지금 황제의 장녀인데 충문공의 적장손부(嫡長孫婦)가 되었다.

정삼이 난소를 한참 동안 뚫어지게 보고는 직접 명약을 지어 서소랑에게 주며 얼른 달여 쓰라 했다. 정잠은 환약을 가져다 급히 풀어 넣으며 정삼을 돌아보고 말했다.

"이 아이의 팔뚝에 있는 붉은 글씨가 한경백【한부마의 자호(自號)이다.】의 필체와 다름이 없으니 괴이한데, 모습 또한 어찌 한씨 집 사람들과 닮았는가?"

정삼이 대답했다.

"비록 그러하나 이것은 매우 중대하고 어려운 일입니다. 사람의 천륜에 대한 일을 범상히 해서는 안 될 것이니, 한경백을 만나시거든 조용히 물으시고 붉은 글씨와 생김새를 전하여 그런 일이 있는지 알아보십시오."

정잠이 고개를 끄덕이고는 계속해서 약을 써서 구호하고자 했다. 정잠과 정삼이 의술에 능통한 것은 의학의 시조였던 기백과 황제(黃帝) 헌원의 모습을 닮은 듯 보였다. 과연 여지없이 죽은 듯하던 난소의 맥이 이어지고 흩어진 넋이 돌아오더니, 눈을 뜨고 고개를 들고는 한없이 물을 토해냈다. 마치 백골에 살이 나고 고목에 잎이 나는 것과도 같았다. 서소랑이 하늘과 땅을 우러러 기뻐하며 정잠과 정삼에게 목숨을 구해준 은혜를 사례하고 난소를 붙들고는 슬피 오열하였다. 난소는 방 안에 여러 남자가 있는 것에 매우 놀라고, 우물 물에 빠졌다 도로 살아난 것을 슬퍼하여 서소랑을 붙들고 눈물을 흘리며 애통해했다. 정잠 형제는 난소의 성품과 기질이 이와 같지 않다면, 비록 예를 지키기는 하되 서소랑이 한낱 얻어 기른 아이를 이처럼 공경히 대하지는 않을 것이었다. 또 사람의 목숨이 중한 것을 생각하여 친히 건져 약물로 돕기야 하겠지만, 이렇듯 곁에 오래도록 있으며 구호하는 일은 없을 것이었다. 그러나 난소의 사람됨을 비상히 여기고 억울한 누명으로 인해 죽으려 한 것을 측연하게 생각해 반드시 살리고자 했던 것이다. 이러한 정성에 힘입어 난소의 숨이 돌아왔을 때 바로 일어나 나가려다 뜻하지 않게 그 손을 잡은 바가 된 것인데, 서로 간에 작은 거리낌도 없으며 나이도 크게 차이가 나기에 정잠이 말을 꺼냈다.

"우리는 이미 나이가 많아 거리낄 것이 없고 우물에 빠진 것을 건져 돕고자 한 것뿐이니, 이렇게 마주 대하는 것을 너무 불편하게 여기지 말고 스스로 잘 생각해 보거라. 사람의 영화와 복은 한결같지 못하여 운명이 험난하고 기구한 고난을 겪는 사람이 한둘이 아니다. 혹 비루한 죄에 연루되고 죄 없이 누명을 쓴 자가 없지 않으나 사람의 죽음은 모두 ㄱ 때가 있는 것이다 뛰어나 부의 절개를 흠모하여 애통함으로 목숨을 끊는 자는 나이가 많든 적든 모두 좁고 낮은 지식을 가졌다고밖에 볼 수 없구나. 절대 열녀라 이를 수 없고 절개로 논하지 못할 것이다. 옛날 왕응의 아내가 여관에서 팔을 잡히자 그 팔을 잘랐지만 일찍이 죽는 일은 없었고, 과부 고행은 수절하기 위해 코를 벨 뿐이었다. 이제 네가 누명을 썼다고 하는 것은 그저 한때의 헛말에 지나지 않는다. 이미 간사한 시비의 요악함을 알았으며, 초패를 찾고 월환을 도로 주어 거리낄 것이 없는데 어찌 이 일을 처참한 죄로 삼으려 하느냐? 절대 불가한 바이니 한 번 더 생각하여 다시는 놀라운 행동을 하지 말거라."

정삼이 또한 사람의 목숨을 그렇듯 소홀히 하는 것이 아니라 말하고, 그 태어난 곳을 모르는 것을 안타까워했다. 난소는 오직 엎드려 들으며 목숨을 구한 은혜에 감사할 뿐 감히 입을 열어 대답하지 못했다. 그때 서소랑이 책상 위에 있는 봉투 하나를 정잠과 정삼에게 건네며 말했다.

"난소가 물에 빠질 때 이 글을 써서 첩에게 회포를 고하였습니다. 구차한 말을 직접 보실 바가 아니지만, 그래도 한번 읽어보신다면 저의 뜻을 밝히 아실 것입니다. 그러므로 당돌함을 무릅쓰고 상공께서 보실 것을 청합니다."

정잠이 미소 짓고 말했다.

"읽어 보는 것은 어렵지 않으니, 모름지기 거두어 기른 공이 헛되지 않게 잘 구호하여 다시 위태함이 없게 하시오."

그러고는 몸을 일으켜 정삼과 정염 등과 더불어 서태부인의 처소에 가니 서태부인이 난소가 깨어났는지를 물었다. 정잠은 난소가 무사히 살아나 인사를 전했다고 답했다. 그런 후 난소가 서소랑에게 남긴 편지를 열어 보았는데, 그 필법이 신이하고 찬란하여 한 조각 깁 위에 구슬이 이어지며 봉황과 난조가 다투어 춤을 추는 것 같았다. 문장은 완곡하고 간절하며 구슬프고 애달팠으니, 그 근원을 보자면 태사공 사마천의 식견이 넓고 기개가 뛰어난 글이나 한창려의 깊이 있는 글보다도 나을 정도였다. 오직 정대함을 좇고 그릇되거나 저속한 것을 멀리하는 뜻이 가득한 가운데, 정인중의 문제를 드러내 말하지는 않았으나 그가 이 일에 관련된 바를 더욱 흉하게 여기는 마음 또한 담겨 있었다. 그러면서 자신의 처지와 신세를 밝히 알리고자 하였다. 천지의 재앙을 받은 인생이 부모와 성씨를 알지 못하니 친척은 말할 것도 없고 몸을 의지할 데 하나 없었음을 이야기하면서, 이 곳에 머물러 처참한 누명까지 쓰게 되었으나 자신이 미천한 처지이 기에 누명을 벗기가 어렵다며 차라리 죽어 후환을 없애는 것이 마땅 하다고 했다. 또 자신은 절대 말을 꾸미거나 곡절을 감추지 않는다 고 하면서, 자신이 잠깐 협실에 있을 때 소옥이 초패를 경대에 넣으 며 월환을 한 짝씩 꺼내어 가졌다고 했다. 그 전하는 말이 번다하지 않았지만 옳고 그름이 명백해 보였다. 처음에 소옥이 들어와 경대 여 는 소리를 들었으나 무심하여 따라잡지 못한 것이 자신의 허물이라 며, 천만 번 생각해도 사는 것이 욕되고 죽는 것이 후의 화를 막을 길 이므로 부디 목숨을 버리려 함을 고했다. 길러주신 어머니의 높은 산 같은 큰 은혜를 저버릴 뿐 아니라 낳아준 부모를 결국 찾지 못해 저 승에서도 지극한 아픔이 풀리지 않을 것이라고 하며, 절절한 슬픔과 원망을 가득 담아 써내려 가고 있었다. 정잠 형제가 다 보고 나서는 이 아이가 미천한 신분이 아님을 다시금 깨달았다. 서태부인도 월염 에게 편지를 읽으라 하여 듣고는 흡족한 낯빛을 보였다. 여러 사람이 다 함께 칭찬하고 감탄하며, 서소랑이 얻어 기른 아이에게 이 같은 지식과 글재주가 있는 것을 도리어 괴이하게 여겼다. 정잠이 깊이 한 숨을 쉬며 탄식했다.

"난소가 우물에 빠져 죽고자 한 것을 보니 내 마음이 더욱 부끄럽 고 참담하다. 소랑이 예의를 아는 부인이지만 난소를 태교하여 양육 한 것이 아니고 시녀처럼 사서 기른 것뿐인데, 난소가 가르침을 받들 어 예의를 지키는 것이 정절을 지킨 추결부의 청고함과 염씨의 곧음 을 겸하여 염치와 절개에 있어 옛날의 열부보다 못함이 없으니 놀라울 따름이군. 반면 내가 낳은 인중은 간흉하고 교악하여 요사한 계교로 집안에 화란을 일으켜 형과 형수를 해하려 하다가 난소에게까지 화가 미치고 말았지. 자식을 잘못 낳고 가르치지도 못한 것이 어찌 애통하지 않을 것이며, 또한 사람을 대할 면목이 있겠는가?"

정염과 정겸이 웃으며 말했다.

"형님의 뜻이 어찌 그렇지 않겠습니까만, 요임금과 순임금의 아들도 불초하였으니 자고로 어진 부형의 아들로서 불인한 사람이 한둘이 아닙니다. 한탄하며 슬퍼하여 좋을 것이 없으므로, 다만 인중이가 마음을 고쳐 수행하기를 바랄 뿐입니다."

정잠이 고개를 저으며 그렇지 않다고 말했다.

"지금 모친의 지극한 말씀으로 인해 벽서정에 두었지만, 10년이 지나도 그 못됨을 고쳐 착하게 될 인물이 아니다. 우리 정씨 문중이 불초자 때문에 크게 추락할 것이 통한스럽구나."

소교완은 정잠이 말할 때마다 슬픔이 더해졌다. 인중이 그 부형의 밝은 지식을 알지 못해 서툰 꾀로 일을 만든 데다, 당치 않은 난소까지 걸려들게 하여 요란함만 더한 것에 화가 나고 억울해 심장이 터질 듯했다. 하지만 억지로 온화한 빛을 지으며 옆에 서 있다가 천천히 물러나 취일전으로 돌아와 길게 한탄해 마지않았다.

소교완의 실상을 알게 된 정인웅

이때 정인웅은 양어머니 대화부인의 침전인 경일루에서 병을 조리하다가, 형의 허다한 간교를 듣고 사무치게 놀라 눈물을 흘리며 망극함을 견디지 못했다. 대화부인이 탄식하며 말했다.

"형이 그른 것만 알고 그 밖의 허다한 의심이 너의 생모에게 돌아가는 것은 모르느냐?"

정인웅이 더욱 놀라며 물었다.

"소자가 나이 어려 세상일을 알지 못하고, 취전에 계시는 모친께는 형 등이 있어 심사에 거리낄 일이 없으시니 아침저녁으로 문안만 드릴 뿐이어서 집안일을 잘 깨닫지 못했습니다. 원컨대 어머님께서는 의심이 취전 모친께 돌아가게 된 일을 밝게 가르쳐주십시오."

대화부인이 본래 정인웅을 귀중히 여기며 사랑할 뿐 아니라 진실로 친자식이 아니라 생각하지 않았기에 어미로서의 정이 간절했다. 이에 한숨을 쉬고 탄식하며 말했다.

"나는 너를 낳지 않고 소부인은 너를 낳으셨지만 이미 낳은 것과 의로 맺은 것이 다 한가지가 되었다. 그러니 소부인의 허물을 내가 너에게 이를 수 없고, 나의 그릇됨 역시 소부인이 너에게 말하기 어려울 것이다. 소부인은 그 자질이 세상에 없이 뛰어나신 바 모든 일을 처리하고 처신함에 있어 조금도 부족함이 없고 법도를 어기는 일도 찾아볼 수 없다. 다만 자질이 덕보다 뛰어나고 기질이 도량보다 앞서기에 겉과 속이 같은 사람이라 말하기는 어려울 듯하다. 시숙(정잠)께서는 인성 등을 잃어버린 후로 이러저러한 의심을 두신 듯하지만 큰어머님(서태부인)께서 성덕으로 대하시니 그 의심을 겉으로 드러내지 못하였다. 그런데 근일에 잠깐 들으니 대월이 연교를 보호하여 도적의 소굴에 1년을 머물렀던 까닭에 불미한 소문을 거의 알고 있다 하고, 인광이가 태산에서 흉적을 물리친 후 돌아와 이러저러하게 아뢰니 큰어머님이 또 답하신 바가 있는데 이런 상황에서 어찌 소부인에 대해 아무것도 모르시겠느냐? 하지만 집안사람 모두가 일단은 참고 내색하지 않으려 하다 보니 지금까지 이 일을 거론하는 사람이 없었다. 그러다가 지난밤에 시숙께서 계월 등에게 몇 가지를 물으시고는, 큰어머님의 명을 받아 인중이를 용서하시며 시녀 등에게 다시 캐묻지 않으신다 하더구나. 상황이 이러하니 내가 생각건대 인성이 부부에게 닥친 고난이 작지 않아 그 걱정을 벗을 날을 기약할 수 없을 듯하구나. 네가 소부인이 하시는 바를 살펴 깨닫지 못하였으니 인중이가 인성이와 형수를 해치려 하는 것도 분명하게 들추기는 어렵겠지만, 다만 성덕으로 간하고 인의를 들어 인성이와 형수의 괴로운 회포를 나누어라. 네가 나를 지키지 않을 때면 인성이의 그림자가 되어 한시도 떠나는 것을 안타까워하여 함께 따르지만, 오히려 밤에는 나의 숙소에서 자지 않으면 시숙을 모시고 자면서 네 형의 걱정은 알지 못한 채 도리어 제운각 안에서 편히 쉰다고 여겼을 것이다. 그러나 이것은 네가 소홀히 놓친 부분이 있어서이다. 나는 너희 남매를 의지하여 남편 잃은 아픔을 잊고 여러 세월을 보냈으나, 무슨 겨를이 있어 조카 등의 내당 왕래와 부부간의 즐거움을 살피겠느냐? 다만 인성 조카의 유모는 돌아가신 양부인의 젖동생이고 양씨 집 비자인데, 딸아이가 양생의 부인이 되어 더욱 자별하게 여기던 중 딸아이의 유모 등과 말하는 것을 들었다고 한다. 소부인의 환후가 밤마다 더할 적이 잦으므로 시숙이 인성이에게 명해 제운각에서 자라고 한 때에도 취일전에서 밤새도록 탕약 시중을 드느라 바쁘다고 하더구나. 이씨 질부 또한 청사에서 밤을 새며 찬 겨울 눈바람을 무릅쓰고 허다히 괴로운 궂은일 외에도 바느질과 베짜기로 편할 날이 없다고 한다. 인성이가 이씨를 아내로 맞아 돌아온 후로 제운각에서 잔 것이 사오일이 넘지 못하지만 시숙은 오히려 알지 못하시고 달마다 오륙일씩 구실을 만들어 들여보내시니 어찌 우습지 않겠느냐? 내가 근심하는 바는 점점 소부인의 성덕이 목강의 인자함과 다름을 따질 사람이 없게 되지 않을까 하는 것이다. 봉일루의 동생【정삼의 부인이다.】은 현명하고 성인다워서 취일전 소부인이 하는 바를 모르지 않지만, 인성이가 큰 효로 감화할 것을 기다리며 끝내 낯빛이나 말에 나타내지 않고 있다. 너는 숙모(화부인) 알기를 어미와 달리하지 말아야 할 것이다.”

정인웅이 조용히 일의 처음과 끝을 들으니, 본래 생모 소교완이 온순한 성격은 아님을 알았지만 큰형과 형수 같은 효자와 효부를 그렇듯 괴롭게 하는 줄은 꿈속에서도 알지 못한 바였다. 더욱이 흉적을 지휘하여 옛날 고향 가는 도중에 허다한 변고를 지은 것은 참으로 천만뜻밖의 일이었다. 깊은 허물과 큰 죄로 인해 낯이 달아오르고 마음속이 뜨거워졌으며, 어머니와 형 인중의 악행을 생각하니 천지 사이에 자신을 용납할 땅이 없고 사람을 대할 면목이 없다는 생각이 들었다. 차라리 그 자리에서 죽어 아무것도 모르는 사람이 되고 싶었다. 달처럼 아름다운 눈썹에 근심이 구름처럼 모이고 봉새 같은 두 눈에 가을 물 같은 눈물이 그렁하여 오래도록 말을 못 하더니 서서히 울면서 고했다.

“소자가 불초하고 어두워 낳아준 모친의 허물과 큰형님의 고통스런 상황을 알지 못하였는데, 어머니께서 밝게 일러주시어 깨달았습니다. 둘째 형의 처사가 괴이해 모친의 허물이 드러나고 집안의 도가 화열함을 바라기 어렵게 되었지만, 인성 형님의 효성이 민자건보다 뛰어나며 모친이 총명하시니 인성 형님의 큰 효에 감동하여 마음을 돌이키시기를 바랄 뿐입니다."

정인성을 위해 소교완에게 간언하는 정인웅

정인웅이 말을 마치고는 아픈 몸을 억지로 일으켜 부친을 뵈었다. 둘째 형이 죄를 지었으므로 감히 당에 오르지 못하고, 슬프고 두려워하는 모습과 허물이 있는 듯한 표정으로 명을 기다렸다. 완순한 낯빛과 조심하는 모습이 어질고 거동이 맑으며 겉과 속이 모두 깨끗하여 세속을 벗어난 듯했다. 승냥이나 호랑이와 같은 마음을 지녔거나 강철같이 견고한 사람이라도 이 거동을 보고는 어여쁘게 여기지 않을 사람이 없을 것이었다. 정잠이 즉시 오르라고 명하자 정인웅은 마지못해 당에 올랐으나 감히 자리에 나아가지 못했다. 정잠이 나오게 하여 곁에 앉히고 구름 같은 머리를 쓰다듬으며 말했다.

"인중이의 무상함은 내가 말하지 않았으나 벌써 들었을 것이다. 동기의 마음이 어찌 편하겠는가만, 너는 이 일로 효도와 우애를 더욱 두터이 하여 둘째 형의 불인함을 씻고 큰형의 어짊을 잇거라."

정인웅이 거듭 절하고 고개를 숙이니 눈물이 솟을 뿐 감히 말씀에 대답하지 못했다. 정잠이 그 손을 잡아 맥을 살피고 아직 증세가 가볍지 않은 것을 염려하며 물러가 조리하라고 했다. 정인웅이 다시 절하고 나와 비로소 취일전에 이르렀다. 소교완은 바야흐로 온갖 근심과 한으로 마음속에 불이 일어 병풍을 의지하여 앉았다가 아들을 보고 말했다.

"병이 가볍지 않은데 어찌 일어나 다니느냐?"

정인웅이 모친 앞에 나가 앉아 길게 한숨을 짓고 한없이 눈물을 떨구며 말했다.

"어머니께서도 인중 형의 일을 다 들으셨을 텐데, 이것이 어찌 된 일입니까?"

소교완이 눈썹을 찡그리며 노한 기색이 역력한 목소리로 말했다.

"자식을 잘못 낳았으니 어미에게 한없는 욕이 돌아오는 것이다. 목전에서 죽여도 이 분함과 애달픔은 풀리기 어려우니 세상에 머무는 것이 위험하고 운명이 괴롭구나. 내가 아무래도 이를 견디지 못할 듯싶다 차라리 네 부친과 인성 부부의 뜻에 맞추어 칼과 끈을 가져다 목숨을 끊고자 하니, 내가 죽은 후에야 인중이의 불인함인들 어찌 알며 귀한 자제와 높은 소저의 훌륭함이 나와 무슨 상관이겠느냐?"

말을 끝내고 손을 들어 책상을 쳤다. 가슴속에 화가 넘쳐나 억제하지 못하는 거동이었다. 정인웅은 모친의 이 같은 모습을 처음 보지만, 벌써 불의하고 도리에 어긋난 행동을 하였으나 계교와 같이 되지 않아 화중이 되었음을 짐작할 수 있었다. 인웅이 불행함과 한심함을 견디지 못하여 울부짖으며 말했다.

"둘째 형님이 지혜롭고 덕 있는 부친의 엄한 가르침과 큰형님의 지극하고 큰 도를 받들지 못한 채 죄를 범하며 불인을 행한 것도 적지 않은 근심인데, 어머니마저 어찌 말을 삼가지 않아 덕망을 잃으십니까? 사람이 아득하여 모르고 행한 것은 그 허물이 적지만 의리에 통달하여 모르지 않음에도 짐짓 행하여 어짊을 티끌같이 여기고 사나움을 좇는 것은 상서로운 일이 아닙니다. 어머니께서는 어찌 목강의 인자한 덕이나 옛날 현녀의 현숙한 마음과 행실을 본받지 않으시고, 도리어 일시의 명예를 추구하고 본성을 속이며 사람의 이목이 어둡다고 여기십니까? 소자가 어리고 불민하여 어머니의 성덕과 규모로 모든 일에 현혹함이 없으리라 생각했는데, 근간에 인성 형님과 형수님을 괴롭게 하시는 것을 보니 생각했던 것과 크게 다른 듯합니다. 어찌 머리를 두드려 간언하지 않을 수 있겠습니까? 큰형님과 형수님은 순임금과 증자의 효를 이을 만한 분들이라, 지극한 정성으로 극진하고 조심스럽게 어머님을 받드셨습니다. 그러나 형수님이 우리 집안에 들어오시고 팔구 개월이 되었는데도 지극한 추위와 모진 바람에도 방에 들어가 편히 쉬라고 명하지 않으시고, 갈수록 괴롭게 하여 그 몸이 상하는 것을 돌아보지 않으시니 이 또한 인정에 옳지 않은 바입니다. 더 이상 참을 수 없어 오늘은 꼭 여쭈어야겠습니다. 큰형님과 형수님께 자애롭지 않으신 것은 무슨 연고입니까?”

소교완은 분노가 가슴에 가득 차 죽을 일도 헤아리지 못하게 된 상태였으니 어찌 아들의 슬픔을 돌아볼 것이며, 보는 눈도 없는 터에 말을 삼갈 리가 있겠는가? 두 눈썹을 치켜뜨고 눈동자를 어지럽게 굴리며 말했다.

“내가 혹여 주나라 문왕 아내가 후궁이 낳은 백 명의 아들을 친자식처럼 사랑했던 성덕과 목강이 사나운 아들을 감화한 어진 마음을 지녔다 해도 네 부친은 나를 어질다고 하지 않을 것이다. 그런데 내가 무슨 이유로 굳이 어진 체를 하겠느냐? 설사 내가 사납다 해도 인성이가 나에 대한 대접을 잘못해서는 안 될 것인데, 도리어 양아버지(정잠)를 부추겨 내 시녀에게 무고한 죄를 더하고 이전의 악행을 고하라고 핍박하여 위엄으로 거짓 자백을 받으려 하는구나. 이것은 차마 사람으로서 할 수 있는 바가 아니다. 내가 무슨 악행을 지은 것이 있다고 마치 삼대의 원수라도 되는 것처럼 나를 죄에 빠뜨리려 한단 말이냐? 네가 아마도 인성의 요괴로운 꾀를 들었거나, 아니면 경일루 과부【문계공 정흠의 부인을 말하는 것이다.】가 나를 모함하는 악언을 듣고 와서 내게 어짊을 버리고 사나움을 취했다고 하는 것일 테다. 나는 본래 안록산을 제어하던 이임보와 관우를 거짓 용서했던 조맹덕 같은 사람이라 하늘이라도 나를 감히 이기지 못할 것이고 천자가 온다 해도 능히 달래지 못할 것이다. 내 스스로 알아서 행하고 내 스스로 알아서 고칠 것이니 너의 말을 내가 어찌 두려워하겠느냐? 저 경일루 과부는 화씨 집안의 씨로서 인성의 무리이다. 머리를 맞추며 꼬리를 이어 나를 빠뜨리려고 안달인데 어찌 너를 거리낌이 있겠느냐? 다만 사리를 따져보면 백 사람이 나를 꾸짖고 천 사람이 죽이자고 하여도 자기에게는 털끝만큼도 나쁜 일이 없을 것이니, 비록 청춘에 과부가 되어 다른 일이 없이 사람의 허물을 엮으며 공교로운 말을 힘쓸지라도 너를 대하여 내 말을 족히 안 해야 한다는 것을 모른단 말이냐?"

말을 맺는데 분노의 기색이 역력하니 정인웅이 차마 듣기가 힘들었고 모골이 놀라 쭈뼛할 지경이었다. 더구나 말의 끝에 양어머니를 욕하는 데에 미쳐서는 얼굴색이 흙빛이 되어 슬픈 눈물이 옥 같은 얼굴을 적셨다. 한참 동안 말을 하지 못하다가 눈물을 흘리며 말했다.

"불초한 제가 어머니의 실덕에 대해 간언한 것을 털끝만큼도 받아들이지 않으시고 도리어 양어머니께 참담한 욕을 더하시어 무궁한 실언만 듣게 되는 것은 못난 저의 정성이 천박하고 소활한 탓입니다. 어머니의 뜻을 돌이키지 못했으니 그저 한혜가 눈먼 것을 본받을 뿐이며, 무익한 언어로 아들의 도를 잃어 효순에 득죄할 바가 아닙니다. 다만 헤아려 보건대 어머니께서 앞으로도 지금과 같이 행하시어 큰형님 부부로 하여금 순임금이 하늘을 우러러 통곡한 울음을 울게 하셔도 큰형님과 형수는 한 시대에 태어난 한 쌍의 성인이니 하늘과 사람이 한가지로 보호할 것입니다. 또한 신생이 힘없이 죽는 것을 본받지 않고 순임금이 우물 곁에 굴을 파거나 지붕에서 뛰어내려 불을 피한 것을 본받아 어머니를 효성으로 감동시킬 것입니다. 그때에 이르러 부끄러움과 뉘우침을 어느 땅에 쌓으려고 하십니까? 본디 어머니께서 덕을 잃은 것이 깊으므로 아버님이 계월 등을 추문하실 때 이전 일을 물으신 것입니다. 그런데 스스로 두렵고 부끄러운 것을 생각하지 않으시고 도리어 부친을 원망하시며, 큰형님의 지극한 효를 알지 못한 채 소자를 꾀었을 것이라 하셨습니다. 또한 양어머님께서 비통한 회포로 여러 세월에 걸쳐 한결같이 만사를 유의하심이 없고 불초한 저희 남매에 의지해 목숨을 이어가시는 것을 생각지 않으시고 차마 못 할 말로 태연히 욕을 더하셨습니다. 이는 아마도 소자의 효성이 천박하여 낳지도 않은 어미를 욕해도 제가 놀라지 않을 것이라 생각하신 것이겠지요. 하지만 어머니와 아들 사이에 어찌 낳은 것과 낳지 않은 것의 차이를 두겠습니까? 어머니께서 다른 일을 생각하지 못하시나 인정으로 미루어 헤아려 보십시오. 경일루 모친(대화부인)께서 소자를 두 마음으로 없애고 싶어하고 못 견딜 정도로 일을 시키시면 어머님의 마음은 어떠하시겠습니까? 분명 봉일루 어머니(화부인)의 화열하고 자약함을 따르지 못하고 얼굴빛과 말에 좋지 않은 것이 자주 드러날 것입니다. 봉일루 어머니는 인정에 참지 못할 바를 능히 견디시며 우애하고 공경하는 정의를 상하게 함이 없으니 어찌 성덕의 호연하심이 아니겠습니까만 어머님은 도리어 그 덕행을 기뻐하지 않으시고 경일루 모친이 봉일루 어머니의 종형이라는 것으로 함께 꺼리시니 이 어떠한 뜻입니까?"

말을 마치고 머리를 두드리며 눈물을 흘리니, 애달프고 슬픈 마음과 놀랍고 답답한 마음을 견디기 어려웠다. 소교완은 이 아들을 문계공 정흠에게 양자로 보냈으나 마음으로 깊이 믿으며 중히 여기는 것이 인중보다 세 배는 더했다. 그래서 일찍이 아무리 어린아이여도 그 앞에서 무식한 언어나 사나운 거동을 보인 적이 없었고, 특히 인웅을 대할 때 자기 마음을 각별히 숨겨 한결같이 예도를 지키고 인자하게 대하고자 했다. 그러던 것이 오늘 증오와 분노를 이기지 못해 본성을 감추지 못하게 되니, 정인웅이 이렇듯 놀라고 상심하여 스스로 죽고자 하는 것이었다. 소교완은 인웅이 병을 앓는 와중에 괴로운 마음을 더하여 회복이 더 어려워질까 두려워, 짐짓 분노와 한을 숨기고 거짓으로 온화한 기색을 지으며 어루만지고 위로했다.

"네 거동을 보니 이 어미가 토목의 심장이 아닌데 어찌 감동하지 않겠느냐? 하물며 네 형의 지극하고 큰 효성을 내가 모르지 않으니 자애롭지 않을 이유가 없다. 다만 네 부친이 하는 말과 계월 등에게 묻는 것이 분하였을 뿐이고, 내가 또 덕을 닦고 인을 숭상하는 것이 무익하니 저가 나를 사납게 여기는 것을 그치게 하려 했던 것이다. 하지만 네가 이렇듯 슬퍼하며 놀라니, 내가 어찌 악을 좇고 인을 물리쳐 어진 자식의 간언을 따르지 않겠느냐? 모름지기 마음을 놓고 염려를 그치어 병든 몸을 조리하거라.”

정인웅은 이미 모친의 심정을 모르지 않고, 이 말이 또 겉으로 가다듬은 것이며 진정으로 나온 것이 아님을 깨달았지만 한꺼번에 모친 뜻을 돌이키지 못할 것도 알고 있었다. 그저 스스로 마음에 맹세하기를, 큰형님과 더불어 근심과 즐거움을 한 몸처럼 하여 앉으나 누우나 그림자가 되기로 하고 홀로 편한 것을 구하지 않기로 했다. 다시 피눈물로 간곡하게 간언하여 모친에게 선하고 의로운 일을 하도록 비는데, 간절한 말이 돌과 나무라도 움직일 듯했다. 소교완은 겉으로 기뻐하며 그 말을 좇을 듯했으나 속으로는 전혀 그렇지 못하여, 정인성 부부를 없애고자 하는 것을 조금이라도 더 서두르고자 했다. 갈수록 마음의 화를 억누르기 어렵던 차에 인웅이까지 인성과 형수를 위해 이같이 하는 것이 더욱 한스러울 뿐이었다. 하지만 그 어질고 효성스러움을 그윽이 기뻐하는 까닭에 다시 불편한 기색을 나타내지 않으며 손을 잡고서 마음을 놓으라고 일렀다.

경일루 시녀가 이르러 대화부인이 부른다는 명을 전하자 정인웅이 즉시 일어나 경일루로 향했다. 소교완은 다시금 분노가 북받쳐 정인성 부부를 함께 씹어 삼키지 못하는 것을 통한스럽게 여기며 이를 갈았다.

정인성에게 본색을 드러내는 소교완

이때 정인성은 부친과 숙부가 난소를 구하러 간 사이에 벽서정에 이르러 정인중을 보았다. 조반을 먹었는지 묻고 매 맞은 자리의 고통을 달래며 마음 아파했다. 그러나 정인중은 형의 우애에 조금도 감격하는 뜻이 없고 이처럼 어진 것을 오히려 기뻐하지 않았다. 서동 소학과 사내종 경용은 이러한 정인중을 흉하게 여기고 좋아하지 않아, 비록 구호를 태만하게 하지는 못하나 그 정성이 부족했다. 정인성은 여기에 와 동생과 함께 있을 수 없는 것을 슬퍼하면서도 부친의 명령을 두려워해 오래 앉아 있지 못했다. 그래서 경용 등에게 인중의 곁을 떠나지 말라고 정성스레 당부했다.

벽서정에서 나온 정인성은 취일전에 가 소교완을 만났다. 소교완은 누한 기색을 표나게 드러내며 정인성을 뚫어지게 노려보았다. 정인성은 7세에 소교완이 집안에 들어온 후 모친으로 받들어 지극한 효성으로 정성을 다했다. 그것은 증자가 부모님의 뜻을 받들던 것이나 민자건의 공손함과 비교해도 모자라지 않을 정도였다. 소교완 또한 겉으로는 인자하고 선한 것처럼 꾸며 자상한 어미로서의 도에 어긋남이 없이 행동했다. 그러다가 정인성이 8세에 헤어지게 되어 10년 만에 돌아온 이후, 소교완의 이런저런 병으로 걱정을 할지언정 이처럼 사나운 얼굴과 흉포한 거동을 마주하는 것은 처음이었다. 효자인 정인성은 부모를 사랑하는 뜻이 너무나 두터워 그저 부모가 원하시는 바를 다 따르지 못하는 것을 한스러워할 뿐, 소교완의 병과 어그러진 행동이 모두 자기 부부를 해치지 못해 생긴 화증이라고는 전혀 생각하지 못했다. 그저 빨리 병의 근원을 없애 회복하기만을 간절히 바랄 뿐이었다. 그러다가 오늘 소교완의 얼굴빛이 너무나 좋지 않은 것을 보고, 정인성은 놀라고 두려워 숨소리도 높이지 못한 채 공손히 그 앞에 서 있었다. 소교완이 오래도록 아무 말 없이 본 척도 하지 않더니 천천히 노기 어린 눈을 차갑게 뜨고 정인성을 바라보며 모질게 말했다.

"귀한 자제가 이미 누추한 곳에 들어와 계신데 어찌 앉지 않고 괴롭게 서 있습니까?"

정인성이 더욱 두렵고 송구하여 어찌할 바를 모른 채 기다릴 뿐이었다. 소교완이 문득 손을 들어 상을 치고 소리를 높여 크게 꾸짖었다.

"인성아, 내가 이제 감히 너를 우러러 말을 묻는 것이 두렵지만 너의 신이한 조화를 측량하지 못하여 한번 들어보고자 한다. 정참정이 더욱 분노할 것을 모르지 않으나 이제 잠깐 물으려 하니 너도 말하는 것을 아끼지 말거라. 네가 난소에게 마음을 둔 것이 어찌하여 인중이의 죄목이 되었으며, 이씨가 직접 만든 죽은 어찌하여 녹빙과 계월의 허물이 되었느냐? 저 무죄한 시비를 나의 시녀이고 인중이의 유모라는 이유로 참형을 받게 하고 계속해서 이전의 악행을 묻는다고 하니, 그 묻는 바 이전의 악행이란 무엇을 말하는 것이냐? 죄목을 하나하나 밝히지 않았으니 내가 어리석어 알지 못하겠구나. 다만 오늘 네가 한스러워하는 바를 말하면, 내가 내일 아침에 죽을 준비를 하고 살아 있을 때 나의 죄명을 알며 너의 신이함을 듣고자 한다."

말을 마치는데 노기가 더욱 북받쳐 계속하여 서안을 두드리며, 손에 피가 맺히고 가죽이 뚫어지는 것도 깨닫지 못했다. 정인성이 엎드려 다 듣고 나니 자기의 불효를 쌓을 곳이 없었다. 이에 관을 벗고 머리를 숙여 죄를 청했다.

"소자가 불초하고 무상하여 만 번 죽어도 아깝지 않을 지경입니다. 오직 어머님께서 밝게 다스리시기를 바랄 뿐이니 무슨 말로 어지러움을 더하겠습니까? 다만 계월 등을 추문하는 것은 어머님이 할머님께 청하시어 아버님과 의논하신 바이고, 인중이가 매를 맞은 것은 아버님이 그 훗날을 징계하고자 하신 것이니 불초한 제게 물으실 바가 아닌가 합니다."

온화한 목소리와 떨리는 거동이 승냥이나 호랑이도 감동할 듯하지만, 소교완은 보는 눈이 없는 곳에서는 인성 부부를 악착같이 괴롭히고자 했기에 그 관을 집어 던지고 악을 쓰며 꾸짖었다.

"내 너에게 해로운 말을 이른 적이 없는데 네가 군이 관을 벗고 괴이한 거동을 보여 정공으로 하여금 나의 죄과를 더하려 하는구나. 내가 실로 정공의 무고한 의심과 끈질긴 음해를 차마 듣지 못하겠다. 너는 차라리 너의 아비에게 참소할 때 나를 얼른 돌려보내라고 전하거라. 내가 녹빙과 계월에게 벌을 주라 청하였다 해도, 네가 세 치 혀를 가볍게 놀리지 않았다면 무슨 일로 정공이 내가 하지 않은 죄를 가지고 이전의 악행을 묻겠느냐? 이는 다 너의 간악함 때문이다. 인중이가 열 살 어린아이로 선악이 미진하다고 하여 너희 부자가 평소에 제대로 살피지도 않다가, 이제는 공연한 죄를 엮어 죽이려 하니 이 어찌 된 심술이냐?"

정인성은 소교완의 노기가 하늘같이 높은 것을 두려워하면서도 말이 예에 맞지 않은 것에 놀라며 머리를 두드려 절하고 말했다.

"천지간에 어미를 참소할 자식이 없으며 아우를 죽이고자 할 형이 있지 않을 것입니다. 저의 불초하고 무상함으로 인하여 어머니의 의심이 이에 이르시니 스스로 죄를 헤아리고 죽기를 기다리겠습니다. 그런데 어머님께서는 넓은 성덕과 지극한 예모를 겸비하시고서도 어찌 이처럼 하교를 하십니까? 불초하고 못난 저를 꾸짖어 가르치실지언정 아버님을 가볍게 말씀하시는 것은 옳지 않은 일인가 합니다. 다만 소자를 다스리시고 노여움을 낮추시어 말씀에 도를 잃지 않도록 살피시는 것이 마땅할 것입니다."

소교완이 차갑게 웃으며 말했다.

"이전의 악행이 산처럼 쌓였으니 말을 삼가 무엇 하겠느냐? 너는 거짓으로 나를 대하여 간언하는 체하지 말고 정공에게 고하거라. 내가 간사하고 포악하며 불인하여 하늘 같은 남편의 중함을 모르고 낳지 않은 자식을 호령하니, 그 패악한 성품을 하루도 집안에 머물게 해서는 안 될 것이라 말하면 즉각 나를 내칠 수 있을 것이다."

정인성이 숙연히 안색을 고치며 대답했다.

"옛날에 어진 부인이 말하기를 '아이가 바야흐로 앎이 있거든 속이지 못할 것이다.'라고 하고 또 '말의 법도를 잡으면 일찍이 어지러움이 없었다.'라고 했습니다. 어머님께서는 어찌 불초한 자식을 대하여 그렇듯 망극한 말씀을 하십니까? 부모가 그릇되게 하시는데 그 자식된 자가 위엄을 두려워하고 원망을 꺼려 간하지 않으면 이는 윤리와 기강에 어긋나는 것입니다. 부모의 은혜와 사랑을 없애고 가리는 것이니, 불초한 제가 어찌 어머님의 실언을 그냥 둘 수 있겠습니까? 모자의 관계는 하늘이 내린 것입니다. 바라건대 그러한 말씀을 다시는 하지 마시어 저의 죄를 더하지 마시고, 또한 어머님의 실덕을 나타내지 마시기를 바랍니다."

말을 마치는데, 온화한 기운은 봄날 태양이 무르녹는 것과 같고 효순한 안색은 더욱 온순하고 부드러우며 자연스러운 위의는 가을 하늘처럼 높고 여름 해처럼 두려워할 만했다. 요사한 것은 덕을 이길 수 없고 삿된 것은 바른 것을 침범할 수 없음이 분명해 보였다. 소교완은 간악함을 스스로 참지 못해 이날부터 정인성을 괴롭혀 못 견디도록 하려는 생각이었다. 매섭고 세차게 꾸짖으면 정인성이 죽은 듯이 감히 한마디 대답도 하지 못할 것이라 생각했다. 그런데 이렇듯 도리어 자신의 실언을 간하는 것을 보고 놀라지 않을 수 없었다. 정인성은 난소 두 글자에 대해서는 언급도 하지 않은 채, 난소가 물에 빠진 것을 듣고도 부친과 숙부를 좇아가지 않았다. 이는 작은 허물이라도 음란하고 어지러운 것을 천하게 여기고 멀리하려는 뜻이었다. 그 단정하고 정대하며 밝게 삼가는 태도가 일만 가지 간사함을 불사르고 일천 가지 불평을 물리쳐 어둡고 교활한 것을 멀리할 수 있었다. 소교완은 짐짓 두렵고 부끄러워 다시 악언을 꺼내지 못했다. 이렇듯 강약 사이에서 중심을 잘 잡는 정인성의 그릇을 더욱 시기하고 미워하여 바삐 없애지 못하는 것이 한이 될 뿐이었다. 잠시 후 점심 식사가 올라왔는데 소교완은 먹지 않고 물리면서, 몸이 불편하다며 정인성에게 물러가라고 했다. 정인성이 감히 거역하지 못하고 청사에 나와 창밖에서 소교완의 기운을 살폈다. 눈 속의 한겨울 추위가 뼈에 사무칠 정도임에도 추운 것을 전혀 생각하지 못했다.

정인성에게 독을 쓰는 소교완

소교완의 유모 육난이 가만히 소교완에게 고했다.

"부인이 마침내 이렇듯 하시면 자애롭지 못한 허물만 나타내는 것이 되고 시랑과 이소저께는 어질고 효성스럽다는 기림만 더할 것이니 이 무엇이 유익하겠습니까? 차라리 시랑과 이소저를 본인들 처소로 돌려보내신 후 이러저러하게 저주를 행하여 부부가 괴질을 얻어 자진하게 하는 것이 좋지 않겠습니까?"

소교완이 이 말을 듣고서 잠깐 웃으며 손을 저어 말을 그치라 하고 육난의 귀에 대고 말했다.

"어미의 나이가 벌써 오십이 넘었는데 심지가 짧은 것이 인중보다 더하니 어이 우습지 않은가? 인성과 이씨가 그런 요괴로운 방도로 해를 입어 쓰러질 위인이라면, 내가 비록 목강처럼 어진 덕이 없으나 족히 사랑하여 거느리고 조금도 해칠 마음을 두지 않을 것이네. 어찌 괴로이 심력을 허비하겠는가? 이런 용렬한 꾀는 다시 이르지 말게. 다만 매양 어진 체를 할 수는 없어 간간이 내 마음대로 괴롭히기나 할 것이니, 어미는 이목을 보아 혹여 누가 오지는 않는가 살펴 고하시게. 어제 저녁에 인중이 독을 마신 것도 내가 알지 못했거니와, 인웅이는 독을 목구멍을 넘겼다고 하나 그것으로 죽지는 않을 것이니 오늘은 내가 인성이를 시험할 것이네."

그러고는 베개 밑의 작은 상자에서 제일 독한 독약 하나를 꺼내 한 종지 맑은 꿀에 섞어 책상 위에 놓고 소리 높여 정인성을 불렀다. 인성이 창밖에 측연히 서 있은 지 한참이 되도록 발을 옮기지 않고 있다가 부르는 명을 듣고 방에 들어왔다. 소교완이 가까이에 자리를 내주고 안색을 냉엄히 하여 말했다.

"내 감히 너의 어미라고 하지 않는데 무슨 연고로 부질없이 창밖에 있으면서 정공이 나를 통한하는 마음을 더하게 하느냐? 찬 바람을 맞아 섰다가 만일 감기라도 든다면 내 죄를 무겁게 하는 것이니 방심할 수가 없구나."

말을 마치고 한 그릇 더운 죽을 가져오라 하여 먼저 두어 번 마신 후 다시 상 위의 꿀을 섞어 인성에게 주고 먹기를 권했다. 정인성이 황공하고 불안한 마음에 두 손으로 받아 들어 마시는데, 바로 독이 있음을 알 수 있었다. 그러나 이 죽에 독이 들었다는 것을 들추면 일이 조용하지 않을 듯하고, 또 자기 목숨이 독약에 좌우되지 않을 것을 알기에 쾌히 마셔 그릇을 남김없이 비웠다. 소교완이 마음속으로 기뻐하며 오래지 않아 배 속이 썩어내는 듯할 것이라 생각하고 즉시 물러가라 했다.

정인성은 해독할 일이 급했기에 얼른 몸을 일으켜 나갔다. 계단을 내려가는데 어지러운 듯하여 발을 옮기기 어려울 뿐 아니라 목구멍에서 불이 나는 것 같았다. 좌우를 돌아보며 차를 달라고 하니 이자염의 시녀 월란이 명을 듣고 뒤뜰로 갔다. 정인성이 구태여 기다리지 않고 밖으로 나가 중헌으로 가서 현기증을 잠깐 진정했다. 그런 후 다시 청사에 오르며 돌아보니 월란이 차를 가지고 이르렀기에 받아서 마셨다. 시원하게 열을 내려 불이 일던 목구멍이 상쾌해졌는데, 그 출처를 묻지 않고 다시 죽루로 향하니 그 어찌 해독약이 아니라고 하겠는가? 잠깐 누워 진정하고는 먹은 것을 다 토하고, 이후에는 다시 해독약을 먹지 않았는데도 기운이 평상시처럼 되었다. 이에 저녁밥을 평소와 같이 먹은 후 태전과 봉일루에 저녁 문안을 드리고 두 대인이 취침하는 것을 본 뒤 물러 나와 취일전으로 갔다.

소교완이 처음에는 분한 기색과 노한 기운으로 악하게 구는 것이 아까와 마찬가지였는데, 한밤중이 된 후 기운을 누그러뜨리고 몇 마디 말을 더니 날이 춥다며 두어 잔 술을 주었다. 정인성이 또 태연히 받아 마시고 다시 옆에 앉아 있는데, 소교완이 문득 물러가 쉬라고 명했다. 정인성이 구태여 거역하지 않고 서재에 나와 다시 해독약을 먹으며 술을 마저 토했다. 기운은 상하지 않았으나 이때부터 해독약이 주머니를 떠나지 않았고, 소교완의 간악하고 포악함이 날로 더해져 과연 목석이라도 견뎌내기 어려울 정도였다.

정인성을 위해 몰래 해독약을 준비한 이자염

이때 이자염은 시어머니 소교완의 꾸짖음이 더욱 심해지고 자신을 심하게 부리며 악독하게 구는 것을 받아내느라 태전과 봉일루에 아침저녁 문안을 하는 것 외에는 밤에서 낮까지 잠시도 쉴 수가 없었다. 천금 같은 약질의 몸으로 바람과 서리를 무릅쓰며 청사 앞에서 자리를 깔고 음식을 받들어 밤낮으로 정성을 다하는데, 그 조심스러운 태도는 마치 여린 옥을 잡거나 가득 찬 잔을 받드는 것과도 같았다. 하늘이 낳은 효성으로 음식이 입에 맞고 받드는 것이 뜻에 맞기를 바랄 뿐 다른 생각을 할 겨를이 없었다. 모든 일에 변함 없이 차분한 마음으로 묵묵히 행하는데, 세상사를 아는 듯 모르는 듯 사계절의 도를 행하는 조화가 천지의 변화에 잘 들어맞았다. 소교완도 총명하고 재능이 많은 인물이었지만, 이자염이 자신의 명에 따라 일을 해내는 것은 능히 생각지 못할 정도인 경우가 많았다. 또한 승냥이나 호랑이의 사나움과 독사처럼 모진 마음을 가졌다 해도 이자염의 온화한 거동과 온순한 사람됨을 대하고는 감동하지 않을 수가 없을 정도였다. 소교완이 간험하고 모질게 굴며 자신을 못살게 하는 와중에도 이자염은 언제나 직접 물을 데워 음식을 익히며 밤낮으로 산같이 밀리고 쌓인 바느질과 베 짜기를 해야 했다. 그럼에도 남들이 보기에는 일 없이 한가한 듯 보일 만큼 힘겨운 내색을 전혀 하지 않았다. 이렇듯 그 어디에도 죄로 엮을 것이 없고 허물로 들출 틈이 없으니, 겉으로는 어질고 속으로는 밝으며 덕스럽고 온화하여 한 조각 흐린 뜻과 간사함조차 찾아볼 수 없었다. 요순의 인효(仁孝)와 공자의 큰 두에 가까울 정도이니, 몹쓸 말을 더할 수도 없고 독한 일을 꾸미기도 어려워 소교완은 이자염을 마음껏 꾸짖지 못했다. 그러다가 정인중의 간사한 꾀가 발각되고부터 소교완은 애달프고 분함을 견디지 못해 쌓인 분노와 한을 정인성 부부에게 더욱 세차게 풀고자 하였고, 독한 낯빛과 모진 소리로 이자염을 무수히 욕하면서도 사람들의 이목이 있는 곳에서는 인자한 체 꾸미곤 했다. 그러나 이자염이 어찌 이러한 시어머니의 마음을 모르겠는가? 두려워하며 삼가는 중에도 소교완이 욕을 해댈 때는 그저 조심스러운 모습으로 나직이 죄를 청할 뿐이었는데, 이 역시 다른 사람이 보고 듣는 것을 두려워하고 시어머니의 실덕이 드러날 것을 걱정해서였다. 소교완은 이자염의 이와 같은 사람됨을 모르지 않았으나, 도리어 이러한 모습마저 시기하고 미워하여 없애 버리고자 하는 마음이 점점 커져만 갔다. 그래서 이를 위해 여러 종류의 독약을 모아두었다가 먼저 정인성에게 독을 섞인 죽을 먹인 것이었다. 죽을 먹은 정인성이 밖으로 나와 차를 달라고 할 때 그 소리가 나직하니 보통 사람은 평소와 다름을 알지 못했으나, 이자염은 평소 안정되고 온화한 정인성의 음성과는 다른 것을 알아차렸다. 이자염은 타고난 예지와 신이하고 뛰어난 기질이 평범한 사람과 달라, 우륵의 곡조를 깨닫는 것이 사광이 음율에 통달한 것이나 공야장이 새의 소리를 듣고 그 뜻을 아는 것과 같은 신기함을 지니고 있었다. 비록 부부가 친밀하게 대화를 나눈 적은 없어 서로 목소리가 귀에 익지 못함에도 목소리의 불안함을 한 번 듣고 쾌히 깨달은 것이었다. 월란이 급히 들어와 차를 내리며 말했다.

"주군의 눈빛을 보니 정신이 혼미하신 듯 평소와 다르셔서 놀랐습니다."

이자염은 즉시 그릇을 내와 소매 속에서 환약 한 알을 꺼내 타서 내어보냈다. 월란은 시녀 중에 특히 총명하고 민첩했으나, 이자염이 해독약 넣은 것을 알지 못하고 이것이 무슨 약인가 궁금해할 뿐 감히 묻지는 못했다.

이후에도 소교완은 번번이 음식에 독약을 풀어 정인성과 이자염에게 먹였다. 정인성 부부는 수상한 음식을 순순히 다 먹고 남기지 않았지만, 뒤이어 해독약을 먹었기에 부부가 모두 무사하고 평안하며 병색도 찾아볼 수 없었다. 소교완이 너무나 이상하게 여기며 까닭을 알지 못한 채로 세월만 흐르니, 초조한 마음에 더하여 미움과 분노만

이 날로 더해갔다. 타인이 보고 들어도 능히 참지 못할 듯 정인성과 이자염을 대할 때면 마치 쥐를 잡는 고양이의 모습과도 같았다. 정인성이 크게 당황하고 이자염은 매우 조심스러워하며 어찌 할 바를 몰라 했는데, 스스로 효성이 부족해 시어머니가 마음에 들어하지 않는 것인가 하여 자신의 잘못과 죄를 헤아려 볼 뿐 조금도 원한을 품지 않았다. 이자염의 지극한 정성과 마음은 얼굴에도 그대로 드러나, 그 효순함에 목석도 감동하며 생철도 녹일 듯했다. 그러나 소교완은 간포한 마음으로 이자염의 어짊을 더욱 미워하고, 가볍게 죽이지 못함을 통한할 뿐이었다,

정인성 대신 독이 든 탕을 마신 정인웅

정인웅이 그 형과 형수의 고초를 들은 후 모친의 불인한 언사로 인하여 흉한 뜻을 알아채고 심골에 땀이 날 정도로 놀라 병이 빨리 낫지 못했다. 수삼 일 조리한 후 벽서정에 들어가 정인중을 만나고, 한바탕 눈물을 흘리며 간언을 했다. 앞으로는 허물을 버리고 행실을 닦아 부형의 가르침이 허사가 되지 않게 하며 조상의 맑은 덕을 추락시키지 말 것을 간절히 빌었다. 그러나 정인중은 이런 말을 들으면 마음이 더욱 좋지 않았으니, 뉘우치고 자책하는 일과는 거리가 멀었다. 그저 정인성과 이자염을 물어뜯지 못하는 것을 분하고 한스럽게 여길 뿐이었다. 정인중이 손을 들어 아우를 밀치고 돌아누우며 억울한 듯 말했다.

"어질고 착한 자식은 부모의 사랑을 온전히 받으며 일가가 귀중하게 여기는 것도 극진하지만, 사납고 간교한 자식은 부모도 사랑하지 않고 친척도 버리니 내가 어떻게 바른 길에 나가겠느냐? 제발 긴 말과 잡스러운 사설은 그만두거라."

정인웅은 형의 거동이 이미 도척과 같게 되어 어쩔 수 없음을 보고 말을 해도 무익하겠기에 눈물을 흘리며 불행해했다. 또한 스스로 맹세하여 앞으로는 큰형과 더불어 모든 슬픔과 기쁨을 함께하기로 마음을 먹었다. 이후 정인웅은 정인성의 그림자가 되어 물러나고 나올 때나 쉬고 잠잘 때에도 한 순간 떠남이 없었다. 혹시 인정을 넘어서는 질책이 형과 형수에게 미치면 머리를 두드려 간언하기를 마다하지 않았으며, 밤마다 잠시 쉬지도 않고 형의 주변을 살폈다. 추운 겨울 눈바람을 헤아리지 않고 부모가 주신 귀중한 몸을 상하게 하는 것은 성덕에 차마 못 할 일이라 일컬으며 형을 말리고, 두어 밤을 함께 청사에서 새우며 추운 바람을 피하지 않았다. 소교완은 아들이 이자염을 위해 형 정인성을 따라 청사에서 밤을 새우는 것에 화도 나고 안타깝게 생각하며 근심했다. 그렇지만 결국 추위를 견디지 못해 방에 들어갈 것이라 여겨 하는 대로 버려두었다.

정인웅은 두어 밤을 한결같이 청사에서 지내며 날이 새면 머리를 두드려 피 흘리며 간언하는 것을 그치지 않고 또한 모든 일을 세심하게 살폈다. 이전에는 모친이 하는 일을 정인웅이 알려 하지 않았으므로 깨닫지 못하였지만, 이제는 작은 일이라도 유심히 살피니 그 신명하고 특달함으로 어찌 모를 일이 있겠는가? 그리하여 모친이 이따금 형과 형수에게 주는 음식이 수상한 것임을 알아챌 수 있었다. 이러한 사실을 알고 나니 모골에 땀이 맺혀 진실로 살고 싶은 마음이 없었다.

하루는 형제가 함께 청사에서 밤을 지내고 모친 소교완의 명에 따라 방에 들어갔다. 소교완이 따뜻한 탕을 두 그릇 가져와 두 아들에게 친히 주었는데, 큰 그릇은 정인성 앞에 놓고 작은 그릇은 정인웅 앞에 놓았다. 정인웅은 형이 무심히 있을 때에 얼른 그릇을 바꾸어 모친 앞에서 바삐 들이켰다. 소교완은 마침 고개를 돌리고 있어서 정인웅이 그릇 바꾼 것을 알지 못했다. 그러다가 마시는 소리가 시원한 것을 듣고, 청사에서 자느라 추운 것을 이기지 못해 따뜻한 탕을 급히 마시는가 하여 안쓰럽게 생각했다. 그러면서 돌아보니 뜻밖에 정인성에게 준 탕을 정인웅이 먹은 것이었다. 소교완이 마음 가득 놀라 몸이 스스로 일어나는 줄도 깨닫지 못하며 그릇을 빼앗았다. 이미 많이 마셔 남은 것이 반 정도밖에 없었다. 소교완의 심신이 놀라 안색이 변하고 붉은 입술이 흑색이 되었다.

"중요하지 않은 곳에서라도 차례를 잃어서는 안 되는데 어찌 형이 먹지 않은 것을 먼저 마시며, 또한 형에게 큰 그릇을 주었거늘 바꾸어 먹은 것은 어찌 된 일이냐? 춥고 더운 것을 생각한다면 따뜻한 방에서 편히 잘 것이지, 너에게 시킨 사람도 없거늘 구태여 청사에서 밤을 지내며 이처럼 못 견뎌 하느냐?"

정인웅은 탕을 마실 때 이미 독이 있는 것을 알고 있었으며, 모친의 이러한 거동을 보고는 더욱 한심하여 눈물이 마구 흘러내렸다.

(책임번역 김수연)

완월회맹연 권 40

동침

정잠과 정인성은 내실에서 잠을 자고
한난소는 공주궁의 제자리로 돌아가다

정인웅의 간언으로 이자염을 돌려보낸 소교완

정인웅은 탕을 마실 때 이미 독이 있는 것을 알고 있었으며, 모친의 이러한 거동을 보고는 더욱 한심하여 눈물을 쏟으며 말했다.

"어머님이 소자를 아끼시는 마음을 큰형님과 형수께 옮기지 않으시니, 저는 냉지에서 바람을 맞아 죽는다 해도 두 분이 방에서 편안하시기 전에는 결단코 따뜻한 방에서 잠들지 않을 것입니다. 제가 순서와 그릇을 바꾸어 형보다 먼저 먹는 것이 보기에는 온당하지 않을지라도, 큰형님이 의심되고 위태한 것을 순순히 드시게 하지는 못하겠습니다. 어머님의 성덕과 법도로써 어찌 이런 일을 하시어 자식을 죄 없이 독살하려 하십니까? 소자가 이처럼 망극한 일을 당하니, 차라리 아무것도 모른 채 여기에서 죽어 어머님의 실덕을 모르는 것이 좋을 듯합니다. 그러나 경일루 모친이 소자를 아들로 거두어주셨기에 그 집의 종사를 차마 일시에 끊을 수는 없을 것입니다. 소자는 또한 핏덩이로 태어나 세상사를 거의 깨칠 때부터 양부께서 돌아가시는 일로 인해 세상에서 가장 마음 아픈 일을 품어 평생 즐거움을 알지 못하는 터입니다. 거기에 최근 어머니의 실덕과 실언으로 인하여 큰형님과 형수님이 위험한 지경을 당하니 너무나 놀라고 경악하고 있습니다. 안으로는 내장이 불에 탄 듯하고 밖으로는 온갖 근심이 층층이 생겨나니, 이 어찌 수명이 줄고 병이 날 징조가 아니겠습니까? 바라건대 어머니께서 소자를 살리고자 하시면 이런 놀라운 변괴가 다시는 일어나게 하지 마십시오."

말을 마치고 머리를 조아리며 연신 피눈물을 흘렸다. 소교완은 아들의 절절한 간언을 듣고, 인웅이 자기의 친생으로서 이처럼 곧고 깨끗한 말을 하는 것에 부끄럽고도 분한이 깊어지며 노여움이 급하게 일어났다. 이에 문득 인웅을 박차 밀치고 소리 높여 크게 꾸짖었다.

"나는 진나라 여희가 태자 신생을 죽인 일을 역사와 고서에서 보아도 참혹하게 여기는 사람인데, 내 자식이 말을 지어내 이러한 모함을 하리라고 꿈에나 생각하였겠느냐? 내가 그저 예에 따라 모든 일의 차례를 어지럽히지 말고자 하여 말한 것인데, 차마 듣기 힘든 의심을 일으켜 이렇게 말을 지어내는구나. 탕에 독이 있다면 이씨(이자염)가 넣었을지 모르겠지만, 나는 두 그릇을 들여오라 하여 바로 너희를 주었으니 귀신의 장난이라 해도 어느 사이에 독을 넣겠느냐?"

말을 마치고 그릇을 들어 마시려고 했다. 정인성은 무심히 앉아 있어 동생 인웅이 그릇 바꾸는 것을 몰랐는데, 모친과 인웅이 하는 말을 듣고 깨달아 바로 아우를 꾸짖고자 했다. 그런데 소교완이 갑자기 노하여 독이 든 탕을 마시려 하는 것을 보고 놀라 급히 그릇을 붙들며 아뢰었다.

"인웅이의 나이가 이제 모든 일을 삼가고 아들로서의 도를 잃지 않을 때인데, 아직 이렇게 철이 없으니 이는 아마도 어머님의 자애를 믿어서일 것입니다. 음식이 수상하다면 저 아이 역시 먹지 않는 것이 옳으며, 의심되는 바를 찾고자 한다면 음식 올린 사람을 살펴야 할 것을 어머니께 말도 안 되는 말씀을 드리니 한심함을 견디지 못하겠습니다. 또한 원래 이 그릇의 탕은 소자에게 주신 것인데 저 아이가 어찌 바꾸어 먹는단 말입니까? 일마다 온당치 않습니다. 처음에는 무심하여 그릇을 바꾸게 두었으나 이제 알았으니 제가 어찌 먹지 않겠습니까?"

말을 마치고는 그릇을 들어 한 번에 길게 마시자 남은 것이 없었다. 정인웅은 미처 그릇을 빼앗지 못하고, 독한 것이 벌써 형의 목으로 넘어가는 것에 놀라며 모친의 행동이 한심하고 안타까워 오열하며 말했다.

"어머님의 실덕이 용납할 곳이 없을 정도이고, 도리어 소자를 위협하며 꾸짖으시지만 소자는 진심으로 따를 수 없습니다. 어머님의 남다른 통찰력과 신이한 견식으로 이를 생각지 못하지는 않으셨을 것입니다. 큰형님의 길운과 복록이 하찮은 약물에 맥없이 스러질 바가 아니고, 형님에게 드린 탕에 형수가 독을 섞었을 것이라 하신 것이 또 어떻게 말이 되겠습니까? 모자와 형제는 하늘이 맺은 것이기에 소자가 아는 바를 차마 어머니와 큰형님께 속일 수는 없었습니다. 어머님께서는 앞으로 부디 선하고 덕스럽게 행하시고 큰형님과 형수의 효성에 감동하시기 바랍니다."

말을 하는 사이에 정잠이 정인성을 부른다는 명이 이르렀다. 정인
성이 즉시 밖으로 나가고 정인웅만 그 자리에 남았다. 소교완은 정인
웅이 말끝마다 정인성 부부를 높게 일컬으며 자기의 실덕을 가리지
않는 것에 분노하여, 화를 내고 꾸짖으며 요괴로운 형에게 홀린 것이
라고 했다. 그때 정인웅이 나는 듯이 모친 곁으로 나아가 상자를 열
고 한 봉의 환약을 꺼내 들었다. 소교완이 도로 빼앗으려 했으나 잡
을 수 없었다. 정인웅이 약봉을 펼쳐 두 알을 입에 넣자 소교완이 매
우 놀라 급히 일어나 약봉을 빼앗으며 손을 정인웅의 입에 넣어 약을
뱉어 내게 했다. 정인웅이 약을 토하여 손에 들고 말했다.

"이것이 무슨 약이기에 소자가 먹으려 하니 어머니가 이처럼 놀라
십니까?"

소교완은 아들이 이미 먹은 독을 근심하여 바삐 해독약을 주며 말
했다.

"이것을 먹고 조용히 말해도 늦지 않을 것이다."

정인웅이 즉시 받아 마시고 조금 전 먹은 탕을 토하는데 독한 냄새
가 마실 때보다 백 배 더했다. 정인웅이 구토를 다 한 후 기운을 차리
고 다시 아뢰었다.

"이 약이 열 봉이 있어도 큰형님과 형수를 없애지 못할 것이니 그
만두십시오. 하늘이 형님을 내신 것은 반드시 유가의 도가 있게 하
기 위함입니다. 하늘이 유가의 도를 내셨으니 미칠 수 있는 것이 없
거니와 그 도를 없애기 전에는 큰형님의 목숨이 어찌 해롭게 되겠습
니까? 아무리 애쓰셔도 무익할 것입니다. 또한 동기의 정이 비록 중
하다고 하지만 오히려 모자의 정과 같지 못하며, 또 어미를 고발하는

자식이 있지 않습니다. 그러므로 어머님이 실덕하여 형의 부부를 죽이신다 하여도 소자는 그저 부끄러워하고 슬퍼하여 형과 더불어 죽고자 할 뿐 어머님의 과실을 부친께 고하지 못할 것입니다. 그러한데 어찌 놀랄 만한 일을 자꾸 말끝에 올리십니까?"

그러고는 피눈물로 간절히 애원하니, 특별한 우애와 지극한 효심은 진실로 작은 정인성이라 할 만했다. 다만 양아버지의 원통함으로 인해 지극한 아픔을 품어 몸이 마르고 쇠약해진 것이 풍류가 넘치는 인성의 모습과 조금 다를 뿐이었다. 소교완이 어찌 이 아들의 어진 말을 못 알아들었겠는가? 정인성 부부를 괴롭히려 하다가 오히려 자기 아들이 상하게 되었으니 이를 헤아려 마음속으로 생각했다.

'이씨를 본래의 침소에 둔다고 해도 그 아이의 마음이 어찌 편하겠으며, 시켜야 할 일을 못 시킬 바도 없을 것이다.'

소교완이 슬며시 웃으며 말했다.

"내 성정이 본디 소소한 거리낌과 사람의 시비를 두려워하지 않거늘, 인성이 전출 자식이라 내가 혹시 사랑하지 않는가 하여 너의 부친이 의심을 두며 일가가 모두 내 뜻을 알지 못하더구나. 그렇다 보니 분하고 역정이 나서 인성 부부를 전일과 달리 대하였으나 본심으로 미워하는 바는 아니다. 어찌 너의 우애를 돌아보지 않겠느냐? 오늘부터 네 형수를 제운각으로 돌려보내고 다시 불평함이 없게 할 것이니, 너도 형을 따라 서재에 가 있으면서 괴로운 말로 나의 심화를 돕지 마라."

정인웅은 모친이 흔쾌히 마음을 푼 것이 아닌 줄을 알지만, 형수를 돌려보내고 잠깐이나마 인정에 어긋나는 일을 그치실 것을 다행으로 여겼다. 서둘러 절하며 다시 실덕에 이르지 마시기를 청하고, 한참 동안 어머니를 모시고 있다가 천천히 물러났다.

어머니의 처소에서 나온 정인웅은 발길을 옮겨 둘째 형 정인중에게 갔다. 그가 외롭게 있는 것을 슬퍼하며, 부친이 명을 내려 형제가 자주 보는 것을 막으시므로 밤낮으로 와 있지 못한다 말했다. 그러면서 큰형의 지극한 정성과 큰 도를 이르고 그것의 만에 하나라도 따라 배우라 청했다. 그 말을 듣고는 인중이 더욱 불쾌해하여 분노하는 거동이 이전과 같았다. 정인웅이 깊이 슬퍼하고 근심하며 집안의 변고를 우려하여 자고 먹는 것을 평소처럼 할 수 없었다.

이날 소교완이 이자염에게 처소로 물러가라고 했으나, 집안일을 산처럼 미루어 맡기고 낮에는 음식 차림을 받들며 밤에는 바느질에 힘쓰게 했다. 이런 일들로 자염이 눈을 붙이지 못한 지가 여러 달 되었으나, 어렵고 힘들게 여기지 않으며 근심 없이 명을 받들고 밤이 되면 제운각에 돌아와 바느질을 하고 베 짜기에 힘썼다. 잠시도 쉬지 못하는 것이 취일전 뒤의 청사에서 밤을 새는 것과 다를 바 없었지만, 방 안이 따뜻하여 냉지의 찬 바람과는 다르니 유모와 시녀가 이것을 다행으로 여겼다. 이자염의 이러한 위태로움은 이씨 집안에서도 아득히 모르고 있었다. 다만 조부인은 사람을 알아보는 특별한 눈으로 잔치 자리에서 소교완을 보고 딸아이와 사위를 걱정했지만 안색이나 말에 나타내지 않았다. 그러니 소교완의 안과 겉이 다른 것을 온 가문 사람 누구도 알지 못했다.

소교완의 처소에서 밤을 지내는 정잠

하루는 정인성 등이 출번(出番)했다가 집에 돌아오고 정인경이 화씨 집에서 돌아오니 서실이 터질 듯하였다. 정염이 웃으며 말했다.

"이 아우와 수백(정겸)은 내당에서 자고 나온 지 수일이 못 되어 또 들어가는 것이 괴이하며, 근일에는 여러 당을 다 폐하여 매우 썰렁하니 아이들을 갑자기 자라고 못 할 것입니다. 형님과 인성이가 내당에서 주무시면 오늘 밤 편히 잘 듯한데, 움직일 수 있으시겠습니까?"

정잠이 미소 짓고 말했다.

"인성, 인광, 인홍, 인명 네 아이를 다 안으로 들여보내면 나머지는 좁아도 잘 만하고, 그래도 좁으면 은백(정염)이 마저 들어갈 것이지 어찌 이 형에게 권하는가?"

정염이 미처 답하기 전에 정삼이 웃으며 말했다.

"방이 좁아서 피해야 한다면 저희가 들어갈 것이지 형님께 감히 나가시라고 하겠습니까? 은백이 오늘 어머님 처소에서 들은 말씀이 있기에 짐짓 그렇게 한 것입니다. 형님이 내당에서 주무시는 것이 어찌 저희가 의논할 바이겠습니까마는 형수가 질환이 잦으신데 형님이 한 번도 문병하지 않으시니 인성 등이 그윽이 민망하게 여기고, 오랑캐 땅에서 돌아오신 후 내각을 찾지 않으시니 모친도 기뻐하지 않으십니다. 이것이 크게 어렵지는 않은 일입니다. 위로 모친의 뜻을 받들고 아래로 자녀의 바람을 따르시는 것이 효의에 합당할까 합니다."

정잠이 말을 듣고 나서 미간을 찡그리며 말했다.

"어머니가 이 아들이 취각에 있기를 바라신다면 어찌 내가 힘겹다 말하겠는가? 모친의 뜻에 따라 당장이라도 들어갈 수 있겠지만, 인성 등은 아비를 모르고 어미만 아는 인사라서 내가 걱정하는 것을 알면서도 대단하지 않은 병에 문병을 가지 않는 것을 밉게 여기는 것이다. 다 늙어 집에 돌아오니 처신이 이리 어렵구나.”

정염과 정겸이 크게 웃고 말했다.

“그 처신이 무엇이 어렵단 말입니까? 원래 형님은 인정이 많고 평소에 박절한 분이 아니신데, 형수께는 말씀과 기색이 인색하고 차가우니 저희가 의아해하는 것입니다. 이로 인해 큰어머님이 기뻐하지 않으시니 온 집안이 화열할 수 있도록 힘써주시기를 청합니다.”

정삼도 정염 등의 말이 마땅하다 일컫고 집안의 도를 화평하게 할 것을 권했다. 정잠이 웃으며 말했다.

“만에 하나라도 화열함을 취하지 않는다면 어찌 스스로 귀가 먹어 소리를 잘 듣지 못하는 사람이 되기를 달게 여기겠는가? 그러나 모친의 지극하심을 받들고 인성과 인웅 두 아이의 걱정하는 정을 돌아보지 않을 수 없어 한결같이 좋은 안면인데 이를 부족하게 여기겠느냐? 비록 그러하나 아우들이 이렇듯 말하며 모친의 뜻 또한 그러하시다면 취각이 또한 내 집이니 어디에서 못 자겠는가? 아이들과 더불어 안으로 들어가겠다.”

말을 마치고 한가히 웃기를 그치지 않았다. 원래 정잠은 소교완에게 한 조각 후한 뜻이 없었지만 신혼 초에는 모친의 말씀 때문에 취일전에 두어 번 왕래했다. 부부간의 운우지정이 깊지 않았으나 한 번 부부가 가까이하니 음양이 조화를 이루어 곰의 태몽을 얻고 아들을 얻는 경사가 있었다. 그런 다음에는 부친의 삼년상을 마치고 즉시 노영에 나아가 칠팔 년을 지낸 후 돌아와 머문 지 여러 달이 되도록 집안 어른들이 모이는 자리에서 소교완을 예사롭게 대할 뿐이고 취일전에 발길이 미치지 않았다. 서태부인이 그가 너무 박절한 것을 걱정하고 정인성도 깊이 민망해하니, 정겸 등과 정삼이 이 틈을 타서 이렇게 간절히 이야기한 것이다.

정잠은 본래 고집을 두는 사람이 아니었다. 소교완을 마음으로 걱정하는 것은 아니지만, 소교완을 내보내지 않을 바에야 규방의 원망을 일으키는 것은 속이 좁은 일이라고 생각했다. 게다가 자신이 집안일을 잘 모르기 때문에 아들과 며느리의 소소한 고생을 깨닫지 못했던 것이 마음에 걸렸다. 정인중이 죽을 이자염이 직접 만든 것이라하는 말을 듣고서야 소교완이 혹시 이자염을 괴로이 부리는가 생각하고 속상해하면서도 아는 체하는 것이 자질구레하여 말을 하지 않고 있던 터였다. 그래서 차라리 자신이 취일전을 왕래하며 며느리의 근심과 고생을 살펴 잠시라도 평안하게 하는 것이 관대하고 은혜로운 도리라 생각했다.

정잠이 정인성과 정인웅을 돌아보고 자기의 이부자리를 취일전으로 옮기라고 했다. 인성과 인웅은 부친의 말씀을 듣고서 당황스럽고 근심이 되었으나, 내당에서 주무시고자 하는 것이 보기 드문 경사와 같았기에 서둘러 명을 받들었다. 정인성이 이불과 베개를 안고 정인웅이 요와 자리를 받들어 먼저 취일전에 들어갔다. 소교완은 벌써 침구를 깔고 편안한 옷차림으로 침상에 기대 있었다. 그러다 생각지 않았던 정잠의 침구가 들어오는 것을 보고 놀라, 그 뜻을 속으로 알았으나 굳이 불쾌함을 드러내지 않았다. 원한이나 동요함도 없이 무심한 듯이 했다. 두 아들이 부친이 침소에 오는 것을 아뢰며 한 쌍의 비단 자리를 펴놓고 나가서는 부친을 모시고 방에 들어오자 소교완이 천연하게 일어나 맞았다. 자리를 잡고 앉아 정잠은 억지로 화평한 말과 낯빛으로 웃으며 말했다.

"일 없는 세 동생과 생각 없는 아이들이 내가 늙고 살찐 것을 모르고 내루에 발걸음이 이르지 않는다며 박절하다거나 무정하다고 시비하는 것이 어찌 우습지 않은가? 두 아이가 나를 이끌어 이 자리를 이루었으나 피차에 무슨 유익함이 있겠소?"

말을 마치고 웃음을 그치지 않았다. 소교완이 이부자리에 단정히 앉았는데 기운이 안정되고 위의가 정숙할 뿐 정잠의 말에 대답이 없었다. 또한 부끄러워하는 거동이 없지 않으니 단단하고 침착한 것이 작은 일을 부끄러워하며 쌓은 과실과 악행을 두려워할 자이겠는가? 정인성과 정인웅은 부친의 기색이 화평하고 모친과 서로 마주 대한 것을 기뻐하여 인생의 지극한 즐거움이 오늘보다 더한 때가 없다고 생각했다. 하지만 벽서정 가운데 있는 정인중의 외로움을 생각하니 너무도 측은한 마음이 들었다. 정잠이 그 지극한 우애를 더욱 아름답게 여기지만 정인중을 쉽게 용서할 뜻은 없었다. 천천히 이부자리로 나아가며 정인웅에게 명하여 서실에서 자라 하고, 정인성을 돌아보고는 제운각으로 가라 했다. 정인성은 정인중의 고초를 슬퍼하여 자기 홀로 좋은 거처에서 즐길 마음이 없던 터라 제운각에서 자는 것을 원하지 않았기에 대답을 하고 명을 받기만 할 따름이었다. 정잠이 다시 정인웅에게 일렀다.

"너는 형을 이끌어 제운각에 데려다 두고 가거라. 사람의 도가 어찌 쉬운 일에 난처한 빛을 보이는 것이 옳겠는가?"

정인웅이 명을 받들었다. 정인성은 부친이 기뻐하지 않는 것을 알았고 비록 뜻이 아니시라 해도 할머님이 명하시면 어기지 않은 것을 우러렀기 때문에 자기가 제운각에서 자는 것을 감히 사양하지 못했다.

기이한 솜씨로 베를 짜는 이자염

정인성이 정인웅과 함께 물러 나와 태전에 들어가 할머님의 잠자리가 편안한지 살펴보았다. 그리고 다시 봉일루에 이르렀는데 모친(화부인)이 여기에 계시지 않았다. 정인성이 고개를 돌려 인웅에게 말했다.

"동생이 나를 이끌지 않아도 제운각 가는 길을 내가 모르지 않으니 그만 가거라."

정인웅이 대답했다.

"형님이 길을 모르시지 않겠지만 엄명을 받들지 않으실까 걱정입니다."

정인성이 온화하게 웃으며 말했다.

"이 형이 비록 불초하나 부친의 명을 받들고 나와 속이지는 않을 것이니 부질없는 말을 하지 말거라."

정인웅도 웃고 말했다.

"저는 경일루에 가 모친의 잠자리를 살핀 후 갈 것이니 형님은 이리로 하여 제운각으로 가십시오."

정인성이 고개를 끄덕였다. 정인웅은 경일루로 향하고 정인성은 걸음을 돌이켜 제운각으로 갔다. 창에 촛불 빛이 휘황하고 웃으며 이야기하는 소리가 낭랑했으며 또한 깁 짜는 소리가 났다. 이씨가 혼자 있지 않은 것을 알고 정인성은 천천히 마루에 올라 기침을 했다. 이모인 소화부인(정염의 부인)과 고모인 정태요가 사촌 누이 등을 거느리고 모친과 함께 여기에 와 있다가 지게문을 열었다. 소화부인이 웃으며 말했다.

"우리는 구경할 거리가 있어 잠도 마다하고 온 것인데, 조카는 무슨 바람으로 여기에 이르렀는가?"

정인성이 손을 모으고 대답했다.

"저는 아버님의 엄교를 받들어 여기에 왔습니다. 고모님과 어머님은 태전에 계신 줄 알았는데 어찌 안 주무시고 이곳에 오셨습니까? 또 이모님은 어찌 여기 계십니까?"

정태요가 웃으며 말했다.

"태전에는 서제와 연교가 시침하고 있고 우리는 하룻밤 잠을 마다하고 천지간 신기한 구경을 하는 중이었는데, 조카가 와서 흥이 깨져버려 아쉽게 되었네."

유학사의 부인 상옥교가 낭랑히 웃으며 말했다.

"어머님은 현보가 들어온 것을 긴하지 않게 여기시지만, 현보는 어머님과 두 분이 여기 계시는 것을 기뻐하지 않을 것입니다."

화부인이 조용히 웃으며 말했다.

"아이가 저녁 식사 후 어미를 못 만났다가 여기에 와 보게 되었는데, 무슨 일로 기뻐하지 않는다고 조카는 그런 말을 하느냐? 인성이는 찬 바람이 심하니 마루에 오래 서 있지 말고 방에 들어오거라."

소화부인과 정태요가 인성에게 들어오라 재촉하며 한편으로 이자염에게는 베 짜기를 계속하라고 했다. 연한림 부인 숙교가 이자염을 잡아 베틀에서 내려오지 못하게 하자 이자염이 민망해하며 옥 같은 얼굴에 난처한 기색이 가득 어린 채로 베틀에 서 있었다. 표연하고 탈이한 거동이 실로 눈길을 옮기기에 아까울 정도였다. 화부인이 기뻐하는 웃음을 머금고 말했다.

"이제 식경(食頃)이 못 되어 베 짜기를 마칠 것이고 언니와 동생이 며느리가 일 마치는 것을 보고자 하시니 모름지기 짜던 것을 멈추지 말고 마친 후 내려오거라."

소화부인이 또한 북을 던져 베를 짜라고 말하고, 정태요는 일어나 인성의 옷을 이끌며 말했다.

"방 안에 봐서는 안 될 남의 집 여자가 있는 것도 아닌데, 무슨 일로 들어오기를 망설이느냐?"

정인성이 대답했다.

"저는 별로 춥지 않으니 마루에 있다가 들어가겠습니다."

정태요가 꾸짖었다.

"아내를 보러 왔다가 우리가 있는 것을 꺼려 들어오지 않겠다니 그 무슨 도리가 그러하냐? 네 옷이 찢어져도 내가 놓지 않을 것이니 부질없는 말은 그만하고 어서 들어오거라."

정인성이 마지못하여 다시 떨치지 않고 방에 들어갔다. 모친의 곁에 앉아, 밤기운이 깊으며 추위가 극심한데 제때 잠자리에 들지 않은 것을 염려하니 화부인이 문득 슬퍼하며 말했다.

"추운 겨울밤에 냉지에서 밤을 새우는 사람도 있는데 따뜻한 방에 모여 잠깐 이야기하는 것이 뭐 그리 기운에 해가 되겠느냐?"

그러고는 이자염을 보며 말했다.

"짜던 것이 얼마 안 남았으니 어서 마치거라. 우리 며느리가 내려오는 것을 보고 돌아가겠다."

이자염은 진실로 민망하지만 감히 그만두지 못하고, 두 시누이와 어른들의 재촉에 따라 할 수 없이 베틀에 다시 올랐다. 아름다운 소매를 천천히 걷으며, 하얀 손을 움직여 풍성한 머리의 부용관을 바르게 해 구슬로 된 관끈을 단단히 매고, 가느다랗고 하얀 손가락을 가볍게 놀려 베틀 북을 던졌다. 백옥집과 황금북이 서로 닿으니 낭랑한 소리는 여와가 청녀를 부르는 것 같고 요요(嫋嫋)한 모습은 상연이 피리를 움직이는 듯했다. 화려한 봉새가 굽혔다가 일어나며 용의 수염이 북 아래 실 사이에 어른거려 옥 같은 피부에 가을꽃이 물드는 것 같았다. 가는 허리를 움직이며 굽히는 사이에 구슬 고리가 쟁그랑거리니 온갖 화음이 소소하고 절절했다. 신조(神鳥)가 소호에게 하례하고 중화를 호위하는 듯, 유한한 움직임과 절묘한 손재주가 법칙에 딱 맞았다. 향기가 함함한 것은 난초가 기운을 뱉는 듯하고 계수나무가 빛남을 자랑하는 듯했다. 두 눈이 정기를 잠깐 흘리자 아름다운 눈에 광채가 빛나니 온갖 빼어난 아름다움이 뿜어 나오고 취하는 모습마다 깨끗하고 아름다웠다. 천 가지 만 가지 기이하고 별출한 동작이 신이하고 찬란하여 조자건에게 시로 부르게 하며 소동파에게 글로 형용하게 하여도 다 쓰지 못할 정도였다. 여러 사람의 눈이 일제히 바라보자 베틀 위에 한 줄 무지개가 일어나 은하의 근원으로 거슬러 올라가니 한 쌍의 촛불이 휘황한데 영채가 뿜어 나왔다. 그러더니 홀연 북 놀림을 그치고 북을 가만히 놓았다. 그리고 금척(金尺)을 가져다가 깁을 끊어 베틀 아래에 내려놓으니 좌우 사람이 멍하니 낯빛을 잃었다. 화부인이 너무도 기뻐하며 친히 일어나 왼손으로 이자염의 손을 잡고 오른손으로 깁을 들어 좌중에 자랑했다.

"우리 며느리의 신기하고 민첩한 재주는 직녀가 동영을 따라 삼백 필 깁을 한 달 안에 짜낸 것과 비교할 만하나, 그 역시 우리 며느리에 비하면 일등의 자리를 사양해야 할 것입니다. 우리 집안에서 방적을 힘쓰는 것이 저마다 평범하지 않은데 이처럼 기이한 것은 보지 못했습니다. 진실로 처음 보는 것입니다. 형님과 동생은 어떻게 생각합니까?"

정태요가 웃으며 대답했다.

"조카의 어진 덕성은 새롭게 일컬을 바가 아니지만, 그 신기하고 능숙한 것은 사람이 생각하지 못할 정도이니 대단하다 칭찬하지 않을 수 없습니다."

그러고는 정염의 부인과 더불어 깁을 가져다가 감탄하며 칭찬했다. 화부인이 참으로 기뻐하며 이자염의 손을 어루만지는데, 푹 빠질 정도로 사랑하는 정이 얼굴에 넘쳐났다. 정태요가 이자염을 향하여 물었다.

"겨울밤이 지루하여 새벽이 아직 멀었는데 조카는 무슨 일을 다시 시작하려고 하느냐?"

이자염이 나직한 목소리로 다른 일이 없다고 대답했다. 화부인이 그 재주를 기이하게 여기고 사람됨을 귀하게 사랑하지만, 집안일에 너무 애를 쓰느라 몸이 상할까 슬퍼하며 자상한 얼굴빛으로 말했다.

"바느질과 베 짜기가 부인네의 소임이지만 며느리는 너무 여러 일을 겸하여 조금의 시간도 한가하게 보내지 못하니, 이 때문에 약질이 상할까 근심이 되는구나. 모름지기 스스로 몸을 보호하는 도리를 등한하게 하지 말거라."

이자염은 절하여 명을 받을 따름이고 감히 대답을 하지 못했다. 정인성이 모친과 고모 등에게 이만 쉬시기를 청했다. 유학사 부인 상옥교와 연한림 부인 상숙교가 맑게 웃으며 말했다.

"현보가 벼르고 들어왔다가 어른들이 계신 것을 보고 당황하여 처소에 돌아가 쉬시라 청하니, 현보의 뜻에 따라 침전으로 돌아가시는 것이 마땅할까 합니다."

정인성이 흰 얼굴에 온화한 웃음을 띠고 두 누이를 부드럽게 보며 말했다.

"옥교 누님과 숙교 누이는 본래 침착하고 단정하신데 오늘은 그 본성을 잃고 우스갯말을 무척 잘하시는군요. 초나라 귤이 변하여 제나라 감이 된 것을 따라 각각 남편의 성정을 흉내 내시는 것입니까? 그러나 유학사 형님과 연한림은 신중한 군자라서, 조정에서의 모습으로는 부부가 닮은 점을 찾아볼 수 없었습니다. 그런데 아마도 집에 들어가서는 부인을 잠시도 멀리 두지 않고, 잠깐 떨어져 있는 것을 3년 이별이라도 되는 듯 하시는가 봅니다."

상옥교와 숙교가 노한 척 꾸짖었다.

"'다른 사람의 마음을 내가 헤아린다.'라고 하더니 동생의 뜻이 그런가 모르겠네. 하지만 유학사와 연한림의 정신이 온전하고 우리 역시 그렇듯 비루한 말을 차마 듣지 못하겠거늘, 아우는 어찌 해괴한 말로 욕을 하는가?"

정인성이 살짝 웃으며 유학사와 연한림의 아내 사랑이 구구함을 말하는데, 마치 두 사람의 거동을 눈앞에 보는 듯 우스웠다. 두 소저가 또한 웃으면서 인성의 말이 심히 거짓된 것이라 하니 인성이 웃음을 머금고 말했다.

"제가 본래 남보다 뛰어나지 못하지만 거짓말을 꾸미는 것은 더욱 못 합니다. 유형과 연랑이 그 같지 않은데 무슨 일로 헛된 말을 보태겠습니까?"

말을 마치자 좌중이 모두 웃었다. 이어 세 부인이 촉을 잡히고 일어나니, 정인성이 모친을 모시고 침전에 들어가시는 것을 살폈다. 이자염 역시 시어머니를 모시고 봉일루로 향하고자 했으나, 화부인은 그만 들어가 편히 쉬라고 했다. 이자염은 더 우길 수 없어 다시 방으로 들어왔다. 정인성이 모친의 침구를 펴고 취침하시기를 청하며 물러나지 않으니, 부인이 바로 잠자리에 들면서 인성을 두어 번 재촉하여 제운각으로 가라 했다. 인성은 마지못해 물러 나와 제운각으로 돌아왔다.

태몽을 꾼 이자염과 정인성

정인성이 들어가니 이자염이 천연하게 일어나 맞아 자리를 마련했다. 고운 모습이 달빛을 쏘아 천지에 빼어나고 옥 같은 얼굴이 깨끗하여 세속의 먼지가 없었다. 짙은 광휘에 따뜻하고 윤기 나며 온화한 기운을 아우른 모습이었다. 봄날의 새가 지저귀는데 흰 태양이 비치고 어진 것이 가지런히 모이며 은은한 복이 합해져 일만 가지 재앙을 불살라 버릴 듯했다. 그러나 운명의 괴로움과 신세의 위태로움이 끝날 날은 아직 멀리 있었다. 정인성은 비록 충효가 빼어나고 어질며 행실이 뚜렷하고 덕이 두터웠지만, 아내의 기이함이 이러하다면 그 뜻이 어느 정도일까 하며, 즐겁게 화락할 마음이 없지 않았다. 그러나 자기의 성효가 얕고 박하여 모친과 형제를 감화하지 못하는가 하는 남 모르는 근심이 가득하여, 미처 아내와 화합을 이룰 생각이 없었던 것이다.

두 사람은 만난 지 팔구 개월에 해가 바뀌게 되어 이 방에서 서로를 대한 적이 드물었기에 일찍이 말을 주고받은 일이 없었다. 그런데 이날은 부친의 명을 받아 이미 들어왔고 시비 등이 침구를 차려놓았기에 인성이 이부자리에서 쉬게 되어 이자염을 향하여 편히 잠들라고 청했다. 그러나 이자염은 오직 옷차림을 단정히 하고 물러나 사양할 뿐이었다. 정인성이 천천히 촛불을 물리고 부부가 이부자리로 나아갔다. 종과 북처럼 조화로우며 예절에 맞는 몸가짐이 서로 잘 어울려, 털끝만큼도 경박하거나 어지러운 모습이 있지 않았다. 맑고 요조하고 어질고 밝은 군자와 숙녀의 거동과 처신이었다. 이것으로 인해 드디어 천백 장(丈)이나 되는 황룡이 품속에 안기는 꿈을 꾸었다. 이렇듯 신이한 꿈을 꾸니, 정인성과 이자염이 신중하고 단정하여 입 밖으로 말하지는 않으나 자식을 두는 경사가 있을 것을 짐작할 수 있었다.

육난이 개용단과 회심단을 사용하도록 묵인하는 소교완

다음 날 아침 태전에 모두 모여 문안 인사를 드리는데, 서태부인은 정잠이 내당에서 잔 것을 알고 의아해하면서도 기뻐했다. 정잠은 내당에 드나드는 것으로 모친의 뜻을 받들며 며느리의 고생스런 상황을 살피려 하여 이후에도 취일전 왕래를 자주 했다. 그러면서 이루와 사광과도 같은 밝은 귀와 눈으로 돌아가는 일들을 또렷이 살피곤 했다. 봉새를 닮은 눈을 한 번 흘리면 사람의 심통을 꿰뚫는지라 소교완이 도리어 평안하지 못하여, 앉으나 누우나 조심해야 했기에 정잠이 오지 않던 때만 같지 못했다. 정인성 부부를 괴롭힐 틈도 없으니 마음속으로 화가 끓어올랐다. 그러나 이러한 마음을 드러내지 못한 채 이를 갈며 때를 기다리고 앞날을 도모하여 정인성과 이자염을 아울러 없애려 했다.

하루는 육난이 틈을 타 아뢰었다.

"왕술위가 밖에 왔는데 우연히 녹빙과 말하는 것을 들으니 세간에 기이한 약이 있다고 합니다. 혹 얼굴을 바꾸며 성정을 변하게 하여 평상시 사랑하던 사람을 미워하고 미워하던 사람을 애중하게 된다 들었습니다. 그 변화가 괴이하므로 투기하는 부인네가 이것으로 적인을 없애며 남편을 농락하여 총애를 얻는다고 하니, 부인이 이를 써 주군을 변심하시게 하는 것이 어떨까 합니다. 그리하면 시랑 부부에 대한 사랑을 돌려 증오로 바꾸고, 둘째 공자를 미워하는 마음을 사랑으로 돌릴 수 있을 것입니다. 그렇게 된다면 부인이 원하시는 바를 근심 없이 이룰 듯하온데, 부인은 이 계교가 어떠합니까?"

소교완이 한 번 웃고 길게 탄식했다.

"요사함은 덕을 이길 수 없고 사악함은 바름을 침범할 수 없으니, 깊은 산속 괴이한 무리가 바르지 못한 풀로 환약을 만든 것이 어찌 바른 군자를 범하여 마음을 바꾸게 할 리가 있겠느냐? 추호도 유익함은 없고 나의 어질지 못한 허물을 나타낼 뿐이다. 어미는 이렇듯 용렬한 계략을 다시는 이르지 마라. 내 또한 소견이 고루하지만 개용단(改容丹)과 회심단(回心丹)을 들은 지 오래인데 한 번도 시험할 뜻을 두지 않았다."

육난이 말했다.

"그렇지 않습니다. 그 약에 변심하여 속은 자가 구태여 우리 주군보다 못한 것이 없는데, 사람마다 술이나 음식 가운데 섞어 먹으면 바뀌지 않는 마음이 없다고 했습니다."

소교완이 미소 짓고 말했다.

"내가 알고 어미가 아는데 무익하고 쓸데없는 말로 남들의 의심을 더하지 마라. 다시 누가 그런 요상한 약을 사라고 한다면 멀리 쫓아 버리거라."

육난이 매우 애달파하며 말했다.

"부인이 고집이 강하여 이렇게 이르시지만, 성인도 미친 사람의 말을 골라 쓰신 바가 있습니다. 제가 비록 지혜가 짧고 얕지만 대충 들은 것을 이렇게 고하지는 않을 것입니다. 주군께 시험하지 못하신다면 이소저의 얼굴을 빌려 음행과 악행을 모든 눈이 보는 데서 행하게 하는 것은 어떻겠습니까? 그리한다면 태부인과 온 가문의 여러 상공, 그리고 시랑까지 모두가 의심할 것입니다. 일을 이같이 만들어

이소저를 먼저 해하여 시랑의 어진 배필을 없애고, 다음으로 시랑을 해한다면 어찌 묘책이 아니겠습니까?"

소교완이 웃고 말했다.

"어설픈 계교를 듣기 싫구나. 부탁이니 이만 그치시게. 어미는 어떻게든 썩은 동아줄을 가지고 여섯 말을 몰고 단검을 가지고 사나운 호랑이를 찔러보시게."

육난이 또한 웃고 다시는 개용단의 신기함과 회심단의 기이함을 일컫지 못했다.

소교완은 사람됨이 총명하여 평범한 사람보다 백 배는 뛰어나지만, 간악함을 좇고 선행을 멀리하는 성정을 지니고 있었다. 다만 그 가운데서도 바른 도를 찾고 요사함을 멀리하여, 군자의 처소에 부정하고 요악한 자취를 보여서는 안 된다는 것을 밝게 헤아렸다. 그래서 차라리 독약을 정인성에게 먹일지언정 요사한 약물로는 그 정신을 흐리게 하지 못할 것이라 생각하여 개용단과 회심단을 쓰지 않았고, 행여라도 허탄하고 요사한 무속을 집안에 들일 뜻을 갖지 않은 것이었다. 이러한 정대함을 가지고 선을 좇고 힘쓴다면 어찌 천고의 어진 부인 되지 못하겠는가? 그러나 소교완은 심기를 온량하게 갖지 못하여 어진 사람을 투기하고 재주 있는 사람을 미워하는 것이 이상할 정도였으며, 강포하고 불인한 것을 쉽게 행했다. 이 또한 한편으로 어리석어 밝다고 생각하지만 어두움만 못하고 정인성을 보채는 것이 정인웅을 조르는 것임을 깨닫지 못하니 이 어찌 자기의 몸을 해하는 것이 아니겠는가? 영명한 소교완이 본래의 성품을 잃고 정인성 부부를 삼킬 듯 미워하는 것이 뱃속에 든 고질병이 되었으니 이는 천도가 소교완을 시켜 정인성과 이자염에게 험난한 궁액을 이루게 한 것이 었다. 그러나 결국은 정인웅이 초초히 살릴 길을 도모하느라 마음속에 화열함도 얻지 못하고 모친의 과실을 걱정하며 초조하고 긴박하여 간과 위를 사르게 한 것이다. 도학과 문장이 탈속하기 때문에 그 수명을 다 못하니 안타깝고 애통한 일이라고 하겠다.

한제선에게 한난소의 사연을 말하는 정잠

이때 영릉도위 한제선이 정씨 집에 이르러 정잠 형제와 조용히 담화했다. 정잠이 그 자녀를 묻자, 공주가 3자 2녀를 낳았으나 아직 영락한 일은 없다고 했다. 정잠이 난소를 그 딸로 의심하는 것이 불가하지만, 도위의 아름다운 모습과 좋은 풍채를 대하고 난소를 생각하니 더욱 판에 박은 듯이 느껴졌다. 정잠이 의심스럽고 괴이하여 그 자녀의 나이를 물었다. 장자가 15세이니 벌써 장가를 들었고 차자는 13세이고 또 장녀는 12세이며 차녀는 10세라고 했다. 정잠이 웃으며 말했다.

"형이 둘째 딸을 갓 낳았을 때 아들보다 더 특별하게 한 것이 있었습니까?"

한제선이 웃으며 답했다.

"숙부인 남정공이 남월에 출전하여 승전하시니 황제께서 특별히 남정공을 봉하시어 남월을 정복하게 하시고 저에게 책명을 받드는 임무를 맡겨 남월에 가 반갑게 만나 보게 하셨습니다. 그때 제가 갓 태어난 어린 딸을 떠나는 것이 서운하여 여차여차 팔 위에 쓴 것이 있는데, 혹시 이 소문을 듣고 묻는 것입니까?”

정잠 형제가 더욱 놀랍고 의아하여 급히 물었다.

“경백(한제선)이 돌아왔을 때 딸의 팔에 적힌 그 필적이 정말 경백이 쓴 것이었습니까?”

한제선은 정잠이 이같이 묻는 것을 수상히 여기고 반드시 무슨 까닭이 있음을 알고 답했다.

“팔에 쓴 붉은 글씨는 제가 썼으니 그사이에 어이 달라짐이 있을 것이라 유의하여 보았겠습니까? 형이 이렇게 묻는 것은 무슨 뜻입니까?”

정잠이 말했다.

“우리가 간절히 알고자 하는 일이 있어 묻는 것이라 말이 다소 괴이할 것입니다. 그 딸의 성품은 누구를 많이 닮았습니까?”

한제선이 말했다.

“딸아이가 처음 태어났을 때 온 집안 사람들이 모두 저와 제 동생인 희백【한제선의 첫 번째 동생인 학사 한제필의 자호이다.】을 닮았다고 하였습니다. 그런데 남월에서 돌아온 후 보니 신생아 때의 모습과 달라져 있었고, 점점 자라면서 형제들과 전혀 다르며 부모를 닮은 곳이 없으니 뭐라 말씀을 드리지 못하겠습니다. 그런데 대체 무슨 뜻으로 물으시는지 의심스럽고 괴이하니, 얼른 그 연유를 말씀해 주십시오.”

정잠이 한참을 말없이 있다가 말했다.

“제가 이 말을 꺼내는 것이 매우 불가하지만 제가 의심된 일을 보면 참지 못하는 성정인 까닭에 경백에게 물은 것입니다. 저의 서표매 서씨라고 하는 사람은 재종 서제 겸의 처입니다. 그가 여차여차 얻어 기른 아이가 있고, 이름이 난소입니다. 그런데 그 아이의 팔에 붉은 글씨가 있어 우리가 자세히 보니 경백의 필체와 매우 비슷하였습니다. 너무도 의아하여 즉시 경백을 찾아 묻고자 했는데 누이인 상무숙의 부인이 희백의 안사람을 【한학사의 부인은 정국공 상공의 누이이다.】통해 귀궁(貴宮)의 소식을 알게 되었습니다. 그에 따르면 공주께서 여러 자녀를 낳으시고 모두 잘 기르신다 하기에, 당치 않은 일을 물으러 다니는 것이 괴이하여 미루고 있었습니다. 금일 경백 형에게 묻는 것을 괴이히 여기지 마십시오."

한제선이 이 말을 듣고 나서 저도 모르게 안색이 변하며 말했다.

"저는 딸의 팔에 글씨를 쓴 후 다시 유의하여 보지 않았고, 그때 공주는 산후 현기증이 괴이하여 인사를 수습하지 못하였습니다. 형의 말을 들으니 의심이 일어나는 것은 말할 것도 없고, 형의 명철함으로 제 필체를 몰라보지 않을 것입니다. 이 가운데 반드시 괴이한 흉사가 있어 사람의 천륜을 어지럽게 하여 진짜 아이를 홀연히 잃고 전혀 다른 남의 아이를 기르고 있는가 합니다. 얻어 길렀다는 그 아이의 팔에 있는 글씨를 보면 제가 깨달을 일이 있을 것입니다. 그러나 이미 자랐으니 차환이나 시아의 신분이 아니라면 낯을 가리는 도리를 갖춰야 하므로 무단히 나오라 하여 보지는 못할 것입니다. 저는 일단 돌아가겠습니다. 의심을 밝힐 조각이 있을 것입니다. 정유인(정겸의 부인)이 기른 아이가 제 자식이 분명하다면 내일 아침에 찾으러 올 것이고 그렇지 않으면 후일 조용히 오겠습니다."

바삐 일어나는데 기색이 착급했다. 정잠 형제는 구태여 그를 머무르게 하지 않았다. 이 가운데 측량하지 못할 변고가 있는 것을 짐작했다.

한난소가 버려진 사연

원래 영릉도위 부마 한제선은 동평후 한휴의 장자이다. 어릴 때 친모 탕부인을 여의고 계모 주씨가 들어왔다. 주씨는 목강의 인자한 덕이 없으며 상(象)의 모친이나 민자건의 모친과 같아 자애롭지 못한 마음을 가졌을 뿐 아니라 천지간에 가장 악특한 성품이었다. 그러나 한휴는 순임금의 부친인 고수의 완악함이 없고 민자건의 부친 민능처럼 살핌이 있는 까닭에 위란 속에서도 두 아들이 잘 성장했다. 장자인 한제선은 황제가 아끼는 사위가 되고 동생인 한제필은 상씨 집안의 사위가 되어 형세가 굳으니 감히 함부로 하지 못할 처지가 되자 주씨는 도리어 영릉공주와 한제선을 사랑하는 체했다. 한제선과 공주는 지극한 효와 덕을 지닌 군자와 숙녀였다. 주부인을 받드는 효성이 매우 정성스러워 효자로 유명한 민자건과 왕상에 비길 만했다. 그러나 주씨는 그 어진 것을 더욱 시기하고 미워했다.

주씨는 직접 낳은 아들은 없고 다만 딸 하나를 두어 태학사 양의에게 시집을 보냈는데, 딸을 낳고 불행히 일찍 죽고 말았다. 일이 공교롭게 되어 양학사 부인이 딸을 낳고 죽던 해와 영릉공주가 잉태하여 만삭이 된 사이가 멀지 않았다. 이때에는 한제선의 부친인 한휴가 죽고 삼년상을 지낸 뒤라 주씨는 거칠 것이 없었다. 이러한 때 딸이 산후에 죽게 되니 주씨는 문득 일을 꾸미며, 신생아가 어미와 더불어 죽었다면서 양학사를 속이고 양씨 아이를 감추어 아들들에게도 보이지 않았다. 이것은 공주가 먼저 두 아들을 낳았으니 이번에도 아들을 낳을 것이라 생각하여 공주가 출산하는 때에 아이를 바꾸기 위해서였다. 주씨는 바꾼 남자아이를 양학사에게 보이며, 처음에 죽었다 한 것은 유복자가 단명한다는 속설 때문에 거짓으로 소문을 퍼뜨려 흉악을 떼어내게 한 것이라고 할 생각이었다. 그런데 공주가 뜻밖에 딸을 낳았고, 산후에 병이 있는 것은 아니나 어지럼증이 가볍지 않았으며 눈이 어둑하여 보는 것이 분명하지 못했다. 주씨는 공주가 아들을 낳지 못한 것이 애달팠지만, 심술이 흉악하여 한제선의 자녀를 다 없애려 하는 까닭에 거짓으로 신생 여아를 귀중해하는 체했다. 그러고는 자기가 데려다 기르겠다며 심복 시녀 초하로 유모를 정하여 신생아를 옮겨 자기 침실에 두었다. 한제선은 모친께 의심을 둔 것은 아니나 공주의 산후 병이 괴이하여 인사를 수습지 못하였기에, 자기가 만 리에 나가게 되자 심사가 울적해 붉은 붓으로 그 팔에 심상치 않은 글을 썼던 것이다.

주씨는 한제선이 떠난 때를 기다려 즉시 신생아를 데려다 시녀 교란에게 주고 연못에 던져 넣으라 했다. 하지만 교란이 차마 죽이지 못하여 자기의 아주머니인 심파에게 주고 거짓으로 죽었다고 전했다. 주씨는 기뻐하면서 한제선의 필체를 본떠 사오일을 공부해 완연히 비슷한 글씨를 쓰게 되었다. 드디어 양씨 딸의 팔 위에 붉은 먹으로 글을 쓰는데, 참으로 난소의 팔에 쓴 것과 같았다. 그러고는 양씨 아이를 난소라 하여 기르기를 각별히 했다. 부모와 자녀를 바꾸어 천륜을 어지럽게 하는 것이 죽은 딸에게 유익하지 않은 것은 주부인도 모르지 않았다. 그러나 양씨 집안이 비록 지체 높은 명문가이지만 심히 청빈하여 부유하지 못한 것을 꺼려 이처럼 인륜의 큰 변고를 아무렇지 않게 행한 것이었다. 또한 양학사는 곧고 밝으며 위엄 있는 사람이지만, 집에서는 매우 서먹하여 찬찬히 살피는 일이 없었다. 그러니 만일 후취를 얻되 불인한 여자를 들인다면 어미 없는 아이의 안쓰러운 사정을 돌아보지 못할 것이라고 여겼다. 하지만 만약 성씨를 바꾸어 무사히 장성한다면 한제선과 영릉공주의 사랑스런 딸인 데다 황상의 외손으로 군주의 호위를 받을 것이었다. 성인이 되어 혼인할 때에도 그 성대함과 존귀함은 천 사람이 추앙하고 만 사람이 경탄할 정도일 것이므로, 이러한 부귀를 취하고 앞날의 즐거움을 얻기 위하여 아이를 바꾼 것이다. 이는 초하와 교란 외에는 아는 사람이 없었다.

몇 달 후 공주가 몸이 나아져 양씨 아이를 처음으로 보았다. 자기 신생아를 보지 않았으므로 아이의 얼굴이 바뀌었으리라고 생각하지 못하니, 칠 삭의 아이를 가져다 삼 삭이 된 신생아라 하며 속이는 줄이야 꿈에서나 생각했겠는가? 다만 여아가 부모를 닮지 않고 전혀 상관없는 주부인과 이상하게도 닮은 것을 괴이하게 여겼으나 겉으로 드러내지 않았다. 한제선이 1년 후에 돌아와 딸아이를 보고 모습이 바뀐 것을 의아해했으나, 죽은 여동생의 딸을 가져다 거짓으로 죽었다 하고 자기 부부를 속여 천륜을 어지럽힐 줄은 아득히 깨닫지 못했다.

한난소가 바뀐 것을 알게 된 한제선

　세월이 물 흐르듯 하여 가짜 난소가 12세가 되었다. 주부인은 가짜 난소를 공주의 침전에 보내지 않았다. 그리고는 늘 부마 한제선과 공주를 대하여 눈물을 흘리며 죽은 딸이 청춘에 요절한 것을 일컫고, 모녀의 정을 안타깝게 끝낸 것이 슬퍼 병이 심골에 박혔다고 했다. 그러면서 공주가 낳은 난소의 아름다움이 죽은 딸보다 더하고 갓 태어날 때부터 자기 처소에 두어 정이 모녀보다 크니 난소를 성혼 전에는 다른 처소로 옮기지 말고 자기 처소에 두라고 했다. 이러한 주부인의 말이 슬프기 그지없어 부마와 공주는 애처롭고 마음이 아팠다. 그래서 가짜 난소를 주부인 처소에 두고 지극히 사랑했다. 그러나 양씨 아이는 그 부친이나 죽은 모친을 닮지 않고 자랄수록 주부인과 한 판에 박은 듯했다. 부마와 공주가 그 사람됨을 기뻐하는 뜻이 없이 마음속으로 생각했다.

　'우리가 모친을 우러르지만 서로 핏줄을 논할 수는 없는 처지인데, 난소가 홀로 모친을 유독 닮고 나머지 아이들과 비슷한 곳이 없으니 어찌 괴이하지 않은가?'

　이렇게 의아해하나 말끝에는 올리지 않았다. 그러다 금년에 부마와 공주가 꿈속에서 선명히 한 곳에 이르렀는데 경관과 집의 모습이 태운산 정씨 부중과 다르지 않았다. 한 소녀가 봉새 같은 어깨에 투명한 녹나삼을 입고 버들같이 가는 허리에 빗살 없는 홍초상 치마를 둘렀는데, 아름다운 눈썹 사이에 일만 가지 시름을 띠고 샛별 같은 두 눈에 티끌이 어리어 옥 같은 미모에 슬픈 기운이 처량했다. 부마와 공주를 붙들고 엄마 아빠라고 부르며, 12년 다른 집에서 길러져 천륜을 잃어버리고 성명을 알지 못해 슬프고 원통하기가 이보다 더한 것이 없다고 고했다. 그 참연하고 애절한 사정을 말하자 부마와 공주는 뼈가 저리고 마음이 쓰린 것을 깨닫지 못했다. 곁에는 한선공 동평후가 폭 넓은 옷과 큰 띠 차림으로 엄연하게 정좌하여 길게 탄색하고 말했다.

"주씨의 작란이 내 아이의 부녀간 천륜을 어지럽혔지만 이는 또한 난소의 운명이다. 하늘이 맺은 기이한 인연이 정인성에게 속한 까닭인 것이다. 아들과 공주는 난소의 구구함을 거리끼지 말고 하늘의 뜻과 기이한 연분임을 생각하여 손녀를 정인성의 빈희(嬪姬)로 보내거라. 다만 양씨 아이의 작란이 비상하고 주씨의 극악함이 정문백의 부인(소교완)을 도우니 숙질과 고손의 하는 일이 매우 아름답지 않을 것이다."

【원래 한제선의 계모 주씨는 소원외(소희량) 부인 주씨의 아우인데, 선악의 다름이 유하혜나 도척과 같으니 이는 곧 소교완의 이모이다.】 이렇듯 꿈속에서 아버지의 말씀과 그 아이의 애처로운 거동이 황망히 한제선과 공주의 눈앞에 머물렀으나, 형체 없는 그림자를 꿈꾸고 마음에 비련함을 머금을 뿐이었다. 이 같은 꿈이 한 번에 그치지 않고 자주 이어지더니, 지난밤에는 난소와 아버지가 다시 나타나 이렇게 말했다.

"한무제는 만승천자의 높은 지위였지만 하나의 꿈으로 인하여 감동하는 바가 되었는데, 나의 아들과 공주는 어찌 잃어버린 자식과 죽은 아비가 여러 번 꿈을 통해 말하는 바를 허탄하게 여겨 믿지 않느냐? 날이 밝는 대로 태운산 정씨 집으로 가 운백 형제를 만나보라. 이 가운데 반드시 잃어버린 아이의 소식을 들을 것이다. 의심스러워 결단하지 못하겠거든 교란과 초하 등을 죄주어라. 12년 끊어졌던 천륜이 단합하여 잃어버린 자녀의 참연함을 위로할 수 있을 것이다."

한제선과 영릉공주가 눈물을 흘리며 절하고 명을 받아 몸을 일으키는 순간에 깨어나니 꿈이었다. 매우 놀라고 의아하여 공주가 한제선에게 말했다.

"첩이 감히 몽사를 가지고 군자께 번거롭게 아뢰어서는 안 되지만, 꿈에 순순히 잃어버린 아이를 찾을 것이라고 하니 참으로 아이가 다른 집에 있다면 어떻게 알 수 있겠습니까? 금일 잠깐 정참정을 만나 알아보면 어떠하겠습니까?"

한제선이 탄식했다.

"꿈이 비록 그렇지만 자식을 잃은 일이 없이 어떻게 찾겠습니까? 정운백을 만나본 지 오래니 공주께서 권하지 않으셨어도 한번 가보려고는 했습니다."

그리하여 이렇게 태운산에 나와 정잠 형제와 말을 하다가 난소의 말을 듣고 꿈의 일을 떠올려, 모친이 기르는 아이가 진짜 난소가 아닌 것을 오늘에야 명쾌히 헤아린 것이었다. 심신이 착급하여 바삐 돌아와 그윽한 곳에 앉아 장자 수홍으로 하여금 교란과 초하를 부르게 했다. 이들이 앞에 이르자 한제선이 소리를 나직하게 하여 물었다.

"너희가 딸아이의 유모가 되었으니 갓 태어났을 때부터 지금까지 모르는 일이 없을 것이다. 난소가 진짜 내 자식인지 아닌지를 너희는 알겠지. 내가 이미 난소가 하나 더 있음을 알고 묻는 것이니, 너희가 만일 거짓을 말한다면 즉시 형벌에 처할 것이다."

목소리가 높지 않으나 눈가에 찬 서리가 어리고 안색이 엄했다. 두 시비는 본래 죄를 무겁게 지었기에, 오늘 묻는 말을 듣고 살 기운이 없고 죽을 마음만 있었다. 그러니 어찌 괴로운 형벌을 받아 살점이 문드러진 후에야 바로 고하겠는가? 차라리 쉽게 죽고자 하여, 초하가 먼저 대답했다.

"저는 양부인의 딸 양소저를 젖 먹여 기른 것이고 군주의 난소 소저가 있는 거처는 알지 못합니다. 처음에 양부인이 낳은 딸을 감추고 죽었다는 소문을 퍼뜨린 것은 제가 모르는 바이지만, 그때 공주께서 출산을 하시고 어지럼증이 있어 사람들을 살피지 못할 만큼 어두우시어 태부인이 아이를 침전에 옮기셨습니다. 그리고 주군께서 남월에 가시게 되자 양소저를 공주가 낳은 아이라 하시고, 진짜 아이는 저희에게 주어 연못에 던져 넣으라고 하셨습니다. 저희가 차마 물에 넣지 못하여 아주머니인 심파에게 주었는데, 그 후에 물으니 유모를 얻을 수 없어 수개월 동안 젖을 얻어 먹이다가 힘이 미치지 못해 팔았다고 합니다. 어이가 없었지만, 연못에 던져 없앤 것으로 생각하였습니다. 그러고는 세월이 여러 번 지났으나 감히 사실대로 아뢰지 못하였습니다."

한제선이 다 듣고 너무나 놀란 것은 말할 것도 없고, 두 시비의 입에서 어머니의 이야기가 나오는 것에 크게 노하여 그 자리에서 이들을 죽이고자 했다. 이에 아들 수흥이 이를 말리며 간했다.

"두 시비의 간흉한 죄악은 만 번 죽어도 아깝지 않으나, 할머님이 총애하는 시녀이고 누이를 찾지 못한 채 두 시비를 죽인다면 오히려 명쾌한 증거가 없게 됩니다. 얼른 심파를 잡으셔서 누이 판 곳을 물어 천륜을 모이게 하는 것이 유일한 소원입니다."

한제선이 소리 높여 말했다.

"내가 이미 딸이 살아 있음은 대략 알고 있는 바이다. 두 시비의 흉악하고 교활한 죄가 이토록 중하건만, 나는 모친이 저들을 총애하시므로 죽을 죄는 면해주려 하였다. 그런데 감히 흉한 일을 모친에게 미루고자 하니 이 죄를 어찌 용서하겠느냐?"

말을 마치고 두 시비를 일시에 석 자 되는 깁으로 교살하고자 했다. 한수홍은 인명의 중함을 측은하게 여길 뿐 아니라 난소를 바꾼 것이 저들이 먼저 주장한 일이 아님을 헤아렸다. 교란은 오히려 누이를 물에 넣지 않았으니 공이 있는 것이기에 다시 아뢰어, 두 시비의 하찮은 숨을 끊지 않는 것이 성덕과 효의에 온당함을 일컬었다. 한제선은 본래 아들의 말을 좋게 여겼고, 주부인이 두 시비 알기를 중하게 하니 진실로 그 입에서 주부인의 허물이 드러나는 것에 놀라 급히 죽이려 했으나 혹 주부인이 자기 뜻을 모르고 놀라운 말과 요란한 거조를 행할까 하여 잠깐 노함을 풀고 두 시비에게 엄히 물었다.

"너희의 죄악이 한 번 죽어 갚지 못할 바이지만 모친이 신임하시는 것을 보아 용서하니, 또다시 망령된 허언으로 모친을 얽어맨다면 결단코 두 번 용서하지 않을 것이다."

두 시비는 죽기를 기약하고 매우 슬퍼하다가 천만뜻밖에 살아나게 되니 형용할 수 없을 정도로 다행스럽고 기뻤다. 급히 고개를 조아려 은혜에 감사하여 스스로 각각 죄를 지은 것처럼 하고 감히 다시는 주부인을 언급하지 못했다. 한제선이 교란으로 하여금 심파를 부르게 하여 판 곳을 물도록 했다. 심파가 두려움에 실색하여 감히 대답하지 못하고 온몸을 떨 뿐이었다. 한제선이 화평한 안색으로 다시 조용히 물으니 심파가 겨우 대답했다.

"태운산 정각로 댁 구생루에 사람이 많이 모인다는 말을 듣고 혹시 젖줄이 풍족한 사람이 있는가 하여 어린 소저를 데려갔습니다. 그런데 그곳의 유모가 나왔다가 소저의 품성을 보고 놀라며 말하기를 '이는 결단코 하류의 천한 사람이 아니니 아주머니의 친딸이 아님을 묻지 않아도 알 듯합니다. 우리 주인이 아들 하나를 낳아 수년 전 향리의 존고(尊姑)께 보내고 심사가 울적한데, 유즙을 처치하지 못하여 걱정이시니 이 아이를 우리 주인께 드리면 기뻐할 것입니다. 아주머니는 값을 받아 가십시오.'라고 했습니다. 천첩이 과연 소저를 보호하여 기를 길이 없는 까닭에 차라리 존귀한 곳에 보내고자 하여 쾌히 허락하고, 수십 냥 은자를 받고 팔게 되었습니다. 이제 10여 년이 지나 소저의 생사 유무를 알 길이 없으니 천첩은 죽기만을 바랍니다."

이렇게 말을 하는 사이에 동생인 학사 한제필이 부마를 배알하고자 이르렀다가 이 일을 듣고 크게 놀랐다. 처치할 도리를 묻자 한제선이 탄식했다.

"잃어버린 딸아이가 이러저러하게 정씨 집에 가서 목숨을 보전할 수 있었고, 없던 질녀가 잘 자라 십수 년이 되었으니 죽은 누이의 자취가 사라지지 않게 되어 도리어 다행이다. 그러나 자식이 강보의 나이에 남의 문하에 팔려 비루하게 자라는 것을 부모가 알지 못하고, 화려한 집에서 부귀하게 자라는 아이들만 사랑하고 아끼던 일이 더욱 한심하다. 이런 일의 죄상을 이른다면 초아 등에게 참형을 내리지 않을 수 없지만, 내가 이미 형벌을 시행하지 않았으니 심파를 데려가 정씨 집으로 가서 딸아이 판 곳을 찾아 데려올 뿐이다."

한학사가 이 말을 듣고 불행 중에도 질녀가 요행히 생존한 것을 기뻐하며, 한제선이 관대하고 어질게 처치하는 것을 칭찬했다. 이제 빨리 달려가 난소를 찾아 새벽에 돌아오자고 하니 한제선이 말했다.

"이 형의 뜻도 그러하나 이미 날이 어두워 남문을 나가는 것이 오히려 좋을 것이다. 새벽을 기다려 행할 것이고, 이 이유를 먼저 모친에게 고하려 한다."

주씨에게 진짜 난소의 거처를 알리는 한제선

그런 후 심파를 행각에 두어 새벽 닭소리를 기다리라고 이르고, 형제가 일시에 모친의 처소로 가 혼정을 했다. 한제선이 먼저 가짜 난소를 나오게 하여 머리를 쓰다듬고 슬픈 안색으로 말했다.

"내가 밝지 못해 죽은 누이의 딸을 빼앗아 내 자식의 수를 보태었구나. 네 천륜을 끊어 부녀가 서로 알지 못하게 한 것은 모두 나의 허물이다. 12년을 부모로 부르다가 갑자기 숙부와 조카가 되는 것이 네뜻에 서운할 것이고 내 마음도 그러하다. 하지만 사람이 세상에 태어나 근본 성씨를 알지 못하는 것은 망극한 변고이다. 이제 나의 잃어버린 자식의 거처를 비로소 알게 되었으니, 너를 대하여 한번 이르지 않을 수 없어 이야기하는 것이다. 너는 나의 죽은 누이의 딸로 지금의 형주자사 양순의 장녀이고 나의 생질이다. 죽은 누이가 젊은 나이에 요절하여 남녀간 골육을 남기지 못하게 된 것을 더욱 비통해하고 상심했는데, 간사한 시비들이 일을 꾸며 죽은 누이의 아이를 빼앗아 내 자식으로 삼았을 줄 누가 알았겠느냐?"

말을 마치고 몸을 일으켜 주부인게 절하고, 자기의 진짜 딸은 정씨 집에 팔려 겨우 보전할 수 있었음을 아뢰었다. 그러면서 그 죄를 초하와 교란과 심파에게 미루어 부인이 그 일에 관계한 것을 명백히 하지 않았다. 주부인이 본래 간악하고 포악하기가 대단하지만 오늘 천만뜻밖에 이러한 말을 들으니, 아무리 계교를 장량과 진평에게 빌리고 말솜씨를 장의와 소진에게 빌려도 그 부녀간 천륜을 다시 어지럽게 하여 잃어버린 아이 찾는 일을 어그러뜨릴 도리가 없었다. 그저 가슴이 뛰놀고 심신이 두근거려 저도 모르게 얼굴이 흙빛이 되었다. 한제필은 모친이 크게 낙담하는 것을 눈치채고, 진짜 난소를 찾으면서 가짜 난소가 양씨 집 아이로 되돌아가 죽은 누이의 영혼을 위로하고 요절한 자취를 이어 참담한 아픔을 덜 수 있게 되었다며 불행 중 다행임을 하례했다. 또한 형이 경사를 맞은 일에 죄인을 사형하는 것은 인덕에 흠이 되는 일이기에 초하와 교란 등과 심파를 용서하여 죄를 다스리지 않았음을 고했다. 주씨는 듣는 말마다 두렵고 부끄러움이 더할 뿐이었는데, 교란이 난소를 연못에 넣었다 하고는 몰래 심파에게 주어 일이 이렇게 된 것에 크게 분노했다. 본래 염치를 돌아보지 않는 사람이기에 문득 상을 치고 소리 높여 말했다.

"교란 등의 죄상은 크게 죗값을 물어야 바인데, 큰아이가 어질고 심약하여 죽을 죄를 너그럽게 용서해 버리는구나. 그렇게 해서는 간악한 시비를 징계하지 못할 것이다. 나 역시 십여 년을 아득한 안개

속에 있으면서 아들의 자식과 딸의 자식을 분변하지 못하는 바가 있었다. 알지 못하겠구나. 죽은 딸아이가 예전에 출산을 한 후 모녀가 함께 죽었다 하고 어린아이를 감추었다가 공주의 딸과 바꾸어 이 변을 만들었다고 하더냐?"

한수홍은 할머니가 아무것도 모르는 듯 하는 말에 더욱 놀라 말했다.

"예전에 숙모가 할머님 침전에서 분만하시고 그로 인하여 돌아가시니, 양씨 누이의 거처와 생사를 할머님이 어이 모르시겠습니까? 그러나 숙모가 별세하신 일로 할머님이 지나치게 슬퍼하고 상심하셔서 여러 일을 살피지 못하여 시비 등이 간계로 변을 꾸미는 것을 깨닫지 못한 것입니다. 양씨 누이가 12년 동안 성씨를 알지 못하고 천륜을 밝히지 못한 사정은 슬프고 놀랍지만, 부친을 의지하고 모친을 믿으며 지극한 아픔을 모르고 지낸 것이 도리어 즐거운 것일 수 있습니다. 그래도 누이의 사정은 보지 않아도 구곡간장이 끊어집니다. 초하와 교란 등을 천 갈래 만 갈래로 베어 죽인다고 한들 다 갚을 수 있겠습니까마는, 간악한 시비들이 죽기에 이르러 무슨 말을 할 줄 알겠습니까? 만일 어리석은 일을 범하고 엉뚱한 자에게 그 죄를 돌려보낸다면 그 요란함이 심히 아름답지 않을 것입니다. 또한 이 말이 구중궁궐에 이르게 되면 황제께서 그냥 두지 않으실 것이니, 한갓 교란만 아니라 여러 시녀 등이 연루되어 살육이 적지 않을 것입니다. 이런 까닭에 참담하고 분한 마음을 견디기 어려우나 형벌을 시행하지 않은 것입니다."

주씨는 손자의 말을 듣고 더욱 분함을 억제할 수 없고 한이 쌓여

참을 길이 없었다. 하지만 그 누구도 탓할 수가 없기에 그저 양씨 아이를 붙들고 우레같이 통곡할 뿐이었다. 양씨 아이도 성씨를 바꾸고 천륜을 어지럽힌 것은 슬퍼하지 않고, 제 몸이 천자 집안의 금지옥엽이라는 존귀함을 잃으며 군주의 지위와 호칭을 잃어 양씨 집 어미 없는 아이가 되는 것이 서러워 할미를 붙들고 울기를 마지않았다. 부마와 공주가 어루만지며 위로했다.

"십수 년을 숙질이 모녀로 칭하여 쌓아온 정이 간절하니, 이제 우리 딸을 찾았어도 네가 나를 의지하고 우러르는 것과 내가 너를 사랑하는 뜻이 바뀔 것은 아니다. 너는 마침내 우리의 수양딸이 되어 양자사가 돌아올지라도 우리 슬하를 떠나지 말거라. 내가 어찌 죽은 시누이의 하나 남은 골육을 소홀히 생각하겠느냐?"

양씨 아이는 옥 같은 낯에 눈물을 비처럼 흘리며 말했다.

"비록 이리 이르지 않으셔도 소녀가 부모님을 우러르는 뜻은 천륜보다 더 자별합니다. 종신토록 어찌 슬하를 떠나는 일이 있겠습니까?"

한제선은 그 정을 애석해하고 또 웃으며 말했다.

"네가 성인이 되기 전에는 슬하에 두는 것을 마음대로 하겠지만, 나이가 찬 후 군자를 만나면 거취를 마음대로 못 할 것이니 어찌 종신토록 떠나지 않는단 말이냐?"

한제필도 농담으로 주부인의 분을 풀게 하고 양씨 아이의 슬픔을 진정시키며 주부인께 고했다.

"인겸(양순)이 돌아와 딸아이의 이름을 주는 것은 아직 멀었으니, 제가 양씨 아이의 양부로서 인겸을 대신하여 아이의 이름을 짓겠습니다."

그러고는 드디어 일아라고 이름을 지었다. 주부인은 부마와 공주
가 화평하고 겉으로 드러내는 분노가 없으니 더 이상 흉악을 부릴 수
도 없었다. 속으로 난소가 죽지 않은 것을 통한했지만 말과 얼굴빛에
드러낼 수 없기에, 다만 양일아가 죽은 딸의 소생인 것을 이제 알게
된 듯 슬퍼했다. 그러나 분노를 마음속에 눌러 담아, 난소를 보지 않
아도 삼켜버릴 듯했다. 영릉공주는 시어머니의 이러한 심지를 헤아
려 깊이 염려했다.

딸을 위해 정잠에게 청혼하는 한제선

한제선은 이 밤을 앉아 새우고 오경에 북이 처음 치자 가마를 움직
여 정씨 부중으로 갔다. 정잠 형제와 예를 나누는데, 정잠이 먼저 말
했다.

"상황을 살펴 귀한 자식이 맞다면 오늘 아침에 찾겠노라 하더니 일
찍 이르셨군요. 만나보시렵니까?"

한제선이 그렇다 하고 서소랑의 비자를 다 불러 심파와 대면하게
할 것을 청했다. 다만 간흉한 궁인과 요악한 비복이 나쁜 일을 지어
딸아이를 잃고 아득히 깨닫지 못했던 것을 애통하고 절박하게 여길
뿐, 혹여 계모의 허물이 드러날까 하여 이를 최대한 감추고자 했다.
정잠과 정삼이 또한 숨기는 바를 알려 하지 않고, 서소랑의 네 명 시
비를 다 불러 심파를 만나게 했다. 그중 한 사람이 나이는 사십쯤 되

었고 눈이 맑으며 눈썹이 그린 듯하고 입이 붉으며 낯이 깨끗하여 상민의 딸 같지 않은 모습이었다. 이는 옛날에 난소를 팔라고 하여 20여 냥 은자를 내어다 준 유모였다. 심파가 붙들고 말했다.

"모월 모일에 이러저러하며 어린 소저를 산 사람이 아닙니까?"

그 사람이 대답했다.

"그렇습니다. 그런데 아이를 팔고 간 지 10여 년 동안 모습이 없어 반드시 죽었다고 여겼는데 잘 살아서 지금 찾아 이르렀군요? 우리 주인이 그 아이를 사서 기르시며 정이 모녀에 못지않으셨으나 낭자가 늘 근본 성씨를 몰라 마음 아파하셨습니다. 그대가 이제 찾아 이르니 근본을 일러주지 않겠습니까?"

심파가 이 말을 듣고 나서 참으로 다행이라며 기뻐했다. 한제선은 두 사람의 말을 듣고 정신이 아득해지며 안색이 자꾸 변했다. 정잠을 돌아보고 말했다.

"정유인(정겸의 부인)이 기른 것이 분명 저의 자식이니, 형은 들어가 알리고 바로 별당을 빌려 저의 부녀가 얼굴을 보게 해주십시오."

정잠과 정삼은 부녀의 상봉을 축하하며 말했다.

"저희는 서씨 누이가 얻어 기른 아이가 있었는지도 알지 못했습니다. 그런데 어느 날 요악한 시녀가 이러저러하게 일을 꾸민 것으로 인하여 그대 딸이 우물에 떨어지니, 근본의 귀천은 미처 알지 못하고 인명의 중함을 측은하게 여겨 저희가 친히 건져 구하다가 팔의 글씨를 본 것입니다. 이미 제 아들이 결백하고 그대 딸의 결백함을 밝힌 지 오래되었지만, 그대의 딸이 아직도 더러운 이름을 완전히 벗은 것은 아닙니다. 제 아들이 조정에 들어가지 않았다면 비록 외람하나 그대의 딸과 남매를 맺어 피차의 혐의를 두지 않을 것입니다. 그런데 지금은 아들이 집에 있지 않으니 조정에서 나온 후에 의남매를 맺을 생각으로 우리가 이미 그대의 딸을 한번 보았습니다. 그리고 이제 다시 낯을 대하여 제 큰아이와 남매가 되는 일을 알려 마음에 걱정하는 바를 풀어 주고자 합니다. 형의 뜻은 어떠합니까?"

한제선은 이 말을 듣고 나서 꿈의 일과 들어맞음을 생각했다. 이것이 또한 하늘의 뜻과 기이한 인연이 아니라면 자기 딸이 정씨 집 서파에게 팔릴 일이 없었을 것이고, 이런 사고가 아니라면 정씨 집 아들의 빈희 되는 일을 의논할 것이 아니었다. 불행이 지극한 상황이지만 구하기 어려운 희한한 사람이 정인성이었다. 그의 온화한 기풍과 대효는 지금 천하에 제일이고, 선견과 학식이 공자와 안자의 뒤를 이을 정도였다. 뜻을 결단하고 딸아이의 좋은 기약을 정하고자 하여 정잠의 말에 답하지 않고 도리어 물었다.

"두 분 형님, 저는 돌아가신 선생님(정한)의 학문과 가르침을 받들었지만 불민하고 어리석어 동문들의 아랫자리가 되었습니다. 선생님은 살아 계실 때 저를 어떻게 여기셨습니까?"

정잠 형제가 대답했다.

"형이 충문공의 후예로 학문하는 행실과 문장의 재질이 숙연하고 효우와 덕행이 조정과 향리 사이에 꼽히게 되었으니, 부친이 살아 계실 때에 또한 칭찬하고 사랑하실 따름이었습니다. 오늘날 새삼스레 묻는 것은 어째서입니까?"

한제선이 웃으며 말했다.

"두 분께서 과도하게 위로하시니 제가 부끄러워 죽을 지경입니다.

다만 제가 다른 사람보다 뛰어나지는 않지만 장후백(장헌)보다는 못하지 않을 듯합니다. 두 분은 장형과 겹사돈을 맺으셨는데, 저를 만일 더럽다고 하지 않으신다면 소수 선생이 재보(정인광)를 취하면서 거리끼지 않은 것을 본받아 딸을 찾은 후 조용히 현보(정인성)의 소실로 예를 이루고자 합니다. 무슨 까닭으로 남매를 맺어 부질없는 의를 만들겠습니까? 부탁이니 두 분은 고집하지 말고 한마디로 쾌히 허락해 주십시오. 제가 현보를 사위로 삼고자 하는 것이 외람됨을 모르지 않지만, 이미 이부인을 취한 것을 알고 있고 제 딸이 설사 천하고 비루하게 자랐어도 남의 첩 소임은 못 하지 않을 듯합니다. 아이의 어질고 그름은 두 분이 저보다 밝게 아실 것이니, 만약 딸자식이 억울한 누명을 썼던 것일 뿐 어질고 정숙한 아이라 생각되시면 이 혼사를 허락해 주십시오. 그렇지 않고 거짓으로 결백하다 말하지만 간교하고 음란한 위인으로 남의 집을 어지럽힐 아이 같으면 절대 허락하지 마십시오."

정잠이 말했다.

"경백이 오늘 잃어버렸던 아이를 상봉하여 십수 년 막혔던 천륜과 자애를 펼 것인데, 어찌 당치 않고 쓸데없는 말을 하여 착급한 뜻을 늦추십니까? 우리가 먼저 그 말을 꺼낸 것은 그대 딸이 반드시 불안한 마음이 있을 것이므로 혐의가 없다는 것을 밝히고자 함입니다. 뿐만 아니라 내 아들이 그대 딸의 근본을 안다면 반드시 남매로 맺고자 청할 것입니다. 그러한데 뜻밖에 혼인을 의논하시니 이는 진실로 외람되어 받들지 못하겠습니다. 사람의 마음이 어찌 요조한 며느리를 사양하며 부귀를 기뻐하지 않겠습니까? 그러나 염치없는 욕심으로 인해 만족을 모르고 철없는 자식으로 하여금 여러 처첩을 갖추어 집안을 번화하게 하고자 하다가 혹여 하늘의 미움을 산다면, 그 화가 자손에게 미칠 것이니 이것이 두렵지 않겠습니까? 하물며 그대의 딸은 명문가의 금지옥엽이고 천자 가문의 귀한 후손으로 부귀를 겸하였으니, 내 아들이 아내 없는 미혼이라도 사위가 되는 것이 외람되거늘 더욱이 아내를 둔 상태에서 말할 것이 있겠습니까? 그대 딸을 낮추어 내 아이의 소실이 될 것을 청하는 것은 한순간의 농담이라도 옳지 않습니다. 그런데 오히려 자기 딸을 모르고 부득이 혼인을 이루고자 하시니 어찌 안타깝지 않겠습니까?"

정삼도 말을 이어 구혼의 말은 옳지 않음을 일컫고 허락할 뜻이 없음을 분명히 했다. 한제선이 문득 탄식하고 말했다.

"제가 지극히 용렬한 데다 뜬구름 같은 직책으로 권세 높은 친척을 가졌으니, 두 분께서 혼사 맺기를 기뻐하지 않으리라는 것을 모르지 않았습니다. 그럼에도 스스로 선생님의 제자임을 의지하여 어색한 말을 내었건만 두 분께서 바로 물리치시니, 어찌 다시 부끄러운 낯을 들어 혼인을 청하겠습니까? 다만 제 딸은 누명을 썼으나 마음속의 수치를 씻기 어려울 것이므로, 오직 인륜을 끊어 깊은 방에서 머리 긴 승려가 될 따름입니다. 무슨 말을 하겠습니까?"

정엽과 정겸이 웃고 정잠과 정삼에게 아뢰었다.

"경백이 이렇듯 노력하니 조용히 큰어머니께 고하시고 혼인을 허락하여 옛 교분의 정을 잇는다면 더욱 자별하지 않겠습니까? 원래 경백이 그 딸을 위해 몸을 굽히는 것을 거리끼지 않으니, 천명을 받지 않으면 오히려 하늘의 재앙을 받게 된다고 했습니다. 다다르지 않은 일을 근심하여 좋은 일을 매정하게 거절하겠습니까? 현보는 필시 기뻐하지 않겠지만 형님이 허락하시면 구태여 사양하는 일은 없을 것입니다."

정잠 형제는 한씨를 미진하다 여겨서가 아니라, 그가 너무 존귀하기 때문에 번화함을 취하는 것이 마음이 편하지 않은 것이었다. 그러나 공연히 남의 딸을 혼인길을 막을 수도 없는 일이었다. 다른 날에 상의하여 일을 순조롭게 풀어보자고 했다. 정잠이 웃으면서 일어나 말했다.

"부녀의 만남은 늦추고 혼인을 먼저 의논하니, 목전의 일을 뒤로 미루고 먼 걱정을 둔 것입니다. 딸을 스스로 낮추어 남의 빈희로 청하고는 후에 반드시 뉘우치게 될 것입니다."

한제선이 웃으며 말했다.

"알고 보니 나를 녹록하고 용렬하게 여기셨군요. 대장부가 죽을 일이라 해도 한번 뜻을 정하고 다시 뉘우침이 있겠습니까?"

말을 마치고 주객이 서로 웃었다.

부모와 상봉하는 한난소

정잠이 내헌에 들어와 서태부인께 이 일을 고하고, 서소랑을 불러 한소저를 별당으로 내어보내 그 부녀가 서로 만나게 했다. 서소랑은 한난소가 우물에 빠진 일로 인하여 만사를 폐하고서 밤낮으로 난소를 붙들고 위로하는 데 여념이 없었다. 그러다가 오늘 그 근본이 존귀하다는 것과 한부마가 찾아 이른 것을 듣고 매우 기쁘고 즐거운 마음으로 물러나, 작은 가마를 가지고 가 난소에게 절하며 칭하했다.

"비루한 사람이 눈이 있어도 태산을 알지 못하니, 진실로 사람 보는 구슬이 뿌옇습니다. 소저를 강보에서 길렀지만 영릉도위의 귀한 딸인 것을 꿈에서도 깨닫지 못하였습니다. 하늘이 소저의 간절한 소원을 슬피 여기시어 비로소 천륜을 단합해 즐겁게 돌아갈 수 있게 하시니, 떠나보내야 하는 제 마음은 아쉽고 슬프지만 소저를 위하여 기쁜 마음을 어찌 다 이르겠습니까?"

말을 채 마치지 못했는데, 심파와 춘영이 들어와 한제선이 보기를 재촉하니 빨리 별당으로 향하라고 청했다.

이때 한난소는 서소랑의 말을 듣고 심신이 어지러워 취한 듯 얼이 빠진 듯 어떻게 된 일인지 알지 못했다. 서소랑을 붙들어 절하고 울며 말했다.

"저의 근본이 설사 어머니가 이르신 바와 같을지라도 어머님의 넓고 큰 은혜가 제 한 몸에 가득하니 낳은 은혜와 기른 은혜가 다름이 없습니다. 어찌 갑자기 이런 말씀을 하시어 제 마음을 불안하게 하십니까?"

그러고는 갑자기 팔을 찔러 피를 그릇에 담아 심파에게 주면서 말했다.

"의심하지 못할 바는 천륜이고 어지럽히지 못할 것은 부모와 자식이다. 애매하게 덮어 의심된 것을 감출 것이 아니니 그대는 나가서 영릉후께 이렇게 아뢰어라. '제 팔 위에 붉은 글씨가 있으나 또한 궁에 있는 여자도 팔에 글씨가 있다고 하니, 그렇다면 필적이 또 믿을 만하지 않은 것입니다. 감히 귀체를 상하게 하시라 하는 것이 당돌하며 죄를 더하는 것이지만, 이미 천한 아이를 찾아 강림하셨으니 이러한 사정을 가련하고 측은하게 여겨주십시오. 저로 하여금 천하에 인륜을 저버리는 자가 되지 않으며 뜻을 분명히 밝혀 명문가의 자손과 천자 가문의 자질에 그릇됨이 없게 하시면, 미천한 저에게도 다행이고 귀궁에도 욕되지 않을 것입니다.'"

심파와 춘영이 명을 받고 즉시 나와 한제선에게 한난소의 말을 전하고 피를 담은 그릇을 받들어 올렸다. 한제선은 딸아이가 별당으로 나올 것을 기다리다가 이 말을 듣고 그 팔을 찌른 피를 보자, 얼굴을 마주하지 않아도 천륜이 절로 움직여 매우 슬퍼하며 말했다.

"진실로 의심할 바 없는 내 자식이지만, 그 말이 또한 순리에 합당하구나. 천륜을 희미하게 정하지 못할 것이며 말이 지극히 분명하고 자세하니, 내가 어찌 더디게 하여 아이의 저토록 슬프고 간절한 마음을 돌아보지 않겠는가?"

말을 마치고는 차고 있던 칼로 손가락을 찔러 피를 내 그릇에 담으니 어찌 합혈이 더디겠는가? 즉시 엉기어 한 덩이가 흩어짐이 없으니 좌우에서 이를 보고 더욱 감동하고 낯빛이 달라지며, 한소저가 어린 나이에 범사에 신중하고 빈틈없음을 칭찬하고 감탄했다.

한제필과 한수홍이 화려한 가마 하나와 시녀와 복첩을 거느리고 소저를 데려갈 위의를 차려 이르렀다. 한제선이 소저를 보지 못한 것을 착급히 여겨, 합혈한 그릇에 한수홍이 손가락을 찔러 부자와 남매의 피가 한가지로 엉긴 것을 소저에게 보냈다. 심파와 춘영이 합혈한 그릇을 받들어 발걸음을 급히 하여 들어갔다. 이윽고 한난소가 나와 별당으로 나아갔다. 한제선이 아들과 함께 별당에 이르자, 한난소의 가마가 다다랐다. 한제선의 형제가 딸의 인사를 기다리지 못하여 바삐 가마를 헤치고 긴 팔로 한난소의 가녀린 몸을 붙들며 마주하니 부녀와 숙질이 지극히 비통해했다. 한난소는 부친의 얼굴을 알지 못하지만 오직 천륜이 움직이고 핏줄이 상응하여, 전혀 낯설지가 않고 오히려 친밀한 사랑이 측량할 수 없을 정도였다. 한수흥은 부친과 숙부가 지나치게 슬퍼하는 것을 민망하게 여겼지만, 누이의 참담한 거동을 보자 참지 못하여 또한 코가 시리고 눈물이 흘렀다. 부녀와 남매가 오열하여 말을 못 하더니 천천히 슬픔을 진정했다. 한난소가 몸을 빼어 부친과 숙부에게 예를 올리고는 눈물을 흘리며 말했다.

"소녀가 천지께 특별한 벌을 받아 낳아주신 부모를 떠나 성씨를 아득히 깨닫지 못하니, 오직 사람 가운데 금수이고 천지간의 죄인이었습니다. 심골에 박힌 원한과 마음에 맺힌 아픔은 이루 말할 수 없을 정도였습니다. 밤낮으로 천륜이 단합하기를 축원하면서도, 봄바람과 가을 달이 돌고 돌아도 마침내 낳아주신 곳을 모르게 될까 참으로 애통해하고 의심했습니다. 그러다 오늘 12년 동안 천지가 막막했던 천륜이 완전해지고 골육이 모이는 즐거움이 있을 줄을 생각이나 하였겠습니까? 불초한 딸은 키워주신 어머니 서씨의 산 같은 은혜와 바다 같은 덕으로 자랄 수 있었습니다. 그러나 강보에 싸인 채 몸이 팔리어 남의 문하에서 여러 봄가을을 지내며, 명문가 이름을 더럽히고 황실 가문의 후손 된 몸으로서 굴욕을 행하여 조상을 추락시켰으니 이 불행과 불효를 씻을 길이 없습니다."

앵두 같은 입술이 잠깐 열리니 하얀 치아가 깨끗하고, 절세의 풍모와 자약한 선녀의 자태가 만고의 역사를 다 기울여 보아도 들어보지 못한 아름다움이었다. 푸른 눈썹은 천산을 향하고 맑은 눈은 깨끗한 물결을 낮게 보는 듯하며 무르녹은 귀밑머리는 향기롭고 짙으며 온몸은 백설보다 하얗고 붉은 뺨은 도화가 봄 얼음에서 나온 듯했다. 흰 물결은 묘연하고 하늘빛은 진기하며 푸른 빛은 두 갈래 머리를 두르고 은은한 정은 옥 같은 얼굴에 담겼으니, 보는 사람으로 하여금 정신이 황홀하여 취한 듯하게 만들었다. 한제선의 부자와 형제는 한난소의 아름답고 빼어난 모습을 보고, 얼굴을 대고 손을 잡으며 팔 위의 붉은 글씨를 보고 흐느꼈다.

"피를 합해 명백하게 하지 않았다 해도 팔 위의 저 글씨를 내가 안 쓰면 누가 썼겠는가? 다만 이 아비가 밝지 못하고 둔감하여 흉모와 간계를 깨닫지 못해 내 아이로 하여금 10여 년을 다른 집에서 성씨도 모르는 인생을 살게 했으니 가히 애석하지 않겠느냐? 비록 그러하지만 정유인이 길러주신 은혜가 무거워 네가 능히 목숨을 보전할 수 있었고, 정참정 형제가 생명을 살려준 은혜로 인하여 다시 살아나 부녀가 만나서 천륜을 완전하게 하니 저녁에 죽어도 한이 없구나. 지난 바는 일장춘몽이라 이를 것이고 또 운수가 험난한 까닭이니 차마 어찌 하겠느냐?"

한수홍도 누이의 손을 잡고 모친이 절박하게 기다리시는 정을 말하며, 이곳에서 오래 이야기하느라 더디 돌아가는 것은 옳지 않으니 누이를 먼저 데려가겠다고 했다. 이때 한제선이 이미 은화를 가지고 왔었기에 춘영을 불러 수십 냥으로 딸아이 산 값을 주고, 서소랑의 은혜는 말로 다할 바가 아니었기 때문에 딸아이가 은모(恩母)로 섬긴 뜻을 바꾸지 않겠다고 알렸다. 춘영이 사은하고 한난소는 도로 미화당에 들어가 서소랑과 작별했다. 서소랑은 한씨의 천륜이 이어진 것을 기뻐하고 즐거워했으나, 이별이 눈앞에 온 것을 슬퍼하고 아파하여 손 가운데 귀중한 보물을 잃은 듯 마음을 추수르지 못했다. 한난소 또한 눈물을 흘리며 은덕을 일컫고 길러준 어머니를 저버리는 일이 없을 것이라고 말했다. 그러고는 가마에 오르니 궁녀와 차환이 호위하여 한수홍과 함께 먼저 돌아갔다. 한제선 형제는 잠깐 뒤처져 정잠 형제를 다시 보고, 서소랑의 큰 은혜를 일컬으며 살아서 다 갚지 못하니 죽어서도 결초보은할 것이라고 전하게 했다. 그리고 부녀가 상봉한 것은 정잠과 정삼이 준 선물이라며 감사의 말이 끊이지 않았다. 정잠 형제는 계속해서 고사하며 감히 인사를 받을 수 없다고 하였다.

날이 늦어 한제선 형제가 집으로 돌아와 모친을 뵙고 딸을 다시 만났다. 한수홍은 이미 누이와 함께 돌아온 지 두어 때가 지난 시간이었다. 공주의 끊어졌던 천륜을 이어 모이게 된 것은 말할 것도 없고, 온 집안 상하가 기뻐하고 경사스럽게 여기는 것과 슬퍼하고 마음 아파하는 것이 비할 데가 없었다. 모녀와 자매와 숙질과 여러 사람이 한가지로 붙들고서 저도 모르게 비통하게 울고 애절해했다. 다만 주부인과 양일아는 한난소가 12년간 다른 집안에서 어렵게 자란 것을 슬퍼하는 것이 아니라 살아 돌아온 것을 불행히 여기고 통한해하여 울음으로 분을 풀고자 했다. 흐르는 눈물과 흐느끼는 소리가 옆사람으로 하여금 조손과 친지의 정인 듯싶게 보였으나, 그 진짜 마음은 한난소를 물어뜯지 못하는 것을 한하는 것이었다. 영릉공주는 시어머니의 마음을 우려하여 모녀가 상봉한 것을 다시 근심으로 삼았다.

한제선 형제가 들어와 딸을 어루만지며 탄식하고, 양일아를 기쁘게 바라보며 웃고 말했다.

"일아가 난소보다 서너 달 맏이가 되나 나이는 같다. 비록 양인겸의 부녀간 천륜을 가리지 못하고 성을 고치지 못하나, 우리 부부는 쌍둥이 딸로서 알 것이니 앞으로 우리 보기를 이전과 다르게 하지 말거라."

양일아는 공순히 절하고 인사하며 명을 받드는 듯했다. 마음으로 친한 정에 있어 한난소의 뜻은 골육 동기보다 부족하지 않으나, 양일아의 마음은 조금 달랐다. 한난소는 바르고 순하고 지혜로우며 자연스러운 고결함이 있고, 양일아는 총명하고 영리하며 재주가 능하고 민첩했다. 조비연과 양귀비의 아름다움은 양일아와 닮았고, 위나라 장강처럼 색과 덕을 겸비한 것은 한난소였다. 난소가 몸 팔리는 변고를 만나 비록 남의 문하에서 고생하며 자랐지만, 타고난 특이한 자질은 평범한 무리와 달리 뛰어나며 높은 지식과 초연한 기상이 은연히 뿜어 나왔다. 별 같고 봉새 같은 두 눈은 가을 물의 정신을 무시하는 듯하고, 아름다운 이마에 여덟 빛깔 눈썹이 빛나며, 행동거지에 법도가 있고 차림이 곧으며 바른 것이 규범을 밝게 따르는 모습이었다. 남녀의 체격과 팔다리가 같지 않지만, 이목구비와 면모와 기상은 의연히 치마를 맨 한제선이고 비녀를 꽂은 한제필이었다. 한수홍 등과도 한 판에 박은 듯하니 동기와 부녀가 아니라면 이와 같지 못할 것이었다. 주씨는 난소가 이같이 아름다운 것을 보자 일아에 비하면 노비와 주인 사이 같으니 더욱 시기하고 미워하는 것이 수홍 등보다도 더했다. 그 자리에서 없애지 못하는 것을 더욱 애달아했으나 아직 불쾌한 기색을 나타내지는 못했다.

영릉공주는 서소랑에게 사례하는 글을 쓰고 예물을 갖추어 자식을 잘 길러 준 은혜를 성대하게 사례하며, 이승에서는 다 갚을 길이 없으니 오직 지하에서 결초보은할 것을 기약했다. 한난소도 또한 편지를 써서 안부 묻기를 지극히 했다. 서소랑이 도리어 황공하고 불안하여 답서를 올려 사례를 사양하고 감히 받을 수 없다고 했다. 문체가 빼어나고 말의 뜻이 예법에 맞으니 공주가 칭찬했다.

"딸아이가 불행히 봉변을 당한 중에도 서씨와 같이 예법을 중히 하는 여자에게 키워진 것은 진정 다행이 아니겠는가?"

정씨 부중에서 지내던 바를 물으니 난소가 일일이 대답했다.

"은모(서소랑)가 소녀를 거두어 기르는데 사오 세 이후에는 사람에게 보이지 않았습니다. 태주 고향에 있을 때도 은모의 남편이 그 노모 오씨를 떠나지 않으니, 은모가 밤낮으로 소녀만 데리고 있으면서 소녀를 그 남편에게도 보이지 않아 소녀가 정씨 집 남자든 여자든 본 바가 없었습니다. 그러다가 금년에 상경할 때 은모가 소녀 감추기를 신중하고 치밀하게 했음에도 오히려 역려에 들고 나다가 여러 부인의 시비 등이 소녀가 있는 것을 알게 되었습니다. 정참정의 둘째 아들이 은모를 대하여 얻어 기른 아이가 누구의 자식인지를 묻자, 은모는 공자가 알 바가 아니라고 하여 마침내 대답하지 않았습니다. 정씨 일가가 소녀가 있는 것을 알게 된 것은 둘째 도령이 알게 된 까닭입니다. 소녀의 평생 소원을 이루어 천륜이 모이고 부모님 앞에서 절을 할 수 있게 되었으니 오늘 저녁에 죽어도 한이 없을 것입니다. 뿐만 아니라 집안이 호화하고 형제가 적막하지 않으니, 부모님 슬하에 소녀 한 몸이 아니어도 외로움이 없을 것입니다. 소녀로 하여금 오래 세상에 머물게 하시려거든 모친의 협실 그윽한 곳에 소녀의 처소를 정하여 마음을 안정하게 해주십시오."

공주가 이 말을 듣고 놀라고 의아하여 말했다.

"네가 정유인의 처소에서 자랐기 때문에 협실 밖에 머리를 내놓지 않았지만, 지금도 침실을 정하지 않고 협실에 있기를 원하는 것이냐? 정유인이 마침 식견이 있어 너를 천한 여종같이 대하지 않았지만, 한 집안에서 많은 사람들 가운데 네가 있는지 여부를 알지 못하게 하는 것이 쉽지 않았을 것이다. 정찰정 형제가 알았기에 네가 천륜을 완전하게 하여 골육이 모일 수 있었으니 무엇이 수치스러운 일이란 말이냐?"

한난소가 나직하게 탄식하고 주위에 사람이 없는 것을 보고는 아뢰었다.

"모친은 아직 소녀가 참담한 누명과 흉한 죄에 연루되었던 바를 모르시고 이런 말씀을 하시지만, 마침내 금지옥엽을 더럽히고 훌륭한 가문과 공후의 지위를 욕먹게 했습니다. 사는 것이 죽는 것만 같지 못하니, 모친은 소녀를 아예 없던 것으로 아시고 마침내 인류에 수를 채우지 못할 것으로 생각하십시오."

공주가 이 말을 듣고 놀라고 의아하여 곡절을 물었다. 한난소는 머리를 숙이고 고하지 않았다. 한제선이 들어와 공주 모녀의 거동을 보고 이에 정잠 형제에게 들은 대로 공주에게 전했다.

(책임번역 김수연)

현대역 **완월회맹연** 4: 정씨 가문의 부흥

1판 1쇄 발행일 2023년 8월 19일

완월회맹연 번역연구모임

발행인 김학원
발행처 (주)휴머니스트출판그룹
출판등록 제313-2007-000007호(2007년 1월 5일)
주소 (03991) 서울시 마포구 동교로23길 76(연남동)
전화 02-335-4422 **팩스** 02-334-3427
저자·독자 서비스 humanist@humanistbooks.com
홈페이지 www.humanistbooks.com
유튜브 youtube.com/user/humanistma **포스트** post.naver.com/hmcv
페이스북 facebook.com/hmcv2001 **인스타그램** @humanist_insta

편집책임 문성환 **편집** 윤무재 **디자인** 박진영
조판 홍영사 **용지** 화인페이퍼 **인쇄** 청아디앤피 **제본** 민성사

ⓒ 완월회맹연 번역연구모임, 2024

ISBN 979-11-7087-232-0 04810
　　　979-11-6080-422-5 (세트)